토렴

김익하 장편소설

토렴

창조문예사

# 작가의 말

  이 작품을 쓰는 동안 마스크를 착용해야 하는 통금과 불통 시대를 맞았다. 유일한 소통 도구로 문자가 말을 대신하게 되었다. 해서 적확한 쓰임이 유용한데 이 순간에도 목하 많은 문자가 훼손되고 있다. 문자를 소비해서 작품을 제작하므로 상시 보호해야 할 의무가 주어진 작가 처지에선 요즘처럼 글 쓰는 일이 무용하다고 느낀 적도 없었다. 문자도 시대 변화를 겪긴 하지만, 현금 세태를 관통하면서 그 문자들이 수침한 논에서 거둬들인 앵미와 같이 변질해서 양곡으로 쓸 수 없는 위기를 맞았다. 문자 곳간인 국어대사전이 전몰장병 기념관의 죽은 자 명부와 다름없도록 세 치 혀에 목숨 건 자들이 왜곡 훼손해서 후대들 언어생활을 황폐화한 전죄前罪를 지었다.

  부쩍 쓰임이 잦아진 공정이니, 위민이니, 협치니, 민의니, 혐의 없음, 나는 모르는 일 따위 등 셀 수 없이 많은 문자가 생명을 잃고 쓰임새에 따라 수상쩍기도 하지만 남루해졌다. 도저한 문자가 복원 회복이 불가능할 만큼 허섭스레기로 변질한 사태에 자괴감마저 든다. 그러니 훼손된 문자를 포쇄하고 벼려 써야 할 처지에선 선택한 문자도 제 뜻을 바르게 나타낼지 미심쩍다. 참으로 곤욕스럽게 살아가는 불편한 시대다. 희망이란 문자에서도 기다림을 기약할 수 없다는 판단을 하면서도 수세적 문자인 '기다림'을 굳이 설정했고, 설정한 마당이니 기다리기도 했으며, 거기에 다가가려고 나름 애는 썼다.

*

모태에서 받은 목숨의 경외심 때문에 삶을 이으려다가 상처 입고도 이름을 남기지 못한 인간이 아닌 사람에게(이 말은 '이 인간아, 사람값을 좀 해라'에서 근거했다) 이 글을 바친다. 바탕 슬픔을 적확하게 전달하지 못한 재주가 그저 부끄러울 뿐이다.

*

딴에는 열다섯 달 동안 혼신의 힘을 다했다. 예서 더한 바람은 제 능력 밖임을 인정하며 읽은 뒤의 느낌은 오롯이 독자 나름 영역이라 말을 삼간다.

*

책을 엮어낸다는 일 자체가 믿음을 주는 사람들을 번거롭게 하는 일이다.

특히 작품을 연재 집필하면서 열악한 문예지 출판 환경에서도 통권 제300호 발간 목표를 문에 붙이고 한 달도 거르지 않고 24년 동안 월간문학지를 발행해온 임만호 발행인의 뚝심과 자존심에 누를 끼쳐선 안 된다는 명제를 수도 없이 되뇌며 집필을 단속했다.『창조문예』발행인의 성원 덕분과 편집자의 문선 수고에 힘입어 작품 속 주인공이 세상 빛을 봐 이름을 얻게 되었다. 정밀하지 못한 창작자 처지에서 일면식도 없는 터에 해설을 붙인 이명재 평론가께도 삼가 지면으로 감사드린다. 그리고 처질 때마다 등 두들겨주며 애정의 눈길을 보내준 지인들께 지면 밖에서 일일이 고마움을 전할 작정이다.

2021년 이른 봄
서울 초광재草匡齋에서

차례

작가의 말	4
기다림	9
응달진 밭 쭉정이들	28
빈 둥우리기	57
이름을 또, 얻다	86
인간 면허가 필요한 까닭	118
고향을 등지다	148
깨진 자갈끼리	178
낯설게 다가온 동료들	209
또 다른 그들	239
볕을 가진 사람	272
얕게 흘러 깊어진 강	301
부추 끝 이슬	334
회음벽回音壁	366
너와 너의 교집합	400
빈손 사냥꾼의 귀환	434
평설 · 이명재	464

1
기다림

 오늘따라 저녁나절 흐름은 속탈 만큼 빨랐다.
 '에이고, 그놈 정이란 뭔지…….'
 정이란 서로 퍼준 마음일 터. 합죽할미는 타 마른 입술을 더듬어 핥았다. 튼살 촉감이 혀끝을 거칠게 쓸었다. 물로도 해갈할 수 없는 소갈증. 그런 갈증을 부추기듯 가슴 밑에서 가쁜 숨이 맥없이 무시로 치올랐다. 기다림의 무게는 어림할 수 없지만 분명 힘에 부칠 거라 짐작했다. 그러나 기다림도 끝이 있는 일, 사내가 돌아오면 멀쩡하게 끝날 일이다.
 그런데 오늘도 사내가 오지 않으니 합죽할미는 이쯤에서 에둘러 기다림을 접고 싶기도 했다. 접는다는 건 혼자 남음을 뜻한다. 겪어 본 기다림이란 눈을 감는다 해서 어둠 속으로 사라지는 꿈과 달리 머릿속에서 삐져나와 눈가에 매달렸다. 혼자서는 몰랐으나 사내가 떠나서야 외로움과 함께 그의 무한한 깊이를 체득했다. 주변 또한, 이희구란 사내가 비운 공간이 워낙 널찍해서 마치 방 한 벽면이 무너진 듯 휑한 채 소 나간 외양간 같았다.

  그러나 그녀는 기다림을 접을 수 없었다. 기다림을 접으면 떠난 사내를 곧 단념해야 하고, 그 끝은 바로 그를 버리는 일로 귀착하기에 차마 마음을 닫을 수 없어 맥 놓고 눈길만 열어놓았다. 또한, 기다림을 접는 일, 그녀에겐 그건 해야 할 짓이 아니고 마음에도 없는 일로 판단했다. 사람이 사람을 기다리는 일은 언제나 그랬다. 풍선에 바람 넣듯 나날이 부풀어 올라 기대감을 턱없이 높여놓기는 하나 살갗이 뼈에 닿게 할 만큼 애간장 태울 일이다. 눈길 끝이 문드러져 내릴 만큼 지루하여 자신과 끊임없이 싸우는 인내가 필요하다는 바도 모르지 않으나, 그녀는 사내와 인연을 가벼이 놓아버릴 수 없다는 미련에서 여태 기다림을 끌어안은 채 돌미륵처럼 앙버티는 참이다. 비록 몸은 쇠약해도 그런 힘은 뼛속 골을 말리는 초조함 때문인지 절로 우러나오는 듯싶었다.

  '저도 사람 정을 안다면 설마 내일엔 저 재빼기를 넘어올 테지…….'

  먼 산으로 가는 눈길을 가까운 산에 서 있는 갈참나무 숲이 야박하게 가로막았다. 여름철엔 풍성하니 잎을 길러내 그늘까지 이뤘고, 가을이면 부근 우묵하니 패인 구덩이가 넘쳐나도록 도토리를 떨어뜨리며 '너 하나면 나도 하나' 그리 양보 없이 나이를 먹어온 친구처럼 세월을 동행한 나무들이다. 갈참나무들은 사시사철 집을 에워싸 온갖 바람 소리와 눈비 소리를 합죽할미에게 전했다. 문을 닫은 채

방 안에 앉았어도 갈참나무 가지나 잎사귀에 걸리는 소리 속에서 정황을 골라내서 지금 밖에 비가 오는지, 바람이 부는지 계절마다 바뀌는 바깥 날씨를 정확히 짚어가며 당장 텃밭에서 들깨 섶을 덮을 건가, 마당에 널어 말리는 고추를 걷을 건가 판가름한 다음 마디마디 소리 지르는 관절을 달래며 허리께를 펴 세웠다.

갈참나무들은 홀로 사는 합죽할미에게 자연의 소리를 전할 뿐 아니라 때로는 말 대거리 상대가 되기도 했다. 그녀는 전환하는 계절을 느끼며 주변에서 떠나간 일들로 되새겨진 기억 토막들을 혼잣소리로 갈참나무에 던지는 일도 이젠 입버릇으로 굳었다.

'그랴. 말 못하니 그리 서 있겠지. 말마디깨나 한다면 내 속 타들어 가던 그때 일을 지금도 나에게 달려와 남 속도 모르고 목쉬도록 왁자지껄 떠벌일 테지. 암, 능히 그럴 만큼 소상히 꿰고 있을 테지.'

갈참나무들은 잊자는 옛일까지 파내는 쇠꼬챙이 구실을 하기도 했다. 땅 밖까지 굵게 드러낸 뿌리에서 우람차게 하늘로 솟은 둥치들이 던지는 그림자가 지붕을 타넘어 마당귀로 사라지면서 흐르는 시각까지 시시각각 일러주었다. 그런데 눈마저 침침한 요즘엔 치켜든 눈길을 가로막아 서서 기다림의 훼방꾼 노릇을 했다. 어린나무는 위로 자라며 위세를 뽐내지만, 나이 든 나무는 옆으로 퍼지며 위엄을 쌓는다. 봄 나면 높아지고 퍼진 나무에 잎이 무성해서 기다림을 막아설까 두렵기도 했다. 숲에서 부딪쳐 돌아온 눈길이 초점을 잃은 채 마당 끝머리 탱자나무 울타리에서 맥없이 떨어져 박혔다. 흐리멍덩한 섣달 해가 기진맥진하며 서쪽 하늘에 널린 새털구름을 붉게 달구고 내려앉으면 어둠 때문에 날지 못한 새도 그런 허망함을 맛보면서 싫은 내색마저 감추고 덤불로 찾아들 이맘때다.

 이희구가 떠나간 날로부터 노끈으로 매듭을 지어왔으므로, 그것을 찾아 헤아리며 정확한 날짜를 짚어볼 수 있었으나, 합죽할미는 버릇대로 누에 번데기 같은 왼손가락을 오른손가락으로 하나하나 꺾어 누르며 속셈으로 떠난 날짜를 얼추 짚어보았다. 흐른 날짜는 이희구가 집에서 나간 지 한 파수 후딱 지나고, 이제 보름을 넘겨 삭여로 줄달음치고 있었다. 그런데 숨소리는커녕 머리꼭지마저 볼 수 없는 사내다. 딱히 돌아올 날짜를 기약하지 않았으나 지체하는 시간이 속절없이 길다 보니 기다리는 일도 이젠 온몸이 흐느적거릴 만큼 진만 빼놓았다. 사람을 기다려본 일상은 몸보다 마음이 빨리 지쳐서 종래는 파김치를 만들어놓기가 십상이다. 정나미를 검잡고 있으려면 지루함과 싸워 견디는 내성의 싸움임을 모르는 바는 아니다. 그러니 앓느니 차라리 죽는다는 말도 허풍으로 부풀린 엄살만 아닌 모양이다.

 지금이라도 겨울 산으로 주저 없이 떠날 기력만 있다면 말뚝에 매인 소처럼 이리 지치도록 나대지 않을 테다. 그냥 목 아래 숨이 붙었으니 산목숨이지 기력이 빠진 몸은 호흡을 멈추는 순간 숫제 썩은 나무토막보다 못할 게 아닌가. 더욱 야속한 일은 그런 속내를 알아줄 이웃이 없다는 현실이다. 이웃에 인적이 있다면, 누가 충동질 않더라도 그가 떠난 길을 되짚어 마중 삼아 사람을 내보냈을 이세는 있었을 거다.

그러나 겨울 풀숲에서 마른 잎을 부스럭거리는 들쥐와 찔레나 팥배나무의 붉은 열매를 찾아오는 텃새들뿐 곁에는 고양이 새끼 한 마리 그림자도 얼씬거리지 않을 만큼 고적하기만 했다.

'그놈 누렁이가 죽지만 않았다면…….'

연전에 죽은 개의 일이 외로움과 야속함 사이로 파고들었다. 족보도 없는 누렁이는 졸때기 한량처럼 바람피우다가 죽었다. 발정한 암캐를 찾아나서 이틀 만에야 상처투성이로 돌아왔다. 목숨만 간신히 부지한 몸뚱이는 여느 수캐에 깊이 물리고 사람이 휘두른 몽둥이질에 만신창 나 있었다. 우세한 수캐에게 밀리고 암캐 주인에게 족보 없는 잡견 대접을 받은 듯했다. 그런 몸뚱이로 돌아온 것만도 천운이었다. 생식 욕망 때문에 입은 상처라 대의로 싸운 상이군인 같은 영예는 없었다. 합죽할미는 안유를 헌신짝처럼 버리고 바람난 소이는 괘씸하나, 생식 욕망만 있고 지각이 없는 그 미욱한 짐승이 안쓰러웠다.

먹을거리조차 삼키지 못하던 누렁이는 이틀을 앓다 죽었다. 피비린내를 찾아드는 쇠파리가 상처에다 쉬슬고 그것이 허연 구더기로 생명이라 박작거릴 때 누렁이는 명줄을 놓았다. 합죽할미는 마댓자루에 담아 질질 끌어다 텃밭 곁을, 감자를 캘 때보다 더 부지런히 힘들게 우벼파 눈앞 험한 걸 치운다는 요량으로 터럭이 간신히 감춰질 만큼 묻었다. 허리를 펴며 고된 숨을 내쉬기 앞서 눈가로 밀려 나오는 눈물 때문에 발을 도랑에다 거푸 헛디뎠다. 외로움이 집채보다 크게 무너져오더라도 다시는 개만 기르지 않겠다는 다짐이 머릿속으로 꽉꽉 밀어 박혔다. 누렁이뿐 아니다. 닭이나 고양이까지 정 주던 그런 것들이 족제비나 담비에게 명줄이 끊길 때마다 홀로 사는 게 팔자에 마땅하다고 여겼다. 고통으로 죽어가면서도 공포와 슬픈 빛을 띠지 않는 그것들의 무심한 눈이 무서웠다. 외로움을 안더라도 차라리 말 못하는 가까운 것의 흉한 꼴을 안 보는 그편이 차라리 속은 편했다.

그러니 지금 그녀는 이희구가 돌아오기까지 잘라낼 수 없는 기다림을 시선 끝에 자옥이 모아 자근자근 눌러 참아내며 하루를 또 이리 무력하게 견뎌낼 도리밖에 없었다. 기다림이란 찾아가는 게 아니라 지정한 장소에서 맞는 일이다. 길 떠나 찾아가 만날 사람이 아니라, 답답하지만 재 너머로 침침한 눈길을 보내며 기다려 맞을 사람이니 굳이 탓하자면 거동이 불편하도록 늙은 몸밖에 없었다.

어제까지도 그랬다.

시큰하게 저린 무릎 관절을 일으켜 세우던 합죽할미는 도로 주저앉았다. 그저 할 수 있는 일이란, 열린 문틈으로 집채 크기만 한 눈덩이가 시커멓게 썩는 마당귀를 바라보면서 여태 소식이 없는 이희구 귀가만을 눈이 빠지도록 기다리는, 그 일 뿐이다. 눈덩이도 주검에서 살이 녹아내려 망해亡骸를 보이듯 때오른 얼룩 뼈를 드러내며 해골 형상으로 변해 땅을 적셨다. 그 소멸이 형상을 지우는 과정이라 공연히 가슴속을 쿵쾅거리게 했다. 사람 늘그막 끝자락도 땅속에서 그런 몰골로 그런 과정을 거쳐 소멸하리라.

합죽할미는 제 발로 찾아든 이희구를, 삶의 끝자락에서 마지막으로 만난 사람이려니 여겼다. 마지막 만난 사람이란 홀로 사는 처지에선 목숨을 잃은 사체를 거둬줄 신분임을 의미했다. 만나서 보낸 늘그막 몇 년은 허겁지겁 살아온 세월을 되짚어 새롭게 산 듯 그저 꿈결같이 아련했다. 늘그막에 깊이 퍼준 정이 아깝다는 느낌마저 없었다.

자식을 길렀다 해서 곁에서 떠난 피붙이들이 모두 보고 싶다 말할 수 없었고, 살을 섞으며 살았다 한들 일찍 떠난 남편이 한결같이 그립지는 않았다. 젊을 때야 곁을 떠난 자식들에게 가는 그리움도 오기로 눌러 참아왔지만, 늘그막에는 바람에 허리를 휘둘리는 억새만 봐도 곁으로 스쳐 지나간 인연들과 얽힌 사연이 꾸역꾸역 치밀어서 눈가가 무시로 친친하게 젖어왔다. 정이란 것과 그리움이란 걸 됫박으로 담아 잴 형질 것이라면 넘침과 모자람을 알 수 있어 들고남에 자취가 날 테지만, 이희구에게 준 정은 자취도 없는데 되뇌며 되뇔수록 마음에 아로새기어져 외로울 때마다 목 밑에 박힌 생선 잔가시처럼 더 깊숙이 야금야금 속으로 파고들었다.

이제 해가 입쌀 길이만큼 남았는데, 석양을 안은 산그림자가 고샅길로 서풋서풋 걸어왔다. 고샅의 저묾을 물끄러미 바라보던 합죽할미는 먼 눈길만은 거둬들이지 못한 채 문끈을 힘 조여 잡았다. 열린 문을 닫기 쉽도록 앉은자리에서도 무릎 짚음 없이 일어나고자 걸어둔 문끈이지만, 바람이 세차게 부는 날에는 문고리를 걸고도 미심쩍어 다시 한번 쇠고리에 매어두던 끈이다.

"할머니, 이렇게 매어두면 이제 귀찮게 일어나지 않고 무릎걸음으로도 문을 닫을 수 있을 거구만유."

"에이고 이세스럽긴. 어찌 그런 데까지 일일이 마음 쓰다니."

이희구 손길이 스친 문끈이다. 문끈 촉감이 손안에 잡히자 또 야속함이 자욱하니 끓어올랐다. 합죽할미는 분풀이라도 하듯 문끈을 힘껏 잡아당겼다. 또 온종일 기다리며 여닫던 문을 오늘도 마음과 같이 내쳐 닫아야 하는 일이 야속했다.

문은 치열이 고른 이빨처럼 안으로 굳게 닫혔다. 바깥 한기를 품은 문바람이 얼굴에다 냉기를 끼얹었다. 합죽할미는 배 속에서 운기를 모아 날숨을 두어 번 길게 내뱉었다. 오늘뿐 아니라 요즘 들어 문짝 하날 닫는 데도 힘을 모아야지 미리 그렇게 벼르곤 행동으로 옮겼다. 비로소 악력도 예전 같지 않다고 자인한 셈이다. 방 안은 이미 어둑어둑했으나, 그녀는 불 밝히지 않은 채 윗방으로 통하는 샛문에다 서운한 시선을 우두커니 두었다. 지금이라도 문이 벌컥 열어 젖뜨려지며 이희구의 환한 얼굴이 눈앞에 나타날 듯싶었다. 또한 여느 때처럼 예비기침 소리가 마당에서 방문을 타 넘어 고막까지 쟁쟁하니 닿을 듯 귓속이 휑 울렸다.

집이 허술하게 낡아서 문틈으로 파고드는 살바람이 만만찮게 무릎 언저리로 감겼으나, 담요 자락을 끌어다 덮을 염도 접어둔 채였다. 겨울철에는 웃풍을 느낄 때마다 끼고 돌던 꽃무늬 전기담요가 아랫목에 네 등분으로 몸을 접은 채 손길에서 멀찍이 떠나 있었다. 그도 이제 주인처럼 하늘하늘하니 낡아서 사시나무 씨앗 솜털 같은 보풀이 일어 온기를 지그시 품지 못했다.

　이제 저녁 끼니랍시고 한술 떠 때워야 하는데, 시장기조차 느끼지 못할뿐더러 혼자만의 밥상 차림이 오늘따라 성가시게 여겨졌다. 이희구가 이곳에 오기까지만 해도 굳이 상차림이 아니더라도 일상 거르지 않고 혼자 꼬박꼬박 챙겨 먹던 끼니였다. 한 끼라도 거르면 속이 휑하니 빈 듯해서 까닭 모를 허전함에 어쩔 수 없이 한술이라도 떠 때우려고 부엌으로 나서곤 했다. 합죽할미 처지에서는 기력을 부지하려면 그런 생활 틀에 스스로 묶여 있는 게 온당하다고 여겼다. 그러나 이희구가 떠난 뒤로는 매사가 남의 일처럼 끼니를 챙기려는 일이 그저 시들하기만 했다.

　이희구가 떠나간 뒤로는 끼니도 예사로 건너뛰었다. 입맛도 예전과 다를뿐더러 혼자서 꾸역꾸역 배 채우려고 밥 푸고 반찬 내는 게 그저 성가셨다. 찬밥 덩이건 김치 쪽이건 그저 밥숟갈에 잡히는 대로 아궁이 앞에서 서서 먹거나, 부뚜막에 걸터앉아 한술 떠서 입 안으로 삼켰다. 그럴 때마다 이희구에게 끼니랍시고 밥 덩이를 토렴해 먹인 마지막 한 끼 식사가 마음 한 녘에서 체증처럼 얹혀 있었다. 그 감정 끝은 그저 아릿하기만 하는 게 아니라 죄지은 듯 찝찝했다. 그게 끝내 마지막으로 이희구에게 차려준 음식이나 다름없게 돼가므로 더더욱 마음에 얹혀 가슴께가 짠하게 저몄다.

　이희구가 새벽같이 산으로 가던 날이다.
　말로는 산으로 약초를 캐러 간다고 어젯밤에 알리긴 했다. 잠자리를 펴는 합죽할미에게 새벽잠을 깨우지 않을 속셈인지 미리 귀띔해 두려는 말눈치였다.

"내일은 먼 산까지 가보려 해유. 이제 이 근방에는 겨우살이들이 씨 말랐네유."

아침 잠자리에서 일어나서 눈앞에 보이지 않더라도 찾지 말라는 소리를 그렇게 둘러쳤다. 이희구가 말하는 겨울 약초란 간혹 땅속에 묻힌 것이기도 하지만, 동토인 지금 철에는 나무에 붙어사는 버섯과 겨우살이 따위들을 말함이다. 봄에서 가을까지 농사일하면서 짬짬이 약초를 포함한 임산물을 채취해 생활비에 보탰는데 제법 쏠쏠했다. 산 높고 골 깊은 오지라 들고나는 인적조차 드물다 보니 임산물은 지천으로 넘쳐서 꿈쩍이는 만큼 소득이 생겼다. 지금 철엔 눈 덮인 겨울 산에서 거둬 올 임산물은 오직 겨우살이뿐이었다. 그게 여느 약초 값보다 거래하는 금새가 높아 애쓴 만큼 소득 또한 많았다.

귀띔을 들은 합죽할미는 '내일 아침에는 여느 날보다 일찌거니 일어나야지.' 그렇게 새겨들은 뒤 속다짐을 지키려는 생각으로 일찍 잠자리에 들었다. 그런데 아침에 눈 뜨니 이희구 인기척이 더 먼저 귓전에 닿았다. 아차 싶어 바삐 방문을 열어젖히자 이미 산행 차림을 끝낸 그가 집에서 나서려고 신발끈을 죄는 참이었다. 그녀는 화들짝 놀라며 당황하기 시작했다.

"아이코, 이거 내 정신 좀 보래. 새벽같이 일어난다고 그만큼 명심하고 또 명심했는데……."

"아니어유 할머니, 그냥 지무세유. 지가 너무 일찍 일어나서 그렇지 아직은 꼭두새벽이어유."

"입도 안 다시고 군입으로 그냥 산엘 가겠다구? 그건 말두 안 되지 원."

"괜찮어유. 전 그냥 가겠시유."

이희구는 시장기를 느꼈으나 노인네 수고를 덜어주려고 내처 나설 낌새였다. 가뜩이나 산골 새벽 샘물은 살을 에듯 차갑기만 하다. 주름투성이에 자가품 증세까지 있는 손에다 새벽 댓바람에 찬물을 적시게 한다는 수고가 마음에 부담됐다. 겨울철이면 늘 아궁이에 불을 지펴 김이 오른 솥 안 따끈한 물로 식살 준비하던 합죽할미다. 아무리 손에 익은 부엌이라도 엄동 새벽일은 일상에서 벗어나 수고스럽기도 하려니와 낯선 부엌에 든 듯 어설프기까지 하다. 이희구는 말을 뱉어낸 참에 내처 밖으로 나가려고 했다.

"아니, 아니지. 빈속인데 내가 어떻게 그대로 산으로 보내. 그건 못할 짓이지. 잠깐 요 자리에 요대로 가만히 계시게."

합죽할미는 화들짝 놀라며 이희구 발에서 신발을 강제로 벗기고 몸을 방 안으로 밀어 넣은 뒤 부엌으로 서둘러 들어섰다. 주변을 한번 삥 휘둘러보던 눈길이 무쇠솥에 멈췄다. 시집온 뒤부터 여태까지 그녀의 손길이 멈추지 않던 무쇠솥인데 늙어도 들기름에 무쇠가 아니라 검은 플라스틱으로 보일 만큼 빤질빤질 빛났다. 그녀는 그것을 볼 때마다 무쇠솥을 물려주고 죽은 시어머니 언사가 내처 떠올랐다. '어미야, 얼른 상 봐라. 일하고 온 아비 배고프것다. 허기진 사람이 시장기를 참다가 밥 잦아드는 새를 못 기다리고 솥전을 잡은 채 쓰러져 죽는다는 옛말도 있다. 그러니 날래 서둘러라.' 저녁 끼니때면 재촉을 잊지 않던, 죽은 시어머니 목소리가 때를 기다린 듯 지금 새삼 귓가에서 귀울음처럼 살아 올랐다.

지금 시각에선 평소 하던 대로 밥 짓기는 늦었어도 한참 늦었다. 솥을 달궈 덥히자면 시간이 터무니없게 지체될 게 빤했다. 일찍 산으로 간다는 사람을 중죄인처럼 오래 잡아둘 순 없었다. 그녀는 잠깐 망설이며 대책을 궁리했다. 겨울철, 급히 요기할 만한 먹을거리가 있다면 엊저녁에 먹다 남긴 식은 밥 덩이뿐이다. 부엌으로 선뜻 내려선 합죽할미는 찬장에서 식은밥이 담긴 사발을 찾아냈다. 일상 버릇대로 엄지손가락과 집게손가락으로 식은밥 알갱이를 집어 입 안으로 넣어 앞니로 깨물어 상태를 확인했다. 찬장 안에 있었지만, 얼어붙은 냇가 모래알처럼 입 안에서 서걱서걱 씹히는데 잇몸뿐 아니라 이뿌리까지 시릴 만큼 찼다.

그거나마 먹여 보내려고 합죽할미는 얼른 프로판가스 레인지에다 양은 냄비를 얹은 뒤 물동이에서 살얼음을 깨고 찬물을 퍼 담았다. 이내 붙은 불이 얼음물을 덥히며 김을 올렸다. 식은 밥 덩이를 토렴할 요량이었다. 물이 양은 냄비 속에서 이내 굽이쳐 끓어올랐다. 백비탕으로 식은 밥을 두어 번 덥힌 뒤 나머지 물에다 된장과 고추장을 푼 다음 간장으로 간 맛을 가늠해가며 장국을 만들었다.

그리고 덥힌 밥 덩이가 담긴 사발에다 끓는 장국을 부었다. 밥이 담긴 사발에서도 김이 올랐다. 뜨거운 물로 덥힌 식은 밥 덩이가 목구멍으로 편안하게 넘길 만한 음식으로 돌아왔다. 토렴이 제대로 된 듯했다. 힘든 일하는 날, 끼니때가 어정쩡해서 허기를 채울 때, 시어머니가 식은 밥 덩이를 찾아내 임시변통으로 급히 만들던 먹을거리였다. 시어머니는 토렴 음식을 만들면서 며느리에게 새겨듣도록 일렀다.

"옛적에는 그랬다. 굶은 사람이 대문 안으로 깡통을 내밀고 끼니를 요구할 때, 집 안에 새로 지은 밥이 남은 게 없고 딱하게도 묵은 보리밥을 줄 때가 있는데, 그땐 반드시 맑은 물에 깨끗하게 헹군 다음 뜨거운 장국으로 토렴해 주는 게 없는 사람에게 베풀 최소한 도리였다."

합죽할미는 쥐코밥상에다 토렴한 밥그릇과 김치 사발까지 곁들여 방 안으로 들어와 이희구 앞에다 내려놓았다. 불빛에 합죽할미의 물 묻었던 손이 그날따라 눈에 띄게 번들거려 이희구를 미안케 했다. 급히 서두르다 보니 젖은 손에서 물기를 닦아낼 겨를이 없었던 모양이다. 뼈 마디마디 쑤시지 않은 데가 없는 육신이지만, 오늘은 그런 느낌이 들지 않을 만큼 행동이 민첩하도록 빨랐다. 이희구는 황망히 상을 맞받으며 황송함을 감추지 못했다.

"할머니, 이른 아침부터 괜한 고생을 시켜드려 죄송하구먼유. 자던 댓바람으로 일찍 갔다가 점심때쯤 돌아오려고 했는디……."

"하, 시방 뭔 소리 하누 이 사람아. 내가 자네 빈속을 아는데 어떻게 맨입으로 산으로 그냥 보내? 그리 보낸 뒤 내 속은 과연 편할까. 밥을 덥힌 김에 아예 주먹밥이나 두어 개 만들어 드릴까나? 혹 늦을

지도 모르는데…….”

"아니, 아니어유. 주먹밥은 싸지 마세유. 어차피 얼어 모래알 같을 거니까유. 점심때쯤 돌아올 테니 너무 염려하지 마세유."

"그렇다면 그거나 어여 많이 드시게. 뜨거운 물에 데웠어도 금방 식을 것이니, 내가 정신만 단디 차렸더라면 따뜻한 밥을 멕여 보냈을 텐데, 쩝 —."

비록 토렴한 밥이지만 이희구는 마치 기다리고 있었다는 듯 게걸스럽게 입 속으로 욱여넣었다. 마지막 숟가락을 놓을 때까지 옆에서 안쓰러운 눈길을 주던 합죽할미는 밥상을 들고 일어나며 한마디 했다.

"밥이 적지다? 양이 차지 않아 어이하면 좋누? 갔다가 점심 이맘까지 부지런히 돌아오시게. 내가 따끈한 점심을 준비해둘 것이니."

"아니어유 할머니. 이만하면 지가 먹을 양은 충분해유. 혹 지가 조금 늦더라도 기다리지 마시고 혼자서라도 점심을 챙겨 드세유. 밥상은 이리 주세유. 지가 부엌으로 내겠시유."

"겨울 짧은 해, 늙은 몸, 뭣에 욕심나서 혼자 미련스레 세 끼 다 꼬박 챙겨 먹을까? 자네가 올 때까지 기다리고 있을 테니 어여 다녀오시게. 그리고 겨울 산골 날씨는 믿을 게 못 돼. 그러니 조심, 또 조심허게."

"그런 말씀 마시고 시장하실 테니 점심 꼭 챙겨 드시고 계세유. 그럼 다녀오겠시유."

이희구는 합죽할미 뒷말을 막으며 얼른 쥐코밥상을 맞받아 들었다. 그러나 그녀는 토렴으로 덥히기는 했으나 부실한 음식을 겨울철

새벽바람에 먹인 게 큰 죄나 지은 듯 아직도 죄스러움을 털어내지 못하여 여태 애간장을 끓이고 있는 참이다.

이희구가 산으로 떠난 지 얼마 뒤, 떠나간 자리를 메우듯 잔뜩 찌푸린 하늘에서 눈이 퍼붓듯 쏟아져 내렸다. 그러다 찬바람을 안고 거센 눈보라로 변했다. 합죽할미는 문을 빠끔히 열자 바람결에 날리는 눈이 이마에 흐트러진 머리카락에도 매달렸다. 그 머리카락 사이로 이희구가 떠난 산을 두려운 눈으로 한참이나 바라다봤다. 덩어리가 커 묵직하게 내려앉아 의연히 보였던 산이 눈보라 속으로 자취를 감추었다. 그를 품었을 산이 눈 밖으로 벗어나 있었다.

이희구는 겨울이면 산속에서 버섯과 겨우살이를 거둬들였다. 겨우살이는 깊은 산속 잡목 숲 참나무의 높은 가지에서 홀로 퍼렇게 기생했다. 그것들이 겨울철인데도 회색의 가지에서도 퍼런 무더기로 기생하니 먼눈에서도 뚜렷하니 띄었다.

겨우살이가 동맥경화와 고혈압, 간과 신장은 물론 관절염, 중풍에까지 효험이 있다고 떠들썩하니 약재상에서도 이희구에게 주문량을 늘렸다. 옛날보다 기름진 음식을 풍족하게 먹고 잘산다는 데도 질환자는 오히려 날로 늘어나는 추세라면서 약재상 영감이 혀를 찼다. 산에서 캔 약초를 손질해서 읍내 약재상에다 내다 팔고 오는 참에 합죽할미와 살아가는 데 소용되는 생활 잡화와 쌀을 사들였다. 임산물은 둘의 생활을 꾸리는 데 소중한 밑천이기도 했다.

바깥바람에 '잉잉' 우는 갈참나무 잔가지 그림자가 한지 문에 정신 사납게 오락가락했다. 포근한 날씨라면 쌓였던 눈이 며칠이나 갈까 싶었는데, 엊저녁에 몰아닥친 북풍이 녹던 눈을 얼음덩이로 말갛게 얼려놓았다. 합죽할미는 떠난 이희구에게 할 소리가 여태 남아 있었다.

'그렇게 한마디도 없이 떠날 사람은 아니지……. 쌓였던 눈이 녹고, 길이 트이면 설마하니 떠났던 길을 되짚어 돌아오겠지…….'

합죽할미는 전등을 켰다. 이희구가 돌아와 머물 윗방에도 그가 머물던 일상처럼 불을 환히 밝혀 머묾을 위장해놓고 싶었다. 다만 기척만 없을 뿐이라 여기며 위안을 받을 참이다. 합죽할미는 샛문을 열고 윗방으로 들어서 벽을 더듬어 불을 밝혔다. 어둠이 물러나자 방 안이 외려 휑하기만 했다. 아침에 일어나자마자 묻은 흙을 털어내고 진걸레로 말끔히 닦아놓은 신발이 빈방에서 우두커니 주인을 기다리고 있었다. 이희구의 잦은 손길이 갔던 물건들이 휑한 방 안에서도 유독 눈길을 사로잡았다.

바깥에 두었다간 북어처럼 얼말라서 막상 신으려 들면 젖은 신발과 다를 바 없기에 추운 날에는 어김없이 방 안에다 들여놓았다. 사내 발끝에 걸려 있어야 할 신발을 보면서 마음 한구석이 다시 텅 빔을 느꼈다. 그렇게 휑하니 빈 구석에다 이제 무엇을 메워야 할는지 막막하기만 했다. 뭐보다 그녀에게는 그런 게 한 걱정거리였다.

합죽할미 눈길이 횃줄에 걸린 옷가지에 가 멈췄다. 그냥 두기가 찝찝해서 어제 아침나절에 벗겨 먼지를 털어낸 옷가지들이 그의 껍데기처럼 걸려 있었다. 먼지를 털어낼 때 옷자락 끝이 회초리에 감겨서 힘에는 부쳤으나, 시작한 김에 끝장내고 싶어 무리하게 힘을 쓰긴 했지만 고된 생각은 미처 예상하지도 못했다. 그런데도 마음이 영 내키지 않아 몇 가지는 기어이 물빨래하느라 손끝에다 물을 묻혔다. 옷가지들이 마르자 벽 못에다 걸 것은 걸어두고, 갤 것은 포개어 접었다. 일을 끝내자 마음 한 녘은 외양간을 친 뒷자리에 선 듯 개운했다. 옷가지들을 바라보던 합죽할미는 엷게 웃으며 다시 벗겨서 코끝으로 가져갔다. 손수 갓 빨아 말린 옷에서 빨랫비누 냄새만 짙게 날 뿐 이희구 체취는 한숨도 맡을 수 없었다. 체취가 그냥 남을 줄 믿었는데 그런 바람도 마음으로만 그쳤다. 뭔가 허수하다 못해 감정마저 찡하니 솟구쳤다. 그런데도 합죽할미는 후각을 시험하려는 듯 옷가지를 코끝에다 찬찬히 대고 큼큼 콧숨을 들이마셨다.

잠깐 멍해 있던 합죽할미는 반닫이 위에서 이불을 내렸다. 이희구가 이제라도 훈기조차 없는 방 안으로 들어서면 얼마나 싱겅싱겅하겠는가. 그녀는 방 아랫목에서 달아나기만 하는 온기를 모아두려는 듯 이불을 방바닥에다 펴고 난 다음 손끝으로 자근자근 눌러 갇힌 공기를 빼냈다.

'아니지. 내가 이러고 있을 때가 아니지. 나가서 군불이라도 더 때 놓아야지. 그래야 한데서 언 몸이 지레 풀리겠지…….'

기어이 합죽할미는 굽은 허리를 더욱 구부려 부엌으로 들어섰다. 언 몸으로 오래 비워둔 방에 들어서면 싱겅싱겅한 냉기를 느낄 텐데 군불로 훈훈하게 덥혀 놓아야 마음이 놓일 성싶었다. 그녀는 불씨만 남은 아궁이에다 불꽃을 일으켜 놓은 뒤 오래 타도록 굵은 참나무 장작만 골라 군불을 지폈다. 작은 것에서 굵은 장작으로 불길이 활활 옮겨붙자 합죽할미는 만족한 표정으로 이희구 거처방으로 되돌아왔다. 군불 기미가 미처 느껴지지 않음을 지레짐작하면서도 그녀는 두 손을 이불자락 밑으로 깊숙하게 밀어 넣어 기어코 온기를 확인하려고 엉덩이를 높이고 설설 기었다. 마음만 앞서 그런가. 앞서와 다르게 미지근한 온기가 손바닥으로 전해지는 느낌도 들긴 했다. 그녀는 눈주름을 접으며 희미하게 웃음 지었다. 비로소 자신 마음도 조금 따뜻해지는 양 싶었다. 이제 기다리려는 준비를 얼추 마친 기분이다.

'암만해도 내일이면 설마하니 돌아오겠지. 암 돌아오고 말고…….'

아랫방으로 다시 내려온 합죽할미는 매듭을 맺은 노끈 더미를 찾아냈다. 이희구가 떠난 날을 셈하려고 오늘도 노끈에다 매듭 하나를 더 맺어 두어야 했다. 손가락으로 셈하다 보면 서넛을 꼽고는 나흘인지 사흘인지 오락가락하는 게 늘그막 셈법이다. 오늘따라 빳빳한 흘게로 매듭지으려 했으나 손아귀에 힘을 모을 수가 없어 매듭짓는 게 어제보다 더디기만 했다.

매듭 하나를 지을 때마다 마음에 드는 모양새를 얻으려고 몇 번인가 맺었다 풀었다 되짚어 멈칫멈칫했다. 맺은 매듭이 여럿 되었다. 매듭 마디 수가 희구가 떠난 날수와 같았다. 그녀는 기어이 매듭 하나를 보태고 노끈 더미를 손아귀에서 놓았다. 노끈 더미가 밤잠 발치에 채이지 않도록 누워야 할 머리맡에서 멀찍이 밀어두었다. 매듭

더미를 따라가다 되돌아온 서운한 눈길이 다시 문으로 가서 끈끈하게 매달렸다. 문풍지가 달린 문은 바람마저 새어들지 않을 만큼 이빨을 야물게 다물고 있었다. 합죽할미를 염려한 이희구의 손끝은 그렇게 겨울 문단속에도 흔적을 남겼다.

'설마 날 들면 돌아오겠지. 아무렴 돌아올 테지…….'

흔들림 없는 기다림이고, 변하지 않는 믿음이다. 시어머니가 입에 달던 소리가 있었다. '물레방아를 스쳐 지나간 물은 무슨 곡식을 빻았는지 모르는 법이지.' 그리 무심한 게 사람이라고 했다. 이희구도 오지 않는다면 어떻게 하겠는가, 그 뒤를 어떻게 감당할는지 답변은 없는데 떨치고자 하는 물음이 쉼 없이 치밀었다.

2
응달진 밭 쭉정이들

합죽할미가 시집와 얻은 택호는 안이실집이다.

친정집 동네 이름이 안이실인 까닭에서였다. '댁'이라 부름이 온당했으나 시댁 형세가 지체에 미치지 못한다고 하대해서 부름이 '집'으로 매겨졌다. 친정집은 비록 초가집이지만 너른 마당귀에 박힌 우물로 '굴우물 훈장집'이라고도 불렀다. 우물은 아득하게 깊어 맑은 물 실체는 맞바로 볼 수 없고 내리비친 짚 똬리 구멍만 한 지붕 그림자만 조그맣게 눈 안에 찼다. 외려 돌벽에 낀 푸른 이끼만 둥그러니 선명하게 보이는 그런 집에서 셋째로 태어나 맏딸로 자랐다. 해방에 앞서 일본 전쟁 물자 공출 때, 조상 제물이라 여겨오던 유기그릇을 빼앗기지 않으려다 일본도에 깊이 다친 쇳독으로 죽은 아버지는 마을 훈장이었다. 비록 껑뚱하니 마른 체구지만 강단이 들어찬 맑고 깊은 눈길 때문에 엄혹해 보이는 아버지는 겉보리 몇 말 받고 동네 아이들을 가르쳤으나, 딸에게는 문자를 깊이 일러주지 않았다. 다만 제 이름쯤 읽고 쓸, 강아지 눈뜬 만큼만 가르쳤다.

"여식애가 깊이 배울 하등 이유가 없다. 머잖아 사돈집으로 갈 몸, 문자보다 행실을 바르게 가짐이 시집살이에 도움 될 터. 바른 행실에 가사나 야무지게 손에 익히면 아녀자 삶으로선 족하다."

얼굴색 한번 고치지 않고 당당히 입 밖으로 내뱉으며 행동거지 단속에만 골똘하며 엄혹한 잣대를 들이댔다. 뭣보다 염치를 벗어나는 일에는 몹시 화를 내며 가차없이 나무라 기어이 눈물을 쏙 뽑아놓았다. 그녀는 부모의 불공평함에 반기를 들듯 책을 읽을 때는 새로운 세상을 만나는 그 느낌은 어쩔 수 없어 몰래 숨어서 글 뜻을 알뜰히 익히려고 혼자서 안달깨나 부렸다.

아버지 죽음으로 가세가 기울자 어린 나이에 농투성이라 업신여김을 받는 안지상에게 혼수도 넉넉지 못한 몸으로 시집왔다. 술자리에서 농지거리로 혼담을 꺼낸 소장수 중매로 육십 리나 떨어진 산촌까지 마소처럼 끌려오듯 한 출가였고, 그조차 신접살림 일습도 못 갖춘 구메혼인이었다. 겨울에는 햇빛이 보자기 넓이만큼 펼치다 얼핏 거두어가는 산골은 친정집 우물 안처럼 암울하고 답답할 만큼 좁은 벽촌이었다. 시집온 이튿날 아침, 마을을 두루 살펴보니 코앞이 바로 산이라 아궁이에다 불 필 마음에 앞서 천리만리 달아날 생각밖에 나지 않았다. 그러나 가난한 형세에, 그 땅에서 자식을 낳아 길러야 했고, 또 그것들을 먹이고 입히려고 하루해 길이와 무관하게 외모를 가꿀 엄두도 못 낼 만큼 밤낮 꿈적거릴 수밖에 없었다. 그러다 보니 고된 일을 견디는 뚝심과 두어 마디 말을 참다가 한마디로 함축해 뱉어내는 인내와 끈기를 그럭저럭 터득하게 되었다.

자식들은 남만큼 두었다. 아들과 딸이 둘씩이면 자식이 곧 노동력인 그 시절 누가 봐도 자식 팔자 '딱 알맞다'는 소리 들을 만큼 적당한 편이었다. 그러나 자식 많다 해서 반드시 자식복이 덩달아 많아지는 건 아니었다. 자식들이 타고난 운이 박복하다고 느낄 때, 그녀는 팔자소관보다 부엌에 머물며 자식복을 관장한다는 삼신할미를 원망했다. 삼신할미가 앙심 품지 않고서는 점지한 자식들 모두 쭉정이가 될 리 없다는 소원함이었다. 나이깨나 먹은 이웃 할멈이 입 가볍게도 태시를 어겼을 거라 넘겨짚을 땐 속으로 그냥 심통이거니 웃어넘겼으나, 그 말이 체증처럼 명치 밑에 걸렸다가 사단이 생길 때마다 시무나무 가시처럼 심장을 뜨끔뜨끔 찔러댔다.

여섯 식솔 가운데 가장 일찍 세상을 뜬 큰아들인 안경수가 여태 산다면, 올해로 나이가 일흔하나에 들었다. 농사일 도우며 이십 리나 좋이 되는 산길을 다리 알통이 영글도록 왕래하면서 고등학교까지 간신히 마쳤다. 그 시절, 집안 형편에서는 큰맘 먹고 가르친 축에 끼었다. 이젠 한계라 여길 만큼 가난살이 누더기 깁듯 가용을 쥐어짜 가르친 까닭도 맏이라서 부모에게 우대받기는커녕 넘겨받아 질 짐이 동생들보다 무겁다는 판단에서 베푼 보상 성격이 짙었다.

어렵사리 졸업한 안경수는 사는 환경이 막막하다는 티를 뜯어 아무 때나 야생 고라니처럼 집이란 우리에서 벗어나려고 바동거렸다. 마음 향방이 콩밭에 있으니 한쪽 눈은 외지로 나가는 마을 동구에 노상 꽂아놓고 일손이 풀린 채 허깨비처럼 살다시피 했다. 밭농사가 끝나는 늦가을부터 언 땅이 풀리는 봄 계절 복판까지 겨울 땔나무를 장만하는 게 유일한 집일인데, 그 일마저 게으르게 일손을 놓은 채 일상에서 탈출하려고 닭장에 갇힌 수탉처럼 기회를 엿보기만 했다. 눈앞에 놓인 집안 형세를 걱정해서 부지런히 꿈쩍거리면 눈코 뜰 사이도 없을 테지만, 외면하고 게으름을 피우자면 한없이 게을러질 수 있는 겨울철 산골이라 제 편한 형편대로 퍼드러지게 노는 일로 해소일만 했다.

그런데도 부모 앞에서만 항상 눈동자를 눈 모서리로 모은 채 생각 없이 툭툭 던지는 말투며, 이것저것 건드려 소리를 내는 빈 손짓, 뭔가 무턱대고 걷어차는 발길질, 그렇게 부모 성정을 긁어놓는 건 예사고, 귀담아들을 말도 '네에, 네에' 말끝을 잡아 늘이려고 주둥이가 나온 아래턱을 쑥쑥 내밀며 건성 대꾸할 때는 불경스러워 얄짤없이 내치고 싶었다. 그만만인가. 담배질도 일찌거니 익혀 몸에선 담배 전 냄새로 스친 자리를 알게 하고, 이겨내지 못할 술에 취해 토한 자리에서 개와 같이 그 모양새로 웅크린 채 코를 고는 짓도, 그리고 그 짓이 어떤 손가락질을 받는지 모르는 듯했다. 들일을 시켜놓으면 게으른 일솜씨에 부아가 치밀어 달려들어 쟁기를 빼앗아 논도랑에 훌쩍 던지고, 등짝에서 먼지가 일도록 얀정없이 두들겨 패고 싶을 때도 한두 번 아니었다.

그런 아들을 바라보는 안지상 낯빛은 쭉정이로 폐농한 논밭을 보듯 어둡기만 했다. 부모 눈에 그러한데 이웃에겐 어떻게 비쳐 보이겠는가. 내 아들이지만 돼먹지 않았다고 수군거릴 거라 지레짐작할 땐 마을에서 얼굴을 곧추세우고 다니기가 민망했다. 죽은 아버지에게 확인한 적 없지만 제 클 땐 저 정도는 아니었다는 생각이 새삼 들었다. 야생 멧돼지 못잖게 가둬 기를 수 없는 일이 자식 양육이란 말도 한마디 어긋남이 없었다. 여태껏 기른 공력이면 멧돼지 새끼 잡아다 기르는 게 수월했을 거라며 아들 언동에 제동을 걸면서도 한녘으로는 단념해야 했다. 자식 일에는 바위처럼 앙버티려는 아비 작심은 결국 그것들 의지대로 터진 가마니처럼 미적미적 끌려가다 끝내 견뎌내지 못한 채 허물어지기 마련이다.

"이제 아버지는 할 수 있는 게 농사일뿐이고, 조상 묘와 어머니가 이곳에 있으니 벗어날 수 없지만, 젊고 홀몸인 저야 장랠 생각해서라도 이곳에 매여 있을 아무런 이유가 없지 않아요?"

입만 열면 역마살이 낀 듯 이곳에서 벗어나야 한다는 볼멘소리도 이젠 노래가 되었다. 말대로 따진다면 논리에는 한마디도 어긋남이 없었다. 그러나 안지상 처지에선 함부로 놀리는 말버르장머리를 그대로 두고 보기에 남부끄러웠다. 자신 세대에서는 그딴 말을 감히 아버지 앞에서 고개를 치켜들고 흔들리지 않는 눈빛으로 내뱉어본 기억도 없었다. 부모 앞에서 내뱉는 사나운 입정은 곧 불효임이 머리에 박혀 있었다. 치밀어 오르는 성정을 참으며 달랠 때까지 달래볼 수밖에 달리 방도가 없는 게 또한, 부모의 처지였다.

"이 아비가 무턱대고 네 앞길을 가로막고 있느냐? 세상 물정 모른 소리라 참으로 딱하기도 하다. 어디 시간을 두고 한번 차근히 생각 좀 해보자. 아무런 준비도 없이 무작정 집에서 떠난다니 세상 어느 부모가 자식을 맨손으로 객지에 그냥 보내려고 하겠느냐?"

"저도 집안 형편을 잘 알아요. 다만 제게 떠날 차비와 임시로 견딜 생활비만 조금 마련해주시면 그다음 일은 제가 다 알아서 살아갈 테니까 아버지는 그 돈만 마련해주세요."

"네 눈엔 지금 집안 사정이나 형편이 빤히 보이지도 않느냐?"

"보여서 이러는 거잖아요? 그러니 저라도 객지로 나가 돈을 벌어야 하지 않아요?"

"그 말은 지극히 옳다는 건 나도 잘 안다. 그리고 또한 그래야 한다는 것도. 그러나 이 아비 말은 지금 당장 모갯돈을 마련하자니 그게 어렵다는 말이 아니냐?"

"아버지, 목돈을 쌓아놓고 저를 보낼 그런 희망찬 날이 언제 오겠어요? 제 생각에는 평생 올 것 같지 않네요. 이웃에서 빌려서라도 마련해주면 안 돼요?"

"밑돈을 빌리는 데도 그렇다. 갚을 능력도 있어야 피천이라도 빌리는 세상이다. 조금만 참아라. 그러면 내가 어떻게라도 한번 마련해보마."

"에이씨!"

아들 입에서 듣지 말아야 할 말이 기어이 튀어나왔다. 마음 같아서는 짱돌로 이마빼기에다 냅다 꼽고 싶을 만큼 터럭들 끝이 일어섰다. 그러나 안지상은 부르르 치를 뜨는 선에서 부아를 내리누르곤 애먼 담배질로 나머지 속을 풀어낼 작정했다. 손가락 하나 까딱하잖아도 속이 썩을 만큼 부글부글 울화가 들끓어 올랐다. 사람 사는 세상이니 시끄러운 소리는 당연히 날 테지만, 이건 툭하면 부자간에 벌어지는 다툼 모양새가 남들이 보면 떡 해먹을 집안이라 손가락질 받기 딱 알맞았다. 그런데도 이틀이 멀다지 않았고, 주고받는 말투는 나날이 높고 거친데 타협점은 물과 기름처럼 겉돌기만 했다. 할 수만 있다면, 펄펄 끓는 화덕에 집어넣었다가 쇠모루에다 메로 두들겨 성정을 개조하고 싶었다. 참으로 한 지붕 밑에서 부자간에 할 짓이 아니란 생각이 미치자 안지상은 속에서 끌어올린 가래를 흙먼지 안고 구를 만큼 탁 뱉어도 꼬인 속은 더 꼬여들었다.

안지상에게도 분명한 셈속은 있었다. 맏이를 잡아 가계를 잇게 하고, 아래 자식들이 성장하면 곁에서 떠나보낼 계산은 일찍부터 해왔다. 마침 여식이 둘이니 출가하면 응당 곁에서 떠날 게 정한 이치고, 막내만 반듯한 직장을 잡아 나가면 자식농사는 소망했던 모양새로 이루어지는 셈이다. 물론 그럴 때까지 맏이를 외지로 보냈다가 거동이 불편하여 농사일 할 수 없을 지경에 이를 때, 그때 불러들여도 될 일이다.

그러나 그 방법은 흐르는 물 위에다 산 그림자를 담아두려는 소망처럼 가망 없을 테다. 외지에서 가정을 이뤄 생활하다가 부모가 노쇠하니 귀농하라 이른다고 돌아와 살 젊은이들이 있긴 있겠는가에 믿음을 가지는 건 아니었다. 그저 물 위 절경 그림자처럼 허망한 바람뿐임을 알지만, 마음으로 그런 끈이나마 잡고 있어야 버팀목이 되었다. 비록 넉넉잖은 가산이지만 부모가 죽은 다음, 그냥 고향에다 내버려둘 수도 없지 않은가. 변변찮은 초가삼간이고 뙈기밭 몇 마지기지만, 그것을 소유하려고 갖은 수모를 겪으며 남의 집 온갖 허드렛일도 마다치 않던 아버지의 고단한 삶을 떠올릴 때면 가슴이 뭐에 맞부딪히지 않아도 그냥 쿵 무너질 일이었다. 하루에도 몇 번씩 마음이 천 조각 만 조각으로 갈피를 이뤄 일어날지라도 맏이인 안경수를 잘 타이르고 구슬려 삶아서 곁에다 붙잡아둘 수밖에 없다고 더러 더러 다짐할 수밖에 없었다. 그리고 한 치 물러섬도 없이 밀어붙여야 이 터전에서 가계나마 이어나갈 의지도 생겨나지 않겠는가.

아버지와 아들이 밥상 끝에 마주 앉았다면 첫술도 뜨기에 앞서 '보내달라', '못 보낸다', 그런 승강이질을 한창 벌일 무렵, 마을 인근 산에 산판이 벌어진다는 소문이 나돌았다. 탄광 갱목으로 쓰일 목재를 조달하는 산판이라 알려졌다. 천둥이 잦아지면 소나기 온다고 진작부터 목상이 꿀통을 본 담비처럼 뻔질나게 마을에 드나드는가 싶더니 기어이 일 벌일 작정한 모양이었다.

세상 흐름이 아무리 옴나위없다 해도 굶어 죽으라는 법은 없다면서 마을 사람들은 내남없이 환한 얼굴로 반겼다. 산판이 벌어지면 도로가 정비될 테고, 외지 사람이 드나드니 낱돈이라도 마을에 떨어질 게 아니냐는 기대 때문이다. 또 진입도로가 어디로 날 것인가에 따라 나무를 판 산 임자는 물론 임시도로에 밭머리를 제공한 사람에게도 목돈이 들어올 게 정한 순리였다. 또한, 벌목이야 큰톱을 다루는 전문 벌목꾼들이 할 테지만, 벌목한 나무를 상차장까지 운반하는 인부들은 분명 가까운 마을 인력을 빌리지 않겠느냐는 기대감에 마을 분위기는 두더지가 뒤져 가는 땅껍질처럼 들썩였다.

하릴없이 빈둥거리는 아들을 둔 안지상의 기대 또한 한층 부풀 만큼 부풀어 올랐다. 안경수가 체격은 건장하니 벌목한 나무를 도로가 끝나는 상차장까지 끌어내리는 거나, 나무를 트럭에다 싣는 일에는 무난히 견뎌낼 만큼 한 덩칫값은 너끈히 해내리라 여겼다. 정작 본인의 속셈은 더 깊은 데에 있었다. 고향에서 벗어나는 데 소용될 비용을 마련할 절호의 기회가 왔음을 알아차렸다.

그런 판세인데 돌개바람에 마른 땅에서 물고기를 얻듯 목상이 제 발로 안지상을 만나러 소리 소문 없이 찾아들었다. 곡식만 말리기엔 볕이 남아돌고 겨드랑이가 산뜻할 만큼 알맞은 바람까지 실실 부는 가을 복판, 그렇게 쾌청하게 개서 마음 한 녘이 싱숭생숭해지는 그런 날, 실잠자리처럼 몸이 가벼워지는 저녁녘이었다.

"흠, 흠, 흠. 쥔어른 계십니까?"

바깥에서 마당 안을 한 바퀴 삥 둘러본 목상이 마른기침을 달며 지나는 길손처럼 안지상을 찾았다. 흰 페인트를 칠하다가 바삐 온 듯 머리카락이 희끗희끗 센 그는 내지르는 목소리가 높고 경쾌해서 이골 난 나무장사꾼 격에 걸맞았다.

"어디서 오셨는지요? 내가 이 집 쥔이오만……."

나뭇가리 앞에서 참나무 장작을 패던 안지상은 모탕에다 도끼를 던지며 얼굴 반쪽만 먼저 삐죽이 내밀어 방문객의 용모를 살폈다. 산판 때문에 마을로 드나드는 모습을 먼발치로 몇 번 본 적이 있긴 한데, 이렇게 맞대면하긴 처음이었다. 그는 불시에 찾아든 목상 앞으로 걸음을 서름서름 옮겨놓았다. 그에 비견하여 목상은 장사치라서 그런지 첫눈에 보아도 응대하는 품새가 초면이라도 사람 마음을 끌 만큼 표정과 언동을 내외하지 않았다.

"제가 이번에 산판 일하려는 방호식입니다. 긴히 드릴 말씀이 있기에 이리 무턱대고 찾아왔소이다."

그는 유난히 가늘고 긴 손가락을 펴서 손을 찌르듯이 안지상 앞으로 불쑥 내밀었다. 악수하자는 뜻인데 공격하는 모양새라 상대를 주춤하게 했다. 안지상은 얼결에 그 손을 덥석 잡은 채 머리까지 깊이 숙여 인사를 건넸다.

"아, 예. 나는 안지상이오. 들어오시지요. 사장님이 무슨 일로 저의 집에 이렇게……?"

"요즘 농사일은 어떠십니까?"

방호식은 분위기를 돋우려는지 딴소리로 눙치기부터 했다. 상대방 처지까지 살펴가며 분위기를 유도하면서 본론에는 휘돌아 찬찬히 접근할 심산인가 싶었다.

"노다지 광산이라면 혹 몰라도 농사일이란 늘 그러하지요. 어깨짐 일로 밭뙈기를 늘릴 수 있겠소, 산 토막을 사겠소? 그러니 살림 형세가 작년이나 올해나 늘 그게 그 모양으로 그러하지요. 그런데 이번 윤영달 영감네 산에서 산판 한단 소릴 들었는데, 그 말이 맞는 기요?"

안지상은 에둘러 인살 받으며 속마음을 일찌거니 꺼내들었다. 눈앞에 뛰어가는 산토끼가 있는데 토굴에 들기에 앞서 포획해야지 않겠는가. 한 짬이라도 이른 움직임이 뛰는 산토끼를 잡는 데 도움 될 테다.

"예, 일을 벌이긴 합니다만 기대한 만큼 목재량이 나올는지 모르겠습니다. 그래도 내가 해야 할 일이 나무장사 일뿐이라 일단 시작은 해봐야 하지 않겠습니까? 허허허."

"그래도 그 산은 이 마을에서 나무들이 가장 쓸 만하다고 소문나 있지요. 그러니 목재량이 틀림없이 짐작만큼 나올 것이외다. 그런데 얼마나 주었는지요?"

"나이 드신 분과 다투기가 싫어, 뭐 달라는 대로 모두 드렸습니다. 그러잖아도 산 밑까지 운반로가 없고 길이 대책 없이 험하여 가욋돈이 많이 들게 생겼습니다. 그런데 이렇게 온 건 절 좀 도와주십사 부탁하러 왔습니다. 대폿집으로 모시려 했으나, 보고 듣는 이목도 있고 해서 바로 댁으로 찾아왔습니다."

방호식은 주저하지 않고 장사치답게 바로 속내를 드러냈다.

"제가 돕다니요? 뭐 도울 일이란 게 뭐요?"

"예, 두 가지입니다. 우선 일꾼들 밥을 좀 해주십사 부탁합니다. 찬밥을 먹일 수는 없고 끼니는 반드시 따끈한 음식을 제공해야 하겠기에……. 산판에서 가장 가까운 집을 찾다 보니 이리 왔으니 맡아주십시오."

"우리 집 형편에야 쌀과 물과 솥만 덜렁 있고, 반찬이라고 김치밖에 낼 수 없는 집인데, 그리고 집사람이 그 일을 감당할 자신이 있는지……."

안지상은 말을 그렇게 받으면서 햇도토리를 우리려고 옹자배기를 행구는 안이실집에게 눈길을 돌리며 슬며시 물음 끝마디를 던졌다. 진작부터 이쪽 대화에 귀를 활짝 열고 반쯤 건성으로 일하던 안이실집이니 바로 대답은 돌아올 테다.

 "어때, 임자가 할 자신은 있는가?"

 안이실집이 접었던 허리를 양 엉치뼈에다 두 손을 짚어 펴면서 얼굴에 번지는 미소를 감추려는 듯 고개를 짐짓 숙인 채 목소리를 낮게 깔며 대거리했다.

 "밥하는 거야 뭐, 쌀에 물을 붓고 솥에 안쳐 불만 때면 되지마는, 그 많은 사람이 먹을 찬 만들기가 수월찮을 것인데……. 반찬 솜씨 없는 내가 그 일을 온전히 할 수 있으려나?"

 둘 사이에 오가는 대화를 꼼꼼히 엿들은 안이실집은 먹은 바 마음을 바로 고대로 풀어냈다. 그러나 갑작스러운 제안이라 몹시 부담스러워하는 빛이 얼굴에 뚜렷하게 묻어 있긴 했다.

 "뭐 그리 어려워하실 것 없습니다. 산판꾼들이라서 먹는 양이 문제지, 뭐 특별난 음식을 먹이는 것은 아닙니다."

 "힘 많이 쓰는 일을 다부지게 해치우자면 부실하게 먹어서는 안 될 건데……."

 "일상 자시는 데서 한두 가지 반찬만 더 얹는다고 여기시면 됩니다. 그 대신 양은 많이 먹습니다. 쌀과 반찬 공급은 염려 안 해도 됩니다. 시장에 날마다 가지 않으셔도 산판 차가 수시로 들락날락하니 그편으로 실어 나르면 나들이할 필요마저 없습니다."

 "손맛이 시답잖은 내가 과연 그 일을 할 수 있을는지……."

잠자코 듣던 안지상이 기회를 놓칠세라 서둘러 거들고 나섰다.
 "겨울철이라 바쁜 밭일도 없는데 임자가 고생 좀 하지그래."
 "빈둥거리는 겨울철에 하긴 뭐라도 꿈쩍거리긴 꿈쩍거려야 하겠지마는 여엉……."
 "아주머니 말 나온 김에 그만 그렇게 아주 작정해주십시오. 내가 밥값은 물론 아주머니의 수고비도 섭섭잖게 쳐드릴 테니 일 좀 맡아 주십시오."
 방호식 말이 끝나기 무섭게 안지상은 서슴지 않고 물음을 던졌다. 밥 짓는 일을 서둘러 마감하려는 속셈이 다분히 엿보였다.
 "그건 된 것 같은데, 그리고 도와드릴 일이 뭐가 또 있소?"
 "그 산판 할 산 입구 왼쪽에 밭이 하나 있는데 댁네 소유라고 알고 왔습니다."
 "아, 그거. 대대로 물려받은 땅인데 올해 옥수수를 심었던 밭이지요."
 "트럭이 코너를 돌아야 하는데, 길이 좁아서 진입할 수 없다고 운전기사가 고개를 흔들었습니다. 너르게는 아니고 한 열 평 정도 사용하도록 빌려주십시오. 대토료는 제대로 드리겠고, 산판이 끝나는 대로 중장빌 동원해 객토해서라도 감쪽같게 복구까지 해드리도록 하겠습니다."
 방호식은 안지상의 대답을 듣기에 앞서 검은 가죽 가방에서 주섬주섬 인쇄된 계약서부터 꺼냈다. 검정 볼펜을 찾아 쥐면서 한마디 덧붙였다.

"뭐 흔한 소리로 소뿔도 단김에 뽑는다고 했잖습니까. 내가 이런저런 일로 바빠서 올 짬이 없으니 아예 이참에 몇 자 적어 서로 건넵시다. 저로서는 굳이 계약설 쓰지 않아도 일없습니다만, 그래도 나중 일을 위하여 서로 편하게 쓰도록 합시다."

방호식은 방바닥에 놓인 가방을 옆으로 눕힌 뒤 받침으로 삼아 인쇄된 계약서 용지 공간을 메워나가기 시작했다. 그런 그의 뒤통수를 내려다보던 안지상은 작심했던 말을 동냥 그릇 내밀듯 슬며시 입 밖으로 내놓았다.

"방 사장님, 저도 부탁 하나 있는데, 어떻게 들어주실 수 있소?"

머리를 숙여 계약서를 적어나가던 방호식이 얼굴만 비스듬히 치켜들어 안지상을 올려다봤다. 고개를 꺾어 글 쓴 탓인지 얼굴에 핏기가 몰렸는데 무슨 말이냐는 듯 서둘러 입을 열었다.

"부탁이라뇨? 부탁이 있으시다면 말씀하십시오. 제가 할 수 있는 일이라면 기꺼이 도와드리겠습니다. 제 부탁을 모두 이렇게 들어주시고자 하시는데……."

"집에 큰놈이 올해 스물이요. 이제 가을걷이가 끝나 집에서 판둥판둥 노는데, 산판 하는데 허드렛일이라도 있으면 어떻게 좀……."

안지상은 가슴에 박힌 종기처럼 속으로 꽁꽁 곪던 속내를 터뜨렸다. 농익으며 가슴속에다 아픔만 박아오던 고름 덩어리를 어렵사리 토해냈다. 자식들 때문에 누렇게 농익어진 피고름 같은 애증 덩어리였다. 찢긴 피륙이야 가는 바늘에 손끝을 찔리면서도 꿰매 이을 수 있지만, 아비와 자식 사이에 갈라진 틈새는 돗바늘로도 맞닿게 할 수 없었다. 안지상은 막상 속에 고인 말을 풀어내니 마음 밑바닥까지 후련하고 시원했다. 아들 일만 해결된다면야 밥해대는 수고로움도, 밭뙈기 한 모서리를 빌려주는 용단도 흔쾌히 받아들일 수 있었다. 아니 모두 농한기에 벌어질 일이니 오히려 툭 차여 눈앞으로 굴러온 호박덩이랄 수 있잖은가.

"하 참, 이런. 식살 부탁하면서도 그 문제를 속으로 고민하던 참인데, 그렇다면 오히려 아주 잘됐습니다."

방호식은 반색하며 머리를 치켜들었다. 놀라며 반기는 사람은 오히려 안지상이었다. 마치 지남철에 척척 달라붙는 쇳조각 같은 반응이었다. 그래 보습을 뒤집어 갈아도 밭골만 캐면 농사꾼이지. 안지상은 내친김에 다짐을 받으려는 듯 되물었다.

"잘되다니요?"

"밥 먹으러 여기까지 오자면 인부들이 쉴 시간이 없습니다. 트럭을 타고 나와야 하는데, 차가 늘 대기하는 것도 아니고, 그렇다고 아주머니가 산판까지 밥을 매일 나를 수도 없어 어쩌나 하고 고민하던 참이었습니다. 그런데 아드님이 있다니 잘 됐습니다. 현장에서 산판일 돕다가 끼니때가 되면 밥을 나르게 하면 되지요."

"그런 일이야 빈틈없이 잘할 수 있는 애지요."

"하, 그건 제가 오히려 부탁해야 할 일인데 잘되었습니다. 허 참, 일이 잘 풀리려니 이런 경우도 다 있다니, 세 가지 일이 한꺼번에 풀리다니 허 참ㅡ. 오늘은 일진이 아주 좋네."

"아이고, 감사하네요. 방 사장님! 정말 감사하네요."

"아니, 아닙니다. 오히려 제가 고맙습니다. 그리고 모두 허락해 주시니 이리 좋을 수가……. 나중에 꼭 성애술 한잔 나눕시다."

"아 예. 밥도 해드리고, 땅도 빌려드리지요. 자. 자. 자—."

모든 일은 안지상 바람대로 덩어리지지 않게 비벼지고 질지 않도록 알맞게 말아졌다. 꼬인 실타래인데도 헝클어지지 않고 실마리가 제대로 풀린 셈이다. 억지로 꾸며도 될까 말까 한 일인데 돌팔매질 한 번에 세 마리 새를 잡고도 배 속 알까지 얻은 정황이지 않은가. 소식을 전해들은 안경수도 뛸 듯이 기뻐했다. 읍내에 나갔다가 마을길로 들어서면 굽이마다 고여 있다 나오는 트럭 경유 냄새까지 밥솥에서 익는 햅쌀밥처럼 구수한 냄새로 느껴졌다고 흥감 떨었다. 어떨 때는 나아가야 할 길을 찾아나가듯 길옆으로 박힌 타이어 자국을 따라 들뜬 기분으로 정신줄마저 놓고 걷다 보면, 집 앞을 지나칠 때도 있던 안경수에게는 뜻하지 않게 찾아온 행운이었다. 그렇게 심통을 부리던 경수는 하룻밤 사이에, 아니 말 한마디에 골수이식 수술과 혈액 투석한 듯 의식 구조마저 완전히 바뀐 아들로 변신했다. 베름간대장간에서 갓 벼려낸 낫 한 자루처럼 비로소 쓸 만한 아들 하나를 새로이 얻은 듯했다.

산판에서 나무들이 쓰러지는 소리가 멎은 밤에는 마을 정경은 예나 변함없었다. 마을을 덮은 하늘에 수정처럼 드뭇하게 박힌 별들, 개구리울음이 나는 물가로 몰박혀 자라나 꽃을 피운 물봉선화들, 여린 풀 꽃잎이 여울물에 떨어져 흐르는 마을, 멱 감으러 가는 오솔길에 들어서면 청명할수록 밤이슬에 장딴지가 척척하게 젖던 조용한 마을, 그대로였다.

　그러나 여울을 휘돌며 나무를 실어 나르는 트럭 운반로를 개설하자 개구리울음도 사라지고 찔레 덤불도 불도저로 밀어붙여져 사라졌다. 맑은 물이 흐르던 여울이 산판에서 밀려온 토사로 군데군데 진흙탕으로 변해 목물로도 사용할 수 없었다. 그리고 검인 때문에 출발을 지체했던 목재 운반 트럭은 저녁 늦을 시각에야 마을 복판으로 지나며 낡은 엔진 소리와 타이어 타는 냄새는 물론 경유 냄새까지 퍼뜨렸다. 농사일로 피곤함을 잊고자 막 초저녁잠을 청하는 시각이니 마을 사람들의 불만 소리가 여기저기서 터져 나왔다. 산판에 우호적이던 마을 분위기는 엉뚱한 방향으로 꺾여 흐르기 시작했다.

　끝내 마을 회관에 모이는 횟수가 잦았다. 마을 사람들이 일본원숭이 떼처럼 패거리 짓기에 이골 난 민족 피를 이어받은 백의민족답게 뚜렷하게 두 편으로 갈려 한 치 양보 없이 갑론을박 공방을 벌였다. 한 패거리는 나무를 팔아 목돈을 거머쥔 운영달과 임시도로에 땅을 빌려준 이장과 두 사람, 그리고 인부로 나선 안지상네 외 네 가구고, 다른 한 패거리는 마을 한복판으로 대형 트럭이 무법천지로 내달아도 땡전 한 푼 쥐어보지도 못한 채 소외된 게 억울하다고 울화가 잔뜩 치밀 대로 치밀어 오른 사람들이었다. 그들 가운데 입심이 걸쭉하기로 소문난 욕쟁이 허 첨지가 늘 하던 버릇대로 불퉁스럽게 먼저 운을 뗐다.

"이거야 원, 빈 배를 빌려주고도 씨앗마저 못 받은 신세가 아니여?"

"씨앗만 못 받으면 다행이지. 내가 보기엔 배 빌려주고 쌀가마니까지 도둑맞은 꼴이네. 안 그런가? 이 사람아."

"하모, 생각 짧은 놈이 씨암탉 잡아먹는다는 소리도 있잖어?"

이런저런 말로 동네 분위기가 흉흉해지자 이장이 밖으로 뻗쳐나갈 벌불을 단속하느라 서둘러 동회를 열었다. 먼저 이장이 반대 목소리가 더 높은 강경한 무리에게 들으란 듯 말문을 열었다.

"마을길을 막아 트럭 출입을 통제하자는 말씀인데, 여러분이 이해하고 참으셔야 합니다. 산판을 함으로써 그곳까지 비록 비포장도로지만, 길이 뚫려서 경운기를 이용해 이제 읍내까지 나갈 수 있으니 결국은 마을에 도움이 되는 일이 아닙니까?"

이장의 막힘없는 언사에 마을 공동 일할 때마다 깐죽깐죽 딴지를 걸로 툭하면 '개인 삶의 질을 개선해야 마을 행복지수가 상승한다'는 핑계로 이웃 사람들 심리를 교묘히 선동 자극하는 재주가 특출하게 뛰어난 민기준이 얼굴이나 자랑하듯 여러 사람 앞으로 썩 헤치고 나섰다. 그는 앞에선 일을 떠벌여놓고 뒷돈을 챙긴다고 이미 소문난 사람이었다.

"목재를 판 영달 아재나, 땅 빌려주고 함바집을 차리며 아들까지 취직시킨 안지상 성님이야 이문을 취했으니 마을길을 막는 것에 당연히 반대하겠지만, 마을 대표로 중립적인 태도를 보여야 할 이장님이 독단적인 생각으로 마을 분위기를 호도하시면 안 됩니다."

"모두 마을을 위하자는 일인데, 그참 내 판단이 옳아서 하는 소리네."

이장이 맞받자 민기준은 동조하는 무리에게 득의에 찬 표정으로 시범이나 보이려는 듯 뒷심만 믿고 거칠게 반응했다.

"이장님! 그러면 안 되는 이유는 이장은 명색이 마을 수장이라 이 겁니다. 지금 트럭이 지날 때마다 비포장도로에서 흙먼지가 일면서 옆으로 튀겨 달아나는 돌멩이에 일구 얼신이 앞정강이를 깨는 사고가 나지 않았습니까? 대형 트럭이 내달릴 때는 마을 사람들이 촌닭들처럼 혼비백산하여 이리저리 피해 달아나고 있잖아요? 안전에도 이리 문제가 있는데도 밭머리를 내주고 돈 좀 받았다 해서 뒷전으로 나앉아 나 몰라라 한다면 앞으로 마을일을 어떻게 올바르게 추진하려고 그런 아리까리한 자세를 취합니까?"

"이 사람, 입이 삐뚤어도 말은 바로 하게나. 산판으로 드나드는 길이 좁다기에 개인적으로 내 땅을 내어주었으니 마땅히 땅값을 받은 것이지, 내가 마을 이장이라서 통행을 허락한다는 의미에서 받은 돈인가, 그게?"

"저희가 얘기하는 것은 그러기에 앞서 우선 모임을 열어 마을 통과를 허락할 것인가, 말 것인가 결론부터 내고 사유 재산에 속한 부분은 그다음에 해도 늦지 않다는 것이지요."

"그럼 자네 주장은 마을길을 막아 산판을 못하게 하자는 말인가?"

"마을에 찻길이 생겨난다고 하지만 산판이 끝나면 복구도 안 된 채 버려질 땅이 아닙니까? 그러면 그 책임은 누가 지겠습니까? 산판이 끝나면 장마철에 내리 덮치는 사태는 어떻게 하겠으며 이리저리 파헤쳐진 개울은 무슨 수로 복구를 하겠습니까?"

"산판이 끝나고 복구만 하면 복원하는 데 문제가 안 된다는, 대학교수에게 자문했다고 목상이 분명 얘기하지 않았나? 공연히 시비를 걸어 개인이 재산권을 행사하는 데 지장을 주어서는 안 되네. 그러니 자네부터 자중하게나."

"대학교수가 자문했다고요? 그깟 돈 먹고 한 자문? 그걸 믿을 사람은 여기 한 사람도 없습니다. 이 문제는 이장님이 독단적으로 판단해서 결론지을 문제가 아닙니다. 여러분 우리 모두 투표로 결정지읍시다."

"투표로 결정짓자고? 선동질 그만하게. 요즘 세상에 아가리 센 놈이 세상 옳은 일은 도맡아 다하듯 되지도 않는 큰소리로 선동질하며 설쳐대는 세태라지만 자네가 뭘 배워도 한참 잘못 배웠네. 자기가 이 마을을 위해 무엇부터 몸소 실천해야 하는지 깨닫기나 하고 그렇게 건건이 선동질만 하는가?"

"제가 선동질을 한다고 지금 그런 말씀인가요? 그럼 제가 어디 빨갱이입니까?"

"어, 이 사람이? 뱉어 없어지는 말이라고 함부로……. 그런 자극적인 홀림수와 물귀신 작전으로 말막음하려고 잔머릴 쓰다니, 밤낮없이 갈등과 분열을 일삼는 자넨 틀림없이 나빠도 제일 구제하지 못할 정도로 나쁜 사람이네."

"뱉어낸 말에 책임을 분명 지셔야 합니다. 그러지 않고서는……."

"그러지 않고서라니? 내 책임은 물론 내가 지네. 이장 때문에 마을 발전이 안 된다고 자네가 앞장서 이리저리 쌍나팔 불고 다녔다면서? 그렇게 목청을 키워 떼질한다고 다 되는 세상 아니네. 이제 앞에 나서 '우' 한다고 무조건 줏대 없이 따라 할 사람이 이 마을엔 없네. 그런 선동질에 속았다는 것을 이제 모두 알 만큼 다들 배우고 약기도 했다네. 그러니 한 나이 젊은 자네도 무조건 반대하는 태도를 바꿔서 이제 마을의 발전을 위해서라도 나를 좀 힘껏 도와주게."

"지금 회의하자는 겁니까, 저를 회유하려는 것입니까?"

"둘 달세."

바람난 참에 애까지 내지른다고 며칠 동안 민기준 패거리가 마을 길을 틀어막았다. 산판 트럭 소음과 흙먼지를 없애고 자연환경을 보존해달라는 플래카드를 골목길이 가려지도록 기다랗게 내걸었다. 나중에 밝혀진 사실이지만 배상 요구도 구두로 방호식에게 전달했다고 밝혀졌다. 반대파가 하도 강퍅하게 나섰기에 방호식이 영업을 방해하여 손실을 끼쳤다고 경찰에 신고했다. 이장에게 경찰이 현장 조사를 나오겠다고 연락이 왔는데, 어떻게 소문을 돌았든지 모임을 선도한 민기준 모습은 그곳엔 없었다. 진작 경찰에 소환되어 간 사람은 민기준이 사준 술에 취해 좌우 분간도 못하고 앞장서 설치던 한두 무지렁이뿐이었다.

남은 사람들은 이튿날 마을 회관에 다시 모였으나 방호식이 마을 기금을 내놨다는 소문에 이어 피발개서부터 산판에 잔뼈가 굵은 목상이 사주는 술에 취하여 흐지부지 흩어지고 말았다. 흩어지는 그들에게 기별이 닿았다. 다시 모여 이장을 성토해 결판을 내자는 민기준의 전갈이었다. 쪽지를 받은 이들 가운데 성깔깨나 있어 보이는 중늙은이가 한마디 던졌다.

"젠장! 선바람을 잡아놓고 책임질 일이 있으면 자기만 뒤로 쏙 빠져나가? 진딧물 똥구멍에서 단물을 빨아먹는 개미와 같은 놈. 앞으로 이놈 말을 금 보자기에 싸서 던져도 어디 꿈쩍하나 봐라."

그러자 뒤따르던 자가 궁싯거리며 맞장굴 쳤다.

"저놈이 앞장서서 떠들더니만 파출소에서 나온다는 소문 듣고 토사곽란이 일었다고 내빼서 애먼 사람만 경찰에 붙잡혀가게 해놓고, 오늘은 아예 낯짝도 내밀잖고, 또 모이자고? 벼룩이 간 장사를 할 놈!"

마을길을 막아서던 사람들이 명분을 잃고 말없이 물러났다. 술대접과 동네 발전기금 때문이기도 했지만, 민기준의 배신에 반발심이 더 크게 작동했다. 마을길이 터지자 산판 트럭은 마을 땅을 들었다 놓았다. 세 가지 일에 연관된 처지에 마을 모임에서 꿀 먹은 벙어리처럼 속앓이만 하던 안지상은 죄인이 된 심경이었다. 그러나 밭 오십 평을 빌려주고 적으나마 목돈을 챙겼고 비록 산판일에 따라 식사 인원이 오륙 명 안팎으로 들락날락 하지만 현금이 손안에서 돌았다. 그보다도 안경수가 산판으로 풀린 일은 자다가 일어나 웃어도 웃음소리를 멈추지 못할 일이었다. 산판으로 제일 이득을 취한 영달 영감 다음으로 덕 본 사람이어서 마을 사람들의 부러움과 질시를 받는 처지로 변했다.

틈만 나면 게으름을 피우던 안경수가 바지런한 태도로 둔갑했음은 물론이다. 상차장까지 목재를 끌어내리는 일과 나무를 차에 싣는 일에도 부지런했지만, 트럭에 관심이 있어 가끔 운전기사와 어울리기를 좋아했다. 나무를 벌목하여 계곡 아래로 끌어내리고 상차에 앞서 검인을 받으려 가지런히 쌓아놓으면 영림소 감독원이 쌓아둔 목재 더미에 다가와 '검' 자 쇠도장을 탕탕 찍었다.

그 검인 작업은 그루마다 절단 부분에다 찍어야 하므로 시간이 길어지고 힘이 들어 팔이 느른해지다가 끝내 뻐근해졌다. 처음 그렇게 감독원이 시범을 보이고, 산판 조장에게 쇠도장을 넘긴다. 산파 조장이 나무에 쇠도장을 찍을 동안 감독원은 일상 주막에 앉아 노닥거리면서 검인이 끝나길 기다렸다. 나무를 모두 싣고 나서야 트럭으로 다가와 눈으로 확인하여 눈도장을 찍어야만, 목재를 적재한 차량이 비로소 움직였다.

아무리 맑은 물로 씻어내도 지저분하게 보이는 용모에 등판이 두툼한 트럭 운전기사는 검인 쇠도장을 찍을 때까지 운전석에 앉아 토끼잠으로 그동안 놓친 잠을 벌충하거나, 트럭 주변을 돌며 목재가 잘못 쌓아질 때마다 큰소리로 버럭버럭 인부들을 몰아세우곤 했다. 안경수는 나무를 싣다가 쉬는 시간에 그에게로 접근하여 트럭의 구조 이것저것 묻기도 하고, 타이어를 갈 때는 옆에서 조수처럼 거들며 살갑게 친분을 쌓았다.

하루는 연락 착오로 적재에 반도 차지 않을 목재 양인데, 트럭이 들어와 운전기사가 하룻밤을 대기하는 일이 벌어졌다. 운전기사는 흔한 일이라 운전석에서 잘 요량으로 잠잘 채비를 하고 있었다. 안경수 눈에는 산골 초겨울 잠자리로썬 허술하기 이를 데 없어 불안해 보이기만 했다. 경수는 용기를 내서 운전기사에게 다가갔다.

"기사님, 여기서 주무시려고 그러세요?"

"응. 여기가 내 잠자리야."

"겨울 골바람이 불어 밤이면 몹시 추울 건데요."

"추워도 참아야지. 화물찰 운전하자면 화물도 지킬 겸 이런 데서 자는 게 일상이거든."

"그러지 마시고 우리 집으로 가세요. 밤새 누가 나무를 가져가기나 해요? 바람이 이리 찬데 여기서 자는 게 제가 보기에 안 좋네요."

"아냐. 이제 버릇이 돼서 나는 괜찮아."

"우리 집이 바로 코앞에 있는데, 여기서 주무시면 제가 잠이 와요? 그러지 마시고 우리 집으로 가세요."

"아니 난 괜찮다니까. 너나 어서 집으로 가. 신세를 지는 성격이 아니니까 걱정하지 말고 가."

"하룻밤 저와 같이 자는 게 어떻게 신세 지는 거요? 오늘 밤은 제가 묻고 싶은 게 많은데, 가셔서 좋은 말씀 많이 해주세요."

"하, 이런 참—. 그 고집이면 뭐든 하겠다."

장승처럼 버티던 운전기사가 좋은 말씀 달라는 안경수를 딱하게 바라보다가 짧게 내뱉고는 포기한 듯 운전석에서 바깥으로 내려섰다. 그리고 윗옷 가슴께를 손바닥으로 탁탁 먼지를 털어내고 안경수 뒤를 따라나섰다. 운전기사를 달고 온 안경수는 마당으로 들어서자마자 집 안으로 향하여 큰 짐승을 몰아온 포수처럼 소리를 냅다 질렀다.

"아부지요, 엄마요! 운전기사 아저씨를 모셔 왔어요."

"뭐라 했나? 운전기사 양반을 모셔 왔다고? 그라믄 어서 안으로 모셔라."

"하이고 귀한 걸음을 하셨네. 기사 양반 날래 오세요."

안지상이 방문을 열어젖뜨리며 반기자, 안이실집도 얼굴에 웃음을 들쓰고 반색했다. 늘 쌀과 부식을 날라다 주는 사람이니 상대접을 해야 할 손님이 집 안으로 들어섰다. 운전기사는 들썩이도록 환영하는 분위기에 고개를 주억거리며 머리카락을 손바닥으로 쓸어내리기만 했다.

"늦은 시간에 찾아들어 죄송합니다."

"죄송이라니 당최 그런 말씀 마시오. 그러잖아도 노상 식자재를 날러주어 고맙다고 한 번 대접하려고 예수었는데, 마침 잘 오셨소 그려. 자, 이리로 좀 드시오."

"전 덩치가 커서 그렇게 보이지 아직 어립니다. 말씀 낮추십시오."

"아, 아니요. 젊어서 좋은 기술을 배웠으니 참으로 대단한 일이오."

그들은 방 안으로 들어와 수건 돌림을 하듯 뻥 둘러 자리 잡았다. 부엌에서 부산하게 움직이던 안이실집이 밥상을 차려 내왔다. 내외가 저녁 식사를 마친 뒤지만 안경수 때문에 남긴 저녁상에 운전기사 몫으로 음식 그릇이 늘어나 있었다. 밥알이 불빛에 차분해 보였고, 아직 열기를 안은 뚝배기에 담긴 된장찌개가 무쪽을 안고 곤두박질했다. 안경수가 밥상을 흘낏 살피면서 한마디 던졌다.

"엄마 술은?"

"아 참 그렇지. 한잔은 해야지. 임자가 날래 가지고 오게."

안지상이 거들고 나서자 안이실집이 곱쳐 부엌으로 나가 양은 주전자에다 농주를 담아왔다. 마치 손발을 맞춘 듯 말하는 쪽과 행동하는 쪽의 아귀가 지퍼 암수처럼 착착 들어맞았다. 안경수가 아버지에게 한 잔 건네고 이내 운전기사의 술잔에다 공손히 술을 따랐다.

"아, 이거. 내일 아침 일찍 일어나 차를 몰아야 하는데······."

운전기사가 술잔을 들기를 주저주저하자 안지상은 술잔을 든 채 권했다.

"피곤할 때 한잔 들고 자면 금세 잠드니 아예 한잔 쭉 들고 푹 주무시게. 그리면 아침 일어나며 몸이 거뜬할 걸세. 자, 자, 자. 드세. 우리 애를 잘 도와준다는 말을 내 늘 듣고 있다네. 정말 고마운 일이네."

식사도 끝나고 술을 마신 얼굴빛이 발그레 익자 운전기사 옆에 앉은 안경수가 그에게 물었다. 오래전부터 내심으로 챙겨오던 말이었다.

"트럭 운전면허증을 따자면 어떻게 하면 되나요?"

"운전면허 시험을 보려면 운전 전문학원에 다니든가, 트럭 조수로 따라다니면서 요령을 배워야 해. 그런데 여기서 운전 전문학원에 다니는 것은 좀 그렇고······. 그런데 왜 그걸 배우고 싶어?"

"예. 산판이 끝나면 취직하러 외지로 나가야 하는데 막상 나가려니 고민이 되거든요. 이번 산판에 다니면서 나도 운전 기술을 배워 트럭을 운전했으면 좋겠다는 생각 했거든요."

"그렇게 배우고 싶어? 트럭을 몰면 평생 떠돌이 생활하게 돼서 힘이 들 거야. 그래도 배우고 싶어?"

"예, 가르쳐주신다면 좋겠네요. 제 적성에 맞을 것 같아요."

둘 사이에 오가는 대화를 잠자코 듣던 안지상이 재빨리 끼어들었다.

"이때까지 너는 농사를 짓는 아빌 도와 농사일만 배워왔다. 그런데 운전 기술을 배우겠다고? 밭을 가는 기구라야 소가 이끄는 쟁기니 간단하지만, 트럭은 한참 복잡한 기계인데 배울 수 있겠느냐? 아비 입장에서는 너무 섣부른 판단은 아닌지 모르겠다. 어험ㅡ."

"어르신, 차 운전 기술이 크게 어려운 건 아닙니다. 더구나 적성이 맞는 사람이면 금방 손에 익어집니다. 그러니 정 배우고 싶다면 이곳 일이 끝난 다음에 다시 한번 얘기했으면 좋겠습니다."

산판이 끝나자 안경수는 작심한 대로 운전기사를 따라 고향에서 떠났다. 그때쯤 안지상의 예전 생각도 바뀌었다. 오직 옆에 잡아두고 가문을 이어갈 농군을 만들겠다는 속셈을 버렸다. 객지 물을 먹더라도 생각이 제대로 박힌 놈이라면 부모의 노쇠함을 눈감지 않고 돌아와 부양하지 않겠느냐ㅡ 부모로서 자식에게 그런 믿음까지 생겼다. 산판에 다니고 운전기사를 만나면서 내면으로도 훌쩍 성숙해진 면을 본 게 믿음의 근원이 되었다. 물론 한 발짝 뒤로 물러나 기다려보자는 심산도 마음 한 녘에 남아 있긴 했다.

바쁘다면서 명절 때마다 찾아오지 않았지만, 전해지는 안경수 소식은 늘 듣고 있었다. 트럭 조수로 떠돌다 운전 기술을 익혀 처음에는 운수회사에 취직하여 8톤 트럭을 몰았다고 했다. 결혼식은 돈 번 뒤 하기로 둘이 합의하고 동거부터 한 다음 고물 트럭을 사서 독립했다는 말도 들렸다. 여자를 만나자 제 식구란 개념을 알아 독생각에서 벗어나 옆 사정도 살피는 너름새도 생겼단다. 한번 잘 살아보겠다고 오지게 작심한 일도 그런 과정을 거쳐 굳어진 결심 가운데 하나인 모양이었다. 생활의 찌든 때를 벗지 않으면 평생 고향을 찾지 않겠다는 오기에 찬 다짐까지 했고 돈을 모으고 생활비용을 아끼려고 아내와 함께 전국으로 떠돌며 운전석에서 끼니를 때우고 새우잠을 잔다는 거다.

부모 눈에는 어느 거 하나 버리지 않고 귀담아 이웃에게 자랑할 만큼 열심히 사는 모습이 가슴 뿌듯했다. 들은 소문을 미뤄보면 명절 때도 들르지 못할 지경으로 바쁘게 사는 건 분명해 보였다. 산판에서 스스로 벌어서 부모 앞에다 손 벌리지 않고 떠난 놈이 제 능력으로 결혼하여 산다니 한 푼이라도 보태주지 못한 부모로서 그저 고맙고 미안할 따름이었다. 그뿐인가. 틈틈이 동생들의 학비에 보태라고 돈을 보내기까지 했으니 말이다. 이제 조금 더 고생하면 새 트럭으로 바꾼다는 소식도 기쁨을 더했다.

'그래, 유능한 배꾼이라면 험한 물결에도 끄떡없이 고기를 잡아 오겠지.'

그러나 새 트럭을 바꾸기에 앞서 부음이 날아들었다. 아내와 같이 전국으로 화물을 실어 나르다가 충북 천등산 고갯길에서 빙판 전복 사고로 가족이 모두 목숨을 잃었다. 잠깐 곁에서 비비대다가 그렇게 떠난 자리가 움푹 꺼져 보였다. 자식 끝을 앞세운 부모 마음에 자리 잡은 네 토막 가운데 한 토막이 삶의 수레바퀴에 끼어 그렇게 땅속에 들어가 흙으로 사라졌다.

3
빈 둥우리기

참을 수 없는 고통도 세월 흐름이 덜어가기 마련이다.

죽으면 모르되 생전 잊힐까 싶던 만이네 죽음도 세월 자락이 그런 대로 걸어갔다. 그러나 자식 잃은 충격은 그놈이 지던 지게가 헛간에서 눈에 띌 때마다 문득문득 되새겨졌다. 높낮이에 무관하게 앞산, 뒷산이 온통 눈에 띄는 게 나무들뿐인데, 까짓것 필요하다면 다시 만들면 되지 ― 그런 오기 바람으로 지게를 도끼날로 찍어 눈앞에서 없애며 이제 속울음도 끝낼 때가 됐다고 안지상은 판단했다. 흉사 뒤끝은 짧아야 상처가 빠르게 아물 거라 주변에서도 거들었다.

마치 아비로서 죄책감에서 벗어나는 유일한 수단이듯 부지런히 속 탄 담배질할 무렵, 맏딸 안경순이 고향에 제 발로 찾아들었다. 더 너른 바닥에서 여럿 남잘 만나본 뒤 제 맘에 꼭 맞는 남자와 결혼하면 했지, 부모가 골라주는 이 촌구석 꾀죄죄한 남자애에겐 늙어 죽을지언정 시집가지 않겠다며 출정 군사처럼 출사표를 던지고 고향에서 의기양양하게 떠난 딸이었다. 그런데 찌든 슬리퍼짝처럼 버린 고향으로 한낮에 찾아들었다. 그도 아무런 일도 없듯 얼굴을 빳빳이 세운 그런 당당한 모습이었다.

먼저 툇마루 아래에 누웠던 잡종 개가 인기척을 감지했는지 머리를 치켜들며 '컹컹' 짖어댔다. 개가 느닷없이 짖는다는 건 집안사람도, 마을 사람도 아닌 타지 물 먹은 사람이 마을 안으로 들어선다는 신호였다. 콩 타작마당을 차리려던 안지상은 올 사람도 없는데 뉠까— 그렇게 심드렁한 표정으로 시선을 담 너머로 무심히 넘겼다. 개 짖음에 응답이라도 하듯 집으로 향해 오는 젊은 여자 모습이 저쯤에서 눈으로 들어왔다. 그런데 걸음걸이가 퍽으로 낯익었다. 그럴듯 긴가민가 눈을 껌벅이며 부지런히 눈돋음으로 확인하는데 겉모양새가 판연히 달랐다. 먼눈에서 먼저 띄는 게 머리카락 색깔인데 그게 눈에 설었다. 딸들이야 고향에서 떠날 땐 머릿기름을 꼼꼼히 바르지 않아도 머리카락이 검었었다. 그런데 지금 저 모습은 가발을 쓴 듯 추수기를 맞은 논벼처럼 황금색으로 노랬다. 가을 억새가 밭둑을 덮어 은물결로 출렁거리는 마을길로 바쁜 걸음으로 걸어오는데 날리는 머리카락이 제법 엇비슷하니 조화를 이루긴 했으나 시골 풍경답잖게 이채로웠다. 소소한 변화지만 마을 색조와 다르게 튀었다.

조금 더 가까이 다가오자 걸음걸이에 하르르 흔들리는 감빛 원피스 아래 복부가 눈에 띄게 부풀게 보여 홑몸이 아님을 금세 알아챌 수 있었다. 그런 모습으로 집에 찾아올 일가붙이가 안지상에게는 없었다. 제 눈썰미가 영 시답잖다고 느꼈던지 안지상은 안이실집에게 도움을 청했다.

"쟈가 우리 경순이 모습과 흡사하네, 내 눈이 침침해서 그런가? 임자가 한번 자세히 봐봐. 맞는가, 틀리는가."

콩 단을 풀어헤치려던 안이실집이 퍼뜩 고개를 치켜 반응하며 양 미간을 좁히고 방문객에게 샛눈을 쏘았다. 그녀는 일상 먼 곳 사물을 눈여겨 살필 때 그런 표정으로 눈총기를 모으곤 했는데, 지금도 얼굴이 구겨지고 찌그러진 모양새였다. 서서히 다가드는 방문객을 살피는 안이실집은 벌린 입을 다물지 못한 채 멍하니 위아래로 뜯어보았다. 그러다 말문이 터진 듯 비로소 뒤늦게 목소리를 높였다.

"이런, 야가 누구나! 우리 경순이 아니나?"

그 소리가 워낙 커서 울타리를 타넘어 바깥 목소리까지 물어들였다.

"예, 엄마! 나야. 나, 이 집 큰딸 경순이."

"아이고, 이런 온다는 연락 한마디도 없이 뭔 바람이 불어서 이리 왔나?"

어이딸의 수선스런 해후 정황에도 안지상은 딸 얼굴에다 실뚱머룩한 시선만 던져놓았을 뿐이다. 마을에서 떠나기에 앞서 촌스럽지만 수더분하던 얼굴이었는데, 지금 겉모습은 시월에 떨어진 도토리처럼 빤질빤질 닳아 보이긴 하나, 진작 주머니 속이 뒤집혀 밖으로 나온 듯 속없는 덜렁이로 비춰보였다. 표정도 몸도 외지 물에 자분자분 데삶겨진 듯 딸 모습은 몰라보게 변해 있었다. 그러니 저게 내 딸인가 되묻고 싶을 만큼 서름서름하게 낯설 수밖에 없었다. 그런 변모에 기막혀 말문조차 쉬이 열리지 않았다. 그나저나 이 정황에서는 다물자 해도 충동적으로 입에서 말이 울컥 튀어나왔다. 그게 집으로 오랜만에 돌아온 딸을 맞는 아비의 바탕 마음이었다.

"뭣이?! 경순이 왔다고? 네가 경순이라고?"

"예, 경순이 맞아요. 울 아부진 딸도 몰라보니 이제 참 많이도 늙으셔서 눈까지 어두워지셨나 보다……. 앞으로 우리 엄마만 수발드느라 속 터지겠네."

"그래, 오는 길이나 생각나더냐? 그런데 도대체 뭔 일이냐?"

"아이참, 아부지도. 딸이 아빠 엄마가 보고 싶어 집에 왔는데 뭔 일이라니요."

"그 소린 맞다만, 그렇게 쉽게 올 수도 있는 길인데도 지금에서야 오다니……."

"그냥 엄마와 하룻밤 같이 자고 내일 바로 돌아갈 거예요."

"며칠 묵는 게 아니고 내일 바로 간다고? 뭣 때문에 그토록 바뻐 돌아가려느냐?"

안지상은 오랜만에 귀향한 맏딸의 손목을 끌어당겨 어깨나마 감싸 안고 싶었지만, 쥐라도 난 듯 몸이 굳어 손이 나가지 않았다. 어제까지 품 안 자식이던 게 이젠 바깥세상으로 너무 멀찍이 후울쩍 벗어나 있었다. 옛적으로 돌아갈 수 없게 아비와 딸 사이에 오가는 세월이 길어 벽이 두꺼워지고, 그런 세월이 부녀 사이에 흐를 정을 토막 지어놓았다. 실뚱머룩한 아비 대신 어미가 기쁜 얼굴로 눈물을 뽑으려는 듯 눈꼬리로 손끝이 연해 갔다.

"죽어서 시체로 온 아이도 아닌데 눈물을 짜긴 왜 질질 짜?"

안지상은 언짢은 심보가 더욱 뒤꼬여 안이실집에게 어깃장 놓았다. 그러나 안지상은 어이딸을 뒤따라 방 안으로 들어와 그동안 살아온 안부를 묻지도 못하고 변모한 딸 모습만 이물스럽게 멀뚱히 지켜만 봤다. 아랫배가 부른 딸이 낯설고 가까이하기엔 여식인데도 맞대 자리가 불편했다. 배부른 딸은 이제 울타리를 벗어난 바깥사람이다. 그런데도 자식들한테 관심이 쏠림은 둥우리를 떠났다가 돌아온 연유로 묻어나는 원초적인 정일 터, 적당한 거리에 머물도록 자신을 통제할 분수에 이른 나이라 여겼다. 안이실집이 서먹한 분위기를 깨고 짧게 물었다. 내막을 모르니 물음도 자세하지 않을뿐더러 또한 짧을 수밖에 없긴 했다.

"홀몸 아닌갑다."

"아빠 엄마 미안해요. 일이 그리 됐어요. 미처 알리지 못해 죄송해요."

마땅히 알려야 할 결혼과 임신 사실을 알리지 못해 죄송하다고 외할아버지 외할머니가 될 부모에게 버스를 놓친 아이처럼 그런 얼굴로 그냥 미안하다고만 했다. 그건 누가 들어도 가벼운 소리라 빈말처럼 들리는 부실한 대답은 물론이고, 어른 자리에 오르면서 챙기지 못한 결여였다. 아무런 기별도 없이 일이 그렇게 되었다면 필시 숨겨야 할 사연, 또한 있으리라. 아비 처지에선 배부른 몸으로 홀로 부모를 찾아온 까닭을 간절히 묻고도 싶었으나, 이어질 답변이 두려워 차마 입을 열어 다그칠 수가 없었다. 이런저런 이야길 하다 보면 제 입 끝으로 그동안 살아온 사연이 한 가닥씩 묻어 나오지 않겠는가.

그때까지 기다려주는 일도 부모로서 가져야 할 아량일 성싶었다. 아니 이미 행색에서 불안감을 어렴풋이 읽어낼 수 있지만, 굳이 물어 확인하려는 성마름은 참아내야 했다. 그것이 감당하기 어려운 일의 근원이 될 수도 있다는 우려가 앞섰기 때문이다.

그러나 안경순은 자기 얘기와 상관없는 일을 제 어미에게 물으면서 시시덕이기만 했다. 그렇게 딴전 피우며 너스레를 떠는 모양새에 안지상은 그 뒤끝을 더 경계하지 않을 수 없었다.

"엄마! 아랫마을 금순인 어딜 시집갔어? 지금 앤 몇이야?"

"건넌마을 대밭집 둘째 아들 재욱이와 결혼했잖나. 금순이가 앨 낳자 마침 재욱인 군대에 갔단다. 그런데 야속하게도 재욱이가 그만 사고로 죽었지 뭐냐. 그렇게 한 해 보내더니만 오히려 시댁에서 청춘을 썩히지 마라며 밀어내다시피 개갈 시켰잖나. 애까지 데리고 갔는데 그럭저럭 탈 없이 잘 살고 있다고 하더구나."

"미스 때부터 재욱이와 죽고 없으면 못 산다고 했는데……. 안됐다. 보고 싶기도 하고."

어이딸이 타인 얘기를 끊임없이 이어가자 곁에서 듣던 안지상은 슬그머니 일어나 밖으로 빠져나왔다. 딸은 예전 성품을 외지에서 버린 듯, 하는 짓거리 하나하나가 눈 설었다. 표정은 해바라기처럼 활짝 퍼져 너스레를 떨긴 하나 뭔가를 내뱉고 싶은 속심을 품은 듯 말소리가 허공으로 허황하게 번지는 느낌마저 들었다. 또한, 겉으론 크게 웃지만, 그 끝이 허했고 그나마 꾸미려 애쓰는 게 은연중 눈에 띄기도 했다. 본인이 그런 속내를 풀어내지 않으니 뭔가 캐내고자 억지 부림도 할 수 없었다. 내처 준비한 콩 타작해야 하는데 일손이 안 잡혀 일은 뒤로 미루어야 할 성싶었다.

안지상은 콩 타작마당을 대충 거두고 툇마루에 걸터앉아 담밸 피워 물었다. 먹은 음식도 없는데 속에서 불편한 기운이 치밀어 올랐다. 토사물이 목에서 넘어올 듯 헛구역질까지 일었다. 도대체 이 불편함은 무엇인가. 그는 먼 산을 멀거니 바라보면서 변모한 딸애 모습에서 어릴 때 얼굴을 찾을 수 없는 게 불편의 근원이라 여겼다. 답답한 속을 풀고자 일어서 마당을 가로질러 담 밖으로 지적지적 벗어났다. 천천히 고샅길을 빠져 마을 입구 느티나무 밑, 낡은 평상에 걸터앉았다. 아내와 다툰 뒤 야속함도, 자식들 때문에 타는 속도, 이웃과 싫은 소리 한 찜찜함도 이곳에 앉아 시간과 담배로 맺힌 속을 풀기도 했고, 하루도 지키지 못할 맘 다짐도 여러 번 했던 곳이었다. 그런 일은 여럿일 때보다 혼자일 때가 편했다. 그런데 때마침 이장이 지나다가 말을 걸어왔다.

"어이, 안 씨! 오늘은 왜 혼자여? 집안에 뭔 일이라도 있는가?"

"일은 무슨, 그냥 답답해 잠깐 바람 쐬러 나왔네. 어딜 그렇게 바삐 다녀오는가?"

"바람이란 쐬는 게 아니라 피워야 제맛이지. 이장들 회의 땜에 읍내에 갔다 오는 길이네. 얼굴빛이 안 좋은데 어때 우리 집으로 가 한 잔하려는가?"

"아, 아닐세. 술은 다음에 하세. 피곤할 텐데 어서 가보시게."

"그런가? 자식 일로 너무 속상해하지 말게나. 자식들이란 항상 부모에게 그런 것들이 아닌가. 눈앞에 있으면 속 태우고 안 보이면 궁금하고. 그래도 그것들이 가족이니 때로는 못 이기는 척하면서 비켜서기도 하는 게 부모라네. 그럼 나중 또 보세나."

여느 날 같으면 한잔하면서 어울렸을 터였다. 그러나 오늘은 이웃을 만나서 떠들어 젖힐 기분이 아니었다. 예전에는 답답한 집안 사정이 있어 풀길 없는 마음으로 이곳에 나와 담배 한 개비 태운 뒤면 속이 풀렸는데 오늘은 달랐다. 시신 형체도 알아볼 수 없도록 사고를 당한 맏이 안경수 죽음이 갑자기 눈앞에 어른거렸다. 자식에게 닥치는 불행은 언제나 부모 마음을 썩둑썩둑 자르며 피를 말렸다. 자식 일을 자랑질이나 하듯 웃음을 간짓대 끝에 걸어놓고 살고 싶지만, 일생 톺아보는 나날이 행복에 겨워 웃을 날이 과연 며칠이나 되겠는가. 아니 그런 때를 지나서야 돈 빠진 통장 입금 숫자에 애틋한 눈길을 주듯 스쳐 지나간 행복을 놓친 어리석음에 비로소 군눈을 뜨기 마련이다.

언제나 마음을 가라앉혀 안유를 얻던 이곳도 오늘은 처음 온 곳처럼 불편했다. 지금은 엉덩이도 살이 빠져 그런지 심히 배기기까지 했다. 이곳에서 종종 대국했던 장기판처럼 지금은 사±가 죽고 군君만 남은 채 판세가 어지럽기만 하다. 평상에 놓았던 엉덩이를 갈 곳을 지정 못한 채 들어올렸다. 산다는 게 끊임없이 무너지는 흙더미를 안고 하루를 버틴 듯한데, 이어 닿는 하루가 또 버겁게 가슴을 옥죄였다. 모든 정황이 할퀴고 할퀴어도 손톱만 아플 뿐 시원하게 풀리지 않았다. 안지상은 집으로 발걸음을 옮겨야 했다. 산천은 널찍하고 벗어나간 길은 가없는데, 지금은 마땅히 갈 곳조차 없었다. 그러니 들판을 거침없이 뛰어다니는 야생 고라니 신세보다 달리 나을 게 없었다.

지금쯤 어이딸 대화는 얼추 끝났을 테다. 그는 집모퉁이로 접어들면서 집 쪽으로 얼핏 눈길을 주었다. 비록 지붕마루가 날개처럼 하늘로 치솟진 않았지만, 언제나 땅 위에 꼿꼿하게 박혀 사철 들고나는 식솔들을 맞아들이던 보금자리였다. 비바람을 피하고 더위와 추위를 이겨내려고 식솔들이 옹기종기 모여 살던 둥지기도 해서 가족애란 게 수북하니 쌓인 곳이라 여겼다. 그러나 오늘은 그곳이 상엿집처럼 산사람의 냄새가 나지 않은 듯 숨 쉬는 공간으로 여겨지지 않았다.

툇마루 끝에서 뒷마당으로 돌아드는 곳에 사람 형체가 어른거렸다. 의복 색상을 미뤄보면 안이실집이 아니라 큰딸로 짐작되었다. 자세히 살펴보니 돌아선 모습으로 담배 연기를 내뿜고 있었다. 숨어 가볍게 피우는 빠끔 담배가 아니라 한숨과 섞어 안에서 깊이 내뱉는 골초형 끽연임을 날숨의 연기 퍼짐 형상으로도 충분히 판단할 수가 있었다.

"쟈가?!"

안지상은 헛것을 본 듯 제 눈을 의심했다. 못 볼 불편한 모양을 기어이 보고야 말았다는 낭패감이 머리를 스쳤다. 느티나무 밑 평상에다 물건을 놓고 온 듯 멈춘 발걸음을 곧장 되돌렸다. 그리고 바삐 발걸음 옮겨 느티나무 밑 평상 앞에 이르자 버겁게 무거워진 엉덩이를 털썩 던졌다. 지금 딸이 담배 연기와 함께 내뱉는 그 한숨의 까닭이 아비 마음을 불안하게 했다. 유년의 정이 묻은 집이고 아직도 그곳에 부모가 눈을 시퍼렇게 뜬 채 산다면 온갖 시름을 놓아야 할 장소이고 안식처일 텐데, 그것도 무용하게 무엇이 그렇게 절망스러워 내장을 잘라 태우듯 담배 연기를 내뿜는가. 그 까닭이 자못 궁금했다. 더군다나 고향으로 돌아와서도 담배 연기를 한숨에 섞어 내뱉어야 할 사연이라면 속 끓는 깊이를 능히 가늠할 수 있잖은가.

　이런저런 생각에 골몰하던 안지상은 자리에서 일어나며 어떤 일에서건 참으며 또 참아내야 할 때라 속다짐했다. 안경수 일로 큰일을 당하면서도 절망을 안으로 삭이면서 오직 싸리 빗자루로 마당 흙을 모두 쓸어내듯 거친 빗질하면서 거뜬히 추슬러낸 몸이 아닌가. 큰일이 벌어질수록 그것을 작게 보면 되는 일이고, 작은 일은 더욱 하찮게 여겨 주변에서 가볍게 털어버리면 어떤 어려움에도 거뜬히 벗어날 게 아닌가. 마당 안으로 들어서서도 모든 일에 대범하게 처신하리라 다짐하며 방문 앞에서 기침을 크게 내려놓았다.

　"에흠! 아직도 뭔 얘기가 그리 기나?"

　안지상 물음에 방 안에서 이어지던 어이딸 대화가 중도에서 끊겼다. 방문을 열고 들어서자 담배를 피우다 방 안으로 들어온 딸은 꿩 구워 먹은 뒷자리에 앉은 사내처럼 사뭇 태무심까지 했고 오히려 안이실집이 농담조로 맞받았다.

　"우리가 당신 흉을 보는 중인데, 귀도 참으로 밝구려. 바깥에서도 모두 듣다니…….”

"맞아요. 우리 아부지 귀는 참 밝으셨어."

"애가 배고플 텐데……. 계속 얘기만 하고 있을 텐가? "

"참, 엄마. 엄마가 밀어주는 칼국수 먹고 싶은데 그걸 해주세요. 감자 많이 넣고 이럴 때 아니면 언제 또 먹겠어요."

"당신도 칼국수 자실라우?"

"식은 밥 덩이가 있다면야 나야 일없지."

달리는 식량을 늘여서 먹던 어릴 때부터 칼국수를 질리도록 먹은 안지상은 가끔 가루음식에 거부반응을 드러내곤 했다. 국물에 후르르 풀어진 가루음식으로 한 끼로 때우자면 반드시 식은 밥 덩이라도 있어야 밥상머리에 앉았다.

안지상은 수저를 놀리면서도 시선도 마음도 딸에게 쏠리기만 했다. 또한, 음식 들어가는 곳이 입인지 코인지 모를 만큼 한눈을 판 채 수저만 그릇 전에 부딪는 소리가 날 만큼 께적께적 놀렸다.

초저녁잠이 흔한 안지상에게 안이실집이 일찌감치 귀띔했다.

"윗방에다 당신 자리를 봐두었으니 졸리시면 오늘은 그곳에서 혼자서 주무시우."

"왜, 딸하고 자려고?"

"하룻밤이니 내사 내 딸, 옆구리에다 꼭 끼고 자려우. 내일이면 간다 하니 홀쭉하도록 실컷 보듬어보려고 그런다우. 초저녁잠 흔한 당신이야 일찍 주무시는 게 천하 둘도 없는 낙이 아니우?"

"알았네. 그럼 경순이도 오는데 고달팠을 거니 그냥 푹 자려무나."

일찍 잠자리에 누운 안지상은 쉬이 잠들지 못했다. 등판을 내리누르는 무거운 짐을 지고 앙버티는 그런 형국에 빠진 듯 답답했다. 여느 때 같았으면 눕기 무섭게 코 고는 소리를 뿜어냈으나 음식 자리 뒷전의 잠자리이듯 억지 잠을 청하려 무던히 애까지 썼으나 눈꼬리만 팽팽 당겼다. 머리를 차게 한다면서 북쪽에 머리를 두었던 잠 모양새도 지금은 소용없었다. 아랫방에서는 자세히 들리잖지만, 주고받는 얘기가 두런두런 이어지고 있었다. 안지상은 딸을 키우던 옛일들을 기억에 잡히는 대로 이리저리 엮다가 끊기면 되돌려 짚어나가곤 했다. 궁금한 얘기야 내일 아침에 전해 들으면 될 테지 그런 생각을 이리저리 뒤섞다 가까스로 잠 속으로 내려앉았다.

하늘은 푸르러 멀쩡한데 개천 상류인 산 밑에 폭우가 내려 금시 불어난 물이 조용한 마을을 내리쓸었다. 음양지를 잇는 징검다리 형체가 묻힐 만큼 산허리를 물어뜯어 내린 물은 걸쭉한 진흙탕물이었다. 휩쓸려 내린 물에 사람 형상이 보이는데, 돌을 차 내리는 물살에 머리가 수박덩이처럼 묻혔다 드러났다 넘실댔다. 머리카락 색깔이 누렜다. 저쯤에서 안이실집이 달려오며 남편을 향하여 버럭 꽘을 질러댔다.

"경수 아버지요. 경순이 흙탕물에 빠져 저런 꼴로 다 죽어가는데, 팔짱만 끼고 그리 구경만 하고 있을 거요! 지금 내 말이 들리우, 안 들리우! 에이고 속 타!"

안지상은 안이실집의 꽘에 얼른 잠에서 깨어나야지 그리 흐리멍덩하게 현실을 잡으며 꿈을 깼다. 나이 탓인지 잠결도 그렇고 꿈결도 그렇게 비몽사몽으로 흘렀다. 가위에 눌려 이제 깨어나야지 그리 의식하면서도 의지를 잃은 채 버둥거리다 또다시 잠 속으로 빠져들 만큼 꿈에서 현실로 전환하는 데 느릴 나이에 접어들었다.

 어둠에 깊이 잠긴 바깥은 나뭇가지를 흔드는 바람 소리만 들릴 뿐 적요했다. 상현달은 이미 기울었으니 빈 하늘에 별만 아득하게 남았을 거다. 아랫방에선 말소리 대신 나직한 울음소리가 새어나왔다. 야밤이었으나 이목을 꺼리듯 조심스러운 울음소리였다. 어이딸 둘의 것인데, 하나는 흐느낌을 섞어 안으로 들이삼키고 하나는 한숨을 섞어 밖으로 나직하게 내뱉었다. 안지상은 조용히 상체만 일으켜 L자로 앉으며 귀 방향을 틀었다. 울음소리는 여전히 낮게 이어졌다. 남편으로서 아비로서 두 울음의 근원이 궁금했다. 그는 화급하게 자리에서 몸을 일으켰다. 일어나면서 아랫방으로 바로 내려갈까 말까에 어정쩡하게 선 채로 망설였다. 감각으로 느껴지는 시각이 얼추 새벽 두 시 이맘으로 느껴졌다. 예견대로 사연을 제대로 알지 못하면 서로 언성을 높이면서 따지겠고, 늘어난 말이 점점 높아져 밤은 시끄러움 속에서 샐 거다. 그는 한참 동안 두 눈을 신호등처럼 껌벅껌벅하며 정황을 정리하다가 열기가 식지 않은 몸뚱어리를 아이가 생떼 부리듯 자리에 털썩 눕혔다.

 '내일에도 날은 있는데……. 차암자—.'

 그러나저러나 아침 늦잠에서 깨어난 안지상 눈에는 딸의 모습은 띄지 않았다. 닭울녘에 새벽이슬을 헤쳐가며 길 떠난 모양이다. 일 머리부터 끝자리까지 벌어진 정황이 꿈길 서방질 당한 듯 황당하도록 허무맹랑하기까지 했다. 울화가 치밀어 오른 안지상은 속 별러 안이실집을 족칠 수밖에 없었다.

"아, 어찌 된 노릇이야? 도대체 무슨 꿍꿍이 셈속이야. 아비인 나도 뭔가 알고 있어야 할 게 아니야? 이리 생사람 바보천칠 만들어 놓고도 멀쩡하길 바라는 거야!"

"당신, 제가 뭔 소리 하던 성질부리지 말고 들을 자신이 있기나 해요?"

되잡아 안이실집은 동그랗게 치뜬 눈길로 조용히 내뱉곤 안지상의 눈동자에다 낮은 목소리에 벌충이라도 하듯 눈총을 맞바로 쏘았다.

"그럼 내가 화를 내지 않으면 말도 않을 참이었어? 나 모르게 평생 가슴에 묻고 살 작정이라면 내가 들을 하등에 이유야 없긴 하지."

누가 더 야속한지, 또 누가 더한 손해 보는지 끝판까지 가자는 듯, 한 치도 물러서지 않을 외고집으로 마주 입씨름해 댔다. 이럴 땐 살을 맞비비며 산 부부가 아니라 총부리를 들이댄 남남보다 멀어도 한참이나 멀게만 느껴지는, 이웃집 뚝배기 사내고 싹수가 없는 남의 여자 같았다. 안이실집은 딸에게서 들은 얘기를 앞뒤 잘라낸 뒤 토막 부분만 압축해 뱉어냈다.

"걔가 미군에 근무하는 코쟁이를 따라 미국으로 간답디다."

안지상의 귀로 들어와서는 안 될 낯선 소리였다. 뭔가 불길하단 짐작은 했지만, 예측에서 한참 벗어난 말이기 때문이다. 갑자기 엊저녁에 밝히지 못한 일이 후회로 가득 다가들었다. 그런 일로 먼 나라로 떠난다는데 아비는 어리석게도 한마디 말도 속 시원하게 듣지 못한 채 윗방에 누워서 가슴앓이만 했으니 어이딸에게 속은 일이 마냥 분하고 괘씸했다. 그러나 지금 당장 할 수 있는 일, 버럭 목소리만 높일 수밖에 없으니 어귀 또한 막혔다.

"뭣이? 누가 누굴 따라 어디로 간다고?"

"당신 큰딸이 미국 코쟁이와 눈이 맞아 내일모레 미국으로 아예 간답니다. 새끼까지 배고서······."

"진작 알고 있었으면서 왜 입때껏 입 다물고 있었던 게야?"

"말했다면 당신 성정에 가만히 있었겠소? 또 개가 당신이 잡는다고 당신 손에 이제 죽은 듯이 잡혀 있을 애요? 동네방네 소문날까 두려워 입 한번 뻥끗 못하고 속만 태운 이 맘 알기나 하우? 왜 이웃의 많은 눈을 염두에 두지 않고 성질부터 내시려고 큰소리부터 탕탕치시우? 이런 데도 내 처사가 그리 영 못마땅하기만 하우?"

"어미란 게 어찌 그렇게 처신을······. 쯧쯧ㅡ."

잔가지가 많은 나무에 바람 잘 날이 없다는 말이 안이실집을 이르는 듯했다. 그러나 자식 넷밖에 낳지 않은데도 근심 걱정은 끊이지 않았다. 불붙은 한끝을 끄느라 한숨을 몰아쉰 뒤 돌아서면 코앞에 또 다른 불길이 이미 지펴 있었다. 자식복은 사주를 탓하며 일찍 접었던 터, 그것들이 애물단지라지만 삼신할미도 너무 야속하다 여겨졌다.

안이실집의 그런 팔자타령이 최고조로 치닫고 있을 때, 셋째인 안경미가 멀쩡하게 잘 사는 남의 남자를 가로채서 교도소 밥을 먹는다는 연락이 왔다. 연락을 받은 그녀는 절벽을 마주한 듯 더는 나쁠 수 없는 지경까지 왔다고 오히려 체념했다. 타고난 바탕이 그토록 모질고 기구하지 않은데, 부모로서 뒷받침조차 못 하니 아등바등 살려다 낭패를 본다는 데 생각이 미치자 어미로서 미어진 가슴이 다시 새까맣게 타들었다. 자식들이 퍼낸 눈물로 항아리를 채울 듯싶었고, 괴로움을 참으려고 악문 이빨로 잇몸이 뿌리까지 솟아서 솜뭉치에 신문지 태운 기름을 묻혀 물고서 자다 새우다 겨울밤을 밝히는지도 몰랐다.

같은 배 속에서 태어났지만 둘째 딸인 안경미는 제 언니와 외모부터 현격히 달랐다. 마당에서 지적지적 발걸음을 떼어놓을 적부터 이웃들의 말인심은 넉넉했다. 물론 상갓집에 음식 부조는 못 하더라도 말부조는 꼭 하라는 그런 심산으로 뱉어낸 말과 같이 풋인사보다 못한 말인심임은 알고는 있었다.

"코를 싹 풀고 머리끄덩이에 덮어쓴 흙먼지만 털어낸다면 걘 촌아가 아니다."

"고대로 자란다면 한 인물값 넉넉히 하것다."

"아는 집 아가 아니면 둥쳐 업어다 키우고 싶네."

안지상 내외가 봐도 안경미는 제 언니와는 만판 달랐다. 성장할수록 이목구비가 제자리로 찾아들어 곱상하다는 말을 일찍 들었고, 피부마저 배꽃처럼 피어나자 아니나 다르랴 중학생임에도 사내아이들이 키다리노랑꽃이 타넘은 담 안으로 휘파람을 마구 불어 넘겼다. 행동 짓거리를 봐도 타고난 재주나 부리듯 눈웃음에 애교까지 더했다. 웃으면 눈자위가 사라지고 그 자리에 그린 듯 초승달 두 개만 남아 폭 패는 양쪽 볼우물과 함께 사내아이들 가슴을 바람 든 무처럼 만들었다.

 고등학교 졸업 일 년 앞두고 날기를 익힌 멧비둘기 새끼처럼 서울로 떠났다. 마을에 퍼진 명분이야 언니에게로 가서 공불 이어간다고 했으니 이웃 아낙네들도 그 말이 부러워 둘 모이나 셋 모이나 부지런히 찧고 빻았다.

 "경미 걔야 제 언니 경순이가 서울에 있으니 얼마나 좋아. 에이고 우리 옥자는……. 쩝."

 "걔는 이제 서울 아가 됐네. 대학도 다니고 예쁘니 신랑도 잘 만나겠고. 이곳에서 썩긴 좀 그랬는데 이제 제바닥에 갔네."

 그러나 안경미가 간 곳은 제 언니 집이 아니라 봉제 공장이었고 처음 맡은 일이 실밥을 따는 보조였는데 사장 눈에 띄어 한 달 뒤 경리 보조로 자리를 바꿨다. 한 해가 지날 무렵 경리 사원이 결혼으로 퇴사하자 안경미가 그 자리를 꿰찼다. 일을 잘한다고 젊은 사장은 다른 직원보다 알뜰히 챙겨주며 결혼하더라도 도와달라는 언질까지 주었으니 신임만은 단단히 얻은 셈이다.

 그런데 안경미는 아이가 둘 있는 사장이 눈을 맞춰오자 서슴없이 배부터 맞췄다. 오가는 애정이 차져 잘 들러붙으니 꼬리가 길었고, 불같이 끓어오르는 첫 정념이라 주체 못할 만큼 달아오르자 시간과 장소를 가리지 못하고 터지는 감정을 실행으로 바로바로 확인하곤 했다. 사장 아내에게 꼬리가 잡혀 간통죄로 고소당하자 사장도 모르게 유용한 회사 공금 정황까지 들통났다. 한 해 반 동안 교도소 생활하다 가까스로 출소했다.

그러기에 앞서 안이실집은 교도소에서 통지받았지만, 밭에 일 나간 안지상에겐 감쪽같이 숨겼다. 그녀는 소동이 벌어지기에 앞서 막연하나 혼자 먼저 내막을 소상히 파악한 뒤 남편에게 알리고자 요량했다. 그날 저녁 그녀는 안지상한테 마치 길 가는 아무개에게나 하듯 불쑥 토막말을 던졌다.

"내일 서울에 좀 다녀올라우."

"생뚱맞게 느닷없이 시방 뭔 소리야? 왜, 무슨 일로 서울에?"

뜬금없는 아내 말에 안지상은 충격 받은 듯 말끝을 더듬기까지 했다. 노상 토막말부터 내뱉는 안이실집 말버릇이 늘 귀에 거슬리는데 오늘도 어김없이 그런 투로 뱉어내니 감을 잡을 도리가 없었다. 쉽게 적응할 수 없는 그런 말버릇을 안지상은 신혼 때부터 여태껏 늘 못마땅해서 타박하곤 했는데, 지금도 능청맞게 그런 소릴 뱉으니 눈살부터 찌푸려졌다.

"이것이 뭘 제대로 챙겨 먹고 있기나 하는지. 또 죽었는지, 살았는지……."

"시방 누굴 말하는 게여? 경순이여, 경미여?"

"하난 미국 갔는지 안 갔는지 모르겠고, 또 하나는 어떻게 사는지 모르니 둘 다지요. 아 어느 것은 딴 뱃속에서 뽑았나요? 새끼면 다 같은 새끼지."

"걔들에게 또 뭔 일이 난 거야? 갑자기 코뚜레 빠진 소처럼 이리 설치고 나대? 같이 가자는 말 한마디도 없이……. 아, 가자면 나도 미리 준비해야 할 게 아니야! 입성도 그렇고…….”

"내사 밭일이 뜸할 때 다녀오려고 그러우. 둘 다 가면 집에 있는 짐승들이 굶어 죽을 거니 나만 얼른 다녀올 작정했으니 그리 아시우.”

"혼자 걔들 집이나 찾을 수 있으려는가?”

"누굴 바보천치로 아시우. 아, 내가 그리 멍청한 여편네요? 딸애들 주소가 여기 있으니 파출소에 가면 요즘 집까지 데려다준답디다. 그러니 지레 내 걱정은 마시고 쇠지송아지 새끼가 옥시끼밭옥수수밭에 뛰어들잖게 집이나 단디 보시기나 하소.”

묻고 또 물어서 찾아간 교도소. 면회실로 불려 나온 안경미는 수세미처럼 머리카락이 헝클어진 채 뭘 좀 찍어 바르지 않고 뿌옇게 뜬 맨얼굴로 면회 창구 앞으로 나왔는데, 예쁘다고 뽐냈던 모습은 어디에도 찾아볼 수 없었다. 고속버스에 오르고부터 울음을 달고 와서 그런지 막상 눈앞에 딸이 보이자 참담한 몰골에 눈물보다 걱정이 앞섰다. 사지가 멀쩡하고 간절한 말을 뱉을 입도 있는데 면회 창구 앞에서는 어미로서 해줄 일은 아무것도 없었다. 그저 교도소에서 잡아두면 두는 대로, 풀어주면 그런대로 그렇게 두 손 놓고 하세월 기다리듯 기다려야 할 처지였다. 손도 잡을 수 없는 저 너머에 있어 어미 체온마저 전할 수 없으니 달려온 일이 차라리 오지 않음만도 못했다.

안경미는 의자에 앉자마자 입 모양새를 만들어 부모 걱정부터 해댔다.

"엄마, 여긴 왜 왔어. 아부지는? 내 걱정은 안 해도 돼."

천고에 회자될 연애질을 한 듯 뻔뻔하기가 이를 데 없이 당당한 얼굴이었다. 죄를 지었다는 표정은 안경미에게서 눈곱만큼도 찾아낼 수 없었다. 남의 사랑을 빼앗은 일은 모두 그렇게 당당하게 처신해야 정당화되는지 까닭을 모를 일이었다. 안이실집은 어귀가 막히기보다 남의 사랑을 파탄 낸 딸 행실이 몹쓸 짓이라 남 우세스럽기만 했다.

"이것아, 밥은 제대로 먹은 거야?"

안경미는 이번에는 고개만 방아깨비처럼 끄덕였다.

"왜 그랬냐? 애도 있는 가정에 그런 짓은 왜 했느냐고?"

이번에는 입으로도, 고개로도 대답하지 않았다. 대신 벚꽃이 진 자리에 혼자 서 있는 여자처럼 조금 서글프게, 또 희미하게 웃었다. 하다못해 손바닥으로든 그 표정을 가려주고 싶었다.

"뭐 필요한 거는 없느냐? 이 어미한테 말해."

안경미는 비로소 고개를 옆으로 세차게 흔들었다. 그리고 다시 소리 없이 입 모양으로 '인제 됐어, 그만 가봐. 빨리!' 그런 눈짓을 강하게 보내왔다. 안이실집은 순간 알고 싶은 것도, 알아야 할 것도 없다는 생각이 들었다. 아무리 제 몸으로 낳은 딸이지만 여자로서 판단할 때, 그것은 쉽게 용서받을 수 없는 짓이기 때문이다. 남의 가정에 뛰어든 일에 머리챌 틀어잡고 쥐흔들어 주고 싶을 만큼 어미로서 야속한 생각마저 들었다.

"언제쯤 나올 수 있는 거야?"

역시 고개를 모로 흔들고 나서 벽시계를 쳐다보곤 '그만 가라니까, 어서' 입 모양을 그렇게 지어 보이다가 그 모양을 그대로 끌어다 출구를 가리켰다. 그 문을 통하여 어서 밖으로 나가란 채근이었다.

그것으로 딸의 면회는 끝났다. 교도관 앞서 들어가는 딸을 보면서 안이실집은 천근 무게를 진 듯 무겁게 몸을 일으켰다. 남편 몰래 감춰온 돈을 차입금으로 맡기고 교도소 밖으로 걸어 나오는데, 참고자 하던 눈물이 그제야 신발 위에 떨어짐을 두 눈으로 보았다. 눈앞은 바람맞은 잿더미를 밟아 나가듯 마냥 뿌옇게만 보였다. 이런 험한 일로 전생의 액땜은 한 번으로 충족하다 여겼는데, 한번 터지기 시작하니 화약에 불길이 옮겨붙듯 연이어 터져 운신 폭을 좁혔다. 마치 행복한 사람에게로 돌아갈 험한 일도 이미 험한 일을 당한 사람에게 몰아서 넘겨주는 양 싶었다. 행복은 더해지면 기쁨이 큰데 불행은 더해지면 이젠 죽어야지, 그런 절망에 빠진다. 그래서 복 없는 사람은 언제나 복 많은 사람을 선망하며 불행에 절망하면서 살아야 하는지도 모를 일이다.

"왜, 눈 빠지도록 기다리는 사람이라도 있듯 허둥대고 가더니만 하룻밤만 묵어 왔는고? 마른 대추처럼 쪼그라든 이 서방이 그리 그립든가?"

안이실집이 마당으로 들어서자 안지상은 속내를 감추며 못 볼 사람이나 온 듯 비아냥거리기부터 했다. 먼 길을 그도 딸들을 만나러 갔으니 열흘은 아니더라도 한 사나흘쯤은 묵고 올 줄 짐작했는데 뒤

미처 돌아왔으니 빈정거려줄 만한 일이었다. 그런데 무엇에 마음이 언짢은지 뒤마려운 고양이 상판하고, 그도 저리 지쳐 매가리 없이 초주검으로 돌아오다니 도무지 이해할 수가 없었다. 딸들을 만났으면 기분이 팔팔해져 돌아와야 하는 게 온당했다. 그런데 딸들 얘기라면 퍼들퍼들 치솟던 기세는 어디로 빠져나갔는지 길바닥에 버려진 색소 음료 포장지 같았다.

"갔더니만, 경미가 이살 갔다네요."

"이사를 했다고? 그것도 모르고 무작정 갔더란 말이야? 사람이 어찌 그리 준비성도 없이 덤벙대고……. 그래서 찾긴 찾았어?"

"아, 예―, 예―. 아주 근사한 데로 이살 갔습디다. 공짜로 재워주고 공짜로 먹여주고, 옷가지도 입혀주고, 하 참 내 원 기가 차서……."

부모에게 꾸지람 듣고 꼬챙이로 땅 파 뒤지며 화풀이하는 말썽꾸러기처럼 툭툭 내뱉는 대거리에서 그저 심술이 꾸역꾸역 새어나왔다.

"하, 이 세상에 그렇게 공짜로 베푸는 데가 어디 있다고 그렇게 딴죽 걸며 깐죽깐죽 치대는가?"

"그곳이 어디인지나 아시우? 바로 감옥소라우. 감옥소."

"이건 또 뭔 해괴한 소리야? 누구 숨통을 끊어놓을 일이라도 있는 게야? 그래 무슨 일을 저지르고 감방에 갔단 말이야?"

조용하고 낮게 시작한 둘의 목소리가 점점 높아져 끝내는 담 밖으로 타 넘었다. 안지상의 처지에서 보면, 펄쩍펄쩍 뛰면서 자초지종 풀어내야 할 일인데도 툇마루에 퍼질러 앉아서 야죽야죽 토막말만 던지는 안이실집 태도가 부아를 돋우는 데 불쏘시개 역할을 했다. 마치 남의 이야기나 하듯 말을 토막으로 끊어 내뱉으며 슬슬 즐긴다는 느낌마저 들었다. 상황이 다급하면 다급할수록 말은 알맹이에서 멀어졌을뿐더러 그것마저 왼쪽으로 둘둘 뒤꼬여 있었다.

"글쎄 지가 다니던 회사 사장과 바람이 나 지금 감옥에 가 있다오."
"아, 누가?!"
"누군, 누구요. 그 잘난 당신의 막내딸, 경미지 누군 누구겠수."
"허 참—. 몹쓸 짓을 했군. 망할 것. 모든 자식이 어찌 이 모양일까."

안지상은 툇마루에 무너지듯 주저앉았다. 엉덩이를 내린 툇마루가 마당 밑으로 깊이깊이 가라앉는 느낌이 들었다. 제발 그냥 그렇게나마 빠져 들어가 세상 눈꼴사나운 일들을 겪지 않았으면 싶었다.

한 해 반 지날 무렵일까, 안경미 소식이 전해졌다. 서울에서 살던 제 또래로부터였다. 형을 마치고 출소하자 '이제 이혼했으니 죽기 전에 한번 제대로 살아보자'고 사장이 옛정을 빌미로 애증 증서를 부도난 어음처럼 내밀었다. 안경미는 그 말에 얼음장처럼 대답했다. '나도 가슴이 불같이 탔던 첫정인 사장님을 쉽사리 잊을 수 없다. 그러나 우리 사랑은 놀이공원 입장권처럼 일일이 간섭받고 싶지 않다. 비 오는 날이나 술 취하면 사장님에게 걸려오는 아기 엄마 전화는 나를 슬프게 한다. 찾아오는 발걸음은 채권자 얼굴보다 더욱 보기 싫어 두 번이면 충분하다. 간섭받지 않고 온전하게 사장님 사랑을 통째로 받고 싶다. 그러니 아기 엄마 발길이 닿지 않는 곳으로 가 산다는 약속을 먼저 해라. 그러면 사장님 말씀한 대로 죽기 전에 서로 뼈까지 녹도록 한번 제대로 얽히며 살아보자. 나도 진정한 사랑을 목숨만큼 소중히 여기는 그런 유형의 한 명 여자일 따름이다.'

 그런 요구에 둘은 합일했고 그들만의 세계에서 올차게 살아보려고 남쪽 외딴섬으로 숨어들어 아기 엄마와 단절은 물론 부모와 인연마저 끊었다. 자식 네 토막 가운데 다시 둘이 그렇게 곁에서 멀어져 갔다.

 자식들이 품에서 떠날 때마다 집 안에서 사람 소리가 줄었고, 먼 곳에 있는 뙈기밭부터 하나하나 묵정밭으로 변해갔다. 해가 바뀔수록 묵정밭에는 풀씨들이 날아와 웃자랐고, 어린나무도 햇볕을 가릴 만큼 자라 잡목숲의 모양새를 이뤘다. 먼 곳 뙈기밭들은 애당초 화전으로 마련한 것들이라 본디 산지로 돌아간 터수지만, 줄어든 잡곡 소출은 가계를 궁핍하게 했다. 떠난 일손은 되돌아오지 않으니 둘의 손발이 그것을 대신했으나 쇠락한 체력으로는 버거웠다.

 자식들 셋이 불쏘시개처럼 흐지부지 그렇게 쉬이 올 수 없는 길을 떠나더니 영감마저 가슴앓이로 쓰러졌다. 안이실집이 생각하기에도 스스로 건강을 지키지 못해 쓰러진 게 아니라 자식들이 원인을 물어왔다고 여겼다. 자식들이 그만큼 속 타는 아비 가슴을 무논처럼 밟아댔으니 심장판막증의 병인은 납득 갈 만했다. 평생 갓 쓰지 않은 맨머리로 소나기만 맞다가 간 셈이다. 영감이 죽자 마을에서 조상 묏자리에 동티가 났다는 말까지 나돌며 푸닥거리라도 하라 했다. 억울하고 안타깝게 잃은 목숨이라 쑤군대는 소리까지 들렸다. 그러나 안이실집은 그 소리조차 듣기 싫어 귀를 닫고 외면했다. 셋째까지 저 스스로 험한 길을 가자, 살던 집터를 버리고 골짜기 더 깊은 곳으로 나앉았다. 답답하니 그래서라도 불운을 씻어내려는 게 아니라 액운이 연잇는 집터가 싫었고, 또 자식들의 일을 묻고 되묻는 이웃 물음에 그때마다 속이 뒤집혀 참아내기 힘들었기 때문이다. 무엇보다 인복이 따르지 않는 그 집터가 넘치는 이웃 관심으로 배겨날 수 없게 했다. 옮겨 앉은 곳이 개 짖는 소리와 이른 아침 닭 울음소리만 들릴 뿐 사람 소리가 들리지 않는 그렇게 외진 곳이었다. 인간이 무리 지어 사는 곳에서 자연으로 한 발짝 나앉은 셈이다.

이제 막냇자식 하나만 '나도 앨 낳은 여자요' 그런 증거나 대듯 물증처럼 곁에 남았다. 그 자식이 아비 없는 집안의 기둥이고 안이실집이 뒤를 기댈 유일한 벽이었다. 그런데 외양으로 보면 사내로 흠 잡을 수 없이 멀쩡한데, 선본 여자마다 어김없이 퇴짜를 놓았다. 퇴짜 맞을 때마다 아들은 회전기기의 계수기 숫자처럼 덜컥덜컥 자동으로 나이가 올라갔다. 그러니 일에 찌든 얼굴이 나이보다 앞서 속절없이 늙을 수밖에 없었다. 며느리에게 수발을 받아야 할 처지에 아들 뒷바라지까지 하다 보니 안이실집도 중년에서 벗어나 마지막 섶에 오른 누에처럼 나이에 주저앉았다.
자식들 변고 때마다 이빨을 악물어서 그런지 큰어금니들이 뒤로부터 차례로 빠지고 뿌리가 깊은 작은어금니와 앞니만 남았다. 틀니를 박자니 비용도 만만찮아 그대로 두었더니 양 볼이 빠진 이 자리로 함몰하듯 오므라들어 원치도 않은데 이웃에서 합죽할미라 불렀다. 어릴 때 부르던 이름은 시집오며 잃었고, 가족 구성원이 해체되니 이젠 안이실집이란 택호마저 버렸다. 그도 자식들 때문에 폭삭 늙어 그리됐으니 늘그막 팔자에선 합죽할미란 부름이 맞춘 옷을 입듯 합당한지도 모를 일이었다.

자식도 품 안에 들 때가 삼십 전이지 오십을 넘어선 아들은 총각이 아니라 그냥 혼자서 대책 없이 늙어버린 남정네였다. 낮에야 농사일에 매달리지만, 밤이 되면 쉼 없이 피워대는 담배와 술타령으로 건강을 축내면서 더욱 빠르게 겉 나이를 먹으며 오이장아찌처럼 세태의 뒷전에서 알뜰하게 찌들어갔다.

육식동물 어병한 수컷처럼 번식 싸움에서 밀려 짝을 구하지 못한 처지라 죽어 몽달귀신 꼴 되려니 싶었는데, 군청에서 추진한 '농촌 총각 배필 맺어주기' 행사에 참가했다가 덜컥 필리핀 처녀와 맺어졌다. 제 말마따나 복권에 당첨된 기분이 이럴 거라 몇 며칠 입을 귀에다 걸어놓고 팔푼이처럼 히죽히죽 웃어 그나마 잃은 웃음을 찾는 듯했다. 물론 서둘러 결혼식을 끝마치고도 이웃들을 불러 마을에서 다시 잔치를 벌여 묵은 한을, 박바가지에 찌들어진 살림의 때를 벗겨내듯 말끔히 풀어냈다. 며느리를 맞아들인 합죽할미는 이제 머리에 인 짐을 내려놓으려니 그런 기대로 새삼 손끝에 힘이 솟았다.

그러나 대화가 통하지 않으니 답답하긴 움직이는 것을 빼면 나무토막과 마주한 거나 다를 바 없었다. 고집 또한 만만찮아 비위가 상했다면 뿔 빠진 황소처럼 식식거리며 나대는가 하면 고집이 풀릴 때까지 방 안에 틀어박혀 온종일 눈물 치장했다. 세월이 지난 다음에야 그 마음의 아픔을 알았다. 며느리도 말이 통하지 않으니 맺힌 갈등을 풀지 못해 답답해서 그랬을 거라고. 그리 이해할 때까지 합죽할미는 이웃의 물음에 콧등에다 주름살을 얹으며 불만을 토로해 왔다.

"며느리 말이요? 이건 말이 통해야 뭐라도 하지. 그저 상전 가운데 상전이라오."

"에이고, 얼마나 속이 상하겠소?"

"이제껏 다 썩어빠져서 지금은 상할 속도 남아 있질 않소."

그나마 여섯 달을 울며 짜며 참아내더니만, 시내로 나가는 버스에 오른 뒤 며느리는 종적을 감췄다. 떠난 그녀가 남긴 건 결혼 때 진 빚과 아들의 가슴에 깊이 박힌 실연의 못이었다.

"내, 이걸 잡기만 해봐라. 반드시 요절내고 말 테다!"

얼마나 충격을 받았는지 눈에 쌍심지를 켜고 며느릴 찾아 마을에서 떠나간 막내아들은 두 번 다시 고향에 얼굴조차 디밀지 않았다. 조금만 수소문하면 모를 게 없다는 세상이라는데, 아들 소식은 뜬소문이나마 한 자락도 검잡을 수 없었다. 어디 가서 어떻게 손을 써야 아들 행방을 알 수 있는지 그저 막막했다. 또 행방을 알아내 어미 마음을 전한들 그런 처지로 마을에서 떠난 아들이 어머니가 힘들다고 귀향한다는 보장도 없기에 그냥 버린 자식으로 치부하여 잊는 듯 살려고 했다. 아들자식 맏이는 무녀리 운명인지 애물단지였고 막내는 매꾸러기였다. 그래도 그게 자식들이고 애물이니 깃든 정마저 거둬들일 수도 없었다. 네 아이의 운명은 세월이 앗아간 게 아니라 세상 판세가 모두 데려갔다.

남편이나 자식들이 주변에서 사라지니 기대던 기둥이 쓰러진 듯 몸과 마음이 추슬러낼 기력마저 잃고 무너져 내렸다. 늙은 부모가 이웃에게 큰소리치며 살아가는 힘의 원천 칠팔 할은 자식들일 거다. 합죽할미는 영글다가 만 곡식처럼 하나같이 쭉정이로 끝나는 자식들 종말을 보면서 이것도 타고난 하나의 업이려니 그런 심경으로 받아들이고, 서서히 악몽에서 헤어나려고 자나 깨나 일손에 매달렸다. 아니 그것을 잊고자 정신없이 일에 예속되기를 원했다. 그렇게 사는 데에 매달리다 보니 그런대로 시름 속에 자식들의 일들이 희미하게 바래지고 잊혀가긴 했다. 눈밭 자작나무처럼 홀로 남겨진 여인네가 외로울 때, 가장 먼저 생각나는 사람은 죽은 남편이고, 그다음이 자식들인데, 그도 이제 오래되니 세월 갈피에서 남의 일처럼 절실함이 엷어지고 서서히 코앞 일 더미에 묻어 흘러갔다.

바깥 마을에도 늙은이는 땅에 묻히고 자랄 애들은 외지로 떠나갔다. 장례식만 있고 결혼식이 없으니 애의 울음소리보다 곡소리가 잦았고, 그런 세월도 지나자 개 짖음과 닭 울음소리가 마을 사람 소리를 대신했다. 인적이 떠난 마을, 울타리가 썩어 넘어지고 토담이 허물어지며 바람이 문짝을 흔들어 지도리를 뽑아냈다. 한 집 건너 한 집이 민족 대역사나 하듯 폐가로 주저앉았다. 매일 들르던 집배원이 일주일 짬으로 드나들다 발길마저 끊었다. 연필 그림을 지우개로 지우듯 가장자리에서 복판으로 마을 집들이 한 채씩 지워지고 그 자리에 뿌리지 않은 잡곡들이 망초와 무리 지어 자라다 초겨울엔 눈과 비바람으로 허리를 꺾었다. 인적을 피해 외진 곳에 줄 친 거미가 굶어 죽을 만큼 날벌레들마저 동선을 바꾸었다.
　그러나 합죽할미 눈에는 꽉꽉 눌러 그린 연필 그림처럼 세월 지우개로 지워도 마을 윤곽이 곳곳에, 아니 머릿속에 뚜렷이 남아 있었다. 그것을 기억에 묻어둔 채 인간과 소통했던 마음을 거둬 자연 주변 것들에 눈길을 주고 마음도 두기 시작했다. 자연에 모든 걸 의탁했던 합죽할미 그런 믿음은 이희구가 찾아들기까지 흔들림 없이 지켜졌음은 물론이다.

4
이름을 또, 얻다

 인연의 길고 짧음은 스칠 땐 예단 불가능하다.
 그게 가능하면 이른 이별 또한 없을 거다. 스물다섯에 옥천에서 영동으로 시집온 정순임은 서른둘에 남편과 사별했다. 백년해로하잔 말이 귓전에 쟁쟁한 칠 년 남짓 살았으니 야박한 연분이었다. 짧은 인연이 남은 사람에겐 불행의 단초가 되었다. 남편 이종식은 마을 정미소에서 일했다. 그러다 옷자락이 정미기 피댓줄에 감겨 병원으로 가기에 앞서, 어— 하다가 목숨을 잃었다. 염색 군복 자락이 피댓줄에 감겨 목숨을 잃은 모습이 차마 눈 뜨고 보지 못할 만큼 참혹했다. 떨어진 단추를 찾지 못해 두 구멍에 모양과 색이 다른 걸 꿰던 옷인데, 질기고 값싸며 또 편하다면서 일상 몸에 걸쳤다. 사람은 옷을 해질 때까지 아꼈으나, 옷은 그 사람 죽음의 빌미로 작동했다.
 전쟁고아인 이종식은 정미소 주인인 최 영감네에 얹혀 자랐다. 그런 연고로 피발개서부터 그 일만 했던 터, 마을 사람 모두 정미기 일류 기술자라 추켜세웠다. 그런데 초보자나 당하는 그런 어처구니없는 변골 당했다며 답답해했다. 마을 사람들 가운데 어떤 일에든 선도로 나서기는커녕 그냥 앉은자리에서 뭉그적거리며 까탈 달기에 버릇 된 노인들은 그날따라 모인 자리에서 귀신에 씐 거라 단언도 서슴지 않았다.

"이게 바로 원싱이가 나무에서 툭 허니 떨어진 꼴인 겨. 여적껏 그 일엔 너나없이 명색이 일류 기술자라 쳐주었는디 걸씨 피댓줄에 감겨 그런 변골 당허다니……. 구신에 씌잖고서야 워치게 그런 변고가 벌어져?"

노인네란 흉사에도 삥 둘러쳐 느릿하니 언급해야 나잇값 한다고 여기는 모양이다.

"그랴, 이건 필시 구신에 단단히 씐 거구먼. 몇 해 동안 왼통 그 일에 매달려온 사람인디 그런 말것잖은 일을 당혔으니 모두 그리 생각허는 거시 당연허긴 혀."

그러나 이종식과 자주 어울리던 또래 패거리 의견은 오히려 현실에 근거했다. 술을 유독 좋아한 이종식인지라 어김없이 음주 행위에다 귀책사유를 달았다. 하기야 농번기보다 농한기에 더욱 바쁜 정미소지만, 이종식은 패거리와 어울려 짬짬이 술판에 굴렀다. 술을 마셨다면 목표량을 설정한 듯 깔때기처럼 빨아들이다가 그 자리에 쓰러져서야 끝장났다. 밥과 술이 차려진 상에서 언제나 숟가락보다 술잔을 먼저 드는 사내였으니 술에 온몸이 진걸레처럼 척척하니 절어 산다는 말은, 행위 짓거리를 봐서 크게 인품을 깎아내리는 소리도 아니었다.

"원체 술을 좋아혔으니까, 안 봐도 그날도 분명히 한잔 거나허게 걸쳤을 겨. 그러고 보면 지레 술이 사람을 앞서 데려간 셈이여."

"그 승질머리 깐깐헌 주인 최 영감이 그만큼 술 단속 헤왔는디, 지 정신 못 차리고 술독에 빠져 살더니 기어이 술로 변골 당한 기지."

마을 아낙들은 한 발짝 더 내디뎌 아내인 정순임 행실에다 귀책사유를 둘러씌우려고 슬슬 새말을 불렸다. 평소 훤칠한 정순임 외모가 제 딴에는 밉살맞고 오라비와 자랐어도 그늘은커녕 천성의 맑음이 눈에 거슬린다며 티 뜯어 시기했는데, 이참이라 싶은 이웃집 여인네가 작심하고 앞장서 욕마당을 깔려고 악담을 내뱉었다.

"여자가 보기보다 암띠고 승질마저 쌩혔으니, 그게 보통 살기여? 분명 살이 단단히 끼어 언젠가는 벌어질 일이 시방 벌어진 거구먼."

"아니, 남의 숭헌 일에 지난번 쌈질혔다 헤도 워찌 그런 흠담을 험부로 허나? 이 여편네야……."

"그동안 눈꼴 시려서도 입 닫어왔지믄, 어디 두고 봐유. 언젠가는 또다시 빤빤헌 얼굴값을 톡톡히 헐 여자라니까유."

좁은 바닥, 하나 입 건너면 곧 제 입이고 숟가락 끝이 이웃 밥상머리라 여러 소리 모두 정순임 귀로 전해졌으나, 정작 그녀 반응은 미미하기보다 시큰둥했다. 스스로 할 수 있는 일은 오직 귀를 틀어막는 방법밖에 없다고 대응했던 탓이다. 마을에서 도움 받을 만한 끄나풀 하나 없는 처지에 아직 품 안에서 자라는 아이가 있어 살아갈 일이 당장 발등의 불이었다. 이동우라 이름 지어 부르는 다섯 살배기 사내아이가 아비 죽음과 무관하게 배고프다고 지금 눈앞에서 코 눈물범벅이 된 채 울고 있지 않은가. 남편이 횡사한 마당인데 마을에 떠돌아다니는 소문에 맞대응하기보다 당장 어린 걸 품고 살아갈 앞날이 캄캄한 그녀에게는 이웃 시비는 귀 밖 잡된 소리에 불과했다.

 차라리 정순임도 차제에 독한 마음먹고 이종식을 뒤따라가려 했다. 슬픔을 감당할 수 없을 때 죽는 일은 하찮게 보였다. 경황 결에도 처음 머리에 떠오른 생각이 그랬다. 남편 잃은 슬픔도 슬픔이지만 친인척이라곤 없으니 손 내밀 곳도 등 비빌 언덕도 없어 허허벌판에 바람 안고 선 처지라 앞으로 닥쳐들 세상살이가 마냥 두려웠다. 그러나 모든 게 눈 한번 감는 일로 해결될 성싶지 않았다. 죽음 저쪽으로 건너가야 할 다리를 이미 건너간 이종식이 끊어버렸다는 느낌마저 들었다. 죽으러 가려고 일어서는데 발치에서 아비를 빼닮은 아이 울음이 터졌다. 그 울음이 갈고리처럼 옮기려는 발걸음을 한 발짝도 허락하지 않았다. 몸에서 힘이 달아난 정순임 무릎은 겨릅대처럼 꺾여 내렸다. 아직 아이 생명이 제 몸에 붙어 있었고, 씻긴 포도알같이 검고 맑은 눈동자를 가진 그 피붙이를 거둘 사람은 영동 땅 위에 애오라지 자신밖에 없음을 깨달았다. 이럴 땐 어미 위치가 미망인 처지보다 윗자리에 놓임도 알았다.

 이종식 장례는 최 영감 도움으로 시늉하듯 간신히, 그도 정신이 반쯤 나간 경황에서 치러냈다. 또한, 최 영감은 산 귀퉁이를 내어줘 조그마한 무덤도 만들게 해서 때 되면 찾아갈 수 있게 배려까지 했다. 무덤을 돌볼 능력조차 없다고 사양하는 정순임 말에 최 영감이 마당귀에 뛰노는 아이를, 집게손가락과 가운뎃손가락을 편 채 모아

가리키며 차분한 목소리로 일렀다. 저것을 기르다 보면 이웃들에게 가당찮게 배척당할 때가 있을 거고, 그럴 때 때로는 남편 무덤이 의지가 되어 힘을 얻기도 한다면서, 내 산에 무덤 하나 더 생긴다 해서 당장 산이 무너질 일 아니고 철 되면 풀을 깎아줄 테니 반드시 그리하라 권유했다. 그런 까닭으로 남편 흔적을 그렇게 외진 세상 한 녘에다 유적처럼 남겼다.

  떠난 사람에게 진중한 추모도 여유로운 마음에서 비롯된다. 그러나 추모해야 할 남은 사람은 뒤돌아볼 겨를조차 없었다. 목숨이 붙어 있으니 먹을거리 필요했고, 먹자고 움직여야 하니 일자릴 찾는 데 온 정신이 가 있었다. 옆 빈자리가 허전타 해서 떠난 사람을 추모하고 미진하다 해서 간절한 정 놀음은 정순임 처지에서는 호사였다. 미망인으로서 추모 기간까지 지켜내기도 힘에 부쳤다. 최 영감이 문간채를 그냥 쓰게 해서 주인댁에 아이를 맡기고 일거리를 찾아 낯선 거리로 나섰다. 거의 농사일인데 거친 일거리도 마다않고 손끝에 닿치는 대로 해냈다. 어떨 땐 집으로 돌아오면 울다 지쳐 잠든 아이 옆에 그대로 쓰러져 토막잠을 자기도 했고, 비가 오면 오후는 반일치를 마치고 돌아와 쏟아지는 빗줄기를 바라보며 방 안에 갇혀 조바심하면서 날 들길 바랐다. 그때면 살아가는 일이 끊임없는 소낙비를 맞으며 진창길을 걷는 일로 느껴졌다. 작은 화분일수록 빨리 마르듯 개천 흔한 돌로도 메울 수 없는 가난의 구멍에는 희망이란 빛이 한 줄기도 비춰들지 않았다.

  어이아들 정황을 가까이서 지켜보던 안주인이 딱했던지 보다 못해 살아갈 길잡이로 나섰다.

"동우에미야, 하루 이틀도 아닌디 그래서 워치게 견디겄나? 우리 고향 언니가 장터거리 옆에서 식당 허는디, 그곳에서 일 헤보는 거이 워뗘? 좋다면야 내가 알아볼 테니, 동울 키우자면 매인 데서 일 허야 안정될 거 아녀?"

"아줌니가 힘써 주신다면 지야 감지덕지쥬."

"그랴. 그러허다믄 내가 내일이라도 당장 알아보도록 할겨."

이튿날 안주인이 식당에서 가져온 대답은 '당장 좋다'였다. 마침 일손이 필요한데 잘됐다는 반응까지 덤으로 묻어왔다. 그녀 형편에서는 가까스로 거머쥔 구원 끄나풀이니 단단히 매달려야 했다. 더구나 가작으로 내단 방에서 지낼 수 있는 호조건이라 이것저것 따질 겨를없이 서둘러 응낙하는 일이 먼저였다. 물론 주방여자가 있으니 부엌 도우미라도 고정 일자리라 호불호를 따질 형편 또한 아니었다. 정순임은 곧바로 아이를 데리고 신접살림하듯 거처로 옮겼다.

요깃거리와 술을 함께 파는 곳으로 장터거리 구석진 곳에 붙은 식당이었다. 주방여자 손맛이 좋은지 아니면 안주인 붙임성 때문인지 시골식당인데도 손님 발길이 잦았다. 평일 점심시간이면 부근 직장인들이 몰려왔고 영동 장날인 4·9일에는 장꾼들이 드나들었는데 그들 가운데 단골도 꽤 있었다. 장날이면 과일 산출이 많은 지역이라 이른 여름에서 늦가을까지는 밤늦도록 눈코 뜰 새 없이 바빠 허리조차 제대로 펼 짬마저 없었다. 정순임도 퍼질러 앉아 손발톱 다듬을 만큼 편할 대로 처신할 처지가 아니었다. 비록 힘들지만, 아이를 무탈하게 키울 수 있는 환경에 감지덕지해야 했다.

　부엌일이 한가할 땐 짓궂은 손님 청에 못 이겨 술상 끝에 앉기도 했고, 더러 건네는 술 한잔 받아 마시고 얼굴이 붉어지기도 했다. 좁은 바닥이라 단골손님 술 심부름하다 보면 손에 이끌리어 잔을 받아야 했는데, 그게 시골 인심이라 수시로 마주치는 처지에서 옆에서도 그런 수작을 탓하거나 흉잡지 않았다.

　눈썰미가 있어 부지런하니 식당 보조 일도 금방 손에 익어지고, 술꾼들 지껄이는 소리가 진담인지 농지거리인지 분간할 때쯤 서봉태라는 사내의 출입이 잦아지기 시작했다. 이름은 사내에게서 들었다. 남이 부를 제 이름을 스스로 호칭하는 속셈은 상대에게 자기를 인식시키려는 적극적인 의도에서 비롯된다. 사내는 대담하게도 정순임에게 그런 시도를 했다. 나중 따져본 나이가 그녀보다 여섯 살이나 위인데, 기다란 키에 호탕한 성격으로 술 마시는 데 비싼 안주를 두셋 시킬 만큼 씀씀이가 컸다. 그러나 겉모습은 오종종함에서 벗어났으나 급히 말할 땐 거친 어투가 간간이 묻어나 바탕이 여지없이 드러나곤 했다. 남자치고는 쓸데없는 말로 궁둥이가 질겨 술자리 뒤끝이 길었다.

　정순임이 식당일 하기에 앞서 가끔 두셋의 패거리에 묻어왔다고 안주인이 말했으나 지금은 쌀섬에 쥐 드나들듯 혼자서도 부쩍 출입이 잦았고, 올 때마다 안주인 표정이 웃음 단장할 만큼 질펀하게 마셔댔다. 그런 탓인지 안주인은 문을 밀치고 들어서는 서봉태 얼굴을 보면 금세 파르르 떨며 반색했다. 뜨내기가 많지 않은 소도시, 단골들은 제집 안방 드나들듯 식당 식구들과 농지기까지 섞어가며 또 격의 없이 처신했다. 그런 정황이라 정순임도 서봉태에게 데면데면할 수가 없어 입구에 핀 해바라기처럼 한하게 그를 맞아야 했다.

정순임에게 가 있는 서봉태 눈길은 식당 보조 여자 격에서 벗나 있었다. 식당일에 편하도록 아무렇게나 걸친 옷 속에 가려 있는 곳. 나이 스물여덟에 첫애를 낳고도 피부가 빛나도록 피어난 여인네의 화사한 몸, 조금 피곤해 보이긴 해도 팽팽한 젊은 피부는 서봉태뿐 아니라 여느 사내 눈길도 머물게 했다. 드나듦이 잦을수록 서봉태 술자리에 가끔 정순임이 끼어들고 입과 귀가 있으니 자연스레 말이 섞였다. 사람 사이 격의는 잦은 부딪침으로 간극이 좁혀지고 모서리마저 닳아 서로 감정이 얽혀들면서 익숙해지기 마련이다.

어느 때부터인가 서봉태는 물어오는 사람이 없어도 제 주변 사정을 스스로 풀어내기 시작했다. 물론 정순임이 섞인 자리에서 그런 짓거릴 했다. 자기 처지를 타인에게 알려서 격의를 없애고 호감을 얻고자 하는 짓임을 정순임 눈에도 빤히 보였다.

"내게 살림 증도가 워떠냐고 시방 물은 기여? 그야 넘 퍼줄 정도는 아니지만, 넘의 곳간에다 손 벌리지 않을 만큼은 되는겨. 재물이 너무 넘쳐나도 문제인디, 나는 그저 살아가기 적당혀."

"전답이 많은가 보네유?"

"먹을 걸 사들이지 않고 내는 농사쯤 되는겨. 그리고 소두 서너 마리 있기두 허구……. 자네도 잘 알다시피 소는 움직이는 돈이란 거시 중요헌 기여."

　서봉태는 술로 얼굴이 불콰해지면 가족사까지 서슴없이 입 밖으로 내놓았다. 중매로 한 결혼은 완전 실패라는 말부터 앞세워 입을 열기 시작했다. 딸랑 딸애 하나가 있는데, 낳을 때 산통이 유독 심했고 그 후유증으로 병을 얻어 결국 아내가 아기집을 들어내는 수술까지 했다는 얘기도 자랑하듯 내뱉었다. 이제 아내는 아이를 낳지 못하는 돌계집이 되었으니 여자로서 할 일을 끝낸 셈이라 했다. 그 뒤 늘 아프다고 누워서 잔병치레하느라 여자구실도 못 한다면서 사내로서 할 일을 잃었다고 불평도 달았다. 그런 처지니 장손으로서 대가 끊기게 생겼다면서 한숨을 들이쉬고 내쉬며 그럴 때마다 세상 짐을 다 진 듯 술잔을 비우며 넋두리를 늘어놓았다. 어찌 보면 입 가벼운 푼수데기 싱거운 사람으로 보였으나 말끝은 정순임을 향하고 있었다.

　"난 여적껏 헛사는 거여. 그래서 나만큼 분헌 사람도 시상에 없어."

　석 달 동안 줄기차게 드나들던 서봉태는 도토리가 영글기를 기다린 청설모처럼 분위기가 익을 만큼 익은 때라 판단했는지, 드디어 속내를 정순임 앞에서 드러냈다.

　"순임 씨, 여적껏 나를 보니, 내가 워치게 보여유?"

　"글씨유? 지 눈엔 그저 술꾼으로 보이네유."

　"술꾼? 그래서 내가 몹시 나쁜 사람으로 보여유?"

　"아니유, 아니지라우. 아직 자세히는 모르지만, 소문낼 만큼 그리 나쁘지는 않은 것 같기두 허구. 뭐 자세히는 나도 모르것네유."

벌쭉 벌려진 서봉태 입에서 웃음이 샜다. 여느 사람이 아니라 정순임 입에서 그런 대답이 터져나왔으니 같은 술인데도 오늘따라 술맛이 혓바닥 위아래로 착 감겼다. 사람 몸에 달린 두 귀가 기분 좋은 소리와 기분 나쁜 소릴 따로 듣는 귀로 구분된다면, 오늘은 나쁜 소리만 듣는 귀를 틀어막고 싶었다. 서봉태로선 장끼처럼 까투리를 유혹하려고 날갯짓을 부지런히 다듬어온 처지라 오랜 기다림 끝에 돌아온 반응이라 감동할 수밖에 없었다. 노심초사함에 하늘도 감천한 모양일 터, 이제야 암술 깊은 뿌리에 박힌 꿀 본 벌새처럼 소망 끝에 주둥이가 닿은 듯했다. 그는 들뜬 마음을 참지 못하고 분명하게 확인해두려는 듯 기대를 섞어 곱쳐 되물었다.

"그게, 근게 참멀인검유?"

"지가 원제 거짓멀 혔남유?"

"그럼 다행이구유. 내가 속 톡 까놓고 한번 물어볼 멀이 있는디……. 대답헐려나."

"물어볼 멀이 뭔디 고롷게 속까지 홀랑 까남유?"

말을 내뱉고도 주저주저하는 서봉태에게 정순임이 동그랗게 치뜬 눈으로 다그쳐 물었다. 그러자 그가 기다린 듯 정색하며 물음을 던졌다. 오랫동안 꼬깃꼬깃 챙겨온 주머닛돈처럼 딴에는 속으로 다짐하고 다짐해서 곰삭아지기까지 한 말일 테다.

"지금 일이 힘들지 않어유?"

"웨유? 보면 몰러유? 웨 힘들지 않것시유. 힘이야 들지먼 내 거시 없는 마당에서 이먼 일을 안 허구 워치게 살어갈 수 있것시유. 힘들더라도 참어내여 허지유."

"앞으로 동울 키워 공부도 시켜여 헐 것인디, 혼저서 자신이 있긴 있는 거유?"

서봉태 말을 듣는 순간 정순임은 제 몸에 붙은 두 귀를 의심했다. 이동우 앞날을 걱정하는 소리를 타인 입으로 처음 들으니 생뚱맞게 귀 설었다. 그가 딴사람으로 보였다. 매일 술을 퍼마시고 허접쓰레기 같은 말만 지껄이는 사내로만 치부했는데, 이렇게 속 깊은 구석에 잔정까지 숨어 있을 줄 미처 몰랐다. 식당 보조로 일하는 여자 사정까지 세세히 살피다니 과분한 관심이었다. 남편이 죽은 뒤 지금까지 누구도 그녀 아이에게 관심을 나타낸 사람은 없었다. 누구도 그녀 아픈 곳을 눈여겨보지 않았는데, 앞에 앉은 이 술꾼 사내가 그 아픔을 어루만지려는 너름새에 가슴이 쿵 무너지듯 했다. 정이란 바로 이런 게 아닐까. 정은 먼 곳에 있지 않고 이렇듯 가까운 사람에게서 건너오는 거다.

정순임은 새삼스럽게 싸한 눈길로 서봉태 얼굴 곳곳을 찬찬히 뜯어봤다. 마치 받은 마음을 꽂아 넣을 과녁을 바라보듯 그리 깊은 눈길이었다. 눈곱과 술기운이 눈가장으로 친친하게 내비친 채 저쪽 멀찍이 술상 끝에 앉았던 술꾼이 아니라, 논밭에서 들일을 마치고 귀가해 목물을 마친 남편처럼 친숙한 모습으로 곁으로 다가와 앞자리에 다정하게 앉아 있었다. 이 정도 너름새라면 여자 속마음에 맺힌 곳곳을 샅샅이 누비며 넉넉히 품어낼 남자가 아니겠는가. 정순임의 마음 쏠림이 몸짓으로 드러날 만큼 휘청했다. 그런 흔들림이니 이 사내 앞에서 속에 맺힌 걸 털어놓고 싶은 충동까지 느꼈다. 사람 몸 어디에든 보이지 않는 정이 닫힌 마음 빗장을 일순에 벗겨냈다.

"비록 자신은 없지만, 자식을 키워서 공부는 시켜여 허는 게 부모로서 헐 일 아닌가유? 그리고 워치게 허든 그런 일 헤야 허는 게 에미 된 도리기도 허구유."

"그여 바른 소리긴 히여. 그런데 지금부터 내가 허려는 멀 잘 들어보시유. 동울 허다 못헤도 고등헥교까지는 보내여지 않것시유? 이 식당에서 일헤서 그것이 가당허기나 허것시유?"

"남들이 쉬고 잘 적에도 일을 뼈 빠지게 허구 또 헤야 허것지유."

"지금 처질 봐서 내가 보기엔 여자 혼자 힘들 것 같네유. 내가 돕는 기 워떠슈. 기왕 말을 꺼낸 처지니 결론부터 툭 까놓고 허는 예기지만, 우리 집에는 여적껏 사내자식이 없시유. 그러니 우리 집으로 들어와 떡두꺼비 같은 사내놈만 하나 생산헤주시유. 그러면 내가, 이 서봉태가 책임지고 동우를 고등헥교까지 공부시켜줄 거니, 그래 내 권유가 워떻슈? 작은댁으로 말이유."

서봉태는 그녀에게 거침없이 속마음을 풀어냈다. 정순임이 깜짝 놀라 그의 눈을 들여다보며 되물었다.

"저더러 첩으로 오라구유?"

"그렇다고 딸 허나 있는 여자를 쫓아낼 순 없잖유. 본처를 쫓아냈단 소릴 듣는 게 순임 씨에게도 어디 기분이 좋것슈. 나중에 동우가 헥꼴 졸업허구 직장 잡어 나갈 때, 순임 씨가 동울 따라가서 살것다고 헐 땐 내가, 이 서봉태가 붙들잖고 말없이 놓아주것시유. 그때 가도 난 미련을 갖지 않것다고 지금이라도 약조도 헐 수 있으니, 지금 약졸 헤도 일 없슈."

"가서 앨 낳는다면, 걈 워치게 허구 내게 떠나도 좋다고 그런 말을 손쉽게 허시유?"

"동우가 고등헥콜 졸업헐 때면, 그 애두 에미 없어도 살아갈 수 있는 나이가 되지 않것슈. 그러니 걱정허잖어도 된다는 그런 말 아니유."

"그것도 내 속으로 낳은 자식인디 워치게 두고 떠난단 말이유? 매정허게⋯⋯. 말도 안 되는 소린 허들 마시유."

"내 말 속뜻은, 그때 선택은 순임 씨 뜻대로 허라는 그 멀이유. 알어들겄슈?"

"지게두 생각헤볼 시간 좀 주시유."

"아암 물론이유. 외롭게 살아가는 처지도 처지지만, 에미가 되어서 자식을 인간답게 길러여 허지 않것수? 그래야 뒷날에 옛말허고 살아가지유. 특히 그 점을 잘 생각헤서 답변 주슈. 이 모두 어른으로서 헐 일 아니것시유?"

서봉태 언질을 받은 그날 밤, 정순임은 만감이 교차했다. 그 언질은 고막만 훑고 지남에 그치지 않고 머릿속을 크게 흔들어 몹쓸 바람을 일으켰다. 먼지 쌓인 문자판이 바람 맞아 글자가 명징하게 드러나듯 생활에 낀 현실 먼지가 날아 흩어지고 먹고사는 일에 잠깐 묻혔던 사내 두 눈이 선명하게 드러났다. 마음 벽에 걸어두고 이쪽에서만 비춰볼 수 있는 이종식이란 거울이 반들반들 반사했다. 아이를 기르며 막막함과 도움이 된다면 검부러기라도 검잡은 채 하소연하고 싶을 때마다 비춰 물음을 던지던 마음속 거울이다. 거울을 향해서 정순임은 답답한 속내를 물었다. '이녁은 시방 워치게 하지유? 그렇게 가만있지 말고 말 좀 헤봐유.' 오늘 돌아온 대답은 오래 걸렸다. 주저함이 길어 물음이 늦었기 때문이리라. 어질러진 생각과 달리 돌아온 대답은 뜻밖에도 간단명료했다.

'귀로 들어온 말을 머리로 보내지 말고 눈으로 보내유.'

머리통 터지도록 복잡하게 따지지 말고 당장 눈앞 현실을 보라는 말뜻이야 알지만, 정순임은 고민하며 며칠 동안 되넘기 장사치처럼 재고 또 재봤다. 또한, 이런저런 상황까지 추적해보고 또 다른 안목으로 셈도 해봤다. 재혼하려는 여자의 남자 선택은 초혼보다 조건이 까탈스럽기 마련이다. 덴 가슴이 더한 일로 휘덮일까 그런 두려움도 있었다. 그동안 아이를 데리고 혼자서 산다는 일이 힘듦을 알았지만, 막상 아이 머리가 커갈수록 막막함이 절벽처럼 무너져왔다. 그런데 아이는 어미 고민쯤 알 바 없다는 듯 하루가 다르게 머리가 굵어가고 다리도 덩달아 이불 밖으로 삐져나오는 길이가 나날이 늘어났다. 손길이 더 가고 돈 들 일만 느는 게 아니라 인성의 형성기를 맞은 아이에게 정신적 버팀목이 당장 필요했다. 정순임은 첨죄를 지은 듯 이동우를 볼 때마다, 가슴이 천 쪽 만 쪽으로 갈라져 덜컥덜컥 무너졌다.

심신이 지친 지금 기댈 곳이 있다면 통째 의지하면서 제발 '사람이 산다'는 그 참맛을 조금이나마 느끼고 싶었다. 남편도 일가붙이 없이 목숨이 다하는 날까지 세상살이하라 함은 생활도구조차 변변히 갖지 못한 여자에겐 깡패 우두머리도 삼갈 소릴 거다. 정순임은 이동우를 물어들여서라도 합당한 핑곗거리를 만들고 싶었다. 아이 앞날을 기탁할 데가 세상에 어디든 있을 법한데 여태 찾을 수 없었노라 항변이라도 하고 싶었다. 있다면 앞뒤 가리지 않고 천청만촉 매달리고 싶었다.

　정순임은 선택에 주저하긴 했다. 서봉태라는 사내의 실체를 아는 게 반 토막밖에 되잖았기 때문이다. 그저 식당에서 일어설 때까지 술 마시고 지껄이는 모습만 지금껏 보아온 게 그 사내 면모 전부였다. 집에서 보내는 그의 일상이 궁금하긴 했다. 그러나 뒤웅박처럼 변덕스러운 사람 속을 어찌 속속들이 짚어 알고 처신하겠는가. 같이 살아도 한 사람 됨됨이조차 온전히 알기는 불가능하다 했다. 남녀 사이 맺어짐이 상대방의 모든 걸 정확히 파악한 뒤 선택했다고 장담할 사람이 과연 몇 되겠는가.

　다수 사람은 대범한 길을 선택한다. 그래 좋다. 나머지 부분은 차차 살다 보면, 혹 살아보면, 그리 사노라면 알지 않겠느냐. 우선 붉은 인주로 낙관 찍듯 몸부터 합쳐보자. 그 일이 곧 열쇠니 속내의 곳간, 곳곳 은밀한 데까지 드러나지 않겠느냐. 그렇게 서로 사이에다 현실을 끼우고 맞부딪기면 더러는 체념 속에서 높낮이가 그릇 안 물높이처럼 얼추 평평히 맞는 그런 상태가 된다고들 하니 말이다. 또 그렇게 처음부터 완전히 맞춰 출발하기보다 둘러맞춰 살면서 찐득

찐득 정이 쌓이는 과정도 그리 나쁘지 않다고들 하니, 속는 셈 치고 품어 안은 채 자잘한 투정부터 지지고 볶아보자.

정순임도 그런 원리를 선택했다.

그녀가 모르는 서봉태 반쪽, 그건 살다 때 되면 구월 밤송이처럼 홀딱 까발려질 거다. 어미로서 어떤 난관이 닥치더라도 꿋꿋하게 견디며 아들을 키우자면 서봉태를 선택하는 길이 옳다고 여겼다. 그게 아이 교육이라는 큰 부담에서 벗어나는 길이기도 했다.

그런 셈속으로 아이 장래 때문에 서봉태 권유를 받아들이기로 작심한 날, 정순임은 아이를 데리고 이종식 무덤을 찾아나섰다. 비록 죽어 땅속에 묻혔지만 아직은 남편이고 아이 아버지였다. 식당 안주인에게 결심을 밝힌 터라 하루 쉬기로 한 뒤, 마지막 길이라 여기면서 아이를 데리고 길 떠났다. 찬 땅속에 누웠지만, 술꾼 남편 이종식에게 재가를 알리는 게 마땅하다고 판단했다. 용서보다 허락받고 싶었다. 그 일은 곧 이종식과 백년해로를 해지하는 의식이었다. 또한, 그게 양심이 찔려서가 아니라 그의 자식인 아이에게 피붙이로서 도리라 여겼다. 살아가려면 무거운 짐은 하나라도 그때그때 내려놓아야 몸을 추스르는 데 도움 될 테다. 여태 간직했던 정을 마감하고 여느 한 사람에게 마음 열어야 할 처지에서 마땅히 정리할 일로 여겼다. 그러니 냉큼 오기 어려운 발걸음인 바 작별까지 고해야 할 발걸음이기도 했다.

최 영감이 아이를 키우다 보면 의지된다던 무덤이 지금은 아무런 의지도 드러내지 않은 채 도래솔에 파묻혀 어이아들을 맞았다. 하늘에 구름조각이 제멋대로 경성드뭇한 날, 돋을양지지만 메마른 땅이라 잔디와 잡초들이 머리 부스럼처럼 퍼진 자리에 이종식은, 남긴 가족 처지와는 아랑곳없이 땅속에 깊이 숨어 있었다. 정순임은 낯선 사람 곁으로 다가가듯 조심스럽게 발걸음을 옮겼다. 지난해에 자라 마른 작은 풀대들이 밟혀 부서지는 소리가 발밑에서 신음처럼 들렸다. 인적이 드문 곳이라 무른 땅거죽에 발자국이 하나둘 방명록 글자처럼 남겨졌다. 챙겨온 과일과 건포를 늘어놓는 손이 죄지은 듯 떨렸다. 이종식이 그토록 탐하던 소주를 잔이 넘치도록 따랐다. 실컷 마시라고 준비해온 큰 종이컵이니 그동안 못 마신 양에는 어림없지만, 한 모금쯤 넉넉히 목축임 하리라. 가득 따른 소주가 넘쳐 정순임 손끝으로 타 흘렀다.

"마시고, 또 마시슈. 평생 이녁보다 이걸 그리 좋아혔으니……."

그녀는 중얼거리며 이종식 가슴을 치듯 소주를 무덤에다 홱 뿌렸다. 소주를 맞은 무덤 풀이 눈물에 젖듯 짙게 변했다. 그만 반응도 고마웠다. 무덤가에다 내려놓은 아이가 무덤 뒤로 타올라 앞으로 미끄럼 타듯 미끄러져 내리며 흙투성이가 되었다. 아이가 다시 무덤 위로 기어올라가 거침없이 타 내리며 이번에는 신바람 난 듯 소리까지 질러댔다. 그곳이 아버지 무덤이라 알 나이라면 저렇게 맞비비며 응석 부리듯 할까. 정순임은 제 아버지 등을 타고 내리듯 미끄러지는 아이를 물끄러미 바라보면서도 이종식의 구부정한 등판을 떠올렸다. 무덤 속 이종식이 아이를 붙잡고 무동 태움 하는 그런 정경까지 눈앞에 그려졌다. 이동우가 제 아비 일을 물어올 나이 때까지 선택한 오늘 결심에 따른 대답은 기다리고 기다리며 참고 또 참아낼 작정이었다.

"갸가 동우니 자세히 보기나 허시유. 당신과 함께라면 몰라도 혼자 키워서 그런지 갸가 무척이나 더디고 마디게 크네유."

정순임은 다시 무덤 앞에서 무릎을 꿇고 머리를 숙였다. 앞으로 오고 싶다 해서 맘 내키는 대로 주르르 달려와 고개를 숙일 곳이 아니다. 오고 싶어도 올 수 없을 때, 그 심경을 헤아리면 눈시울이 절로 붉어지는데 가슴 밑이 짠해왔다. 정미소 곡식 먼지를 뽀얗게 뒤집어쓴 이종식이 사람 좋게 희미하게 웃는 모습이 눈앞에 있었다. 모난 돌멩이라도 찾아 가슴팍에다 야정없이 던지고 싶었다. 정순임은 착잡한 심경을 누르며 속내를 털어냈다.

"동우 아빠유. 인저 지를 이쯤에서 그만 놔주어야 헐겄네유. 당신 맴을 붙잡고 여적껏 잘 참아왔는디, 인저 혼자선 너무 힘들어 어찌헐 수 없네유."

정순임은 감정이 북받쳤다. 참으려고 잠시 말을 멈추고 눈동자를 하늘로 몰았는데도 감정이 속에서 들끓었다. 무덤 풀이 바람 없이도 뿌옇게 거듭 흔들려 보였다. 그동안 혼자 살아온 일에 억울해서 서러움이 울컥 치받쳤다. 그녀는 여기 오기까지 마음으로 준비했던 말을 마저 내뱉었다. 가슴에 사무치던 말이었고 마지막 이곳에다 던져둘 말이기도 했다.

"혼자 몸뚱이라면 독헌 마음먼 먹으면야 사내 없이도 혼자 살 수 있것지유. 이것만 알어줘야 헐 것 같네유. 젊음이 아까워 재혼허려는 게 아니유. 동울 남맨큼 공불 시키자면 지금에서는 지를 버리는 길을 택헐 수밖에 없내유. 근게 당신이 이헤허구 용서헤주어야 허내유. 나쁜 여자라 욕헤도 워쩔 수 없구먼유. 훗날 동우가 성공허믄 지 대신 용서를 빌것지유. 지야 살다가 늙어 저승길에 오르기 직전에 반드시 한 번은 찾아올 생각은 있긴 있구먼유. 그때 지가 용설 빌 테니 이젠 그만 날 놔주유."

혼잣소리를 끝낸 정순임은 맥없이 주저앉아 넋 놓고 무덤을 바라보다 자리에서 일어나 아이 손을 잡아끌었다. 꼭뒤가 당기는데도 뒤도 안 돌아보고 서둘러 무덤에서 벗어나려 애썼다. 이제 박정한 소릴 듣더라도 마음을 깡그리 거둬가야 했다. 새로 마주 보고 살아야 할 사내 때문에 이 술꾼에게 받았던 정만큼만 이곳에다 두고 가야 공평할 성싶었다. 갑자기 무섬증이 덮쳤다. 무덤 속에서 이종식 손이 벋어와 목덜미를 잡아챌 것 같았다. 무덤 자리에서 떠나는 정순임 귀에 잡풀 숲에서 음색이 다른 벌레들 울음이 엇갈려 들렸다. 번식 욕망으로 암사마귀에 잡아먹히는 수놈 비명도 그 울음 속에 섞여 있을지도 모를 무성한 풀숲이었다.

여자 마음을 얻고자 내뱉는 말 칠 할(割)은 허풍이라 했던가. 정순임이 서봉태 집으로 들어갔을 때, 그의 말속에도 허풍이 칠 할 넘었음을 곧바로 알아차렸다. 애당초 서봉태 말을 온전히 믿진 않았다. 여느 여자들같이 남자 허풍 그만 정도는 각오하긴 했다. 다만 장사꾼 말과 달리 농사꾼 허풍은 거기서 거기려니 가볍게 여겼을 따름이다. 그저 식당일과 달리 농사일이라도 부지런히 거들다가 연때가 맞아 사내아이라도 생산하면 이동우 학업의 부담쯤 덜지 않겠느냐는 셈까지만 했다. 술 마시는 사람 말이니 열 가지 가운데 설마 대여섯 가지쯤은 믿을 게 있으려니 막연한 믿음만 가졌었다.

　그런데 움직이는 만큼 겨우 생활해 나갈 정도의 살림 형편이라더니 짐작보다 일거리가 많았는데 일손은 턱없이 부족했다. 자고 나면 손끝에 물을 묻히기 시작해서 밤중이라야 물 묻은 손을 비울 수 있을 만큼 안팎일은 끊이지 않았다. 일을 모두 해치운 듯싶어 쉼을 몰아쉬고 뒤돌아서면, 다른 일거리가 기다리고 있으니 일 속에 파묻혀 정신을 잃은 채 하루가 어떻게 저무는지도 몰랐다. 사람이 일에 끌려가는 판세였다.

　그건 몸으로나마 충분히 감당한 일인데 그렇잖은 문제가 있었다. 언제나 몸을 좇는 본처의 적대감이었다. 아마 수술 뒤부터 자리에 누워 키워온 건 적개심뿐인 듯 매서운 눈길이 끈끈하게 정순임 꼭뒤에 붙어다녔다. 서봉태도 그런 여자의 질투심 앞에선 무력한 채 대책마저 없이 절로 해결되길 바라는 눈치였다. 본처 행실을 나무라기는커녕 정순임 처지까지 방임으로 일관했다. 처음 집 안으로 들어선 정순임 눈길에 시기심이 시퍼렇게 간 칼날처럼 번뜩이는 본처 눈이 뚜렷해 보였다. 본처의 모서리 진 감정 근원을 알았으므로 정순임은 작심했다. 한 발 뒤로 물러선 자리에서 살기로 작정하며 서둘러 서봉태에게 자기가 서 있을 자리를 분명한 목소리로 지정했다.

　"지가 이 집에 들어와 동우 큰엄마와 한 지붕 밑에서 안 싸우고 같이 살어가자면, 당신이 이것 한 가지만큼 밴드시 지켜줘여 헤유."

"그것이 무언 기여?"

"여자들 사이에 제일 무서운 거시 무언지 당신은 모르지 않지유?"

"그건 또, 뭐시여?"

"여자들 질투심이유."

"그건 그럴 테지. 그래서 내가 지킬 게 뭔겨?"

"당신과 나와 잠자리인디, 초저녁 내 방에 있더라두 주무실 땐 밴드시 동우 큰엄니 방에 가서 주무슈. 내가 시기허지 않을 테니 염려 말구 그렇게 헤유. 당신이 병든 몸 고쳐주지 못할지언정 더는 마음 꺼정 병들게 하지는 마시유. 그려야 내가 이 집에서 탈 없이 오래 견딜 수가 있다는 것도 명심허시구유."

정순임은 세상살이를 무난하게 헤쳐나갈 선택은 그 길밖에 없다고 판단했다. 사내 애정보다 이동우 장래 문제를 위탁하고자 들어와 허락한 몸이 아닌가. 억지로 급히 취하다 큰 뜻을 잃기보다 긴 세월 동안 얻을 걸 획득하려면 순간 감정을 소유에서 놓는 일이 이치에 합당했다. 그런 처신이 어이아들이 새로운 환경에 적응하면서 살아갈 방편이기도 했다. 그녀는 초저녁에 옆에서 보내던 서봉태를 밤이 이슥하며 서둘러 본처가 기거하는 안방으로 언성을 높여서도 등 떠밀어 보냈다. 언제나 서봉태 둘째 여자라는 자리에서 벗어나지 않으려고 언행을 단속했다. 정작 그런 위치에 묶여 있기를 작정하니 심사가 편안하고 여인네 사이에 소소한 다툼도 일지 않아 본처 적대감에서 놓여날 수 있었다.

비가 오려는지 하늘에 달무리 낀 어느 날. 외출에서 돌아온 서봉태는 마당으로 들어서자마자 큰소리로 정순임부터 찾았다. 기분 좋은 일이 있었던지 술 취한 얼굴에 웃음이 그득할 뿐 아니라 기분 또한, 강냉이튀김처럼 부풀어 올라 있었다. 정순임이 온 뒤 오랜만에 보는 유들유들한 모습이라 사람이 여느 때와 달리 턱없이 후덕해 보였다. 그녀가 조심스럽게 곁으로 다가들자 그는 고양된 기분을 주체 못한 채 격정에 겨워 두 팔을 벌려 안으려 했다.

"오늘은 당신이 나를 업어줘야 허것네."

"존 일이라면 마땅히 지가 업기먼 허것슈. 아예 업고 마당으로 돌라믄 돌지유."

"오늘 내가, 당신과 동우에게 아주 존 일 한번 혔네. 자네가 오늘부터 정식으로 내 사람이 되었는 기라. 그리고 동우도……."

"아니, 그건 또 먼 소리유? 정식이라는 말은 또 뭐구유?"

"오늘 내가 읍사무소에 갔었잖나?"

"아니, 이장도 아닌데 당신이 읍사무소에는 웨 갔대유?"

"오늘 당신 모잘 내 호적 밑에다 동거인으로 올린겨. 그러니 인저 서류상으로도 한가족이 되었단 말이여. 그게 당신에게 좋은 일이 아니고 뭔가? 그런데 말이시……."

"동우도 당신 호적에다 올렸다구유?!"

"암 물론이지. 시방 내가 그 소리 허려는디, 미리 예기허니 다행이군."

"동우는 먼저 집에서도 아직 출생신고도 허지 않았는디, 워치게?"

"오늘 당신을 내 호적에다 올리려고 갔드만 아직 동우가 당신 밑에 올라 있지도 않았는겨. 처음에는 어이가 없어 멍혔는디 가만히 생각헤보니 기왕이면 내 밑에다 올릴 바엔 잘되었다 혔네."

"잘되다니유?"

"내 성을 따서 아예 서 씨로 헤야 헐 거 같은 생각이 들더구먼. 어차피 갸두 내 자식인디. 안 그려? 그래서 새로 이름 지어 올렸다네. 이걸 보라구."

서봉태는 안주머니에서 접힌 종이를 끄집어내서 눈앞에다 찬찬히 폈다. 호적등본 사본이었다. 그는 아예 그것을 승장의 노획노비 문서처럼 정순임 눈앞으로 들이밀어 확인시키려 했다. 그러나 그녀는 그것을 거들떠보지도 않은 채 서봉태에게 칼끝 같은 눈총을 쏘았다. 눈꺼풀이 파르르 떨릴 만큼 경련이 스쳐갔다.

"동우 이름을 새로 짓었다니유?!"

"그려 서성표로 말시. 서성표, 이동우보다야 훨씬 낫잖여? 앞으로 이동울 서성표, 고릏지 서성표라고 불러여 헐거구먼. 근데 나일 줄였는디두 출생신고가 늦었다구 따지는 거여. 아이가 잔병치레 헤서 워치게 될까 싶어 출생신골 미루다가 고릏게 되었다고 담당자에게 둘러댔는디, 위법이니, 벌금이니 그딴 소릴 허기에 맘대로 허라고 말허곤 내빼버렸네."

"동울 서 씨 성으로 허구 이름을 성표로 혔다구유? 아버지가 달라 씨두 엄연히 다른 디두, 그리 엉뚱한 이름이 갸헌테는 가당치도 않을 것인디, 워치게 그런 일을 지헌티 헌마디도 허잖구……. 참말로 식겁허것구먼유."

"나중에 헥교 다니게 되면 내 판단이 옳다고 여기게 될 테니 두고 보시게."

일은 이미 손쓸 수 없는 방향으로 흘러가 마무리된 뒤였다. 이젠 싫든 좋든 마음을 고쳐먹어야 할 지경에 닿았다. 그러나 입학할 때 아이 성이 이러니저러니 죽은 아버지까지 들먹일 테고, 그때 구차스럽게 변명하기보다 아예 서성표로 부르는 게 자연스러울 것 같다는 생각도 들긴 했다. 그래도 아비 없는 자식보다 아비 있는 자식이 진학하는 데, 도움 되지 않겠느냐는 판단에서였다.

정순임은 서봉태의 드러나지 않던 반쪽이 짐작보다 훨씬 다름을 알았다. 속았다는 의구심을 떨쳐버릴 수 없을 만큼 우려할 부분이 이런저런 일로 모서리부터 드러나기 시작했다. 다만 정순임이 숨겨진 그의 야수성을 일찍 알아채지 못했을 뿐이다. 그녀가 그에게서 정확하게 집어낸 버릇이 하나 있긴 했다. 술맛을 즐기기보다 쓰러질 때까지 무한정 마시는 말술 습관 말이다. 그녀는 이종식 술버릇을 떠올리면서 술 잘 마시는 사내를 만나는 인연이 자기 사주에 있지 않고서는 불가능하다고 여겼다. 서봉태는 소나기술이 아니라 주야장천 술판에다 몸을 적셨다. 그도 팔자소관이고 운명이라면 받아들일 수밖에 없다고 체념할 만큼 진저리쳐졌다. 그러나 다른 점은 이종식은 곤죽으로 마시는 술이 깰 때까지 잠을 잔다는 점이고, 서봉태는 각성할 때까지 끊임없이 소리를 내지르며 상대를 불문하고 폭력도 불사한다는 주벽 차이점이다.

그날도 예견대로 서봉태 술주정은 앞다리를 일으키며 삼각형 머리를 치켜든 사마귀처럼 포식 공포를 느낄 만큼 터뜨려졌다.
"성표야! 성표 이넘 새끼야! 얼른 꼴 베어오지 않고 시방 방구석에 처박혀 뭔 짓 허고 있는 게여?"
칠월 소나기가 물웅덩이로 만들듯 쏟아지는 마당 안으로 들어선 서봉태 목소리는 빗소리를 깔아뭉갤 만큼 높다래서 집 안팎을 쩡쩡 울려댔다. 괌에 빗속 집 안 정적이 흩어지며 졸던 토종닭이 달아나고 개는 꼬리를 뒷다리에 끼운 채 마루 밑으로 기어들었으며 목소리 반향이 곳곳에 부딪혀 되돌아 나왔다. 방문을 열어 작태를 확인하잖아도 눈가장에 술이 쏟아질 몰골로 몸조차 제대로 가누지 못한 채 비척걸음으로 다가오고 있음이 분명했다. 삽시에 소나기에 젖는 집 안 분위기가 흔들리며 적란운 같은 그림자가 덮쳐왔다. 배다른 누이 서재숙은 지레 겁을 먹고 고양이에 시달리는 토종닭처럼 약삭빠르게 뒷문으로 도망쳐 이웃집으로 빠져 달아났다. 이미 아버지 술주정에 이골이 난 서재숙은 보기보다 눈치가 빨랐다. 서성표는 잔뜩 겁먹고 긴장한 채 방문 가까운 벽면에 한 장짜리 벽달력처럼 바짝 붙어 섰다. 아이는 일찍부터 서봉태에게서 멀찍이 겉돌았다. 이미 괌과 매질에 지레 겁먹고 주눅이 들어 부들부들 떨고 있었다. 술 취한 서봉태가 표변하여 달려들 땐 약한 사냥감을 쫓는 승냥이 같았다. 본바탕이 성마르고 손버릇이 가벼웠는데, 공격할 땐 굶주린 육식동물 눈빛과 먹이로 다가가는 매 발톱 같은 날카로움이 있었다.
아이는 오늘도 몸을 바짝 사리며 긴장할 수밖에 없었다. 문이 활짝 열리면 그 짬으로 바로 바깥으로 죽자 사자 튀어 달아날 참이다. 이내 서봉태 입에서 두 번째 터진 괌이 집 안을 쩡쩡 울렸다.

"이넘 새끼, 아비 말 안 들리는겨? 니넘 배때기가 고프면 소도 배지가 고픈 기여. 아비가 분명 말 헨겨, 안 헨겨? 소가 굶으면 너도 굶어야 헌다는 거, 내 분명 말혔잖여."

괌이 끝나는가 싶었는데 밖으로부터 활짝 열리는 문 쇠고리가 벽에 부딪혀 둔탁한 소리를 냈다. 이내 아귀가 억센 큼지막한 손부터 방 안으로 들어왔다. 그 손은 개구리 혓바닥처럼 아이 목으로 날아와 척 감겼다. 밖으로 튀어 달아나려는 눈칠 미리 알아채고 서둘러 덮친 손아귀였다. 서봉태는 몸을 되돌려 마당으로 내려섰다. 아이 목을 조여 잡은 채였다. 그리고 거침없이 외양간 쪽으로 아이를 내끌었다.

"자, 눈깔이 있으면 봐라. 니넘 눈에 소꼴이 저것밖에 없는 게 뵈는겨, 안 뵈는겨?"

서봉태는 손아귀에서 목을 풀어놓는 대신 꼴 더미에다 아이를 메다박았다. 바닥에 겨우 깔린 풀이니 맨땅에 처박힌 거나 다름없어 아이 엉치뼈가 고무 인형처럼 땅에서 튕겨 올랐다. 그러나 아이는 울음을 뱉지도 못한 채 소나기를 맞으며 겁에 질려 사지만 부들부들 떨면서 서봉태를 올려다봤다.

"얼른 안 일어나고 뭘 노려보는겨!"

사색이 된 아이는 얼얼한 몸을 만지지도 못한 채 엉금엉금 기어 낫이 담긴 꼴망태를 들고 비척비척 일어섰다. 꼴망태 밖으로 드러난

111

낫자루가 아이 팔뚝보다 굵어보였다. 서봉태는 남은 분기를 마저 풀어내듯 다시 한번 으름장을 놓았다.

"너덧 번 다녀야 오늘 먹을 양이 해결될겨, 알았으면 당장 갔다 오지 못혀!"

소나기는 마당에서 벗어나는 아이 머리카락에서 물줄기를 이뤘고, 척척하게 젖은 상의는 마른 몸 뼈대를 가감 없이 드러냈다. 손아귀에 실팍하게 잡힐 만큼 살 붙은 데는 어디든 볼 수 없는 몸이었다. 아이의 느린 발걸음에 꼴망태가 마당에 자국을 남기며 밖으로 사체처럼 끌려 나갔다.

정순임이 처음 서봉태 집안으로 발걸음을 들일 때부터 작심한 바 있었다. 서봉태 입을 거치지 않더라도 아이가 공밥을 먹어서는 안 된다는 원칙을 세웠다. 입에 풀칠하고자 들어온 처지에 농사 일손이 모자라는데 뒷짐진 채 놀고먹는다는 소리를 듣지 않으려 했다. 더군다나 사내아이가 하나뿐이니 능력에 닿든 미달하든 소꼴은 아이 몫으로 아예 지정하기에 정순임은 고맙다는 생각마저 했다. 정순임 처지에서도 서봉태 집에서 살아가자면 아이가 일찍부터 농사일을 배워 제 밥값은 스스로 해결해야 한다는 원칙에는 변함이 없었다. 농촌에서 모자라는 일손은 곧 돈이기 때문이다. 데려온 자식은 군식구라 부른다. 정순임은 아이가 군식구로 취급받는 게 싫었고, 당당하게 일손을 거들어서 먹는 세 끼가 눈칫밥이 아니길 각별하게 신경쓰던 차였다.

그러나 세 마리 소에게 먹일 꼴을 베 나르는 일은 어린아이에겐 벅차기에 앞서 감당하기 어려운 노역이었다. 꼴 베러 풀밭에 들면 무성한 풀이 오금드리가 아니라 아이 키를 훌쩍 타 넘어 풀머리 흔들림으로 있는 장소를 겨우 알게 했다. 또 무성하게 자란 억새는 서너 포기만 움켜잡아도 손아귀에 넘쳤고, 겨우 묶은 꼴단을 메고 오는 게 아니라 끌어오다시피 날라 오는 형국이었다. 그런 모양은 아이가 꼴짐을 나르는지 꼴짐이 아이를 나르는지 분간하기조차 어려웠다. 어미소 두 마리와 한 풀 난 송아지 한 마리 먹성은 아이 다섯이 꼴을 장만하더라도 충족하게 먹일 수 없을 만큼 소들의 먹성은 왕성했다. 그러함에도 서봉태는 끼니때마다 밥상머리에 앉아 주눅이 든 채 밥숟가락을 움직이는 아이에게 혼겁할 만큼 윽박지르기 버릇 되었다.

"이건 만고법칙인겨. 소도 먹어야 사는 짐승이구, 굶주리면 사람맨크루 죽는 짐승이여. 니넘도 마찬가진겨. 그리니 분명히 명심혀. 니넘이 소꼴을 대지 못해서 소가 굶으면 니넘도 똑같이 굶어야 혀. 뭔 소리인고 하믄 밥을 먹자면 소를 굶기지 말라는 그 말인겨. 알었는겨? 알았으면 서둘러 먹고 어서 꼴 베러 나가."

겨우살이를 끝낸 소들의 먹성은 봄풀 성장과 때를 같이해 왕성해진다. 겨우내 까칠한 건초 여물만 먹던 소들에게 처음 봄풀을 먹이면 설사까지 하지만, 어미소 털기에 윤기가 흐르고 젖을 빠는 송아지까지 어깨살에 살집이 붙는다. 그때면 소들 먹성이 더욱 왕성해져 꼴 양이 부쩍 늘어나기 마련이다.

꼴을 제때에 공급하려면 산야를 헤매면서 풀을 거둬오는데 아이는 언제나 헉헉거려야 했다. 소의 배에 들어앉아도 꽉 차지 않을만한 어린아이도 봄이 바뀔 때마다 나이를 먹고 덩치를 키워가지만, 꼴을 제때에 대기에는 언제나 힘에 부치는 공급자였다. 아이는 너무 힘이 들 때면, 소를 들판에다 방목하는 시간을 늘리는 잔꾀를 내기도 했다. 그러나 소들은 풀밭에서 배불리 풀을 뜯고도 외양간으로 돌아오면, 또 꼴을 찾아 머리를 내밀었다. 소는 낮 동안 육식동물을 피해 빠른 속도로 풀을 삼킨 뒤 밤이면 토해 되새김하는 네 개 위를 갖도록 진화한 짐승이다. 아이는 그런 소가 미워 서봉태 눈길을 피하여 소에게 분풀이로 작대기를 휘두를 때도 있었다. 그러다가도 축축이 내배는 물기가 서린 눈가에 쇠파리가 붙은 소의 큼지막하고 멍청한 눈을 볼 때는 마음이 짠해서 고개를 돌려 시선을 피하면서 작대기를 내던지곤 했다.

장맛비가 쏟아붓는 날, 내리꽂는 빗살 물 무게로 숙어진 맨드라미는 튀어 오른 모래 무게에 못 이겨 기어이 목을 꺾었다. 그런 마당에서 만취한 서봉태는 매판을 벌였다. 그는 시킨 대로 꼴이 턱없이 부족하다는 트집 잡아 정순임이 막아섬에도 아랑곳없이 아이를 이틀이나 굶겼다. 그러고도 성깔을 참지 못하고 날카로운 모서리를 드러내며 아이에게 꽘을 내질렀다.

"아비가 분명 말헌계. 소를 저리 굶겼으니 너도 시방 굶는 거여!"
서봉태는 굶겼음에도 분풀이하듯 끝내 아이를 매질해서 집 밖으로 내쫓았다. 장대비가 얄따랗게 마른 아이 몸에서 살점을 뜯어내듯 퍼부었다. 한기와 비를 피하려고 집 주위로 감돌아 돌던 아이는 텃밭 머리 바위 밑 우묵하니 들어간 곳으로 피신했다. 부엌으로 숨어들었으나 먹을거리를 찾지 못한 아이는 바위 밑에서 생쥐처럼 웅크렸다. 이제 배 속에서는 허기마저 느끼지 못할 만큼 쓸갯물까지 치받쳤다.

그러나 집으로 갈 순 없었다. 야차같이 길길이 날뛰는 서봉태 매가 무서웠다. 언제였던가. 아이 편을 들었다는 생트집 잡아서 정순임 머리채를 틀어잡고 비 오는 마당에서 들이끌어 내끌면서 사람을 거적때기로 만들었다. 아이 눈에는 서봉태가 사람이 아니라 쥐약을 먹고 마당에서 길길이 뛰다 죽은 이웃집 개처럼 보였다. 지금 집으로 들어가면 어머니가 다시 그런 곤욕을 당할 게 빤한지라 차라리 이곳에 있어야 했다.

환청일까. 풀숲에서 뭔가 움직이고 있었다. 지친 아이는 여차하면 뛰어 달아날 요량으로 소리 나는 쪽에다 잔뜩 긴장한 눈길을 돌렸다. 움직이는 소리로 보아 그렇게 큰 동물 같진 않았다. 아이는 스르르 움직이는 물체를 눈길로 쫓았다. 뱀이었다. 목에 붉은 무늬가 들어간 유혈목인데 새끼였다. 그놈 앞에 참개구리 한 마리가 바삐 뛰어 달아나는 정황도 보였다. 허기진 아이에게는 개구리를 쫓는 뱀이 만만하게 보였다. 본능에 따라 뱀을 잡아야 한다고 판단했다. 뱀은 눈앞에서 달아나는 개구리에 집착했는지 인기척을 느끼지 못하고 있었다.

마을 어른들은 뱀을 잡아 껍질을 벗긴 뒤 불에 구워 뱀장어처럼 먹었다. 그러면서 내뱉는 소리도 들었다. '뱀장어와 이름은 틀리지만, 맛은 같혀. 이제 밤일에 심 좀 쓰것구먼.' '너 여편네 오늘 밤 죽었다.' 지금 아이도 허기 때문에 뱀을 먹고 싶었다. 잡아본 경험도 있었다. 서둘러 바위 아래로 내리벋은 개복숭아나무의 벌어진 가지를 길게 꺾어 뱀 모가지를 눌렀다. 불시에 공격을 받은 어린 뱀은 몇 번 꿈틀거리다가 조용해졌다. 잡았으니 이제 숨통 끊는 일만 남았다. 그러나 어떻게 뱀 껍질을 벗기는지도 몰랐고 그것을 생째 목구멍으로 넘길 자신마저 없었다. 아이는 낙심하며 개복숭아 나뭇가지를 들어올렸다. 나무 올가미에서 풀려난 뱀은 먹잇감을 놓쳤으나 생명을 부지해 부지런히 달아났다. 무서움도 배고픔도 느끼지 못한 채 길게 한숨을 내뱉는데 이마에 진땀이 내뱄다. 뱀을 놓아준 아이는 옆으로 쓰러지듯 간편하게 누웠다. 겨우 숨을 쉴 수 있다는 안도에 서러움보다 졸음이 아이에게 먼저 덮쳐왔다.

마당이 비좁도록 휘젓던 서봉태는 폭력 대상이 눈앞에서 사라지자 빈손 사냥꾼처럼 안채로 들어갔다. 기운을 소진했으니 뛰어오르려면 힘 벌충해야 할 테다. 집은 정적을 안고 빗속으로 함몰했다. 방 안에서 인기척을 추적하던 정순임은 안채에서 코 고는 소리가 들려오자 주위를 경계하며 부엌으로 가만히 내려섰다. 밥 덩이가 담긴 그릇에다 열무김치까지 손으로 집어 얹었다. 그리고 왼손에다 숟가락을 잡은 채 치맛자락으로 싸서 감추고 부엌에서 잰걸음으로 벗어났다.

정순임은 까치발 걸음으로 밭머리 바위로 다가갔다. 아이가 쫓겨

나간 정황에 가슴이 미어터질 듯해 신경을 곤두세우고 있었는데, 그녀만 감지할 수 있는 인기척을 부엌에서 느꼈다. 직감에 의존했다. 부엌으로 몰래 숨어들었다가 사라진 인기척은 분명 아이 것이라 여겼다. 아니나 다르랴. 집 모퉁이로 돌아나가는 뒷모습이 아이가 분명했다. 그렇게 아이를 따라 위치를 뒤밟아놓은 터여서 그녀는 쉽게 바위까지 접근했다.

아이는 잠에 든 듯했다. 정순임은 비 맞은 손을 옷자락에다 훔친 다음 눈물과 콧물이 범벅된 아이 얼굴을 찬찬히 닦아냈다. 그리고 끌어당겨 가슴에다 깊숙이 품었다. 서슬에 깨어난 아이는 소스라치게 놀라며 두려운 표정으로 상대를 확인했다. 이내 제 어미 품임을 알자, 두려움에서 벗어나 막혔던 울음을 목 너머에서 토해냈다.

정순임은 챙겨온 음식을 그릇째 아이 앞으로 내밀었다. 그러자 아이는 그릇을 받아들자마자 울음을 뱉어내면서도 걸신들린 듯 목 너머로 서둘러 삼키기 시작했다. 정순임은 쏟아지는 눈물을 참으며 아이를 다시 품 안에다 품었다. 아이의 뺨으로 타 내리는 눈물길을 막으려는 듯 손바닥으로 훔치며 말이 머리에 단단히 박히도록 일렀다.

"악쓸 힘도 없는 니가 우는 일밖에 더 허것냐. 니 신분에 웃을 날이 앞으로 있것냐. 그래도 울지 마라. 울고 싶어도 참어라. 니가 그리 울면, 니먼 세상살이가 자꾸자꾸 힘들어지는겨. 이젠 울음을 참는 연습도 헤여 혀!"

5
인간 면허가 필요한 까닭

"니넘이 사람 도릴 알기나 허는겨?"

"……?"

"웨 대답을 못 혀? 귀먹쟁이여?"

"지가 그걸 워찌 알것시유."

서봉태는 아이의 멍징하도록 텅 빈 눈을 보며 닦달했고, 서성표는 술로 게게 풀린 어른 눈길을 피하며 대꾸했다. 꼿꼿하게 선 채 되받는 아이와 달리 어른은 상체를 앞뒤로 괘종시계 추처럼 건들거리며 물음을 던졌다. 대답하는 아이 목소리는 나직하니 차분한데 물음을 던지는 어른 말투는 담장이라도 허물듯 컸고 가쁜 숨소리마저 섞여 거칠었다.

"니넘이 분명 잊지 말어여 헐 거시 하나 있는겨. 닐 공부시킨 만큼 나중에 내게 밴드시 갚어여 혀. 그게 바로 니넘이 내게 헐 도리여."

술독에 빠져 인성을 잃은 오늘만이 아니다. 툭하면 서봉태는 아이를 학교에 보낸다는 유세로 '도리'란 말을 서성표 머릿속에다 대못

박듯 했다. 초등학교 입학식을 마친 뒤 활짝 펴진 얼굴을 한 채 마당 안으로 첫발을 들이는 아이에게 대뜸 그렇게 내뱉은 말로 연유했으니 이젠 횟수가 거듭돼 입버릇으로 굳은 듯했다. 짬짬이 이웃들이 어른답잖은 언사라 알아듣도록 일러도 못 들은 척 먼눈만 팔았다. 오히려 서봉태는 대못 실체를 확인하려는 듯 술이 정신을 휘저어놓을 때마다 아이 앞에서 입버릇처럼 입 끝에다 올리며 으름장까지 놓았다.

"내가 니넘을 공부시키는 거시 절대로 돈이 남어돌어서 그런 줄 알믄 그건 오산이여. 무슨 일을 헤서라도 갚는 거시 니넘이 내게 헤여 헐 도리인겨."

"그럼 아부지 도린 먼디유?"

"뭐시라 이넘이? 아비한테……."

"아부지가 도리, 도리허니까유."

"뭐여, 아비에게 되물어? 아비가 지금 니넘이 헐 도릴 말허구 있잖여!"

"……?!"

서봉태의 부라린 눈에 겁먹고 아이는 입을 꿀꺽 다물었다.

"암튼 헌마디로 요약허자믄 니넘은 내게 빚쟁이여. 영원헌 빚쟁이……."

그 말이 귓전에 내려앉을 때마다 정순임은 어이아들을 옭아 묶는, 보이지 않은 말뚝과 사슬에 속에서 화기가 치밀어 올랐다. 그러나 이미 선택할 갈림길을 지나쳐 돌아갈 수 없는 몸, 막다른 궁지에 갇힌 쥐 처지나 다를 바 없었다. 애당초 내 집터가 음지라면 평생 그늘에 사는 건 팔자일 터. 그러긴 하나 때로는 빚 독촉하는 사채업자 채근처럼 끈질기고 또 야박하다 싶었고, 심할 땐 달군 부젓가락으로 고막을 찌르는 듯 그악스럽게 들리기도 했다. 딴은 서봉태는 지금껏 먹이고 재워준 그 알량한 베풂에 일숫돈 놀이꾼처럼 당일치기로 본전이라도 뽑으려는 듯 아이가 책보를 푼 그 자리에서 깍두기공책까지 빼앗아 치운 뒤 뙤약볕이 푹푹 쪄대는 풀밭으로 손에다 낫을 들려 내몰았다. 그 까닭은 당장은 훤한 대낮인데 숙제라면 호미질이나 낫질을 할 수 없는 컴컴한 밤에 문젤 풀어도 답은 마찬가지라는 논리였다.

　서성표가 동냥 공부하듯 근근이 초등학교 졸업할 이맘이 다가오자 서봉태 입에서 자책하는 소리가 틈틈이 삐져나왔다. 어느 날 느지막하니 읍내에서 돌아온 서봉태가 숨겨오던 속내 한 모서릴 술기운을 빌려 정순임 앞에다 슬며시 드러냈다.
　"내가 젊어서 술바람에 허투루 헨 소리 한마디가 내 발목을 이렇게 억세게 거머잡게 될지 내 진작 몰랐네그려."
　마치 지붕 한 모서리가 무너진 듯 한숨을 깊게 내쉬며 의미심장하게 내뱉곤 입맛을 쩍쩍 다셨다. 취중이면 늘 쓸데없는 소릴 떠지껄이는 성정이라 정순임은 귓등으로 흘려보내려다 말끝이 퍽으로 고약하다 싶어 되묻지 않을 수가 없었다. 귀로 스친 말속의 고약한 뼈가 귓전을 긁었기 때문이다.

"시방 먼 말허려고 그렇게 안 존 얼굴로 헌숨만 들이쉬며 내쉬며 그런대유?"

"성표 교육 때문이 아니면 머시것나?"

"그렇게 뜸만 들이지 말고 속시원이 멀허슈. 성표 교육에 먼가 문제라도 있나유?"

"당신과 헌 약조 때문에 내가 지금 미치고 환장허지 않나. 내가 그땐 골통이 비어도 싹 빈겨. 그리 멍청헌 짓을 혔으니. 아마도 그땐 술이 분명 그 짓을 혔을 것이여."

"술바람 핑계허긴……. 설마, 성플 중헥교에 안 보낼 생각은 아니것쥬?"

정순임은 서봉태 말본새가 예사롭잖다는 느낌이 들자 그의 얼굴을 맞바로 쏘아보며 속내를 확인하려 들었다. 지금껏 서봉태 집안에 들어와 겪은 일과 속으로 짚이는 생각도 있어 그와 한 약조를 내친김에 분명하게 다져놓을 작정했다. 뜸을 잔뜩 들인 뒤에 나온 서봉태 대꾸가 뜨뜻미지근하여 영 시답잖기에 그리 다그칠 수밖에 없었다.

"보내긴 보내야 허것지? 약속헌 거니 말이시. 그러나……."

"그러나라니유? 당신 소망헌 대로 내가 성남일 낳어 이 집안 대를 잇게 혔으니, 이제 당신이 약쫄 지킬 일만 남어 있네유. 그러니 이리저리 말 돌려 피헤 가려 하지 말고 약속이나 제대로 지킬 생각먼 허시유."

남녀 사이 애정 거래를 틀 때야 못할 약속이 뭐에 있겠는가. 그건 과장된 충동 감정 산물이기 십상이라 실천을 장담할 수 없다손 치더라도, 정작 정순임은 서봉태 소망대로 사내아일 낳아 그의 집안 족보에 여봐란듯이 안겼다. 이를테면 맞춤형 씨받이로서 대를 이어줄 소임을 다했으니 이쪽 약조는 완벽하게 지켜낸 셈이다. 그 아이가 바로 서성남이고 지금 둘 눈앞에서 벙긋벙긋 눈웃음치며 무탈하게 크고 있었다. 그 일로도 마땅히 서성표 학업은 고등학교까지 보장받아야 하는데, 시간이 흐를수록 서봉태 하는 짓거릴 보면 약조가 염색한 옷의 퇴염 과정처럼 서서히 엷게 변질하는가 하면, 이틀 묵은 보리밥처럼 쉰 그런 느낌마저 들었다.

"이제 이리저리 식솔은 계속 불어날 것인디, 일손은 점점 모자라 죽을 지경인 게 시방 자네 눈에는 하나도 보이지 않는 기여?"

"농사일이란 언제나 그런 게 아닌가유. 더구나 농사일을 검잡고 앞서 헤쳐가야 헐 당신은 허구헌 날 술판에 앉어 술타령만 허구 있으니 가뜩이나 일손이 모자라는 게 당연허지유."

"내 그래서 허는 말인디, 성퓰 한 이태 동안 소를 멕이게 허다가 그다음에 헥교에 보내면 어떨까 싶어서 시방 허는 말인디, 당신은 무조건 반대헐 거시 아닌가?"

말은 정순임에게 던지면서도 눈길은 먼 산 너머로 피해 있었다. 마치 남 얘기나 하듯 지껄이는 서봉태 짓거리에 정순임 안색은 써느렇게 변했다. 그녀는 지금 서 있는 뒤편이 천 길 낭떠러지라 여겼다. 뒤로 더 떠밀리면 낭떠러지 아래로 곤두박이기가 십상인데 예서 뒷걸음질칠 수만 없었다. 떨어질 땐 혼자만 아니라 서성표와 같이 떨어질 판국이지 않은가. 그녀는 더는 물러설 데가 한 치도 없다는 판단으로 내친김에 서봉태 속생각을 분명하게 짚어볼 참이다.

"내 두말허지 않을 테니 나와 헌 약조는 반드시 지키시유."

"이 사람아. 누가 지키지 않는다고 혔는기여? 집안 헹편에 따라 헥교에 보내는 시기를 조금 조정허자고 헌 걸 가지고 그리 성정머리부터 바락 내는가?"

"농사일도 그러지만, 배우는 것도 배워야 헐 때가 있는 게 아닌가유? 당신도 그런 걸 모르는 사람은 아니지유? 지와 약졸 헌 거시니 워치게 허더라도 성퓰 중헥교에 보내시유."

"글쎄. 생각 좀 헤보자는 소리네."

"생각헤보시고 자시고 시방 당장 지헌티 확답을 주슈. 그게 안 되면 나는 성표와 이 집에서 떠나갈 참이유. 그땐 지를 잡을 생각조차 마슈."

정순임은 거절 의사를 분명하게 밝힐 심산이었다. 그렇게 잡도리를 하지 않으면 서봉태는 짬짬이 이런저런 핑곗거리를 찾아 약조를 어기려 잔머릴 굴릴 게 빤했다. 그래서 그런 말이 서봉태 입에서 튀어나올 때마다 정순임은 바짝 긴장하며 홀림수를 경계했다.

겨울방학이 끝나고 등교한 지 한 이삼일 되었나. 학교에서 돌아온 서성표가 경계 눈초리로 멀찍이 피하던 여느 날과 달리 서봉태 앞으로 쭈뼛쭈뼛 먼저 다가들었다. 아이는 의붓아비 얼굴을 한번 살핀 뒤 시선을 땅에다 힘없이 떨어뜨리며 입안소리로 겨우 말문을 열었다.

"저어, 아부지유. 낼 우리 선생님이 아부지를 모시고 헥교 오라고 헸시유."

아이가 옆으로 다가올 때까지 가만히 눈여겨보던 서봉태는 그 말에 불화살을 맞은 들짐승처럼 화들짝 놀랐다. 말을 잃은 서봉태 얼굴에 금시 당황한 빛이 뚜렷하니 떠올랐다. 딸도 학교에 다니지만, 한 번도 학교에 불려간 적 없는 서봉태는 가슴이 철렁 내려앉는 느낌을 받았다. 술에 취해 아무런 생각 없이 사는 서봉태에게는 경찰관 다음으로 피하고 싶은 부류가 바로 학교 선생들이었다. 허튼수작이 통할 수 없는 부류가 선생이라 여겼다. 잘잘못을 끈질기게 파고들며 요리조리 빈틈없이 따져 뭐라 한마디도 제대로 변명할 수 없도록 사람을 꼼짝없이 옭아 묶어 입까지 얼어붙게 했다. 그들 앞에 서면 아무리 앞가림하려 해도 곧장 들통나서 본전도 못 찾고 바퀴벌레처럼 어두운 데로 숨고 싶어진다. 서봉태는 몹시 짜증난 표정으로 서성표를 건너다보며 퉁명스럽게 내쏘았다.

"웨?! 니넘이 무슨 잘못헌 거시라도 있냐? 쌈질 헹겨?"

"아니유. 쌈은 안 혔시유."

"그럼, 쌈도 안 혔는디 선상이 날 웨 불러대고 그려. 무슨 선상이 애들 공부는 가르치지 않구, 농사일에 바쁜 사람을 워째서 오라 가라 허는겨?"

서봉태의 윽박지름에 지레 겁을 먹고 잠깐 뒤로 주춤 물러났던 아이는 의붓아비 얼굴을 다시 한번 쳐다보면서 조심스럽게 입을 열었다. 그나저나 기어드는 목소리인데 불만이 가득 담긴 볼멘소리였다.

"아부진 뭐세 그리 바쁘다 그러세유? 지가 보기에는 맨날 술 마시고 있잖어유? 술 마시는 시간은 있어도 헥교 갈 시간이 없다니 우리 선생님이 속을 줄 알어유."

"허억, 머시라 이넘 자식! 아비헌테 워치게 말투가 그 모양이여? 니넘이 선상헌테 그딴 소리까지 헸겨?"

"아니라우. 친구들이 교실에 가득헌데, 우리 아부진 맨날 술 마시고 주정헌다고 워치게 지가 그런 소릴 험부로 허것시유? 창피허게시리……."

"머시라? 니넘 눈에도 농사일에 힘들어 술 마시는 이 아비가 창피허다구?"

"남들도 그렇게 보잖어유?"

"헉! 이넘 자식!"

서봉태의 투박한 손바닥이 서성표 뺨에 붙으며 소릴 냈다. 아비를 술주정뱅이로 지정하는 입놀림에 그는 울컥하여 손찌검까지 했다. 가득 학교 호출이 불편하기만 한데 속까지 벌컥 뒤집혔다. 아이 뺨이 손자국으로 선명해도 돋친 화가 제대로 풀리지 않았다. 오히려 속이 뒤틀려 아이를 사납게 노려봤다. 고개를 숙인 채 뺨을 어루만지며 마당귀에서 벗어나는 아이 뒷모습을 바라보는 서봉태는 떨떠름해진 기분을 좀체 거두지 못한 채 뭔가에 분풀이라도 하려는 듯 마당 안을 휘둘러봤다. 찌그러진 양재기라도 던지고 싶은데 분풀이 거리가 없도록 텅 빈 마당이 못마땅했다.

봉변은 아이가 당했지만, 아이 선생에게 제 치부가 드러난 일이 서봉태로선 참을 수 없도록 기분이 잡쳤다. 흐르는 정황을 보아선 내일 담임교사를 만나러 학교에 가긴 가야 할 분위기인데 물음에 어떻게 대응할는지 가슴이 맷돌에 짓눌린 듯 답답해왔다. 어느 때 무슨 일로 오라 한다면 하다못해 거짓말을 준비해서라도 갈 테지만, 무턱대고 내일 당장 오라니 그도 무슨 일로 그러는지 내일 하루 일을 생각만 해도 찜찜했다. 말 한마디가 사람 심기를 이렇게 불편하게 만들어놓을 줄 미처 몰랐다. 당장 내일 입에서 술내가 풍기지 않도록 오늘 오후만큼은 술집 근처에도 얼씬하지 말아야지 — 딱히 그런 준비밖에 할 수 없었다.

서봉태는 저녁 늦도록 위장병 환자처럼 속앓이 했다. 내일 있을 담임교사와 면담 대응 방법을 이리저리 떠올리느라 소화불량에 걸린 듯 저녁 뒷배가 더부룩하도록 가스가 들어찬 느낌이다. 이럴 때 술 한잔 들이켜면 체기가 쑥 내려갈 텐데 그 짓도 할 수 없으니 사람이 졸지에 멍청해진 듯싶었다. 요즘 자기 주변과 서성표 행동에서 일어난 일을 더듬어 가상 대답을 떠올리기도 했고, 아이를 때린 최근 날짜와 매질 정도를 되짚으며 그 일은 결코 아닐 거라고 머리를 흔들어 부정했다. 저가 잘못했으니 맞았지 — 그렇게 우기면서 강단 있게 밀어붙이면 매질한 일도 정당방위로 정리될 거다. 요즘 세태가 어둠 속에서뿐만 아니라 훤한 대낮임에도 암암리에 벌어진 폭력마저 말을 꾸며 우겨대면 뒤덮이는 걸 목격하고 있지 않는가.

한 번도 본 적이 없지만, 여자 선생보다 남자 선생이 면담에는 유리할 성싶었고 기왕이면 결혼해서 중년을 넘긴 나이에 술까지 조금이라도 마시는 사람이면 좋겠다는 기대치도 상정해 보았다. 그러다가 끝내 불안한 예감을 걷지 못해서 자는 아이를 발로 툭툭 걷어차 깨웠다. 손등으로 눈을 비비며 졸음을 걷던 서성표는 발로 찬 장본인이 의붓아버지임을 알자, 파뜩 일어나 겁먹은 얼굴로 경계부터 했다. 아이는 아직 잠을 털어내지 못한 채 바짝 쪼그려 앉아서도 반쯤 졸았다. 그런 아이에게 서봉태가 느닷없는 물음을 던졌다.

"야, 니 선상이 남자여, 여자여?"

아이는 반쯤 뜬 눈을 껌벅거리며 뜬금없는 서봉태 물음에 그를 멀거니 훕떠봤다.

"야―, 우리 반 선생님 말유? 남자 선생님이래유."

아이는 경계 눈총을 풀지 못한 채 서봉태의 직신거림에 귀찮은 표정으로 대답했다. 아직 잠에 잠긴 목소리라서 그런지 한층 어눌했다. 서봉태는 아이의 그런 성가신 표정에 개의치 않고 내처 손끝으로 쿡 지르며 물었다.

"총각이여, 아저씨여?"

"그건 웨유? 우리 반 박영철이 아부지인디 웨 그래유?"

"술은 드셔?"

"지가 술주정뱅인가유? 그걸 알게. 아부지처럼 낮에 취힌 거슨 여적껏 보지 못헸구먼유."

"뭐 술주정뱅이라구? 이넘의 새끼가. 에이 이젠 그만 자빠져 자라."

서봉태는 술주정뱅이란 소리에 또 울컥했다. 오른쪽 손을 종주먹한 채 가운뎃손가락에 힘주어 아이 이마를 줴박았다. 꿀밤에 아이는 쇠똥구리처럼 뒤로 발랑 나뒹굴었다.

"먼 일이래유. 자는 사람에게 장난도 아니구."

뒤로 자빠진 아이가 다시 상체를 곧추세워 궁싯거리면서 내처 자려고 모로 쓰러졌다. 아이는 아무런 일도 없듯 곤히 잠속으로 빠져들었다. 그런 아이를 멀찍이서 바라보던 서봉태는 그제야 만족한 듯 흡족한 표정을 지었다. 우선 덜 깐깐한 남자 선생이니 한결 수월할 성싶었고, 또 그맘때 나이쯤이면 술을 즐기지 않더라도 상대방 사정을 이해하고 수용하는 폭이 넓은 선생일 성싶었다. 그렇다면 내일 면담은 한결 수월하지 않겠는가. 서봉태는 난제를 풀어낸 듯 한결 가벼워진 마음으로 또 한번 제 행동의 탁월함에 혼자 씩 웃었다. 잠에 곯아떨어진 아이를 깨운 짓이 참으로 현명한 선택이었다는 생각을 거듭했다.

이튿날 서봉태는 잔뜩 긴장하며 냉한 기류가 머리카락을 쭈뼛쭈뼛 일으켜 세우는 교무실로 죄인처럼 들어섰다. 먼빛에서 그를 발견한 담임교사는 인사받기에 앞서 상담실로 그를 안내했다. 강장제 음료수병 두 갤 들고 와 탁자를 사이에 두고 마주 앉은 담임교사가 자신보다 훨씬 잗젊어 보이는 게 조금 불안하긴 했다. 담임교사가 눈길 놓을 곳을 찾아 두리번거리는 서봉태에게 먼저 말을 걸었다.

"성표 아버님이 되시죠?"

"그렇구만유, 지가 성표 아비구만유. 뭐 성표가 말썽이라도 부렸나유. 그랬다면 절 부르지 마시고 그냥 그 자리에서 선상님이 사정없이 혼쭐내슈. 나쁜 짓 헤서 혼구녕내는데 어느 부모가 마다허것시유. 부모야 교육은 선상님들께 맡긴 입장이니 상관이야 없쥬."

말을 마친 서봉태는 스스로 놀랬다. 그저 맹한 상태에서 뭐라 말 머리조차 찾기 힘들 거라 여겨 입술 끝이 바싹 말랐는데, 지금 입에서 카세트테이프를 튼 듯 슬슬 나온 이 말이 대응으로써 무난하다고 자평했다. 뜻밖에도 잘 대처한다는 확신이 들자 담임교사에게 부모로서 아이 앞길을 반듯하게 챙길 수 있다고 자신 있게 말할 용기까지 생겼다. 그리고 아이 교육은 전적으로 담임교사 책무니 그 의무를 저버리지 마시라고 내처 상기시킬 충동마저 느꼈다.

"예, 성표 아버님 말씀이 모두 옳습니다. 그런데 성표 아버님! 제가 학교로 오시라고 한 건 성표가 말썽을 부려서가 아니라 성표 진학 때문인데요."

"진학?! 중헥교 진학 때문이라구유?"

서봉태는 장도리에 머리가 정통으로 맞은 듯 정신이 아뜩했다. 용모가 수더분하고 눈마저 초롱초롱 빛나지 않은, 앞에 앉은 이 젊은 선생 통찰력에 꼬리를 샅에 밀어 감추고 엉덩일 내릴 만큼 기세가 팍 꺾였다. 그러나 그럴수록 표정 변화 없이 속내는 끝까지 감춰야 했다.

"예, 성표 아버님. 아버님이 성표를 진학시키지 않기로 했습니까?"

담임교사의 날카로운 눈길이 서봉태 눈동자를 정확히 붙들고 물었다. 그러니 그 눈길을 밀어내고 추궁에서 달아나야 했다. 그래야 오늘 기 싸움에서 승리를 거머쥐고 의기양양하게 집으로 개선할 수 있을 게다.

"아니라여, 어느 누가 그딴 소릴 험부로 내뱉던가유? 이 아비의 자존심 상허게. 성표 그넘 자식이 선상님께 그런 소릴 허던가유?"

서봉태는 완강히 부인하려고 놀라는 표정까지 지으며 먼저 언성부터 버럭 높였다. 그러면서 서성표가 아비 뜻을 선생님에게 잘못 전했다고 분명하게 담임교사에게 전달하는 게 급선무라 여겼다. 서성표 아비는 어디서나 아비인 만큼, 그 자격과 품위를 유지해야 체면치레할 수 있겠다 싶었다.

"그럼 성표 아버님 뜻이 아니란 그 말씀이죠?"

"아, 물론이쥬. 아무리 농사일이 바쁘더라도 아, 세상에 어느 아비가 자식을 공부시키려 허지 않것슈? 선상님, 그건 말도 되잖는 소리가 아닌가유? 내 이넘의 자식을 당장 그냥……."

서봉태는 앉은 나무의자가 삐꺽거릴 만큼 몸짓까지 들썩여 강하게 잡아뗐다. 담임교사가 무안한 얼굴로 서봉태 손을 덥석 잡았다. 아이 말만 듣고 미심쩍게 학부모에게 진학 여부를 확인하려 방문을 요청한 일이 오히려 결례를 저지르지 않았나, 그런 미안함이 얼굴에 가득했다.

"아, 예. 알겠습니다. 아버님 뜻이 아니란 그런 말씀이시네요?"

"야, 야ㅡ. 그거야 그넘 생각일 뿐일걸유."

"아, 그렇습니까? 성표가 잘못 말한 거네요. 참고로 말씀드리자면 성표는 초등학교 교육으로 끝내기는 참으로 아까운 아입니다."

담임교사는 서성표와 면담할 때 아이 얼굴빛이 어두웠기에 조심스럽게 마음에 두었던 말을 건넸다. 서봉태는 정색하면서 그 말을 맞받았다.

"선상님 걱정허질 마시유. 집안에 사내자식이 없어 농살 거들 일손이 모자라긴 헤두 성표는 워찌하든 중헉교까지 보낼 거시니 염려허지 마세유. 중헉꼴 졸업헤서 그때 집안일을 도와두 될 테니께 걱정허잖아도 되것네유."

이제 한고비 넘겨 마음이 평정해지니 여유까지 생겨 말 뒤끝도 순두부처럼 유들유들해졌다.

"그럼 중학교까지만 학교에 보내겠다는 말씀인가요?"

"아, 아니지유. 말허자면 그렇다는 말씀이쥬."

"성표 아버님? 이것은 담임교사로서 아이의 진학상담 때문이고, 학습을 지도하는 관점에서 학부모님께 건의하는 것이니 반드시 제가 드리는 말씀을 지키셔야 합니다."

"선상님 뜻은 그만허면 충분히 알것네유. 전 일이 너무 바빠서 이만 집으로 가보려고 허는디 그래도 되나유. 그럼 이만 일어서유."

서봉태는 엉거주춤 몸을 일으키려 했다. 그런 서봉태 앞을 담임교사가 가로막아 섰다. 담임교사로서 마땅히 건네야 할 말이 아직 남아 있었다.

"성표는 머리가 참 좋은 아이입니다. 더욱이 감정까지 풍부해서 며칠 전 반에서 글짓기를 했는데 아주 재주가 뛰어나도록 잘 지어 그쪽으로 소질이 있습니다. 그러니 애의 장래를 위해서라도 반드시 중학교로 진학시켜야 합니다. 어른의 순간 판단 잘못으로 애 장래가 그릇되면 어떻게 합니까?"
"아, 야. 야—. 걱정허지 마슈. 모두 이 아비가 책임을 질 일이니 걱정일랑 허들 마슈."

 담임교사는 서봉태를 보내고 서성표가 집으로 돌아가기에 앞서 운동장 등나무 밑에다 불러 앉혔다. 교무실로 부르려다 아이가 마음먹은 바를 스스럼없이 말하도록 한적한 곳을 택했다. 양지라 내린 겨울 볕은 포근하기까지 했다. 아이는 평소처럼 어두운 표정인데 등나무 가지 그림자로 덮그물에 걸린 모습으로 담임교사 눈치만 살피며 그의 말을 기다리려 고갤 숙이고 있었다. 살점 없이 햇볕에 검게 그은 가늘고 마른 목덜미에 보얗게 잔털이 성겨 유난히 까칠한 채 빈약해 보였다. 동짓달께 늦은 나뭇가지 끝에 매달린 고욤처럼 말랐다.
"성표야, 너 왜 선생님께 거짓말했냐?"
"지는 선생님께 거짓말헌 적이 없구먼유."
 아이는 담임교사 물음에 망설이지 않고 거침없이 맞바로 대답했다.
"너 아버지가 오늘 학교에 다녀가신 거 넌 알지?"
"야—, 어제 아부지께 선생님 말씀을 그대로 전혔시유. 아까 오셨다 가시는 걸 교실에서 창문을 통하여 지도 보았구먼유."
 아이는 무엇이 잘못되었느냐는 표정으로 담임교사를 맑은 눈길로 올려다봤다. 걱정스러운 표정이지만, 그 눈은 구름을 걷어낸 가을 하늘같이 맑았고 그 속에다 무엇이든 숨겨놓을 수가 없도록 텅 비어 있었다.

"학교에서 너를 만나지도 않고 그냥 돌아가셨다고?"

"야―, 우리 아부지는 원래 그런 사람이레유."

"그래? 그런데 네가 선생님에게 분명 말했지? 아버지가 중학교에 보내주지 않는다고 말이다."

"야―, 엄니께서 아부지가 그런 눈치를 보인다고 지게 분명 말혔구먼유. 그래서 지가 선생님께 그렇게 말씀을 드렸던 거네유."

아이는 모호한 표정으로 자기 말을 믿으려 하지 않은 담임교사를 야속하게 쳐다보며 거침없이 말했다. 얼굴에는 당황한 빛이 아니라 답답함이 엿보였다.

"너희 아버지가 선생님에게 너를 분명히 중학교에 보낸다고 말씀하시고 가셨다. 아니 고등학교까지도. 그러니 너도 그렇게 알고 이제 놀려는 생각 말고 다른 애들과 같이 진학 공부 열심히 해야 한다. 알았지?"

담임교사는 아이의 가냘픈 등을 다독이며 알아듣도록 조곤조곤 타일렀다. 그런데 서성표 입에서 예견치 못한 말이 불쑥 튀어나왔다.

"선생님은 우리 아부질 잘 모르고 계시네유. 나중에 보시면 다 알게 되실 거유. 그런 말이 거짓말이란 것두 알게 될구먼유."

"그건 또 무슨 말이냐?"

담임교사는 뜻밖의 반응에 아연했다. 서성표가 아버지에게 드러내는 감정이 예사 범위에서 훨씬 벗어나 있었기 때문이다. 아버지가 아이에게 어떤 언동을 하기에 그렇게 불신하는 걸까. 그런 궁금증이 일어 내처 물었다.

"네가 아버지를 잘못 이해하고 있는 건 아니지?"

"선생님이 우리 아부지헌테 팍 속었네유. 나중에 보시면 제대로 아실 거구만유."

"속다니, 아버지를 선생님께 그렇게 말하는 게 아니다. 세상 모든 아버지는 자식을 올바르게 키우려고 가끔 혼도 내고 체벌도 하는 거야. 그러기에 체벌하고도 마음으로 크게 아파하셔서 밤에는 잠조차 못 주무신단다. 그런 걸 네가 크면서 이해해야 하는 거야. 너의 아버지가 선생님 앞에서 분명하게 약속했으니 다른 아이들처럼 너도 아버지 말을 믿고 따라야 한다. 알지? 그럼 집으로 가봐."

"선생님이 아무리 열심히 노력혜도 우리 아부질 잘 알긴 글렀네유. 그럼 선생님 전 집으로 갈게유. 안녕히 계슈."

담임교사 말은 안중에 없다는 듯 서성표는 말끝을 힘없이 내리며 고개만 꾸벅 숙여 인사한 뒤 부리나케 교문 밖으로 뛰어 달아났다. 그런 뒷모습을 바라보며 담임교사는 평소 말수가 적은 채 친구들과도 잘 어울리지 않는 서성표의 가정학습 지도를 소홀히 했다고 자책했다. 서성표와 면대에서 아이가 아버지를 불신하는 걸 오늘에야 깨달았던 탓이다. 담임교사는 마땅히 해야 할 일을 방기까지 했단 생각이 들자, 시간을 내서 한번 가정 방문 나서리라 내처 다짐하며 수첩에다 메모로 남겼다.

서봉태도 두 귀가 있긴 하나 타인 말을 알뜰히 새겨듣는 귀는 아니었다. 담임교사 관여에도 불구하고 정순임 우려대로 서봉태는 기어이 서성표를 중학교에 진학시키지 않았다. 말투는 어눌하지만, 귀를 틀어막고 제 고집대로 삶을 꾸려가는 사내의 단면을 보여준 셈이다. 그동안 담임교사도 여러 번 학교로 불렀으나 이런저런 핑계 대며 호출에 불응했고, 가정 방문 나왔을 땐 급한 일로 읍내에 나갔다면서 술집에 퍼질러 앉아 술을 마셨던 서봉태다. 담임교사는 그렇게 분주히 움직였던 발품 덕으로 서봉태와 서성표의 부자 관계를 마을 사람들에게서 듣고 비로소 정황을 제대로 파악했다. 그때야 서성표가 뱉어낸 말뜻을 뒤늦게 알아채고 어수룩한 서봉태에게 속은 제 우둔한 직관을 탓할 수밖에 없었다.

서성표 중학교 진학이 무산된 그날 밤, 스스로 어리석은 판단에 감정이 북받쳐 아이를 끌어안은 정순임은 서봉태 배신을 탓하기보다 아이에게 죄지은 제 푼수머리에 부끄러움을 느꼈다. 아무리 악물어도 어금니 끝에서 분함이 숙어들지 않았다. 감정 끝이 터져 눈물이 끊임없이 솟았지만 아이 앞에서 그것을 쏟아낼 염치마저 없었다. 당장 아이를 데리고 울타리 밖으로 벗어나고 싶었다.

그러나 때로는 마음대로 할 수 없는 게 또한, 아이를 낳은 어미의 처신이다. 떠나야 할 길 앞에 또 다른 하나 피붙이가 그녀 발길을 막았다. 그러니 아픈 가슴에 다시 못이 탕탕 박혔다. 다섯 살배기 서성남이 그녀 발길을 옭아 묶는 덫 구실을 했다. 그 아이도 엄연히 자기 몸에서 태어난 자식이기에 또 하나 생명 끈에 마음 반쪽이 옭아 묶였다. 양손에 쥔 떡, 그 손으로 무엇을 잡자면 작은 떡을 쥔 손이라도 놓아야 한다. 그러나 어느 손도 지금에서는 놓을 수가 없었다. 그렇게 얽힌 처지기에 정순임의 분노는 답답하게도 컸다. 그리 매몰차게 내팽개쳐진 마당인데도 서성표에게 아무것도 할 수 없는 자신의 무기력한 처지가 한심했다. 한편 뜻한 방향으로 일을 몰아간 서봉태는 제 술수에 도취하여 속으로 쾌재를 불렀다. 젊은 여자를 취하려 셈한 계산, 아이를 얻고 일손까지 늘리는 그 삼차원 셈법은 적중했다. 어떤 상황에 맞닥뜨려도 정순임이 제 새끼를 버리고 갈 만큼 냉정한 성향의 여자가 아님을 일찌감치 계산에 넣어 셈했으니 머리는 그리 나쁜 사내가 아님을 자인하고 스스로 벌쭉 웃기까지 했다. 동네 장기판에도 즐겨 기웃거리는 그는 차포 장기보다 마상 장기를 선호했다.

서봉태는 정순임과 맺었던 약속을 깬 계기로 자신을 얻은 듯 득의양양해져 어이아들에게 또 다른 구실을 찾으려 부심했다. 더러 정순임 눈치를 살피며 내뱉던 말도 이젠 부담스러운 장막을 거둬냈다는 듯 거침없이 내뱉곤 망설이지 않고 바로바로 실행에 옮겼다. 이웃에게는 그랬다. 버거운 일로 땀투성이가 된 서성표를 가리키며 진학하지 못함을 아이에게 덮씌웠다.
"공부시켜봤자 가망이 없는 넘이여. 글이라면 저리 저승 보듯 허니 다른 길을 찾을 수밖에……. 아비 입장에서 그걸 보면 속상헌 게 아니라 그냥 복장 터질 것 같혀."
서봉태는 바람 방향을 잘 잡아야 배 띄울 수 있다는 원리를 아는 사내였다. 돌대가리에겐 공부는 가당찮은 일이고, 일찍 농사일을 배움이 제 길을 찾아가는 지름길이라 둘러댔으니 말이다. 구실도 그러한지라 그 뒷일은 내키는 대로 뚝심으로 몰아붙였다. 내친걸음에 아이를 다잡아 농사일시키려고 닦달했다. 느슨하게 풀어놓으면 잡념에 빠진다며 잡도리도 게을리하잖았다. 그러면서 학교에 다니는 아이들과 어울리지 못하도록 눈에 불을 켜고 막았다. 외눈 팔면 마음에 바람이 들어 아이 장래를 버리니 아비로서 단속하는 일이 마땅하다 내세웠다.

그러다가 조금만 서성표가 한눈팔아도 거침없이 매를 들었다. 그의 매질은 이미 오래전부터 화풀이 방편으로 버릇되었지만, 서성표가 진학하지 못한 뒤부터 중독 증상으로 굳어져서 참아야 할 때조차 판단 못 한 채 말로 해도 될 일까지 매를 들어 폭력을 행사하려 했다. 매질도 잦으면 손끝 감각이 무뎌져서 강도가 더해지며, 휘두를수록 감정 끝이 격해져 끝내 양심마저 마비되어 지금 무슨 짓을 하는지도 모르기 마련이다.

"니넘은 애초 씨가 글러 먹었어. 게으르고 뺀질거리고 분명 지 아비를 닮았을 기여."

종래는 생면부지 이종식까지 끌어다 씨 타령으로 타박하기에 이르렀다. 감당 못할 일을 시키곤 힘이 부친다면서 게으른 아이로 몰아가며 닦달하는 그런 소리를 옆에서 잠자코 들어 넘길 정순임이 아니었다. 더구나 이미 저세상으로, 그도 험한 일로 간 사람까지 끌어다 대는 행위 짓거리는 산 사람으로서 할 짓 아니라고 울컥 치받쳐 되받았다.

"사람이 워치게 그리 지질 맞슈. 한 번도 만나지 못헌 사람, 그것도 이미 이 세상에 없는 사람을 끌어다 가당찮은 소릴 허는 거유. 듣고 참자 헤도 너무 허네유."

"보나 안 보나 그 나물이 그 나물 아니것나? 피가 위로 치받쳐 흐르것나? 세상이 뒤집혀도 피는 아래로 흐르는 법이여."

"내가 볼 땐 당신이 성표 친아부지보다 나은 거시 하나도 없슈. 술 먹고 아를 때리며 주정하는 버릇이야 당신이 훨씬 전문인지 몰라도……."

"허 참! 그래도 몸을 섞으며 살았던 사내라 편들고만……."

"편이 아니라 당신 말 듣고 있자니 허두 터무니없어 그레유. 이미 이녁이 잊은 사람, 죽은 사람 들춰 욕해서 당신 속 시원헐 게 뭐 있슈. 오죽이나 빙충맞으면 이 세상에 없는 사람에게 그런 욕설을 허구 있슈. 앞으로 제발 내 앞에서 죽은 그 사람 예기는 입 밖으로 내지 마시유."

"이 사람, 성질이 나니 허는 소리가 아닌겨!"

"아무리 성질이 나도 아 앞에 헐 소리, 못 헐 소리 가릴 나이 아니유. 그리고 성표를 너무 닦달허지 마시유. 가뜩이나 기가 죽어 사는 아에게 헐 소리가 아니잖유. 헉교 다니는 갸 친구들을 볼 때 당신은 양심이 찔리지도 않어유? 의붓아비라도 아비 꼴을 제대로 헤여지 아비 대접받지, 헤주는 거 없이 아비 말을 들으라고 허믄 누가 따르것시유? 그러니 지발 아헌테 이래라저래라 성질을 좀 부리지 마시유."

"그넘이 일허는 게 션찮어 그렇지. 잘만 헌다믄 입 안에 쉬 쓸어도 내가 말 않것네."

"그 나이에 그런 일허는 거시 그만허믄 대단허지 않슈. 나일 먹으믄 지 몫을 지가 헐 거시니 진득허게 기다려주는 거시 어른 된 도리가 아니유?"

팔월이라 개울물도 미지근할 만큼 더위가 만판 익었다. 집에서 멀찍이 떨어진 곳, 해 그늘 서늘한 밭에다 배추 씨앗을 뿌렸다. 그다지 너르지 않은 밭이니 김장 김치 담기에 앞서 담을 지레김치 감이었다. 땅껍질의 촉촉한 습기로 이내 싹들이 땅 위로 노랗게 돋아나는가 싶었는데, 기다린 듯 멧비둘기들이 내려앉아 싹을 뿌리째 파 뒤졌다. 그런가 하면 지렁이나 애벌레를 찾아 두더지가 먹이 사냥하느라 배추밭에다 땅굴을 뚫어 뿌리를 통째 솟구치게 했다. 그 외진 곳 배추 성장을 지키고자 서봉태는 서성표를 그곳으로 새벽같이 내몰았다.

떡잎을 젖히고 배추 어린잎이 넓어지기 무섭게 때를 기다린 듯 배추벌레가 잎을 썰어 쳇구멍으로 만들었다. 집게벌레라는 놈은 아예 어린 배추 싹 중동을 싹둑 잘라 거덜냈다. 날씨 변동 탓인지 예년보다 일찍 흰나비가 설치더니 유충이 벅적 일어 작물을 망치기 시작했다. 배추벌레를 잡으러 배추밭에 부리나케 들락거리던 서봉태는 진작부터 그 미물에 부아가 잔뜩 나 있었다. 그는 잠자리에 들려는 서성표를 불러 앉혔다.

"성표야? 내일 아침 일찌거니 일어나 작은 배추밭에 가서 배추벌레를 잡어여 혀. 그넘들은 헤뜨기 전에 잎을 갉아먹다가 해만 뜨면 굴러 땅속으로 숨어. 그러니 잎에서 보이지 않으면 흙을 뒤져서라도 잡어여 혀. 땅을 잘못 쑤셔 배추 뿌리를 건드리진 말구…….”

서봉태는 되짚어 물어볼 여지가 없도록 마치 손끝으로 배추벌레를 잡듯 엄지손가락과 집게손가락을 맞부딪쳐 땅 뒤지는 시늉까지 소상히 조곤조곤 일렀다. 그리고 뒷말을 덧붙였다.

“잘만허믄 쉴 시간도 주마. 그러니 아침 일찍 나가여 혀.”

날 밝기 무섭게 서성표는 졸음 덮인 눈을 비비며 채소밭으로 달려갔다. 쉴 시간을 얻으려는 게 아니라 서봉태 명령을 따라야 하기 때문이다. 서봉태가 일러준 대로 배춧잎을 들추자 애벌레들은 아직 먹이를 취하고 있었다. 마른 나뭇가지로 그것을 배춧잎에서 떼어내자. 파란 몸집에 통통하게 살이 오른 애벌레가 꿈틀거렸다. 잎을 갉아먹다가 인기척을 느끼는 이른 아침이면 땅속으로 숨어들어 생명을 보호하려는 재주를 가진 그 벌레를 유심히 살펴봤다.

흰나비 애벌레를 처음 보았다. 서성표는 학교에서 배운 나비 일생을 떠올렸다. 이것들이 성충으로 성장하여 껍질을 벗고 아름다운 날개를 가진 흰나비로 하늘로 날아오른다고 생각하니 신기했다. 어미인 흰나비는 배춧잎에다 알만 슬고 떠난다. 알은 스스로 부화하여 성충으로 자란다. 그리고 번데기로 변해 우화과정을 거쳐 흰나비로 변신한다. 문득 어미 없이 태어나 홀로 성장해 날개를 달고 날아가는 이 작은 벌레가 저보다 낫다는 생각이 들었다. 자신은 그런 능력이 없기에 어머니와 짝을 이룬 의붓아버지에게 매질을 당하고 있지 않은가. 홀로 성장할 수 없는 사람 성장 과정이 배추 애벌레만도 못하다고 여겼다.
 서성표는 학교에 다니는 친구들 아버지를 보고 돌아가신 아버지를 상상한 적이 있었다. 그럴 땐 얼굴을 모르지만, 그 아버지라는 사람이 보고 싶었다. 그 아버지는 술만 먹으면 매를 휘둘러대는 의붓아버지와는 완전히 다른 사람일 성싶었다.
 서성표는 하늘로 나는 흰나비를 상상하며 배추 애벌레를 뒤지던 나뭇가지를 그냥 손아귀에다 쥐고 벌레구경에 한 넋을 놓았다. 어미 없이 커야 할 그것들을 마른 나뭇가지 끝으로 배를 터뜨려 죽이는 짓은 꺼림칙했다. 조그마한 그것들이 아무리 왕성하게 먹더라도 배춧잎은 남을 만큼 턱없이 넓게 느껴졌다. 서성표는 애벌레들을 흙으로 덮어 숨겼다. 분명 성충으로 자라 아름다운 날개를 달고 하늘로 날아올라 더 너른 세상을 볼 흰나비로 변신하는 그런 상상만 했다.

 아침 해가 낮은 산마루에 올라서서야 서성표는 느린 발걸음으로 돌아왔다. 늦은 아침밥상머리에 앉는 아이에게 서봉태가 확인하려 들었다.
 "성표야, 배추벌레는 얼마나 죽였는기여?"
 "야―, 눈에 보이는 거 모두유."
 아이는 밥숟가락에 눈길을 준 채 귓등 대답했다.
 "그리고 흙 속도 뒤져봤나?"
 "야―, 거기 거두 모두 죽였슈."
 여전히 서봉태의 얼굴은 쳐다보지 않은 채 건성대답이다. 그제야 서봉태는 만족스러운 표정으로 자리를 뜨며 한마디 툭 던졌다.
"하, 오랜만에 밥값은 톡톡히 했구먼."

사흘 뒤 채소밭에서 돌아온 서봉태 손에는 아예 튼실한 회초리가 들려 있었다. 마당 안으로 들어서자마자 성마른 성질대로 그는 거친 목소리로 다짜고짜 서성표부터 찾았다.
"성표 이놈새끼 어디 있는 기여! 이리 와라. 니가 배추벌레를 모두 잡았다고 분명 말혔지?"
방문을 열고 나온 서성표가 늦은 대답 했다.
"야―. 다아 잡았구먼유."
"그런디 내가 보니 여엉 그대로여. 아니 더 극성이여. 니놈은 그때 배추벌렐 한 마리도 죽이지 안 허구 빈둥빈둥 놀다 온기가 분명혀. 새끼 때 죽이잖아서 이미 커버린 그것들이 배춧잎을 다아 갉아 먹었던거여. 그래서 배추농사는 망쳤고, 또 어른을 속인 죗값으로 마땅히 벌을 받어야 허는거여."
서봉태 말끝과 동시에 튼실한 회초리가 서성표의 가냘픈 어깻부들기에 사정없이 연이어 떨어졌다. 매질이 길어지자 아이 허리가 맥없이 꺾여 내렸고, 그 몸 위로 뛰어든 정순임 몸이 쓰러져 덮였다. 그 일로 서봉태 눈 밖으로 나는 빌미를 제공하여 늘 의심하는 눈초리를 번뜩이며 아이에게 매질했다. 농사일에 서툴다고 매질했고 일손이 느리다고 매질했으며 먹을 것을 밝힌다고 트집을 잡아 매를 들었다. 가뜩이나 체신이 작은 몸집에 늘 멍 자국을 달고 지낼 수밖에 없었다.

어린 서성표에게 유일한 말벗은 씨 다르고 배다른 누이 서재숙이었다. 네 살 위 누이는 말벗으로 자처하면서도 정작 말수가 적었다. 정순임을 따라와 낯선 분위기에 겉도는 어린 서성표를 데리고 집 주위를 돌며 이것저것 알려주면서 정붙이로 나잇값을 했다. 소꼴 때문에 매 맞은 서성표 상처에 약을 바르며 눈에다 눈물을 담았지만, 끝내 아버지 얘기를 입에 올리지 않았다. 서재숙은 어린 서성표를 데리고 집 뒤 느티나무 터에 곧잘 올랐다. 여름밤 그곳에 오르면 더 너른 은하수를 볼 수 있었다. 초저녁부터 별을 찾아 세다 보면 그것들이 호응하듯 어느새 나타나 은하수를 이뤘다. 많이 세는 편이 이기는데 누이는 더러 잘 찾다가도 더듬어 내기에 지곤 했다. 그리곤 암말 없이 어두워질수록 빛나는 별을 쳐다보며 서성표와 잡은 손에다 힘을 주었다. 어깨동무 없이 자란 서성표는 외톨이라 누이가 소꿉친구를 대신했기에 좋아서 따랐다. 그래선지 곁에 서재숙이 있을 땐 외로움을 덜 탔다.

그러나 서성표가 중학교에 진학하지 못한 뒤부터 서재숙은 아버지 눈치를 살피며 거릴 두었다. 서봉태가 집 안에 없을 때 이런저런 말을 붙이다가도 아버지 기척이 나면 서둘러 자리를 피했다. 아버지에게 매를 맞는 서성표를 말없이 바라보는 눈은 늘 슬픔에 젖어 있었다. 서성표는 외로움을 느낄 때마다 혼자서라도 누이와 오르던 집 뒤 느티나무 터에 올랐다. 누이와 세던 별들은 여름밤 언제나 그 자리에 있었다. 누이와 앉았던 자리에 앉았으나 혼자선 별을 세지 않았다. 셈을 이을 사람이 없었다. 무수한 사람이 바라보는 별도 혼자서 바라보면 바라볼수록 심심했다. 여름철 은하수는 남쪽 하늘로 내려갈수록 점점 밝아져 아름다움을 더했다. 그러고 보면 은하수는 하늘 북쪽에서 남쪽으로 흘렀다. 그 남쪽 끝자리에 낮은 산이 하늘에 닿아 있었다. 칠월에는 은하수에서 별들이 떨어져 내린 듯 아침이 밝으면 산도라지꽃이 산허리 여기저기 푸르게 피었다. 별 같은 꽃이 녹색 풀밭에 하늘색으로 피어서 그런지 보는 사람에게 서늘한 슬픔을 주었다. 소 방목을 나가면 서성표는 그곳에서 푸른 꽃을 찾아 산도라지를 캐오곤 했다.

캐온 산도라지는 무침으로 반찬으로 밥상에 오르기도 했지만, 기침이 잦은 큰어머니 약용으로도 많이 쓰였다. 또 서봉태도 도라지 반찬이라면 먼저 젓가락이 갈 만큼 선호했다. 그런 연유로 산도라지를 캐러 서성표는 그 산으로 자주 방목을 나가곤 했다. 소를 방목하면서 하늘색 꽃이 핀 줄기를 찾아 산도라지 뿌리를 캐노라면 시간이 빠르게 흘렀다.

그날도 소를 방목하러 나갔는데 서성표가 산도라지를 캐는 사이에 소가 이웃집 콩밭을 휘저어놓았다. '유월 콩밭에 소가 들어야 콩이 많이 달린다'는 그런 철도 이미 넘어 콩밭은 고라니가 스쳐간 뒷자리같이 망쳐졌다. 서성표가 소를 몰아 마을로 들어서기에 앞서 이미 집안은 발칵 뒤집혀 있었다. 콩밭주인이 찾아와 서봉태 멱살을 거머잡고 '콩 값을 물어내라'고 한바탕 난장을 치른 뒤였다. 그런 뒤 끝이라 집안 분위기는 살기를 느낄 만큼 냉랭했다.

또다시 약한 사냥감을 쫓는 승냥이 같은 서봉태 광기가 어김없이 작동했다. 서성표가 마당 안으로 들어서자 소를 외양간으로 서둘러 몰아넣은 서봉태는 아이 멱살을 잡아 마당 복판에다 세웠다. 이번에는 아예 매싸리가 아니라 물푸레작대기를 찾아들었다. 그리고 다짜고짜 소리 한 번 지르지 않고 서성표 허벅지에다 물푸레작대기로 매질하기 시작했다. 매 끝에 감정이 잔뜩 실려 있어 허벅지에서 물푸레작대기가 튀어 올랐다. 살갗이 터져 피가 땀으로 젖은 바지 천 밖으로 빠르게 번져 나오기 시작했다. 그래해도 이성을 잃은 서봉태는 미친 듯 매를 멈추지 않았고 서성표 역시 배추벌레 사건 때처럼 주저앉지 않고 꿋꿋하게 선 채 매를 받아들이고 있었다. 보다 못한 정순임이 다시 내려치는 물푸레작대기를 몸으로 막아서며 둘 사이로 끼어들었다.

"차라리 나를 잡으시유. 차라리 나를……."

그러면서 서성표 팔을 낚아채 품에다 품어 안았다. 그제야 아이는 의붓아비 매질에서 벗어났다. 정순임은 걷지 못하는 서성표를 방 안으로 안다시피 끌어들였다. 서성표는 엉금엉금 기어서 방 안으로 따라 들어왔다. 진작부터 하얗게 질려 손만 부들부들 떨던 정순임이 핏빛으로 번진 바지와 속옷을 벗기고 터져나간 살갗 주위를 닦으며 거친 숨까지 몰아쉬면서 입을 열었다.

"나야 지 눈 지가 깠으니 구박받아 싸지먼 어린 니야……."

상처 부위 피를 닦아내자 허연 속살이 보이는데, 출혈은 멎지 않았다. 정순임이 옥도정기를 바르자, 아이는 따갑다고 소릴 내지르며 다리를 푸들푸들 떨었다. 상처에다 약을 바르려는데 눈물이 떨어져 핏물 속으로 번져갔다. 겁먹은 아이는 눈물을 흘리지 않았다. 이미 서봉태가 많은 눈물을 짜냈으므로 눈물샘이 메말라서 그런지 울음소리마저 입 밖으로 내지 않았다.

서성표는 아픔을 잊으려는 듯 잠들었다. 상처 때문에 반듯하게 눕지 못하고 엎드린 채였는데 자면서도 깜짝깜짝 놀라며 흐느꼈다. 그렁그렁 고이는 눈물을 통하여 아이를 지켜보던 정순임은 차마 그 자리를 지켜볼 수 없어 문밖으로 나섰다. 매질이 난무하던 마당, 가릴 구름 한 자락 없는 하늘에서 내린 달빛이 무심하도록 가득했다. 달빛은 햇빛보다 명암을 극명하게 그었다. 그런데 몸을 가릴 만한 그늘을 찾을 수도 없었다. 터질 듯한 가슴을 주체치 못해 무턱대고 나왔는데 그저 망연하기만 했다. 시간 흐름마저 끊을 듯한 마당의 적요가 못마땅했다. 방향을 잃은 눈길을 하늘에다 주었다. 맑은 하늘에는 흐르는 구름 조각조차 없이 말갰다.

다시 마당을 훑는 눈길에 마당귀에 놓인 주발 망태기가 띄었다. 서성표 어깨에 걸려 나갔다가 돌아온 그것이 매질 때문에 산도라지를 담은 채 아직 그곳에 있었다. 정순임은 주저하잖고 다가갔다. 그녀는 주발 망태기를 조인 줄을 풀어 아가리를 벌렸다. 산으로 살아갈 듯한 산도라지가 짙은 향과 함께 드러났다. 소를 콩밭에 넣은 문제의 산도라지였다. 다시 숨구멍이 턱 막혔다. 정순임은 진한 도라지 향보다 먼저 혀끝에 쌉싸름한 미감을 느끼게 하는 그 맛을 싫어

해서 도라지 반찬을 선호하지 않았다.

산도라지를 보니 서성표 상처가 그녀 눈앞에 어른거렸다. 다시 어금니가 악물렸다. 그녀는 한참이나 망설이다가 부엌으로 들어가 작은 칼을 대바구니에다 담아 내왔다. 주발 망태기를 거꾸로 들고 흔들어 마당에다 산도라지를 쏟아부었다. 여느 때보다 많은 양이라 눈앞이 제법 수북해 보였다. 달이 밝아 불 밝히지 않아도 손길이 번나지 않았다. 주저앉은 정순임은 작은 칼로 산도라지 껍질을 길이로 그어 내렸다. 누런 껍질 속에서 달빛에 흰 속살을 드러낸 산도라지를 대바구니에 던져넣기 시작했다. 꽃필 무렵의 산도라지 껍질은 방망이로 두들기잖아도 껍질이 잘 벗겼다. 이빨을 옥다물고 산도라지 껍질을 벗기는 정순임 손등에 눈물이 연이어 떨어져 내렸다. 달빛에 움직이는 건 그녀 손 그림자뿐이다. 그것이 마치 마당에다 산도라지를 다시 심듯 분주했다. 그녀는 서성표 손끝으로 캐온 산도라지 껍질을 벗겨내고 또 벗겨내면서 마음 다짐했다. 지금 아이에게 일어나는 일을 막아내지 못하는 어미가 어찌 어미일까 싶었다.

'이제 어린 니 동생 때문에 니먼 보낼 수밖에 없는겨.'

아이가 매질로 피를 흘리며 상처를 입기보다 인성이 피폐해지거나 폭력을 배워 익힐까 봐 두려웠다. 인간이 때로는 선과 악으로 오가는데 서봉태는 아예 그럴 사내가 아니었다. 그만큼 덧정 없는 사내였다.

6

고향을 등지다

 그래도 새살은 돋았다.
 매 맞은 자리에서 홍점으로 핀 살꽃이었다. 성장할 피부라 상처 주위가 꺼덕꺼덕 마르며 피딱지를 밀어내고 붉게 아물었다. 그러나 붉게 남은 상흔보다 마음을 할퀸 폭력의 기억은 평생 갈 듯싶었다. 외상은 마음 상처에 빙산 일각이라 괴사는 이미 속 깊이 진행된 터. 그 얼룩에는 노드리듯 쏟아지는 소나기, 거친 입에서 말과 함께 섞여 나오는 막걸리 쉰내, 어린 짐승을 가로채듯 골매 발톱같이 뻗어 오던 큼지막한 손아귀, 허공을 가로지르는 물푸레나무 작대기 끝으로 감기는 바람 소리, 만취해 승냥이 눈빛처럼 번뜩이는 광기, 귀청 때리는 벼락 괌— 그런 게 뒤버무려져 있었다. 꿈속에서라도 지우고 싶은 얼룩이었다.
 정순임은 아이를 품에서 내치기로 결단했다. 바깥에서 위해로 해코지할 때 어미는 몸으로 아이를 터럭 한 올도 다치잖게 품어내야 했다. 보호하려는 게 모성애이므로 본능적으로 반사 대응함이 옳았다. 그런데 이제 어미는 방벽 구실도 못해 폭력마저 막지 못할 상황까지 왔다. 차선책으로 품에서 벗어나게 하는 그런 선택이 차라리 아이에겐 나았다. 하긴 영등포 외삼촌인 정영남이 유일한 혈육이라 보낼 곳은 딱히 그곳뿐이긴 했다. 오랜 망설임 끝에 작심하긴 했으나 며칠 지체해서 실행으로 옮길 수밖에 없었다.

정순임 사정이 그랬다. 감시 소홀로 콩밭에다 소를 넣었다고 서봉태가 마당을 뒤엎을 듯 북새 피우던 날 밤 당장 애를 보내려 작심했다. 그러나 졸지에 벌어진 사태에 당장 여비를 마련하기엔 시간이 촉박했다. 영등포까지 갈 차비야 수중 돈으로도 감당할 순 있었다. 그러나 객지에서 자리 잡힐 때까지 견딜 생활비가 허공에 그냥 떠 있었다. 다만 얼마라도 마련해 손에 쥐여주자면, 정순임에게는 시간이 더 소용되었다. 어린 자식을 낯선 객지에 빈손으로 보내긴 어미로서 무모하다 싶을 만큼 부담되었다. 여생 두고두고 마음 아프게 걸릴 일일 텐데 그녀로선 그 아픔을 감내할 자신마저 없었다.

정순임이 보낼 날짜를 지체시킨 또 다른 까닭은 서봉태 매질에 터진 허벅지 상처 때문이다. 핏자국이 얼룩진 허벅지를 이끌고 집 밖으로 벗어나는 몰골을 어미 눈으로 차마 지켜볼 수가 없었다. 어쩌다 상처 입은 산짐승도 담 안으로 뛰어들면 그대로 밖으로 쫓아보내잖는 법이다. 하다못해 헌 헝겊오라기라도 상처 부위를 감쌌다가 얼추 아물어야 제 삶터로 돌려보내는 게 고통당한 짐승에게 사람이 할 짓이라 옛사람들도 일렀다. 하물며 상처 입고 어미 품을 떠날 어린 자식에서야 터지는 감정조차 감당 못할 일일 테다. 더구나 처음 발길 내딛는 객지에서 초면부지 외삼촌을 찾아 헤맬 상황이지 않는가. 그런 정황에서 상처를 제대로 살피기나 할는지, 또 제때에 약국을 찾아서 제대로 처방할는지, 자욱이 밀려드는 불안과 걱정 때문에 품에서 떼놓을 수가 없었다. 혹여 소홀하여 상처가 덧나 곪기라도 한다면, 객지에서 고생하는 아이 몰골이 눈앞에 선연하게 그려지기에 선뜻 용기조차 나잖았다.

비록 너른 세상 곳곳에 사람이 산다지만 어딘들 어미 품만큼 안유를 취할 곳이 있겠는가. 그러나 안유마저 챙기지 못해 떠나보내는 처지니 아무렇잖게 마음속에다 접어둘 순 없었다. 마음과 몸이 만신창난 아이에게 어미로서 역할마저 내팽개치긴 하늘이 두려웠다. 그건 용서도 받지 못할 일로 여겨졌다. 제대로 날기는커녕 기지도 못하는 새끼를 품 밖으로 내보내는 짓은 새대가리라 인간에게서 지능지수 저평가 받는 새들도 하지 않을 일이다.

정순임은 이튿날부터 서봉태 몰래 부지런히 움직였다. 하기야 줄곧 술집에 박혀 사니 움직이는 덴 거리낌이 없었다. 암암리에 믿을 만한 이웃들을 찾아 갚아낼 능력보다 조금 넘치게 돈을 빌리기 시작했다. 목돈이라면 빌려주는 사람도 부담스러울 테고 이내 소문으로 번져서 필시 서봉태 귀에 닿을 게 빤한 이치니 무리수는 애써 피했다. 요행 그동안 쌓아온 신뢰로 최소한 여비는 마련했다. 예전 일했던 식당 안주인 도움이 컸다.

마침 술에 일찍 곯아떨어진 서봉태가 코골이로 안방에 있음을 알려주는 날, 정순임은 아이에게 떠날 채비를 일렀다. 물론 그동안 틈틈이 아이에게 떠남에 언질 주며 마음 준비를 단련시켜오긴 했다. 처음에는 혼자 떠나기가 두려웠던지 겁먹은 얼굴로 고개를 세차게 흔들며 냉혹하게 내치는 제 어미 얼굴을 눈물이 크렁한 눈으로 쳐다봤다. 원망 가득한 눈길이었다. 그럴수록 정순임은 아이에게 떠나야 할 까닭을 거듭 소소히 이르며 아이의 솟구친 감정을 주춤주춤 가라앉히려 애썼다. 그러면서도 반드시 기억할 일을 머리에 새기도록 했다.

"그리고 니가 분명허게 알고 있어야 헐 일이 하나 있는겨. 니 친아부지 이름이 이종식인겨. 정미소 기술자였는디 그 망할 염색 군복 땜에 그만 피댓줄에 말려서 목숨을 잃었는겨. 그러니 니는 당연히 서성표가 아니라 이동우여. 이곳을 떠난 뒤부터 넌 이동우여. 세상 사람들에게 그렇게 불러달라고 헤여 혀. 서성표는 니가 가질 이름이 아니고 버릴 이름이여. 능력이 닿으면 법원에 가서 이름을 되찾아야 허는겨."

떠나보내기에 앞서 정순임은 아이를 조용히 불러 앉혔다. 이제 품에서 눈칫밥으로 서럽게 크던 자식을 낯선 곳으로 보내자니 할 말이 순서 없이 많았다. 그러나 품 밖으로 벗어나는 자식, 마음은 태산 같으나 손길이 닿을 수 없는 거리 밖에서 먹는지 굶는지 알 수 없는 곳으로 보내야 할 처지였다. 그런 애증덩어리 앞에선 끊임없이 솟는 눈물만은 참고 참아내려 애썼다. 가슴이 무너지는 일이지만 떠나는 아이 앞에 눈물범벅된 얼굴만 보이지 않으려 했다. 그러니 애끓게 마음이 더욱 걷잡을 수 없이 흔들렸다. 또한, 이제 품 밖으로 벗어나면 그것으로 그들 관계는 끊어질 수도 있어 가슴이 팍팍하게 메어왔다.

 마치 먼 길을 걸어가야 할 사람을 보내듯 정순임은 아이 발을 두 손으로 정성스레 검잡아 어루더듬었다. 요때기 위에서 조가비만 해 보이던 발이었는데, 이제는 제 몸무게를 견뎌낼 만큼 길이와 폭이 늘어나 있었다. 앞으로 제 운명을 지탱하여 구를 수레바퀴였다. 비록 살 두께가 얇지만, 누구에게 기대지 않고 제 앞길로 뚜벅뚜벅 옮겨야 할 발이고, 모진 세태에 부딪혀도 쓰러지지 않고 굳건히 버텨내야 할 발로 더욱 탄탄해져야 했다. 발을 한참 어루더듬던 정순임은 품에 넘치도록 가득 들어차는 아이를 품었다. 품었다가 풀어내면 이제 이종식을 빼닮은 아이는 눈 밖 아득히 멀어질 거다. 그녀는 품 안 더 깊숙이 넣으려는 듯 껴안은 팔에 거듭거듭 힘을 주었다. 겉으로야 품 안에 가득 차 넘치지만, 마음 한 녘에도 미흡할 만큼 허전하고 허전하기만 해서 빈 구석을 채우고 싶어 팔에 힘줄 수밖에 없었다.
 '이게 안아보는 마지막일 테지.'
 참자 하는데 오히려 그런 모짐이 감정을 부추겨 눈물이 솟게 했다. 눈앞 아이 얼굴 윤곽이 반투명 유리 너머에 있듯 그저 희뿌옜다. 여비를 쥐여줬다. 건넨 게 돈이라기보다 도막도막 잘라낸 마음조각이었다. 지금 마음뿐만 아니라 눈감는 그날까지 멈출 수 없는 갈구덩어리를 건넨 셈이다. 쟁여오던 울음도 덩달아 터지면서 건너가려는데 속에다 억지로 욱여넣은 다음, 쉬이 알아듣도록 나직하니 또박또박 일러주었다.

"그 돈은 많은 거시 아니어. 그러니 깊이 간직혀서 아껴 쓰도록 혀."

"야—, 엄니."

이미 넋이 빠진 아이는 건성 대답하며 흔들리는 눈빛으로 어미를 쳐다봤다. '동우야' 부르면 강아지처럼 맞바로 뛰어오를 눈빛이었다. 정순임은 아이 뒷벽에다 눈길을 고치며 말을 이었다.

"이제 니가 의지헐 사람은 영등포 외삼촌뿐이여. 그러니 시키는 대로 잘허구. 세상은 험하니 독허고 악착같이 살아야 혀. 그렇다고 남을 해코지혜선 안 되니 이 말도 밴드시 명심허도록 허구."

입을 열어 쉼 없이 내뱉는데도 아이 귀에 담아 보낼 당부가 뒤미처 꾸역꾸역 치밀었다. 성인으로 성장할 때까지 넘겨야 할 말까지 모두 하듯 많은 말이 정순임의 입에서 대중없이 쏟아져 나왔다.

"외삼촌은 여기 저 아부지와 다른 사람이겠지유?"

"니 외삼촌은 여기 있는 저 짐승과는 영판 다를겨."

부지런히 지껄이는 정순임의 두 손은 마치 떠나기에 앞서 뼈마디 개수까지 정확하게 세어두려는 듯 아이 몸 여기저기로 자근자근 옮겨 다녔다. 손끝이 아이 체온에 감전된 듯 가늘게 떨렸다. 떨리는 손끝에 상처라도 났다면 아이 몸 여기저기에 핏물이 점점이 묻을 만큼 애달파 보였다.

"야—, 엄니."

"그리고 성표야! 아니 이제 이 집에서 떠나가니 동우라 부르마. 동우야! 여기서 떠나면 이 어미를 니 머리에서 아주 지워뿌려라!"

정순임 끊고 맺는 말끝이 맵찼다. 자식이 어릴수록 무거운 말은 가슴에다 묻고 가벼운 말을 할 때라도 마음에 짐이 되잖도록 때와 장소를 가려가며 해야 하는데, 지금은 어미로서 그런 배려마저 챙기지 못하고 있었다.

"워치게 엄니를 잊어유? 그래도 우리 엄닌, 엄닌데 전 죽을 때꺼정 못 잊것시유."

아이로선 그랬다. 여태 아버지란 사람은 세상에 없었다. 다만 매질을 일삼는 의붓아버지가 아버지인 양 흉내만 냈을 따름이다. 의붓아버지 매질 버릇은 울음소리를 높이면 덩달아 세졌다. 아이는 의붓아버지 화를 돋우지 않으려고 울음소리마저 죽여가며 매 감당했다. 그런데 부지런히 일하면서도 자기 때문에 타박 받고 외로움에 우는 하나뿐인 어머니가 부모인데, 떠나보내면서 그마저 잊으라 함은 너무 가혹했다.

"이 어미가 설사 보고 싶더라도 이 동넬 다시 찾지 말라는 뜻이여. 그리고 오직 니 갈 길을 뒤돌아도 보지 말고 열심히 앞만 보고 가도록 혀. 또 제발 술을 많이 먹지 마라."

"야, 엄니. 술 마시는 사람은 저도 싫구먼유."

"그럼 서둘러 어여 떠나. 저 짐승이 깨기 전에……."

아이는 떠날 길을 미루고 울고 있었다. 어머니가 곁에 없는 생활을 여태 상상조차 못 했던 아이였다. 혼자인 세상이 두려웠고 무서

왔다. 치맛자락을 검잡으면 놓지 않을 손이 눈앞에 무력하게 놓여 있었다. 울음소리 없는 굵은 눈물방울이 아이 뺨을 타 내렸다. 정순임은 눈물을 외면했다. 그것이 피처럼 끈끈한 점액질로 보였던 탓이다. 제 눈에서 밀려 나와야 할 피눈물이 아이의 맑은 눈에서 삐져 나오고 있었다. 무력한 어미가 힘없는 새끼를 품 밖으로 밀어내면서 그 눈물을 보는 게 염치없었다.

아이는 천천히 일어나서 떠밀리듯 바깥으로 나섰다. 미지로 첫 발걸음을 옮기려는 거다. 컴컴한 어둠 속 날씨는 끄무레한데, 빗발이 서려는지 눅눅한 습기가 목에 감겼다. 바깥으로 아이 뒷모습이 사라지자, 일어섰던 정순임은 옷걸이에서 태피터 통치마가 떨어져 내리듯 아래로 맥없이 풀썩 주저앉았다. 아이가 문밖으로 모습을 지우는 걸 정순임은 조용히 방 안에 용쓰고 앉은 채 버티고 있지만, 눈앞에 끼는 어두운 그림자를 걷어낼 순 없었다. 멀리 따라가야 할 눈길이 얄따란 한지를 올린 방문이 야박하게 가로막았다.

영동역이 가까워지자 가랑비가 소나기로 변해 쏟아져 내리기 시작했다. 그 빗속에서 훅 끼쳐드는 막걸리 쉰내, 묵직한 발걸음 소리에 이어 벼락 꽘과 큼직한 손아귀가 아이 뒷덜미를 잡아챌 듯했다. 그리고 두꺼운 손이 섬광이 일도록 뺨을 후려칠 것 같아 세상 끝까지 도망가듯 거치적거리는 발걸음을 내차듯 걸었다. '서성표'란 이름도 그곳에서 얻었으니 그 어둠 속에다 던져버리고 '이동우'란 이름으로 어떻든 영동 하늘이 밝기에 앞서 벗어나야 했다. 눈앞에는 서봉태 폭력에 외롭게 울음을 삼키는 어머니 모습이 어른거렸다. 아이는 한번 얼핏 뒤돌아봤다. 어머니 발소리가 들리는 듯했다. 그러나 배추밭 애벌레와 같이 이제 혼자 성장하여 흰나비처럼 하늘로 날아오를 세상으로 나아가야 했다.

육십 년대의 산업 물결은 농촌 인구를 도시로 빨아들여 서울 경계를 사대문 밖으로 무너뜨렸다. 변두리였던 영등포역과 청량리역이 상경하는 사람들로 북적였다. 주변 크고 작은 공장에 둘러싸인 영등포역. 충청 호남에 홍수가 나거나 가뭄으로 폐농하면 이곳은 살길을 찾아 상경한 사람들의 입경 관문이고 도시생활 시발점이 되었다. 그 동쪽 청량리역은 강원 경상도에서 그런 정황을 맞은 사람들이 내려 북적거리듯. 가난을 짊어지고 서울에 도착한 사람들은 갯벌로 밀려온 밀물처럼 공장지대 빈민촌으로 스며들어 삶의 뿌리를 내리며 새로운 변화에 적응하느라 몸에 밴 인습 때문에 고통을 받아 저항하다가 동화되거나 보호색 동물처럼 본색을 숨겼다. 산업 물결은 그렇게 농촌 인구를 빨아들여 소비재처럼 서울의 새로운 부류 소시민을 양산해냈다. 새로운 생활 방식을 가진 무리가 서울 기층문화에 편입하여 또 다른 형태 물결을 이뤄 독특하다 싶을 만큼 치열한 경쟁을 우선하는 전후 세대로 모습을 드러냈다. 때맞춰 '공돌이', '공순이'란 신조어가 생기고, 사장댁의 '식순이', 시내버스의 '오라이 걸'이란 시쳇말도 유행했다. 어제 신제품이 오늘 기성품이듯 사람들도 그리 때 묻은 채 바닥 사람이 되어갔다.

뻥튀기처럼 팽창한 영등포역은 영동 아이의 혼만 통째 뽑은 게 아니라 오금까지 저려 놓았다. 플랫폼을 빠져나온 이동우 바로 눈앞에 어머니 없이 살아가야 할 낯선 세상이 펼쳐져 있었다. 낯선 거리를 오가는 사람들 걸음새부터 달랐다. 정신없이 무언가 부지런히 좇아가는 걸음걸이였다. 시골 사람들 걸음보다 빨라야 무어든 선취해 생존 가능하다고 시사하듯 행동이 빨랐다. 열차에서 쏟아져 나온 어벙한 무리 가운데 이동우는 유독 어리벙벙해서 장판에 풀어놓은 촌닭 같았다. 역광장은 비 온 뒤 갠 날 아침 구멍으로 드나든 개미들처럼 사람들 바쁜 걸음걸이로 부산하고 소란스럽기까지 했다. 왁자한 좌판 주변, 멈출 곳을 찾지 못하고 한없이 휘둘리는 눈길과 공포에 질려 적의 찬 눈빛을 가진, 흙빛에 찌든 옷을 입은 촌사람들, 껌을 질경질경 씹으며 불량기 넘치는 눈길로 시골 아이를 꼬나보는 또래 아이들, 은밀한 눈빛으로 끈덕지게 따라붙는 호객꾼, 즐비한 가게와 오막조막한 난전, 모든 풍물이 이동우에겐 딴 세상에 닿은 듯했다.

숨 막히도록 밀어 박힌 공장들, 회색 슬레이트 지붕과 높은 담장 위로 푸른 하늘 배경으로 거부감을 드러낸 써느런 철조망, 경찰관 같은 차림으로 정문을 삼엄하게 지키는 제복 경비원 — 그런 것들이 외삼촌 주소를 물으려는 입을 얼어붙게 했다. 새삼 어머니 얼굴이 떠올랐다. 공장 골목길을 헤매다 지친 이동우는 다시 영등포역 광장으로 되돌아왔다. 저쯤 구두를 닦는 사람이 눈에 띄었다. 이동우는 경계의 눈빛으로 그에게 쭈뼛쭈뼛 다가갔다. 구두닦이는 아이를 거들떠보지도 않고 눈앞으로 들이민 손님의 구두코에 매달려 있었다. 칠하고 불고 문지르고 닦아내는 일에 열중하는 그에게 이동우는 더듬더듬 말을 걸었다.

"저어, 아저씨유?"

"왜, 인마?"

"뭘 좀 물어볼라구유."

"인마, 지금 내가 일하는 거 안 보여? 이곳 손님은 모두 바쁜 사람들이야. 그러니 이 손님 구두를 다 닦을 때까지 기다려. 금방이면 돼. 어딜 가지 말고 이 옆에 딱 붙어 서 있어, 알았지 짜식 ―."

빠른 말투지만 반응은 친절했다. 그리고 '인마'와 '짜식', 그런 말이 이동우 경계심을 해체시켰다. 귀에 설잖게 포근하게 들렸던 탓이다. 시킴도 아니고 으름장도 아닌 또래에게서나 건너올 그런 말이 나이 위인 낯선 남자에게서 낯선 자리에 선 이동우에게로 건너왔다. 마치 삼월 볕이 내리는 짚가리 옆, 따사로움이 피부에 닿는 그런 느낌을 받았다. 떠나온 집에선 서재숙에게서나 들을 수 있던 말투였다. 딴 세상에 온 듯 영등포역 광장의 모든 생소함이 구두닦이 말 한마디로 씻겨졌다. 주소를 물을 때마다 쌩하니 옆을 스치는 사람만 사는 곳인지 알았는데 이런 사람도 있다는 게 위안되었다. 이동우는 비로소 낯선 곳에서 편안한 맘을 가졌다. 구두닦이 옆에 지켜서서 구두를 닦는 일을 눈여겨 지켜봤다. 먼지로 윤기를 잃었던 구두가 구두닦이 손놀림에 먼지 때가 벗겨 반들반들 광택이 났다. 시골 구두도 이곳에서 흙 때를 벗고 서울 구두가 되었다. 이동우는 먼지투성이에서 반짝반짝 광택 내는 이런 일을 배우고 싶었다. 손님을 보낸 구두닦이가 이마에 맺힌 땀을 훔치면서 짝꿍처럼 싱겁게 찡긋 웃어 보였다.

"오래 기다리게 해서 미안하다 인마. 너 어디서 왔어?"

"영동에서유."

"오라―. 영동 촌놈이구나. 이거 고향 까마귀구먼. 인마, 태어나긴 나도 그쪽에서 태어났어. 지금 뭘 물어보려고 그래?"

"여기유. 어떻게 하면 우리 외삼촌을 찾아갈 수 있어유?"

이동우는 다짜고짜 외삼촌 정영남 주소가 적힌 종이쪽을 그의 코앞으로 디밀었다. 구두닦이는 흘낏 종이 글자를 본 뒤, 미안한 표정으로 말했다.

"이게 외삼촌 주소라고? 하, 이런. 집 주소를 찾는 건 나 같은 사람은 몰라. 나는 이렇게 종일 한자리에서 박혀 일하거든. 그러니 집 찾는 덴 완전 젬병이야. 너 인마, 나에게 물을 게 아니라 저어기, 저 경찰파출소가 보이지? 그리로 가서 경찰한테 물어봐. 틀림없이 찾아줄 거야. 여기선 사람들을 조심해야 해. 역 주변에 어슬렁거리는 저기 저런 애들은 조심해야 한다. 저놈들은 시골 사람에게 고약한 짓을 해. 그러니 역광장에서 서성거리지 말고 어서 저쪽으로 가봐."

가리킨 손끝에 경찰파출소가 있었다. 의붓아버지인 서봉태가 학교보다 더 꺼렸던 곳이다. 그런 까닭으로 이동우도 그곳이 마음에 썩 내키지 않았다. 그나저나 이제 주소를 물어볼 곳은 거기밖에 없다고 판단했다. 쭈뼛쭈뼛 안으로 들어선 이동우를 발견한 담당 경관이 물었다.

"이리 와. 너 시골에서 왔구나. 서울에 무슨 일로 왔어? 너 부모 몰래 도망쳤어?"

이동우는 대답 대신 주소를 불쑥 내밀었다. 종이를 펼쳐본 담당 경관이 연이어 물었다.

"이 사람이 누군데?"

"엄니가 외삼촌이라고만 혔시유."

"넌 외삼촌 얼굴은 알고 있는 거야?"

"아직 한 번도 만난 적이 없네유."

담당 경관이 난감한 표정을 지으며 아이 형색을 두루 찬찬히 살폈다. 시골에서 무작정 가출한 청소년들 한둘쯤 역광장에 늘 서성거렸다. 부모 몰래 가출한 낌새를 느끼면 사정을 헤아리지 않고 역무원과 협조해 귀향 처리했다. 서울로 가면 먹고 입을 것 모두 해결된다고 믿던 시대니 기차에서 내리는 아이들이 하루에도 수명에서 수십 명을 넘었다. 갈 곳이 없는 아이들과 길거리에서 물건을 훔치다 잡혀오는 아이들은 더러 있었으나, 주소를 찾고자 제 발로 걸어 경찰 파출소로 안으로 들어온 일은 드문데, 이 아이는 뜻밖에 제 발로 바로 찾아들었다. 무궁화 단추 검은 무명 초등학생복 차림이 껑뚱하여 밖으로 빠져나온 팔뚝과 종아리가 소매와 바짓가랑이가 넓게 느껴질 만큼 미숙한 채 가느다랗게 보였다.

"아직 한 번도 만난 적이 없다고? 그럼 예전에 같은 곳에서 살진 않았어?"

"야—, 외삼촌은 영등포에서 공장에 다니시고, 우리 친아부지는 시골에서 정미소에서 일하셨다고 엄니가 말혔시유."

"그래? 너는 어디서 살았는데?"

"영동에서유."

담당 경관은 아이 신상을 파악하려고 이동우에게 이런저런 유도 질문했다. 불량기는 없어 보이는데, 어려운 환경에서 자란 듯 팔뚝에나 얼굴에 바람에 시달린 모과처럼 잔 상처 자국이 이리저리 나 있었다. 그런 흔적들을 보면 시골에서 농사일하느라 손발이 거친 듯 지극히 어려운 가정환경에서 자랐거나 장난질이 심한 아이겠으나 조충류에 감염된 듯 얼굴이 피어나지 못하고 누렇게 찌든 채 파리해 보였다.

"너, 이리 이쪽으로 와봐. 그래 이쪽으로……. 너 손바닥을 아래로 하고 손을 펴봐. 그래 됐고 다음은 미안하지만, 바지를 좀 걷어 보여줄까?"

"지는 나쁜 짓 하지 않았시유."

"알아, 나쁜 짓 하지 않은 거. 너 무척 개구쟁이였구나? 괜찮아. 바질 한번 걷어봐."

아이 손답잖게 손가락은 쟁기 상처 자국이 난 채 잔금이 패일 정도로 거칠었고, 종아리에도 어른 짓으로 여겨지는 매 자국들이 눈에 띄게 남아 있었다. 순박해 보이는 얼굴과 달리 아이는 피어나다 시든 접시꽃처럼 활기를 잃은 채 지쳐 보였다. 마치 길가에 오가는 발길에 부딪기며 자란 질경이처럼 어려운 환경에서 힘들게 지냈음이 겉모습에서도 뚜렷했다. 십중팔구 무단가출 청소년 유형이었다. 이리저리 말을 시키다가 가정 형편이 어렵잖은데 가출한 아이로 밝혀지면 행정 전화로 연락해 바로 귀가시키곤 했다.
"넌 아직 학생 같은데?"
때로는 시골 아이답잖게 이리저리 영악하게 거짓말하는 아이도 있어 담당 경관이 어떤 반응을 보일까 궁금해서 그렇게 불쑥 물었다.
"지유? 지는 중학교로 진학하지 못했구먼유."
"가정 형편이 그렇게 어려웠던 거야."
"그런 것은 아닌디 말하긴 좀 뭐하네유."
"말하긴 뭣하다고? 애가 어른처럼 말하네. 허 참!"
물음에 뒤미처 대답하던 이동우가 눈치를 보며 잠깐 주저주저하는 모습에 담당 경관은 혀를 내찼다. 분명 말 못할 까닭이 있는 듯했다. 담당 경관은 굳이 따지려 하지 않았다. 그런데 이동우는 그런 담당 경관에게 늦은 대답 했다.
"의붓아부지라서, 못 갔시유."
"아, 아까 그래서 굳이 친아버지란 말을 했구나. 의붓아버지라서 못 갔다? 그래 대충 짐작이 간다. 그래 알 만하다. 야, 그런데 너 점심을 아직 먹지 않은 것 같은데……."
담당 경관이 오후 한 시를 넘어선 벽시계를 쳐다본 뒤 지쳐 보이는 아이의 갈라 터진 입술을 보며 물었다.
"아직은유."
"너 짜장면 좋아하지? 내가 한 그릇 시켜줄 테니 먹으면서 좀 기다려봐. 이 주소로 연락할 테니. 너 외삼촌한테서 곧 연락이 올 거야."

짜장면으로 배를 채운 이동우가 식곤증으로 졸고 있을 때, 정영남이 파출소 안으로 들어섰다. 작업 현장에서 연락을 받고 곧바로 달려온 듯 얼굴에 묻은 먼지를 제대로 닦아내지 못한 행색이었다. 몸은 탄탄해 보여도 작은 키로 사람이 왜소해 보였다. 그는 안으로 들어서자마자 주변부터 훑었다. 그런 모양을 유심히 바라보던 담당 경관이 그를 향하여 넘겨짚어 물었다.

"정영남 씨 맞죠?"

"아, 예. 제가 정영남입니다. 영동에서 왔다는 그 애는 어디에 있습니까?"

"근무 중에 오시라 해서 미안합니다. 이쪽으로 오시죠?"

정영남이 이동우 앞에 이르자, 담당 경관이 그에게 물었다.

"정영남 씨! 이 아이를 알아요?"

담당 경관이 웅크려서 덩치가 더욱 조그맣게 보이는 이동우를 가리켰다. 졸다 그들의 말소리에 정신을 차린 아이는 들짐승 새끼처럼 경계 눈초리로 정영남을 서름하니 쳐다봤다. 얼굴은 검게 타서 말라 보이는데 겁에 질린 채 지쳐 보였지만 눈빛은 살아 반들거렸다.

"글쎄요. 저는 처음 보는 아인데요……."

정영남은 어리벙벙한 표정으로 이동우를 유심히 살피면서 담당 경관 물음에 귓등 대답했다. 전혀 기억나지 않을 만큼 낯설었다. 그나마 왜소한 채 피어나지도 못한 얼굴에는 깊은 그늘 때문에 어두워 보이기까지 했다. 정영남은 저도 답답한지 담당 경관을 제쳐두고 이동우에게 곧장 물었다.

"네가 나를 안다고 했어?"

정영남의 물음에 아이도 처음 보는 사람이라 멀뚱멀뚱 쳐다만 볼 뿐 아무런 대꾸가 없었다. 그러자 정영남이 답답하다는 듯 아이에게 타이르듯 다시 물었다.

"너는 누군데 나를 찾으려고 했어?"

"정미소에 일했던 이종식 씨가 지 친아부지구먼유."

"이종식?! 아니, 너를 분명 서성표라고 경찰 아저씨가 나에게 말했는데……."

서로 대화가 겉돌자 담당 경관이 듣다못해 끼어들었다. 면담 장부를 든 왼쪽 손 엄지손톱을 볼펜 끝으로 톡톡 때리며 이동우에게 따지듯 되물었다.

"아까 너 이름이 서성표라고 분명 내게 말했잖아. 그런데 이젠 서성표가 아니라고?"

"호적에는 그런디 진짜는 아니구먼유."

"이건 또 뭔 소리야. 그럼, 네가 서성표가 아니란 말이냐?"

세 사람은 돌아가면서 책임 소재나 따지듯 망연한 표정으로 서로 눈치 돌림을 했다. 정영남과 담당 경관은 한참 만에야 뭔가 분명 착오가 있음을 알아챘다. 이동우가 불만 가득한 얼굴로 해명했기 때문이다.

"야―, 의붓아부지가 호적에다 서성표라 올려서 여기선 그래 대답혔구먼유."

"이런 그럼, 네가 동우, 이동우란 말이냐?"

그제야 정영남이 반응했다.

"야, 지가 진짜 이동우유. 엄니는 정순임이구유. 여기 외삼촌에게 전하라는 엄니 편지도 있네유."

이동우는 주머니에서 편지를 꺼내 정영남에게 건넸다. 편지를 펼쳐 읽어내리는 정영남은 손을 가벼이 떨었다.

— 오빠, 잘 있지요? 도저히 생각다 못해 동우를 보내요. 이곳에서는 애가 온전하게 성장할 수 없네요. 이번에 중학교도 못 보냈네요. 제 판단이 매우 어리석었네요. 자세한 얘기는 나중 말씀드릴 테니 우선 동우를 좀 맡아주세요. 오빠 정말 미안하네요. 공부를 더 시켜야 하는데 우선 기술부터 가르쳐 혼자서라도 그걸로 먹고 살도록 좀 힘써 도와주세요. 제발 부탁해요. 못나게 살아가는 동생 순임 올립니다.

정영남은 누이 편지를 읽고서야 정황을 얼추 파악했다. 아이와 함께 재가한다고 기별이 왔을 때 딱한 처지에 직면한 누이에게 오라비로서 야박한 소린 할 수 없었다. 오라비 반대를 무릅쓰고 육군 장병과 펜팔로 인연이 닿은 이종식과 결혼했다가 이제 사별한 다음 아이와 혼자된 몸, 청청한 젊음을 그대로 안고 혼자 늙어가라고 차마 말리지 못했다. 다만 초혼보다 더 어려운 게 재혼이니 깊이 따져본 다음 후회 없다는 확신한 뒤 행동하라고 신신당부만 보냈다. 그런데 지금은 짐작하던 상황보다 훨씬 더 어려운 처지에 빠진 모양이다.

딴은 아이를 공부시켜준다고 조건을 달았을 때, 긴가민가하면서도 내심으로는 다행이라 여겼다. 당사자가 한 번 결혼생활한 만큼 잘 판단하리라 믿고 맡겨둘 수밖에 없었다. 그러나 중학교도 보내지 않았다고 분명하게 손편지에 적어놓았다. 일찍 부모를 여의고 보호시설에 자라다가 서로 어렵게 짝을 만나 가정을 이루었던 남매였다. 그러기에 서로 잘살기를 얼마나 염원해왔는데, 지금 벌어진 일에 정영남은 말문이 막혔다. 결국, 무거운 짐을 진 사람이 짐을 내려놓기에 앞서 다시 더 무거운 짐을 지는 형국으로 변했다. 아이 교육 때문에 재혼해야 한다면서 오빠가 제 사정을 이해해주어야 하잖느냐며 간절히 매달리던 정순임의 그늘진 그때 얼굴이 눈앞으로 가로놓였다.

"이런 세상에……. 공불 시켜준다고 데려간 놈이, 애를 이 지경으로 쫓아내기까지 했어! 나쁜 놈……."

이동우는 외삼촌 말을 듣고 비로소 알아챘다. 지금껏 아버지가 돌아가셨기에 헐수할수없이 어머니는 의붓아버지와 재혼한 줄 알고만 있었다. 그런데 자기를 공부시키려고 서봉태 집으로 들어갔다는 말이 처음으로 귀로 들어온 거다. 그렇다면 어머니는 분명 세상에 둘도 없는 바보짓을 한 셈이다.

"자, 이제 얘기 좀 마무리합시다. 정영남 씨."

담당 경관이 정영남에게 의자에 앉기를 권했다. 그리고 확인하려는 듯 둘의 관계를 다시 물으며 이미 적힌 이동우 인적사항 오른쪽 머리에다 ✓표를 척척 쳐나갔다.

"이제 뭔가 아셨어요? 이 아이가 찾는 외삼촌이 맞습니까?."

"예, 처음 보지만 누이 아들이 틀림없소, 누이 정순임 아들. 이름은 이동우. 그러니 내가 이 애 외삼촌이 맞는 거요."

"아, 이제 해결되었습니다. 정영남 씨, 여기 확인란에 사인하시고 이젠 애를 데려가시오."

정영남 부부는 회사 근처 단칸방에 두 딸을 데리고 살았다. 이동우가 합류하자 눈앞에 바로 앞사람 얼굴이 닿을 만큼 답답하게 비좁았다. 정영남이 근무하는 회사조직은 피브이시 파이프와 배관 부품을 사출하는 생산부문과 건축 설비의 배관 공사를 하는 공사부문, 두 개 사업부로 나눠 있었다. 그는 배관 공사부문에 종사하는 배관 기술자였다. 건축 설비 배관 기술자라 전국 어디든 가리지 않고 늘 공사 현장으로 떠돌았다. 더군다나 공사 기간이 촉박할 때는 현장에서 몇 며칠 유숙했기에 여자 셋만 남은 외삼촌 가족이 이동우에겐 더욱 낯설 수밖에 없었다. 손위 외사촌 누이들은 촌티나는 이동우에게 눈길도 주잖으니 말조차 걸 처지가 아니었다. 뭣보다 잠자리가 고통스러웠다. 이삿짐 트럭에서 떨어진 보퉁이처럼 방구석에서 새우처럼 등 굽힌 채 말똥하니 뜬 눈으로 들어오는 어둠 탓으로 숨조차 크게 쉬지 못할 만큼 밤에는 조바심에 전전긍긍했다.

이동우를 집으로 데려간 정영남도 고민이 깊었다. 사회생활에 적응하기 아직 어리기만 한 이동우의 거처 문제와 진로 문제 때문이다. 그가 현장에서 돌아와 집에 머물 때는 다섯 사람이 모두 불편해했다. 그리고 학교 다니는 아이들 때문에 이동우에게 외삼촌으로서 한 아이만 집에 두는 게 면목 없었다. 가계 형편에서는 이동우를 맡아서 중단된 교육을 지원할 여력조차 없다 보니 묘안도 떠오르지 않았다. 정순임 부탁대로 아예 기술을 익혀 제힘으로 세상살이를 해나가도록 돕는 방도를 찾더라도 하다못해 야간 학원이라도 보내야 했다. 그런데 배관 일을 배우게 해 자기처럼 전국으로 떠돌며 살아가는 떠돌이생활은 시키고 싶지 않았다. 어떠하든 생산부문에서 일 배워야 그나마 한곳에 박혀 야간 공부나마 할 수 있으므로 그런 조건을 만들어줘야 했다.

며칠간 이리저리 궁리하던 정영남은 안면이 있는 생산부문 품질관리부장 백상호를 찾아갔다. 그는 정영남이 공사부문으로 옮기기에 앞서 같이 생산부문에서 일했던 상사였다. 정영남에게 언제나 조언을 아끼지 않았고, 생산부서에서 충분한 경험을 쌓았으니 이제 공사부문으로 나가서 배관 기술을 익혀야 나중 적은 자본금으로도 자영업 하기에 유리하다고 일찍 조언했던 사람이다. 얼마 지나지 않아서 그의 예견대로 정영남이 옮겨온 공사부문이 주택 건축 붐으로 호황을 맞아 사세가 크게 확장되었다. 백상호 조언이 맞아떨어져 정영남은 신바람이 났다. 또한, 일에 적성이 맞아 부지런히 일하니 위로부터 신임도 따랐다. 그런 연고로 그와 관계는 돈독한 편이었다. 이동우 사정을 소상히 전해들은 백상호는 뭔가 곰곰이 한참이나 생각하다가 우선 혀부터 내찼다.

"어린 나이에 참 서럽게 컸구나."

"어려운 부탁해 죄송합니다."

"그게 아니야, 정 반장! 정 반장 말이라면 내가 무조건 믿는 거 알지. 조카뻘이 된다고 했지? 아직 너무 어려서 참으로 그렇긴 한데……, 응 알았어. 내가 한번 챙겨볼게. 물론 애의 성품은 자네와 같겠지?"

"저도 잘 모릅니다만 시골에서 험하게 자랐으나 바탕만은 순할 겁니다."

"미성년자니 정식 취업은 안 되는 건 정 반장이 더 잘 알지?"

"예, 압니다. 부장님도 아시다시피 저는 늘 현장으로 떠돌잖습니까? 생산현장에다 넣기에는 제가 보아도 아직 어리니까요. 애가 성년이 될 때까지 어떻게 하든 한곳에 있어야 야간 공부라도 하지 않겠습니까?"

"으음 알았네. 내 방도를 찾아 곧 연락 주겠네. 아이가 어른들에게서 더는 상처 받지 않도록 잘 보살펴주어야 하네. 자네가 명심할 일일세."

그런 지 일주일이 지나자, 정영남이 근무하는 공사 사무실로 백상호가 전화를 걸어왔다.

"미성년자니 정식 취업 때까지 처음 그냥 심부름하는 일 하도록 하는 게 어때? 그러다 보면 공장일도 차차 눈에 익어질 게고……. 아무리 생각해도 그 방법밖에는 없을 것 같네."

"그런 방법도 좋겠습니다."

"그런데 아이가 아직 어리니 산만하게 행동하지 않도록, 특히 안전 문제 때문에 공장 상황을 자네가 단단히 주의시켜야 하네. 이건 어디까지나 비공식적이니까 말썽 피워선 안 되고 또 주위에 너무 내세우려 하지 말게. 내 말이 무슨 뜻인지 알겠는가?"

이동우는 백상호 도움으로 처음에는 피브이시 파이프 부품을 사출하는 생산공장에서 부서로 오가는 서류를 나르는 일부터 했다. 사출공정은 3교대로 24시간 쉼 없이 가동하는 공정이라 대기실이 있었다. 그곳 구석자리 한 곳을 합판으로 막아서 겨우 눈만 붙일 수 있게 만든 비좁은 공간이지만 그곳에서 이동우를 기거토록 했다. 외삼촌 집에서 나와 그 공간에서 숙식할 수 있어 이동우로선 만족했다. 좁은 방 안에서 외사촌들과 냉랭하게 생활하던 처지에서는 날아오르는 기분이 들었다. 당연히 식사는 공장 구내식당에서 해결했다. 식당 종업원 가운데 이동우를 동정하여 이것저것 잘 챙겨주는 중년 여자가 있었다. 그녀가 친절을 베풀 때마다 이동우 눈에는 어머니처럼 보였다. 어머니 못잖게 부지런하고 겉모습에서 느껴지는 외로움마저 닮았다고 느꼈다.

"꼬맹이, 학원 갔다 오느라고 배고프지? 많이 먹어."

그 말을 들을 때마다 이동우 귀에는 '꼬맹이'가 '동우'로 들리고 밥그릇을 내밀 때는 텃밭머리 바위 밑에서 밥이 담긴 그릇을 내밀던 어머니가 보였다. 그때면 저도 모르는 새에 '엄니'라는 말이 입 안에서 돋아났다. 어머니가 영동에서 달려와 눈앞에 있는 듯했다. 또 음식 담긴 식판이 눈앞에 놓일 때마다 소꼴 때문에 눈물 떨어지는 밥

그릇에서 서러운 밥을 입 안으로 욱여넣던 그때가 생생하게 머리에 스쳤다.

이태를 보낸 이동우가 어린 나이임에도 본격적으로 일을 배우기 시작했다. 그가 맡은 일이란 사출기에 들어갈 원료가 입고되면 하차한 자재를 창고까지 운반해 두었다가 원료탱크에 투입하는 작업 보조 일이었다. 이를테면 선임자 조력인 셈이다. 그런데도 또래들보다 작게 보이지만 부지런해서 일에 몸을 사리잖았다. 일손을 잡으면 끝나기까지는 놓지 않는 근성까지 보이니 선임자도 맘에 들어 했다. 이동우가 기거하는 곳이 공장인 만큼 위로부터 지시는 없었지만, 그는 주간근무를 마치고도 학원으로 가지 않을 땐 야간작업까지 도왔다. 그곳에다 기거하기로 정해진 날, 정영남은 이동우에게 단단히 일렀다.

"학원에 가지 않은 날, 주간 일이 끝났다고 그곳에서 일찍 자거나, 슬리퍼 끌고 다니며 그냥 빈둥빈둥 놀면 절대 안 된다. 항상 남의 눈치 봐야 하는 곳이다. 너는 그곳에선 눈치껏 생활해야 해, 알았지? 이 외삼촌이 일하는 부서하고 완전히 다른 부서라는 거. 그곳에서 미움 받아 쫓겨나면 어떻게 된다는 걸 너도 잘 알지? 그러니 이제부터 마음 단단히 먹어야 해. 남들이 알아주는 기술자가 될 때까지 어떤 어려움도 꾹 참으면서 말이다. 알았지?"

"야―, 알것시유. 외삼촌."

"그래 알면 됐다. 어떻게 해서라도 사출 기술을 열심히 잘 배워야 한다. 그런 기술을 배워두면 앞으로 먹고 살아가는 데 걱정하잖아도 돼. 학원도 비록 정규과정은 아니지만, 중등과정을 마치면 그곳 교사와 상의해서 이내 고등과정으로 옮겨라. 공장 일도 열심히 배워 익히면 좋은 기술자가 될 수 있다. 그러니 사출 기술자 말을 잘 들어라. 알았어?"

"야—, 열심히 할거구먼유."

정영남과 약속했던 터, 이동우는 열심히 일하고 밤늦도록 공부까지 했다. 뭣보다 원료를 하역하고 운반하는 일이 소 먹이고 밭일하는 것보다 훨씬 수월했다. 더군다나 술에 취해 고래고래 꽘을 내지르며 미친 사람처럼 나대면서 매질하는 서봉태처럼 트집 잡는 사람도 없으니 작업에 호기심이 생겨 일하는 데 신명까지 났다.

이동우는 사출 일을 배우고 싶었다. 원료를 공급 탱크에 투입하면 가열된 사출기를 통하여 생산되는 제품들이 신기하기도 하려니와 묵직한 금형에서 여러 가지 제품을 뽑아내는 공정을 보면 사출기사 솜씨가 요술이나 부리듯 마냥 신기하기까지 했다. 이동우가 사출기에 관심을 드러내며 부지런히 일하자 나이 많은 사출기사가 어린 게 기특하다고 여겼다. 그는 부지런히 일하여 원료 먼지를 뒤집어쓴 채 이마에 땀이 흐르는 이동우를 안쓰럽게 바라보며 물었다.

"동우는 아버지가 안 계신다고 그랬나?"

"야—. 그래유. 얼굴도 몰러유."

"고생하며 자란 얘길 백 부장님에게서 조금 들었다. 내 얼굴이 험하다 해서 겁쟁이 피하지 않아도 된다. 일이 너무 힘들거나 사출 일이 궁금하면 언제나 내게 말해라."

"야—."

"이 일에 흥미가 있느냐?"

"야—, 정말 신기하네유. 몇 년을 배워야 그렇게 할 수 있어유?"

"응 이거? 사람에 따라 다르지. 눈썰미 있고 부지런하면 반년만 지나면 어지간히 배울 수가 있지. 이 일이 뜨겁게 단 기계 옆에서 일하는지라 여름에는 무척 힘든 직업인데, 그래도 배우고 싶은 생각이 있어서 그렇게 묻는 거야?"

"야—, 기회만 된다면 배웠으면 좋겠어유."

"그래, 내가 너에게 배울 기회 줄 테니 그때 한번 열심히 해봐."

사출기사는 무턱대고 부지런한 이동우가 맘에 들었다. 그만 근성이면 어떤 일을 배우든 그 끝을 볼 성싶었다. 그는 이동우에게 원료 하역과 운반 일에서 불량품 전수검사를 마친 제품을 상자에 넣고 자동 포장하는 일부터 배우게 했다. 그 일은 늘 사출기 옆에 붙어 있어야 하므로 사출 과정을 세세히 지켜볼 수 있었다. 제품 규격에 맞는 금형을 찾아 천장 호이스트로 옮겨 사출기에다 조립하는 일까지 모든 과정을 지켜볼 수 있는 자리였다. 이를테면 사출 기술을 이해할 수 있는 유일한 자리에 접근한 셈이다. 물론 그곳에도 품질관리 검사팀과 출하 책임자와 직원들도 있었다. 포장 일을 맡은 이동우는 일에 부쩍 호기심을 보이며 재미를 붙였다. 일에 재미가 붙으니 시간을 잊고 고단함도 느낄 수 없었다. 그러면서 틈틈이 사출기사의 자잘한 일까지 도왔다. 부서 안에서도 이동우 근면함이 직원들 입에 자주 오르내렸다. 더러는 낮과 밤을 가리지 않고 일하는 이동우를 못마땅하게 여기는 직원도 있었다. 업무 고과 상대평가에서 부당한 대우를 받을까 봐 걱정하는 직원에겐 당연히 부담되었다. 아닌 게 아니라 그들 가운데 몇은 불만을 겉으로 드러내기도 했다.

"뭐야, 너무 튀고 있는 게 아니야?"

"그래, 이러다 우리만 불이익을 당하게 될 거야."

"저 어린 것이 우리에게 피핼 준다는 걸 알기나 할까?"

"어린놈에게 시빌 걸자 해도 찌질하고 이것 참! 기분이 참으로 더럽네."

"한 번쯤 귀띔은 해주어야 하잖겠어?"

"좀 더 기다려보자고……."

그런데 이동우 작업 공정에 문제가 생기기 시작했다. 운반하다 포장한 끈이 터지는가 하면 제품 상자에 불량품이 걸러지지 않은 채 포장돼 출하하는 일도 더러 발생했다. 처음 일이 터졌을 때는 사출기사가 나서 극구 변명하며 감싸주었으나, 횟수가 잦아지자 사출기사 선에서 일은 수습되지 않았다. 수요업체에 제품이 배달되기에 앞서 운송업체에서 재포장해야 한다면서 포장이 터진 상자를 반송해 오는가 하면, 수요업체에서는 불량률이 높다 하면서 제대로 출고 검사를 하라고 반품을 실어 보내며 지체상환금까지 물리겠다고 항의했다.

품질관리부에 비상이 걸리고 원인 분석에 들어갔다. 하자 주범은 제품을 선별하여 상자에 넣고 포장하는 이동우 작업 미숙과 부실로 귀결되었다. 한참 소란이 벌어진 뒤, 그 문제로 백상호에게 제일 먼저 불려간 사람은 이동우가 아니라 엉뚱하게도 정영남이었다. 백상호는 몹시 언짢은 표정으로 정영남을 질책했다.

"어이, 정 반장. 이 일을 어떻게 생각해?"

"부장님 뜻에 보답 못 해 면목이 없습니다."

정영남은 백상호 앞에서 차마 고개를 들 수 없었다. 어린 이동우를 받아들이고 보살펴준 그에게 큰 죄를 지었다는 죄책에 도망이라도 치고 싶었다.

"하자 원인이야 밝혀지겠지만, 이미 회사 이미지는 실추했고, 그 일에 동우 손끝에서 그런 에러가 발생했다는 게 나에겐 충격이라면 큰 충격일세."

"부장님, 죄송합니다."

"동우가 원래 그런 애였나?"

"아닙니다. 그렇지는 않은데……. 어찌 되었건 죄송합니다."

"내 오래도록 생각했는데, 이 일을 그냥 넘길 수 없어. 윗선에서도 용납할 수 없다는 결론이 났고, 아무래도 생산 라인에서 빼야겠네."

"부장님, 그렇담?"

"자네 입장을 내가 많이 생각했는데, 이제 컸으니 자네가 밑에 두고 배관 일이나 알뜰히 가르치게. 자네가 데리고 있으면 확실하게 단속하고 관리할 게 아닌가? 어떤가?"

정영남 처지에서는 이동우를 완전히 회사 밖으로 쫓아내지 않은 일만도 천만다행이라 여겼다. 그런 백상호의 배려가 고맙기만 했다.

"예, 부장님. 그렇게 하도록 하겠습니다. 자르지 않고 배려해주셔서 감사합니다."

"너무 상심하지 말게."

이동우는 생산부문에서 공사부문으로 부서 이동 발령이 났다. 물론 거처도 사출 대기실 칸막이 공간에서 민가 쪽방으로 옮겼다.

포장 끈이 운반 도중에 터지고, 포장 상자 안에 불량품이 들어간 원인은, 이동우가 정영남을 따라 건설공사 현장으로 떠돌아다닌 지 한 해가 지나서야 밝혀졌다. 이동우가 우연히 식당에서 사출기사를 만났는데, 그의 입으로 통해서였다. 자기는 짐작하는 바가 있어 포장 끈이 터진 부분을 유심히 살펴보고, 불량품이 나온 포장 상자도 자세히 살펴보고 확신했다고 했다. 터진 포장 끈 안쪽으로 날카로운 커터 칼날 흔적이 있었으며 불량품이 나온 포장 상자에 풀어냈다가 다시 묶은 흔적이 있었다고 했다. 포장 상자에 묶였던 눌림 자국 옆으로 그런 흔적이 남은 건 포장을 끌렀다가 재포장한 증거란 거다. 이를테면 검사 합격품을 빼내고 불량품을 집어넣고 다시 포장했다는 결론이었다. 그것은 당연히 고의성이 있다면서 한 사람을 지목했다.

"너 전에 내 밑에 있던 애 알지? 양길구, 고놈이 꾸민 짓이야. 너한테 밀려 원료 입고 쪽으로 갈까 봐 그렇게 알량한 수작을 부린 거야."

"길구 형은 나보다 더 불쌍한 앤디유. 난 엄니라도 있지만, 그 형에겐 아무도 없다고 하던디."

"세상이란 그렇다. 같은 처지임에도 남을 해코지해서 이득을 취하려는 사람이 있기 마련이다. 문제는 항상 곁에 가까이 있는 사람이 그런 짓을 한다는 거다. 그러나 정도 가까운 사람에서 오가는 거란 것도 잊질 마라."

7

깨진 자갈끼리

　남현숙은 업둥이다.
　부활절 새벽 예배를 마치고 귀가하던 홍은희 권사 눈에 띄어 그녀와 연이 닿았다. 눈만 겨우 보이게 둘러싼 포대기를 풀어내면서 산후 한 넉 달 남짓 되었나, 그리 눈대중했는데 끼워놓은 쪽지에서 생년월일로 되짚어보니, 짐작에서 크게 어긋남 없이 그대로 들어맞았다. 샅을 살펴보니 계집아이인데 살결이 이물스레 보일 만큼 뽀얗고, 옴팍 파고들어 간 눈 속에 박힌 동자가 생명의 뜨거움을 알리려는 듯 오석처럼 반짝반짝 빛났다. 어미 몸에 착생할 땐 축복받았는지 모르지만, 세상에 태어나 탯줄을 끊고 개체로 독립해서는 외면당한 채 버림받은 생명이었다. 행불행 선택을 기다리는 절박한 갈림자리에 무심하게 방기된 채였다.
　아이는 눈빛이 홍은희에게서 또 다른 삶을 얻고자 인연의 징검다리를 건너오려는 듯 간절해 보였다. 세상에 태어나 눈뜨자마자 산길을 턴 산파나 낳아준 어미와 눈이 마주쳤을 테고, 버려진 다음에는 하나님과 마주쳤을 거라 홍은희는 지레짐작했다. 그런 눈빛이 그녀 눈길을 빨아들이듯 강렬하게 흡착해서 터럭 끝마저 일으켜 세웠다. 그 순간 핏덩이를 땅바닥에다 다시 내려놓을 용기와 기회를 이미 놓쳤음을 그녀는 직감했다.

그런데 아이를 버린 사람은 생년월일만 적어놓았을 뿐 진작 아이 이름은 남기잖았다. 다만 '기르는 분의 뜻에 따라 이름 석 자나 붙여주세요' 그런 구차한 소망만 생년월일과 같이 메모로 남겼을 따름이다. 아이에게 성과 이름을 남기지 않은 뜻은 뿌리 근원과 출생 비밀을 묻지 말아달라는 무언의 호소이기도 했다. 그렇다면 파출소로 아이를 보낸다고 보육원으로 보내질 뿐, 부모를 찾는다는 아무런 보장도 없을 테니 그도 부질없는 노릇이다.

홍은희는 아이를 품에 안은 채 어정쩡 망설이며 걸어나아가야 할 방향 선택에 고심했다. 나아가야 할 방향을 선택하는 덴 애오라지 두 길뿐이다. 파출소로 트인 앞길과 뒤돌아서 대문을 밀고 집 안으로 들어가는 길만 있었다. 그녀는 긴 생각 끝에 가야 할 길을 선택했다. 홍은희는 바로 돌아서 낯선 집을 방문하듯 용기 있게 대문을 밀치고 안으로 성큼 들어섰다. 내린 결정이 번복될까 봐 스스로 눈까지 질끈 감고 서두른 감도 없잖아 있었다. 대문을 넘어선 그제야 본인도 모르게 참았던 한숨을 포대기 자락을 여미며 길게 뱉어냈다. 이제 집을 나설 때와 달리 판이한 상황으로 전개되었다. 그녀는 아이와 만남을 새벽 기도로 얻은 과보라 여겼으며, 차제에 자기 생애 소중한 선물이기를 바랐다. 처지가 딱한 인간이 버린 게 아니라 아버지 하나님이 권사로 따르는 제게 기르라고 주신 업둥이란 믿음에 닿았다. 홍은희는 속으로 뇌였다. '하나님은 너를 사랑하신다. 어디서 누가 무슨 잘못을 저질러 여기에 왔든 묻지 않을 거다. 그저 감사한 마음으로 하나님께 영광으로 드릴 일이다.'

다 자란 콩나물을 들어내고 물로 씻가셔낸 시루에다 다시 생콩을 담듯, 자녀들을 길러 모두 출가시킨 텅 빈집에 또 하나 생명을 인연으로 끌어들인 처사가 그 정황과 똑 닮았다. 이제 자식들 양육 때문에 물 묻혔던 손이 말랐다고 여겼는데 기저귀부터 가는 그런 빤한 일을 다시 하려니 새삼 생머리가 벅벅 긁히는 성가신 일이긴 하나, 또 생각을 달리해서 외로움과 무료함을 메우는 일로 여기자고 긍정적으로 둘러쳐 수용키로 맘 굳혔다.

아이를 길러보면 자랄수록 품 밖으로 벗어나려는 성향을 보이는 아이가 있고, 점점 기르는 사람 마음으로 파고드는 아이도 있기 마련이다. 남현숙은 커갈수록 홍은희 마음에 들어차 제 몸에서 떨어져 나간 살붙이나 다를 바 없게 여겨졌다. 제 몸에서 태어난 두 딸이 이미 출가해 미국으로 남편을 따라 이민 간 다음, 집 안이나 마음 한구석이 노상 텅텅 비어 있었는데, 그나마 아이가 집으로 들어와 그 빈자리를 서서히 메꿔준다는 느낌마저 들었다.

또 혼자서 살다 보니 많던 말수를 자연 잃었다. 그런데 아이가 아직 말귀를 알아듣지 못함에도 그도 생명을 가지고 움직이는 인간이라 혼잣소리나마 주절거리며 어르다 보니 잃은 말들이 입 끝에서 되살아나기 시작했다. 실성하지 않은 다음에야 혼자서 웃을 일이 어디 있으랴만, 꼼틀거리는 몸짓에도 입 끝으로 웃음이 연이어 달려 피식 피식 터졌다. 그런 애살맞은 꼼틀거림에 넋 놓다 보면 하루해가 짧게 저물었지만, 일상은 고된 줄 몰랐다. 이제 우편함에 눈길이 매달려 미국에서 오는 딸들 편지를 기다리지 않아도 저물녘에 서운한 감정은 일지 않았다. 아이에게 정 주니 흐름을 찾지 못해 응축되었던 감정이 비로소 흐름길을 터서 그런지 새삼 새로운 정이 고여들어 감정 찌꺼기가 마음에 쌓이잖고 바로바로 해소되었다.

아이는 출생 근원도 잊은 듯 성향이 밝았고, 말썽은커녕 아예 그 악하게 보채지도 않았다. 다만 배고플 땐 울음 끝이 길어서 우지라고 통을 주었을 뿐이다. 이웃에서 아일 보고 '순해 터졌다'고 아이 품성을 일찍 규정했다. 또한, '아비 어미가 어떤 사람인지 몰라도 아이가 크게 앙앙거리지 않으니 순한 사람이었던 건 틀림없는 것 같네.' 그런 투로 아이를 몰래 버린 부모 바탕이 순하다는 소리까지 입에 올렸다. 듣기에 따라선 아이가 부모에게 일찍 안갚음 노릇이나 하는 말로도 들려서 홍은희는 혼자 속으로 웃었다.

그런데 아이가 자라면서 얼굴 윤곽이 서서히 성인 모습으로 변해가자, 홍은희는 또 다른 당혹스러운 고민에 빠졌다. 지금껏 아이가 '엄마'라고 터놓고 불러왔는데, 얼굴 윤곽 모습은 초점이 맞잖는 사진처럼 어미와 아이가 의존관계에서 이탈하려는 듯 점점 다른 윤곽으로 어긋났다. 그리고 이미 사별한 남편 사진을 보이며 아이에게 했던 말,

"현숙아, 아빠, 아빠가 여기 있다. 너희 아빠야."

그리 어르면서 눈썰미를 길들여왔는데 남편 모습마저 아이 이목구비 어디에서나 찾아낼 수가 없도록 곳곳이 판이했다. 응당 그러함이 당연한데도 그녀는 자기와 남편의 이목구비 한 곳도 닮지 않은 아이를 야속하게 여길 때도 있었다. 조금이나마 엇비슷하니 닮은 구석 한 군데라도 있다면 아이에게도, 주변 사람들에게도 아이 출생 물음에 응대하기 훨씬 수월할 텐데, 사람 힘으로 어쩔 수 없는 일이 바로 그런 일이라 마냥 당혹스럽기만 했다.

제 얼굴에 관심 둘 만한 초등학교 5학년이 되자 남현숙은 거울을 보다가 홍은희에게 어김없이 물어왔다. 남자아이와 달리 여자아이들은 자기 얼굴 윤곽에 늘 관심을 두게 마련인지 남현숙은 제 얼굴을 보려고 수시로 거울을 꺼내들었고, 느낌이 오는 대로 곧바로 홍은희에게 속없이 캐물었다.

"엄마, 내 코는 지금 예쁘게 오뚝하니 솟았는데, 나중에 엄마 코 끝처럼 뺑 들리면 난 어떻게 해? 히엉ㅡ."

코끝을 집게손가락과 가운뎃손가락으로 밀어 올려 말 울음소리까지 섞어 콧구멍을 훤히 드러내 보이며 장난쳤다.

"넌, 아빠 코를 닮아서 그런 걱정 하잖아도 될 거다."

"엄마, 그럼 내 쌍까풀은 누굴 닮았어?"

한창 제 얼굴에 호기심을 갖는 여자아이답게 눈빛까지 빛내며 틈만 나면 성가시게 물어왔다. 그때마다 홍은희는 스스로 뱉어낸 말에 발목이 잡힐까 봐 전전긍긍하며 말실수로 책잡히잖으려고 조바심했다.

"응, 그건 너 외할머니를 닮았는지도 모르겠다. 나는 너 외할아버지 눈을 닮았고……. 현숙아, 거울에 너무 매달려 있지 말고 이제 공부나 좀 하렴. 거울에 구멍이 뚫리겠다. 그 거울이 숙제를 대신해주는 기계라면 얼마나 좋겠냐."

이미 땅속에서 흙으로 변했을 친정부모를 동원해 둘러댔지만, 몹시 구차스러운 말이라 뒷맛이 땡감을 씹은 듯 떨떠름했다. 그런데도 아이는 그런 가족 얘기가 더욱 신기한 듯 재미있다는 눈빛으로 쉽게 입을 다물잖고 더욱 용모 파악에 집착했다.

"그래도 궁금하잖아."

"이것아, 아직은 몰라. 앞으로 커가면서 얼굴 모습이 이리저리 얼마나 많이 바뀐다고……. 한 스물 되어야 확실해지려나?"

그런 임기응변으로 그때마다 위기를 잘 넘긴다고 여겼으나 한편으로는 언제까지 지켜낼지 마음이 조마조마하기도 했다. 당혹스러운 상황과 맞닥뜨릴 때마다 '밝힘과 감춤'을 두고 오래도록 고민에 휩싸였다. 감추기보다 차차 밝힘이 옳다는 판단이 들긴 한데 '언제 하루 날 잡아야지, 날을 잡아서 아이가 충격받잖고 현실을 정확히 받아들이도록 노력해야지.' 또 그러다 하루하루 미적미적 시기를 놓쳐가고 있었다. 그나저나 아이가 어느 정도 나이 때라야 이해하며 충격 없이 받아들일지 마음속으로 가늠하면서, 그리 다시 미뤄가기만 했다.

얼굴 윤곽에 집착하던 남현숙이 중학교 2학년이 되자 홍은희 얼굴과 비교하던 호기심을 뚝 그쳤다. 그런데 오직 학업에 열중해서 용모에 관심을 접은 듯 보이잖았다. 겉으로는 밝은 표정으로 변화 없이 멀쩡한데 말수는 오히려 줄어들었다. 혼자라서 외롭더라도 집 고양이처럼 뭐든 은닉해서 비밀을 만들려는 나이, 그런 시기라 그러려니 대수롭잖게 넘겼다. 한동안 그렇게 무심하게 바라보다가 뭔가 예감이 심상찮다는 느낌이 들어 정말 하루는 날 잡아서 이때라 싶어 속마음을 떠보았다.

"얘, 현숙아? 오늘 엄마랑 얘기 좀 할까?"

"엄마, 왜. 무슨 일 있어?"

"너 요즘 무슨 고민이 있어 보이는데, 지금 괜찮은 거야?"

"왜, 제가 엄마 눈에는 그렇게 심각해 보여요? 난 요즘 아무 일 없는데……."

남현숙은 표정 변화를 감추고 시침 뗐다. 그러나 홍은희는 내처 넘겨짚었다.

"너 혹시 남자친구가 생긴 거 아니야?"

"아이, 엄만. 남자애? 그런 건 제가 말했잖아요. 고등학교 졸업한 다음에 사귀어도 늦지 않다고요. 아직 그 결심엔 변함없다니까요."

"그래에? 나한테 언제 그런 말을 했어? 난 처음 듣는데……."

남현숙은 물음에는 대답하잖고 홍은희 얼굴을 한참이나 뜯어보다가 무릎걸음으로 다가와 천연덕스럽게 그녀의 다리를 베고 벌러덩 누웠다. 홍은희가 살갑게 다가온 남현숙 어깨에다 손을 얹자 딸이 나직한 목소리로 곡진히 불렀다.

"어, 어엄마아 —."

"다 큰 게 아직도 엄마에게 이리 응석 떨고 싶어?"

"으응, 엄마아 —."

남현숙은 코맹맹이 소리로 응석 떨며 홍은희 허리를 아람으로 파고들었다. 여느 때와 달리 몹시 살갑게 안겨드니 용케 키워온 정 때문인지 콧등이 시큰했다. 남현숙이 홍은희를 다시 세차게 품으며 나직하게 그러나 또박또박 내뱉었다.

"엄마아 —, 정말 감사해요. 저를 키워줘서."

"엄마가 딸을 키워주는 게 당연하지 뭐가 그렇게 감사받을 일이야?"

"엄마, 난 이미 다 알고 있었어."

"네가 알긴 뭘 알아?"

"엄마는 내가 친딸이 아닌데도, 날 이렇게 길러준 거. 엄마, 너무나 고맙고 감사해요."

"……?!"

홍은희는 졸지에 할 말을 잃고 남현숙 눈을 뚱하게 바라보다가 더 깊이 품에다 감싸안았다. 그게 표현해내야 할 유일한 답변이었다. 기함해서 가슴이 쿵 무너질 소리가 남현숙 입에서 그도 담담하게 나왔기 때문이다. 분명 저도 처음 들었을 때 충격받고 당황했을 테다. 그리고 지금은 마땅히 울음까지 터뜨릴 정황이다. 그런데 눈 끝에 눈물을 달지 않고도 오히려 놀랄 정도로 침착했다. 아니 현실을 훌쩍 뛰어넘어 담담하게, 그도 냉정한 자세로 홀로 격정 저쪽에 당당히 서 있지 않은가. 오히려 말문이 막히고 당혹스러운 쪽은 홍은희였다.

　남현숙이 중학교 2학년이 되자 반 아이들이 모여서 저희끼리 쑤군댔다. 단풍잎이 하나 떨어져 바람 길에 굴러도 까르르 소리칠 만큼 호기심 많고 말도 마려운 나이 때라 의문투성이인 남현숙 얼굴은 찧고 빻기에 딱 알맞은 화젯감이었다. 한 아이가 평소 품던 의아심을 꼬투리 삼아 아이들을 부추겼다.
　"남현숙 쟤는 왜 쟤네 엄말 닮지 않았는지 몰라?"
　"아버질 닮았겠지, 바보야. 너도 너희 아버질 닮아 눈썹이 구둣솔 같잖아?"
　"아니야, 너무나 수상쩍어. 걔는 걔 엄마하고 나이 차도 많고 닮은 데도 전혀 없어."
　"우리 직접 현숙이에게 물어볼까? 뭐라 대답하는지."
　"현숙이 대답할까? 그게 궁금하네."
　그날 그 무리에 가담했던 아이 가운데 남현숙과 가장 친한 한 아이가 저희 반 아이들과 했던 소리를 제 어머니에게 옮기면서 궁금증을 풀려고 했다. 그 어머니가 홍은희 이웃에 있어 오래전부터 언니, 동생 하는 막역한 사이인지라 뭔가 알 것 같았기 때문이다.
　"엄마, 오늘 애들이 현숙일 보고 쑤군댔어."
　"뭐라고? 무슨 일로 쑤군댔는데?"
　"엄마, 있지. 걔 엄마가 친엄마가 아닐지도 모른다면서……. 엄마, 엄만 알고 있지? 내가 태어나기 전부터 그 아줌마와 오래도록 친하게 지냈다면서, 엄마 뭔가 알고 있지?"

"그게 너에게 그렇게 궁금해? 남의 일인데도?"

"응, 왠지 그 일로 현숙이가 애들한테 따돌림을 받을 것 같다는 생각이 들고 그래서 불쌍하게 보여 참 안됐어. 뭔가 현숙이가 먼저 알고 마음 준비해야 할 것 같은데 나는 그런 현숙이가 너무 불쌍해서 속상해."

"너 이 엄마에게서 들은 얘기는 현숙이 외에 입 밖으로 내지 마. 알았지, 분명 알았어? 너 엄마와 약속할 수 있지?"

"응, 날 믿으라니까, 엄마."

"대문 밖에다 누군가 갖다 둔 아이야. 그러니 너만 알고 모른 체하고 있어. 만약 이 일이 너희 친구들에게 알려지면 어떻게 된다는 거 넌 알지? 현숙이를 위해서라도 꼭 지켜야 한다."

그 아이에게서 얘기를 들은 남현숙은 울음도 나지도 않았단다. 황당하고 기가 차서 멍하니 물음을 구하려는 듯 하늘만 쳐다봤다고 했다. 집도 엄마도 낯설고, 그 낯선 곳으로 들어가기 싫어서 대문 밖까지 무심코 왔다가 깜짝 놀라 되돌아 나가 거리를 배회했단다. 그냥 무턱대고 멀리 떠나고 싶은 마음도 없잖아 있었다고 실토했다. 그러나 자기를 애써 길러낸 엄말 생각할 때는 걱정 끼치지 않은 딸로 제자리에 있어야 한다고 깨달았단다. 보답하는 길은 오직 엄마를 도와 열심히 살아가며 은공을 갚아야 한다는 결심이 모든 감정을 눌렀다고 했다.

　남현숙 얘기에 홍은희는 양육한 어미로서 마땅히 밝혀야 할 의무를 게을리했음에 부끄럼을 느꼈다. 최상 최적 기회를 엿보다 시기마저 놓쳤을 뿐인데 지금으로선 할 말도 못할 처지였다. 무엇보다 남현숙에게 미안했다. 홍은희는 늦었지만, 다시 옛일을 자세히 들려주어야 할 당위성까지 느꼈다. 얘기를 차근차근 풀어낸 홍은희는 다시 한번 남현숙을 처음 만난 그런 감정으로 품에 안았다.

　"미안했다, 현숙아. 누가 뭐라 하든, 너는 내 딸이다. 알지? 이 엄마의 딸……."

　"엄마아—, 감사해요. 너무 너무나 감사해요, 나 잘할게 엄마아—."

　남현숙은 스물둘에 스물넷 된 이동우를 만났다.

　육군에서 공병으로 복무를 마친 이동우 코밑수염 자리가 시커멀 만큼 세월은 빠르게 흘러갔다. 회사에 복직한 이동우가 소속된 설비 공사팀이 지방 아파트 건설공사 현장으로 내려왔다. 장기간 공사라 숙박업소를 저렴한 민박집으로 찾아든 곳이 홍은희 집이었다. 입주 당시 일행은 모두 일곱 명이었지만 공정 상황에 따라 두셋 늘기도 해서 아침저녁으로 하숙집이 북적였다. 그러니 모녀가 위층을 쓰고 인원이 많은 공사팀이 방 하나 더 있는 아래층을 통째로 사용했다. 일행들 가운데 제일 젊은 이동우가 남현숙 눈에 가장 먼저 띄었다. 몸을 감싼 외로운 첫인상이 그녀 눈길을 사로잡았다. 외로움을 겪은 사람이 외로움을 살피는 눈길이 특출해서 그런지 남현숙 촉수에 그런 느낌이 먼저 와 닿았다. 남자가 어떻게 저리 활기마저 없을까. 홍은희 눈길에도 그렇게 기죽은 모습으로 보였던 모양이다.

"그 동우란 총각 말이다. 사람이 조용하고 차분해서 바탕은 참 착해 보이는데……. 무척 외롭게 자란 것 같다. 또 고생을 많이 했는지 표정이 어둡고 무거워 보이기도 하고……."

딴은 현장에서 돌아오는 이동우에게서 사람 냄새가 나는 게 아니라 일 땀 냄새만 날 만큼 감정이 메말라 보였다. 감정이 빠져나가 껍데기만 보이는 모습이 남현숙 호기심을 더욱 자극했다.

"엄마도 그렇게 보여? 그런데 왜 모두 동우 씨에게만 일을 시키는지 몰라."

"그야, 나이가 제일 아래니까 마땅히 심부름은 해야겠지."

"그래도 그렇지. 자기들은 판둥판둥 놀면서 그건 공평하지 않지. 엄마가 소장 아저씨한테 한마디 해주면 안 될까?"

"그 사람들도 단체 생활하는데 질서에 따라 움직여야 할 거다. 그러니 그건 우리가 함부로 참견해서 될 일이 아니야."

"그래도 그건 불공평한데……."

"이것아, 세상일이 모두 공평만 할 수 있겠느냐? 인간 자체가 모두 똑같잖은데 공평해야 한다는 건 아예 처음부터 희망사항이지."

"그걸 극복하려고 노력하는 게 인간 일인데, 치."

일터에서 돌아올 때 이동우의 축 처진 어깨를 보면 현장 작업 강도를 짐작하게 했다. 자세히 뜯어보면 밉상은 아닌데 좀체 웃음을 띠지 않은 얼굴에 그늘이 짙어 마치 비 오는 날 검은 우비 차림새로 대문을 드나드는 듯했다. 그런 이동우를 바라볼 때마다 남현숙은 그가 자라온 환경에 궁금증이 일었다. 그녀는 제 자란 환경 때문인지 처음 사람을 대면할 때면 무의식적으로 그런 선입견으로 상대방을 가늠하려 들었다. 학교에서도 거리에서도 아이들을 볼 때, 그들 부모 진위를 따져보려던 그런 버릇이 이동우에게도 작동했다. 얼굴은 자라난 환경을 담아놓은 거울이라 여겼다. 그런 눈길로 보아서 그런지 그의 얼굴에 희로애락으로 잡히는 주름 가운데 노여움과 슬픔이 일 때 나타나는 주름은 더러 보였으나, 기쁨과 즐거움으로 잡히는 주름 흔적은 없는 듯했다. 이동우는 포획해온 야생 동물처럼 같은 패거리들과 잘 어울리지 않았고, 간혹 섞이더라도 실체가 없는 듯 여럿에서도 그의 웃음소리는 골라낼 수가 없었다. 딴은 무리 속에 섞였으나 무리에서 떠나 있는 사람이었다.

　이동우는 눈에 띄게 남현숙을 어려워했다. 그들이 머문 지 한 달이 되도록 그녀와 눈길조차 마주치려 하지 않았다. 남현숙 눈에도 둘만의 어색한 자리를 애써 피하려는 눈치가 뚜렷이 보였다. 그녀를 부를 땐 그냥 '저기유 —' 그렇게 더듬으며 호칭했다. 남현숙도 그런 호칭이 못마땅하긴 마찬가지였다. 편안하게 이름을 불렀으면 좋겠다는 말이 입 끝에서 맴돌긴 했으나 남현숙은 차마 그 말을 전할 수 없었다. 왜 그리 어려워하는지 그 까닭에 궁금증만 일었다. 그러나 이동우는 더러 홍은희를 호칭할 땐 '아주머니'로 부르지 않고 '엄니'

로 불렀다.

 생면부지 사람이라도 곁에서 조금 도움 준다면 부족한 걸 개선할 수 있겠다 싶은 그런 심경일 때가 있는데, 이동우를 보는 남현숙 눈길 깊이가 그랬다. 그런 눈길로 봐서 그런지 이해할 수 없는 일이 종종 눈에 띄었는데 그 가운데 하나가 빨래였다. 그가 수돗가에서 옷가지를 빠는 걸 여태 보지 못했다. 그런데 더러 빨랫줄 한쪽 구석에 그의 옷가지가 널려 있었다. 속옷은 눈에 띄잖고 티와 바지, 양말 따위만 눈에 띄는데 짐작하건대 마을 앞으로 흐르는 냇가에서 처리하는 듯했다. 하루는 퇴근했다가 검은 비닐봉지를 옆에 끼고 냇가로 나가는 이동우 뒤를 몰래 밟았다.

 여름 냇가는 옅은 어둠이 내려 있었다. 이동우는 서둘지 않는 발걸음으로 넓게 깔린 자갈밭 자갈을 튀기며 가로질러 으슥한 냇가로 향했다. 조용히 흐르는 냇물이 그를 기다리고 있었다. 시야가 탁 트인 자갈밭 끝이라 남현숙은 더 가까이 다가갈 수 없어 둔덕 위 소나무에 몸을 숨기고 먼발치에서 이동우 행동을 살펴볼 수밖에 없었다. 이동우가 멈춘 곳에는 농가에서 온상용으로 썼던 폐비닐 조각들이 홍수 때 떠내려와 아까시나무 가지에 걸려 잔바람이 일 때마다 그녀를 유인하듯 나풀거렸다. 그 나무 사이로 이동우 모습이 선명하게 띄었다. 그는 아낙처럼 주저앉아 검은 비닐봉지 안 옷가지들을 끄집어내어 엉덩이를 굼닐거리면서 빨아대기 시작했다. 그녀는 처음으로 냇가에서 빨래하는 남자의 움직이는 등판을 바라봤다. 남자의 널찍한 등판은 믿음을 주는데 지금은 그 넓은 게 오히려 궁상을 더했다. 그 움직임이 바라보기 민망할 만큼 남현숙 눈에는 측은하고 안쓰러워 보였다.

빨래를 마친 이동우는 빨랫거리를 검은 비닐봉지에다 담은 뒤, 주위를 한 번 얼핏 휘둘러본 다음 거침없이 몸에서 옷들을 벗겨내기 시작했다. 배와 어깻부들기가 가림 없이 드러나고 발끝 밖으로 벗어난 바지가 자갈밭에 던져졌다. 그리고 두 손으로 삼각팬티 밴드를 잡아 내렸다. 스물넷 청년의 아름다운 젊은 육신이 아까시나무 사이로 수사슴처럼 드러났다. 남현숙은 놀라 뻥한 채 어쩔 수 없이 한참 봤다. 그러다 반사적으로 얼굴을 돌리고도 숨이 막혀 한참 만에야 눈을 질끈 감았다. 선이 매끄러운 성인 남자의 아름다운 육체는 처음 봤다. 잉걸불에 닿은 듯 얼굴에서 확확 열기가 솟구쳤다. 두 손아귀로 퍼올려 끼얹은 물이 살결에 부딪혔다가 냇물 위에서 튀는 물소리까지 유난히 크게 그도 선명하게 들려왔다. 그 소리가 남현숙 귓전에서 크게 울려서 눈을 감고서도 물이 부딪치는 이동우 알몸이 절로 눈앞에 그려졌다.

한편 그 모습은 남현숙 눈에는 월동하려고 남쪽으로 떠난 철새 무리에서 낙오한 한 마리 새처럼 외로워 보이기도 했다. 숙박하는 사람들과 같이 있어야 할 자리에 이동우는 낙오한 철새처럼 벌거숭이로 혼자 냇가에서 몸을 씻고 있었다. 동정심에서 유발한 관심이 남현숙 마음을 휘저어 흔들어댔다. 그러나 그녀는 그 자리에 오래 견뎌내지 못하고 이어지는 맨살과 부딪치는 물소리를 들으며 정신없이 집으로 서둘러 돌아왔다. 옷가지를 빨아주었으면 하던 생각도 어느닷 가맣게 잊어버린 채 집으로 돌아온 남현숙은 껍데기가 벗겨져 나간 옥수수처럼 옷가지조차 걸치지 않은 이동우 육체가 눈앞에서 지워지지 않았다. 가슴을 뛰게 하는 이 감정이 무엇인지 마음속으로 명징하게 정리도 되지 않았다.

한여름이니 퇴근해도 해는 서쪽에 그냥 남아 있었다. 공사팀이 민박집에 머무는 시간도 길어진 해 길이만큼 늘었다. 덩달아 주인과 객이 스스럼없이 어울리는 기회도 잦았다. 마당가에서 피어오르던 매캐한 쑥 연기가 바람을 타고 모기를 찾아 평상 아래로 기어다니다가 소멸했다. 평상 위에서 퇴근해 돌아온 공사팀이 키득거리며 팔이 아프도록 화투장을 내리치고 있었다. 그곳에다 수박 쟁반을 내놓은 남현숙은 일행 면면을 쭉 휘둘러봤다. 그 패거리에 있어야 할 이동우 얼굴은 없었다. 퇴근할 때 이동우가 들고 온 수박인데 그것을 썰어 내온 자리에 그가 보이지 않으니 군식구들을 접대하듯 기분이 찝찝하기만 했다. 마땅히 이동우에게 돌아갈 수박 쪽이 그곳에서 그들 입 속으로 들어가고 있었다.

"홍 씨 아저씨? 동우 씨는 어디 갔어요?"

그중 가장 늙수그레한 홍 씨에게 남현숙이 물어봤으나, 그는 화투판에다 시선을 박아놓은 채, 담배를 문 입이라 건성 맞은 대꾸가 새기까지 했다.

"동우는 왜 찾아?"

"수박을 사온 사람이 수박 구경도 못 하니 그러잖아요."

"동우 걔 화장실에 갔나? 갔으면 오겠지, 뭐. 근데 현숙 씨 언제부터 그렇게 동울 챙겼어? 너무 관심을 많이 가지는 게 아니냐? 이거 경사가 날 일이네. 어이, 강 씨! 뭘 해. 어서 패나 돌려. 화투 치는 사람이 은행에 대출받으러 갔나?"

홍 씨는 일상 버릇대로 데면데면하게 대거리하면서 온통 고스톱판에다 정신을 팔았다. 마당 안을 쭉 훑던 남현숙은 이동우 그림자도 찾아내지 못하자 다시 화장실 쪽에다 시선을 주었다. 그곳에서도 인기척은 없었다. 냇가에 가 있지 않을까 다른 생각도 했다. 늦은 시각이라 어둠 때문에 빨래는 할 수 없으나 멱을 감는 일은 가능할 듯싶었다. 그런 엉뚱한 상상으로도 금시 얼굴이 붉어졌다. 그녀는 고스톱에 빠진 사람들 눈길을 피하여 서운한 걸음으로 계단을 밟아 거처방으로 들어왔다. 이동우 행방을 모르는 게 마음에 걸렸다. 냇가로 나가볼까, 그런 생각도 하면서 다리에 힘이 풀려 털썩 주저앉았는데, 이내 문밖에서 부름이 들렸다.

"저기유? 지금 방에 있나유?"

찾으려던 사람이 제 발로 위층으로 올라와 문밖에 서 있었다. 그녀는 화들짝 놀라 일어나며 당황했다. 그러면서 맞은 벽 거울에다 제 얼굴을 살피며 손가락으로 머리카락을 쓸어내렸다. 말문이 더듬거리며 그제야 터졌다.

"예, 예, 안에 있는데요. 무슨 일로……?"

서둘러 문을 열자 손에 스패너를 든 이동우가 불러올린 사람처럼 처신을 기다리고 있었다. 보기엔 현장으로 나갈 차림새인데 시각을 봐서 가당찮았다. 동료들은 마당 평상 위에서 고스톱에 하늘이 무너지는지 땅이 꺼지는지 알 바 없다는 듯 노닥거리고 있는 시각에서 그런 차림은 의외였다. 공구를 들고 위층으로 올라온 까닭부터 궁금했다.

"무슨 일로 여기에……."

"아까 퇴근 때, 엄니께서 주방 수도꼭지가 샌다고 손 좀 봐달라고 하던데, 지금 엄니가 안 계셔서……."

부탁받은 당당함은 없고 오히려 겸연쩍게 말끝을 사렸다. 배꽃처럼 활짝 핀 남현숙 앞에서 이동우는 열없게도 몸 둘 바를 몰라 쭈뼛거리는 모양새였다. 본의 아니게 개울가에서 그의 알몸을 훔쳐본 남현숙도 둘만의 자리가 어색하긴 마찬가지였다.

"엄마가 그랬어요? 그런 일이 있었구나. 전 또 어딜 가나 했는데……. 들어오세요. 수도꼭지가 낮에는 별일이 없었는데……."

"어디 한번 봐유. 어떻게 새는가."

밸브는 잠겼는데 주방 개수대 수도꼭지에서 간간이 물방울이 새긴 했다. 그런 누수 현상을 꼼꼼히 살피던 이동우는 밸브 손잡이를 몇 번 풀었다 조이기를 반복했다. 사뭇 세심하게 일머리를 살피는 옆모습을 남현숙은 유심히 살폈다. 남자의 진중한 성실함은 상처를 줄까 봐 염려해 본심을 드러내지 않으려는 여자 본능을 자극했다. 조심스레 수도꼭지를 살피는 모습에서 백 마디 말보다 한 번 손짓이 사람 마음을 이리 흔들 줄은 몰랐다. 그녀 감정이 수도꼭지 누수처럼 새나가기 시작했다. 동정을 넘어선 감정이 잠긴 마음 사이로 그렇게 유유히 샜다.

　이동우의 부지런한 손놀림에도 물방울은 계속 떨어졌다. 밸브 손잡이를 조정해도 소용없음을 판단한 듯 수도꼭지 이음새를 스패너로 풀어냈다. 수도 밸브에서 낡은 검은 고무링을 제거하고 주머니에 넣어 온 새로운 걸 찾아서 삽입한 뒤 공구로 수도꼭지를 찬찬히 힘주어 조였다. 그런 다음 천천히 밸브를 열었다가 다시 잠갔다. 이음새에서 똑똑 떨어지던 물이 그쳤다. 남현숙은 감탄한 표정으로 가까이서 이동우 얼굴을 쳐다봤다.

　"동우 씨는 기술이 참 좋네요. 지금 물이 한 방울도 떨어지지 않네요."

　"이제 고장이 난 것을 고쳤으니 한참 견딜 거구만유."

　"동우 씨는 현장에서 지금 이런 일을 하고 계세요?"

　"그러지유. 아파트 현장에서 우리 팀이 하는 일인데, 이 일도 제대로 배워 익히자면 전 아직 멀었지유. 부지런히 배워서 일류 기술자가 될 거구만유."

　남현숙은 서둘러 냉장고에서 주스 한 잔을 따라 이동우 앞으로 내밀었다. 한 잔 음료수지만 고마움을 진심으로 전하고 싶었다. 차제에 묻고 싶은 걸 물어볼 참이었다.

　"동우 씨, 공사가 끝나면 여기서 떠날 거지요?"

　"한 일 년 걸리는데, 공사가 끝나면 우리 팀은 다른 현장으로 떠나게 되어 있어유."

　"가는 곳이 어디로 정해져 있나요?"

"아직 정해지지 않았지만……."

"가까운 곳으로 갔으면 좋겠네요. 오늘 수도도 고쳐줘서 정말 고마워요. 엄마 대신 제가 감사하다고 말씀드릴게요."

"한집에 사는데, 당연히 고칠 건 고쳐드려야지유. 제가 이 일을 할 줄을 모르면 모르지만, 뻔히 알고 있는 일인데 안 도와드린다는 건 말도 안 되지유."

"동우 씨 그런데……. 저어 부탁이 있는데, 꼭 들어주었으면 좋겠어요."

"그 부탁이 제가 할 수 있는 일이면 들어줘야쥬."

"정말이지요? 동우 씨."

"그럼유. 제게 처음 하는 부탁이 아닌가유."

고개를 느리게 끄덕이며 이동우는 붉혀진 얼굴을 들지 못했다. 거듭 따라붙는 남현숙 눈길에서 도망쳐도 코끝에 걸리는 체취 때문에 얼굴이 그리 붉혀졌다.

"음, 이제 저를 '저기유'라고 부르지 마시고 지금부터 제 이름을 부르세요. 현숙이라고요. 그게 제 이름이니까요. 무엇보다 전 그게 듣기 좋아요."

"아니지유. 그렇게 막 부르기는 제 처지에선 참 그러네유."

"지금 처지가 어때서 그래요?"

"말하기가 참 그러네유. 지금은 뭐라 말할 수 있는 처지도 못 되네유."

"무엇 때문인지 모르지만, 나중에라도 이율 반드시 들을 거고요.

그리고 진짜 한 가지. 냇가에 나가 빨래하지 마세요. 제가 이 손으로 빨아드릴게요. 전 빨래 잘해요."

남현숙 말에 이동우는 깜짝 놀라는 표정을 지었다가 이내 얼굴을 붉혔다.

"내가 냇가에서 빨래하는 걸 본 적이 있어유? 그래도 제가 입었던 옷가지는 제 손으로 빨아야지유. 어떻게 현숙 씨 손으로……. 그건 가당찮네유."

"가당찮긴 뭐가 가당찮아요? 언젠가 한 번 봤는데, 남자가 빨래하는 모습이 보기가 좀 그랬어요. 더구나 객지에 나와서 혼자서 저녁 늦은 시각에……. 기분이 나쁘게 들릴지 모르지만 궁상맞아 보였어요. 그러니 앞으로 제 앞에서 그런 모습을 보이지 마세요."

"거기가 빨래하는 절 보았다구유?"

"예에, 그런 적 있어요. 아, 그렇지. 바람, 바람 좀 쐬러 나갔다가……. 암튼 참 안돼 보였어요. 그러니 앞으로 제게 맡기세요."

"제 빨래 제가 하는 게 당연한데 너무 신경 쓰지 않아도 되구먼유."

"아니에요. 여기 있을 때까지는 제가 꼭 해드리고 싶어서 그래요. 제 뜻은 꺾이지 않을 거예요."

실랑이 몇 번 했지만, 남현숙 고집이 이겼다. 이동우의 때 오른 빨랫감 세탁은 동료들을 의식해서 그녀 손끝으로 은밀하게 이루어졌다. 퇴근해오면 부드럽게 말라 반듯하게 접힌 옷가지가 옷상자 안에서 이동우를 기다리고 있었다. 옷가지를 손에 잡은 채 이동우는 한참 동안 감격했다. 서툰 손길로 덜 빠진 비눗물 때문인지 황태포처럼 뻣뻣하던 옷이 본디 바탕대로 훨씬 부드럽게 세탁되어 있었다. 영동을 떠난 뒤 어머니 손이 아니라 여느 여자 손끝으로 빨아진 옷가지도 제 품을 찾았다. 옷을 갈아입을 때마다 어머니 환영이 눈앞에 보였다. 어머니가 빨아서 입혀주던 옷 촉감을 잊은 지 오래였는데 성숙한 여자 손끝으로 빨아진 옷가지를 입는 감회는 이동우에게는 각별했다. 그럴 리야 없지만, 그곳에 남현숙의 따뜻한 체온이 남은 듯했다. 그것은 언제나 혼자라고 여기면서 자신감을 잃고 체념했던 지난 일들을 다시 아프게 풀어내긴 하는데 마음을 달뜨게 하는 아련함도 있었다. 참으로 오랜만에 이웃에게서 받는 정나미가 남현숙에게서 건너온 거였다.

이동우는 남현숙 성의에 보답하려고 급여를 받아 줄 때마다 작은 물건이나마 꼭 마음 표시를 했다. 그녀 역시 그런 성의를 받을 때마다 기뻐하며 빨아진 옷가지에 손길을 더했다. 작업복이 대부분이라 다리미질할 필요가 없는 옷가지지만 그녀는 손바닥으로 주름을 펴가며 반듯하게 접어 갰다. 이동우가 그런 옷을 걸치고 가장처럼 하숙집을 드나드는 모습이 남현숙으로선 은근히 기뻤다.

아파트 공사가 준공되자 일부 긴급보수 요원들만 남기고 여느 직원들은 철수해 다른 현장으로 투입됐다. 이동우는 한 명과 같이 긴급보수 요원으로 현장에 남았다. 주간과 야간으로 나눠 근무 시간을 정했다. 그런데 입주할 때라 하자사항은 많지 않고 소소한 것들이라 비교적 한가한 편이었다. 입주하기에 앞서 '하자 백 퍼센트 줄이기 운동'으로 이미 많은 하자가 해결되었기 때문이다. 현장 사정으로 가장인 다른 보수원은 이사 가구 수가 많은 주말을 제외한 여느 날에는 이동우에게 양해를 얻어 집에 다녀오곤 했다. 대신 미혼인 이동우는 혼자 남아 발생하는 하자 처리를 도맡았다. 어느 날 혼자서 주간 근무를 마치고 돌아온 이동우는 빨래한 옷가지 속에서 쪽지를 발견했다. 조심스럽게 접힌 종이에는 남현숙 의사가 뚜렷이 표기되어 있었다.

　　—동우 씨, 저녁 식사한 다음 저랑 냇가에 바람 쐬러 가지 않으실래요?

쪽지를 읽어낸 이동우는 죄를 지은 듯 가슴이 '쿠웅—' 내려앉기도 하고, 고막이 윙 울릴 만큼 골수를 흔들었다. 성인 여자에게 그런 쪽지를 받긴 처음이다. 얼굴을 붉힌 채 보는 눈길도 없는데 언뜻 주변을 빠르게 살폈다. 이동우는 쪽지를 난해한 문자를 해득하듯 읽고 거듭 읽었다. 왠지 가슴이 막히도록 두려웠다. 그녀를 마음속으로 달리 바라본 적도 있었다. 그러나 다가설 수 없는 거리에 있는 여자라 여겼다. 자기로선 '가당찮기에' 눈길이 마주칠 때면 서둘러 피하기에 급급했다. 때 묻은 옷가지를 깨끗하게 빨아주는 주인집 딸. 이동우는 거기까지가 한계라고 마음에다 금을 그었다. 자기가 밟아온 성장 과정에 견주어보면 남현숙의 짝에는 가당찮았다. 그녀는 넉넉한 가정에서 고생을 모르고 자란 듯했으며, 자기와 비교하면 학교 공부도 더한 여자라서 먼 거리에 있어야 할 사람으로 지정해두었다.

이동우는 저녁상을 차려온 남현숙에게 눈길도 주지 못한 채 외면했다.

"동우 씨, 오늘 회사에서 무슨 언짢은 일이 있었어요?"

남현숙이 밥상을 내리다 말고 표정이 굳은 이동우에게 말을 걸었다.

"아니요. 별일 없었어유. 상을 차려놓고 부르면 제가 가지러 갈 것인데, 왜 무겁게 들고 왔어유?"

"오늘은 이러고 싶었어요. 왠지 그냥 이러고 싶었어요. 그런데 표정이 왜 그래요? 현장에 걱정되는 일이 있었나요?"

"아니, 아니유. 별일 없었구면유."

"그럼 시장할 텐데 어서 식사부터 하세요."

남현숙은 평소처럼 태연히 말하고 익숙하게 행동했다. 이동우는 당황하는 행동이 그녀에게 들킨 게 민망하기도 해서 고개를 숙인 채 숟가락을 놀렸다. 저녁 식사를 끝낸 이동우는 평상에 앉아 잠깐 망설였다. 남현숙이 만나자는 속셈을 모르니 이리저리 불안하기만 했다.

이동우는 전쟁터로 가듯 용기를 냈다. 알몸을 가리던 아까시나무에는 계절을 알리듯 팝콘처럼 흰 꽃이 수굿이 일었고, 바람이 불 때마다 꽃향기가 콧속을 뒤집었다. 철 이른 큰비 뒤끝이라 강물이 불어나 내는 빠른 물살을 얻었다. 물은 강바닥 자갈을 옮기면서 빠르게 하구로 달아나며 꼬리를 감췄다. 맑은 하늘 탓인지 열사흘 달빛이 냇가에서 무엇을 찾아내려는 듯 환히 내렸다. 투명한 달빛에 냇가 자갈들이 그림자를 깔고 모두 일어선 듯했고, 냇물은 달빛을 빠르게 하류로 실어 보내며 유유히 사라졌다. 잔물결에 달빛 조각이 비늘처럼 반들거리는데 냇가 특유 서늘한 물비린내도 일었다. 이미 수십 리 새 물결을 따라 서로 부딪치면서 둥글도록 모서리가 깎인 자갈들이 수많은 사연을 달고 와 냇물이 산란한 알처럼 동글동글 누워 있었다. 어떤 것들은 물길을 따라 흐르다가 서로 부딪쳐 모서리가 깨어지기도 했고, 금이 간 채 반토막 난 자갈도 있었다. 격한 흐름 탓인지 모양이 온전찮은 게 더 많았다. 물길은 깨진 자갈들을 타넘어 한 방향으로만 흘렀다. 그 끝으로 내쳐가며 너른 바다가 있을 테다. 이동우 걸음걸이에 그런 자갈들이 다시 서로 부딪쳐 정갈하게 울었다.

이동우가 자갈밭에 멈추자 남현숙이 옆으로 다가왔다. 그녀는 잠시 이동우를 바라보곤 치마 뒷자락을 엉덩이로 감싸며 말없이 자갈밭에 내려앉았다. 이동우도 덩달아 허리를 내렸다. 그들은 흐르는 냇물을 나란히 바라보면서 싸운 뒤처럼 어색하게 침묵했다. 발걸음에 밟히는 자갈 소리로 멀어졌던 개울물 소리가 비로소 뚜렷이 가까이서 들렸다. 남현숙이 먼저 입을 열었다.

"동우 씨, 피곤할 텐데 미안해요."

"아니유. 전 괜찮아유."

"동우 씨에게 한 가지 궁금한 거 꼭 물어보고 싶어 만나자고 했어요."

"뭔지 모르지만, 집에서도 진작 물어볼 수 있잖어유?"

"그런데 차마 그럴 용기가 없었어요. 엄마가 그랬어요. 동우 씨가 외로워 보인다고요. 제 눈에도 그렇게 느꼈고요. 전 동우 씨가 어떻게 성장했는지 궁금해요. 아니, 알고 싶어요."

남현숙 목소리는 차분했으나, 분명한 의지를 담고 있었다. 처음 만나 으레 물어보는 그런 질문이지만, 이동우는 예견되었던 물음이라 긴장되었다. 그는 그녀 얘기를 들으면서 손바닥으로 깨진 자갈을 만지작거렸다. 물길에 잘 구르지 않으려던 자갈인지, 너무 거센 물길 탓인지 깨진 부분이 손바닥 살을 자극하면서도 잘 구르지도 않았다. 그녀 입에서 말이 끝나자, 이동우는 되물었다.

"그게 왜 그리 궁금하고, 뭐 때문에 알고 싶어 하지유?"

비록 불만스럽게 내뱉는 말인데 억양은 나직했고 끝은 두려움이 묻어 있었다.

"제겐 중요하다는 생각이 요즘 들었어요. 아니, 반드시 알고 싶어요. 알려주기 싫다면 할 수 없지만 그렇지 않다면 알려주세요."

이동우는 잠깐 망설였다. 영동을 떠난 뒤부터 누구에게도 밝히지 않았던 과거였다. 그 누구도 물어오지 않았지만, 설혹 물어오더라도 꼭꼭 숨기고 싶은 과거사였다. 아니, 기억에서 지우고 싶은 얘기들이었다. 그것을 지금 남현숙이 원한다고 했고 반드시 듣고 싶다고 했다. 그리고 그동안 가장 가까이서 아무런 차별도 두지 않고 자기의 어려운 일을 도와준 사람이 그것을 반드시 알자고 요구했다. 다른 사람 요구라면 마땅히 거절할 일이지만 남현숙이기에 망설여졌다. 그러나 차마 냉정하게 거절할 순 없었다. 이동우는 용기를 냈다.
"거기서 굳이 알고 싶다면 얘긴 하겠는데 듣고 실망하실 거유."
"늦게 알아서 느끼는 실망보다 일찍 아는 실망이 앞으로 이겨내는 데는 더 좋을 거예요. 전 들을 준비했어요. 어지간한 일에는 놀라지도 않을 거고요."
"놀라지 마세유. 제 어린 시절은 불우했시유. 아버지가 돌아가시자 어머니는 생계 때문에 본처가 있는 집에 재가했어유. 의붓아버지 성격이 아주 고약해서 열네 살 때 견뎌내지 못하고 고향을 떠났지유. 그래서 남들이 다니는 학교도 못 다녀서 제대로 공부도 못했구먼유."
"그래서요?"
이동우는 내친김에 성장 과정에서 겪었던 얘기를 모두 풀어냈다. 처음에는 호기심 때문인지 찬찬히 얘기를 들으면서 간간이 이동우 얼굴을 살피며 물음까지 던지던 남현숙은 이제 침묵한 채 고개를 깊이 떨어뜨리고 있었다. 숙였는데도 흥건하게 젖은 뺨이 달빛에 반들거렸다. 그녀가 젖은 목소리로 물었다.
"어머니와 의붓아버지는 아직도 그곳에 살고 계시겠네요?"
"아마 살것지유. 의붓아버지가 돌아가시면 엄니는 제가 모실 생각은 있어유."
"슬프네요. 가슴이 아파요. 그래도 그나마 동우 씨는 어머니가 살아 계시잖아요."
"거기도 엄니가 살아 계시잖아유."

"아니에요. 전 고아예요."

"고아라니유?! 절 그렇게 억지로 위안하잖아도 되네유."

"아니요. 제가 남 씨가 아닐 수도 있다니까요. 지금 엄마는 절 낳은 분이 아니라 기른 분이에요. 지금 애써 길러준 엄마 은혜와 달리 거리에서 사람들을 볼 때면 그 무리 속에 저의 아버지와 어머니가 있을지도 모른다고 그렇게 망상하는 버릇까지 있어요."

남현숙도 그의 얘기를 들었으므로 자기 출생과 성장 과정을 동우에게 들려줘야 마땅하다고 생각했다. 그녀는 자신 얘기를 마쳤다. 격한 감정이 서로 맞닿은 둘은 잠깐 어색해서 할 말을 찾지 못했다. 그들은 다툰 뒤처럼 격한 감정으로 한동안 시선을 나란히 한 채 하구를 향하여 돌아내리는 강줄기를 무료하게 바라보았다. 서로 달리 감당할 몫과 다듬어야 할 감정이 있었다. 갈 길로 부지런히 흐르는 물소리가 끊기듯 이어졌다. 그 소리가 선명하게 귀에 들릴 만큼 무겁게 침묵했다. 마치 오랫동안 험난한 길을 같이 걸어온 듯, 아니 갑작스럽게 같은 처지로 다가선 느낌마저 들었다. 그러나 둘만이 행복한 길을 멀찍이 밀쳐두고 고통스러운 길만 골라가며 여기까지 걸어와 비로소 마주친 듯 서로 무안해하고 있었다.

한참 시간이 흐른 다음 남현숙이 목 잠긴 목소리로 먼저 입을 열었다.

"동우 씨, 우린 둘 다 그런 바탕에서 컸네요."

"앞으로 거기나 저나 그런 고생을 하지 않았으면 좋겠네유."

"아직도 자꾸 거기라고 부를 거예요?"

"현숙 씨라 부르긴 아직은······. 시간이 오래되면 그렇게 부르게 되것지만유. 지금은······."

"고생했으니 앞으로 어떤 일이 있더라도 참고 견뎌야 하겠지요? 또 한 가지 묻고 싶은데······. 이제 일 끝나고 이곳에서 떠나면 다시 이곳으로 올 기회는 없겠지요?"

"으음, 그게······. 그럴 수도 있어유."

"제가 이곳에서 동우 씨를 기다리고 있겠다고 약속하면요?"

가난과 못 배움에 자신감을 잃고 두려움과 무력감에 빠져 기가 죽은 남자. 남현숙은 그가 잃은 그런 것들을 되찾아주고 싶었다. 웃음으로 지는 주름이 저 얼굴에서 깊이 패도록, 또 찌든 외로움도 저 몸에서 씻겨주고 싶었다.

"현숙 씨, 제 처지가······. 현숙 씨에겐······. 도무지 어울릴 수가······."

"안 될 것도 없잖아요? 전 동우 씨가 좋아요. 우린 외로움에서는 합치하니까요. 외로움은 외로움과 만나야 그것이 사라지죠. 우리는 이렇게 깨진 자갈들이에요. 그래서 서로 아픔을 이해할 수 있어요. 그런 경험이 뭣보다 우리 서로에게 위안이 될 거예요. 저는 제 처지를 이해하는 사람과 살 거예요. 그런 사람이 난 좋거든요."

"그렇기는 하지만······. 하기야 서로 아픔을 겪은 사람끼리인데 더 상처를 입지는 않겠쥬. 그런데 엄니가 반대하지 않겠시유?"

"동우 씨는 모르지만, 엄마도 동우 씨를 무척 좋아하세요. 아마 동우 씨 얘기를 들으면 이해하고 찬성하면서 우리를 도와주실 거예요. 우리에겐 앞으로 필요한 건 뭐보다 사람을 이해하는 용기일 거예요."

"사람을 이해하는 용기라구유?"

"예, 불우한 과거와 또 우리와 다른 시선을 가진 사람들을 이겨내는 용기요."

"그렇다면……."

"그런데 한 가지 부탁이 있어요. 동우 씨가 성격이 나쁜 의붓아버지에게서 몹쓸 짓을 당했는데 그에 대한 앙심으로 다른 사람들에게 악감정을 품을 수도 있잖아요. 그러나 동우 씨는 앞으로 살아가면서 우리보다 어려운 사람한테는 절대 악한 짓을 하지 않겠다고 저 앞에서 굳게 결심하세요. 그게 제 간절한 부탁이네요."

"아, 무슨 뜻인지 알것시유. 제가 당한 일을 생각하면 남에게 악하게 해서는 당연히 안 되겠지유? 저는 그 고통을 잘 아니까유."

"그건 어떤 상황에서도 반드시 지켜주셔야 해요. 자, 약속."

이동우는 건너오는 남현숙 손가락만 잡았다. 남현숙은 더 깊은 말을 전하려고 그의 눈동자를 찾았다. 이동우 눈동자 정점은 강물에가 있었다. 찾아가던 눈길이 허공에 멈췄다. 거절의 말을 뱉을 수 있는 입이 아래에 있었지만 침묵했다. 사랑이란 마주하는 사람 마음 갈피에다 소리 소문 없이 전하고 싶은 마음을 끼워넣어 함의를 이루는 행위일 터. 치켜드는 이동우의 두려운 눈길을 남현숙이 낚아채 들였다.

이동우로선 그랬다. 받아서는 안 될 가당찮은 것들. 가당찮은 손길이 왔고 더 가당찮게 건너온 눈길이 깊어지는가 싶었는데 참으로 감당하기 어려운 가당찮은 입술이 입술을 파헤쳤다. 사탕 문 아이 입처럼 달차근해서 입술 같잖았다. 정신이 아뜩해 몸 중심을 잡자고 나간 손이 허공에서 허우적거리다 잡은 곳이 남현숙 뒷머리였다. 언젠가 갖고 지녀야 할 것들. 남녀 사이에 처음 건너온 행위와 눈길을 어떻게 받아서 소화하고 그것을 어떻게 소유할지 그 답을 이동우는 미처 준비도 못 한 채였다. 온몸이 조용한 데가 없이 출전 북소리 울림을 받듯 쿵쾅거렸다. 그저 뭔가 감정에 따라 열중해야 한다는 의무감밖에. 소나기가 오자면 부는 바람이 구름 조각을 몰아오고 한두 개 빗방울부터 떨어져야 하는데, 이건 말 그대로 졸지에 내린 폭우였다. 생전 처음으로 감지되는 당혹스러운 느낌. 행동보다 앞서 나가는 정리되지 않은 서툰 감정. 무척 불편하고 거북스러웠다. 다시 정신 차려 마주 보니 가슴이 쿵쾅거리고 얼굴이 화끈 달아올라 그제야 아까시나무 꽃향기보다 더 진한 사랑이 제 곁으로 온 줄 비로소 알았다. 숙성기간을 뉘도 어림잡지 못했지만 이미 잘 익어 있었다.

8

낯설게 다가온 동료들

산림조합 강당에서 그들이 결혼식을 치르는 날은 새벽부터 비가 내렸다. 그날 내린 비는 긴 가뭄 끝을 풀었다. 그러나 온누리를 포근히 감싸 소곤거리듯 촉촉하게 내린 단비는 아니었다. 나들이가 부담스러울 만큼 마냥 쭈럭쭈럭 쏟아져 물꼬를 터 흐른 빗물이 얕은 신 등을 타 넘기도 했다. 야속하니 하늘만 쳐다봐야 했던 가뭄은 해갈됐으나, 혼살 치러낼 혼주에겐 어수선할 만큼 궂은 날씨였다. 빗속을 걸어온 하객들도 성가신 얼굴로 빗물이 흐르는 우산을 접으면서 을씨년스럽게 강당 안으로 하나둘 들어섰다. 하객 맞을 자리에 선 홍은희는 만감으로 마음이 착잡했다. 결혼에 따른 온갖 준비를 주선하면서 이게 남현숙에게 마지막 가는 정이려니 여겼다. 겨우 젖 빨림 하는 어린 걸 무탈하게 길러 배필 지운 일에 가슴이 뿌듯하긴 했다. 신접살림에 당장 소용될 자질구레한 일습들을 하나하나 손끝으로 챙기면서도 제 처지를 되돌아봤다. 이런 정성이 이제 둥지를 떠나 제 삶의 책무를 다해 살아갈 생활에 알뜰히 소용되기를 바라는 자리까지 왔으니 스스로 평가해도 보람되었다. 딴은 피를 건네지 않았을 뿐 정은 건넬 만큼 넘겨준 셈이다.

이제 뜰 가득 일었던 꽃이 지듯 성장 과정에서 남긴 아기자기한 기억들이 주변에서 하나둘 시들어 자취를 감출 겨울 정원 정경만 눈앞에 있을 뿐일 테다. 그렇게 마음 비운 자리로 종잇장 복판에 인 불구멍 커지듯 더 너른 공간이 야금야금 생겨서 낙엽 질 무렵에 부는 가을바람 소리처럼 스산한 냉기로 허전함만 가득 깃들 거다. 아이 배냇짓으로 웃던 일도, 말귀를 알아듣지 못해 속 끓이며 한숨짓던 일도 한가한 틈틈이 아릿하게 가슴 적실 모춤으로 남았다.

결혼을 하루 앞둔 그날, 홍은희는 창문이 희뿌옇게 밝아오는 이맘에서야 잠깐 눈을 붙였다. 결혼 뒤 사는 모습을 봐야 지아비에게 지어미로서 갖추어야 할 소양을 제대로 가르쳤는지 증명될 테지만, 막상 품 밖에다 풀어놓으려니 어딘가 미흡하고 미진하기만 했다. 둘 다 태어난 바탕이나 자란 환경이 넉넉지 못했으니 그런 그늘이 걱정의 한 모서리로 마음에 걸렸다. 곤한 잠결이라면 덜어질 이런저런 심회로 하룻밤을 길고 짧게 새고도 미진한 생각은 여전히 머릿속에 남았다.

백 명 남짓 수용할 강당이 휑하게 보일 만큼 하객은 적었다. 그나마 홍은희 친척과 그녀 발품으로 얼굴을 익힌 이웃과 교인들만 눈에 띄었을 뿐이다. 때마침 정영남이 해외 공사 현장에 나가 있어 신랑 하객으로 외숙모와 이동우 직장 동료 몇만 참석했을 뿐, 진작 혼주 자리에 앉아야 할 어머니 정순임과 의붓아버지 서봉태는 청첩장을 보냈음에도 얼굴조차 내밀잖았다. 그러기에 앞서 청첩장이 인쇄되자 홍은희가 참아오던 말을 이동우 기색을 살피며 마치 지나는 듯한 말투로 입을 열었다.

"이 서방! 그래도 의부와 친모한테는 알려야 할 게 아닌가?"

"장모님, 알린다고 오겠시유? 헛수고일 뿐이지유."

홍은희 권유에 이동우는 사내답잖게 체머리까지 흔들며 퉁명스럽게 기대를 접자고 체념 투로 대거리했다.

"이 사람아, 혼례 예의는 그런 게 아니라네. 오든 오지 않든 그쪽 사정이지만 그래도 이쪽에선 마땅히 갖추어야 할 예의니 자넨 앞가림하는 게 옳다고 보네."

"엄니야 소식 들으면 백 번도 더 참석하고 싶어 하실 테지만, 그 양반은 무슨 명분으로 오겠시유? 엄니가 참석하려고 나서는 앞길도 오히려 가로막아 설 사람인디."

의붓아버지인 서봉태에게 굽은 감정은 세월이 흘러도 펴지지 않았다. 구부러지는 과정에서 인간으로서 몹쓸 짓을 저질러서 그런 미움이 켜켜이 쌓였는지도 몰랐다. 이동우도 어머니와 맞물려서 옛 생각이 더러 날 때가 있었다. 기분이 좋을 때보다 언짢을 때, 그런 생각이 드문드문 옮겨다녔다. 장작불에 잠깐 환해지는 얼굴처럼 그런 순간 행복한 기억은 없던 터, 괴롭고 고통스러웠던 일만 기억에 선명하게 잡혔는데 오늘도 온통 그런 것들만 눈앞에 어른거렸다. 비 오는 날 술 취한 채 몽둥이를 휘두르던 서봉태 광기를 전해 들은 홍은희는 일찍 그렇게 다친 마음이야 동정하지만, 사람 모진 마음 뒤끝의 고약함을 늘 걱정해온 터였다. 세상이 불공평하다고 악으로만 대응해서는 안 되는 게 세상살이라고 늘 기도해온 그녀로선 안타까운 일이었다. 공정, 정의, 윤리 따위의 개념이 시류에, 또 앉은 자리 사람에 따라 춤출 만큼 갈 데까지 간 세상이라도 고등동물로 우대를 받으려면 사람이 그렇게 막 나가서는 제 나름 구실도 못하는 이치임을 알기 때문이다.

"그래도 이 사람아, 자식 된 혼사에는 그리 맘먹어선 안 되네. 하다못해 청첩이나 보내야 하지 않겠나?"

"그 양반이 참석하면 내 이 손가락을 장에다 지지세유. 그 양반은 제가 태어나서 만나지 말아야 할 사람을 만나 악연만 남겼네유. 그런데 무슨 염치로 나에게 행복하라고 말할 자리에 참석할 수 있겠시유? 그건 경위에도 없는 일이지유. 그러니 장모님 너무 애쓰지 마세유."

"원 사람, 설령 그렇다손 치더라도 말을 그렇게 하면 쓰나. 오든 오지 않든 청첩은 보내게."

참다못한 홍은희는 맵차게 말막음했다. 옆에 앉은 남현숙도 딱하던지 그녀 편을 거들었다. 그런 실랑이까지 하며 외숙모한테 주소를 물어 보낸 청첩장인데, 끝내 예식이 치러지는 강당에는 얼굴조차 내밀지도 않았다.

신랑은 꽃길이 아니라 긴 각목 의자가 양쪽으로 배열된 사잇길로 험한 세상을 홀로 헤쳐왔듯 그렇게 서슴서슴 걸어왔다. 하객들 눈길이 신랑에게로 쏠렸다. 바깥 날씨로 몸에 묻어온 비 냄새 때문에 빗속 궂은 길을 걸어온 느낌을 주었다. 기쁨을 담아낸 적 없는 얼굴에는 밝음이 없었고, 다소 겁먹은 눈길이 이리저리 멈출 곳을 찾아 떠돌다 예식 행사 때만 켜지는 천장 크리스털 장식등에 가 박혀 움직이지 않았다. 이내 소박한 웨딩드레스를 입은 남현숙이 홍은희 남동생인 외삼촌 손에 이끌려 신랑이 걸어온 길로 밟아 왔다. 외삼촌은 신부 팔에 끼인 모양새가 데면데면하여 걸음 폭을 맞추려 어색하게 걸었고, 남현숙은 부끄러워 눈길을 아래로 깐 채였다. 마다하던 이동우 외숙모가 신랑 혼주 자리에 꿔다놓은 보릿자루처럼 앉아도 눈에 띄지도 않은 신부 품성을 가늠하려는 듯 눈을 가늘게 뜨고 있었다. 모두 즐거워야 할 경사스러운 그날, 홍은희가 먼저 눈가에 스미는 물기를 닦아냈다. 감격해서가 아니라 안쓰러움 때문이다. 주례를 맡은 퇴역 교장이 카랑카랑한 목소리로 이들이 행복해야지 세상이 공평하다고 말할 수 있을 거라 언급할 때, 하객들도 잘하는 주례사라 박수를 쳤고, 이웃들이 그런 길을 가도록 의심 없이 이들을 도와주어야 할 의무가 있다고 강조한 뒤 한참이나 눈길을 박듯 하객들 하나하나 둘러볼 땐 몇몇은 속으로도 부담스럽다는 듯 얼굴빛을 고쳤다.

그러나 이동우 귀에는 주례사가 탈곡기 원통 터지는 소리처럼 왱왱 귀울음으로 그쳤다. 눈앞에 띄어야 할 한 사람, 어머니인 정순임 모습이 머릿속으로 오락가락했다. 주례사를 스쳐 들으면서 줄곧 어머니만 생각했고 하객들에게 돌아섰을 때, 눈길은 외숙모가 앉은 혼주 자리를 더듬다가 훤히 열린 식장 입구를 지나 비 오는 바깥에 나가 있었다. 비는 영동 집 마당에 쏟아지던 빗줄기처럼 바람에 사선을 그으며 이리저리 뿌렸다. 외양간 앞에서 비에 젖은 아이가 종아리에 피를 흘리며 울고 있었다. 의붓아버지 팔에 매달려 애원하는 어머니 간절한 얼굴도 보였다. 어머니는 분명 청첩장을 받았을 거고, 참석하려고 신발에 묻은 흙까지 닦아두었을 테다. 그런데 의붓아버지가 미리 집 안을 벌컥 뒤집어엎는 선수를 쳤을 거다. 어머니는 그물에 걸린 버들치같이 저항조차 못 하고 속울음만 삼킨 채 그 자리에 주저앉았음이 보잖아도 눈앞에 뻔히 그려졌다. 비 오는 바깥이 뿌옇게 흐려 보이자 이동우는 이내 고개를 떨궜다. 그런 두리번거림을 지켜보던 홍은희가 손수건으로 입 밖으로 터져 나올 것 같은 울음부터 틀어막았다. 슬픔은 쌓일 때는 모르지만 쌓인 무게로 무너질 때야 비로소 그 깊이를 드러내는 법이다.

'서럽도록 서럽게 자란 저것들……'

분에 넘치게 태어나 누릴 건 모두 누리고 살면서도 갖은 악행으로 이웃 몫마저 착취하려는 자들에 비하면 '저것들'은 본디 인간이 마땅히 누려야 할 제 것도 제대로 챙기지 못한 채 강자 생존 세상을 빈손으로 무모하게 살아왔다. 아니, 그런 삶마저 누구 한 사람 관심도 받지 못한 채 천덕꾸러기 취급받으면서 살아왔으므로 가슴 칠 만큼 한스럽고 서러울 수밖에 없었다. 남현숙보다 이동우 처지의 가련함은 어린 몸으로 감당하기가 버거울 만큼 가혹했을 터. 분명 구원 손길이 닿았을 만한 일인데, 내민 손도 없을뿐더러 잡을 끈조차 어린 것 앞에는 아예 없었을 테다. 그녀는 혼주 자리에 앉아 내처 그런 생각에 골몰하느라 사진 찍으라고 촬영기사가 두 번 크게 불러도 알아채지 못할 만큼 정신이 현장에서 떠나 있었다.

예식이 끝났을 때, 홍은희는 어깨가 축 처진 채 눈이 충혈된 이동우에게 잘못을 저지른 듯 위안 소리를 했다.

"아마 연락을 못 받았는가 보네. 명색이 어머니인데……. 그래도 이런 날에는 나타나야지. 참으로 야속한 사람일세."

그러고도 내내 서운하다는 표정을 감추지 못했다. 이동우는 홍은희에게 뭐라 한마디 해야 스스로 침울한 분위기에서 벗어날 성싶었다. 그는 남현숙 눈치를 살피면서 홍은희 말에 뜻을 밝혔다.

"장모님, 너무 서운해하지 마세유. 이제 자리가 잡히고 또 제 마음이 누그러지면 현숙 씨와 같이 엄마를 찾아가 뵙도록 하겠시유."

도축장처럼 발길 내닫잖은 곳일 테지만 지금 분위기에선 임시변통으로 그런 말로 면피라도 해야 했다. 애당초 실행 불가능한 일은 오히려 단념도 쉽게 하는 법이라더니 지금 정황이 그 말에 합당했다. 어차피 실천하고자 애쓸 필요마저 없을 테니까.

"당연히 그래야 마땅하지만, 그래도 오늘 일은 아무리 이해하려 해도 머릿속에 오래 남을 것 같네. 나중에 찾아가면 부모로서 인사를 어찌 받을까, 그 처신이 자못 궁금하네. 윗사람으로서 처신을 바르게 해야 할 일인데, 쯥―."

남현숙과 결혼한 그해 늦가을, 이동우는 서울 본사로 돌아왔다. 파견지 아파트 공사가 마무리되고 시공하자 기간도 끝났기에 다음 현장으로 발령 때까지 본사에서 대기해야 했다. 아파트 설비공사는 공기를 단축했을 뿐만 아니라 수익까지 남겼다. 완벽한 시공으로 아파트 건설업계에 회사 브랜드 가치를 높여 주택사업 부문에서 회사 상표만 보고도 '응, 그 회사'라 알아볼 만큼 위상까지 확고히 했다. 회사 방침에 따라 현장 근무했던 동료들은 이듬해 2월 정기인사 발령에서 모두 승진하는 파격적인 대우를 받았다. 창사 이래로 가장 크게 벌일 '사원 위안잔치'라 사내 게시판에 공고한 다음, 벅적하게 행사까지 치러 사기를 북돋웠다.

그러나 이동우는 승급하여 호봉이 올라 급여는 불었으나 승진에서는 탈락을 맛봤다. 옆도 뒤도 돌아보지 않고 십 년 동안 두더지처럼 외곬으로 파고든 곳에서 받은 대우가 그렇게 냉담했다. 더군다나 같은 무렵에 입사한 동기들은 과장 자리로 올라갔으며, 정규대학을 나온 몇몇은 눈치 빠른 처신으로 차장 자리까지 거침없이 내달았다. 모두 같은 현장에서 기술을 손에 익힌 동기들이고, 같은 장소에서 똑같은 일을 한 동료들이었다. 당연히 직급에 따라 받는 급여나 상여금에서도 크게 차이 날 수밖에 없었다.

이동우는 인사발령이 나던 날, 공고판에서 떨어진 복도 어둑한 곳에 서서 망연하게 창밖 세상을 바라봤다. 도시는 양지와 음지로 구획되어 있었다. 답답할 때마다 쳐다보던 하늘을 바라봤다. 볕은 고루 내렸으나 뭉글뭉글 낀 큰 구름 조각들이 음양을 지우는 그 짓을 했다. 구름이 더 무거워져야 비가 될 터. 어디서부터 번나고 무슨 까닭으로 이리 꼬였는지 얼추 짐작되었다. 피댓줄에 목숨을 잃어 부를 때 대꾸조차 한마디 없이 떠난 아버지를 생각했고, 내처 학교에 불려왔던 의붓아버지 서봉태의 능청맞은 얼굴이 떠올랐다. 말뚝박기놀이에서 꼴찌로 아슬아슬하게 매달렸다가 손아귀에 힘이 빠져 맨땅에 털썩 떨어진, 그런 낭패감이었다. 운기를 돋아 점프해야 할 몸인데 매가리 없이 아래로 절로 쳐지기만 했다. 망연자실한 채 서 있는 이동우 어깨를 이번에 승진한 동료가 툭 치고 지나며 한마디 했다.

"야, 동우야 미안하다."

사과로 들린 말을 던진 그는 고과 평가자도 직속상사도 아니었다. 이동우는 금기시했던 술을 처음 마시고 싶었다. 그도 까무룩 인사불성 되도록. 그러나 어머니와 약속한 일, 아버지 죽음도 의붓아버지 광기도 술 탓이었으니 그 짓을 하자니 가책을 느꼈다. 맥 빠진 몸으로 두 팔마저 늘어뜨리고 울고 싶었다. 어머니가 세상살이하자면 울음을 참으라는 당부 말도 지금은 지켜낼 수 없었다. 처지가 시루 바닥에 처진 콩짜개와 같은 게 서러웠다. 예전 어머니가 반찬용으로 집에서 콩나물을 기르곤 했는데 눈에 상처를 입은 콩은 싹이 트다 말거나, 아예 물에 불은 채 시루 바닥에 처져 썩은 흔적만 남겼다. 그것의 존재는 분명 콩이었으나 상처를 입었기에 콩나물로 발아하지 못한 이물질에 불과했다. 이동우는 회사에서 그런 버림을 받았다고 여겼다.

번번이 정규 학력 벽에 부딪혔는데, 이번에도 그 덫에서 한 발짝 벗어날 수 없었다. '저학력 취득자' 그 덫에 옭아 묶이면 위로 넘볼 의지는커녕 확보한 자리에서 밀려날 지경에 이른다. 경쟁자들은 제 몫을 정확하게 지키려고 자격 미달자가 진입도 못하게 제도까지 만들어 제 분수에 묶여 있기를 엄격하게 요구했다. 배관 기술이야 손에 익어서 직원들 가운데 둘째가라면 서러워할 위치지만 이론으로 그것을 조리 있게 설명하기에는 서술의 순서마저 잃어 늘 진땀을 흘렸다. 대학은 물론 정규 공업계 고등학교를 나온 동료들의 배관 이론 해득 능력을 따라갈 수 없다는 걸 스스로 느끼며 부족함을 깨닫곤 했다. 그들과 경쟁하자면 언제나 육박전 나선 보병처럼 몸으로 부딪치는 게 상수였다. 오직 육신이 거덜날 때까지 몸으로 때우고 부딪쳐야 생존 가능하므로 그 길을 말없이 밟아왔다.

승진에서 탈락한 뒤 일손마저 풀린 이동우는 현장 일에 낯섦을 느꼈다. 근면 가치에 상처를 입었으므로 부당하다는 생각이 머릿속에서 지워지지 않았다. 뭣보다 남현숙 앞에서 고개를 곧추세울 수 없었다. 걸어나아가야 할 앞길이 무너져 단애를 이룬 듯 캄캄해 보였다. 그나저나 지금까지 어떻게 참고 견뎌온 삶인가. 어려울 때마다 남현숙과 서로 좌절하지 말자고 서로 격려해왔고 현실 삶이 억울하고 서럽더라도 악착같이 살아남자고 강다짐하며 서로 위안하지 않았던가. 이번에도 남현숙은 주저앉은 이동우를 옆에서 일으켜 세우려 애썼다. 그녀는 남편의 감정에 휩쓸리지 않으려는 듯 아예 눈길조차 마주치려 하잖았다. 당당하게 일어서자고 욱여든 어깨를 감싸며 어른스레 조곤조곤 말했다.

"괜찮아요. 괜찮아. 아직, 아직은 괜찮아요."

"미안하네유."

"젊으니까 우리에겐 걱정이 많은 거에요. 살자면 한번은 그런 터널을 지나야 해요. 그 왜 통관례라는 게 있잖아요? 인생에 통관례라 그리 생각해요."

고민은 쌓일수록 가슴만 패기 마련이다. 이동우는 여러 날 혼자서 끙끙 앓다 정영남을 찾아갔다. 현장으로 떠도는 외삼촌과 만난 지도 자세히 되짚지 못할 만큼 한참 되었다. 작업현장이 갈린 지 이미 오랜지라 마주칠 기회조차 드물었다. 더군다나 정영남이 해외 근무를 마치고 들어온 지 얼마 되잖아 서로 시간을 조율해야 만날 수가 있었다. 버스에서 내려 언덕을 오르는 이동우 가슴으로 스미는 봄바람이 겨울 바람결처럼 차갑게 느껴졌다. 다른 사람들은 그런 바람결을 의식하지 못한 듯 저만치 성큼성큼 빠르게 나아가고 있는데, 바람에 저항 받듯 홀로 외로이 뒤로 처져 한없이 느린 걸음으로 그도 흐느적거리며 걸었다. 그렇게 옮기는 발걸음마저 장딴지에 모래주머니를 찬 듯 배착걸음이었다.

정영남 밑에서 일 배운 지 한참 될 무렵, 그가 이동우를 가까이 불러 앉혔다. 외삼촌으로서 아이를 맡은 뒤 잘못된 길로 갈까 봐 항상 불안하기에 기회 닿을 때마다 한소리 해가며 단속해왔는데 오늘은 다른 일로 불렀다. 그는 그동안 이동우가 힘에 부칠 텐데도 말썽

없이 적응해서 내심 대견스레 여겨 왔다. 제 딴에는 스스로 살고자 부단히 노력하는 모습이 듬직해 보여 이제 한시름 놓아도 될 성싶었다.

"동우야? 이제 할 만하냐?"

"예, 외삼촌. 아직 멀었지만, 열심히 해내려고 노력하고 있어유."

"내가 볼 때는 이제 그만한 수준이면 조수가 아니라 조장으로도 능력이 충분하다. 그래서 하는 말인데, 지금부터 다른 반장 밑에서 일하는 게 너에게는 좋다."

"저는 아직 외삼촌 밑에서 배울 것도 많아서 더 배우고 싶은데유."

"아니다. 기술자로서 제대로 평가받으려면 이 바닥에선 그 길이 옳다. 네가 내 밑에 계속 있으면 너는 언제나 꼬마로 취급받고, 고정관념에 젖은 사람들 눈에는 기술이 늘어난 것을 쉽게 인정하지 않으려는 텃세가 있는 게 기능공 세계다. 그리고 또 내 밑에 있으면, 항상 내 눈칠 보면서 일하니 소신과 자신이 없어지지. 기술을 익히는 사람이 자신과 소신이 없으면 더 발전할 수 없다. 그러니 내 의견에 따르는 게 너 앞날을 위해선 낫다."

이동우는 외삼촌 정영남 조언대로 다른 배관 반장 밑으로 옮겼다. 낯선 사람에게 손에 익힌 기술을 검증받고 싶은 이유도 한몫했다. 소속 반장은 정영남 밑에서 기술을 배워 동급에 오른 사람이라 이동우의 전입을 반겼다.

"너는, 너의 외삼촌을 어떻게 평가하는지 몰라도 그 양반 보통 기술자가 아니다. 내가 그분 밑에서 기술을 배웠지만, 아직 네 외삼촌 기술에 따라가자면 기저귀를 찬 애나 마찬가지다. 너의 외삼촌 배관 기술은 간단하면서도 효율적이어서 자재와 인력을 아껴 공사비를 절감하는 기술에는 누구도 흉내조차 못 내지. 너도 그런 기술을 배워라. 그러니 나와 한번 잘해보자. 그리고 어려운 게 있으면 언제든 얘기해라."

그는 마음이 따뜻했지만 일에 맞닥뜨리면 신중했고 엄격했다. 또한, 게으른 사람에게는 가혹할 만큼 냉정했으나 부지런한 사람에게는 한없이 너그러운 그런 품성을 지녔다. 그런 사람 밑이라 부지런히 일했으나 결과는 승진에서 탈락했다.

그동안 정영남은 단독주택을 마련했다. 툭하면 싸고 풀어야 했던 전월세살이를 졸업한 셈이다. 대지 사십오 평에 건평 스물다섯 평, 마당 여남은 평 깔린 3층 단독주택, 셋집 네 가구를 낀 십 년쯤 낡은 붉은 벽돌 가옥이지만 이동우가 상경 때 옹색한 궁기마저 없앨 만큼 생활공간이 널찍해졌다. 그가 3층 석조 계단으로 올라 현관 안으로 들어서자 정영남은 혼자 거실에서 티브이를 시청하다가 소파에 일어나 맞았다.

"웬일이야? 왜 혼자야. 네 처는……?"

"그 사람은 지금 시각엔 직장에 있어유."

"아 참, 그렇지 내 정신 좀 봐. 나는 네가 청주 현장으로 간 줄 알고 있었는데, 아직 현장에 가지 않았어?"

"청주 현장으로 간다면 아마 다음 달에 갈 것 같어유. 그런데 외삼촌?"

"왜, 무슨 일이라도 있었어?"

언질을 던져놓고 선뜻 뒷말을 잇지 못하는 이동우 표정을 곁눈질하던 정영남이 되물었다. 분명 사연이 있어 찾아온 낌새인데, 이동우는 주저하고 있었다. 한참 망설이던 이동우가 챙겨온 말을 조심스럽게 풀어냈다.

"외삼촌, 다름 아니라 회사에서 퇴사해 아주 조그마한 가게를 얻어 하청 도급 같은 일거리 맡아 해보고 싶은데, 외삼촌 의견을 듣고 싶어 이렇게 찾아왔어유."

이동우 말에 정영남은 새삼 그의 표정을 찬찬히 뜯어봤다. 단단히 작정하고 찾아왔다는 결의가 표정에 그대로 드러나 있었다. 정영남은 뭔가를 곰곰이 생각하다가 어두운 표정으로 말문을 열었다.

"내 짐작이 맞는구나. 너보다 훨씬 늦게 입사한 애들이 이번에 모두 과장까지 올라갔으니 너 심경을 내 잘 알지. 이번에도 또 학력에서 밀렸을 테지. 그렇다고 퇴사해 혼자서 일을 맡아 하긴 아직은 나이도 너무 어리고, 또한 경험마저 부족하다. 그래서 아직 이르다 생각한다만……."

짚신감발하고 진창길을 걸어본 사람은 젖은 길을 택하지 않고, 뱃사공은 결빙된 빙판에다 예인로를 뚫지 않는 법이다. 한때 그런 하청 생활을 호되게 경험한 정영남은 어두운 거래로 이루어지는 그 바닥의 영업 형태라든가, 끼리끼리 알음알음 계약하는 하청 도급 세계의 속성에서는 어린 나이, 더군다나 경험도 자본도 신통찮은 처지에 성공하기 어렵다는 걸 누구보다 훤히 꿰고 있었다.

"많이 생각하고 또 제 처와도 의견을 나눠봤어유. 처음에는 고생이야 되겠지만 배운 게 오직 그것뿐인데 일찍 시작하는 게 나중에 나을 것 같다는 생각이 들기도 하구유. 그래서……."

"물론 그런 면도 있긴 있을 테지. 그리고 학력마저 보잘것없는 네가 조직사회 경쟁에선 항상 불리하기도 하겠지. 그런 형편이니 오직 손에 익힌 기술로 밥 벌어먹자면 아예 일찍 독립하는 것도 그리 나쁘지는 않다만 아직은, 내 생각은 '아니다'다."

"저도 조금은 불안하기는 해유."

"동우야, 이러면 어떠냐? 승진에서 탈락한 지금 정황은 네게서 일 배운 애 밑으로 들어가서 일하자면 엄청나게 스트레스를 받을 텐데 이 외삼촌 생각은 공사부서에서 다시 생산부서로 옮겨 그쪽에서 일하는 게 어떠냐? 기분 전환도 할 겸. 내가 생산이사한테 부탁하마."

"다시 생산부서로유?!"

"그래, 아직 자영업 하기엔 나이가 어려도 너무 어리다. 옛날 오해받았던 일도 이 기회에 씻을 겸, 또 이제 그때보다 나이도 들었으니 조직이 어떻게 돌아간다는 것도 배우고."

"외삼촌, 그런 일로 쫓겨난 전력이 있는데, 다시 절 받아주겠시유?"

"그건 이미 진실이 밝혀진 옛일이니까 상관이 없을 게야."

"외삼촌이 그렇게 해주신다면 저야 객지로 떠돌지 않아 좋긴 하지유."

"그게 너에게 좋을 거다. 마침 다음 달에 나는 중동 현장으로 나가게 되어 있다. 나가면 한 삼 년 지나야 귀국할 테지. 그러니 너도 그동안 내 도움을 받기는 어렵게 될 거다. 그러잖아도 너를 혼자 현장으로 떠돌게 남겨두고 가기가 신경이 좀 쓰였는데, 오히려 잘됐는가 싶다."

"외삼촌이 출국하신다고유? 설비팀장으로 말이유?"

"그래, 그런데 너 단단히 결심하지 않으면 안 돼, 알았지? 네가 먹고 살길은 오직 그 길뿐이란 걸 명심하고 혼자 일할 자신이 생길 때까지 다른 데로 시선을 돌려서는 안 된다. 알아들었지?"

이동우가 생산부문으로 옮긴 지 열흘쯤 지났을 때였다. 사출반장이 걸려온 전화에 응대하면서 이동우 얼굴을 흘깃흘깃 훔쳐봤다. 고작 하는 대꾸가 '그런데요', '예', '그래요' 하다가 송수화기를 놓았다. 그리고 내처 이동우 옆으로 다가와 전화 내용을 일러주었다.

"노조위원장이 자넬 만나러 올 거야. 노조 가입 일일 거야."

"노조요?"

"조합이 결성된 지 삼 년 지났는데 젊은 사람들 호응도가 아주 높아."

"반장님은 어떻게 생각하시는데유?"

"노동자 권익을 위해선 필요한 조직이긴 하지. 그런데 별생각이 다 나네. 집에 선친은 땅이 없어 소작농으로 생계를 유지했었네. 곡식을 거둬들인 추석 지나서야 품삯 정리를 했지. 어거리풍년이 들어도 정해진 만큼 받았지만, 우천에 상관없이 작황이 나쁠 땐 도지를 회수당하곤 거리로 나앉는 일도 있었다네. 그땐 사용주와 노동자란 개념조차 없을 때니 노동이라 생각하지 않고 일상 그렇게 일해왔으므로 삶의 한 방편으로 하던 일을 그대로 땅 주인과 소작인 자세로 그 일을 했을 것이네. 우리 청년기에도 집이 가난했으므로 이해득실에 연연하기보다 취업, 그 자체에 만족했네. 그에 비하면 요즘 젊은 사람들은 이익 분배에선 생각이 우리 때와는 만판 다르다네. 물론 나도 지금 종업원이니 가입은 했지만……."

사출반장은 소견과 달리 말끝을 삼가는 눈치였다.

퇴근 시간 임박해서 전화로 예고한 대로 노조위원장인 안보웅이 그를 찾아왔다. 비록 덩치는 자그마했으나 악물린 옥니와 넓게 벌어진 어깨짬 탓인지 사람이 당차고 야무져 보였다. 마치 바위틈에서 갖은 비바람을 맞으면서도 마르디 메마르게 자란 짤따란 반송과 같이 모진 인상을 주었다. 비록 첫인상은 그러했으나, 이동우 앞에선 사람 좋게 부드러운 미소가 눈가에 퍼져 있었다. 그는 이동우 앞으로 다가와 두 손을 불쑥 내밀어 그의 오른손을 와락 감싸 잡았다. 흠칫 놀랄 만큼 격정적인 몸짓이었다.

"이동우 씨죠? 나는 노조지부장 안보웅이오."

"아 예, 전 이동우구먼유."

"우리 앞으로 잘해봅시다. 이번에 공사부서에서 생산부서로 옮기셨다고요?"

그의 말투를 미뤄보면 이미 이동우 신상 정보를 소상히 파악한 듯했다. 손아귀에 힘을 모아 흔드는데 기둥에 단단히 박힌 문고리를 잡아 흔드는 느낌이었다. 초대면 악수는 상대방 성격을 가늠할 수 있는데, 그의 악력은 단단해서 상대방이 위압감을 느낄 만큼 힘찼다. 이동우는 자신의 변변찮은 신분을 아는 그가 불편했다. 경계하는 눈빛으로 대꾸했다.

"예, 그렇게 됐네유."

"생산부서로 잘 넘어오셨습니다. 아시겠지만 생산부서로 입사하거나 넘어오시면, 저희 노조에 반드시 가입하셔야 한다는 걸 알고는 계시지요?"

"오늘 처음 듣는 얘기네유."

"아, 그러세요? 이런……. 종업원이라면 의무적으로 가입하셔야 하는데……. 그래야 회사로부터 부당한 대우를 받을 때 보홀 받을 수 있습니다."

부당한 대우에 보호를 받다니 귀에 선 말이었다. 뻥해진 이동우 앞에서 안보웅은 곧바로 노조사무실에다 전화를 걸었다. 전화를 받는 사람이 누구인지 알 순 없으나 불같이 나무라며 닦달했다. 통화를 끝낸 지 얼마 지나지 않아 노조사무실 여직원이 숨을 몰아쉬며 서류봉투를 들고 바로 그들 앞에 나타났다.

"이동우 씨, 노조사무실까지 갈 필요 없이 내친김에 입회 용지를 가져왔으니 잠깐 시간을 내어 적어주시오."

"노조에 꼭 가입해야 하는 건가유?"

"아, 당연한 일이오. 이 회사 생산직 사원으로 근무하자면, 당연히 가입해야 합니다. 그래야 사원으로서 후생복지 혜택을 제대로 적용받을 수 있고, 또 회사 측으로부터 부당한 대우를 받을 시 노조에서 보호 받을 수 있습니다. 우리는 결코 이동우 씨가 사용주에게 부당한 대우를 받지 않도록 방패막이 되겠습니다. 그러니 힘을 내십시오."

사용주인 사장이 부당한 행사할 때 방패막이 되겠다고 자청하고 나선 그를 이동우는 놀란 표정으로 쳐다봤다. 회사 안에서 막강한 힘을 가진 사람들에 둘러싸인 사장에 맞설 만한 능력자라면 그런 자락에 보호받는 일도 괜찮다는 생각이 언뜻 들긴 했다. 여태 기대어 비비댈 언덕은 정영남 한 사람뿐이었는데 이제 한 사람이 아닌 여러 사원이 가입한 노조라 집단이 등 비빌 언덕으로 자처하고 나선 판이다. 이동우에게는 처음으로 낯설게 다가온 동료였다.

이동우는 노조 가입용지에다 인적사항을 아는 대로 적어나갔다. 멈칫거리는 곳에선 안보웅이 죽 떠먹이듯 이리저리 일러주며 빈칸을 채우게 했다. 얼떨결에 노조 가입을 마쳤다.

"자, 도장이 없으면 지장이라도 찍으시오. 예, 예 그렇게 하면 됩니다. 자 이제 한배를 탔소. 앞으로 좋은 일도 궂은일도 우리와 함께 합시다."

어려운 시험을 치러내듯 빈칸을 모두 채운 다음 이동우가 상체를 일으키자, 안보웅이 또다시 환하게 웃으면서 손을 내밀어 악수를 청하면서도 이번에는 가볍게 안아서 어깨까지 두들겼다. 이동우는 그런 환대가 어설펐지만, 기분이 붕 뜰 만큼 얼굴이 벌겋게 달아올랐다.

"자, 노조 가입을 축하해요. 조합 회비는 일일이 찾아와 내지 않아도 됩니다. 수령 받는 급여에서 일정 비율로 공제되니까. 자 우리 다시 악수할까요?"

친화력을 찐득찐득 발산하는 안보웅 마법에 이동우는 얼결에 반사적으로 손을 내밀어 다시 그의 악센 손을 감싸 잡았다. 그는 가슴을 밀어와 숨이 막히도록 이동우를 깊이 품었다. 안보웅의 뜨거운 입김이 이동우 뒷덜미에서 자벌레처럼 스멀스멀 기었다. 가늠할 수 없는 힘이 그의 몸에서 뿜어져 나와 전이되는 느낌까지 받았다.

"그래요. 이동우 동지 역경을 누구보다 제가 잘 알아요. 앞으로 열심히 노조 일을 함께합시다. 마침 오늘 간부 몇과 저녁 먹기로 했으니 같이 퇴근해 미리 인사나 나눕시다."

"제가 감히 그곳에 끼다니유?"

"새로 가입하는 회원에게 그런 적은 여태 없었소. 그러나 오늘만 특별한 경우요. 나에겐 이동우 씨는 아주 각별한 사람이오. 알겠소? 앞으로 동행할 동지니 참석해서 이 기회에 서로 얼굴이나 익히도록 합시다. 자, 같이 퇴근합시다."

안보웅은 분명 '특별한 경우'에다 힘을 주었다. 그런데 동지로서 동행하자는 그 '동지'라는 말도 몹시 부담스러웠다. 친구로서 스스럼없이 교류하자는 동렬의 위치가 아니라 어떤 상황에서도 뜻을 같이하자는 명세를 요구하는 종교의식처럼 엄숙하게 들렸던 탓이다. 새 길수록 귀 설어서 그런지 그 말이 머릿속으로 깊이 박혔다. 동행할 사람들이기에 얼굴을 익혀두어야 한다는 소리도 짐스럽게 고막에 닿았다.

안보웅에게 등이 떠밀리듯 들어선 식당은 돼지 삼겹살 구이집이었다. 간판 글자가 눈에 띄기에 앞서 타는 고기에서 빠져나온 비계 기름 냄새가 식욕을 달궜다. 이미 몇 자리에서 삼겹살을 태워놓고 거침없이 내뱉은 말과 웃음이 뒤섞여 마치 깨진 스피커 소음과 같은 파열음이 여기저기서 났다. 소주와 삼겹살이 배 속에서 화학 반응을 일으켜 그런지 종잡을 수 없는 잡소리가 이런저런 타르로 찌든 천장에 부딪혀 되돌아와 고막에 내려앉았다. 하루의 일과를 끝낸 근로자들이 그날 쌓인 피로를 풀고자 모인 천국 광장이라 목소리까지 낮출 까닭이 없었기에 모두 언성을 대중없이 높였다. 하루의 무거운 생활에서 그렇게 말이 마려웠을까. 오늘로써 평생 일이 끝난 게 아니라 내일이면 또 같은 일과 맞닥뜨릴 사람들이 그런 환경에서 벗어나 먼 길을 떠나려는 수행자처럼 천장에서 내리는 뿌연 형광등 불빛 아래 부나비처럼 파닥파닥 움직이는 모양새였다.

둘이 식당 안으로 들어서자 미리 기다리고 있던 다섯 명 노조간부들 가운데 한 사람이 이동우를 보고 손을 들고 알은체했다. 사출부 소속 조영국이었다. 이동우는 안보웅 뒤따라 낯선 동료들에게로 가까이 다가갔다. 그들 가운데는 조영국이 유독 반색하며 손을 잡았다. 그러자 나머지 간부들도 일어나 트랙 결승점을 통과한 선수에게나 하듯 환영 박수를 우르르 경쟁하듯 쳐댔다. 안보웅이 그들을 이동우에게 한 사람씩 소개하기 시작했다.

"이쪽이 부위원장인 김성식 씨, 그 옆이 조직국장인 조영국 씨,

그리고 총무국장인 배태경 씨, 내 옆에 있는 이 사람이 사무국장 이용호 씨, 그 옆이 교육선전국장 박진수 씨고 오늘 일이 있어 불참한 노사협력국장 임해욱 씨만 빠졌고……. 그리고 이쪽은 오늘 입회한 이동우 씨, 자 서로들 인사를 나누시오."

안보웅 소개에 한 사람씩 일어나 이동우에게 환영 뜻으로 도장이 나 찍듯 손을 꽉꽉 잡았다. 반쯤 혼이 나간 이동우는 손아귀에 자극이 올 때마다 '이동우유, 이동우유' 그렇게 제 이름만 겨우 알아들을 만큼 응대했다. 그리고 그런 소통이 몸에 익숙잖아 서먹하니 앉은자리마저 불편해서 의자에다 엉덩이 끝만 간신히 걸쳤는데도 불안감이 덜어지지 않았다. 인사를 나누고 이내 의식을 치러내려는 듯 두툼한 삼겹살을 제단에 올리듯 불판에 눕혔다. 고기로 열기가 파고들기에 앞서 성급하게 소주잔부터 돌려졌다. 노조간부들이 스스럼없이 벌리는 판이니 이동우는 구경꾼이라 격을 정했지만, 긴장을 놓을 수가 없었다. 그들은 맹수를 잡으러 가는 포수와 몰이꾼들처럼 거침없고 활달했다. 이동우로선 들었다가 놓았다 하는 분위기 자리가 처음이라 주눅이 들어 어설프게 입가에다 애매한 미소만 물고 그들을 바라보았다. 이동우가 분위기에 겉돌자 옆자리 조영국이 그에게 소주잔을 건네며 귀엣말을 전했다.

"이동우, 이런 자리 처음이지? 긴장하지 말고 분위기에 어울리도록 해. 신규 조합원이 이런 자리에 끼게 배려하는 건 아주 특별난 경우야. 간부들 모임 자리에서 이런 일은 처음이거든. 안 위원장이 자네 승진 탈락 얘길 듣고 관리직들을 상욕하며 많은 관심을 보였어."

이동우는 안보웅을 새삼스레 찬찬히 쳐다봤다. 승진에서 탈락한 억울함이 새삼 속에서 지펴 올랐다. 감정 공유자가 지금 눈앞에 있음에 보상을 받는 느낌마저 들었다. 안보웅은 아주 기분이 좋은지 여러 소리로 떠들면서 소주잔을 연거푸 비우고 옆으로 넘기곤 했다. 그러더니 이동우에게 큰형님처럼 팔에 힘주어 소주잔을 쭉 내밀었다.

"자, 이 동지. 한 잔 받아요."

"저는 소주를 잘 마시지 못하는데유."

"그래요? 오늘은 아주 특별한 날이니 한 잔만 하시오. 자, 자, 자. 우리 모두 이동우 씨, 아니 새로운 동지 이동우를 위하여 잔을 듭시다."

이동우는 이미 소주로 빨개진 얼굴로 당혹한 채 분위기에 휩쓸려 들었다. 옆에 앉은 조영국이 흥미롭다는 듯 안보웅과 이동우를 번갈아 쳐다보며 농지거리했다.

"안 위원장이 이동우 동지를 너무 사랑하시는 것 같네. 크악—."

안보웅이 서슴잖고 그 말을 조금 높은 억양으로 정색하며 받았다.

"공사부서에서 넘어올 때, 그 정도 정보는 내가 파악하고 있지. 동기들은 모두 승진했는데, 본인만이 빠졌다. 근무 성적은 누구보다도 좋았는데, 탈락했다. 그런데 그것이 학력 때문에 그렇게 되었다. 입사 초기에 당한 내 생각이 많이 났어. 난 그 기분을 잘 알거든……."

이동우는 깜짝 놀라 벌어진 입을 다물지 못했다. 제 마음에 긁혀 상처 난 그 아린 데를 소상히 더듬는 안보웅 관심에 경외심까지 느껐다. 조영국이 이내 맞장구쳤다.

"인사 고과평가? 그도 고무줄이야. 설비배관공이 배관 기술이면 장땡이지, 그 바닥에 학력은 무슨 얼어 죽을 놈의 기준이야? 하여간 이 나라 어느 구석에서나 어중이떠중이인 그런 치들이 설치는 판국이니 어디 부모 잘못 만나 태어난 사람이 평생 그런 서러움만 안고 살겠지."

"조 국장 또, 또오. 그놈의 찌질 맞은 신세타령? 그 넌더리나는 소린 이젠 그만해. 오늘은 이동우 동지 노조 가입을 축하하는 자리를 겸했으니 좋은 분위기로 가자……."

이제 불판에서 삼겹살 토막이 기름을 빼놓고 타들어갔다. 주고받으면서 마신 소주 탓으로 빈 병들이 연이어 둥근 탁상 위에 몇 개만 드러눕고 나머진 가지런히 섰다. 내남없이 얼굴은 붉은 크레파스를 칠한 듯 불콰하게 익었다. 기분이 물결만큼 넘치니 허튼소리도 따라 질펀했다. 이동우도 마지못해 받아 마신 술로 얼굴색이 처음으로 빨갛게 물들었다. 일상적인 일로 이어지던 대화들이 점차 회사 생활로 옮기며 목소리도 덩달아 높아졌다. 말수를 줄인 채 소주만 마시던 교육선전국장 박진수가 안보웅에게 물었다.

"안 위원장! 이제 슬슬 올봄 임금 인상을 사측과 얘기할 때가 되지 않았어?"

그 말을 받은 안보웅은 앞에 놓인 잔을 비우며 찜찜한 표정으로 대꾸했다.

"요 며칠 앞서 총무이사에게 한 번 던져봤는데, 말을 빙빙 돌리면서 영 답변을 내놓지 않아."

"늘 그랬으니 뭘 기대해. 또 뭐라 이유는 대겠지?"

"빤한 거 아니겠어. 매년 그랬으니까. 작년보다 올해가 더 안 좋다. 작년 같은 실적 내기가 어렵다. 정부 규제까지 심한데 경기가 되살아나지 않으면 조업 단축할 수밖에 없다. 말은 안 해도 위에서도 그런 생각인 것 같다. 회사가 어렵다는 건 당신들이 더 잘 알고 있지 않으냐? 어렵지만 좀 더 파이를 키워보자. 그런 소릴 하더군. 그 친구 올해 이사에서 상무로 승진할 대상이니 충성심이 치뻗쳐 없는 일도 능청맞게 꾸밀 만큼 독기가 올라 있을 거야."

"사장이 용인 쪽에 부동산 사들인 정보가 있는데, 그거 확인됐어?"

"확인하는 중이고 또 다른 곳도 있잖아?"

"그것도 확인하고 있어."

"그런데 작년 임금 협상 때, 우릴 보고 그랬어. 종업원을 잘 달래서 일 년만 참아 달라 하지 않았어? 내년에는 어떠한 일이 있더라도 인상안을 성의껏 검토하겠다고 구두로 약속까지도 했잖아."

"뭐, 언제는 안 그랬어? 검토, 검토, 그놈의 검토. 그건 사탕발림이 아니라 불가하다는 말을 뺑 돌려 한 거지. 올해 인상 폭은 십이 프로를 제시하고 마지노선으로 팔 프로를 사수하자고."

"이런—, 그렇게 주먹구구식으로 내밀어 어떻게 사측을 설득하겠어? 어이, 그러지 말고 총무국장, 올해 물가인상 요인을 데이터로 수집 분석하고 그에 합당하게 인상 폭을 산정해서 결과부터 내놔 봐. 산별노조 본부에도 알아보고. 그것을 간부회의에서 보완 수정하여 최종결정한 뒤 노사협력국장에게 넘겨주자고…….”

"그건 그렇게 진행하더라도 우리 요구가 관철되지 않을 때의 투쟁 방법도 미리 정해놓지 않으면 막상 일이 터지면 우왕좌왕하게 돼. 그 왜 이태 전 그 참담했던 그때 일을 생각하면 아직도 이가 갈리거든…….”

"벌써 사측에서 다방면으로 대비책을 마련하고 꼼수의 시나리오를 짜고 있을지도 모르지. 우리도 일찍 서둘러 준빌 하자고.”

"옛날에는 참 순진도 했지. 그 선배들 모두 감방에 갔다 오고, 퇴직당하고 결국 손해 배상에 변상까지 하느라 집까지 잃고 마누라까지 거지처럼 거리로 내몰았으니…….”

"지금 지난 일이라 웃고 있을 일이 아니야. 잘못하면 우리도 그런 낭팰 당할 수도 있다는 걸 정신 단단히 차리고 무장해야 해. 자, 그런 일을 당하지 않도록 건배하자고.”

그들은 지리산으로 멧돼지 잡으러 가는 사냥꾼들처럼 술잔들을 높이 들어 서로 사기를 드높였다. 술상 위에 늘어놓은 빈 술병 숫자가 취기 강도를 일러주고 있었다. 그들은 붉게 타오른 얼굴에서 의기가 형형하기까지 했다. 이동우는 그런 그들을 보면서 오가는 말을 모두 이해할 수가 없었지만 자기도 모르는 사이에 날벌레처럼 불판 열기에 휩쓸려 들었다.

잠시 분위기가 내려앉자, 안보웅이 조영국에게 한 마디 건넸다.

"강 형과 온 형이 오늘 온다고 하지 않았어?”

"분명 태일산업에 들러 온다고 하긴 했는데, 이거 무슨 일이 벌어진 거 아니야?"

"지금도 태일산업은 노사쟁의는 끝나지 않았잖아? 아니 쟁의가 지금 피크지?"

"이제 제대로 열기가 오른 중일 거야. 걔들 사장이 직장 폐쇄 하겠다고 엄폴 놓는가 봐. 강 형과 온 형이 오늘내일이 고비라면서 그쪽으로 들러 온다고 했는데 뭔가 제대로 진행되지 않은 모양이야."

"둘이 투쟁하는 방법이 달라 같이 부르면 서로 부딪쳐 쉽게 결론이 나지 않을 텐데?"

"그래. 강 형보다 이럴 땐 온 형에게 아이디어를 얻어야 하는데……."

"노상 노동운동을 전문으로 해온 사람들이라 경험이 풍부하여 가만히 보면 우리가 전수해야 할 게 한두 가지가 아니야."

"그보다 강 형 방식으로 전개할 것인가, 온 형 방식으로 선택할 것인가? 먼저 결론부터 내는 게 옳을 것 같은데……. 그리고 결정된 다음 둘 가운데 한 사람에게만 자문받자고."

"그건 사측 대응하는 방법에 따라 어느 방법이 더 효과적인지 검토해본 다음 결정하자."

"문제는 우리가 그들에게서 자문받아야 효과적으로 우리 요구를 관철할 수 있었다는 거야. 그러니 항상 관계 유대에 신경을 써야 해. 노하우 전수에 따른 수고비를 항상 챙겨주는 거 잊지 말고……. 그러고 경계할 건 국회의원 보좌관 그런 치들이 끼어들어 정치 이슈화되지 않도록 주의하자고."

"그들을 이용하여 정치 이슈화하는 것도 한 방편인데……. 암튼 협상 결렬 때 누가 책임지고 맡을 거야?"

"조직을 맡은 조 국장이 해야지. 누가 하긴 누가 해?"

"그래, 조 국장이 전적으로 맡아서 하라고. 그리고 오늘 가입한 이동우 동지는 조직국에 배치하는 게 좋겠어. 같은 부서에 있으니 서로 의사소통에도 좋고, 또 어떤 일이 있으면 금방 임무를 대처할 수 있으니까."

대화에 자기 이름이 묻어들자 이동우는 적잖이 당황했다. 관심거리와 화젯거리가 달라도 너무 판이한 그들의 세계로 진입하는 게 두렵기까지 했다. 열넷에 사출 대기실 조붓한 칸막이에서 공장 생활을 시작하여 지금까지 몸에 밴 주변 환경과는 현격하게 달랐기 때문이었다. 오늘 원료 몇 톤이 투입되고 생산은 얼마 했으며 일일생산 목표치의 몇 프로를 달성했다. 월간 출하량은 누계로 얼마이며, 불량률은 지난달보다 얼마나 줄었다. 애프터서비스 만족도 조사에서 경쟁사인 K사를 따라잡았다. 불량 발생 빈도가 높은 A라인에 제안 제도를 도입하여 공정을 개선해야 하며, 전 사원 플라스틱 일회용품 사용금지 캠페인 행사에서 안전관리팀이 우수상을 받았다— 회사 내에서 그런 생산 관련 얘기 속에 파묻혀 지낸 이동우였다.

"이동우 씨, 무슨 말인지 알지요? 이번 승진 탈락? 언제인가 분명 어떤 식으로든 보상받을 겁니다. 이 동지 우린 합심 단결하여 우리들의 권익을 지키지 않으면 언제나 그런 대접을 받습니다. 명심합시다."

그들 분위기에 이동우는 몸이 둥둥 부유했다. 그들과 어울린 오늘은 불안하기도 하지만 살아갈 힘도 얻었다. 그러면서도 거역할 수 없는 짐이 어깨에 얹히는 느낌을 받았다. 지금껏 세상살이하면서 만났던 사람과는 판연히 다른 부류 사람들인데 그 무리에 든 위압감 때문이었다.

현관문을 열고 맞는 남현숙 몸을 낚아채듯 가슴에다 와락 품었다. 여느 때와 달리 까닭 모를 눈물이 폭우처럼 쏟아질 것 같은 감정이 솟구쳤다. 운동장을 죽도록 달린 뒤 구경꾼 속에서 어머니 얼굴을 비로소 찾아낸 그런 감정과 흡사했다. 그들과 술자리에 있을 땐 몰랐는데 남현숙과 마주하니 그녀와 외롭게 세상을 살았다는 감정이 느닷없이 소나기처럼 몰려왔다.

"아휴 숨차요. 좋은 일인가 봐요?"
"나를 동지라 불렀시유. 우리 회사 노조위원장이."
"경위가 밝고 정도 있었으면……."

그날 밤, 설친 잠결에서도 느끼기엔 긴 꿈이었다. 꿈꾸는 동안 안간힘깨나 썼는지 몸에 진땀까지 내뺐는데 그 정황들이 그림으로 그려낼 만큼 또렷했다. 진창길이나마 혼자 부지런히 걸어왔는데 강나루에서 끊겨 있었다. 낯설게 다가온 동료들이 강 건너에서 손짓하며 소릴 질렀다. 강물 소리에 말이 불분명하게 토막토막 건너와서 도강하라는 소리인지 멈추라는 소리인지 분명치 않았다. 강 건너

길은 우거진 푸섶길인데, 무성한 풀로 가려진 미로였다. 삶 길은 되돌아온 사람이 없는 외곬인데 곧은길인지 꼬부랑길인지, 또 지름길인지 두름길인지 길 가림할 수가 없었다. 그러나 길 떠난 사람은 자기 앞에 놓인 그 길이 마음에 들든 안 들든 곧장 걸어야 할 처지에 빠진다.

9

또 다른 그들

몸에서 뿜어 나오는 강기부터 유달랐다.

중소기업 집단에 겨우 턱걸이한 열다섯 업체 노조 임원들 단합대회가 강원도 양양 오색리 펜션에서 3박 4일 동안 열렸다. 국경일과 주말이 낀 연휴라서 잡힌 일정이었다. 회사별로 간부급 선착순으로 대여섯 명 참석도록 했는데, 참석 인원이 들고 나서 최종 오십여 명 남짓했다. 명색이 단합대회였으나 단위 노조별 조직을 강화하고, 투쟁 효율을 높이고자 특강도 마련되어 있었다. 노조를 이끄는 간부들이라 초빙된 강사들 또한, 노동 운동에 이력이 붙은 사람들이었다. 이들 가운데 몇몇은 뒷날 비례대표 국회의원의 노동 정책 담당 비서가 되기도 했다.

물론 그들 가운데 '강 형'과 '온 형'도 끼어 있었다. 노조간부들 사이에서 강 형과 온 형이라 약칭으로 부르는 사람은 강필운와 온은모였다. 둘은 골수 노동운동가인데 투쟁 방식이 강온으로 서로 갈렸다. 강필운은 시기를 중시하는 강경 노선을 선호했으며, 온은모는 명분을 투쟁 근원으로 삼는 온건 노선을 걸었다.

그런 성향 탓인지 등치가 실팍한 강필운은 금방 핏발이 서 이글거리는 눈, 강하게 문 입을 덮은 검고 두꺼운 입술에 쿵쿵 울리는 선동성 말씨를 구사했다. 또 언행이 과격하고 거칠었으며 직선 성향을 유감없이 드러내는 성격 소유자였다. 반면 온은모는 작은 콧방울에 얄따란 입술, 눈썹이 가늘고 뜬 듯 만 듯 보이는 날카로운 눈매가 인상적이었다. 말소리가 나직한데, 간혹 말허리에서 잠깐씩 생각에 잠겼다가 뒷말을 잇는 버릇도 있었다. 그리고 심각하게 말할 때면 감정 높낮이 변화 때문인지 수시로 손가락을 가늘게 떨었다. 외양은 '사내로서 좀 약골이다'는 느낌을 주는 인상이지만, 말투는 온화하고 논리적이며 잔꾀가 많아 기획력에서 남다른 재주를 보인다고 알려지면서 뒤에서 일을 꾸미는 기획 참모 역할을 도맡아 자문했다.

시위현장에서 강필운은 검은 마스크를 쓴 채 앞장서 주먹을 휘두르며 선동하는 모습이 보도진 카메라에 종종 잡혔으나, 온은모는 이름 뒤에 얼굴을 숨겨서 외부로 드러나잖게 처신하는 내성적인 성격을 지녔다. 그들을 만나본 여러 사람은 모두 하나같이 그들 이름은 노동운동하려고 붙인 가명일 거라 여겼다. 자신 활동 성향을 이름에서 풍기는 느낌으로 나타낸 유사성에서도 턱 보면 알조가 아니냐고 넘겨짚는 사람까지 있었다. 이를테면 이미지 마케팅용 익명이란 거다. 그런 말을 전해들은 그들 반응은 짬짜미한 듯 한결같았다.

"이름? 그것이 무슨 일을 하겠소. 혈안으로 얻은 이름을 일생 팔아먹던 시대는 이미 지났소. 이름 밑에 너절하게 달린 그 스펙이란 마치 건강식품 포장지 문구보다 못하다는 게 유명 인사들 청문회에서 이미 드러나지 않았소? 비단에 싸인 돌멩일 뿐이오. 사람에게 중요한 게 함양된 정신과 행동이 아니겠소. 허명에 연연할 때 오히려 공명심에 사로잡혀 쓸데없는 잡생각이 집중력을 해치는 일도 왕왕 있소. 앞으로 제대로 활동하자면 이름을 팔아서 이런저런 추잡한 짓을 해선 안 되오. 그러다 보면 종래는 거지발싸개만도 여기지 않을 테니 제발 허명 파는 일을 삼가시오."

한 분야에서 얻은 이름으로 만능열쇠처럼 온갖 분야에 통달한 듯 정치 소신 없이 여론의 앞잡이로 나서려는 허세 마케팅은 천하 없는 비루한 짓이라고 가차 없이 일침을 놓았다. 천하에 뛰고 나는 자가 쌔고 쌘 판국인데, 그런 짓은 하찮은 인격을 감추려고 줄무늬스컹크나 하는 비겁한 연막작전이라 한마디로 딱 잘라 비하했다.

단합대회 목적이 춘투의 효율을 높일 방법을 강구하자는 차원에서 모였고, 주선은 노조위원장들 친목회 결정으로 성사되었다. 더러는 지난해보다 너무 이른 게 아니냐고 이의를 제기했으나 다수가 아니라 목소리가 높은 몇몇 '무데뽀들'의 생억지에 밀려서 여럿이 뒤로 물러섰다. 몽돌이 옥돌을 밀어낸 셈이다. 비록 이른 준비일는지 몰라도 서너 달 남긴 시점에서 집터를 다지듯 토대를 다져놓잖으면 어하다가 서릿발 서는 땅에서 아무것도 얻지 못한 채 명분은커녕 부담마저 안게 된다는 주장에 힘이 실렸다.

올해로 십 년째 노조를 이끄는 친목회장이 당위성을 내세우며 몇

치 떼를 후리듯 내부 분위기를 한 방향으로 몰아붙이기 시작했다.

"이르다니요? 무쇠도 두드리면 강해지며, 굳은 땅에 물이 고인다는 말도 있질 않소. 그리고 깊이 휘어진 활시위에서 떠난 활이 과녁 복판을 힘차게 가르듯 미리 조직 강화에 들어가도록 해야 하오. 쟁의를 시작할 무렵 뜻하잖게 사회 이슈를 뒤흔들 대형 사고라도 터지면 관심의 분산으로 지난해와 같이 파급 효과를 내지 못하고 낭패 볼 게 빤하오. 사용자 측에서 대응하는 수단도 이제 옛날과 다르오. 그들도 법무법인 같은 델 용역까지 줘서 날로 교묘한 방법으로 맞대응하니 수시로 슬기롭게 대처하잖으면 칼집에서 칼자루를 채 뽑기도 전에 패배를 자초할 것이오."

격앙된 그의 말투는 누워 자던 말도 벌떡 일으킬 만큼 후끈 열기를 느끼게 했다. 본디 말을 거침없이 내뱉는 성격이니 듣는 사람이 강기에 눌려 절로 주눅이 들었다. 저항과 반목으로 변화 바람이 거센 자리를 십 년이나 꼿꼿이 지켜낸 저력을 보여주듯 논조는 물 흐르듯 정연했고, 능변으로 탄탄히 무장되어 있었다. 이제 일개 국가도 경영할 수 있다고 나서는 겁 모를 쉴 줄, 백병전에 익숙한 병사처럼 먹은 나이에 비해 노회한 말솜씨까지 갖췄다. 곧잘 그렇게 앞장치는 서슬에서는 반대 처지에 나서려던 사람도 나설 명분과 시기를 놓치고 테트라포드에 부서져 내리는 파도처럼 물거품으로 맥없이 주저앉고 마리라.

"내가 그 말이 틀린다고 우겨대진 않겠소. 회장님 말씀대로 조직 강화가 우선이라면 그냥 그런 방향으로 쭉 나갑시다. 언제나 좋다는 게 좋은 거 아니겠소? 또한, 신속한 게 좋은 거요. 그래서 이의 제기는 하지 않겠소."

상수리가 영글 무렵, 달린 개수에 따라 이리저리 나뭇가지를 옮겨 타는 청설모같이 상황 유불리에 따라 약삭빠르게 처신해온, 변신이 몸에 밴 사내가 꼬리를 재빨리 사렸다. 그러자 찬성 쪽에 섰던 무리가 그런 경박한 꼴은 못 보겠다는 듯 면박까지 서슴잖았다.

"반박할 거리도 준비없이 그때그때 기분 내키는 대로 달려드는 버릇을 개도 못 주니 언제 사람 구실할까. 젠장, 그런 구닥다리 방법으로는 이젠 안 돼. 내 배 째라, 생떼 써가며 달려드는 시대가 아니야. 제대로 정보까지 수집 분석하여 약점을 집요하게 파고들어서 물고 늘어져도 될까 말까 하는 정보기술 시대야. 언제 노련해질는지 어린 주상처럼 참으로 어찌 하오리까 그런 꼴이네, 쩝 —."

"아니, 저게 혹 적이 아니냐?"

정을 뚝 끊어내고 강한 놈만 남기는 투쟁 수법이 발동했다. 우선 목표 설정하고 누군가 총대를 메고자 먼저 거침없이 적군이라 모질게 규정한다. 상식선을 넘어 이견 무리는 몽땅 적군으로 표현해야 털기를 털며 물 밖으로 나온 수컷 물꿩처럼 몸 색깔이 선명해지며 합심 공격 성향에다 벌불까지 당겨 휘저어 태울 힘을 획득한다.

"우리 것만 보고 남의 것에는 눈과 귀를 틀어막아야 하는 게 투쟁의 기본이오. 도덕 기준도 삶의 가치도 우리 목표를 바탕에 두어야 하며 이때 남녀는 동지일 뿐이오. 우리 목표를 쟁취할 때까지 대의든 사생활이든 희생할 각오가 되어 있어야 하오. 우리는 모든 걸 쟁취하자면 어떤 수단 방법을 가리잖고 동원해 싸워야 얻을 수 있소. 어차피 인류 역사는 명분도 살피지 않은 투쟁의 역사요."

바로 온은모가 가르친 학습 효과였다. 그러자면 낯선 사람과 첫 만남에서 우선 '내 편인가, 적인가?' 빠른 판단으로 이분법에 도달해야 한다. 그렇게 편가름해서 소통과 타협이란 통로는 아예 견고히 폐쇄한다. 적개심을 가지고 타도할 대상을 지정해 뒷조사로 약점부터 캐서 부풀리고 조작까지 한 다음 물어뜯는 기술을 연마한다. 그리고 왜곡 확대해서 내 편 머릿수를 감언이설로 끌어모아 부풀려야 한다. 머릿수가 많아야 의사 민주주의로 변용해서 공상 영화 세계처럼 가상 진실을 만들어낼 수 있다. 가상 진실로 상대를 공격하면서, 또 상대 논리를 뒤집어엎으면서 새로이 신기루 같은 가상 공간을 만들어 현실화한다.

이튿날 이른 새벽, 체력 단련 프로그램에 따라 대청봉으로 떠났다. 오색약수에서 오르는 코스였다. 대청봉으로 가는 가장 빠른 등산길이지만, 숨이 턱에 찰 만큼 가파른 경사가 연속된 등산로였다. 도떼기 무리처럼 뒤떠드는 한 덩어리가 등산로를 파도와 같이 거슬러 오르는 느낌이었다. 어둠에서 태어난다 해서 새벽이란 단어에다 유별난 집착을 보이며 크게 의미를 부여하는 그들에게 강필운이 다시 한번 상투어인 그 단어에 의미를 되새겨주었다.

"온 천지 어둠을 뚫고 태양을 맞으러 갑시다."

반드시 어두운 산길을 뚫고 올라가 기어이 동해 일출을 봐야 단합대회 시작에 상징성이 있다고 매사 이벤트에 목매 강조하는 버릇이 이번에도 어김없이 도졌다. 그들은 하품하기도 하면서, 또 눈꺼풀에 덮인 졸음까지 뜯어내면서 새벽이슬에 젖어 미끄럽기만 한 등산로를 타올랐다. 더러는 꿈길을 가듯 눈을 반쯤 감은 채 앞선 사람 엉덩이가 어지럽게 움직이는 거리를 따라잡기에 허덕이기도 했다.

"자, 자. 속도를 냅시다. 지금은 눈앞이 조금 어둡지만, 곧 밝아올 겁니다. 우리 동지들이 앞으로 헤쳐 나갈 길도 이런 어둠처럼 험한 길일 겁니다. 그것도 이렇게 운명적으로 헤쳐 나가야 합니다. 어둠을 두려워하는 자는 전진할 수 없습니다. 자, 선두. 더 빠르게 전진합시다."

앞장서서 강필운이 땀을 흘리면서 가쁜 숨까지 내쉬는 그들의 발걸음을 쉴 새 없이 재촉하길 게을리하지 않았다. 그리고 한참이나 앞서 오르다가 등산 밧줄이 내려진 바윗길에 멈춰 서서 뒤따라 오르는 한 사람 한 사람 손을 내밀어 잡아 올렸다.

"자, 힘을 냅시다. 이 길이 험하다고 생각하면 앞으로 우리에게 닥쳐들 일을 이겨낼 수 없습니다. 오직 체력이 강해야 우리의 의지를 더욱 불태울 수 있소."

그들이 대청봉 정상에 올랐을 무렵, 동해 수평선 미명이 우련하니 붉게 채색되며 환하게 부풀어 올랐다. 마치 산달을 맞은 임신부 하복부를 연상시켰다. 이제 수평선 아래에 머금었던 햇덩이를 뱉어 내리라. 정상에 오른 그들은 일제히 태양 솟구침을 향해 눈길을 먼

곳에다 두었다. 가슴을 활짝 열고 마음껏 햇살을 담아야겠다는 자세였다.

"자, 자. 이제 태양이 떠오릅니다. 가슴을 활짝 열어 가득 희망을 담아봅시다. 그리고 뜨겁고 뜨거운 저 열기를 받아 마음에서 영원히 꺼지지 않는 불꽃을 피워보도록 합시다. 자, 태양이 떠오르면 제가 선창할 테니 세 번만 외쳐봅시다."

이번에도 강필운이 목청을 높였다. 드디어 수평선 위 두 자 높이에서 옅은 구름을 버리고 햇덩이가 빠져나왔다. 중천에 떠 있을 땐 성열로 윤곽이 사라졌는데, 금시 바닷물에 씻긴 탓인지 윤곽의 경계가 선명하고 새롭게 보였다. 수평선도 흔들리며 불타고 있었다. 그들 입에서 '와' 함께 쏟아진 함성이 불타는 수평선으로 향했다. 그 여운이 채 사라지기에 앞서 강필운이 선창했다. 선창에 뒤따라 여럿의 복창이 이어졌다.

"강하게!"

"강하게!"

"더 강하게!"

"더 강하게!"

"아주 강하게 나아가자!"

"아주 강하게 나아가자!"

강필운 함성에 꼬리를 문 그들 함성이 더 크게 동쪽 하늘로 날아갔다. 외침은 일출 광경과 어우러져 희열과 같은 감정이 마음 깊은 곳에서 차오르게 했다. 매일 보던 태양인데 수평선에서 갓 솟아오른 태양은 아주 다른 감흥으로 가슴속으로 파고들기 때문이었다. 그들은 새로운 에너지에 주술적인 흥분을 강하게 느꼈다.

"자, 자. 내가 지금 메모지 한 장씩 드릴 테니 지금 막 솟아오른 저 태양을 보면서 이번 단합대회에 임하는 각오나 다짐을 적어내야 합니다. 모두 적은 다음 한 사람씩 발표하도록 하겠으니 이름도 같이 빠지지 않도록 적어내야 합니다. 그냥 장난삼아 해서는 안 되니 반드시 실천 가능성이 있는 외침이어야 합니다."

강필운한테 메모지를 건네받은 그들은 새삼 태양을 바라본 뒤, 각오나 다짐을 메모지에다 저마다 적기 시작했다. 필기구를 미처 챙기지 못한 사람들은 옆 사람에게서 필기구를 빌려서 적어냈다. 모두 거둬지자, 그들은 뒤따라 정상으로 오르는 사람들에게 자리를 내주고 오색약수 코스로 조금 내려와 경사가 멈춘 곳에 자리를 잡고 모여 앉았다.

강필운이 일어났다. 손에는 메모지가 들려 있었다. 그 가운데 한 장 펼쳤다.

"이것은 조영국 동지가 적어낸 것이오. 내가 선창하면 따라 하시오. 태양처럼 뜨겁게 인생을 살자!"

그들은 강필운 선창에 따라 더 높은 소리로 복창했다.

"이번은 배태경 동지 것이오. 태양처럼 뜨겁게 살면서 삶을 철저히 불사르자!"

"태양처럼 뜨겁게 살면서 삶을 철저히 불사르자!"

"김진수 동지 외침이오. 나는 세상을 밝히는 태양이 되어 이 세상

어두운 것을 몰아내고 싶다!"

"나는 세상을 밝히는 태양이 되어 이 세상 어두운 것을 몰아내고 싶다!"

그들은 갈수록 더해지는 열기에 목청을 갈증 나도록 높였다. 그런데 장난스럽게 여길 정도로 어쭙잖게 시작한 그런 짓이 반복함에 따라 설악산 정령을 받은 듯 괴기하도록 열기가 되살아 올랐다. 같은 시각에 같은 장소에서 바라본 태양이라서 그런지 마음마저 혼연일체가 되었다. 강필운은 풀무 손잡이를 쥔 화부처럼 달아오르는 분위기를 더욱 고조시키려는 듯 다음 종이를 뽑아들었다.

"임병조 동지가 써낸 것이오. 아주 좋아요. 내 한 몸 불사조가 되어 젊음을 불태우리라!"

"내 한 몸 불사조가 되어 젊음을 불태우리라!"

"아, 이것은 안보웅 동지 목마른 외침이오. 더 뜨겁게, 더 뜨겁게 살자!"

"더 뜨겁게, 더 뜨겁게 살자!"

"아, 임해욱 동지. 이런 것도 괜찮소. 같이 목청껏 외쳐봅시다. 너만 뜨거우냐? 나도 뜨겁다."

"너만 뜨거우냐? 나도 뜨겁다."

점점 뜨겁게 달아오르는 분위기에서 그들은 열병을 앓듯 목청을 높여 나갔다. 마치 뭉쳐진 불덩이가 한 방향으로 굴러가는 듯 괴기한 굿판 주술처럼 느껴졌다. 그들이 그런 모임을 끝낸 다음 펜션으로 돌아온 시각은 열 시 조금 못미쳐 있었다.

오후 두 시에 강의가 있다 해서 모두 강당에 모여들었다. 그들이 그곳에 모여들었을 때, 화이트보드에는 붉은 유성 마커로 '조직에서의 행동 방향'이란 강의 제목이 적혀 있었다. 그들이 기다리는 곳으로 온은모가 나타났는데, 그의 손에 들려 있는 건 한 마리 산토끼 사체였다. 대청봉 하산길에 낙오되어 산에서 내려오던 어떤 동지 눈에 띄었다고 했다. 매가 산토끼 사냥에서 눈을 쪼아 달아남을 막고 멱까지 쪼아서 숨통을 끊었다. 그때 들고양이가 덮쳐서 배를 물어뜯어 창자마저 밖으로 끌어내고 있었다. 그 광경을 목격한 어떤 동지가 상처투성이인 산토끼 사체를 거둬 왔다. 그러나 그걸 본 사람은 오직 당사자뿐이다.

 온은모는 강의에 앞서 너덜너덜 물어뜯기고 찢긴 산토끼 사체를 신문지 1면이 펼쳐진 탁자 위에다 올려놓았다. 곳곳에는 아직 피가 굳어지지 않은 채 흐르고 있었다.

 "이것이 여러분들이 들은 대로 매한테 눈알이 쪼였고, 숨통이 끊기었소. 그리고 들고양이에게 창자를 물어뜯긴 산토끼 사체요."

 그들은 일제히 탁자 위에다 시선을 모았다. 본능적으로 공격성은 육식동물이 초식동물에 앞섰다. 방어에만 연연하던 초식동물이 육식동물에게 공격당한 사례였다. 죽은 짐승이라도 참혹하게 보여 절로 고개가 옆으로 돌려졌다. 온은모는 산토끼 귀를 잡고 여럿이 분명하게 볼 수 있도록 들어 보이며 입을 열었다.

 "이것이 강한 것에 희생된 약한 것이오. 어떻게 눈알을 빼앗기고 어떻게 숨통이 끊겼으며, 또 어떻게 창자까지 주었는지 여러분 눈에는 선명하게 상상이 되지 않겠소? 자, 여러분은 이것의 약점이 무어라 생각하시오?"

온은모는 잠깐 말을 끊고 그들 얼굴 하나하나 뜯어봤다. 마치 산토끼 사체를 훼손한 범인을 그들 가운데서 찾아내려는 듯 강한 눈빛이었다. 누구도 의견을 제시하고자 선뜻 나서는 사람이 없었다. 모두 주저하고 있었다. 그는 대답을 기다리지도 않는다는 듯 끊었던 말을 이었다.

"보시오. 비록 짐승이지만 참혹하지 않소? 강자가 약자를 취하는 횡포가 바로 이러하오. 자, 한번 이 상황을 서로 얘길 나눠봅시다. 산토끼 처지에서 말이오."

맨 처음 주저주저하던 조영국이 조심스러운 말투로 입을 열었다.

"내 생각을 말하겠소. 원인은 산토끼가 눈알을 빼앗겠기에 숨통이 끊기고 창자를 준 것이 아니겠소? 그것은 엄연히 눈알을 소홀히 했기에 그런 원인을 제공한 셈이오. 그러니 어떤 일에든 원인을 제공해서는 안 된다는 교훈을 주고 있다고 내 눈엔 그렇게 보이오."

억지로 꿰맞추듯 한 조영국 말을 잠자코 듣던 온은모가 탁자를 탁 치며 눈빛을 빛냈다. 그들은 온은모 입을 바라보는 게 아니라 조영국 낯빛부터 살폈다.

"조영국 동지, 아주 좋은 점을 보았소. 앞으로 활동 방향에 주요 관점이 될 것이오. 우리는 이 산토끼 사체를 보면 흔히 어떻게 생각하시는지 아시죠? 비참하게 숨이 끊겼다는 것, 매의 공격을 피하기에는 힘이 미약해 불가항력이었다는 것, 불쌍하니 묻어주어야 하겠다는 것, 그게 일반적인 정서요. 그런데 조영국 동지 눈은 그렇지 않았소. 그렇소. 동정심으로 끝나지 말고 이것에서 철저하게 학습해야 합니다. 또 누가 말해보시오."

온은모 얘기가 끝나자, 분위기가 일순 변하며 눈빛들이 바닷물에 불린 햇미역처럼 새파랗게 빛났다. 그러자 박진수가 입을 열었고, 뒤질세라 이내 임해욱도 뒤이어 견해를 드러냈다.

"눈이 밝지 않다는 것, 그리고 매처럼 멀리 보지 못한다는 것이 죽음의 원인이오."

"나도 그런 생각이오. 다만 박진수 동지 말에다 한 가지 더 보탠다면 매처럼 동작이 날쌔지 못한 것이오."

"예, 맞는 얘기요. 두 동지가 지적했듯 바로 그렇소. 한마디로 신체적인 조건이 불리해서 이런 변을 당한 거요. 눈이 어두워서 멀리 보지 못하니 대응이 늦었고, 날쌔지 못해서 상황에 대처하는 게 느렸기에 죽임을 당한 거요. 이런 관점 역시 우리들의 행동 지침을 은연중에 일러주고 있지 않겠소?"

"미리 상대를 정확히 파악하여 사전 대비를 철저히 하자는 것 아닙니까?"

"그렇소. 바로 그거요. 또 누가 다른 점을 말하겠소?"

"내가 말해도 되겠소?"

안보웅이 손까지 들고 일어났다. 그는 여럿을 쭉 한번 훑어보고 나서 온은모에게 발언 의지를 구했다. 온은모가 고개를 끄덕이며 손바닥을 펴서 올렸다. 말하란 신호였다.

"나는 이런 생각을 했소. 매나 들고양이가 굶주렸다는 거, 산에 매나 들고양이 먹이가 귀하다는 것도 산토끼가 죽은 원인이라 생각하고 있소."

"아, 참으로 좋은 지적이오. 허기를 해소해줄 먹잇감이 되었다는 거. 강자와 약자 처지를 정확하게 짚어주었소. 세상은 강자 식탐이 존재하는 한 약자는 항상 먹잇감에서 벗어날 수 없을 것이요. 이에 따른 대책도 우리 과업이 될 수 있을 것이오. 자, 언급된 세 가지를 주요 과제 삼아 지금부터 깊이 있게 하나하나 사례를 들어가며 토론 해봅시다."

그해 춘투는 설 명절을 쇠자마자 시작되었다. 여느 해보다 한 달이나 빨랐다. 그러기에 앞서 노조간부들 요구로 회사에서 협상 테이블을 마련하고, 임금 인상과 처우 개선 문제를 협의하고자 대화에 나섰다. 올해 들어 다섯 번째로 벌인 협상 자리였다. 마지못해 악수하고 서로 마주 바라보는 탁상에 앉자, 회사 노무 담당 장찬경 이사가 인사 겸 먼저 말문을 열었다.

"노조 여러분 요청으로 사노 협의하게 된 것을 기쁘게 생각합니다. 오늘 아침 임원 회의에서 대표님 특별 부탁 말씀이 있었습니다. 회사 사정이 어려운 이런 때에 서로 단합된 힘으로 위기를 극복해달라고 간곡히 이르셨습니다. 올해는 서로 허심탄회하게 의견을 개진해 좋은 결과를 돌출해주시기 당부 드립니다. 우선 당년도 재무제표와 내년도 사업 계획 자료는 노조 측 요구로 열흘 전에 전달받았을 겁니다. 모든 안건을 하루 동안 토의해 합의하기는 시간상 어려우니, 오늘 우선 선정된 과제 하나를 선택해 화기애애하게 의견을 나눠봅시다."

장찬경이 말을 마치자, 기다리고 있었다는 듯 노조위원장 안보웅이 답례 형식으로 나섰다.

"먼저 바쁘신데도 이렇게 노사 협의 자리를 마련해주신 사측에 노조원 대표로 정말 감사 말씀드립니다. 회사 나름대로 올해도 사정이 있겠으나, 귀를 활짝 열고 아주 진지하게 저희의 애로 사항을 경청하셔서 긍정적이고 좋은 방향으로 협의가 이루어지도록 적극적으로 도와주시기 바랍니다. 우선 합의 선정된 다섯 개 의제 가운데, 오늘은 저희로선 가장 적실한 임금 인상안부터 협의에 들어가는 게 좋을 것 같습니다. 저희가 이미 제시한 안을 검토하셨으리라 믿습니다. 이 건에 대하여 사측의 견해를 먼저 듣고 싶습니다."

안보웅이 말을 마치자, 묵묵히 듣던 기획부장인 김광원이 안경을 고쳐 쓰며 입을 열었다. 사장 처남으로 미국에서 MBA를 받아 온 회사 실세인데, 구미식 회사 경영 방식으로 가잖으면 회사 발전이 없다고 기회 있을 때마다 주장했던 인물이었다.

"제가 그 부분에 대해 검토했는데 회사 견해를 밝히겠소. 노조에서 요구한 수준은 전년도 대비 무려 십 프로 이상 인상을 요구하고 있소. 이 수치를 어디다 기준한지 알 수 없습니다만, 실제 너무나 터무니가 없는 수치요. 여러분, 올해 경제 지표를 잘 알고 계시지 않아요? 올 우리나라의 경제 성장률은 한국은행에서는 이 점 육 프로,

경제 운영 주체인 경제기획원에서는 삼 프로로 전망하고 있어요. 또 물가 인상률은 오 프로 미만인데, 대체 무슨 근거로 십 프로 인상을 요구하는지 회사 측에선 전혀 이해할 수가 없소."

김광원 난색 표명에 노조간부들이 서로 얼굴을 마주 보면 술렁댔다. 화기애애하니 풀어가자던 회의장 분위기가 삽시에 냉랭하게 가라앉았다. 노조 교육선전국장인 박진수가 김광원 말을 메모해 나가다가 고개를 번쩍 치켜들었다. 한쪽 눈을 가늘게 감은 채다. 그리고 안보웅을 건너다 보면서 답변하겠다고 무언으로 양해를 구했다.

"물가 상승률을 지금 오 프로 미만이라 말씀하셨습니까? 그 수치는 산업 전체 평균 상승률이라는 것을 누구보다 잘 알고 있지 않습니까? 금액 단위가 큰 산업 부문을 제외하면 실제 생활필수품의 물가상승 인상 폭은 십이 프로를 넘어서고 있습니다. 현재 시장바구니 물가 가운데 실생활에 필요한 물가 인상 폭은 거의 살인적입니다."

"그런데 여러분은 현실을 직시해야 해요. 여러분이 이미 재무제표를 분석하고 검토까지 하셨겠지만, 직접비 가운데 인건비가 차지하는 비중은 이제 관리 한계점을 넘어서려 하고 있어요. 여러분이 인상을 요구하는 그 선을 유지하자면 인력 감축이 불가피해요. 그런데 노조에서는 인력 감축은 있을 수 없다고 이미 선을 긋고 있지 않소?"

"그래서 임금을 동결해둡니까?"

"제 말을 한번 들어보시오. 회사 노후설비를 개선해야 하고, 신규 설비도 도입해 생산성을 높여야 하며, 또 제품 라이프 사이클이 짧은 시대에 회사를 존속시키자면 꾸준히 연구 개발비를 늘려야지 않겠소? 그리고 또 주주들에게도 이윤을 배분해야 할 것이고, 사회단체에도 기업인으로서 기부금까지 내야 당국 눈치를 받잖고 사업을 할 수 있을 게 아니오?"

"작년에도 사측에서 그런 논리에 우리는 임금 소폭 인상안을 받아들였습니다. 그러나 그동안 사측 노력은 어떠했습니까? 신규 설비 도입은 물론 노후설비 투자도 제대로 이루어지지 않아 안전사고도 여러 건 발생한 걸 알고 있지 않습니까?"

"사업을 현실에 맞게 다각화해야 생존에서 이길 게 아니오?"

"사업 다각화라 지금 말씀하셨습니까? 작년에 우리 회사 업종과 무관한 자동차 부품 사업과 반도체 사업에 뛰어들어 부진을 면치 못하다가 결국 다른 사람에게 넘기지 않았습니까? 이는 옆집 호떡이 잘 팔린다고 해서 정밀한 시장 조사나 전망을 충분히 검토도 하잖고 호떡 장사에 무조건 뛰어든 것과 무엇이 다릅니까? 그에 투자 금액이 우리 피땀으로 만들어진 이치를 들어 우리가 공개적으로 그렇게 반대했는데도 무조건 투자한 거 아닙니까? 그런데 누구 한 사람 아직 책임진 사람이 없잖습니까?"

"정부에서는 공산품 수입시장을 점점 확대하는 마당에 가격 경쟁에서도 밀리고 있소. 이 경우 자재에서 원가를 맞출 수밖에 없는데, 소비자들 품질 요구 때문에 도저히 하급 자재를 사용할 수 없으며, 유럽 시장에서는 환경 제품이다 뭐다 해서 규제가 심해 수익성이 떨어지오. 이러니 어떻게 회사가 살아남을 수 있소. 파이가 크기도 전에 나누자는 말인데, 우선 키우고 나서 몫이 커지면 그때 나누어 먹도록 해야 하오."

김광원은 지루하다는 듯 양미간을 찌푸리고 손목시계를 내립떠봤다. 사측 느긋한 자세와 달리 노조간부들은 격앙된 목소리는 수그러들 기미조차 없었다. 더 지키려는 자와 더 뺏으려는 자끼리 다툼이니 팽팽할 수밖에 없긴 했다. 그러나 지키려는 자의 방어 능력은 빼앗으려는 자 열망 강도에 늘 미치지 못하듯 노조간부들은 쇠진드기처럼 집요했다.

"우리가 임협 때마다 귀에 못이 박히도록 들어온 소리입니다. 이제 그걸 믿으려는 노조원이 없습니다. 하다못해 우리 지도부가 그들을 설득할 거리라도 만들어줘야 않겠습니까?"

"명분 말이오?"

"그렇습니다. 회사도 자구책이나 자성 없이 정부 정책에 너무 의지하려다 보니 그런 악조건을 자청한 게 아닙니까? 우리는 이제 참아내야 할, 선을 넘어서고 있습니다. 이번에도 회피만 마시고 우리 요구를 진지하게 받아들여 긍정적인 대안을 제시해주길 바랍니다."

"사정은 이해하나 현재로서는 마땅히 드릴 게 없고 대안 또한 없소."

"협상하자는 마당에 그건 못 들은 소리로 하겠습니다. 진지한 답변 바랍니다."

"여러분들 직장은 이곳이오. 이곳에서 여러분 가족까지 먹여 살릴 돈이 나가요. 그러려면 이 회사가 오래도록 치열한 경쟁 사회에서 살아나야 하지 않겠소? 그렇게 부당하게 뺏으려 들듯 억지 부리지 말아야 할 거요."

"지금 뭐라 하셨습니까? 부당하게 뺏으려 든다고 말했습니까? 부의 능력을 이용해서 우리에게 돌아올 것을 중간에서 불법으로 낚아챈 거 아닙니까? 그러니 우리에게 그것을 돌려달라는 요구인데 무엇이 과하고 부당합니까? 더구나 사회가 발전하면 덩달아 쓰임이 많아져 생활비가 상승하는 추세가 아닙니까?"

김광원 말을 반박하는 박진수의 높은 목소리에서 감정이 바글바글 들끓고 있음이 머리에 두른 붉은 머리띠 흔들림으로 알 수 있었다. 머리띠에는 붉은 바탕에 흰 글씨로 '쟁취하자 노동 권익!!'이라고 적혀 있었다. 그러나 김광원은 그런 태도에 반응은커녕 눈길조차 주지 않은 채 표정마저 심드렁했다. 북을 치면 가락은 읊되 춤을 추지 않겠다는 심보로 보였다. 그는 박진수 말꼬리를 잡았다.

"사회 발전에 따르는 가계 부담비를 회사 재정에서 부담하라는 시각은 억지떼에 지나지 않소. 쓰임에 모자라면 당연히 절약 가계로 그것을 맞춰 사는 게 바른 생활태도가 아니겠소?"

그의 말속에는 비아냥거림이 다분히 섞여 있었다. 이제 임금 인상 토론이 아니라 말꼬리를 물고 늘어지는 말씨름 판으로 흐르고 있었다.

"지금, 절약 가계라 하셨습니까? 지금 저희가 받는 임금으로는 절약은커녕 기초 생활비에도 모자라는 형편임을 뻔히 알면서도 어떻게 그렇게 태연하게 말할 수 있습니까?"

"내가 틀린 말 했나요?"

김광원과 박진수 사이에 오가는 말이 점점 높아지고 분위기가 가파르게 치닫자, 장찬경이 서둘러 진화에 나섰다.
 "어이, 김 부장. 서로 잘 해보자고 어렵게 모였는데, 그렇게 열을 내서야 쓰겠나. 안 위원장, 우리 좀 쉬었다가 진행할까요? 열도 좀 식힐 겸······."
 "예, 그렇게 합시다. 한 시간 뒤 이 자리에서 다시 협의합시다."
 노조간부만 회의하던 자리에 남았고, 회사 협상팀은 옆방으로 옮겼다. 문이 닫힘을 확인한 장찬경이 김광원에게 말을 던졌다.
 "김 부장, 너무 세게 밀어붙이는 게 아닌가? 조금씩 추켜주면서 최악의 파국은 막아보자는 게 우리 작전이 아니었어?"
 "그렇긴 한데 이사님, 전략을 조금 수정해야겠습니다. 오늘 보니 많이 준비해온 것 같은데, 아예 핵심에 접근 못 하도록 시간을 질질 끌어 진을 빼놓아야 합니다. 그런 식으로 육칠 차 협상이 지나고 종업원들에게 역정보를 흘리면 오히려 종업원들 압력에 못 이겨 성급하게 결론 내려고 달려들 겁니다. 그때 꽉 물면 승기를 잡습니다."
 "그리 쉽게 물러설 위인들이 아니야. 그래도 박진수는 양반이야. 노사협력국장인 임해욱이 오늘은 입 다물고 있었지만, 예사내기가 아니지. 조심해서 다뤄야 할 인물이니 신경 써야 할 거야. 쥐도 고양이 물 경우가 있어. 이제 저들 요구를 진지하게 검토하는 게 어때?"
 "염려하지 마십시오. 끝까지 김을 빼놓고 말겠습니다. 그때까지 밀고 당기면서 최대한 시간을 끌어보도록 하겠습니다. 지금 같은 불황에서는 회사를 뛰쳐나가도 오라는 데가 없을 만큼 불황이니 잘릴 각오까지 하면서 마구잡이로 파업은 하잖을 겁니다. 저들은 어차피 생산 일부 공정에 도구 같은 거 아닙니까? 쓸 때 쓰더라도 쓸모없거나 남아돌면 가차 없이 버려야 하잖습니까?"

"부위원장을 맡은 김성식은 이번 일에 협조를 잘하고 있는 거야?"

"예, 시나리오대로 진행되어가고 있습니다. 물컨 놈이 싸기 마련 아닙니까?"

"조심하게. 차질이 없어야 회사가 조용하지."

"이제 두고 보십시오. 노조 집행부가 불신임 받으면, 김성식이 새로 출범하는 노조위원장을 맡도록 할 겁니다. 그때면 우리 뜻대로 인력 관리와 임금 조정을 할 수 있습니다. 그냥 지켜만 보고 계십시오."

"하여간 김 부장의 능력은 인정할 만해. 이제 좀 마음이 놓이는군."

회의장에 남은 박진수는 회사 측 협상팀이 눈앞에서 사라지자마자 피우던 담배를 재떨이에다 눌러 끄며 안보웅에게 분통을 터뜨렸다.

"안 위원장! 이런 협상을 굳이 계속해야 하는 거야?"

"참고 끝까지 지켜보자고."

지금껏 침묵을 지키던 임해욱이 입을 열었다.

"박 국장이 보긴 바로 보았어. 그들 태도가 어땠어? 아예 불만 질러놓고 협상에는 관심 없고 너희 떠드는 꼴을 한번 지켜보자 그런 자세였어. 협상 자체를 거부하면 책임 소재가 자기들에게 돌아올까 봐 판을 벌여주고 구경만 하자는 고단수 술책이야. 그 김 부장 놈의 태도를 좀 봐. 하이에나처럼 지켜보다가 말꼬리를 잡아 늘이기만 했잖아?"

"아예 사측에서는 자기들 입장을 준비도 하잖고 맨손으로 협상 테이블에 나온 게 빤해 보였잖아? 이게 무슨 놈의 협상이야. 우리만 목이 아프도록 하소연하는 꼴이잖아."

박진수 진단에 임해욱이 또다시 나섰다.

"아주 교활한 놈들이야. 저런 짓거리를 해놓고 현장 사람들에게 뭐라 역공작을 펴는지 알아? 분명 그럴 거야. 너희 지도부는 대화가 통하잖는 사람들로 구성되어 있어 발전적인 협력 관계를 유지할 수 없다. 쉽게 임금 타협도 가능한데 왜 그런 사람을 대표로 뽑았느냐? 좀 제대로 협상할 수 있는 사람을 뽑아라, 이렇게 여론몰이로 이중 플레이할 아주 교활한 놈들이야."

"이제 작전을 바꿔서 상대해야지 않겠어?"

안보웅이 임해욱에게 묻자, 그는 다시 한번 상대 팀 전술을 비난했다.

"도대체 진정성이란 한 끄트머리도 보이잖고 있어. 이건 협상합네 하고 뒤통수쳐서 우리를 바보로 만들 작전을 펴고 있어. 보았지? 잔머리 굴리면서 핵심 안건에서 벗어나려고 고차원 술수를 벌이는 거야. 도대체 한 배를 타고 물살이 센 강을 같이 건너려는 게 아니라, 우리만 빠뜨리고 제 놈들만 목숨을 건사해 건너갈 놈들이야."

임해욱 말에 동감한 박진수가 체한 음식을 뱉어내듯 말을 울컥 토해냈다.

"안 되겠어. 더 강도 높은 충격 요법을 찾아봐야 할 것 같아."

그러자 조영국이 강하게 맞받았다.

"계속 그렇게 나온다면 오늘 협상을 때려치우자. 그리고 바로 파업에 들어가자고."

"기왕 시작한 협상이니 조금 더 인내심을 가지고 협상에 응해보자. 지금 저쪽에서 무슨 대안이 나올지도 모르잖아. 대의명분도 세우고……."

"김 부위원장, 인내심 하나 끝내주네. 절대로 그럴 놈들이 아니야. 순진하긴, 만약 저들이 협상안을 가지고 나온다면 내 손에 불을 켜. 우리나라 말귀도 못 알아듣는 귀를 가진 놈들이라니까."

"몇 마디 건네보고 변함이 없다면 오늘 테이블에서 일어서 나가자."

마지막으로 안보웅이 말 마감했다.

그들은 하회탈을 쓴 듯 쾌활하게 웃는 얼굴로 다시 협상 테이블에 마주 앉았다. 그러나 한 치 양보도 없이 서로 제 주장을 펴면서 목소리만 높이다가 한나절을 보냈다. 회사 측 대표들은 어깻짓을 세우고 우쭐한 기세로 가볍게 발걸음을 내디디며 돌아갔다. 그러나 노조간부들은 어깨높이를 내려앉힌 채 벌레 씹은 표정으로 식식거리며 노조사무실로 철수했다.

안보웅뿐 아니라 노조간부들 머리에는 '작년에 이어 또 당했다'는 느낌밖에 들지 않았다. 노조에서 요구했던 다섯 조목 가운데 단 하나 약속도 얻지 못한 빈손이었다. 이제 노조원들과 면대하기가 두려웠다. 잘 싸우라고 운김깨나 추겨 전쟁터를 내보냈더니 무기뿐 아니라 탱크까지 빼앗기고 빈손으로 돌아왔다고 성토할 거다. 사냥감을 놓친 채 활시위 대만 부러뜨리고 돌아온 궁사 초라함이었다. 이제 아무것도 얻어내지 못해서 굶겨 죽일 작정이냐고 위원장 반대파가 분명 따져들 테다. 내년에 반드시 회사에서 얻어낼 것은 기필코 얻어낸다고 노조지부장 선거 때 공약으로 큰소리까지 치면서 기다려 달라 했는데, 사태가 이 지경에 이르렀으니 눈앞이 온통 캄캄했다. 노조간부들은 심한 압박을 느끼지 않을 수가 없었다.

안보웅은 밤늦도록 홀로 해결책에 고심했다. 이대로 나갈 수는 없었고, 다른 길은 보이잖았다. 활로를 찾으려면 반전 흐름을 만들어야 했다. 안보웅은 고심한 끝에 작심하고 간부들을 긴급히 소집했다.

"이렇게 당하고도 대책마저 마련 못 한다면 우리 단체는 존재 이유가 없다. 오늘 자정을 넘기더라도 결론을 내자. 그러니 돌아가면서 의견을 내고 다수결로 결론짓자."

분위기는 어두운 표정만큼 무거웠다. 사무실 천장에 파고 들어간 형광등 가운데 하나가 오늘따라 점멸을 번복해서 신경을 긁었다. 무거운 침묵을 깨고 김성식이 주위를 둘러보면서 먼저 조심스럽게 말문을 열었다.

"나도 협상이 중단된 걸 안타깝게 생각하고 있다. 그동안 들인 공이 아깝다고 생각해서 한번 더 협상을 제안하도록 하자. 거기에서 결판내는 게 옳다고 본다. 지금이라도 늦지 않다. 종업원에게 줄 무언가라도 얻어내는 게 우리 임무가 아닌가?"

"나는 김 부위원장 의견에 반대한다. 우리가 사 측과 꾸준히 협상했는데, 지금 얻은 게 뭐가 있나? 사실 처음 협상 때부터 여태까지 진전된 건 아무것도 없었다. 아니 심지어 저쪽에서 답변하는 말 한 마디도 달라지지 않았다. 그러고도 또 협상 얘기냐? 부질없는 일이라고 본다. 그들이 상대에게 마음을 열어놓아야 하는데, 내가 볼 때 그런 위인들이 아니다. 이제는 우리 나름대로 투쟁할 수밖에 없는 지경까지 왔다고 본다."

박진수가 얼굴에 핏대를 올리며 김성식 재협상 의견에 반론을 강하게 제기했다. 그러자 조성국이 나섰다. 그도 노조가 회사 측 술책에 말려들었다는 심중을 굳힌 터라 감정이 격앙되어 있었다.

"나도 물론 강경 투쟁으로 가야 한다고 생각한다. 이대로 주저앉았다가는 노조원에게 신임을 잃을 수도 있다는 거다. 그들 때문에 우리가 해야 할 역할을 반드시 해야 한다. 이 경우 온 형 방식이 아니라 강 형 방식대로 하는 게 효과가 있다고 나는 생각한다."

안보웅이 고개를 돌려서 조성국 얼굴을 직시하며 되짚어가며 물었다.

"강 형 방식이라 했나? 폭력도 불사해야 한다는 말인가? 거기에 대해서 배태경 국장 견해는 어떠냐?"

"나는 투쟁하되 강 형 방식의 강경 투쟁보다 온 형 방식의 온건 투쟁이 효과적이라 본다. 왜냐하면, 강경 투쟁은 얻음에 비해 노조원 희생이 너무 크다고 본다. 아무리 대우가 우리 기대에 미치지 못하더라도 그래도 여기는 우리 직장이고 생활터전임을 잊어서는 안 된다. 우리 의견을 관철하는 과정에서 어떤 희생이 뒤따라서는 옳지 않다고 생각하는 거다. 올바른 노동운동하자면 인명을 중시하는 태도도 견지해야 한다."

"나는 투쟁한다면 배태경 국장 의견에 따르겠다. 그러나 그런 방법을 택하기에 앞서 김성식 부위원장 제안대로 한번 더 협상 테이블에 앉는 게 바람직하다. 그래서 한번 다시 제안해본 뒤 실행에 옮겨도 늦지 않다고 보는 거다. 박진수 국장은 입장은 어떠냐?"

"이용호 국장이 그렇게 물으니 답변하겠다. 나야 두말할 필요 없이 강경 투쟁이다. 왜냐하면, 그들 태도를 보면 이미 답이 나온다. 벌써 다섯 번이나 협상 테이블에 앉지 않았나? 우리와 진지하게 대화하려는 의지가 없기 때문이다. 물론 강경 투쟁해도 크게 당황할 사람들이 아니다. 그렇더라도 투쟁해서 안팎으로 회사에서 근로자를 부당하게 탄압하는 걸 알릴 필요가 있다는 생각이다. 신문기사 한 줄이라도 나야 그나마 협상 테이블에 앉지 않겠는가? 우리는 음지에 앉아 양지를 바라보는 입장이다. 그리고 순응하기보다 싸워야 하므로 강력한 무기가 필요하다. 그게 바로 투쟁이 아니겠나?"

박진수 말이 끝나자, 서로 오가는 얘기를 가만히 듣던 임해욱이 말문을 열었다.

"지금껏 안 위원장을 제외하고 다시 한번 협상하자는 사람이 둘이고, 투쟁하자는 사람이 셋인데, 투쟁하자는 입장인 나까지 합하면 넷이다. 그러니 투쟁으로 가는 거로 결론이 난 셈이다. 그런데 문제는 결국 방법이다. 달걀도 먹는 방법에도 두 가지가 있다. 날로 먹는 방법과 쪄서 먹는 방법 말이다. 흰자위부터 노른자위까지 천천히 익혀서 먹으면 맛은 느낄 수 있지만, 문제는 시간이 걸린다는 것이다. 노른자위가 익기까지 별생각 다 할 수 있어 응집력을 잃을 수 있다. 날로 바로 삼켜야 뭉친 것을 그대로 단번에 삼킬 수 있다. 두말 필요 없이 강 형 방식을 주장한다."

임해욱은 확고한 의지를 보이려는 듯 목소릴 높였다. 그는 동료들에게 감동 줄 무기를 장착하고 있었다. 뉘보다 뒤지지 않은 열정과 설득력을 갖췄다. 그를 보는 동료들 눈은 참으로 정열에 불타는 사내라 여겼다. 그래서 그의 의견에 주저 없이 따르는 마법에 종종 걸린다. 의견을 서로 교환하진 않았으나 차기 노조 위원장감이라고 모두 인정했다. 안보웅이 제 나름대로 생각에 잠긴 여럿을 찬찬히 둘러본 다음, 결심을 굳힌 듯 결연한 투로 입을 열었다.

"자, 이미 결론은 났다. 월요일 아침 일곱 시부터 정문으로 집결토록 하자. 준비물은 배태경 국장이 맡는 게 당연한데, 가능한 작년에 사용했던 거로 하고, 플래카드 문구는 온 형한테 아이디어를 얻어봐. 그리고 임해욱 국장은 산별 지부에 지원을 요청해서 외부 인력 도움도 요청하자. 아무래도 경험이 많은 사람이 필요하다. 또 조영국 국장이 강 형을 불러들여 노조원 동원과 행동 요령에 도움 받도록 하자. 정보 누출에 신경 써야 한다. 특히 사 측에 정보가 노출되어서는 일을 망칠 수도 있다. 필요에 따라 그때그때 연막을 치고 위장해라. 만약 사태에 대비 침묵을 지켜라. 참, 그리고 이용호 사무국장은 음식물과 집기를 준비하는 데 전력을 다하고……."

이리저리 지시하던 안보웅이 다시 조영국을 찾았다.

"어이, 조 국장! 이동우 그 친구 강 형과 온 형에게서 교육 잘 받았겠지? 이번에 맡길 일도 이미 알려주었지? 잘해내겠지?"

"강 형과 온 형이 그런 일에는 도사잖아? 강한 선생한테 배웠으니 잘해낼 거야."

"달라지는 것 같았어?"

"태어나 자란 환경 때문에 지금껏 부당하게 대우받았다고, 그런 쪽으로 온 형이 많이 얘기하는 것 같았어. 이번에 행동대장으로도 잘해낼 거야. 잠자는 분개심을 일깨워주면 저 스스로 행동하지 않겠어."

"그런 일에는 많은 걸 알고 있는 것보다 단순한 이동우 같은 타입이 딱 제격이야. 자기로선 아주 다른 세계거든. 내가 사람 고르는 안목은 있지?"

"생산부문 초짜를 노조간부들이 모이는 회식 자리에 끼울 때부터 내가 짐작하긴 했지."

"조 국장 눈에도 그렇게 보였어? 그 친구 그때 승진에 누락해서 눈이 뒤집혀 있을 때였으니까. 암튼 이번 우리 투쟁에 제대로 활용해야지 않겠어?"

"두고 봐. 우리 조직국에서 큰일을 해낼 테니까."

정문과 노조사무실 앞에는 붉은색으로 뒤덮였다. 머리띠, 플래카드, 흔들어대는 손수건까지 모든 색깔이 붉은 물감으로 으깨 발라진 듯 붉었다. 붉은색이 격앙된 격정을 덩달아 고무시켰다. 노조사무실 벽과 정문에는 '속았다, 우린 속았다, 완벽하게 속았다' 그런 구호가 적힌 플래카드가 나부꼈는데, 노조간부들 구호에 따라 노조원들이 종주먹을 하늘로 쉬지 않고 찔러댔다. 이동우는 세상에 태어나 단 한 번도 여러 사람 앞에서 목소리를 크게 질러본 적 없었는데 비로소 말문을 턴 듯 야릇한 흥분에 휩싸여 있었다. 또한, 무리 속에 끼여 여럿의 힘을 얻어 속에 가득 찬 걸 뱉어내니 마음이 후련할 뿐 아니라, 짜릿한 성취감마저 느꼈다. 무리에 들게 해준 안보웅과 조영국에게 눈물이 솟구칠 만큼 고마웠다. 이제 무리에 젖어드니 외로움이 덜했다. 저녁이 되자 얼마나 부지런히 외쳐댔는지 변성이 올 만큼 성대까지 부어올라 통증이 느껴졌다.

노조사무실로 들어서는 이동우에게 안보웅도 조영국도 일어서 손을 잡아주었다.

"아, 이 동지. 아주 잘해요. 조직국 체질이오. 자, 저기서 저녁 먹고 힘을 더 냅시다. 오늘보다 내일이 중요하고 모레가 더욱 중요하지. 이 기회에 사측에 타격을 입히지 않으면 우리가 살아나지 못해. 이럴 때 한번 세상을 뒤집자고. 그러니 힘들 내자고, 알았어?"

사람으로 태어나 이리 격한 대접은 처음이었다. 이동우는 마음이 짠해지며 눈시울이 후끈 달아올랐다. 참으로 과분한 환대였다. 파업이라는 사태가 자기에게는 멋모르는 채 벅찬 일이 분명했으나, 지금 기분에서는 어떤 일을 맡기든 이들 맘에 들도록 반드시 해내고 싶었다. 이동우는 노조간부들이 모여앉아 내일의 투쟁 전략을 짜는 노조사무실 한구석에 앉아 아픈 목을 주억거려가며 짜장면을 삼키는데, 말할 수 없는 격한 감정이 북받쳐 눈물이 일었다. 비로소 사람이 산다는 그 치열한 현장으로 생생하게 걸어 들어온 느낌이 들었다.

이튿날부터 상황이 급변하기 시작했다. 회사 측에서 불법 파업으로 규정하고 사수대라는 명목으로 사무직 직원과 용역 인원을 동원하여 맞불작전을 폈다. 정문을 경계로 밀고 밀리는 몸싸움으로 진전되었다. 불상사를 염려하여 경찰이 동원되었으나, 경계만 할 뿐 노사 문제라 개입하지 않았다. 노조간부들이 모인 자리에서 강필운 목소리가 높아지기 시작했다.

"더 세게 나가지 않으면 밀리겠어. 뭔가 큰 게 필요해. 안 그러면 해고 협박과 업무 방해로 입건 당하고, 생산 손실에 변상 조치한다는 엄포에 참가 노조원이 흔들릴지도 몰라. 뭐 좋은 방법이 없어?"

안보웅도 지금 벌어진 사태 추이를 면밀하게 살피고 있었다. 당장 우려되는 일은 어렵게 붙은 불길이 활활 타오르지 못하고, 사그라질까 걱정이었다. 그런 사태가 발생하면 모든 게 도로아미타불이었다. 강필운 목소리가 부르르 떨렸다.

"동원된 깡패들 때문에 노조원들이 힘을 못 써. 그것들이 폭력을 행사해도 기술이 좋아 큰 상처를 입히지 않을 만큼 휘두른단 말이야. 노조원에게 뭔가를 보여 흥분하고 분노케 해서 들고 일어나도록 힘을 뭉쳐야 하는데, 뭔가가 딱 한 방이 없어."

임해욱이 말눈치를 채고 입을 열었다.

"피를 봐야 흥분할 것 같은데……."

"그건 너무 부담이 커. 올바르지 않은 방법이기도 하고……. 또 잘못되는 방향으로 번지면 노조 지도부가 몽땅 입건될 수도 있어. 그러니 심사숙고해서 결정하자고."

임태경이 분명하게 반대 의사를 나타냈다. 그러자 김성식도 한마디 했다.

"그게 필요하다면 마땅히 해야 하는 게 아니야. 그게 투쟁 아니야? 그래야 파업 기간을 단축할 수 있지 않겠어. 뭔가를 하자고."

"아니 김 부위원장! 언제부터 그렇게 강경해졌어? 세상 별일이네."

"기왕 투쟁 쪽으로 결론은 났으니 제대로 하자는 거지. 줏대가 흔들린 건 아니야."

말을 마친 김성식은 얼굴에 떠오른 붉은 기운을 재빠르게 없애지는 못했다. 양심이 찔리긴 찔리는 모양인지 눈길을 피했다. 한참이나 묵묵히 이야기를 듣던 강필운이 여럿에게 말했다.

"유돌 하자고. 그들이 폭력을 유발하도록……."

안보웅도 결심을 굳힌 듯했다. 상대방을 자극하여 흥분하고 과격하도록 유도하는 전략을 택하려는 눈치였다. 시위 현장에 기름을 붓자면 그런 방법밖에 없다고 생각했다. 그는 그 일을 이동우에게 맡길 작정이었다. 그는 조영국에게 일렀다.

"그러자면 이쪽에서 먼저 몸으로 밀어붙이자고. 어이, 조 국장. 시위현장에 가서 이동우를 지금 이리로 불러와. 나에게 좋은 아이디어가 있어. 서둘러!"

밖으로 나갔던 조영국이 한참 지나서 되돌아왔는데, 혼자였다. 안보옹이 서둘러 물었다.

"왜 혼자야?"

"아무리 찾아도 현장에 없었어. 다른 사람보고 찾아서 이리로 보내라고 부탁하고 왔어. 올 거야."

"아니. 지금 시위현장에서 행동에 앞장서야 할 사람이 어디로 갔다는 거야?"

"성급하게 생각하지 말고 좀 더 기다려보자고."

"이거 혹 현장에서 이탈한 거 아니야? 왠지 감이 안 좋아."

"확실하게 믿을 수 있는 친구니 곧 오겠지."

그들이 설왕설래하는데, 시위현장에서 기별이 닿았다.

"이동우가 붙잡혀서 경찰에 넘겨져 지금 끌려가고 있어!"

"뭐, 뭐야? 왜, 이유가 뭐야? 이건 불법 연행이야!"

"기계에 모래를 집어넣다가 잡힌 거래."

"아이코. 이젠 끝났네, 끝장났어. 조 국장 네가 그 짓을 시킨 거야?"

"아니야. 내가 왜 그렇게 멍청한 일을 시키겠어. 제 딴에는 우릴 위한답시고 그렇게 오버했을 거야."

그들은 우르르 시위현장으로 달려갔다. 이동우는 이미 경찰 숲에 파묻힌 채 고개만 겨우 보이게 끌려가는데, 잔뜩 겁먹은 눈길을 이쪽에다 두고 있었다. 노조간부에게 뭔가를 반드시 해주어야겠다는 결심으로 회사에 피해를 주고 싶었다. 물론 혼자 판단으로 저지른

돌발 행동이었다. 수갑을 찬 이동우 눈길에서도 노조간부들이 보였다. 누구 하나 그의 이름은 부르지 않았다. 자기를 보호하러 다가와야 할 그들의 손이 재봉선을 따라 아래로 떨어진 채 눈길만 멀뚱히 건네고 있었다. 아니 멀리서 배웅하듯 바라보기만 했다. 막연히 서서 바라보는 그들 시야에서 이동우 모습은 경찰차 속으로 서서히 사라졌다.

이번 춘투에서 치달아 오르는 열기를 이동우가 꺾었다는 게 노조간부들이 내린 최종 결론이었다. 과격한 강필운보다 온은모 분노가 극에 달해 시위현장에서 빠져나가며 노조간부들에게 말했다.

"어찌 됐던 이번 일을 망쳐버린 이동우는 배신자다. 이제 이동우 진술에 따라 줄줄이 송환될 거다. 잡혀가서는 어떤 심문에도 자체적으로 일을 꾸미고 집행했다고 진술하면서 끝까지 버텨라. 후일을 도모토록 하자."

온은모는 서슴없이 이동우를 냉정하게 '배신자'라고 불렀다. 망둥이처럼 뛰던 이동우에게 경찰 신문을 피하는 방법을 미처 가르치지 않았기에 줄줄이 이어지는 송환을 피할 수 없음도 예견했다.

10
별을 가진 사람

경찰서에서 풀려난 며칠 뒤 통지서를 받았다.
회사 인사과 직원이 이동우에게 넘긴 문건은 해고통지서였다. 파업 시위에 가담해 총무과 소속 경비원에게 폭력을 행사했고, 가동 중인 기계에 모래까지 투입해서 시설물을 훼손, 회사에 막대한 손재를 끼쳐 죄질이 극히 불량하므로 인사위원회를 열어 전원 만장일치 해고를 결정했다는 내용이 해고 사유로 적혀 있었다. 종잇장에 박힌 글자들 하나하나 튀어나와 탱자나무 가시처럼 가슴을 찔러댔다. 이동우 판단에선 그랬다. 임금 협상 격렬로 노사 쟁의는 마땅하므로 옳다고 판단했고 그 판국에 조직국 행동대장으로서 뭐든 해야 할 의무로 여겨 주저 없이 뛰어들어 그 일을 했을 뿐이다.
직원이 품질 관리 이사인 백상호 뜻도 함께 전했다.
"이번 일로 가장 상심하고 계신 분이 이사님인 걸 잘 아시지요?"
"이사님이라니 누구 말이어유?"
"백상호 품질 관리 이사님도 모르세요? 그러면 이번에 애써 꺼내

주신 수고도 모르겠네요?"

직원 말이 '참으로 대책 없이 무심한 놈', 그런 나무람처럼 이동우 귀에 닿았다. 어린 이동우를 회사에 거주하도록 보살펴준 배경이 백상호라고 모르는 사원이 없을 텐데도 진작 당사자로서 모르는 척한 그런 낯가죽 두꺼운 몰염치에 인사과 직원은 못마땅한 표정을 지었다.

"아 ―. 백 이사님유?"

"예. 이사님이 이렇게 말씀하셨어요. 처음 동우 씨 사정이 하도 딱해 맡았지만, 그 뒤로 자기가 관리 잘못해 사람이 그렇게 망가졌다면서 무한한 책임감도 느끼지만, 이제 와 거둔 일에도 후회막심하다고 했다니까요."

"······."

뭐라 대거리할 말보다 복받치는 감정이 먼저 끓어올랐다. 이동우는 고이는 눈물을 감추려고 눈길을 허공으로 피했다. 해고통지에 기함해서 뭔가 답답하게 꽉 틀어막힌 감정이 가슴께로 거침없이 타 내리는데, 정영남 성난 얼굴도 눈앞에 어른거렸다. 불호령하듯 무섭게 나무라는 눈길이 앞이마에 서늘하게 와 닿는 듯했다. 가슴속에서 또다시 무안한 감정 덩어리가 울컥 치받쳐 올랐다. 정을 준 사람 기대에 부응도 못한 제 어리석음이 두 사람 처지를 난처하게 만들었다는 자괴감이었다. 아닌 게 아니라 백상호는 얼굴을 잊을 만큼 본 지 오래여선지 고마운 마음마저 끊겨 있었던 게 또한 사실이었다. 농성장 소란 때, 먼발치에서 걱정스럽게 바라보는 모습을 발견하곤 얼핏 외면한 듯도 했는데, 서로 뒤엉키는 인파에 휩쓸리다 보니 금방 눈길 밖으로 사라졌기에 당시엔 죄책감을 느낄 겨를마저 없었다. 그땐 깨닫지 못했는데 지금은 천하 없는 죄라도 지은 듯 고개가 무겁게 말없이 숙어졌다.

"이사님이 동우 씨에게 전하라고 하셨어요. 이번 일은 도저히 어떻게 할 수 없다고요. 퇴직금과 해고 수당을 챙겨주긴 하는데, 그것만으로는 살아갈 수 있을는지 모른다며 걱정까지 했다니까요."

그 말이 다시 이동우 가슴에 칼끝처럼 파고들었다. 그냥 서 있어도 눈물이 쏟아질 듯싶은데, 이제 네 맘대로 살아가라는 의미로 들리는 말이 냉혹한 내침으로 여겨졌다. 서럽기만 해서 가슴께가 먹먹해 왔다. 정떨어지게 원인을 제공한 제 짓거리보다 준 정을 야박하게 거둬가겠다는 백상호에게 오히려 야속하다는 생각마저 들었다. 받은 정은 머물 땐 모르지만 거둬갈 땐 박탈감을 뼈저리게 느끼기 마련이다.

"제가 너무 철없이……. 얼굴을 못 볼 정도로 참으로 잘못했네유."

"이사님이 말씀하시더군요. 그리 과격한 사람이 아닌데, 어쩌다 그런 무리에 섞여들어 어처구니없는 짓 했는지 도무지 이해 안 된다고 했다니까요. 아마 판단력을 잃고 과격한 분위기에 휩쓸리다 보니 자제력마저 잃어서 그랬을 거지만 사람 속은 정말 알다가도 모를 일이라 했어요."

인사과 직원은 끝끝내 담아온 모진 말만 쏟아놓고 고개를 내저으며 되돌아갔다. 이동우는 여러 날 많이도 망설였다. 파업 시위는 그에게 한바탕 휘두르고 지나간 광풍과 같은 거였다. 그 후유증은 우박 맞아 짓물러진 배춧잎처럼 마음과 몸이 상처를 입은 채 바닥으로 뭉개져 있었다. 더군다나 생계를 의탁했던 회사에서 쫓겨나서 생활 터전마저 뿌리 뽑혀 허허벌판에 나앉을 신세가 되었다. 서울에서 유일하게 의지했던 사람은 정영남과 백상호였다. 정영남이 외국에 나간 지금 가장 가까운 사람은 오직 백상호뿐이지 않은가. 그런데 보살핌에 보답은커녕 그의 입지를 궁지로 몰아넣는 씻어내지 못할 잘못까지 저질렀으니 스스로 판단해도 하지 말아야 할 짓을 굳이 저지른 정황임이 분명했다.

이동우는 가슴이 터질 듯 답답함을 느꼈다. 남현숙은 아직 젊으니 살길을 찾자면 어찌 없겠느냐며 옆에서 위안했지만, 막상 무엇을 어떻게 해야 삶을 꾸려갈지 막막하기만 했다. 며칠 그렇게 막연한 심경으로 거리 곳곳을 싸다녀도 보았다. 그런데 파고 들어가 생활을 꾸릴 틈새는 어디에도 보이잖았다. 만만한 구석이 없을뿐더러 멀쩡한 양쪽 두 손도 필요하다는 데가 없었다. 어린 나이로 영등포역에 내렸던 그때보다도 헤쳐 나아가야 할 세상이 더 두려웠다. 예전에는 몰랐으나 늦은 저녁 무렵 직장에서 돌아오는 남현숙의 완연히 지친 몸과 무겁게 보이는 어깨에서 비참함을 느껴 눈길을 피하고 싶었다. 직장을 잃지 않으려고 출산 계획도 미룬 그녀 몸 상태가 건강을 염려할 만큼 불안스레 보였다. 그녀 입에서 나온 괜찮다는 말이 꾸밈말로 들렸다.

며칠 킁킁 속앓이하던 이동우는 해고통지서를 바지 주머니에 접어 넣고 회사를 찾았다. 발길이 향한 곳은 줄줄이 구속되어 경리 여사원만 남은 노조사무실이 아니라, 백상호가 근무하는 품질 관리 이사 방이었다. 지금껏 후견인으로 살 자리뿐 아니라 살아갈 용기까지 북돋워준 백상호를 만나려 했다. 그가 허락한다면 무릎 꿇고 천 번 만 번 잘못을 빌려고 작심한 다음 찾아든 발걸음이었다. 그렇게나마 괴로움에서 탈출하고 싶었다.

고개를 짓숙이고 들어서는 이동우를 보자 백상호는 자리에서 용수철처럼 벌떡 일어나 우르르 다가들며 뺨따귀부터 올려붙였다. 그러고도 분이 안 풀리는지 한참이나 오락가락 잦은 발걸음 하면서 거친 숨만 몰아쉬었다. 갑자기 눈이 뻘겋게 충혈될 만큼 화가 잔뜩 나 있었다. 한참 호흡을 고른 백상호는 맥진한 기운을 부추긴 듯 버럭 괌을 내지르기 시작했다.

"그래, 이놈아! 앞으로 어떻게 살아갈려고 그따위 멍청한 짓 했어? 네가 노조라는 곳이 어떤 곳인지 제대로 알고 뿔 빠진 황소처럼 그렇게 앞장서 덤벙댄 거야? 그런 데는 너 같은 순백이가 낄 데가 아니야. 참으로 한심한 놈! 지금 당장 내 눈앞에서 사라져!"

예상했지만 분함 때문에 백상호 손가락이 회사 작업복 소매 끝에서 와들와들 떨릴 줄 몰랐다. 이동우는 벌겋게 달아오른 뺨을 만지지도 못한 채 고개만 떨어뜨리고 있었다. 눈물이 눈꺼풀 바퀴로 돌아 발등에 후드득 떨어져 내렸다. 맞은 뺨이 아파서가 아니라 그로부터 응받지 못한 처지가 서러워서였다. 눈앞에 백상호 얼굴이 보이는 순간 벌써 그런 외쪽생각이 욱 끓어올랐는데 감정 끝도 때맞춰 터졌다. 분함에 길길이 뛰던 백상호가 격한 감정을 참지 못하고 기어이 다시 목청껏 목소릴 높였다.

"세상살이를 남들보다 힘들고 어렵게 살아서 온갖 서러움을 모두 겪은 놈이 함부로 그런 짓거릴 했어? 영창살이하더라도 너에게 도움을 줄 사람이 이 세상에 있기나 있다고 그렇게 막가는 행동을 한 거야? 네가 저지른 짓이 얼마나 엄청나게 잘못된 건지 알기나 하고 지금 나에게 넉살 좋게 발걸음 한 거야!"

"이사님, 천하 없는 죽을죄를 지었네유. 잘못했어유."

이동우는 무너지듯 내려앉으며 무릎을 꿇었다.

"그게 잘못했다고 빈다 해서 용서될 일이야? 은공 준 사람을 잊는다 해도 그 사람에게 걱정은 끼치지 말아야 짐승 취급을 당하지 않을 게 아니냐? 이 미욱한 놈아!"

"……."

"해고통지서는 분명 받았을 테지? 그게 무슨 뜻인지 알긴 제대로 아는 거야? 바로 굶어 죽으라는 소리야, 이 멍청한 놈! 그래 앞으로 뭔 짓하며 어떻게 먹고살 거야?"

"아직 생각도 못 했구먼유. 뭣보다 지금 잘못했다고 용서부터 빌려고 왔어유."

백상호는 이동우를 안타까운 눈길로 바라보다가 자리에 가 앉았다. 아직 거친 숨을 내뱉는 그도 얼굴이 노여움으로 뺨 맞은 이동우보다 더 붉어져 있었다. 그는 두 눈을 감은 채 격정을 가라앉히려는 듯 호흡을 고르는 표정이었다. 괘종시계 초침이 그제야 똑딱똑딱 제

소리를 분명하게 내는 게 귀에 들렸다. 정적이 내려앉은 사무실로 이른 봄볕이 창문을 통하여 들어와 회의용 소파 언저리에 모양대로 걸쳐 누운 형상도 비로소 눈에 띄었다. 부드러운 먼지를 품고 아지랑이가 피어오를 듯 나른할 만큼 포근해서 고양이 졸음 장소로선 제격이었다. 그곳에 앉으면 만사 시름을 잊고 졸음에 무너질 듯싶었다. 백상호는 눈을 뜨고 한참이나 고개를 꺾은 이동우를 딱하게 바라보다 입을 열었다. 끓어올랐던 감정을 삭여냈는지 억양은 나직했고 말투는 부드러웠다.

"일어나! 용서는 그만두고 오늘 나랑 약속부터 하자."

"예—."

일어선 이동우는 고개를 들면서 기어드는 목소리로 응답했다.

"이제 어디로 가든 확실하잖은 일에는 절대 끼어들지 않는다고 이 자리에서 나와 약속해라. 그리고 그 약속을 어떤 상황에서라도 나와 지키겠다고 결심까지 해라. 할 수 있지?"

"예, 알겠어유."

"그럼 내가 연락할 때까지 집에서 꼼짝 말고 쉬면서 기다려. 제발 쓸데없는 곳으로 나다니지 말고. 알았어? 이젠 너도 혼자 몸이 아니야. 고생하는 네 처도 먹여 살릴 책임까지 져야지. 특히 노조 패들과 어울리지도 말고. 어때, 나와 약속할 수 있어, 없어?"

"예, 이사님 말씀대로 하겠어유."

일주일은 건몸달아 기다리고 사나흘은 실망과 불안으로 보냈다.

열흘 그리 피 말리게 보낼 무렵, 껑뚱하니 큰 키를 한 사내가 이동우를 찾아왔다. 해가 떨어질 이맘때인데 사내의 둥그런 얼굴 모양새 탓인지, 노을빛 탓인지 그늘진 데가 없어 보였다. 그는 남준만이라 박힌 명함을 집게손가락과 가운뎃손가락 사이에다 끼워 내밀었는데, 받아보니 (주)일성설비 대표이사란 직함을 가지고 있었다. 설비 전문업체니 이동우가 습득한 배관 일도 필요로 하는 업종이었다.

"나, 남준만이오. 이동우 씨가 틀림없지요? 듣자니 설비배관 일하셨다는데, 맞긴 맞나요?"

"예, 그런 일도 하긴 했쥬."

"아, 그럼 잘 되었네요. 내가 그런 쪽 일을 좀 하는데, 어때요? 우리 일을 좀 맡아서 해줄 수 있소?"

"그보다 먼저 제가 그 일한다는 걸 어떻게 아셨어유?"

"전해 들었소. 백상호 이사님을 잘 아시지요? 사실 그분 부탁으로 이렇게 찾아온 거죠. 찾아온 뜻은 이렇소. 내가 일을 마련해드릴 테니 가게를 차리고 사업자 등록증을 내시오."

남준만은 이동우 소신 따위는 안중에 없다는 듯 무턱대고 개인 사업장부터 차리라고 주문했다. 말투마저 권유가 아니라 다분히 명령조였다. 이동우로선 뜬금없고 황당한 소리였다. 뭔 소린가 싶어 되물어야 할 정황이었다.

"사업자 등록증을유?"

"그래요. 어차피 가겔 내고 거래하자면 거래 명세서가 필요할 거고, 또 개인사업자로 영수증을 발행하자면 사업자 등록증이 필요하지 않겠소?"

 이동우로선 맹문도 모르는 소리였다. 가게라는 말은 해득할 수 있었으나 사업자 등록증이나 거래 명세표는 무엇에 소용되는 서류인지 처음 듣는 소리라 도무지 알아들을 수가 없었다. 반평생 회사에 소속되어 말단 직위에서 현장 일만 처리했던 그로선 생뚱맞을밖에. 그러나저러나 더 이해하기 어려운 점은 백상호가 왜 그를 보냈는지 선뜻 감도 잡히잖았다.

 "지금 저보고 가게를 차려라, 그렇게 말씀하신 거유?"

 "물론이오. 이동우 씨가 내 일을 맡아 처릴 하자면 가게가 있어야 한다는 소리고, 그 가게를 운영하자면 사업자 등록증이 필요하며, 물건이나 대금이 오가자면 거래 명세표가 필요하단 말이오. 이제 내 말뜻을 이해하시겠소?"

 아직도 사태를 짐작도 못한 이동우가 고개를 주억거리며 되물었다.

 "백상호 이사님이 사장님께 그런 부탁까지 직접 하셨단 말씀이세유?"

 남준만은 그 말에는 흥미 없다는 듯 무덤덤한 표정으로 대꾸했다.

 "아니요. 그렇게 자세히는 아니요. 그러나……."

 "도와주라고 그랬던가유?"

 "그랬다오. 그냥 나더러 도와줄 수 없겠느냐고 묻기만 하셨소. 백 이사님은 이동우 씨가 회사 생활보다 자영업 하는 게 옳다고 생각한 것 같았소. 그래서 나더러 당신을 좀 도와주라고 신신당부했다오. 내가 당신을 잘 알지 못해서 다른 사람 청이라면 당연히 거절했을 테지만 백상호 이사님 부탁이라 이렇게 직접 내가 당신을 찾아온 거요. 나는 그분한테 신셀 많이 지고 살아가는 사람이오. 그러니 내 뜻이 곧 그분의 뜻이니 거절할 생각은 아예 하지 마시오."

"그러나 지금 내 형편에서는……."

"아, 무슨 뜻인지 알겠소."

가게를 차려 자영업자로 독립하라는 뜻인데 이동우는 지금 그럴 형편도 아니고 또한, 두렵기까지 했다. 한때 승진 누락으로 혼자 독립해서 일해보리라 작정하고 정영남을 찾아가 그런 궁리를 묻기도 했으나 그땐 앞뒤 못 가린 반발 심리에서 돌출된 행위였을 뿐이다. 그런데 막상 눈앞에서 그런 제안까지 받으니 무얼 어떻게 할는지 그저 막막하기보다 암담했다. 이제 다른 사람 도움 없이 혼자서 세상살이해야 한다는 의미기에 더욱 부담되었다. 충분한 준비도 없이 승진에서 빠졌다는 단순한 오기와 울화로 무턱대고 자영업을 하겠다고 덤벼들었던 때는 사리 분별도 못할 만큼 무모했었다.

지금은 눈높이가 달라져 있었다. 그동안 세상살이가 보기보다 녹록하지 않음을 뼈저리게 경험했던 탓이다. 경쟁이 치열한 건설현장에서 자신만만하게 헤쳐 나갈 능력도 없을뿐더러 준비 또한 제대로 되어 있잖았다. 더군다나 도와줄 사람이나 인척 배경도 없는 처지라 자영업이란 그저 먼 나라 일로 여겼을 따름이다. 그런데 남준만은 역시 사업 바닥물을 먹은 사람이라 말눈치 하난 빨랐다.

"지금 이동우 씨가 주저하는 게 창업 자금 때문 아니요? 그건 나에게 맡기고 먼저 맘에 드는 가게 자릴 한번 알아보시오. 돈은 그냥 주는 게 아니고 나중에 반드시 갚아야 할 돈임을 잊지 않고 가겔 차리면 됩니다. 그리고 돈이 벌리면 우선 내 돈부터 분할로 갚으면 돼요."

"그럼 제가 남 사장님 일을 어떤 식으로 도와드리면 되나유? 자세히 알려주세유."

정황 흐름을 봐서 이동우는 뒤로 물러설 수 없는 처지임을 깨달았다. 아직 살아갈 방도조차 찾지 못해 불안하기 짝 없는 지금 형세에서 살길이라면 튕기기보다 당장 실오리 하나라도 검잡고 매달려야 했다.

"말하자면 도급방식이오. 도급이란 말 들어보셨소? 이를테면 내가 영업해서 따온 일을 이동우 씨가 맡아서 처리하고 내게서 수금하는 방식이오. 물론 현장에서 기술 미팅도 하고 일이 끝난 뒤라도 계약서에 약속한 하자처리까지 하는 조건이오. 그리고 필요한 인력은 이동우 씨가 알아서 채용해서 부리면 되는 거요. 물론 이동우 씨가 영업해서 따온 일이 있을 땐, 내 간섭 없이 임의대로 맡아 해도 상관은 없어요. 그런데 다만……."

"다만은 또 뭐쥬?"

"내가 맡아온 일할 땐 일이 중복되면 내 일을 우선시해야 하오. 이것은 공기에 문제가 발생할 수 있어 그렇게밖에 할 수 없다는 뜻이오. 이렇게 따지지 않더라도 그건 상도덕 문제가 아니겠소? 그것만 잘 지키면 내가 당신 사업에 가타부타 관여하진 않겠소. 아니 관심도 없소."

남준만은 싸전 주인의 야박한 됫박질처럼 박해 보일 만큼 똑 부러지게 가름했다. 제 일만 관심 있지 이동우가 영업으로 맡아온 일거리는 과외로 하겠다고 금까지 명확히 그어주었다.

"저에게 좀 더 생각할 시간을 주세유. 결정하는 데 오래 걸리지 않을 거유."

"그렇다면 언제쯤 가능하겠소?"

"적어도 한 보름쯤 걸리지 않겠시유? 아무리 바삐 서둔다 해도……."

"아, 내가 독촉하진 않겠소. 생계와 연계된 일이니 찬찬히 잘 생각해보시고 결정하도록 하시오. 되도록 긍정적으로 판단해서 같이 일하도록 합시다. 그래야 내가 백 이사님께 체면을 세울 수 있다오. 궁금한 일이 있으면 그 명함에 있는 전화번호로 연락 주시오. 자, 그럼 며칠 뒤 다시 찾아오리다."

남준만은 급히 서두르는 측면도 있었으나 거센 물결이 섣부르게 서 있는 바윗돌을 쳐나가듯 모든 게 거침없고 언사까지 그저 시원시원했다.

남준만이 떠난 뒤 이동우 머리에 제일 먼저 떠오른 사람은 정영남과 백상호였다. 찾아가 조언을 듣는다면 먼저 찾아갈 사람들이었다. 그러나 가장 먼저 자문 받아야 할 정영남은 해외 공사현장에 나가 있었고, 백상호는 회사로 찾아가면 만날 수 있었으나 파업에 가담했다가 쫓겨난 처지로선 정문을 드나드는 데 눈치가 보였으며, 이런 일은 사무실로 불러 일러줄 일인데도 남준만을 보낸 사정을 살펴보면 주위 이목을 염두에 두었음이 분명해 보였다.

아마도 백상호는 정영남이 국내에 있었다면 그를 통해 일을 추진하려고 했을 거다. 그렇게 예측하자 이동우는 백상호를 찾아갈 뜻을 접었다. 마음 한구석에는 세월이 흐르고 또한 떳떳하게 일어섰을 때, 그때 찾아가서 용서를 구하리라 맘먹었다.

그다음엔 그동안 만나서 의견을 주고받으며 밥과 술을 같이 먹고 마신 사람들은 회사 노조원들뿐이었다. 그러나 지금 정황에서는 찾아갈 처지도 찾을 마음도 없었다. 이런 일은 그들과 같이 대화로 나눌 거리가 아니었다. 그들은 남을 돕고자 하는 토론보다는 남의 취약점을 파고들어 헤집는 토론을 더 자주하는 사람들이니 개인사업의 대화 상대로선 부적합하다고 여겼다.

그날 저녁 이동우는 남현숙과 오랜만에 한강 둔치로 나왔다. 한강 주변으로 들어선 높고 낮은 아파트와 오피스 빌딩 불빛이 물 위에 연등처럼 가지런히 떨어져 흔들렸다. 한강은 서울 젖줄답게 수도 복판을 시원하게 훑어 내리고 있었다. 서울 사람들은 하루 생활에서 묻은 희로애락을 한강에다 씻어 보내고 또 내일을 기약하며 밤눈을 감는다. 서로 외롭다는 생각이 들 때, 이동우는 남현숙과 한강 둔치를 찾곤 했다. 수량이 많든 적든 강물이 흐르는 강변에 나오면 그들은 심장 떨림이 되살아났다. 강물이란 소리만 들어도 부끄럽기까지 했다. 고향 강변에서 몽롱했던 첫정 기억이 부끄러워 부부는 같은 생각을 하면서도 잘못을 저지른 듯 제가끔 눈길을 딴 데 두고 손만 꽉 잡은 채 열없게 앞뒤로 흔들기만 했다. 지금도 그러한 달빛, 그러한 물소리, 또 그러한 자갈과 자갈 소리는 보이고 들리진 않지만, 그들 눈에는 그곳 정경들이 한강 둔치로 옮겨와 아스라이 보였고 아련히 들려와 새삼 마음이 젊어졌다.

"강변에만 오면 당신을 만날 때가 생각나요."

"나만 그런 줄 알았는데 당신 마음도 그래유?"

"그럼요."

"그런데 오늘은 당신에게 의논할 일이 하나 있네유. 아주 우리에게 중요해유."

이동우가 긴 각목 의자에다 남현숙 어깨를 잡아 앉히고, 그 사이로 바람이 드나들까 봐 옆자리에 바투 붙어 앉았다. 남현숙이 쓸려 내린 이동우 앞 머리카락을 손가락으로 쓸어 넘겨주며 눈동자를 붙들고 물었다.

"중요한 게 뭔가요?"

"오늘 백상호 이사님이 보낸 사람을 만났네유. 설비공사 하는 남준만 사장이란 사람인데. 날 보고 자기 일을 맡아서 해줄 수 있느냐고 물어왔네유. 백상호 이사님 뜻이라고……."

"그럼 취직한 거네요?!"

"아니우. 취직이 아니라 공장을 차리라네유."

이동우는 남준만을 만난 얘기를 남현숙에게 들뜬 목소리로 들려주었다. 그녀 도움 없이는 가게를 운영할 수 없다고 여겼다. 그녀가 책임지고 맡아야 할 부분이 있었던 탓이다.

"언젠가 한번 그런 생각한 적도 있잖아요? 잘되었네요. 지금도 가게를 차린다는 생각에는 변함이 없는 거 아니에요?"

"그땐 승진 누락으로 홧김에 그랬지유. 그런데 지금은 막상 하려니 막연하게 두렵기도 하네유. 그래서 당신이 직장을 그만두고 내일, 아니 우리 일을 해야겠네유."

"당신을 돕자면 지금 나가는 화장품 회사를 그만둬야 하는데, 당신은 자신 있으세요? 당신이 자신 있다면 나야 당신 일을 돕는 게 마땅하다고 생각해요."

이동우는 감격에 겨워 남현숙의 두 손을 꼭 감싸 잡았다. 여느 때보다 더 따스한 체온이 손바닥으로 건너왔다. 둘은 마주 보며 옥수수 알갱이 같은 잇속이 만판 드러나도록 활짝 웃었다.

"그렇게 생각하니 나로선 무척 고맙네유. 당신은 상업학교 나왔으니 경리 일을 충분히 맡아 할 수 있지 않아유? 나는 그 부분에는 완전 맹탕이거든……."

"당신이 결심하면 나야 마땅히 따라야지요. 제 생각에는 그래요. 어차피 그런 일 할 바엔 일찍 시작하는 게 옳다고 봐요. 한 나이 더 젊을 때 말이에요. 우린 어차피 누구 도움받을 처지는 아니잖아요. 모두 우리 둘 힘으로 해결해 나가잖으면 안 된다는 걸 누구보다 우리가 잘 알고 있어요. 그리고 이젠 아이도 갖고 싶어요."

"고맙구먼유. 사실 자신 없어 많이도 망설였네유. 그래 같이 벌어야 생활이 된다고 임신까지 미뤄왔으니까. 이제 우리 아일 갖도록 하자구유."

속셈을 맞춘 도둑들처럼 생리 빗장을 벗기기로 합의했다. 남현숙은 이동우가 넘어질 만큼 불시에 그의 품 안으로 파고들었다. 이런 날은 그렇게 무리해도 부족했다. 그러나 둘의 체온은 금방 따뜻해졌다. 남현숙 가슴 아래에서 이는 심장 소리가 이동우 가슴으로 콩닥콩닥 전이되었다. 통로도 없는데 오고 건너갈 것들이 숨결로 소리 없이 잘도 소통되었다.

"우리 힘들어도 참고 해내요."

"정말로 사랑해유."

"참으로 오랜만에 들어본 소리네요. 그런데 서툴긴 여전하고요."

비록 투정할 만큼 서툴지만 이젠 상관없었다. 둘이서 눈길을 가지런히 해 너른 바다로 향하는 강물을 바라보는 것만도 남현숙은 행복했다.

이동우는 임가공 업체가 밀집한 외진 건물 1층, 조그마한 공간을 빌려 가게를 열었다. 물론 남준만이 마련해준 돈으로 가게 전세금을 치렀다. 돈을 받아 쥐면서 이동우는 반드시 갚는다는 조건을 달아 차용각서까지 썼다. 그리고 이동우와 남현숙 이름에서 한자씩 따 '동현설비공사'라는 상호를 내걸었다. 새로 페인트로 단장한 건물에 산뜻한 상호 간판까지 내거니 제법 가게로서 구색을 번듯하게 갖추었다는 느낌을 주었다.

가게에 상호를 내걸던 날, 남현숙은 간판을 쳐다보면서 감격스러워 눈물을 글썽였다. 마침 어젯밤 달거리를 넘겼다고 이동우에게 은근히 귀띔했던 그녀였다. 둘이 서로 의지해 살아가자면서 약속하고 다짐했지만, 막상 부딪치는 현실 앞에서는 언약이 공염불처럼 끊임없이 소멸과 재생을 거듭했다. 세상살이에서 움켜잡아야 할 끈도 없었으며 비벼댈 말뚝마저 없었다. 물 위로 떠 흘러가는 댓잎 배처럼 잔물결에도 흔들리고 소슬바람에도 흔들려서 가야 할 곳에서 멀찍한 데에 불시착하기도 했다. 멧돼지 떼가 휘저어간 감자밭 뒷자리처럼 그리 적막한 팔자였는데, 이제 닻 걷고 돛 올렸으니 순풍을 맞으면 되었다. 그 간판은 마치 둘의 근본이 달린 하나 묶음으로 여겨졌다. 이제 모든 걸 새로이 시작해야 할 출발점에 설레는 마음으로 서니 뿌듯했다.

그러나 이동우는 간판에 흥분하기보다 두려움이 앞섰다. 다분히 남준만 도움으로 가게를 열었지만, 막상 가게를 열고 보니 무엇 하나 만만해 보이는 게 없었다. 회사 배관부에 근무할 땐 지정해준 일터에서 준비해준 자재를 이용해 설계 도면에 따라, 그저 일만 부지런히 하면 소임을 다할 수 있었다. 그러다 일과 시간이 끝나 퇴근했다가 아침 출근해서 어제 했던 일을 이어서 진행하면 맡은 업무는 끝났다. 그리고 일거리는 영업부에서 끌어오기에 신경조차 쓰지 않았다.

또한, 생산부에서 일할 땐 흐르는 공정을 지켜보면서 불량이 예상되는 제품을 골라내면 소임은 끝났다. 그러나 앞으로 남준만에게서 일을 받아오면 수금할 때까지 모두 제 손끝으로 이루어지고 해결해야 할 일이다. 현장을 답사해서 소요 자재를 파악한 다음 소모성 부자재까지 주문 내고, 공사 발주자와 공사 일정도 잡아야 한다. 인건비를 아끼자면 가능한 기술자 동원 없이 직접 일하되, 도울 손이 필요할 때만 단순 노동력을 제공하는 인력들을 일당제로 써야 할 듯싶었다. 이문을 늘리자면 부지런히 일손을 놀리고 바삐 움직여서 그렇게나마 인건비라도 줄여야 할 거다.

모든 서류는 남현숙이 배워서라도 맡는다고 했다. 그렇게 결심한 남현숙은 한 달 전부터 부녀 복지회관의 취업반에서 자판을 손끝으로 익히면서 워드를 배우고, 재무 프로그램에 유용하다는 엑셀도 익혔다. 상업고등학교에서 이미 배워 익힌 것들이지만, 좌판을 치거나 계산기와 수기로 장부를 처리하는 학습이었다. 그러나 기능이 손끝에 익자, 습득하는 시간이 인문계 고등학교를 나온 사람들보다 빨랐다. '어떻게 하지' 하던 난감함이 얼굴에 사라지며 서서히 일머리를 잡아가는 데 자신감을 보였다.

고사떡이 차려지는가 하면 멱땀을 당해도 눈가에 웃음을 머금고 죽은 돼지머리도 상좌에 놓였고 북어가 아가릴 벌린 채 흰 명주실 한 꾸릴 허리에 실팍하게 둘렀다. 돼지 열린 입에 푸른 지폐를 물리는 이웃들 속에 조영국 얼굴이 보였다. 그러나 바삐 절한 다음, 그는 신 뒤축을 접어 신은 채 이동우를 찾아와 악수했다. 시위현장에서 말은 잃은 듯 그는 굳이 입을 다물고 있었다. 다만 봉투 하나를 전하고 에둘러 돌아서려 했다. 이동우가 그의 손을 잼싸게 낚아챘다.

"형 —. 한잔하고 가유."

"아니다. 나만 왔다. 열심히 살아라. 그만 간다."

조영국은 평소와 달리 새된 소리가 아니라 목소리를 깔아 나직이 말한 다음 뒤도 안 돌아보고 멀어져 갔다. 휭허케 바삐 서둘러 가는 발걸음이었다. 예전 같았으면 농지거리하면서 자리가 끝날 때까지 술잔도 기울이며 왁자하니 유쾌하게 웃을 그였다. 파업시위로 멀어지긴 했으나 이동우가 회사 생활하는 동안 현장에서 가장 많이 도와주던 직장 동료 가운데 한 명이었다. 이동우에게는 그것이 지금은 아주 먼, 낯선 일처럼 그리고 딴 세상일처럼 아득히 여겨지기까지 했다.

한창 분위기가 무르익을 때, 차로 도착한 남준만이 뒷문을 열어 화분을 들어냈다. 잎 광택제를 뿌린 듯 윤기가 자르르 흐르는 금전수 화분인데, '축 개업'이라 쓰인 분홍색 리본으로 주변 분위기가 금세 화사해졌다.

"하, 이거 일찍 온다는 게 급한 일이 갑자기 생겨서 미안하구먼. 자. 이거 좋은 거 아니지만 받아. 이게 바로 돈나무네. 이걸 사업장에 두면 돈이 막 굴러들어 온다고 하네. 그러니 앞으로 돈 셀 일만 남았으니 그도 큰일이네. 자, 나도 개업 상에 절부터 해야지."

언제나 주변까지 들썩여 놓을 만큼 활력이 넘쳐나는 목소리였다. 그는 이동우에게 답례도 제대로 받지 않은 채 음식이 차려진 곳으로 다가가 넙죽 절한 다음, 봉투를 안주머니에서 찾아내 돼지 입에 물렸다. 그의 곁으로 이동우가 황망히 다가갔다.

"남 사장님, 감사해유. 남 사장님만 믿고 이렇게 그만 일을 벌였네유."

이동우는 멋쩍게 머리를 쓸어내리며 고마움을 표시했다.

"아주 잘 했네. 용길 내게. 열심히 하면 잘 될 거야. 그리고 자네는 아직 팔팔하잖나?"

"저쪽으로 가셔 막걸리 한잔하세유."

"아닐세. 운전해야지. 내 오늘은 저녁 약속이 잡혀 있어 급히 가봐야 하네. 가게를 정리하는 대로 만나서 일 얘기도 할 겸 그때 같이 한잔하세."

"제가 서운해서……."

"아니 아닐세. 나 이만 가네."

남준만은 분위기를 왁작하니 버성겨놓고 조금 앞서 왔던 길을, 당겼다 놓은 새총 고무줄처럼 되돌아갔다. 이곳에서 안목이 그리 너르잖고 찾아올 일가친척도 없으니 개업자리는 일찍 마감되었다. 벌였던 개업 축하 자리를 정돈한 뒤 이동우는 바닥을 쓸고 남현숙은 책상을 걸레질하면서 마무리하는데 문 두드리는 소리가 났다. 이동우가 남현숙을 한 번 건너다보고 난 다음, 고개를 갸우뚱하며 출입문으로 다가가 조심스럽게 문을 열었다. 그러던 그가 놀라면서 한 발짝 뒤로 주춤 물러났다. 바깥에 섰던 사람이 말없이 실내로 성큼 들어섰다. 백상호였다.

"이사님?!"

격한 감정이 치밀어 오르고 반가워서 이동우는 목이 메었다. 얼굴도 모르는 아버지 환영이 그곳에 있었다. 반평생 그리움 속에서만 존재했던 아버지. 이동우 입엔 '아빠'란 부름이 없었다. 아버지란 단어를 목메게 불러보거나 손가락이 저리도록 써보지도 못했다. 그런데 오늘은 그런 부름이 저도 모르게 목 밑에서 꿈틀거렸다. 이동우는 잠시 얼빠진 얼굴로 그를 쳐다보았다. 이런 사람이 '아빠'고 아버지여야 했다.

"이쪽이 안사람인가?"

실내를 한 바퀴 삥 둘러보고 난 백상호는 남현숙에게 눈길을 던지며 이동우에게 그렇게 물었다. 남현숙이 대답 대신 고개 숙여 인사하자 이동우가 서둘러 대답했다.

"아, 예 제 처구먼유. 여보, 인사드려유. 백 이사님이셔유."

"이동우 아내입니다. 늘 도와주셔 감사합니다. 노력하면서 열심히 살겠습니다."

"아. 예. 이제 고생이 많으시겠습니다. 이동우를 잘 도와주세요."

백상호는 그렇게 맞인사를 받으며 이동우에게 뒷말을 돌렸다.

"동우야, 어때 지금 기분이 이상하지? 겁먹지 말고 열심히 해야 한다. 가난은 부지런한 사람한테는 찾아오지 않는 법이다. 네 외삼촌이 국내에 있었다면 어떤 표정을 지을는지 무척 궁금하구나."

"이렇게 도와주셔 정말로 감사해유, 이사님."

"다른 데에 한눈팔지 말고 이 일만 열심히 해야 한다. 남 사장은 왔다 갔느냐?"

"떠난 지 삼십 분이 지났지유. 약속이 있다 하시면서 금방 가셨네유."

"그래, 남 사장이 널 잘 도와줄 거다. 부지런히 하면 일어서지 않겠냐. 하다가, 하다가 정말 어려워 못 견딜 지경이면 그때 나를 다시 찾아오너라. 알았지?"

 일 시작한 그해 눈코 뜰 사이 없이 바빴다. 붙임성 있는 남준만의 활발한 영업 활동으로 일은 꼬리에서 머리로 연이었다. 때마침 서울 변두리로 연립주택들이 하루가 다르게 솟아나며 중심가에서 변두리로 번지는 주택건축 붐까지 일자 이동우 일손은 더더욱 바빠지기 시작했고, 끝내 혼잣손으로 도저히 감당할 수 없어 일손 둘을 더 보탰다. 남현숙은 애기꽃이 뽀얗게 인 얼굴로 부푼 배를 안고도 견적서를 작성하는가 하면 자재를 발주하고 세금계산서를 발행한 뒤, 제날짜에 수금까지 하느라 제대로 쉴 짬이 없이 거래처로 쫓아다녔다. 부녀 복지회관에서 경리 수업을 끝낸 지금은 열 사람 일거리를 혼자서도 척척 쳐내고 있었다. 바빠서 미처 못 느낄 뿐이지 산다는 맛에 얼굴이 활짝 펴졌다.
 이동우에겐 일복이 터졌다. 일솜씨 하난 틀림없다는 입소문이 이리저리 돌자 남준만을 거치지 않고 일거리를 맡기려는 사람들도 한둘 늘어났다. 남준만 입장도 생각하잖을 수가 없었다. 그쪽으로 통하는 일은 거쳐가면 갈수록 이문이 줄어드는데 직접 일을 맡아달라니 이쪽에선 재미를 볼 수도 있었다. 그러나 사양하면서 남준만을 통해 일을 달라고 부탁까지 했다. 그게 온당한 처신이라 여겼다.
 이동우도 영업 영역을 스스로 넓혔다. 공장이나 아파트 건설현장에서 일반 주택으로 영역을 확대했다. 부지런히 쫓아다닌 발품 덕에 일거리가 쌓일 만큼 주문량도 늘었다. 한번 일을 맡긴 사람들은 그의 일손을 믿었다. 딸 미주도 엄마 몸 밖으로 나와 울음소리로 집안 소리에 하날 보탰다.

"그 젊은 친구, 일 맡기면 뒤를 다시 챙기지 않아도 돼."

"응 동현설비, 그 이 사장 말하는 거지? 사람이 착하고 또 얼마나 성실해. 그런 친구가 돈을 벌어 잘살아야 제대로 된 세상이고 바로 가는 나라야. 안 그런가?"

"그 안주인도 참으로 부지런하고 착하지. 암튼 가만히 지켜보면 법 없어도 살 사람들이지. 둘이 어떻게 그리 잘 만났는지 모르겠어. 꼭 맞춤형 주문품 같기도 하고 오누이 같기도 해."

이동우는 손에 익어진 배관설비 기술과 현장 경험만 있을 뿐, 인맥이 너른 편이 아니라 일거리를 맡아오는 수단부터 막막할 수밖에 없었다. 그런 어려움을 남준만이 풀어주었으니 이제는 일에 자신까지 생기고 탄력마저 붙었다. 지금은 여러 부분에서 손길을 기다리는 형편이니 비록 처음이라 생소하고 낯선 일도 완벽하게 처리하려고 갖은 정성을 쏟았다.

일하면서 느껴지는 예감도 백상호 말마따나 가난이 부지런한 사람 앞에선 맥을 쓰지 못한다는 말을 증명하듯 했다. 움직인 만큼 돈이 들어온다는 소리도 맞는 말이었다. 남현숙도 집안 형세의 변화를 피부로 느끼는 듯 입 무거운 성격임에도 앞질러 말했다.

"이제야 손끝에 돈이 만져지네요."

얼굴 가득 웃음이 깔렸다. 역경을 이기고 핀 꽃이었다. 미혼 땐 그랬다. 자고 새면 일찍 창문부터 열었다. 아침이면 어제와 다른 반

가운 오늘 일이 창문 밖에서 기다리고 있을 듯싶은 느낌 때문이다. 그러나 결혼한 뒤엔 그 버릇을 잊었다. 딴은 더운밥 찬밥 가려내지 못한 살림살이조차 챙겨가기에도 바빴었다. 그러나 지금은 일찍 일어나 창문부터 열어젖혔다. 얼굴에 부딪는 아침 바람 속에는 어제와 또 다른 기대를 향한 바람결을 느낄 수 있었다.

한창땐 하루해가 뜨고 지는지도 모를 만큼 바빴다. 가게 면적을 배로 넓혔는가 하면 직원도 서넛 불리고, 전세살이에서 좁으나마 내 집에다 문패를 달았다. 그리고 종종 시동을 걸 때마다 씨름해야 하며 오름길에선 아예 '날 잡아 잡수시오' 하고 길바닥에 퍼져 꿈쩍도 않는 낡은 1톤 트럭을 버리고 큰맘 먹고 새로 2.5톤짜리로 바꿨다. 전생에서 그를 도와주지 못하고 저세상으로 간 뭇 사람이 도와주듯 지금까지 대우받지 못했던 삶에 보상이라 느껴질 만큼 하는 일마다 물속에다 담근 머리카락처럼 엉키지 않고 저절로 풀렸다.

때맞춰 남준만이 맡아오는 일감이 급증하기 시작했다. 직접 들어오는 일거리를 줄이고 전담하는데도, 일이 뒤로 밀렸다. 답답했던지 남준만의 재촉이 잦았다.

"어이, 이 사장. 자네 이러면 안 되네. 당분간 다른 일 물량을 조절하게나."

"자꾸 부탁하는데 어떻게 무 자르듯 냉정하게 끊어유? 내겐 모두 단골들인데······."

이동우로선 난감했다. 이제 겨우 거래를 텄고 그쪽에 일은 끝까지

해준다고 선약까지 했는데, 졸지에 신의를 저버리는 사람이 될 처지였다. 냉큼 확언도 못한 채 말끝을 얼버무리자 남준만이 성깔대로 분명하게 금을 그으려 나섰다.

"나와 약졸 했잖는가? 내 일이 우선이라고, 그리고 지금 상황에서는 기술자를 더 붙여야 내 공사 공길 맞출 수 있을 것도 같네. 일이 지연되면 지체상환금을 문다는 것쯤 잘 알고 있잖는가?"

"예, 남 사장님 어떻게든 지가 지켜내겠시유. 그런데 요즘 결제가……."

"아, 수금 말인가? 건설업계 사정이 원래 그래. 내가 한번 챙겨보겠네."

"이런 말씀은 처음 드리는데, 어음보다 현금을 조금 더 늘려주시면 인건비 부담을 많이 줄일 수 있을 것 같네유. 그것도 좀 생각해주십사 하구유."

"이런 사람, 이 바닥에선 어음 넉 달짜리도 짧은 거야. 통상 여섯 달짜리인데, 자네 입장을 봐서 자금 부담이 되더라도 그렇게 끊는 거야. 정 못 미더우면 내가 거래한 곳에다 전활 한번 해봐, 내 말이 맞는가, 틀리는가."

"그렇더라도 좀, 편의를 봐주셔야 하지 않겠시유? 자재 대금이야 그 어음으로 돌려도 문제가 없지만, 인건비는 어음을 할인해서 지급할 수밖에 없으니 남는 게 쥐뿔도 없네유. 그러니……."

"그렇다면 내가 생각은 해보겠네만 크게 기대하진 말게."

딴은 일하는 만큼 현금이 아니라 어음 쪽지가 쌓였다. 자재 대금은 어음을 쪼개서 지급할 수 있지만, 인건비는 현금으로, 그도 일용자 일당은 당일에 지급해야 인력을 부릴 수 있었다. 신용등급이 좋은 회사만 은행에서 어음을 취급했다. 은행에서 할인하는 어음은 짧은 지급 기한이라 할인율이 낮아 금액 손실이 적지만, 그것은 이동우에겐 그림 속 떡일 뿐이다. 울며 겨자 먹기라고 인건비를 지급하려고 넉 달짜리 어음을 들고 은행이 아닌 어음할인 사채업자에게 가면 발행 회사 신용등급과 지급 일수에 따라 할인 요율이 들쭉날쭉했다. 어음으로 현금을 환전해보면 살 깊은 살코기 한 모서리를 예리한 칼로 썩 베어낸 느낌이 들어 눈을 뻔히 뜨고도 도둑맞은 기분마저 들었다. 적은 이윤이 어음할인으로 묻어 나갈 판이니 일은 일대로 죽도록 하면서 매달 인건비 지급일엔 허덕일 수밖에 없었다.

그런 모든 일이 남현숙 손끝으로 이루어지다 보니 한 달 치 임금을 지급할 때면, 그녀는 한 푼이라도 아끼려고 이리저리 뛰어다녔다. 그러니 어음전문 할인 사무소뿐 아니라 여윳돈을 가지고 돈놀이하는 주부들에게 어음을 맡기고 현금을 빌리는 지경까지 이르렀다. 가혹하게 높은 사채를 받아 쥘 땐 돈이 아니라 금덩어리를 받아든 듯 속살까지 떨렸다.

딸 미주가 한창 예쁜 짓하며 말을 익히던 그해 구월에 백상호가 뇌출혈로 세상에서 떠났다. 남준만에게서 부음을 전해들은 이동우는 며칠 동안 가게 일을 직원에게 맡기고 집 안에서 두문불출한 채 슬픔에 묻혀 있었다. 슬퍼서 몸이 내려앉는데 그것을 추슬러내고 털어낼 방법이 없었다. 이동우에게 백상호는 아버지와 같은 사람이었다. 아니 아버지란 사람이 살아 있더라도 그렇게까지 챙겨주지 못했을 거다. 아버지에게서 정을 받지 못한 그는 백상호에게 받은 정이 뼛속까지 사무쳐서 무덤까지 따라갈 만한 은인이었다. 그런데 그의 죽음은 눈앞에 무너진 산이고 기대 서 있던 벽 한쪽이 폭삭 무너져 내려 절해고도에다 데려다 놓았다. 아니 쌓아 올리던 돌탑에서 주춧돌이 빠져나간 형국처럼 서 있던 자리가 무너졌다. 이동우는 또 한 번 세상에 홀로 버려졌다는 느낌마저 들었다. 답답한 마음을 이기지 못해 밖으로 나와 밤하늘을 쳐다봤다. 고향집 뒤 느티나무 터에서 배다른 누이 서재숙과 바라보던 별이 이곳에서도 보였다. 빛을 빼앗기면 금세 사라지는 별들이 허공 먼 곳에 박혀 있었다. 서재숙이 했던 말이 떠올랐다.

"별은 보는 사람에 따라 그리움이 되기도 하고 슬픔이 되기도 해."

오늘따라 별이 더욱 멀어 보이기만 했다.

백상호 죽음의 충격에서 벗어나 일이 한창 절정에 이르렀을 때, 남준만이 행방을 감췄다. 처음 전화를 걸었을 때, 여직원이 지방에 출장 갔다고 둘러댔다. 돌아올 예정 날짜까지 여직원이 알려주었기에 명심해서 그날을 기다리다가 올 이맘때 전화를 걸었더니 이번에는 해외여행 중이라는 답변이 되돌아왔다.

"남 사장님이 언제 오실 예정이유?"

"해외로 나갔으니 한참 걸리지 않겠습니까?"

이번엔 경비원이라면서 전화 받은 남자가 응대하는 데 역정이 묻어났다. 답답하지만 며칠을 기다려보자며 송수화기를 내려놓았다. 그러나 며칠까지 기다릴 필요가 없었다. 남준만이 발행한 어음을 소지한 사람에게서 전화가 오기 시작했다. 그리고 어디로 어떻게 유통된 줄도 모르는데 부도어음 배서인이 맞느냐며 생면부지 사람들에게서 전화가 오고 험상궂은 사람이 제집처럼 공장으로 들이닥쳤다. 남준만이 어음을 남발한 뒤 부도를 내고 가산마저 몽땅 정리한 다음 종적을 감췄다는 정황을 그때야 비로소 알았다. 선의의 피해자라는 믿음으로 시간이 지나 오직 어려움에서 벗어나기만 기다렸다. 그러나 상황은 전혀 엉뚱한 방향으로 전개되어 갔다.

당장 우려할 만한 상황이 눈앞에서 벌어졌다. 자재상이 자재 납품을 거절했다. 급여가 밀리니 인력이 달아났다. 진행하는 공사가 자재와 인력을 구하지 못해 중단되자, 계약이 파기되고 위약금을 물어야 할 형국까지 치달았다. 더군다나 막판에는 남준만의 일만 도맡아 했으니 돌아올 돈줄마저 끊겨 부도를 메울 방법이 없었다. 잇속이 밝은 부도 어음 소지자들은 재산을 가압류하고 가재도구까지 압류 딱지를 붙였으나, 사채를 풀어낸 주부들은 늦은 정보에 분노해서 황망히 달려와 문간에서 아예 죽는다고 고래고래 외쳐대며 죽쳤다.

이동우와 직거래한 자재상들은 알아서 했다. 채권자협의회를 재빠르게 만들었다. 세무서를 찾아가 부동산 등기등본을 뒤집고, 예금계좌를 찾아내 잔액 확인증을 떼는가 하면, 공사 현장으로 달려가 미수금 확인서를 받았다. 그리고 그것으로 목록을 만든 뒤 채권 비율대로 저들끼리 분배까지 했다. 공장 전세금도, 공사 미수금도, 공장 장비는 물론 쓸 만한 가재도구까지 빼앗다시피 쓸어갔다.

느끼기엔 입은 속옷가지만 남은 듯 탈탈 털렸다. 그러나 더 참혹한 일은 몸과 마음을 추슬러낼 수가 없었다. 섰어도, 앉았어도, 또 누웠어도 몸이 허공으로 부유하기만 했다. 누우면 누운 대로 앉으면 앉은 대로 손아귀에 힘마저 풀려서 일어설 엄두조차 낼 수 없었다. 그러니 몸뚱어리 네 곳에 붙은 사지에 뼈마디와 근육이 축출되고 껍질만 남은 듯 육신 곳곳이 허물어져 내렸다.

바둑으로 치면 대마를 죽여 돌을 던질 지경까지 왔으니 몸 던질 곳을 찾아야 했다. 복기할 사이도 없이 상황은 최악으로 급히 내달았다. 끝난 판에서 복기는 승자에게 패인을 물어보는 패자의 예의와 겸손 행위다. 이때 승자가 본 패자의 패착이 무엇인가, 패자는 어떻게 어째서 그런 패착으로 측생 기회마저 놓쳤는가, 그런 것을 승자가 패자에게 일러주는 일이 복기이기도 하다. 그런데 이동우에게는 그럴 기회조차 부여되지 않았다.

11
얕게 흘러 깊어진 강

언어 구사 능력 때문에 인간이 맹수보다도 사납다고 했다.

폭력을 대기하는 두려움. 그땐 차라리 뼈 부러지는 외상까지 입더라도 그런 환경에서 벗어날 방도만 있다면 서슴지 않고 그 선택에 따를 거라 유경험자들은 말한다. 이동우는 서봉태와 미래신용정보회사 수금원들의 품성에서 간극을 느꼈다. 만취해 광기를 드러내는 서봉태는 무지막지한 폭력자지만, 인성에 매운 뒤끝이 없어 끝난 뒤면 오히려 고요가 마음에 깃들기까지 했다. 그러나 미래신용정보회사 수금원들은 주먹 한 번 휘두르지 않고도 사람 내장까지 파내려는 듯 달려드는 집요함이 승냥이 습성 한계를 넘었다. 이 점은 나날이 두꺼워지는 법전에 법문 그물망을 아무리 촘촘하게 깔아놓더라도 악행을 일삼는 인간까지 걸러내는 데 역부족임을 형법학자도 분명 수긍할 테다.

이동우는 초대면부터 지금까지 얼굴에서 웃음기라곤 찾아볼 수 없는 인간들과 더불어 세상살이한다는 데 두려움을 느꼈다. 성정이 비루했던 의붓아비 서봉태도 정황에 따라 울고 웃던 생물 기능이 멀쩡하게 작동하는 인간이었다. 그가 그들에게서 받은 첫인상과 느낌은 인간으로서 덩치가 커 살집은 넉넉한데, 그 푼푼함에 값도 못할 만큼 사람 냄새가 전혀 나지 않은 냉혈한이고, 그저 내키는 대로 사납게 내뱉는 말투로 사람을 그 자리에서 새파랗게 까무러치도록 제압하는 폭력 기술자들이었다. 아주 유다른 점은 낮은 목소리로 말할 땐 공손하기까지 하다가 언성을 높이려 들면 위아래 구분 없이 거친 막말을 추깃물처럼 거리낌 없이 토해냈다. 그토록 짓거리가 널뛰듯 하니 대처 방법에 전전긍긍할 수밖에 없었다.

"어이, 젊은 사장! 사람이 그러면 쓰나? 그러니까 내 배 째라, 이거지? 사람 배를 째는 일이 어려울 것 같아? 천만에. 사람 뱃살이 돼지 뱃가죽보다 얇은 걸 알지? 한번 보여줘?"

칼끝이 아닌 집게손가락 끝으로 하복부를 툭툭 찌르는데, 살갗이 무당거미나 옴두꺼비에 스치듯 소름 끼쳤다. 흉기로 아니라 말로도 능히 사람 창자까지 생채기를 낼 수 있다는 두려움이 몰려왔다. 목이 칼끝에 찔린 듯 말도 입 밖으로 나오지 못할 만큼 심장마저 졸아들었고, 서슬로 전신에 마비가 온 듯했으며 칼끝이 닿잖아도 오금까지 절로 저렸다.

"어이, 젊은 사장! 이렇게 옮겨 다니면 우리만 피곤하지. 외국으로 도망가면 혹 모를까 우릴 피할 순 없어. 아니 외국에 나가더라도 국제전화 한 통이면 당일 저녁 비행기로 바로 잡혀올 수 있어. 아예 어딜 가고 싶다면 우리에게 먼저 허락받고 다녀. 알았어!"

여럿의 눈길에서 벗어날 순 없겠지만, 한둘 감시에서 헤어나긴 식은 죽 먹기로 여긴 때도 있었다. 그러나 견뎌내지 못해 다섯 번이나 이사했는데도 그들의 끈덕진 추적 궤도에서 벗어나지 못했다. 바삐 거처를 옮기다 보니 거주지 주소가 허공에 붕 떠 있음에도 그들은 '오뉴월 똥 싼 자리 쉬파리 찾아들 듯' 숨어든 곳으로 용케 찾아들었다. 찾을 사람에게 위치추적기를 달아놓은 듯 수색에는 타고난 육감의 소유자들이었다.

"그, 그, 그게 아니라······."

말을 마치기에 앞서 경련이라도 일듯 아래턱이 부르르 떨려 성음조차 되잖았다.

"쥐도 새도 모른다는 말뜻이야 잘 알고 있을 테지?"

초대면에 그들 둘은 명함을 내밀거나 통성명조차 건네지도 않고 반말지거리부터 해댔다. 행위 보따릴 보면 막돼먹은 성품이 언동으로 그대로 드러났다. 덩치가 훨씬 큰 사내가 이빨 끝으로 껌을 되곱쳐 씹으면서 입술만 반쯤 열어 토막말을 이었다. 이빨 끝에서 껌과 말이 마구 되씹히는데 무시로 침을 잇새로 찍찍 갈겨댔다.

"미래신용정보회사에서 나왔는데, 이동우 씨가 맞죠?"

방문자 초대면은 그런 인사로 시작되었다. 말에 음정은커녕 음색도 없이 전달되는 기호뿐인데 숫돌에다 칼 갈듯 새된 소리가 났다. 터무니없게도 그런 다그침은 이동우 입에서 자연스레 반문하도록 감정을 부추겼다.

"그런데유?"

직수굿이 어눌하게 대꾸하는 이동우 태도에 덩치 큰 사내가 '아, 이거 갑자기 더워지네' 제풀에 건몸달아 웃통을 반쯤 드러냈다. 겉으로 드러낸 불량한 힘의 표징인 용 문신. 팔뚝 구름 사이로 네 개 발톱을 치켜든 머리 큰 용이 어깨 근처에서 따리 틀며 살고 있었다. 몸을 움직이자 승천하려는 듯 용틀임이 시작되었다. 꼬리를 휘두르면 천년을 거쳐 쌓아올린 돌탑도 중허리가 수수깡처럼 꺾일 듯 공격 성향을 띠고 있었다. 힘으로 으르고 겁박하는 무게가 백 마디 말보다도 위압감을 주었다.

"우린 남들이 해결사라고 부르는 조폭은 아니야. 그런 비천한 말을 아주 싫어하거든, 그러니 그렇게 부르지 말고 앞으로 나를 최 부장, 이쪽은 고 부장이라 부르셔. 그리고 우린 보기보다 참 착하고 부드러운 사람들이니 겁부터 먼저 먹을 필요는 없어. 차근차근 이성적으로 문젤 풀어 가자고……. 그런데 이거 당신이 배서해서 돌린 어음은 맞지?"

최 부장이란 작자가 주머니에서 횡선이 그어진 어음 복사본을 이동우 눈앞으로 들이밀었다. 남준만에게서 받은 납품대금 어음을 이동우가 배서한 뒤 건축자재상에 자재 대금으로 지급했던 어음 사본이었다. 물론 부도처리 된 어음으로는 금액이 큰 것에 속했다. 그들은 부도 어음을 소지한 업체에서 추심을 의뢰한 신용정보회사 수금원들이었다. 제 입으로는 조폭 해결사가 아니고 착하고 부드러운 사람들이라 분명 밝혔지만, 행동거지는 전혀 딴판이었다. 어르고 달래는 행위 짓거리는 시종 겁박으로 일관했기 때문이다. 마치 가장자리에 작게 일어난 불이 한복판으로 파고들듯 사람 몸에서 피라도 말리려는지 서서히 옥죄였다. 숨이 막히는 게 아니라 전율이 오장육부를 밟아갔다.

"부도난 거는 맞네유."

"변제는 언제까지 할 작정이셔?"

"아직은 능력이 없네유."

"아직 능력이 없다? 우린 그런 말뜻을 모르는 사람들이야! 우리에겐 그저 된다, 안 된다, 두 가지 대답뿐이지. 어쩔 거야? 아, 오늘은 왜 이리 시장하지."

겁박하는 말을 돌팔매질하듯 음절 하나하나 떼어 툭툭 던지더니 제집 부엌으로 들어간 양 이것저것 뒤지기 시작했다. 빈 그릇들이라 부딪치는 소리가 소란했다. 여느 때 소리 파장과 사뭇 울림이 달랐다. 울림이 날카롭게 부엌 공간을 샅샅이 헤집었다. 그자는 먹을 걸 찾는 게 아니라 쥐라도 잡으려는 듯 거칠게 소동을 벌였다. 이동우 귀에 전해지는 느낌은 세간들이 천 조각 만 조각 부서지듯 나는 소리가 신경을 예리하게 긁었다. 차라리 대신 나서서 찾아주고 싶도록 속이 들끓어 올랐다. 그나저나 지금 가장으로서 소임을 못다 한 채 손만 늘어뜨리고 맹하니 서 있잖은가. 그건 부엌살림 부딪치는 소리가 아니라 삶이 파탄 나는 파열음이었다. 그릇 부딪치는 소릴 내며 먹을거리를 한참이나 뒤지던 고 부장이란 작자가 불같이 화를 내며 궁싯거렸다.

"이 집구석은 밥도 안 해 먹나? 젠장!"

고 부장은 계속 투덜대면서 굶주린 멧돼지처럼 부엌을 뒤졌다. 뒤져진 주방용품에서 꾸려가는 살림 형세가 갈피갈피 발가벗겨져 노출되었다. 부엌 물건은 집안 형세를 감추듯 수납장에 남부끄럽게 숨어 있어야 하는데, 타인 눈앞에다 알몸을 만판 드러낸 듯 이동우 얼굴이 수치심으로 화끈거렸다. 한참 만에 라면 두 봉지를 수납장 가장자리에서 찾아낸 고 부장이 흡족하다는 듯 벌쭉 웃었다. 사내 얼굴에서 처음 보는 짧은 웃음인데 야비할 만큼 써늘했다. 제 탐색 능력에 스스로 만족하는 표정으로 라면 봉지를 찢으며 최 부장을 향하여 큰소리로 외쳤다. 장거리로 갈 차가 주유소에서 기름을 빵빵 채운 뒤 떠나려는 품새였다.

"어이 ―. 최 부장, 이거라도 먹고 하자!"

고 부장은 등산객처럼 양은냄비를 찾아내 가스레인지 위에다 얹고 능청스럽게 물을 데우기 시작했다. 그 짓거리를 지켜보면서 최 부장은 들고양이가 생쥐에게 발놀림하듯 이동우를 계속 집적대며 어르고 달랬다.

"우리도 먹고살자고 치사하게 이런 일 하는 거야. 세상에 근사한 일이 허구많은데 왜 굳이 이런 일을 하겠어? 아마 당신 같은 사람 때문일 거야. 당신 여태 굶어보지 않았지? 한번 굶어봐. 인간이 얼마나 극악한지 알게 될 거야. 우릴 물로 보아선 크게 낭패 볼 거야. 도대체 언제까지 해결할 거냐고 분명하게 대답해봐!"

"나도 답답하긴 하구먼유."

지금으로선 그게 솔직한 답변 전부였다. 딴은 담보 능력도 없는 사람에게 돈을 구하라고 몰아쳐도 다른 답변이 나올 수 없긴 했다. 당장 부도 금액에 상응할 돈을 마련할 방도가 없었다. 매콤하게 톡 내쏘는 라면 분말 수프 냄새가 양은냄비 뚜껑을 들썩이며 뚫고 나왔다. 그 냄새는 여느 날 평일처럼 이동우 코로 스며들어 텅 빈속을 뒤집었다. 그때 라면을 끓이던 고 부장이 최 부장을 향하여 소리를 버럭 질러놓고 투덜댔다.

"야, 최 부장! 라면부터 먹고 하자! 비싼 면이 다 불으면 쓰것냐?. 김치는 있겠지, 아니 이건 뭐야? 냉장고에 김치 그릇이 없다니, 아예 살림을 안 할 작정했군. 젠장! 뭐 이런 살림을 사는 집구석도 세상에 다 있어. 경제 십이 위권 나라 국민으로선 무척 창피한 일이야. 다음에 올 때 아예 우리가 김치 정도는 가져오자."

수금원들은 걸신들린 듯 두 봉지 양에다 코를 박고 나무젓가락이 휘도록 뜨거운 라면을 불어 가면서 입 안으로 욱여넣었다. 김에 쐬어 벌겋게 익은 고 부장 이마에서 그도 인간임을 증명이나 하듯 땀방울이 맺혔다. 생쥐처럼 먹이에 머릴 맞대고 있던 그들은 양은냄비 바닥이 보이자, 고 부장이 먼저 나무젓가락을 내던지며 굶주림에서 해방된 듯 충족감을 드러냈다.

"아아, 이제 좀 살 것 같네!"

그러자 최 부장도 입언저리를 닦은 휴지를 내던지며 이동우에게 깐죽댔다.

"이제 간에 기별은 겨우 갔네. 어이 젊은 사장, 라면 잘 먹었어. 쩨쩨하게 라면 두 봉지가 뭐냐? 그것밖에 없어? 치사하게. 그런데 오늘은 얼굴만 보이고 이만 갈 테니까 다음에 오거든 분명하게 대답해. 그리고 라면 더 사놓고……."

수금원들은 집 안을 뒤엎을 듯 그릇 뒤집는 소리 내긴 했으나 라면 두 봉지만 먹고 집 밖으로 사라졌다. 숨소리조차 크게 내쉴 수 없도록 온몸을 덮어 눌렀던 중압감도 사라졌다. 그러나 그들 말마따나 '얼굴만' 보이고 간 게 아니라 팔을 휘두르는 일회성 폭력보다 더한 공포를 표창처럼 심장에다 꽂아놓고 떠나갔다. 그게 시한이 없기에 두려움은 내일 모레뿐 아니라 나날이 중첩되어 갈 거다. 예고된 폭력을 기다리는 일은 피 말리는 일일 터. 이동우는 무척추동물처럼 몸을 바로 세울 수 없어 방바닥에 털썩 뭉개 앉았다. 수금원들이 저녁 끼니로 때울 라면 두 봉지만 먹고 간 게 아니라, 가정이란 울타리 한 모서리를 썩둑 베어간 듯해서 마음 한 녘도 여지없이 무너졌다. 근천해서 비굴한 기분마저 들었다. 깨어진 그릇이나 부서진 세간이 없는데도 아내 손길이 닿았던 물건들이 수금원들의 행티에 모조리 부서지고 깨어져 박살난 채 흐트러진 느낌이었다. 살림 공간 곳곳이 너덜거리게 노출된 채 그곳이 수금원들 손에 모조리 더럽혀졌다는 생각도 들었다. 더군다나 가족이라는 명명으로 이루어진 유기체를 하찮은 값어치로 매김까지 해놓았다.

수금원들은 끈기의 정수를 보이듯 집요했다. 도대체 잠은 제대로 자는지, 또 끼니는 제때에 챙겨 먹는지, 그리고 휴식은 편안하게 취하면서 피로를 푸는지 자못 궁금할 만큼 쌀섬 쥐처럼 드나들었다.

동정이나 파악하듯 쉼 없이 거는 전화는 물론 시도 때도 없이 찾아와 그때마다 갖은 협박과 온갖 욕설을 배설물처럼 쏟아내고 되돌아가곤 했다.

수금원들은 재산이라 할 만한 건 뒤질 대로 뒤진 끝이었다. 법적 우선순위에 따라 은행 잔고는 물론 공장 기계장비도 이미 가차압되어 더는 내놓을 재산이 없다는 사실까지 명확히 꿰곤 뒤늦게 정산에 뛰어든 화풀이로 이동우에게 더 극악하게 행티를 부렸다. 나아가 이동우가 기댈 친척이 없다는 것까지 훤히 들여다본지라 폭력 행사에도 거침없었다. 돈이 될 것이라곤 눈 씻고 찾아도 집 안이 동전 한 닢 없도록 말갛다는 형세까지 그들도 알았으니 푸줏간행 트럭에 실린 소처럼 그저 닥쳐들 처분만 기다려야 했다.

그날도 수금원들은 불시에 찾아들었다. 예고란 절차도 그들 동선에는 있잖았다. 최 부장이란 자가 A4용지 한 장을 동우 앞으로 불쑥 내밀었다. 백지니 어떤 요구를 할는지 예측도 할 수 없고 보면 눈앞 그것이 그저 새하얗게 보였다. 그리고 곁들여 볼펜 한 자루를 건넸다. 볼펜은 꼭꼭 또박또박 눌러쓰는 데 도움이라도 주려는 듯 손가락 힘이 제대로 전달되도록 모서리가 정확하게 잡혀 있었다.

"자, 이 종이에다 쓰시지."

"무얼 쓰란 거쥬?"

"각서를 쓰란 소리야. 각설!"

"그런 것을 써본 적이 여적 없는데유."

"어쭈구리, 이 사장님 좀 봐. 사장치곤 무식하네. 그럼 내가 부르는 대로 써! 자, 각서."

 최 부장 구술에 따라 이동우는 마지못해 볼펜으로 A4용지 위에다 그리듯 적어나가기 시작했다.

 "각서라 썼어? 그다음 두 줄 정도 아래로 띄어 성명이라 적은 뒤 이름 쓰고, 아래로 줄을 바꿔서 주민등록번호라 쓴 다음 당신 주민 등록번홀 적어. 적었어? 적었다면 또 띄운 다음 채무 금액을 적어. 이자까지 치면 얼마인지 이미 알지? 지난번에 우리가 적어주었잖아?"

 "삼천오백이십만 원 아니우?"

 "잘 기억하고 있군. 자, 그다음 내가 부르는 대로 계속 적어. 에 또ㅡ. 상기 본인은……, 아니 '에 또'까지 적으면 안 되지. 이 종이에다 처음부터 다시 적어!"

 "……."

 "금액까지 적었어? 빨리 적네. 그럼 그다음부터 적어. 상기 본인은 위 채무 금액을, 가만있자……. 언제까지 갚을 거야?"

 "그게 정말 자신이 없네유. 지금 처지에선 돈 만들 방법이 통 없구먼유."

 "그건 당신 사정이고, 오늘이 십오 일이니 이달 말까지 넉넉히 기다려줄 테니 그 날짜에 갚는 걸 하자구!"

 합의가 아니라 명령이니 그냥 적을 수밖에 없었다. 몸을 내던져도 불가능한 일을 굳이 하라고 압박하니 듣는 처지에서도 딱하긴 마찬가지였다. 그들은 도살장 쇠백장처럼 고삐를 바짝 검잡고 숨통까지

조였다. 도끼날이 눈앞에 보이진 않는데 커다란 소 눈망울과 깊은 소 울음소리가 가까이에서 보고 들리듯 했다.

"빈손인데 그걸 무슨 수로 갚는데요. 전 못 해유."

"못한다니? 무조건 그때 갚아! 갚지 못하면 알지? 어떻게 된다는 거."

"전 못 해유!"

"허 어— 아무 소리 말고 적어! 연도까지 넣어서 이달 말일로 적어 넣어!"

"그래도 전 할 수 없구먼유."

"이거 안 되겠구먼. 어이 고 부장! 그거 좀 줘봐."

고 부장이 주머니에서 빅토리녹스 잭나이프를 꺼내 최 부장 손에다 넘겼다. 최 부장은 칼날을 집어내 서슴없이 이동우 목 밑으로 들이밀었다. 예리하게 빛나는 칼 몸에 그의 꺼칠한 수염 돋은 턱선이 여리게 대칭을 이뤄 비췄다. 대기만 해도 섬벅 살 속으로 파고들 듯 싶었다. 안색이 파랗게 변한 이동우 얼굴에다 최 부장이 무섭게 노려보며 말총을 쏘았다.

"쓰라면 쓰셔. 지금 당신 형편에선 피 한 방울이라도 아껴야 할 거 아니야!"

이동우는 약속 날짜를 그가 원하는 대로 아무런 책임도 느끼지 않고 거의 기계적으로 적어 넣었다. 물론 이행할 수 없는 기간이라 기약도 못할 날짜였다. 그러니 이래 적으나 저래 적으나 지켜내지 못할 약속이라 하긴 망설일 이유조차 없었다.

"썼어? 그럼 되잖아, 잘했어. 그 뒤부터 써! 말일까지 미래신용정보회사에 갚기로 한다. 단 불이행 시는 어떤 처벌도 감수하겠다. 그 밑에다 미래신용정보회사 귀중이라고 써. 됐어. 한 번 읽어보고 이상 없으면 당신 이름 뒤에다 손도장을 찍어! 인주는 여기 있어."

수금원들은 각서에다 이동우 손도장을 받은 다음, 몇 마디 더 협박하고 그날은 크게 소란을 떨지 않고 점잖게 물러갔다. 한바탕 밀려왔다 밀려간 파도 뒷자리 모래톱같이 썰렁하기까지 했다. 그러나 모래톱에 남겨진 파도 흔적 위에 뛰는 망둥이처럼 벌렁벌렁 뛰는 가슴은 좀체 진정되지 않았다. 방 안에서 얼굴이 사색으로 변한 남현숙은 파랗게 질려 있다가 그들이 돌아간 뒤에야 줄였던 숨을 한꺼번에 몰아쉬었다.

수금원들이 말일을 힘겹게 넘긴 듯 초하룻날 날 밝자마자 찾아들었다.

"어이, 젊은 사장 어제로 약속 날짜가 지난 건 알지? 우리도 참 끈기 있게 기다려왔어. 이젠 결단해야지. 자, 이걸 읽어보고 이름 뒤에다 손도장 찍어!"

이동우는 자기 두 눈을 의심했다. 날도적 행세하듯 노골적으로 가져가겠단다. 맡긴 물건을 되돌려달라 당당히 요구하듯 각서에 옥조처럼 박혀 있었다. 이동우 자신마저 한 번도 본 적 없는 몸속에 있는 신장을 내놓으라는 문구였다. 내지르는 주먹질에 맞잖아도 가슴이 아프고, 속까지 마른 장작처럼 타들어갔다. 황당한 요구라 살펴볼수록 종잇장이 새카맣게 보여 숨이 막혔다. 그저 글자를 못 본 듯 답답한 상황에서 벗어나고 싶은데 탈출할 묘안이 냉큼 떠오르지 않았다. 언뜻 도움 받을 이웃도 눈앞에 그려봤으나 잡을 끄나풀조차 없었다.

"수중에 돈 없고, 또 해결 방법마저 없다면 이 길밖에 없어. 하날 떼어내도 생명엔 지장 없다니까. 아직 나이도 젊은데 빚 갚고 재기해야 할 거 아니야?"

"딱 사흘만 기다려유. 그땐 내가 대답할 거유."

이동우는 지금 당장 뚜렷한 대책 없어도 빠져든 구덩이에서 벗어나려고 헛말부터 꾸며야 했다. 제대로 서 있을 수가 없도록 다리가 휘둘렸다. 그러나 수금원은 의심하는 눈초리로 가차 없이 옥죄며 쐐기를 박으려 들었다.

"허튼수작하려는 건 아니지?"

"각서에 지장까지 찍었잖아유. 어떻게 그리 사람을 못 믿어유. 이건 내 처와도 상의해야 해유. 제발 그때까지만 기다리시우."

"좋아, 지금껏 기다려왔으니 며칠이 어디 대수겠어. 그런데 분명 말하지만, 이번이 마지막이야. 지금 이 방법밖에 도리 없어. 모든 절차는 우리가 알아서 할 테니까 사장님은 걱정 놓고 몸뚱이나 잘 닦아둬."

"생명에는 정말로 지장 없는 거 맞쥬?"

"그거? 한두 사람이 한 거 아니야. 맹장 수술하듯 아주 간단해. 그리고 이봐, 젊은 사장. 당신이 감당 못할 그런 빚을 갚자면 그 방법밖에 없다는 걸 알아야 해. 아직 앞날이 창창한데 빨리 빚 청산하고 새롭게 출발해야 할 거 아니야?"

"알겠으니 기다려만 주시우."

"진작 그럴 것이지. 각서는 내가 보관하다가 사흘 뒤 다시 올 테니 빚 청산하고 희망을 찾아. 아직 키워야 할 딸도 있잖아."

수금원들이 돌아가자 남현숙은 비로소 얼어붙었던 입을 열었다. 어려운 고비 때마다 무너지는 이동우를 가장처럼 일으켜 세웠던 남현숙도 불시에 닥쳐든 부도 사태와 수금원들의 폭력성 으름장에 질려 이번엔 남편보다 더 먼저 스스로 무기력하게 무너져 있었다.

"여보, 이젠 방법이 없잖아요? 여기서는 도저히 살 수도 없는 지경이니 우선 이곳에서 벗어나고 봐요. 그러다 보면 달리 살길도 찾을 수 있잖겠어요?"

"여길 떠나 어떻게 살것시유? 한번 참아봐유. 저들도 인간이니 설마 그 짓까지 하것시유"

"아니, 아니에요. 저들은 사람이 아니에요. 무슨 짓이든 할 것 같아요. 우리에게 무슨 힘이 있어요. 빚진 우리가 아녜요? 우선 먼 곳으로 피하고 봐요. 전 더는 여기 있기가 두렵단 말에요."

"떠나자면 뭐든 챙겨야 할 거 아니우? 그러니 가도 며칠 지나서 가도록 해유."

"아니요. 지금 당장 떠나요. 날 밝기 전에……. 다 털어간 살림 뭐에 미련 있어 챙기나요. 그냥 몸만 가요. 몸부터 건사한 다음 살길은 그다음에 찾아요. 지금 애착이 가는 살림 세간도 없잖아요? 우리 미주를 위해서라도 오늘 밤 당장 떠나가요."

얕은 땅속으로 파고 들어간 아둔한 두더지처럼 주둥이가 바로 돌부리에 닿았으니 이젠 숨어 숨 쉴 여지조차 없었다. 그러니 한시바삐 그들이 쳐놓은 그물망에서 벗어나야 했다. 이곳에서 더 멀리, 가능한 그들 발걸음은 물론 목소리마저 들리지 않은 먼 곳으로 흔적조차 남기지 말고 달아나야 목숨을 보전할 수 있을 듯싶었다.

말을 끝내기 무섭게 남현숙이 앞장서 서둘러서 짐을 쌌다. 이삿짐이 아니고 달아나려고 챙기는 짐이라 당장 생각나는 것, 지금 눈앞에 띄는 것만 싸는데도 헛손질로 허둥지둥했다. 그런데 짐을 싸면서도 차근히 야무지게 잘 싸야 한다는 생각보다 가서 머물러야 할 곳을 지정하지 못하고 떠난다는 게 불안하고 답답했다.

이동우 가족은 폐차나 다를 바 없는 트럭에다 얼추 챙긴 짐만 싣고 자정 지나서야 딱히 정한 곳도 없이 무턱대고 떠났다. 시동 걸린 차바퀴 방향이 남쪽이라서 내쳐 무조건 달렸을 뿐이다. 도로 위로 달리면서도 이동우는 뒤따르는 차량 헤드라이트 조명에도 심리적인 압박을 느끼며 조급한 마음으로 가속페달을 밟았다. 최 부장의 두툼한 손이 보이잖게 다가와 목덜미를 뒤로 잡아챌 성싶었다. 이동우는 휴게실에도 들르지 않고 어둠을 뚫고 내처 내달렸다.

옥천 땅에 닿으니 그들을 기다린 듯 동이 뿌옇게 텄다. 차량 왕래가 잦은 시내를 벗어나 보청천변의 갈대꽃이 성성하니 일어선 한적한 곳에다 트럭을 세웠다. 눈앞으로 펼쳐진 시골 가을 들판의 한가함 때문인지 탈옥하여 천국에 이른 듯 해방감을 느꼈다. 비로소 여유로운 마음으로 주위를 두루 살폈다. 딸애는 아직 잠 속에 빠져 있었다. 그는 아직도 겁먹은 표정으로 굳어 있는 아내를 미안하게 돌아봤다.

"어때 피곤하지유. 몸은 괜찮아유? 내 땜에 이리 생고생까지 하고……. 정말 미안해유."

"전 괜찮은데, 운전한 당신은 무척 피곤할 텐데 어쩌지요? 이게 어디 당신 탓인가요? 그런 소리하지 말고 힘을 내요."

"시장할 텐데 뭘 좀 먹어야 하지 않겠어유?"

"이제 이쯤 왔으니 우선 안심하고 안에서 한잠 자요. 아직 이른 아침이니 자고 일어나서 식당이 문을 열면 요기하도록 해요. 나도 옆에서 눈 좀 붙이게요."

긴장이 풀리니 눈꺼풀이 무겁게 내려왔다. 졸음이 지친 몸을 함몰시켰다. 그들은 운전석에서 금세 잠속으로 빨려 들어갔다.

굶다시피 그도 먼눈까지 살피는 도피생활 하루는 길고 지루하기도 했으나 휘둘리는 불안 때문에 잠시도 마음을 놓을 수 없었다. 가을 끝이 추곡을 거둔 휴경지에서 겨울을 기다리고 있었다. 삭연하고 거칠어진 들판은 떠도는 사람 마음을 더욱 옹색하게 가뒀다. 낙곡을 찾아 철새들도 앉은자리를 자주 옮겼다. 집집이 제가끔 낟가리 곡물을 털고 문을 굳게 닫기 시작하는 단속의 계절이다. 살림살이가 곤궁한 사람에게 어려운 절기가 도래했음을 텅 빈 가을 끝이 일러주고 있었다. 먹을거리를 찾아 떠돌다 보니 집 안으로 편히 드나드는 사람들이 동화 나라 성주처럼 보였다. 더러 '어이, 젊은 사장!' 그런 환청에 깜짝 소스라치며 주변을 불안하게 살피곤 했다. 주변 아이 눈 하나까지 두렵기에 트럭에서 지내는 시간이 많았다. 저물 때라야 이동했고, 낮에는 외진 곳에다 트럭을 세우고 잠 벌충하면서 하루해를 길게 지웠다. 차량이나 사람 왕래가 잦은 곳을 피했고, 너무 한갓진 곳도 수상쩍어 보일까 봐 피해 다녔다. 그렇게 칼끝을 걷는 심경으로 일주일을 산 듯 만 듯 몽롱하게 보냈다.

그러다 끝내 발길이 영동으로 찾아들었다. 초행길보다 고향길이 설렘은 컸지만, 지금은 숨이 막히도록 답답했다. 어린 눈에 익었던 산과 개울, 그리고 새로 움터 자란 나무의 잎들이 무성해서 옛것 곳곳을 가려 눈 설게 했다. 자란 나무들로 공제선이 이동했고 개울은 줄어든 수량을 메우듯 생활 쓰레기로 덮였으며 길은 펴지긴 했으나 흙내를 맡을 수 없도록 시멘트로 탄탄히 포장되어 있었다. 그러니 옛 풍물을 기억하지 못하는 낯선 사람들이 새로운 풍습을 꾸리며 사는 땅에 발길이 닿은 느낌마저 들었다. 산도라지 푸른 꽃이 피던 산이 눈앞 멀찍이 야트막하게 보였고, 그곳에서 방목된 소 울음소리가 들리는 듯했다. 은하수가 흐르던 하늘이 푸른 얼굴을 한 채 산머리에 머물고 있었다.

귀향 빌미를 제공하기는 이동우가 먼저였다.

"여기서 멀잖는 곳에 엄니가 계시네유. 마지막으로 한번 찾아보고 싶은디, 당신 생각은 어때유?"

"당신이 이쪽으로 올 때부터 짐작하긴 했는데, 하지만 지금 우리 처지가 이런데……. 그래도 꼭 가보고 싶으세요? 하기야 어머니한텐 자식 처지가 무슨 상관이겠어요. 그리고 또 오랜만에 만나는 어머님께 속마음도 어찌 숨기겠어요."

"그냥 얼굴만 뵙고 바로 돌아서 오자구유. 아마 엄니가 며칠은 붙잡것쥬? 아니, 의붓아부지가 있으면 우릴 마당 밖으로 내몰지도 모르쥬."

"설마하니 아버님도 사람인데 그렇게까지 하려고요?"

"능히 그럴 만한 사람이여유. 도망친 놈을 곱게 보겠시유? 어림도 없쥬."

"당신은 어머님을 만나지 않고도 견뎌낼 수 있겠어요? 나중 후회하려면 이렇게 마음 일군 김에 설사 수모를 당하더라도 한번 만나보는 게 좋을 것 같은데 어때요? 잠깐만 만나 어떻게 지내시는지 살펴보고 난 뒤, 우리 형편이 나아지면 그때 보아서 우리가 모시는 게 어때요?"

둘은 말 맞춤한 다음 서봉태 집으로 찾아들었다. 눈앞 모든 사물이 눈길에 익숙할 터라 여겼는데도 이동우는 낯선 세상에 든 듯 서름서름했다. 그러나 나무들만이 부피를 늘리고 높이마저 키워서 그를 알아보듯 했다. 기억하는 발걸음에 의탁하듯 옛집으로 찾아들었다. 땅에 뿌리박힌 집은 개수를 거친 듯 퍼런 슬레이트 지붕에 흙벽이 시멘트벽으로 바뀌어 있었다. 출입구 앞에다 주춤주춤 트럭을 세웠다. 트럭 엔진 꺼지는 소리에 마당 설거지하던 젊은 아낙이 엉거

주춤 일어서며 담장 너머로 눈길을 넘겼다. 이동우가 차에서 내려 조심스럽게 출입구로 다가들었다. 남색 블라우스에 꽃무늬 몸뻬 바지 차림 아낙이 챙이 달린 면모자 밑으로 경계하는 눈빛으로 쭈뼛거리며 물었다.

"누굴 찾어오셨쥬?"

"혹 이 집에 서봉태란 분이……."

아낙은 물음에 대답 대신 안으로 얼굴을 돌려 큰 소리로 맞대할 사람을 불렀다.

"쩌그유? 창국이 아부지! 아붓님을 찾는 손님이 이리 오셨구만유. 냉큼 이리 와보시유."

아낙 외침에 방문을 열고 나온 사내가 마당으로 가로질러 성큼성큼 다가왔다. 챙이 긴 야구모자 그림자가 코허리까지 내려와 얼굴 윤곽이 서봉태를 닮았는지 정순임을 닮았는지 냉큼 판별할 수 없었다. 그에게서 풍기는 야생 체취는 이동우 후각에 깊이 밴 유년 것이기도 해서 거리감을 느끼지 못했다. 사내가 이동우 얼굴을 흘깃 한 번 훑은 다음, 아래위로 꼬나보며 퉁명스레 물었다. 바쁜 가을 농사 뒷일 자리에 찾아든 방문객이 달갑잖다는 말투였다.

"워떻게 오셨는디유?"

"이 댁에 혹 서봉태란 분이 계시나 해서유?"

이동우는 단도직입으로 물었다. 사내는 이침耳針을 맞은 듯 굴뚝새처럼 파드닥 놀라며 새삼 이동우를 눈여겨 아래위로 살피며 되물었다.

"야, 근데유. 이미 돌아가신 분을 무슨 일로 왜 찾는디유?"
"돌아가셨다구유? 혹 아드님이 되나유?"
 서봉태가 죽었다는 말이 이동우에게 현실로 느껴지지 않았다. 지금 뒤란에서 벼락 괌을 내지르며 물푸레작대기로 마당 흙을 가르면서 내달아 나올 것 같은 모습이 생생한데 저세상으로 갔다니 도저히 믿어지지 않았다. 마당귀에서 불사신처럼 파닥파닥 뛰어야 할 생명이 진즉에 끝을 마감했다니. 마을 당나무가 쓰러진 듯 충격을 받았다.
"야, 그류. 그런디 당신은 누구신디 우리 아부질 찾어유?"
"그럼 당신이 서성남이네유. 혹 서성표란 이름을 들어봤시유?"
"기가 지 성님이구먼유. 그럼 당신이 서성표 성님이유?"
"그류. 내가 긴 기유."
 물음만 주고 되받던 둘은 새삼 이산 아픔을 나누듯 서로 손을 얽어 맞잡았다. 웃는 모습에선 의붓아비보다 어머니인 정순임을 이동우보다 더 닮아 있었다. 이동우는 서봉태를 닮지 않은 그에게서 한숨을 내쉴 만큼 안도감과 함께 친밀감을 느꼈다. 이동우 손을 잡은 채 서성남이 눈시울을 붉혔다.
"아이쿠우, 성님! 엄니가 그리셨네유. 니 성은 한이 져서 쉽게 찾아오지 않을 거라구 말이유. 그런 성님이 이렇게 기별도 없이 오시다뉴……. 창국이 엄마! 내가 늘 말했던 서울 성표 성님이 이리 오셨네. 얼른 인사나 하슈. 그럼 저 차 안에 계시는 분이 성수님것네. 이럴 게 아니라 얼른 안으로 모시고 들어와유."

"아이고, 서방님 안녕하슈? 첨 뵙네유."

서성남 처는 이동우에게 인사만 던지고 잰걸음으로 트럭으로 내달았다. 트럭 바깥 정황을 눈여겨 살피던 남현숙은 달려오는 그녀를 맞으려 미주를 안은 채 밖으로 내려섰다. 그녀가 아이를 맞받아 안으며 반색했다.

"아이구오. 서엉님! 애가 참 이쁘게 생겼네유. 몇 살이나 됐남유?"

"처음 봬요. 올해 다섯 살 됐어요."

"우리 창국이보다 한 살 아래네유. 그러니 동생이 되겠네유. 창국이가 좋아하겠시유."

남현숙 눈엔 그녀가 낯가리지 않고 성정마저 밝고 선해서 시골에 두든 도시에 두든 한결같을 사람인데, 농사일 많은 집안으로 시집온 탓인지 일에 찌들어 보였다. 행복한 시간에 서로 만났더라면 이리 서먹한 감정으로 맞대면하지 않았을 거다. 그녀 뒤를 따르며 궁금증부터 풀고 싶었다. 부박하게 보일지는 모르나 여성 본능의 발로인지도 몰랐다. 이동우 친모 안부였다.

"애가 보이잖는데, 지금 할머니와 어디 갔나요?"

"아니유. 창국인 안에서 자고 있을 게유. 지금은 큰엄니만 살아 계시는디, 너무 쇠약하셔 손자조차 보질 못혀유."

"작은할머니는요?"

"아, 창국이 친할머니 말이유? 창국이가 두 살 때 돌아가셨구먼유."

"돌아가셨다고요? 아직 살아 계실 나이 땐데, 어쩌다가······."

"늘 가슴이 아프다면서 오래도록 고생하시다가 그리됐쥬. 얘기는 나중하고 어서 안으로 들어가유."

건넌방에 몸집 형상만 용케 건사한 노파가 우두커니 앉아 있었다. 영락없이 산부처와 같은 모습인데 앉았으니 망정이지 누웠다면 주검으로 보였을 행색이었다. 노파는 몸을 꿈쩍도 하지 않은 채 눈동자만 느릿하게 움직여 이동우 내외 얼굴을 번갈아 쳐다보았다. 궁금증조차 묻어 있지 않은 눈길이었다. 살이 몸에서 알뜰히 빠져 뼈만 살갗으로 겨우 둘러싼 듯 보였는데, 두 눈에 남은 정기로 여태 목숨이 턱 아래 걸린 듯했다.

"성님, 큰엄니구만유. 기억은 하시지유?"

서성남이 노파 신분을 일러주었다. 여태 기억에 남은 모습으로 추적해도 얼굴 윤곽이 잡히지 않을 만큼 딴 사람으로 보였다. 어릴 때 그녀와 얽힌 일은 서봉태의 심한 박대 탓인지 선명하게 남아 있잖았다. 농사 일손이 달려도 어디가 불편한지 늘 안방에 누워 병치레했기에 같은 지붕 밑에서 살아왔어도 있는 듯 없는 듯 그렇게 서로 무심하게 지냈다.

이동우 기억에는 그녀가 어머니를 크게 시기하지 않았다. 아이까지 데리고 들어와 일손 둘을 보탠다는데 때로는 오히려 고마워하기도 하고, 어떨 때는 미안한 낯빛까지 보였다. 또 하나 기억은 딸 하나만 낳은 뒤 아들을 낳지 못한다고 서봉태에게 툭하면 심하게 구박 받은 일이었다.

"자네가 내겐 실말로 고마운 사람인겨. 자네 아니믄 내가 저 짐승

겉은 인간에게 을매나 들볶였을꼬. 난리북샐 피울 땐 저승길도 겉이 가고 싶잖은 인간이니까."

서성남을 출산하자 산바라지 하던 그녀가 어머니 손을 잡고 눈물까지 보이며 가슴에 묻었던 말을 절절히 풀어냈다. 그러면서 손 안에 잡힌 어머니 손을 거듭 쓰다듬으며 고마움을 표시했다.

"새끼도 지대로 못 치는 년이 먹긴 똥 싸게 처먹는겨?"

귀 밖으로 내쳐도 한이 맺히는 말을 서봉태는 콧살을 구기며 일상 입버릇처럼 내뱉었다. 어머니가 서성남을 낳은 다음 그렇게 염장 지르는 말이 서봉태 입에서 거짓말하듯 사라졌다. 그런 변화가 생청 당하는 그녀 처지에선 더없이 고마웠다. 그녀는 먹고살자고 어린 자식새끼를 데리고 들어온 어머니에게 내색은 하지 않았으나, 같은 여자로서 어머니 처지를 측은하게 지켜보며 표 나잖게 뭔가 챙겨주려고 은근히 애쓰기까지 했다.

"큰엄니! 지가 왔시유. 절 받으슈."

이동우는 자리에서 일어나며 남현숙도 자리에서 일으켜 세웠다. 그녀에게 깍듯하게 예를 올리고 싶었다. 둘은 돌부처처럼 앉은 그녀 앞에 무릎을 꿇고 머리를 내렸다. 아무런 반응 없이 절을 올리는 이동우 내외를 물끄러미 바라다보던 그녀가 답답한 듯 서성남에게 누구냐고 묻는 눈길을 보냈다.

"큰엄니! 서울 성표 성님이 이리 오셨네유! 어릴 때 집 나갔던 그 성표 성님 말이유!"

서성남은 마치 잡귀풀이 하듯 소리를 버럭버럭 질러가며 이동우

323

내외 신분을 일렀다. 진창에 묻힌 낡은 비닐 호스같이 청각도 시원찮은 모양이었다. 그녀는 눈만 한 번 껌뻑했을 뿐, 쓰다 달다 말 한마디 없었다. 이동우가 머쓱한 표정으로 서성남을 바라다봤다. 눈길을 받은 그가 이동우에게 정황을 밝혔다.

"이제 큰엄니는 귀마저 어두워서 말을 크게 해도 잘 알아듣지 못해유. 작년까지만도 괜찮았는디, 점점 나빠지다가 한두 달 전부터 저리 못 듣고 계시네유. 더구나 요즘 들어 드시는 음식조차 소화를 못 시켜 몸도 저렇게 쇠약해질 수밖에 없네유."

"그래두 세 분 가운데 가장 쇠약하셨던 분이 가장 오래 사시구먼……."

이내 분위기가 서먹서먹해졌다. 처음에는 오랜만에 만난 인사들로 뒤섞인 현관 신발짝을 찾을 때처럼 왁자함에 어색하지 않았으나 금세 말들이 없어졌다. 그동안 할 말을 축적 못해 소통할 말이 턱없이 모자랐던 탓일 테다. 동질의 삶을 공동생활 터전에서 공유하지 못한 낯섦 때문이리라. 같은 피가 흐를지라도 살아온 삶의 방도가 서로 달랐으니 당연한 귀결이었다. 더군다나 중간에서 소통 역할을 감당할 정순임이 이미 저세상으로 갔으니 오고 가야 할 마음이 끊긴 다리 중도에서 멈춘 셈이다. 서성남이 어색해진 분위기를 누그러뜨리려는 듯 입을 열었다.

"엄니가 돌아가신 걸 아시지유?"

"아까 계수씨 얘길 들었다만 돌아가실 때 좀 알리잖구?"

"주소를 알았어야쥬. 엄니가 돌아가실 때까지 성님이 어디에서 살고 있는지 모른다고 딱 잡아뗐으니까 알아낼 방법이 없었지유."

"내 잘못이여. 그런데 무슨 병으루?"

"엄니는 위암으로 돌아가셨는디, 오래도록 가슴앓이를 해왔지유. 누나가 지한티 말했는디 성님이 이곳에서 떠난 뒤부터 그렇게 앓아 왔다네유."

이동우는 욱하니 치달아 오르는 감정을 누르며 가까스로 말머리를 돌렸다. 어머니 얘기를 차마 입 밖으로 낼 수 없도록 가슴이 터질 듯했기 때문이었다.

"누난 지금 어디서 살구?"

이동우는 가마득히 잊고 지내던 배다른 누이 서재숙 안부를 에둘러 물었다.

"지금 울산에서 사는디, 올봄 매형과 같이 한 번 다녀갔지라우. 탈 없이 잘 살고 있다고 허대유. 그런디 귀가 먼 큰엄니에게 가슴에 담긴 말도 전하지 못하고 하룻밤 잠만 자고 떠났으니 속이 엄청 아팠을 거만유."

"그래도 잘 산다니 다행이네."

잠깐 침묵하던 서성남이 당일 떠나야 할 길을 굳이 잡으려 했다.

"성님이야 궁금한 일이 많겠지유? 특히 엄니 얘기두유. 대충이라도 알아야 하겠지만 지금 무슨 소용이 있겠시유. 그런 걸 다 잊으시구 이왕 내려오신 발걸음이니 누추하지만 여기서 하룻밤 주무시구, 내일 지와 같이 엄니 묘지도 들러보고 올라가슈. 이리 가시면 또 언제 냉큼 오시겠시유."

들고 보니 당일치기할 순 없었다. 이동우는 못 이기는 척 하루 묵어 떠나기로 했다. 내친김에 어머님 무덤도 돌아보자는 말이 발걸음을 잡았다. 어머니가 생존하지 않은 이곳으로 다시 온다는 기약도 못할 처지기에 마지막이려니 했다. 그는 마련해준 잠자리에 들었지만, 쉬이 잠을 이룰 수가 없었다. 더구나 방 안에 누워 있자니 만감이 교차했다. 가을바람이 감나무 가지 끝을 흔드는 게 달빛 내린 문에 비쳤다. 소의 커다란 눈이 보였고, 꼴짐 지고 비척거리며 대문을 넘던 제 모습도 보였다. 밭가 바위 밑에서 뱀을 잡아먹으려던 일도, 배추벌레를 잡으러 새벽같이 나서던 일도, 중학교에 진학 못 해서 뒤란에서 울던 일도, 새벽길 어둠을 헤치고 서울로 떠나던 일도 서랍 속 잊혔던 물건에 묻은 기억처럼 눈앞에 차근차근 그려졌다. 마당가에서 '저벅저벅' 이는 서봉태 발걸음 소리가 귓가에 환청으로도 담겼다. 이동우 귀뺨으로 뜨거운 게 끈적하게 흘러내렸다. 그는 옆에 누운 남현숙이 눈칠 챌까 봐 슬며시 일어나 바깥으로 나섰다. 집 뒤 언덕, 더 늙어버린 느티나무 위로 서재숙과 바라보던 하늘이 은하수를 지우고 낱별만 담고 있었다. 새벽별이 서늘한 작별을 예고한다면 초저녁별은 얽힌 채 묻힌 사연을 풀어낸다고 했던가. 누구나 죽은 뒤 자기 이름으로 빛이 되어 불멸한 생명을 얻으려는 그곳. 지금은 늦가을이라 육안으로 볼 수 없지만 남으로 흐르는 은하수 꼬리는 초연하리라.

"그만 자요."

이동우가 방으로 들어오자 바깥바람 냄새를 맡았는지 남현숙이 한마디 했다. 잠이 묻지 않는 목소리였다. 어둠 속에서도 그의 심중을 꿴 듯했다. 남편이 자란 환경을 훤히 꿰고 있고 이곳에서 벌어진 일들이 선명하게 그려지는 그녀로선 이동우의 설친 잠 속에서도 그것을 분명 골라냈을 테다. 생활 터전마저 잃고 만신창 난 몸으로 찾아들었으니 마음 또한 편할 리 없는 게 당연하리라. 밖에선 가을바람이 한차례 일어나는지, 나뭇잎이 쓸리는 소리가 또 들렸다. 마을 어귀 겨울 연못 바닥에 묻힌 연뿌리 같은 유년 기억이 진창에서 스멀스멀 피어올랐다.

"당신도 이제 좀 자여."

정순임 무덤은 산 중턱에 서향으로 하나 무덤 옆에 나란히 있었다. 도래솔이 에워싼 묏자리는 성묘를 끝냈는지 벌초로 말끔했으며, 못자리 밖으로 거둬낸 풀포기에선 아직도 신선한 풀 비린내가 날 듯했다. 무덤 자리는 산 자가 죽은 자와 바투 해후하는 자리고 죽은 자에게 못다 한 가슴속에 묻힌 말을 산 자가 풀어내서 고백하는 장소다. 이동우는 무덤가 도래솔 주변을 둘러봤다. 소꼴을 거둘 때마다 어린 손가락을 베던 억새가 거침없이 자라 눈앞을 가린 곳도 있었다. 만감에 착잡하게 젖은 그를 향하여 서성남이 무겁게 입을 열었다.

"여기가 어딘지 아마 성님은 모르실 거유."

"어디라니? 여기가 아부지 엄니를 모신 자리가 아닌가?"

"아니라우. 아부지는 다른 데 모셨고, 여긴 성님 아부질 모신 자린데 그 옆에다 엄니를 모셨다우."

"······?! 시방 무슨 말곁잖은 소리여? 피댓줄에 감겨 돌아가신 우리 아버지 무덤 옆이라구?"

"야ㅡ. 믿지 못하지만 틀림없네유."

정순임은 임종에 앞서 서성남을 앞에다 불러 앉혔다. 그리고 한숨을 크게 몰아쉰 다음 목 아래 착 감기는 목소리로 심중 깊은 곳에 박혔던 말을 끄집어냈다.

"성남아, 이 어미에겐 눈감어두 이뤄야 헐 소망이 있는 겨. 이 어미가 니 아부지에게 사람 대접도 몬 받고 살아온 걸 니 눈으로도 똑똑히 봤을 기여. 생전 잘못 만나 그런 고생혔는디 죽어 또 그 곁에 묻히려믄 억울허니 아예 묻지 말고 태워뿌려라. 그러면 내 죽은 귀신이 집 안방 대들보를 타고 앉어 이 집구석에 들어와 쌓인 한에 한풀이헐겨."

정순임 말은 아들에게도 섬뜩하게 들릴 만큼 표독했다. 그런 유언에 서성남은 화들짝 놀라 되묻지 않을 수가 없었다. 어머니가 노년에 와서도 그런 모진 모서리를 드러내긴 처음이었다.

"엄니, 그럼 아부지 무덤 옆에다 쓰지 말고 다른 곳에다 쓰란 그 말씀인 거유?"

"그래, 동네 사람들이나 니에겐 분명 명분 없다만 오늘에사 결심헌 건 절대 아녀. 내가 니 아부질 만나기 전에 니 성 성표 아부지 무덤에 가서 이미 그런 약졸 혔는겨. 죽어서 돌아와 옆에 묻힐 것이니 놓아달라구 말여. 니 아부지도 나헌테 그런 약졸 헌겨. 사내아일 낳어주면 가고 싶을 땐 언제든 곁에서 떠나도 좋다고 그렇게 이미 허락헌겨."

정순임은 잠깐 말을 끊고 격정을 가라앉힌 뒤 숨을 가다듬었다. 그리고 평생 부어 넣은 상해 보험금을 창구에 매달려 칼같이 청구하듯 또렷한 눈빛으로 뒷말을 냉정하게 내뱉었다.

"내가 니를 낳았을 뿐 아니라 이렇게 키우기꺼정 헤서 약졸 지켰으니 이제 니가 어미에게 아부지 약졸 대신 지켜내라는겨. 살아서 집짐승보다 못할 그런 구박만 받었고 니 성이 공부에 한이 맺혀 떠날 적부터 입때껏 내 가슴에 쌓인 한 때문에 죽어서도 니 아부지 무덤 옆에 묻히는 건 증말 싫은겨. 부디 소원이니 니 성 아부지 곁에다 묻어다오. 니도 그 무덤이 어딘지 알고 있으니 그건만은 밴드시 헤 다오."

서성남은 아연실색했다. 임종한 뒤 마을 사람들도 아무리 망자 유언이라도 해괴한 일이라 머릴 내저었다. 그러나 서성남은 완고히 반대할 일가친척도 없으니 어머니가 남긴 그 유언만은 반드시 이루어주고 싶었다. 운명이 그렇게 고리 지워졌던 터라 받아들여야 했다. 집안으로 들어와 자신을 낳고도 갖은 구박을 감내한 어머니 삶이 너무 참혹했던 터였다. 아버지 매질로 며칠 동안 운신도 못 하고 누운 어머니가 차라리 도망가거나 죽길 바란 적도 있었다. 그땐 그 폭력을 제어할 완력은커녕 주먹도 여물지 못한 힘없는 아들이었을 뿐이다.

얘기를 끝낸 서성남이 챙겨온 제물을 진설할 때까지 이동우는 무덤 앞에서 일어날 줄 몰랐다. 믿을 수 없는 얘기에 이미 정신이 반쯤 나가 있었다. 서성남이 넋 나간 그를 일깨웠다.

"성님, 이제 일어나 절을 해야지유."

"네가 우리 아버지까지 모시다니 참으로 면목이 없구먼……."

"이웃들 반댈 무릅쓰고 엄니가 원하던 자리로 모셨으니 지도 지금은 맘은 편쿠먼유."

이동우 눈길이 묘지 끝자락에서 벗어나 산 위를 더듬었다. 늦가을 바람이 산 위로 향하여 불었다. 산허리에 억새가 허옇게 일었는데, 퍼런 가을 하늘을 거부나 하듯 고갯짓을 내젓고 있었다. 이동우 눈에는 그것들이 모두 흐릿하니 어긋나 보였다. 콧등이 시큰해지며 콧물이 주르륵 흘러내렸다. 그곳에 정순임 얼굴이 희미하게 곡두로 그려지고 있었다. 서성남이 무덤을 향하여 초혼이라도 부르듯 큰 소리를 버럭버럭 내질렀다.

"엄니! 성표 성님이 이리 왔슈. 그렇게 보고 싶어 숨넘어갈 때도 불렀잖아유. 그러니 눈을 뜨고 자세히 보시유. 누가 지금 여기 와 있는지를……."

부모 무덤 앞에 무릎을 내린 이동우는 고개를 들지 못했다. 굵은 눈물방울이 손등에 연이어 떨어졌다. 성공하면 반드시 모셔가려던 어머니가 일찍 떠난 아버지 옆으로 와 누워 있었다. 그런데 몸도 마음도 텅텅 빈 행색으로, 또 신장을 뜯어가려 설쳐대는 신용정보회사 수금원을 피해 이리 찾아와 무덤 앞에 꿇어앉아 있잖은가. 이동우는 치미는 속울음을 꾸역꾸역 안으로 밀어 넣었다.

그들은 그늘을 지우고 있는 소나무 아래로 자리를 옮겼다. 다시 술잔을 나눴다. 태양이 산그늘을 키우며 서쪽으로 서풋서풋 내려앉고 있었다. 서성남은 가슴에 담겼던 이야기를 모두 풀어낸 듯 잔디를 몇 춤 뜯어 눕히며 이동우에게 시선을 틀었다.

"성님, 언제 또 오시것슈?"

이동우는 대답도 못한 채 부모 무덤을 깊은 눈으로 다시 한번 바라봤다. 자기가 거둬야 할 무덤이 반쪽 자식이 관리하고 있었다. 그러나 올 기약이 없다는 말을 차마 입 밖으로 내놓을 수가 없었다. 앞으로 편치 않은 삶을 살아가야 할 텐데 어머니가 생존해 있지도 않은 이곳으로 다시 온다는 기약을 입으로 한들 어찌 지켜내겠는가.

"물론 어렵것지유?"

"그럴지도 모르지. 엄니에서 태어난 게 너와 나뿐인데두……. 이리 답답하기만 하네."

이동우는 한숨도 제대로 내쉴 수 없었다. 살아가야 한다는 그 생각이 두려웠다. 그렇게 망연한 눈빛으로 앉아 있는 이동우에게 서성남은 모서리가 닳은 봉투 하나를 내밀었다.

"이건 뭔데?!"

"엄니가 돌아가시기에 앞서 그랬시유. 니 성이 이곳으로 온다고 믿진 않지만, 혹 언제라도 반드시 한 번은 올 것 같기도 한겨. 그때 이걸 꼭 전해다오. 그렇게 엄니가 말한 거시니 한번 보기나 하시우."

얼결에 덥석 받아 쥔 이동우가 재차 반문했다.

"이게 무엇인디?"

"성님이 직접 한번 꺼내보시우. 뭔지를······."

이동우는 서둘러 봉투 안 물건을 집어냈다. 하나는 흰 손수건에 싸인 것이고 다른 하나는 이동우가 보낸 청첩장인데 피봉은 없었다. 청첩 문구가 별것 없는 문장인데 뿌리를 파듯 읽고 거듭 읽어서 얼룩얼룩 유점이 묻어 있었다. 어머니 눈물이 배어든 흔적인 듯했다. 청첩장에선 왱왱 귀울음으로 번지던 주례사도 들렸다. 이동우는 헉하고 들이삼킨 숨을 뱉어내지도 못할 만큼 목메었다. 아려오는 가슴을 참으며 눈물이 핑 도는 눈으로 하늘을 쳐다봤다. 한 자락 바람이 불어와 그의 머리카락을 헤쳤다. 의붓아버지에게 맞은 상처 흉터가 그 갈피에서 언뜻 드러났다. 서성남이 입을 열었다.

"그날 아부지가 성님 결혼식에 참석하러 나서는 엄니를 끌어들이는 소동까지 벌였시유."

그 말을 들으며 그는 흰 수건에 싸인 물건마저 풀어냈다. 염색된 낡은 군복쪼가리였다.

"웬 헝겊쪼가리여. 이건 또 뭔겨?"

"성님은 그걸 모르지유? 성님 아부지가 피댓줄에 감겨 돌아가실 때 입었던 유품이지유. 엄마가 그랬시유. 첨엔 수절하려고, 나중에는 성님을 어떠하든 잘 기르자는 증표로 그걸 끊어 품에다 간직했다네유."

그것에서도 정미소 발동기 소리가 들리고 경유 냄새가 풍기듯 했다. 배냇저고리 앞섶을 잔득잔득 눌러 여미고 여며주었을 어머니 손이 눈앞에 보였다. 마음속 갈피갈피에 박혀 있던 어머니. 그 모습이 일순에 무너져 내렸다. 어머니는 이제 자기에게서 손을 놓고 저 멀리 떠나가야 했다. 그러니 이젠 마음 공간에 똬리를 틀고 있던 어머니 잔상까지 둘둘 싸서 보내야 했다.

12
부추 끝 이슬

2317번 수인, 서성표.

"목사님! 그에게 왜 그리 관심이 많으십니까?"

편폐偏嬖라 여길 만큼 유달리 이동우에게만 관심을 집중하는 등대교회 윤대현 목사에게 교도소 계장교감이 따지듯 속내를 캐물었다. 이죽거리자는 심사라기보다 내심 고심한 물음인 듯했다. 질문을 받은 그는 기다렸다는 듯 속내를 털어냈다.

"그리 보였습니까? 제 눈엔 그래요. 그 사람이 죄인으로 보이잖아서지요. 음 뭐랄까. 마치 무기조차 휴대하지 않고 최전선에 참전한 병사와 같거든요. 그런 심성을 지닌 사람이 중죄인으로 이곳에서 복역하는 게 납득 가지 않아섭니다."

민간 갱생 보호시설을 갖춘 교회에서 재직했던 윤대현은 교도소 교정위원으로 위촉되어 수감자 상담봉사 활동을 해온 터였다. 이동우를 면담할수록 중형 형량이 오판이란 느낌을 지울 수 없었다. 상대에게 해악과 위해를 끼칠 공격 본능은커녕 무방비 상태인 순근한 얼굴로 세상살이하기엔 한없이 무력한 사람으로 보였던 탓이다. 정작 그물과 작살을 휴대하지 않고 물고기를 잡으러 바다로 나온 맹탕 어부같이 딱하기보다 멍청해서 허술하기 짝 없었다. 하다못해 살기 위해 최소한 남을 해코지할 고약함이나 악심, 또는 대찬 구석마저 그 얼굴에선 그늘로도 찾기 어려웠다. 상대방이 어디를 찌르든 두부처럼 아무런 비명조차 못 지르면서 깊은 상처를 입고도 꼬나볼 눈빛조차 갖추지 못한 성품으로 보였다. 금 간 채 묽은 음식을 담아야 할 그릇처럼, 색소 부족으로 화려한 빛깔을 아예 갖지 못한 채 핀 흐리터분한 들꽃처럼 무너진 흙담 안에서 맨손으로 들짐승을 막아야 할 사람이 중죄인으로 그늘진 삶을 산다는 게 불공평하다는 생각을 거듭했다.

"그에게 그렇게 관심이 많으시담 이걸 한번 읽어보시겠습니까?"

며칠 뒤 교도소에 찾아간 윤대현에게 계장이 원고 한 뭉치를 내밀며 뒷말을 이었다.

"이걸 한번 읽어보시면 그 사람이 이곳으로 온 사연을 충분히 알 겁니다. 교화 목적으로 수감자 얘길 엮어내려고 얼마 전 수감자 수기를 공모했습니다."

"이게 그 원고로군요."

"예, 최우수상을 받은 서성표의 수깁니다."

"예?! 최, 최우수상을요?"

"나중 안 일이지만 책이 교화에 큰 역할을 했더군요. 그 친구는 상당히 많은 책을 부지런히 읽었으니까요. 우리는 개인별로 적성까지 파악해서 그에 적합한 책을 읽도록 권장하기도 하며 정독을 유도하려고 독후감도 쓰도록 독려한 뒤 결과에 따라 조그마한 혜택까지 줍니다. 그래도 이렇게 쓴 걸 보면 잠재적 소질도 좀 있다고 봐야 하지 않겠어요? 그러니 그런 수기가 나오지 않았겠습니까?"

"아, 예. 그렇담 한번 읽어보고 싶기도 하네요."

"수기를 책으로 엮으려고 심사위원들에게 의뢰해서 맞춤법과 띄어쓰기만 고치긴 했지만, 본문은 가능한 손을 대지 않으려고 했습니다. 심사위원들도 그렇게 조언하더군요. 그들의 생각과 글솜씨를 그대로 엮어내는 그런 친필은 현장감이 있어서 좋다고 말입니다. 그러니 온전히 쓴 사람 생각과 행적이 담긴 글이라 봐야겠지요?"

"이게 바로 서성표, 그 사람 수기란 말씀이군요?"

"예, 그를 이해하시는 데 아마 많은 도움이 될 겁니다."

"거듭 말씀드리자면 전 그 사람을 처음 봤을 때, 인상으로 봐서 이런 곳에 들어올 사람이 아니란 생각만 들더군요. 궁금증 때문에 말 걸어보니 제 확신이 옳다는 느낌이 들었어요. 그래서 과거까지 물어보려고도 했지요. 그러나 상처를 줄까 봐 당사자에게 그런 말을 섣불리 입에 올릴 수 없더군요. 특히 이곳에 있는 사람은 과거를 숨기려기에 그런 물음은 금기시하잖아요? 이제 다소나마 궁금증을 풀 수도 있겠다 싶어 다행이네요."

"아, 그러세요? 가져다 보신 뒤 돌려주시면 됩니다. 입선작들을 모아 곧 책으로 펴내야 하니까요. 그대신 그를 교화할 자료로만 활용하시되 출판보다 먼저 외부로 내용을 유출해서는 저희 처지가 난 처해지니 각별하게 부탁합니다."

"아, 예. 물론이지요."

교회로 돌아온 윤대현은 이동우 수기를 읽으려고 투명하게 두꺼운 안경알을 다시 닦아서 귀에다 걸었다.

― 저는 죄인입니다.

제가 저지른 이 죄는 제 가슴에다만 묻고 저세상으로 가려 했습니다. 그런데 문자로 고백할 때가 왔기에 염치를 참으며 이리 적습니다. 제 고백은 오늘처럼 오월 빛이 눈부시게 빛나는 날은 과분합니다. 폭풍우가 일어 벼락이라도 칠 것 같은 그러한 밤하늘을 쳐다보면서 이루어져야만 시기적절할 겁니다. 그런 밤이라야 분명 하나님은 제게 자연 변화를 응용해 가혹한 형벌을 쉽게 내려주시겠지요. 태어난 지 다섯 나던 해부터 제 신분에 운명의 금이 그어졌습니다. 하늘과 약속한 바 없지만, 너는 지정한 이 금 밖으로 벗어날 수 없다. 금으로 지정한 이 구덩이 안에서 살아야 하는, 그 운명이 너에게 지워진 삶이다. 그런 지정은 모든 사람이 살아가는 세상살이 틀이 제 몸에 맞지 않아 버거울 뿐만 아니라 심지어 저를 인간 세계 밖으로 밀어내기까지 했습니다. 모두 저 같은 처지라면 누가 세상에 태어나 걸음마를 하려 하겠습니까?

저는 아귀와 같은 추심원들 등쌀을 견뎌낼 재간이 없었습니다. 마땅히 들어가 살아야 할 사람의 집에서 쫓겨났습니다. 사람살이도 할 수 없는 환경에서 가족은 진구렁에 대책 없이 빠져들기만 했습니다. 그 진구렁엔 딛고 박차 오를 바닥조차 없었습니다. 생김새를 보면 추심원도 분명 인간임에도 제게 무작정 달려들어 신장을 내놓으라고 겁박할 땐 식인귀로 보였습니다. 그건 몸안 장기를 유통하자는, 아니 부위를 지정해 파는 정육점에서나 하는 거래 행위일 겁니다. 육식 마니아들이 입맛대로 선호 부위를 골라 사듯, 저도 모든 장기뿐 아니라 뼈 부위는 물론 손발톱까지 토막토막 빼앗길지도 모른다는 두려움에 휩싸였습니다. 장기, 그것들에 내 목숨 근원이 갈피갈피 연계되어 숨 쉬는데, 글쎄 그 조직 일부를 썩둑 도려가겠다니 그게 어디 사람 입으로 뱉어낼 소리입니까?

밤공기마저 싸늘한 어느 어둑한 날, 불시에 들이닥쳐 병원으로 마루타처럼 끌고 갈 성싶었습니다. 그들은 무시로 마치 어물전에서 생선 선도를 선별하듯 집게손가락 끝으로 제 배를 쿡쿡 찔러대면서 신장을 내놓으라며 으름장을 놓았기 때문입니다. 그땐 철원 땅 가을 들판에 내려앉는 독수리의 날카로운 부리에 물린 시뻘건 고깃덩어리가 눈앞으로 오락가락했습니다. 날짐승 창자가 그 부리 끝을 핏물로 묻히며 이리저리 뜯기는 장면을 티브이 모니터 이미지로 여러 번 본 즉 시각 세포에 깊이 박힌 탓이겠지요. 수금원들 행티를 보면 겉옷을 헤집고 뱃가죽을 뚫고 들어오는 짓도 아무런 가책 없이 저지를 성싶었습니다.

우리 가족은 턱밑에 걸린 그 한 줌 목숨을 지키려고 밀렵꾼에 쫓기는 고라니처럼 야반도주했습니다. 그곳이 비록 험지라도 그들 발길이 닿지 않는 곳이라면 그저 멀고 멀리 달아나고 싶었을 뿐입니다. 어떨 땐 사람 눈길에 외진, 야적된 콘크리트 배수관 안에서 웅크리고 잠을 잔 적도 있습니다. 그곳이 사람 살기에 가혹한 공간이지만 제 가족에게는 하룻밤 지내기는 오히려 뱀 혓바닥을 피할 수 있는 들새의 아늑한 짚둥우리 같았습니다. 저는 같은 하늘 아래에서 불공평하게 붙박여 산다는 게 얼마나 힘든지 떠돌이 생활하면서 뼈저리게 느꼈습니다. 곁에 붙은 가족이 둘뿐이지만 가장으로서 먹이고, 입히고, 잘 재워야 하는 그 책무도 시늉조차 못 하는 제 처지가 한심했습니다.

가족에게 저지른 죗값을 어떻게 사할 수 있겠습니까. 석 달이나 염치도 없이 가족을 잠자리도 할 수 없는 환경에서 굶기다시피 했으니까요. 비좁은 트럭 운전석에서 빠져나와 하루 일당거리를 찾으러 나섰을 땝니다. 굶주린 개가 주둥일 끌고 어둑한 거리 주변을 훑는 그 불안하고 절박한 눈빛을 본 적 있을 겁니다. 먹을거리가 안 보이는 거리 끝은 공동묘지 안내판처럼 절망만 기다리고 있었습니다. 풍요를 넘치도록 꽉 움켜쥐고 등을 웅크린 채 손마저 주머니에 찌른 사람만 다른 겨레붙이처럼 보였습니다. 그들 탐욕이 우리 가족을 더욱 허기지게 했습니다. 어떨 땐 일을 찾아 헤매다가 꽃잎을 닫은 꽃 앞에 주저앉은 일벌처럼 지친 날개만 퍼덕이듯 했습니다. '경제가 안 좋다'고 했지만, 설혹 사람 사는 세상에서 명줄이 굶음으로써 끊기겠느냐고 여기며 굳건히 버티려고 안간힘까지 썼습니다.

그랬습니다. 그땐 성장의 계절이 아니라 소멸하는 겨울철 복판이기 때문입니다. 과수목 가지에 눈 이는 이른 봄철에는 일손을 구하지 못해서 난릴 쳤다는데, 철 지나 때늦은 일손은 몽당빗자루보다 못하다면서 찾아든 곳마다 내침을 당했습니다. 손바닥이 배관 공구에 닳아빠진 제 기술도 중소도시의 건설 인력 수요에서는 군식구처럼 늘 남아돕니다. 겨울철은 건축 규모도 작을뿐더러 그곳의 일손은 알음알음 내통하는 단골들 몫이라 입소문조차 제 귀에 닿지도 않았습니다. 저처럼 주민등록을 옮기지 못하고 떠도는 사람에게는 임금의 영수 처리가 어렵다고 기회조차 빼앗으니 고정 일자리는커녕 뜨내기 일도 몫으로 돌아오지 않았습니다. 거주지에 등재한 뒤 주민등록증을 내밀고 고정 일자리를 찾자면 금방 제 신분이 노출되어 수금원들이 몰려올 우려로 무적자 신분으로 지낸 탓입니다.

평소엔 주민등록증 기능을 몰랐습니다. 지갑 한 칸에 기한을 넘긴 문화 카드처럼 그 효용조차 깨닫지 못했는데, 이리 모질게 신분의 사슬로 매김하고 있습니다. 그런데 지금 처지에선 소재지를 드러내는 빌미를 제공하기에 참으로 무서운 족쇄로 생활의 멱살을 바짝 검잡고 있습니다. 그것 없이는 일한 돈도 제 주머니에다 챙길 수 없는 세상입니다. 오장육부가 멀쩡한 육신도 제도화된 현실 앞에서는 그저 공기 압축기에 의탁해 춤추는 풍선 인형이나 다름없습니다. 기껏 가시를 발라놓은 물고기에 쇠파리가 날아드는 격이라고 해외 싼 노동력이 벽촌까지 파고들어 풍속마저 변해가고 있습니다.

도시 인근 농촌 겨울철 일거리는 비닐하우스 원예 일이거나 축사 허드렛일입니다. 그도 계절 일이라 들쑥날쑥합니다. 논밭 일에 서툴고 덩치마저 작아서 부서질 듯 보이는 제 체신을 보고 일 시키는 측에서 오히려 안쓰러워하는 눈치입니다. 가진 자가 살기 좋은 곳도 서울이듯, 일당벌이로 일거리를 찾는 자가 날품을 팔아도 역시 그곳임을 금세 알아챕니다. 잡일거리가 시골보다 많고 농산물을 제외한 공산품 가격도 싸니 식생활비가 적게 듭니다. 아마도 주거비를 제외하며 먹고 입는 건 서울이 더 저렴할 겁니다.

제 처지를 이해 못하는 사람들은 서울로 가지 왜 일거리가 없는 시골에서 빈대 붙듯 뭉그적거리느냐고 핀잔을 줍니다. 그러더군요. 머슴살이도 서울 머슴살이를 하라고 말입니다. 저는 욕감태기란 소리 들어도 반박하거나 대들 수가 없습니다. 서울은 변호사가 가장 많이 사는 곳이니 공급 원칙에 따라 약자가 보호받아서 살 만한 곳이라야 합니다. 그런데 저층 창문에다 쇠창살을 두르고 살듯 제게 가장 무서운 사람들이 기다리는 곳도 서울입니다. 그러니 저더러 서울 가라는 건 범 아가리로 들어가라는 권유인데 정신이 멀쩡한 사람, 누가 그곳에다 숨구멍을 밀어 넣겠습니까? 지금은 시골에서 산 짐승만 경계하며 살지만, 서울에서는 인간을 경계하며 사는 세상입니다. 이런 제 속사정도 이웃만 탓할 수 없어 가슴에다 묻고 살았습니다. 그게 참으로 복장 칠 일로 밖으로 분출될 열기가 가슴에 체기처럼 답답하게 고여 있습니다.

서울이나 시골 중소도시의 웬만한 시장 어디로 가든 먹을 것과 입을 것, 가용에 소용될 것들이 포장지가 변색될 만큼 지천으로 넘쳐나긴 합니다. 그러니 언뜻 그늘진 삶을 사는 사람이 없는 풍요로운 사회로 그려져 보입니다. 그러니 국민 힘으로 권력을 움켜쥔 자들이 자랑거리로 삼는 짓거리에 나름대로 구실이 되긴 합니다. 그러나 풍요를 누리는 임자는 층층이 등사습곡等斜褶曲 상층을 이뤄 별천지로 따로 세상살이합니다. 저와 같은 사람에게는 다다를 수 없는 영지일 뿐입니다. 목숨 무게가 빈부에 따라 경중이 갈립니다. 보는 것도 취하지 못함은 희망과 절망, 그 차이 골을 깊게만 합니다. 저에겐 돈이란 그 욕망 화신인 종잇장이 없었습니다. 그래서 저는 한 달 보름이나 인류을 어겨가며, 이빨이 빠진 채 나무그늘에 누워 눈가장에 꼬이는 파리 떼만 쫓는 수사자처럼 제 식솔을 굶기다시피 했습니다.

　가속을 굶기는 건 무능한 가장인 제 죄입니다. 그러나 저는 제 가족에게 닥쳐든 우환을 눈앞에서 바라만 봤습니다. 그런 가족을 남겨두고 집을 나선 나는 하루만 더 견뎌내자고 열 번도 넘게 속으로 외쳤지만, 날짜를 늘인다고 해서 먹을거리가 옮겨오는 건 아니었습니다.

　천성적으로 부지런한 여자가 제 아내 남현숙입니다. 가족의 어려운 정황을 맥 놓고 앉아서 지켜볼 배짱 좋은 사람이 아니란 말입니다. 그러나 다섯 살 난 딸아이가 일거리를 찾아 나서는 아내 발걸음을 낚아챘습니다. 떠돌이 부부의 아이를 맡겠다는 곳이 없었기 때문입니다. 그러니 바짝바짝 타마르는 그 속을 전들 어찌 모르겠습니까? 극도로 불안감에 시달리면서도 아내는 입 무거운 성품대로 끓어오르는 감정을 삭이며 어려움을 견뎌내려고 안간힘을 쓰는 듯했습니다. 서그럽던 품성이었는데 소나무의 '부엉이 방귀' 모양 마음에 결절이 뭉치기 시작했을 겁니다. 물론 본인도 모를 변화겠지요. 아내와 아이는 날품팔이로 구해 오는 쌀이나 라면과 반찬가게에서 구해오는 것으로 굶듯 먹듯 했습니다. 그런 사정이니 아이 얼굴은 핏기 없이 파리했고 툭하면 혓바닥에 설태가 끼었으며, 아내는 손가락으로 누르며 쏙 들어갈 만큼 얼굴이 부기로 얼룩지기도 했습니다.

시체놀이 하듯 산 석 달, '진창길에 흘린 좁쌀을 줍듯' 한 빈사상태의 삶, 척척 달라붙는 가난에 짓눌려 갈수록 심신이 괴사하듯 지치고 피폐해갔습니다. 아내도 퀭한 채 사물에서 관심을 놓아가고 있습니다. 우리는 짜증이 나도 서로에게 숟가락 하나 던질 기력조차 없을 지경으로 지쳐 있었습니다. 끝은 어딘지 분명치 않으나 삶의 한계점에 다다랐다는 느낌이 들었습니다. 늦은 저녁, 빈손 귀가하는 제 부르튼 입술 밖으로 드러낸 이빨에 시리도록 찬바람이 감겨들었습니다. 봄이 올 듯도 한데 그해 겨울 끝은 혹독하게 언 대지를 미련스럽도록 꽉 붙들고 있었습니다. 헐벗은 사람이 살아가기에는 가혹해서 우리에겐 저주스러운 계절이기도 했습니다.

극도로 불안감에 시달리는 아내가 낡은 트럭 문을 열어주고 맥없이 아이 옆으로 기대앉았습니다. 어제도 그랬지만, 오늘도 굶었습니다. 저는 끓여놓은 미지근한 물 한 모금을 마시고 눈을 감았으나 몸이 좀체 데워지지 않았습니다. 머릿속으로 오락가락하는 오만 가지 생각 때문에 뒤숭숭해서 깊이 잠들지 못했습니다. 굶은 자에겐 단잠이 없다는 말이 맞았습니다.

자다 깨다 그렇게 새벽 시간이 되었습니다. 아내도 누워 있었지만 밤새 잠을 뒤채는 게 느껴졌습니다. 저는 다졌던 결심을 다시 강다짐하며 어렵사리 입을 엽니다.

"미주 엄마, 자는겨?"

우선 그렇게 잠 묻지 않은 목소리로 물음을 던졌습니다. 마음이 크게 흔들렸지만, 침착하려고 목소리를 한껏 낮췄습니다. 그러면서도 결심이 흔들려서는 안 된다고, 또 한 번 마음으로 강다짐합니다.

"……"

아내는 언어장애인 모양 고개만 흔들었습니다. 나는 손을 내밀어 아내 손을 잡아봅니다. 수전증 걸린 듯 가늘게 떠는 손에서 미적지근하게 식은 체온이 건너왔습니다. 결혼한 지금까지 행복이란 언저리에도 못 간 우리가 안면실인증 환자처럼 서로 얼굴을 새삼 마주봅니다. 반생을 그냥 무엇에 쫓기듯 허둥지둥 사느라 변변히 입을 거, 맛있게 먹을 거— 그런 것들을 멀리 두고 생활해온 여자에게는 행복이란 말이 애당초 존재하지 않았는지도 모를 일입니다. 그러면서 크게 실망도, 깊게 좌절도 하지 않고 참을 만큼 꿋꿋하게 참아내면서 존재하지도 않은 그 행복을 기다리고 기다리며 살아온 허깨비들입니다. 만사형통할 듯싶은 내일이란 속임수 때문입니다. 늘 그것에 우리는 속아왔습니다.

저는 제 손 안에 건너온 아내 찬 손을 다시 한번 힘주어 조여 잡았습니다. 어려운 세상살이, 힘든 살림을 헤쳐 나가긴 부실할 만큼 작고 야윈 손아귀를 가진 여자입니다. 그 손에게 너무 많은 것을 잡게 했으나 여태 움켜쥔 건 가난뿐이었습니다. 참으로 아내에게 말이 모자랄 만큼 미안했습니다. 저는 잡힌 그 손에다 체온마저 건네지 못한 채 드디어 모질고 모진 말을 고약하게 내뱉고 맙니다.

"미주 엄마, 우리 그만 죽자."

제 입에서 말이 떨어지기 무섭게 아내에게서 들이키는 호흡이 목울대로 넘어가는 소리가 들렸습니다. 그다음에는 입에서 아끼듯 한 울음이 나직하니 샜습니다. 그건 소리가 없는 울음인데, 마음 깊은 곳에서 올라오는지 급하게 뛰는 가슴께 숨결이 느껴졌습니다. 저는 그런 아내 등을 쓸어주며, 격정을 가라앉히려 애썼습니다. 그런데도 아내는 속울음을 그치지 않았습니다. 저는 얼결에 입으로 울음을 막으려고 아내 입술을 덮어 눌렀습니다. 망할, 그 울음 구멍을 틀어막아야 하는데 숨참을 견뎌내지 못한 채 울음만 먹은 내 입이 열렸습니다.

"미주 엄마, 미안해여. 참으로 미안해여."

"우리가 그러하면, 미주는 어떡하고……."

아내도 분명 여자기에 앞서 어머니였습니다. 옆에 잠든 미주의 까만 머리가 하수구에 빠진 비닐 공처럼 조그맣게 보였습니다. 부모에게 생명을 확인해주듯 코끝에서 가느다랗게 새는 숨소리가 우리 귀까지 또렷하게 들려왔습니다. 이제 아비 어미가 주고받는 말을 알아듣고 제 소견을 말할 만큼 자랐습니다. 행동으로 의사를 표현할 때와 달리 말로써 감정을 표현해내니 가족 일원으로 분명히 자리매김한 아이입니다.

아내가 미주를 낳을 땝니다. 서너 번 혹독한 큰 산통을 겪고도 연이은 자잘한 산고 끝에 땀범벅이 된 산모가 악문 이빨 새로 내지른 두 번 '으응!' 소리에 놀란 듯 태반을 뒤에 남겨놓고 태어난 아이입니다. 아내는 그 아이를 낳고 '가랑이가 찢어지는 줄 알았다'면서 한사코 두 번째 임신을 피하려고 잠자리에 들 때 상대방 무장 상태를 철저히 점검하길 게을리하지 않았습니다. 그런데 지금 그 딸아이 앞일을 아내는 제게 묻고 있습니다.

"맡길 곳이 어디에고 없는데, 보호시설밖에 더 있나유?"

"그 방법 말곤 없어요?"

"나에게 일가붙이도 없잖여?"

"보호시설로 보내니 차라리 같이 가도록 해요."

"그건 너무……."

"당신이나 나나 고아처럼 자라서 얼마나 힘들고 서러운 삶을 살아왔는데, 미주에게 그걸 대물림한다고요? 또 어떻게 그 지긋지긋한 고생살이를 시키겠어요. 무연고 외톨이로 살아가는 게 서러운 건 고사하고 얼마나 어렵고 막막한지 당신도 잘 알잖아요? 차라리 내가 안고 저세상으로 같이 갈래요."

"그래, 지금껏 살아오면서 겪은 고통도 지긋지긋했는데, 죽을 땐 편케 죽자구유."

"난, 당신 선택에 따를게요. 나보다 당신은 맺힌 한이라도 풀고 가야 하는데, 어쩌죠?"

"그거나마 남겨야지."

단애를 잡았던 손아귀 힘도 희망을 포기할 땐 절로 풀립니다. 마음이 외곬으로 흐를 때 죽음을 선택했습니다. 그런 결론에 도달하자 자살 여행을 떠나기로 합의하는 데는 쉬웠습니다. 지금에서야 자살 여행이라 그럴듯하게 명명하지만, 그때는 마지막으로 우리가 지금껏 가고 싶었던 곳으로 한번 둘러보기는 하자는, 그런 한풀이로 암담한 현실에서 도망치듯 떠난 여행입니다. 그렇게 작정하자 뜻밖에 우리는 어깨를 짓눌렀던 중압감에서 해방되는 걸 느꼈습니다. 줄곧 뒤통수를 칠 듯 따라붙었던 추심원 손길이나 앞으로 살아갈 일에도 크게 걱정을 놓으니 생각마저 단순해졌습니다. 미련을 버리자 마음 한 녘엔 여유까지 생겼습니다. 허리 휘도록 무겁게 지고 온 짐을 더 무거워지기에 앞서 벗은 느낌입니다. 어깨가 홀가분해진 우리는 울고 싶어도 이제 울지 않겠다고 서로 다짐했습니다. 우린 세상에 태어나 비록 큰 소리로 아니지만 이미 운 양만은 넘쳐서 이젠 울 일이 있어도 눈물이 모자랄 겁니다.

    우리는 주변 모든 걸 더 간추려낼 수 없을 만큼 간편하게 정리했습니다. 가재도구도, 옷가지도 줄일 건 미련 없이 버렸습니다. 단념은 집착했던 모든 걸 놓게 했습니다. 마치 장거리 여행자처럼 짐을 줄이다 보니 번잡함이 떨어져서 그런지 마음은 오히려 새털처럼 가벼워졌습니다. 날갯짓을 가볍게 하여 미지 땅으로 날아가려는 철새같이 말입니다. 고물이나 다를 바 없는 트럭 차체와 바퀴만 남기고, 내친김에 차에 실렸던 소소한 배관용 공구들을 팔아 소용될 경비에다 보태기로 했습니다. 사람 손이 아니라 결국 공구가 일한답시고 한 푼 한 푼 아끼며, 하나하나씩 틈틈이 준비한 것들이라 남달리 애착이 묻은 공구들입니다. 또한, 자세히 살피면 서툰 일 때문에 다쳐 피까지 묻었던 공구들이라 전 손때 속에 혈흔이 여태 남아 있을 겁니다. 사들일 때 저마다 사연이 있던 터라 팔아버릴 때도 그 사연이 눈앞에 꾸역꾸역 밟혀 가슴이 짠하다고 아내가 먼저 눈시울을 붉혔습니다.

"속상해할 게 뭐 있어유. 이제 모두 소용이 없는 것들인디."

"그래도 당신 몸처럼 아끼고 자식들처럼 정든 것들인데……."

그러나 주변이 하나하나 정리되고 잡다했던 생각마저 간추려졌는데, 이제 편지 봉투에 붙은 우표딱지처럼 아이에게서 정 떼는 일만 남았습니다. 부산한 어미를 두어 제 엄마 치맛꼬리를 잡고 빙빙 돌아본 적 없는 아이, 그 아이 손에다 꽃 그림이 그려진 요술 풍선조차 쥐여준 적 없었습니다. 아직 초츤(䩹䩹)에도 이르지 못했으니 젖니마저 못 갈고 부모 목숨 따라 저세상으로 묻어갈 아이입니다. 매정하게 결심했는데도 딸아이를 볼 때마다 아내보다 제 눈에서 먼저 눈물이 솟구쳤습니다. 아이가 이제 제 의지대로 움직이는 생명이기에 더욱 그랬습니다.

아내의 제안대로 동해 바닷가로 갔습니다. 여름이면 아내가 노래하듯 입에 올렸지만 못 들은 척했던 곳입니다. 지금 피서철이 아닌 이른 봄철인데 아내는 신혼여행이나 나서듯 오랜만에 밝은 표정으로 선선히 따라나서며 언뜻 추임새로 들릴 만한 말 한마디를 기어이 보탭니다. 얄궂습니다.

"뭐, 여름휴가라도 가는 그런 기분이네."

이른 아침 일출을 보려고 달려가려는 게 아니라, 밤하늘 밑에서 무섭게 몰아치는 이안류離岸流를 구경하고 싶다 했습니다. 바닷가와 인연이 먼 사람이 이안류라니 되묻지 않을 수 없었습니다. 바닷물에 익사한 사고 뉴스를 전할 때 들었는데, 파도가 파도를 뒤집는 그게 어떤 물결인가 보고 싶다는 겁니다. 우리가 도착한 동해 이른 봄철 파도는 눈 뜨고도 돈을 강탈 당한 노약자처럼 퍼렇게 아우성을 치고 있었습니다. 그리고 깊고 푸른 데서 일어난 파도가 절벽으로 산더미같이 몰려가 돌부리를 뜯다가 무참하게 부서지곤 했습니다. 분풀이나 하듯 닥쳐드는 파도 자락에 절벽은 그럴 때마다 젖은 아랫도리 맨살을 시커멓게 드러내곤 했습니다. 여행객들이 더러 보였는데 그들은 파도가 이는 바다를 바라보며 탄성을 내질러대며 환호했지만, 아내는 기대한 만큼 즐거워 보이진 않았습니다. 또 젊은 남녀들은 다정하고 행복해 보였지만, 저와 아내는 태풍에 쓸려온 나무토막처럼 멀거니 서 있기만 했습니다.

우리는 산줄기가 내려앉은 곳에 겨우 파고 앉은 조그마한 식당에서 해물매운탕을 시켰습니다. 저나 아내나 좋아했던 음식 가운데 하나입니다. 딸아이는 생선살을 발라가며 허기진 배를 허겁지겁 채우는데, 저와 아내는 시장기를 느꼈음에도 드는 둥 마는 둥 수저 끝으로 께적거렸습니다.

"미주 엄마, 구경 다니자면 많이 먹어유."

아내의 처진 어깨에다 패드를 집어넣듯 실없는 소릴 했습니다.

이럴 때일수록 사람이 공연히 쓸데없는 말을 꺼내 싱거워지는지 그 이유를 딱히 모르겠습니다.

"당신도 많이 들어요. 그래야 힘이 나지요."

"이제 힘을 비축해서 뭐하게유."

"그러고 보니 참으로 못할 소리였네요."

아내도 죽은 뒤에 남길 힘이 소용없다는 걸 알아채는 눈치입니다. 우리는 말이 가진 거짓에 서로 쓴웃음을 입가에 묻습니다. 참으로 말은 꾸밀수록 얄궂도록 교묘합니다. 마음에도 없는 뜻을 내뱉었음에도 말은 저와 아내에게 똑같은 의미를 전달했기 때문입니다. 이래서 말로써 먹고사는 사람 입이 숙주나물처럼 이리저리 쉬이 변하는지도 모르겠습니다.

식당 집 바깥주인이 작은 어선을 부리는 어부라 아침에 갓 잡아 온 생선으로 끓인 해물매운탕이지만, 끝내 시장한 우리 식욕을 되살리지 못했습니다. 입맛에 맞는 해물매운탕이라면 두 그릇쯤 너끈히 비웠던 제 식성도 이제 때를 준비하는 모양입니다. 저는 부지런히 숟가락질하는 딸아이 어깨를 다독이며 입을 엽니다.

"우리 미주, 맛있나? 많이, 많이 먹어."

"응, 아빠. 아빠도 먹어봐. 아주 맛있어."

"그래? 우리 미주 많이 먹고 예쁘게 커여 혀. 그래야 아빠가 사랑하지."

"아빤, 지금도 날 사랑하잖아."

"그야 지금도 그려—."

'훅' 바깥 공기가 코로 타고 들어갔다가 목 너머에서 울컥 되바쳐 올랐습니다. 뻐젓이 코밑에 있는 입이지만 어린 것에게 아비 어미 속내를, 그곳으로 전달할 수 없다는 정황이 그런 감정을 몰아왔습니다. 딸아이를 외면한 아내 눈길은 수평선 멀리 가 있습니다. 꾸역꾸역 속에서 솟구치는 걸 모질게 참아내는 모습이었습니다. 눈에 반짝이는 물기도 보입니다. 마치 파도 자락에 튀어 날아온 물방울이 그곳에 옮겨붙은 양 말입니다. 그러고 보니 제가 딸아이와 나눈 말도 괜한 짓거리였다는 자책마저 들었습니다. 그도 분명 부질없는 소리였던 탓입니다. 이럴 땐 말은 입 밖으로 나와 오래 머물지 않고 그 책임을 묻기에 앞서 금방 흩어져 귀 밖으로 달아나서 좋긴 좋습니다.

페인팅 흔적도 없는 낡은 합판 조각에다 거친 글씨로 '민박 됨'이라 검정 유성 매직펜으로 쓴 안내판을 내건 집. 소박한 만큼 저렴하기에 방 한 칸을 빌렸습니다. 여름 피서객이 들끓을 때만 한철 장사하는 민박집이라고 안주인이 허접함을 미리 밝혔습니다. 파마기가 풀린 머리를 검은 고무줄로 질끈 묶은 그녀는 이른 봄철에 허술한 집을 찾아든 민박 손님이 오히려 부담스러운지 연신 눈길을 피하며 당혹스러움을 감추지 못했습니다. 늦은 저녁, 팔다 남은 잔챙이 과일을 떨이하려는 행상같이 무안한 낯빛으로 말조차 더듬었습니다. 아니 미처 치우지 못한 간판을 탓하는 듯한 얼굴로 그쪽으로 흘겨보기도 했습니다.

"오래 비워두었던 방이라 보일러를 틀어도 더워질 때까지 싱겅싱

경할 건데⋯⋯."

그러면서 머물 방을 정리하고 훔칠 때까지만 잠깐 안방에서 기다리라 일렀습니다. 우리야 하룻밤 잠자리만 필요하므로 비싸지 않을 듯한 집을 골라 찾아들었는데 생각보다 적은 요금을 제시했습니다. 우리를 방 안으로 들이던 안주인이 아직 무안한 빛을 얼굴에서 지우지 못하고 물어왔습니다.

"저녁은 나가셔서 드실 거예요? 아니면 우리가 저녁 한 끼 대접해 드릴까요?"

"아니 괜찮아유."

"부담스러워 하시지 마세요. 마침 우리 바깥양반이 좋은 횟감을 가져온다고 연락 왔으니 같이 드시도록 하세요. 우리는 내외 둘뿐이니 어려워하지 마시고 그렇게 하도록 하세요."

"이거 폐가 되지 않은지 모르겠네유."

"폐라니요. 이맘때면 이곳도 숙박 손님 구경하기가 어려워서 적적하기까지 해요."

"이렇게 폐를 끼쳐도 될지 모르겠네요. 감사합니다."

하도 간곡하기에 제가 할 맞대꾸를 아내가 대신했습니다. 안주인이 극구 사양하는데도 아내는 부엌 일손을 도우러 조리대 앞에 매달렸습니다. 부엌에서 칼도마 소리가 자지러질 때쯤 바깥주인이 돌아오는 인기척이 났습니다. 바닷고기 사냥을 나갔던 바깥주인이 물고기를 잡아와 마당 안으로 들어선 모양입니다. 바깥 인기척만으로도 집 안 분위기가 수런거립니다. 사람이 산다는 운김에는 인원이 많고 적음이 대수가 아닌 듯했습니다.

"손님이 오셨다매?"

바깥주인의 걸걸한 목소리가 문밖에서 바투 들렸습니다.

"인제. 우리 양반이 오셨는갑다."

안주인은 앞소리를 먼저 밖으로 내보내고, 뒷말은 혼잣소리인데 우리에게 정황을 알리려는 신호처럼 들렸습니다. 저는 일어나 주인장을 맞으러 방문을 열고 바깥으로 나섰습니다. 마당 입구에는 물고기가 담긴 그물을 손에 든 채 바깥주인이 저를 바라봤습니다. 플래시로 비춰볼 만큼 얼굴이 바닷바람에 그을려 어두컴컴해 보였습니다. 선 자리가 오히려 손님이 바깥주인을 맞는 모양새로 맞바로 보게 되어 어색했습니다.

"첨 뵙네유? 전 이동우라고 불러유."

"하, 반갑소. 난 이 집 쥔 심영달이오. 어디 서울에서 온갑소?."

다부진 몸집을 가진 심영달은 검게 그은 얼굴을 활짝 펴며 너그럽게 웃었습니다. 이랑 진 주름 갈피갈피에 박힌 환한 웃음입니다. 저는 마당가로 내려와 슬리퍼를 끌며 그에게 다가가서 그가 내민 손을 잡았습니다. 그물을 잡았던 큰 손 안이 거칠었지만 찬 날씨임에도 근래에 만났던 사람들 손 안보다도 따뜻하고 묵직했습니다.

"예, 바람이나 쐴까 해서유. 무슨 고기가 잡혔나유?"

잡았던 손을 풀어낸 저는 내려놓은 그물을 살피며 계면쩍기도 해서 그의 바닷고기 사냥에 관심을 보였습니다. 그물 속에는 몇몇 종류의 생선들과 어패류들이 들어 있었습니다. 갈색 플라스틱 자배기에다 심영달은 그물에 갇힌 것들을 수달이 제사를 지내듯 늘어놓았습니다. 바닷고기에 까막눈인 제 눈앞에서 낯설게 생긴 고기들이 아직도 성깔대로 퍼덕거렸습니다.

"고기 모양들이 이상하네유. 이것도 그렇고, 저것도 그렇고……."

"아, 그럴 겁니다요. 서해 바닷고기와는 만판 다르지요. 미끈하게 생긴 이놈이 몸 색깔은 숭어처럼 생겼는데, 실은 황어라는 고기요. 싱싱할 때 회를 뜨면 먹을 만하지요. 그리고 배 바닥에 흡착빨판이 붙어 아주 우습게 생긴 이놈은 도치란 고기라오. 바닷고기 이름이 지방마다 틀리는데, 이놈 이름은 곳곳마다 틀리지요. 이곳에서는 도치라 부르지만, 모양새가 심통맞다 해서 심통이, 쉰통이, 그리고 뚝지라고 부르는 곳도 있다오. 이게 알투성이라 이곳에선 알탕으로 인기가 좀 있긴 합니다."

"처음 보는 고기라 신기하기만 하네유."

"오늘 저녁은 손님에게 내가 별식을 만들어드릴 테니 기대하시오. 이참에 황어회와 도치두루치기도 한번 맛보시고요."

말을 마친 심영달은 댓바람으로 물고기들을 손질하기 시작했습니다. 은빛 빛나는 칼날로 생선을 손질하는 솜씨가 빠르고 익숙했습니다. 그는 창자를 발라낸 뒤 대충 다듬은 도치를 안주인에게 넘기고, 황어 껍질을 벗겨가며 회를 뜨기 시작했습니다.

도치를 넘겨받은 안주인은 살 깊은 수놈을 골라 칼로 툭툭 도막지운 다음, 끓는 물에 잠깐 데쳐냈습니다. 흐르는 물에 흔들어 씻어내자 누렇게 변한 그것에서 미끌미끌했던 점액이 없어졌습니다. 서두르지 않은 듯한데도 과정을 눈에 챙기지 못할 만큼 빠른 솜씨였습니다. 찬물로 알뜰히 씻어낸 다음 조릿대로 결은 대바구니에 담았습니다. 쫄깃하게 보이는 탄력 있는 살점이 살아 오르듯 오돌오돌해 보였습니다.

부엌일을 돕고자 그곳에 있던 아내는 그저 우왕좌왕 정신을 차리지 못하면서도 도움을 주지 못하고 겉돌았으나, 안주인은 갓 시집온 며느리에게나 이르듯 음식 조리 과정을 조곤조곤 일러주며 분위기에 어울러 들도록 배려했습니다.

안주인이 이번에는 도치를 두루치길 하려고 김치와 파, 마늘을 썰기 시작했습니다. 그런 모든 과정이 안주인 손끝에서 차분하고 빠르게 이루어집니다. 밥솥에서 곡기 익는 김이 새어나오고 나무 도마 위에서 칼장단 소리가 들리며 프라이팬에 기름을 떨어뜨릴 때마다, 또한 냄비에서 한소끔 끓어오를 때마다 넘쳐 내리다 타는 찌개 국물 냄새 등, 그런 훈향이 부엌에서 퍼지자, 아주 일상생활 그 분주한 모습으로 돌아온 듯 아니 귀향한 아들 내외를 맞는 그런 환하고 화사한 생활 냄새가 났습니다. 감을 수 없는 눈과 달리 열린 콧속이 살아 벌렁거렸습니다. 사람 사는 그런 냄새는 갑작스러운 조리 과정에서 오기도 하지만, 이 집주인 내외의 오래 묵은 살림 갈피에서 번져나온 냄새가 있기에 가능할 성싶었습니다. 아내도 느꼈을 겁니다. 마치 알맞게 데워진 온탕에 들어앉은 듯 한추위 하다 눅진 어느 날, 하오처럼 따뜻함이 온몸을 나른하게 감쌈을 말입니다. 딸아이도 집 안에 있는 낯선 것들에 경계심을 풀고 분망한 강아지처럼 활발하게 돌아다녔습니다. 그러니 오랜만에 아늑한 보금자리로 찾아든 듯합니다. 비록 눈선 가구와 낯선 사람과 함께하지만 지금 바닷가 집의 조붓한 거실은 우리에게 편안함을 주는 공간이 틀림없었습니다. 비로소 저는 우리 식솔이 타인들과 함께한 이런 분위기를 가진 적이 없었다는 걸 깨달았습니다.

우리는 오랜만에 합가한 두 세대 식구들처럼 두리상 주변으로 뼁 둘러앉았습니다. 생미역과 삶아낸 소라까지 곁들여 풍성하게 차려진 식탁을 마주하니 생일상을 받은 모양새입니다. 아내와 저에게는 참으로 오랜만에 여럿과 편안하게 마주한 밥상입니다. 쫄깃하게 감촉되는 도치회와 칼자국이 선명한 황어회, 그리고 매콤한 도치두루치기를 먹었습니다. 생전 처음 생미역을 막장에 찍어 맛도 봅니다. 황어회는 맛이 기름졌으나, 도치회는 비리지도 않을뿐더러 기름기마저 없는 담백함이 혀끝을 자극했습니다. 심영달이 젓가락 끝으로 집은 황어회를 초장에다 얕게 찍으며 혼잣소리하듯 입을 열었습니다.

"양심이 없는 횟집에서 이 황어를 농어라 속여 회로 내놓기도 하지요. 동해에는 농어가 잡히지 않는데도 그렇게 명랑하게 속입니다. 이놈은 아래턱이 들어갔고 농어는 튀어나와 눈으로 쉬이 구별되는데도 그렇게 속이고 또 속지요. 그도 모르니 속는 거겠지만……."

그는 귀한 약술이라면서 마가목으로 담근 술까지 내놓았습니다. 야물게 생긴 작고 빨간 열매가 몸 색을 우려놓고 투명한 병 속에 떨기째 갇혀 있었습니다. 제 잔에다 술을 가득 따라주며 그가 뒷말을 이었습니다.

"이 술이 어혈이나 중풍에 좋다고 그래요. 많이 드시오."

"전 술을 아직 배우지 못했네유."

"그래도 한두 잔이야 못 하겠소. 자 —. 차암, 내일 가신다고 했소? 기왕 온 발걸음이니 숙박비는 생각지 마시고 우리 집에 더 묵다 가시지요? 오랜만에 아기 소리가 들리니 사람 사는 집 같아 좋은데……."

"아니어라우. 더 있곤 싶은데 할 일이 있어서유."

생각지도 않던 말이 툭 튀어나왔습니다.

"건축일 하신다고 했지요?"

"아예……, 그런데 두 분만 사시니 적적하시겠어유? 자녀들은 몇 두었나유?"

"둘 두었지만 모두 외지에 나가 살지요. 제 일들이 뭐가 그리 바쁜지 여름이면 잠깐 왔다 갈 뿐 요즘 전화조차 오지도 않아요. 건축일 하시니 전국으로 돌아다녀서 알겠지만, 어디나 사람 사는 형편이 다 그러그러하지요?"

"아, 예 그렇긴 합니다만……."

그런 평범한 일상사를 주고받는 옆에서 안주인과 아내 사이에는 작은 실랑이가 벌어지고 있었습니다. 아예 딸아이는 그녀 턱밑 무릎에 앉아 떠주는 음식을 낯가리잖고 받아먹고 있었습니다. 할머니 그늘을 쐬지 못한 처지에서 자란 딸아이에게는 '할머니 품의 안유'를 비로소 누리고 있다는 느낌이 들었습니다.

"아기 엄마, 음식이 맛없더라도 부지런히 들어요. 바닷가 음식이라 꼴은 이래도 먹을 만해요."

안주인은 양은 국자가 넘치도록 냄비에서 생선찌개를 떠 아내의 국그릇에다 넘겨주며 우격다짐하듯 권하고 있습니다. 손을 들어 막으려던 아내는 끝내 못 이기는 척 받아들입니다. 그런 실랑이가 마치 먼 길을 떠나는 딸에게 노정의 허기를 지레 염려해서 억지라도 챙겨 먹이려는 어머니 속마음과 같았습니다.

"지금도 계속 부지런히 먹고 있어요. 아주머니 음식 솜씨는 정말 좋아요. 어떻게 이리 맛이 있는지 배가 터지는 줄도 모르겠어요."

"남의 집이라 생각지 말고, 제집처럼 하룻밤 편안히 묵고 가세요. 아니 손님도 없는 철이니 며칠 더 묵어가시든가?"

객을 붙드는 안주인 정나미는 자세하고도 간곡했습니다. 아내도 점심때와는 달리 식욕이 돋는지 맛있게 먹습니다. 이마에 땀이 번들번들 배도록 편안하게 식사하는 모습을 보니 또 마음이 짠했습니다. 가끔 안주인 품에 안긴 딸아이 입 가장자리에 묻은 음식물을 훔쳐주면서 환히 웃기도 합니다. 음식들을 서로 권커니 잣거니 늦은 시간까지 얘기를 나누다가 이슥해서야 우리가 묵을 방으로 돌아왔습니다. 친정에서나 시댁에서 받지 못한 대우를 낯선 사람들에게 받아서 그런지 아내는 기분이 몹시 상기된 채 편안해 보였습니다.

보일러 도움으로 방 안은 훈훈했습니다. 진작 졸음에 겨워 고개를 곧추세우지 못한 딸아이는 자리에 눕히자마자 잠 속으로 곯아떨어졌습니다. 우리도 몸을 닦고 잘 채비를 했습니다. 파도 소리가 밤공기를 휘젓는 낯선 곳에서 새울 하룻밤입니다. 그러나 참으로 오랜만에 마주하는 아늑함이 모든 시름을 놓게 합니다. 아주 가까이에서 밤 파도 소리뿐 아니라 썰물이 모래톱에서 빠져나가는 소리까지 들리는가 하면, 또 밀물이 굵은 모래를 쓸어오는 소리도 들립니다. 자연이 살아 숨 쉬는 소릴 들으며 우리는 간단한 차림으로 잠자리로 향했습니다.

한평생을 함께 지낼 침대를 바라보며 옷을 벗던 첫날밤이 떠올랐습니다. 아내는 저를 그윽하게 바라보다가 붉어진 얼굴을 감추듯 고갤 숙였습니다. 귀밑 점이 흰 피부에서 오늘따라 처음이듯 도드라져 보입니다. 처음 만날 때 가장 먼저 눈에 띄었던 점이었습니다. 그런 아내를 저는 품 안에다 다가오는 거리를 재듯 천천히 당기다가 끝내 성말라 으스러지도록 당겨 안았습니다. 오늘 하루 분위기에 마음이 달았든지 아내도 격하게 반응합니다. 제 품 안에서 감촉되는 아내의 알따란 몸피는 신혼 때보다 더 줄어든 느낌인데, 그것이 안타까워 힘차게 안았으나 가슴에 반 밖도 차지 않아 덜 참을 느꼈습니다. 힘을 주면 줄수록 작게 줄어들어 공간이 너르게 커지는 느낌마저 들었습니다. 아무리 깊은 품에 든 사람도 두 팔을 풀면 품 밖 사람이므로 그런 거리감이 싫어 꼭 품고 있어야 했습니다. 저는 그 공간을 메우려는 듯 열심히 아내 몸을 파고들었습니다. 말이 소용없는 순간인데도 아내가 기어코 눈에다 눈물을 달았습니다. 이내 성마른 목소리도 건너왔습니다.

"더 꽉 좀 안아줘요."

강물에 떠내려가는 표류자의 구원 소리처럼 제 귀에 아득하게 닿았습니다. 입에서 귀에까지 들리는 간극을 줄이려는 듯 제 입으로 그곳을 틀어막았습니다. 아내는 내 품이 마치 그림지도인 양 보물 쪽지를 찾으려는 아이처럼 더 깊게 샅샅이 파고들려고 몸부림쳤습니다. 우리는 이별할 날짜를 서로 몰래 숨겨오다 들통나서 당황하는 연인들 같았습니다. 서로를 더 많이 차지하려고 욕심을 내기 때문입니다. 다시 아내의 말라 터진 입술을 거칠게 입술로 더듬었습니다. 나는 아내 품속으로 아내는 나의 가슴으로 그곳에 무슨 숨을 길이라도 찾으려는 듯 끊임없이 더 깊숙이 파고들려 노력했습니다.

"아마도 우리가 가는 세상은 좋을 거유. 그곳에선 행복할 거유."

물론 턱없는 빈말입니다. 아직도 제 머릿속에는 무슨 짓거리하든 하나의 생각에 옭매여 있습니다. 집념의 가증스러움입니다.

"어신어려운 철이라 줄 게 아무도 없네. 이것밖에……."

이튿날 아침, 길 떠나는 우리에게 안주인은 멋쩍은 낯빛으로 마른오징어 반 축과 김 한 톳을 챙겨주었습니다. 그리고 또다시 오라는 말을 거듭하며 딸아이 손아귀에다 손바닥을 덮고도 남을 만할, 만 원 한 장을 쥐여줍니다. 우리가 마을 동구를 벗어날 때까지 마치 출가한 딸을 배웅하듯 손을 흔듭니다. 어저께 만났던 사람과 헤어짐이 아니라 옛사람과 석별하듯 발걸음이 멈칫거렸습니다. 끝내 아내는 마을 동구를 벗어나며 그렁한 눈으로 다시 한번 뒤를 돌아봅니다. 그곳 전망 좋은 곳, 굵은 강자갈로 외벽을 꾸민 해변 펜션 창문에 볕이 벌겋게 익어 되쏘고 있었습니다. 아내의 아쉬운 눈에서 스미어 나온 눈물이 기어이 뺨에다 줄을 그었습니다. 저는 눈길을 피하며 물었습니다.

"또, 어디로 가보고 싶은겨?"

마치 풀숲에 남겨진 뱀 허물처럼 형체도 영혼도 녹아내린 듯 잔뜩 풀죽은 아내 목소리엔 음색조차 없습니다. 제 귀엔 마른 갈잎이 부서지듯 건조하게 들립니다.

"그냥 아무데나 가요. 어딜 가든 우리가 잤던 그 집 같은 곳이 세상에 있을까요? 그만해도 난 만족해요. 그들에게서 마지막으로 사람 정이란 선물을 가득 받았잖아요. 그러니 난 이만하면 만족해요. 당신이 가보고 싶은 대로 마음대로 가든가?"

우리는 영동고속도로를 타다가 진부 나들목에서 산 갈피를 따라 이리저리 휘도는 59번 국도를 탔습니다. 졸음이 덮칠 만큼 한갓진 길이라 마음을 짓누르는 이런저런 걸 풀어놓고 싶은 곳입니다. 외할머니 고향이 강원도 정선이라 들었던, 그 단순한 기억 때문에 선택했을 뿐입니다. 그저 막연히 들었던 소리니 지금 외할머니 고향은 이미 그곳에 없다는 생각도 들긴 했습니다.

이른 봄철 무싯날, 내륙 깊은 겨울잠 탓으로 봄나물이 없는 정선장터는 장손님을 쫓아내듯 썰렁했습니다. 다만 등산을 마친 외지인들이 메밀 음식 별미 사냥하는 음식점 출입문 유리에 솥 김 성에가 희뿌연 채 녹아내립니다. 저는 아내와 딸아이가 잠든 틈에 주변 가게에서 간이식 화덕과 연탄, 그리고 번개탄을 샀습니다.

트럭으로 두 강물이 합쳐진다는 아우라지 강가에 닿았습니다. 우리는 그곳에서 밤을 기다릴 참입니다. 찬 기운이 서린 강가로 내려와 바람 없는 곳에다 돗자리를 펴고 자리를 잡았습니다. 차에서 담요를 내려 딸아이 목만 남기고 물독의 얼어 터짐을 방비나 하듯 몸에 둘렀습니다. 강바람이 춥기는 했으나 트럭 운전석보다 답답하진 않았습니다. 끼니때가 닥쳤으므로 아내와 딸아이를 두고 가게에서 빵과 우유, 과자 나부랭이와 높은 도수 소주 두 병을 사왔습니다. 아내와 아이에게 빵과 우유를 먹이고 저는 동해에서 받아온 마른오징어를 찢어놓고 소주를 마셨습니다. 아내에게 소주를 권했으나, 고개를 모로 흔들면서 오징어 다리만 씹었습니다. 요즘 부쩍 몸이 부실해졌는지 이내 취기가 올랐습니다. 강 위로 회색빛이 밀밀히 밀려오기 시작했습니다. 저는 말없이 소주를 마시고 아내는 한 손으로 딸아이를 품고, 다른 한 손으로 이마를 짚은 채 낮은 소리로 흐르는 강물에다 눈길을 박고 있었습니다.

"미주 엄마, 여기서 끝내자."

저는 욱하니 치밀어 오르는 감정을 참으며 시골 초등학교 충직한 늙은 수위 종 치듯 삶의 끝을 알렸습니다. 아내는 대답 없이 고개만 한 번 끄덕였습니다. 산 높고 골 깊은 산골, 이른 봄 저녁은 내일을 향하여 빠르게 어둠에 녹아내립니다. 딸아이가 춥다면서 아내 품을 곰살갑게 파고들었습니다.

"미주와 먼저 차에 가서 기다려유."

아내는 딸아이를 싸안고 말없이 일어서 트럭으로 향했습니다. 저는 펼쳐놓은 것들을 대충 걷어 트럭 적재함에다 던지고 화덕과 번개탄, 연탄을 내렸습니다. 그리고 빈 종이 상자를 접어 바람막이를 만들었습니다. 모든 준비가 끝나자, 길게 한번 호흡을 가다듬어 심호흡을 내뱉었습니다. 이젠 생각을 거둬들여야겠다고 작정합니다. 더 길게 생각한들 무슨 소용이 있겠습니까. 저는 금세 취기가 오름을 느꼈습니다. 원래 술에 약한 체질에서 한 병 술도 제겐 벅찼습니다. 이성을 버리고 용기만 얻으려고 마셨는데, 그 계산이 적중했습니다. 연탄을 피우려고 번개탄을 쏘시개로 화덕에다 불을 붙였습니다. 강가로 더듬어가는 강바람 탓인지 불길은 쉽게 일었습니다. 번개탄이 연기를 남기고 죽자 연탄이 불길을 안았습니다. 넓적한 돌을 찾아 화덕 위에 얹어 뜨거운 불길을 막으려고 했습니다. 운전실 공간이 마뜩하지 않았기 때문입니다. 저는 다시 한번 운전석 문을 열고 화덕 놓을 위치를 확인했습니다. 아내는 의자 등받이에다 머리를 기대고 있었는데, 그 품 안에서 딸아이는 잠들어 있었습니다. 다시 화덕 주위로 돌아온 저는 나머지 소주병 뚜껑을 열고 갈증을 풀듯 단숨에 들이켰습니다. 마시고 쓰러지면 결심을 쉽게 이행할 수 있을 거란 계산에서입니다. 저는 화덕을 발치 옆에다 두고 아내를 안으며 조용히 눈을 감았습니다. 육박전을 치러낸 병사처럼 악전고투 끝에 경험도 못한 죽음길에 든 겁니다. 이제 연탄은 일산화탄소를 내뿜다가 깜부기불 과정을 거쳐 바람에 흩어질 재로 변하겠지요. 굳이 잠을 청할 필요도 없었습니다. 거듭 마신 소주로 이미 몸에서 혼이 빠지고 있었습니다. 우리는 그렇게 낯선 땅에서 생명을 버렸습니다.

그런데 하늘도 참으로 무심하게 저는 병원에서 깨어났습니다. 아내와 딸아이만 목숨을 잃었습니다. 저만 목숨을 남긴 건 병원에서 치료를 받고 정신을 차린 다음에야 알게 되었습니다. 남긴 아내의 메모가 그 이유를 뚜렷이 밝혔습니다.

― 나만 먼저 갈게. 나보다 당신은 맺힌 한이라도 풀고 가야지. 미주도 남길게요.

낡은 트럭을 발견해 파출소에 신고한 사람의 진술을 경찰관이 그대로 이리 옮겼습니다.
'이 양반과 아이는 운전석 문 바깥에 쓰러져 있었고, 꼭 닫힌 운전석에는 그 아주머니만 죽어 있었어요. 애는 가스를 마셨는지, 아니면 한기 탓인지 병원에 닿자마자 숨 거뒀지요."
예, 그렇습니다. 아내는 술에 곯아떨어진 저와 어린 딸아이를 밖으로 끌어냈을 것입니다. 죽을 결심을 수없이 오락가락 뒤집으면서 미련한 짓을 저에게 했습니다. 가솔 둘을 보냈어도 삶이 가벼워지긴커녕 슬픔으로 힘겨워졌습니다. 저는 아내와 딸아이를 죽인 죄인입니다. 제게 가혹한 벌을 내려주십시오.

원고를 읽어낸 윤대현은 안경을 벗고 젖은 눈을 닦았다.
그 눈길을 들어 마당에 내린 첨탑 십자가 그림자를 창문을 통해 바라다보았다. 이 사람에게는 구원의 그림자조차 스쳐가지 않았다. 인간 사회 열외자로 세태에 버려져 있었다.

그도 청소년기는 불우했다. 일찍 아버지를 여의고 홀어머니와 살았다. 어머니가 시장거리에서 잡일로 생계를 꾸리다 보니 아들은 거리에서 돌멩이처럼 이리저리 굴러다녔다. 거리 아이들과 일찍 어울린 그는 생활 잡범으로 시작해 교도소를 제집처럼 들락날락하면서 누적 7년 전과를 쌓았다. 그러다 불치병을 앓던 어머니와 재회한 건 그녀의 주검 자리에서였다. 자식이 어미 가슴에다 못질하여 지레 목숨을 재촉했다고 이웃들이 손가락질했다. 마지막 출소한 뒤 갈 곳이 막막하여 범죄를 저지르고 담장 안으로 다시 들어갈 궁리를 하다가 민간 갱생 보호시설에 있는 목사를 만나 척척한 구덩이에서 구원을 받았다. 지금 목회자 길을 걷도록 도와준 사람도 그 목사였다.

13

회음벽回音壁

 길은 목적의식을 부추겨 지향 본능에 불을 지른다.
 이동우 눈앞에 왕복 4차선이 멀끔하니 트여 있다. 임금 행차도, 반역자 말발굽도 받아들였던 길. 인도까지 십오 미터 넉넉한 너비, 작심한 어디든 거침없이 갈 수 있는 임의의 길인 셈이다. 네 개 나라 언어로 갈 길을 일러주는 곳도 있으니 길눈 어두운 외국인들까지 목적한 곳에 닿을 수 있다. 그러나 비속 살해죄를 저질러서 설날 특별사면으로 칠 년 살다가 교도소 문을 나선 서성표 아닌 이동우에게 4차선은 한낱 길거리나 다름없었다.
 수형 생활이 끝나 교도소 밖으로 나선 자들은 연분을 찾아 물 흐르듯 두 발로 붙박여선 이동우 곁으로 스쳐갔다. 그도 덩달아 교도소 작업장으로 향하던 일상처럼 여럿에 휩쓸려 무턱대고 걷다가 멈칫섰다. 이젠 그들과 동행자가 아님을 비로소 알아차렸다. 그러나 어딘가로 내처 내디디긴 디뎌야 할 발걸음이다. 선택에 갈등을 느끼며 양쪽 길 끝을 한참이나 망연하게 바라다봤다. 그러다 답답해 하늘로 고개를 치켜들었다. 마치 하늘에다 가야 할 길을 물으려는 그런 눈빛이었다. 전 이제 어디로 가야 합니까. 딴은 그렇게 하늘에다 절절하게 묻고 싶은 심경이기도 했다. 그리고 보면 수형 생활에서 사회 적응력뿐 아니라 갈 길조차 마련 못한 채였다. 바깥 휑한 길 앞에 선 우리 밖 기니피그처럼 방향 감각에 몸이 반응조차 하지 않았다.

담장 안보다 더 너르게 펼쳐진 하늘이 외려 공허해서 막막하기까지 했다. 이동우는 담장 밖 퍼런 하늘을 보면서 악착같이 살고 싶은 충동을 느낀 적도 있었다. 출소하면 중년을 넘어선 아내와 가방을 둘러맨 미주가 기다리고 있을 성싶은 그런 환영을 머리를 흔들어 지우려도 잔상으로 남았다. 일상 아침에 일어나 방문을 열면 삶을 꾸리는 마당이 눈앞을 압박해서 오늘도 무언가 해야겠구나, 그런 소명의식을 느끼듯 교도소 문을 나서면 아직 어딘가 자기를 기다릴 듯한 가족들 때문에 할 일이 있을 거란 착각에서였다. 그런데 딱히 연분이 남았다면 외삼촌 가족뿐이다. 외삼촌 대신 외숙모가 어떻게 연락이 닿았던지 한 번 교도소로 면회 오기는 왔었다. 죄책감에 만날 엄두도 낼 수 없어 면회 사절로 대면 자리를 부러 피했다. 어려운 발걸음인데 연분에 묶여 찾아온 사람에게 명분조차 찾지 못해 거절했다. 추궁하는 눈길을 감당해낼 자신이 없었다. 둘을 죽음길로 내몰고 혼자 남았다는 죗값 때문이다. 앞으로 싫든 좋든 외삼촌 가족과 왕래는커녕 딴 세상에서 숨소리나 그림자마저 감추고 살아야 할 처지였다.

목줄 팽팽 당기도록 앞발이 끌리며 팔려가는 개가 제 몸뚱일 웅크리던 마루 밑 컴컴한 곳에서 눈길을 떼지 못하듯 이동우는 교도소 정문 너머에서 그런 모양새로 뒤돌아봤다. 집 떠나 미지의 먼 길을 나선 양 교도소 밖 세상이 서름서름해서 낯설었다. 구속에서 놓여났다는 해방감보다 다양한 사람들이 북적이는 사회로 환속하는 부담감에 외려 두려웠다.

이동우는 큰 네거리에서 왼쪽으로 꺾어 돌리려던 몸을 뒤에서 누가 잡아채듯 갑자기 멈춰 섰다. 윤대현 말대로 눈앞 저 멀리 교회 첨탑이 먼저 눈길을 잡았다. 하늘로 소망을 뻗은 첨탑은 내친걸음이라면 수 분 안 거리에 있었다. 그곳에 환한 얼굴로 맞을 윤대현이 있을 거다. 앞날을 조언해줄 유일한 사람, 곁에 머물며 삶 법은 배울 수 있을 테다. 그러나 며칠을 보낸 뒤는 어찌할 것인가. 자문은 거기까지였다. 그곳이 오래 머물 장소가 아니란 자답부터 먼저 왔다. 목 아래 애물단지처럼 붙은 목숨을 부지하자면 저만큼 달아난 사회로 뒤쫓아가서 몸을 의탁할 생활부터 꾸려야 했다. 두렵고 자신 없지만 달아날 수 없을뿐더러 매달려 살아가야 할 막장에 서는 일이었다. 그러다 재생 조짐조차 없다면 윤대현을 찾아가 그의 조언을 받아들이리라 작정했다.

이동우는 교회로 가는 왼쪽 길을 지나쳐 곧장 네거리 횡단보도를 건넜다. 보도에 올라서 여남은 발치 떼놓다가 불현듯 딴생각이 머리에 스쳤다. 윤대현이 지어준 '이희구'란 이름과 함께 영동에서 떠날 때 어머니가 입에서 귀로 넘겨준 토막말이었다.

'니 친아부지 이름이 이종식인겨. 그러니 니는 당연히 서성표가 아니라 이동우여……. 법원에 가서 이름을 되찾아야 허는겨.'

품었던 염색 군복 쪼가리를 남기고 간 어머니가 길 건너에서 간곡한 눈빛으로 서 있다. 영동 무덤가에서 떨치고 온 어머니 잔상이었다. 굽이굽이 밟아온 삶 단면들이 어머니 뒤로 펼쳐 세운 열 폭 병풍처럼 잔영으로 보였다. 언제나 축축이 젖은 눈길을 보내던 어머니, 자식을 짐승 새끼처럼 야박하게 몰아치던 서봉태 폭력을 하늘하늘한 태피터 통치마 자락으로 가리려던 어머니였다. 또 마당에서 뒤뚱거리는 이동우도 보이고, 노란 테 비닐 이름표를 가슴에 단 서성표가 외로 꺾여 처진 고개로 마당에 들어서는 모습도 보였다. 그러나 지금은 그렇게 기구하게 얼키설키 엮인 삶이 더는 싫었다. 기왕 호적 이름을 서성표에서 이동우로 바꿀 바엔 차라리 '이희구'라 생뚱하게 개명하고 싶었다. 그 이름이 각오를 새롭게 해서 살아가는 데 부합된다는 윤대현 권고가 오히려 귀에 솔깃했다.

이동우는 네거리 건널목 앞에서 걸음을 멈췄다. 저마다 지향은 다르지만 길 양쪽에 서서 하나같이 푸른빛을 대기했다. 푸른빛이 점멸하자 배터리를 충전한 로봇처럼 행인들 걸음걸이가 비로소 빨라졌다. 그러나 걸음을 멈춘 이동우는 건널목을 건너려는 등산복 차림의 늙음에 든 사내 앞을 가로막아 서며 가야 할 곳을 물었다.

"저 실례지만, 말 좀 여쭈어보겠시유. 여기서 구청이나, 또는 동사무소 민원 봉사실로 가자면 어디로 가야 하나유?"

이동우 물음을 덥석 받아든 사내가 걸음을 자제한 채 길눈을 더듬었다. 주위를 휘둘러보며 한참 어루더듬다가 손가락으로 한 곳을 가리켰다.

"이 가근방에 분명 동사무소가 있긴 있었는데……, 이리 눈 설도록 하루가 다르게 주변을 파 뒤져놓으니 이젠 방향조차 모르겠네. 가만있자. 음 그렇지. 저기 저 전봇대에 옆에 안내 표시가 있네요. 저, 저기 안내판이 보이지요. 저 건물 뒤로 가면 아마 동사무소가……."

사내는 보행 신호기 숫자가 곤두박이자 말을 흩뜨려놓고 끝맺음도 못 한 채 서둘러 건널목에 뛰어들었다. 족쳐 가는 사내에게 감사하다는 말도 못 한 이동우 눈에 동사무소 안내판이 띄었다. 망설이지 않고 발걸음을 떼어놓았다. 한둘에게 물어 곧장 행정 민원실로 찾아들었다. 서넛 뒤에서 면담을 기다리는데 가슴은 달음박질한 듯 혈관이 터질 만큼 뛰었다. 민원실 안 모든 이목이 제 몸에 달라붙을 듯 몰려듦을 느꼈다. 시간이 지체될수록 압박감이 등판을 눌렀다. 클릭 한 번이면 서성표 죄명쯤 샅샅이 드러낼 데스크톱 컴퓨터 자판에 공무원들의 매끈한 손이 놓여 있었다. 그러니 이런 자리도 낯가리에 찾아든 참새가슴처럼 불안하게 졸아들었다. 상담 차례가 되자 이동우는 뿔테안경을 눈에다 바짝 붙여 쓴 여성이 앉은 창구로 주저하며 다가갔다. 사십 줄에 매달린 나이 때인데 사무적인 말투로 이동우를 맞았다.

"어서 오십시오. 무엇을 도와드릴까요?"

"저 한 가지 물어봐도 되나유?"

초조함을 삼키면서 물으려니 목젖이 심하게 꿀렁였다.

"예, 무슨 말씀인지……."

"이름을 바꾸려고 하는데, 그게 가능하기나 해유?"

"개명요? 예전에는 그랬습니다. 이름으로 놀림을 심하게 받는 경우, 예를 들면 이시발, 나죽자, 김창녀, 노숙자, 주기자거나, 또 흉악 범죄자와 같든가 불명예로 이름을 남긴 자와 같은 이름, 그런 이름인 유영철, 신창원 같은 살인자나, 국민 정서에 배치되는 김일성, 김정일 같을 땐 가능했었죠. 그러나 지금은 많이 달라지고 있어요. 법원에서 개인 인격권과 행복 추구권을 존중한다면서 관대하게 허가 처리하는 경향입니다."

"어렵다고들 하던데……."

"아닙니다. 반드시 그렇진 않습니다. 개명에 소명할 자료를 갖추려고 오가기가 번거로워서 다들 그렇게 생각하실 겁니다."

"그럼 어떻게 하면 되나유?"

"본인이 직접 하거나 법무사 도움을 받아 서류를 접수한 뒤 한 달 안팎이면 등기우편으로 개명허가 여부가 통지됩니다. 성인이라면 신원조회와 금융권 조회 과정 때문에 다소 길어질 수 있긴 있습니다만……."

"그다음 바로 그 이름을 사용해도 되겠네유?"

"아닙니다. 호적법 제113조에 따르면 법원의 개명허가서를 받은 날로부터 한 달 이내에 변경 전의 이름, 변경한 이름, 허가 연월일을 기재한 신고서와 허가서 등본을 첨부해서 본적지 시, 읍, 면장에게 개명 신고해야만 효력이 발생합니다."

"아, 예. 다행이네유. 사례비는 얼마나 드나유?"

"아니요. 인지대와 송달료, 법무사에 위탁할 땐 수임료 등, 비용은 그리 많진 않습니다. 그런데 왜 이름을 굳이 바꾸려고 그러세요?"

상담 직원이 굳이 사적인 물음을 던졌다. 이동우는 제풀에 뜨끔했다. 써늘한 기분마저 들어 웃옷 앞섶을 퍼뜩 살폈다. 그러나 당장 심경은 속속들이 까발리지 못하지만 매달려 애원하면서 도움 받고 싶을 만큼 절실했다.

"여태 힘하게 살았지유. 이름을 바꿔 새롭게 살아가고 싶구먼유."

"아, 예―. 그러세요. 그런데 이런 게 개명 사유에 충족하려나 모르겠네. 뭐 그럴 만한 이유가 있어야 한데, 출생신고서에 이름을 잘못 기재했다. 그런 사유도 안 되고……. 암튼 법원 판단을 한번 받아봐야 알겠네요. 지금 바로 신청하시겠어요? 그렇담 제가 법무사 한 곳을 알려드릴게요."

"아니, 아니유. 지금은 아니구먼유. 언젠가 한번은 하긴 해야쥬. 다시 오겠시유."

이동우는 찾아들 때처럼 서둘러 돌아섰다.

"예, 그러세요. 언제든 찾아오십시오. 오늘도 좋은 하루가 되십시오."

돌아 나오는 이동우 등 뒤로 하루 행운을 건네는 그녀 목소리가 아득히 들렸다.

이동우가 사회로 복귀하면서 맞서 씨름할 건 주변의 삐딱한 이목이었다. 세태에 이리저리 휘어 굽어진 그런 이목이 머물 자리를 지정했다. 배관 기술자인 그는 건설회사 설비부문 하청업체 정규직으로도 취업하기 여의찮았다. 걸림돌은 전과였다. 하루 일당벌이로 전전하다 보니 여태 주거지도 못 정했다. 일거리에 매인 곳에서 일하다 하루가 저물면 근처에서 먹고 잤다. 전과가 노출될까 봐 아무데나 이력서를 내밀 수가 없다는 게 뭣보다 힘들게 했다. 딴은 윤대현도 그런 우려를 예견해서 출소하기에 앞서 조언한 바 있었다.

"출소하면 우선 대인 관계에 주눅이 들지 말고 용길 가져야 해요. 가장 어려운 일이 상대방이 나에게 어떻게 반응할까, 그런 두려움 때문에 대인 기피증이 먼저 생길 거요. 그래서는 쉽게 사회생활에 적응할 수 없어요. 그들은 당신 입으로 얘기하기까지 당신이 죄를 짓고 형까지 살았다는 사실조차 몰라요. 그러니 스스로 그런 죄책감에서 벗어나 용길 가지고 살아가는 지혜가 필요해요."

"그런데 아닌 척해도 그런 티가 나지 않겠시유?"

"그런 자책이 끝내 문젤 일으켜요. 수형 경험한 사람이 궁지에 몰렸을 때 곧장 이성을 잃을 때가 있어요. 이보다 더 막가는 인생도 살았는데 언제나 독한 짓도 할 수 있다고 쓸데없는 오기 바람으로 반항하면서 자포자기하려는 심리지요. 그렇게 반항하다간 평생 교도소에 제집처럼 무시로 드나들다 종래는 백발로 나오게 되지요."

"이곳 생활을 잊고자 하지만 어떻게 멀쩡한 낯으로 생활할 수 있겠시유? 그게 참으로 내게는 영 자신이 없네유."

"과거 모든 걸 잊는 게 좋아요. 심지어 아내와 아이 일까지도요. 다시 태어났다고 생각하면서 새로운 삶을 살도록 노력하세요. 그러려면 여잘 만나 억지로라도 재혼해서 정을 붙여 생활을 꾸려가야 합니다. 그러다 보면 그런 관계에서 살아갈 동기가 이리저리 생겨 재기할 수 있어요. 아시겠어요?"

"입으로야 안다고 지금 대답까지 할 수는 있지만 실제로 그게……."

그런 간곡한 조언이 있었음에도 그는 실행에 어려움을 느꼈다. 사람과 마주칠 때도 경계심을 품고 먼저 상대방 눈총을 슬쩍 살펴보는 버릇이 그걸 증명했다. 더러는 벼룩신문 구인 구직 광고나 길거리 벽광고를 본 뒤 이력서를 품고 회사 정문까지 갔다가 멈칫거리며 발길을 되돌릴 때도 여러 번 있었다. 그곳으로 드나드는 사람들은 자기가 겪은 전과와 무관한, 때가 전혀 묻지 않은 무결점 무리로만 보였다.

이동우는 새벽바람으로 인력 시장에 나갔다.

그날 벌어 당일 연명하는 삶. 배관 기술자라 건설 현장에선 잡부들보다 일당은 많았으나 배관 일은 막일보다 일거리가 적었다. 한번 나간 현장에서 다시 부를 때도 있었으나 뜨내기라 기능이 훨씬 못 미치는 정직원 보조로 일할 수밖에 없었다. 시키는 대로 따르면 탈 없는데, 눈뜬 강아지만큼 안다면서 휜히 꿰는 사람에게 일머리를 어줍게 잡아주니 염장질 당하는 기분이라 내처 분통만 터졌다. 그나마 그런 배관 작업도 드물어서 빈손으로 돌아오는 날이 허구 많았다. 그때면 잡역 자리라도 닥치는 대로 출역했다. 건설 현장 작업은 한데 일이라 혹한이나 혹서 또는 우천에 따라 노역 시간이 길고 짧고 해서 손에 받아 쥐는 일당 금액도 그때마다 달랐다. 장마기에는 하릴없이 여인숙에 틀어박혀 판판이 놀면서 썩어가는 속을 퍽퍽 쳐낼 수밖에 없었다.

애당초 막살고자 작정하는 사람은 없을 터. 이동우도 그러했다. 주변에 거치적거릴 게 없는 홑몸이라 움직이는 덴 간편하긴 했으나 저녁이면 밀려드는 허전함과 쇳덩어리 같은 삶의 무게 때문에 생활 리듬이 나팔꽃처럼 밤낮으로 부침했다. 무작정 떠도는 속생활은 인간 품위를 쇠붙이에 달라붙은 녹처럼 갈피갈피 부식시켰다. 닥치는 대로 살아야지, 그런 체념으로 자투리 삶을 산다면서 하루하루 흐느적거릴 무렵, 양미자를 만났다. 교도소에서 나온 지 한 해, 리강璃江 부레옥잠처럼 세월 자락에 휩쓸려 맥 놓고 떠돌 때였다. 지칠 대로 지쳐 삶에 덧정이 없다면서 홧술을 마시기 시작했다. 그게 때로는 수면제 구실까지 해서 몸을 잠 속에다 깊이 밀어 넣었다. 버릇 되니 술 마시는 날도 지각없이 늘었다. 어머니와 한 약속을 잊진 않았지만 당장 찌든 외로움에서 벗어나는 데는 그 행위가 뭣보다 수월했다. 그리고 지친 심신을 기댈 데가 술뿐이니 몸은 덩달아 부실해질 수밖에 없었다. 더 높이 오른 나무에서 떨어질 때 아픔이 크듯 지친 데가 바닥이란 느낌이 들 때마다 견뎌내기 벅찼다. 그러나 섣부르게 죽으려다 죄인이 된 목숨, 목 아래 붙은 그것 때문에 몫 셋을 도맡아

짊어져서 악착같이 살아내야 할 책무를 느꼈다. 죄과는 여생, 목에 걸린 연민의 목걸이임을 뼈저리게 느꼈다.

양미자와 초대면은 골목길, '숲 우묵한 곳'이란 간이주점에서였다.
"혼자 적적하시죠? 좀만 기다려봐요. 옷 솔기 갈피 이도 짝이 있다는데."
며칠 드나들어 낯익었다는 듯 주점 쥔 여자가 뜬금없는 말에 이어 이동우에게 눈웃음을 흘렸다. 그리고 카운터로 돌아가 어디에다 들뜬 목소리로 전화를 걸었다. 작당 내용이 수상쩍은지 목소리는 전화기 밖으로 새지 않을 만큼 낮았다. 짧은 통화를 마치고 뚜쟁이같이 은근해진 눈빛으로 돌아온 쥔 여자가 의미심장하게 생글거리며 맞은쪽 자리에 엉덩일 내리면서 또 생뚱한 소릴 해댔다.
"적적한 사람에게는 적적한 사람이 약이죠. 잘만 살피면 세상에 짝은 어디든 있죠."
정작 비밀 작당하듯 뜬금없는 그녀 눈빛과 말에 담긴 뜻을 이동우는 한참 만에야 눈칠 챘다. 짐짓 말을 섞고 싶지 않은 여자가 말을 섞자고 할 때 어찌할까. 겨우 한 그런 걱정도 정리되지 않았는데, 텔레파시에 감응하듯 어두운 조명과 짙은 메이크업으로 도무지 나이를 가늠할 수 없는 여자가 쥔 여자 친구라며 이동우 옆자리에, 마치 화장실에 다녀온 동석자처럼 스스럼없이 내려앉았다. 바로 그녀가 주걱턱을 한 양미자였다.
"좋다고 소문난 물건은 보잖고도 사들인다는데……."

이 여자 거친 말투의 수상쩍음도 쥔 여자와 상통했다. 유유상종이 허튼소리가 아님을 일러주듯 같은 양푼에 비빈 그 비름나물에 그 비름나물이었다. 그러나 경매장에 나온 응찰자 품새인데 억양은 사뭇 달랐다. 진즉에 무수한 말이 굴러 나와 닳은 입이라 그런지 사내 같은 걸걸한 저음이 입 밖으로 튀어나와서 변성기를 맞은 사내애 같았다. 양미자가 이름에 걸맞게 치장하듯 몸에 뿌린 향수가 담배 냄새와 뒤섞여 이동우 코로 파고들자 심한 어지럼을 느꼈다. 아예 배 속에서 숫기조차 제거하고 태어난 여자로 보였다. 그런 초심이 뭐에 필요하냐고 묻듯 제 생각 내키는 대로 지껄이고 주위 분위기에 아랑곳없이 웃어 젖혀 이동우는 '생전 처음 보는 희한한 스타일 여자'에 정신마저 혼몽스러워 어리뜩해졌다. 차림에서도 가림과 드러냄에 경계 없이 가려야 할 곳을 드러내고 드러내야 할 곳은 가렸다. 살짝 가린 살품이 아니라 흐벅진 가슴골까지 만판 드러내는 용기를 보아선 구미호처럼 암수로 사내를 후릴 성향은 아닐 성싶었다. 뒤틀어 올려 질끈 묶은 말총머리 끄덩이가 흐트러진 채 말할 때마다 벽체 그림자와 어울려 시선을 사납게 했다.

양미자는 꺼릴 게 없다는 듯 스스로 강원도 삼척에서 자란 뱃놈 딸이라 했다. 추임새도 넘쳐 땅띔까지 보여준다더니 성장 배경으로 아버지를 내세웠다. 아버지가 오징어 채낚시 조업하러 바다로 나간 밤이었단다. 풍어 때라 만선이었다. 귀항 길, 돌풍을 만난 목선 뱃머리가 바위에 부딪혀 깨지면서 아버지는 조난으로 생명을 잃었다. 그녀 푸념을 빌리면, 아버지는 아마 내쏘는 등대 빛을 얼굴에 담으면서 평소 퍼렇게 보이던 짠 바닷물을 잔뜩 마시느라 가족 품으로 돌아오지 않았다고, 장난 소리로 듣기도 민망할 만큼 고얀 소릴 해댔다. 같은 어선을 탔다가 시체도 못 찾은 이웃집 팔수 아저씨 유족들 눈치를 보느라 가족들은 큰 소리로 실컷 울지도 못했단다. 아이들을 집으로 휘몰아버린 어머니는 오징어 먹물로 실오리를 알아볼 수 없는 아버지 웃옷 앞섶을 쥐어뜯으면서 그저 기함해서 속울음만 컥컥 삼키기 시작했는데, 집으로 쫓겨오면서 곁눈질하니 그녀는 아버지 가슴에다 머리방아를 찧고 있었다. 그날따라 파도는 사체가 누운 부두 끝머리를 뜯어낼 만큼 세차게 달려들었다.

 수절? 어머니는 이태도 못 가서 훼절했다. 경주 감포 출신 배꾼으로 오징어잡이 원정 와서 임시 거처로 집에서 머물던 사내와 야반도주했단다. 갈 때 모성애마저 싸안고 갔다. 마치 유혈목이 새둥우리를 덮쳐 가듯 그렇게 비운 공간은 반생 동안 무엇으로든 채워지지 않았다. 의지가지없이 남겨진 남매는 천덕꾸러기 신세로 친족에서 외척, 또 먼 외지 낯선 집으로 전전하면서 서러운 음식으로 키를 키웠다면서 눈시울을 붉혔다. 물론 '내일이 너 생일이다' 그런 말은 듣지도 못하고 이 나일 먹었단다. 그래서 수술 침대에 눕혀 몸을 열면 아마도 살 켜켜이, 뼈 마디마디에 천대와 박대가 끼었을 거라 한 맺힌 소리를 했다.

 "그랬어요. 그랬다니까요. 갖은 서러움이 아니라 오만 가지 슬픔을 겪었어요. 이 나이를 먹도록 목숨을 간직해온 일도 기적일 거예요. 어떨 땐 눈물에 뒤미처 눈에서 피가 날까 봐 울음까지 참아냈다니까요."

소소한 일에도 민감하게 반응했고 격정을 뱉어낼 땐 말이 토막토막 끊기도 했다. 토막말 마디에도 감정이 질펀하게 묻어나서 듣는 사람 마음을 휴지처럼 적셨다. 이동우가 귀 기울여 듣든 말든 괘념하지 않고, 가슴속에서 일어 넘치는 격정을 눌러앉히려는 듯 집게손가락과 가운뎃손가락 끝을 모아 앙가슴을 꼭꼭 눌러가며 말했다.

"왜 그런 말도 있죠? 백 사람이 백 가지 사연을 안고 늙어간다지만 나를 볼 땐, 한 사람이 천 가지 사연을 안고 산다는 그런 쪽 여자로 보면 틀림없어요. 내 가슴에 지퍼가 있어 속을 열어 보일 수만 있다면 무수한 독한 말 때문에 뿌리박은 티눈을 볼 수 있을걸요."

마음속 티눈을 가진 여자. 많은 말을 할수록 입술에 윤기가 도는 여자. 어떨 땐 콩알이 튀겨 달아나 비틀려 마른 콩깍지 같기도 하고, 또 여성성이라든가 감정선이라든가, 그런 게 모두 씻겨서 희멀건 뼈가 드러나 중성으로 보이기도 하며, 또한 팥소가 빠진 빵처럼 속이 싱겁게 보이는 그녀가 만난 지 한 달 만에 큰 그물을 느닷없이 덥석 던져왔다.

"내가 벌어 보낼 테니 나와 한 번 찐하게 살아볼래요?"

쌈하듯 던진 말이 편전 무릿매처럼 날아와 입에서 헉 소리 나도록 이동우 심장 한복판을 때렸다. 분명한 의도로 날카롭게 찔러온 압정이었다. 혼몽해져 어벙해진 눈으로 어눌하게 반문했다. 이제 짝을 찾아 다시 살고자 맘먹은 참이라 여자에 관심이 묻어 빨판처럼 흡입

력이 팽창했을 때라 던진 그물에 갇히고 싶기도 했다.

"내가 그토록 맘에 들어유? 그 많았다는 남자들에 여태 질리지도 않았남유?"

하긴 시맥이 파리하도록 섬세하게 퍼진 날개를 접었다 폈다 하는 나비같이 감정이 쉼 없이 오락가락하는 특수한 성향 여자에게 그런 물음으로 속마음을 짚어보는 일도 그다지 나쁘지 않을 듯싶었다.

"동우 씨, 그렇게 심각하게 살고 싶으세요? 가볍게, 그저 가볍게 마치 야트막한 산에 바람을 쐬러 가듯 그리 살아요. 그리 살아도 너무 힘 드는데, 잔뜩 어깨에 무게를 잡고 살면 얼마나 더 고통스럽겠어요. 그런데 그게 엄청 폼나게 잘 사는 것 같죠? 천만에요. 그게 그렇게 멋지진 않거든요. 우린 어차피 항해하다가 깨진 배. 예 맞아요, 폐선이잖아요. 그리 고생했는데도 동우 씨는 전혀 배운 게 없다면 머리가 나쁜단 소릴 들어요."

"내가 그걸 감당할 수 있을까유?"

물음이 귀에 닿지 않은 듯 양미자는 애써 말을 늘렸다.

"난 너무 복잡한 건 딱 질색이거든요. 세상살이를 복잡하게 여기면 한없이 복잡해져요. 그래서 행복이 얻어진다면 왜 그 짓을 하지 않겠어요? 세상 온통 골치 아픈 거잖아요? 적어도 우리와 같은 처지에선 그래요. 좋거나 기쁜 건 언제나 남 일이잖아요. 죽으면 어차피 한 뒷박, 한 평도 못 되는 곳에 묻히지 않겠어요? 그런데 이런 유족 처지를 생각해봤어요? 초호화 유람선을 타고 가다 침몰하여 사체조차 못 찾기보다 자전거를 타다 개도랑에 처박힌 시체를 찾는 편이 훨씬 낫잖아요? 그러니 눈 딱 감고 쉽게, 쉽게 살면 살기가 얼마나 쉬워진다고요. 그리 사나 이리 사나 모두 죽는 지점, 그 한곳으로 가긴 위한 몸부림이 아니겠어요?"

"나 말고도 근사한 남자들도 많을 거 아니유."

"근사한 남자? 그래요. 세상에 숱한 남녀는 예쁜 여자, 근사한 남자와 살려고 결혼하지만, 결국 더 많은 남녀는 늙어 찌든 얼굴을 서로 맞보기보다 눈길을 한 방향으로 한 사람과 해로하는 게 편하다네요. 험하게 살아왔지만 속을 뒤집어엎고 보면 우리 둘에게도 한 방향으로 바라보는 눈, 살고자 하는 욕망도 같지 않겠어요. 으음 ―, 서로 노력한다면요."

인간들 편견은 늘 그랬다. 아랫사람을 부리는 쥔 여자 눈엔 쫓아낸 가사도우미가 그래도 일은 잘했다고 헛소리를 입꼬리에 달듯 그녀가 공격적일수록 이동우는 남현숙에 미련을 놓을 수가 없었다. 그녀에게 가는 그리움이 커서 메울 방도가 없기에 역설적이게도 양미자를 선택함에 주저하지도 않았다. 윤대현 조언도 있었지만, 터진 삶을 돗바늘로 깁듯 꽁꽁 박아놓자면 생활에 중심 역할 할 여자부터 지정해야 했다.

홀아비와 과부, 흐트러진 짚단 추려서 묶듯 둘은 생활을 합쳤다. 잔불도 합하면 벌불까지 키워서 산천도 태울 수 있는 큰불이 되잖겠느냐는 소망까지 품었다. 쓰러지던 나무가 서로 기대어 엇비슷하니 직립을 유지한 모양새였다. 하나에다 하나를 보태 '둘'이란 새 말이 생성되듯 합치니 또 다른 모양새로 활력이 붙었다. 이동우는 일어나

자마자 새벽 인력 시장으로 가는 발걸음에 힘이 실리기 시작했다. 일 끝내기 무섭게 귀가하느라고 귓등에 미처 씻지 못한 소금버캐를 달아 오기도 예사였다. 그러다 보니 수형자 몸에서 풍기던 특유 그림자도 엷어지고 있었다.

안팎으로 어디로 어떻게 튈지 방향조차 종잡을 수 없었던 양미자에게도 변화가 왔다. 노래방, 간이주점 그런 데 파트타이머 생활을 정리하고 이삿짐센터에 나가기 시작했다. 흥얼흥얼 가요 토막을 코끝에다 걸며 그 일이 재미있다고 할 땐 눈에서 새 빛이 튀었다. 이러나저러나 신분은 파트타이머지만, 두 일은 수행할 때 느낌이 판이하게 다르다고 했다. 노래방이나 간이주점 일은 하면 할수록 비애와 절망감을 맛보아 끝난 뒤면 술자리를 찾곤 했는데, 지금 일은 다른 삶이 엿보여서 제 삶을 돌아보게 되어 귀가한 뒤 바로 집 부엌 그릇에 스스로 손길이 간다는 거다. 이사는 끊임없이 쌌다 풀었다 반복하는 일이지만, 부엌살림을 살펴보면 쥔 여자 살림 습성뿐 아니라 가족 분위기까지 미루어 짐작할 수 있어 그때마다 살아갈 지혜와 용기를 얻는다면서 매사 의욕을 보였다. 부엌살림을 거둬 이사 간 집에다 배치 정리할 땐, 제 신접 세간을 정리하듯 늘 기분이 달뜬다고 했다. 따지면 이사한 집이 열이면 열 번이나 새롭게 신접살이하는 기분으로 호사를 누린다면서, 소꿉 사는 꼬맹이 여자애처럼 즐거운 표정을 지었다.

양미자 얼굴은 수액 주사를 맞은 나무처럼 달라졌다. 까칠한 채 누렇게 뜬 얼굴에서 궁기마저 사라지고, 거머번지르해 보일 만큼 생기까지 돌았다. 흠결쯤 참아가면서 동거에 불씨를 살리려 겉으로 드러내지 않고 긴장했던 이동우도 그런 변화에 당황하기까지 했다. 딴은 퇴근 뒤 사글셋방으로 돌아오면서 인기척부터 살피며 혹 달아나지 않았는가, 그런 걱정부터 앞세웠던 터였다. 앞뒤를 못 가리는 언행이나 가용 씀씀이가 하루 벌어 하루만 살자는 여자로 보였고, 또 비위가 틀어지면 그의 마음을 겨울 보리밭처럼 구석구석 밟아대며 합체 명분을 산산조각 낼 여자로 치부해서 불안하기만 했는데, 배우가 연기나 하듯 예측 못했던 사람으로 변해서 눈물이 일 만큼 고맙기까지 했다.

비록 편측성 난청으로 왼쪽으로만 들으면서도 활기를 되찾다 보니 정념은 새로 산 가스라이터 같았다. 밤이면 습생 식물 끈끈이주걱처럼 유인성 촉수를 곤추세우며 반응했다. 가쁜 숨을 내뱉어야 할 고조기에도 주문이나 외듯 코맹맹이 소릴 목에다 걸었다.

"아이를 갖고 싶어요. 우리 아이를……."

둘만의 순간에도 아이에 집착했고 갈망했다. 동의해야 할 이동우 호응 따윈 아랑곳없다는 듯 에둘러 가쁜 호흡 사이로 까닭을 밝혔다.

"나는 내 아이에게 상상도 못 할 만큼 사랑을 주고 싶어요. 우리 엄만 감포 아저씨와 달아날 때 내게서 그거마저 몽땅 빼앗아 갔어요. 그런 거 있죠? 물렸던 젖꼭지를 뽑아간 듯 늘 엄마 땜에 모정에 목마름을 느꼈다니까요."

그녀는 성애를 갈구하기보다 어머니 본분을 골랐다. 예정 날짜에 비치면 기대를 걸었다가 무너지고 실망을 되씹으면서 난공불락 성벽을 눈앞에 둔 패장처럼 다음 공략 시기를 노렸다. 그러나 희망은 양미자 몸에서 싹트지 않았다. 가임기 자궁도 배태를 거부했다. 그녀 소망은 이랬다. 달덩이처럼 부풀어 오른 배를 양손으로 떠받치고 석조 계단을 모걸음으로 내려가며 이웃에게서 기능이 완벽하게 작동하는 여자로 부러움을 사고 싶어 했다. 그뿐만 아니었다. 입덧으로 신 포도를 게 눈 감추듯 삼키고 젓갈 냄새에 왝왝 게워내며 가지만 봐도 헛구역질하는, 또 슈퍼에서 '보솜이'를 담은 장바구니를 흔들며 귀가하는— 그런 여자만의 특권인 행복을 누려보기를 갈망했다. 이동우와 만남을 여생 전환점으로 삼으려면 눈앞에 실체가 뚜렷한 그런 매듭이 필요했다. 그러나 가임 시기를 놓칠수록 낡은 침대 위에 펼쳐진 이부자리가 철 지난 까치집처럼 눈에는 절망 구덩이인 거푸집으로만 보였다.

  이동우 생각은 달랐다. 아우라지 강가에서 잃은 딸 미주에게 지은 죄가 머릿속에 대못으로 박혀 있었다. 그녀 입에서 아이 얘기가 나올 때나 길거리에서 아이들을 볼 땐 벗어날 수 없는 참괴감에 시달려야 했다. 어느 날 술기운을 빌려서 이동우는 미주 얘기를 자초지종 들려준 뒤 아이만은 단념하자고 빌다시피 애원했다. 그로선 처음 뱉는 독한 소리였다.

  "당신 마음은 이해하는데, 나에겐 참으로 어려운 일이유."

  그녀는 파랗게 질린 얼굴로 입술에 찝찔하게 닿을 눈물만 펑펑 쏟았다. 그러다 얼굴을 치켜들면서 청각 장애인에게 내지르듯 언성을 높였다. 그런 날일수록 평범하게 일을 치르던 여느 날과 달리 땅속 깊이 씨나 묻으려는 듯 더 깊고 더 강하게 이동우 몸을 요구했다. 그러다가 끝내 계란찜처럼 꺼져 내리는 몸 열꽃에 스스로 무너졌다.

"나는 알을 슬고 난 뱃속이 빈 슬치네요. 알치가 마장이 끼어 그리 변했네요."

며칠 잠자리에서 이동우에게 등지고 죽은 새우처럼 등 구부린 채 머릿밑에다 한 손을 넣곤 다른 손으로 이불자락을 입에다 틀어막았다. 그 새로 죽이려는 울음소리가 새어 나왔다. 마치 건드려주기를 기다리는 타악기같이 언동에 고요함을 모르던 여자가 소리 죽여 울고 있는 거다. 낮았지만 이동우 귀엔 튀어 달아나는 고라니 발굽에 꺾이는 마른 갈대 소리가 났다. 죄책감 때문인지 등줄기에 진땀도 돋아났다. 그녀는 그러다 잠들었는데, 그는 머릿밑 팔을 뽑아내고 베개를 밀어 넣으며 시린 마음을 풀어주지 못할 처지라 미안해했다. 오래 못 가 그녀 눈에서 넘치던 활기가 노을빛처럼 사라졌다. 인공 수정마저 실패한 암소와 같았다. 다시 피어나려는 꽃이 날개 지친 벌을 만나 맥없이 시든 모양새였다.

쪽방촌 야트막한 뒷산. 아까시나무 꽃향기를 내뿜던 오월이 지자, 유월 숲은 칠월의 밤느정이가 일기까지 체취를 잃은 젊은 여인처럼 공허하게 짙푸르기만 했다. 양미자는 나른한 표정으로 푸성귀를 다듬으며 북향 창문을 통하여 그런 산을 눈시울을 좁히고 바라다봤다. 향기를 잃은 산이 오늘따라 적막강산으로 보였다. 물이끼 낀 조약돌을 씻어내듯 그렇게 옛일을 지워내면서 부지런히 살려고 바동거렸는데 마치 헛물을 켠 듯 주위가 허전했다. 과일을 따려고 발뒤꿈치를 들어도 보았고, 폭포수를 거슬러 오르려고 몸부림쳤으나 끝내 몸은 불임으로 꿈을 잃었다. 원체 입 무거운 사내고 또 마음에 상처를 줄까 봐 아이 얘기를 입 밖으로 끄집어내진 않았으나 지금으로선 잠자리마저 그저 시들했다. 밀려오는 우울증에 분출할 출구조차 안 보이니 답답했다. 이삿짐센터에서 전화가 오면 몸살이 났다고 앓는 소리까지 냈다. 눈앞으로 어두운 느낌이 전철처럼 빠르게 문득문득 스쳐 지나갔다. 가슴이 메어오며 눈에서 후드득 눈물이 떨어졌다. 아무런 이유가 없는 게 아니라 캐려 들면 숨은 까닭이 드러날 테지만 갑자기 순간 감정을 이기지 못해 울컥 서러움이 복받쳤다.

"동우 씨, 우리 여행 가요."

일찍 들어와 티브이 수상기 앞에 앉은 이동우에게 불쑥 그렇게 제안했다.

"그래유? 무슨 일이라도 있어유?"

이동우는 등만 보인 채 반응했다. 양미자 눈엔 굽은 등판이 얼음벽으로 보여 정나미가 그곳에서 수없이 미끄러져 내렸다. 그러나 마음 밑바닥까지 감정을 눌러 참으며 입을 열었다.

"일은 없는데 이제 당신을 만나 사니 남은 내 소원 하나 들어주세요. 발길을 끊었던 고향에 가보고 싶네요. 눈감을 때까진 가지 않으려 결심했는데 며칠 전부터 부쩍 가보고 싶네요."

양미자는 초원에 앉아 먼 산 너머 바다를 그리는 여자아이처럼 꿈꾸듯 몽롱하게 말했다. 그녀 말에 이동우는 강원도 삼척이 아니라 충북 영동, 그곳이 더 먼저 선연하게 눈앞에 그려졌다. 고향이란 말에선 인연이 닿은 곳으로 제가끔 감정이 흐르고 있었다. 가뜩이나 아이 문제로 감정이 버성긴 상태라 어떻든 풀긴 풀어줘야 하는데 묘책이 없어 궁지에 빠져 있던 터라 귀가 솔깃하여 강원도에 다녀오자고 맞장구쳤다. 그러면서 토를 달았다.

"이제 당신을 만나 새 출발했는데 액운이 있다면 동해에 모두 던지고 오자구유."

여생 마지막으로 만난 여자라 여겼고, 기왕 만난 김에 허물어진 삶을 하나하나 복원하고 싶었다. 해서 그녀와 갈등이 더 깊어지기에 앞서 풀어야 했다. 서로 칼날을 무수히 받은 몸, 활기를 되찾을 까닭이 다가온 지금, 순항을 위해 난파선을 수리하러 조선소로 가듯 둘은 삼척으로 지체없이 떠났다.

삼척항 북쪽 자그마한 산자락, 양미자가 태어난 곳. 해저 심층으로 미끄러지지 않으려는 듯 지붕마루 높이를 낮춘 집들이 돌담 뒤에 납작납작 엎디어 매달려 있었다. 양쪽으로 마주 보고 바다로 뻗은 곶串 때문에 어항은 가랑이를 벌린 모양새였고, 파도가 그곳으로 가득 달려와 허옇게 부서지곤 했다. 끄무레한 날씨 탓인지 어항은 무거운 대기에 짓눌려 있었고, 바다도 잉크빛만큼 빛나도록 푸르지 않았다. 바닷바람이 해면에서 소금기를 핥아 올려 입술에 찝찔하게 닿았다. 부두 특유 생선 비린내와 낡은 밧줄의 퀴퀴한 냄새가 대기 속에서 떠돌다 코끝으로 스몄다. 어항이라 그런지 이동우는 예전에 남현숙과 같이 머물던 바닷가도 동해였는데 그런 기시감을 전혀 느낄 수 없었다.

"저기, 저쯤에 우리 집이 있었어요."

어항 입구에 들어서자 '감성 마을'을 조성한다고 커다란 플래카드가 내걸린 산자락 한 곳을 양미자가 손끝으로 가리켰다. 채색된 담벼락마다 바다 것들인 문어와 문치가자미, 꽃게, 불가사리들이 인간이 그려놓은 해초 숲에서 잠자듯 요동 없이 살고 있었다. 그곳에는 빈 낚싯바늘도 보이고 오색 비닐 튜브도 보여 바다 밑보다 화사했다. 어려서 떠난 뒤 처음 발걸음하는 고향이라며 떠나기에 앞서 밤잠마저 설쳤던 양미자가 아련한 눈빛으로 말문을 열었다. 가는 떨림이 목소리에 묻어 애련하게 들렸다.

"모두 변했네. 알 수 없도록 모두……. 개복숭아꽃이 피는 봄날 저 언덕에 앉아 초록빛 바다를 바라보면서 색색 수실이 바람에 살랑거리는 그렇게 알록달록한 꿈을 꾸기도 했는데……."

나흘 묵었는데, 비는 첫날을 빼고 사흘 내내 내렸다. 사흘은 동행했으나 마지막날엔 혼자 가고 싶은 데가 있다면서 양미자만 외출했다. 여관방에 남은 이동우는 비에 갇혀 오가도 못한 채 다큐멘터리 전문 내셔널지오그래픽 채널에서 허물벗기를 거듭하면서 몸 빛깔을 환경에 적응해서 천적들을 피하는 난초사마귀 생태를 영상으로 본 뒤, 집 나간 주인을 기다리는 푸들처럼 양미자를 우두커니 기다렸다.

그 시각에 예전 살던 곳을 찾은 양미자는 가슴 아래가 탁 막혔다.

새로 들어선 집뿐 아니라 길마저 낯설었다. 자식 발복 명분도 없는 옛 집터에 '먼 바다 펜션'이란 간판 붙은 집이 모형 제작물처럼 서 있어 기억을 오락가락 헛갈리게 했다. 주변 모든 게 깡그리 변했는데 집터 옆에 널찍한 바위만 그대로 그 자리에 있었다. 바위 앉아서 고깃배가 드나드는 축항 끝을 바라보면 누구네 어선인지 어림짐작 되었다. 남매는 어선들이 귀항할 무렵이면 그 바위에 앉아 얼굴이 반쯤 수염으로 뒤덮인 아버지를 기다렸다. 아버지가 돌아와야 해체되었던 집안 분위기가 레고 조각처럼 완성되었다. 더러 일출을 등지고 귀항하는 아버지 어선은 역광으로도 알아볼 수 있었다. 아버지는 삼복 할미가 흰자위를 이리저리 굴리며 운수점이 나쁘다는 그런 날도 주변 만류를 뿌리치고 말썽꾸러기 애들처럼 굳이 저녁 밤바다로 나갔다. 아침이면 충혈로 뻘게진 눈으로 술집부터 들르는데, 집에 올 때 아버지 눈은 고기를 무찌르고 돌아온 어부 기개를 드러내듯 아예 자마노색으로 변해 귀환 장정 눈빛과 같았다. 남매의 '꾸벅 인사'를 받는 둥 마는 둥 방으로 들어간 아버지는 되받는 어머니 목소리가 높을 때마다 사기그릇을 마당으로 내던졌다. 간혹 감포 아저씨 이름이 새어 나왔다. 더러는 냄비뚜껑 떨어지는 소리가 나는 부엌에서도 사기그릇이 날아와 마당에서 그들의 부부애처럼 박살났다. 일상 그렇게 깨진 그릇은 첫째인 양미자가 울음을 단 채 들고 나가 모래밭 갯메꽃 포기 옆에다 깊이 묻곤 했다. 남부끄러워 묻지만 묻을 때마다 아버지에게서 받아낼 사랑도 같이 묻었다. 만선에 만족할수록 아버지 주벽은 늘었고, 그럴 때마다 부부애는 흙벽에 올린 회반죽 조각처럼 투둑투둑 떨어져 내렸다.

　아버지가 죽은 다음 양미자 남매는 바위에 올라가지 않았다. 바다에서 돌아올 아버지가 없었던 탓이었다. 대신 어머니가 그곳에 '암쾡이'처럼 오도카니 앉아 바다를 바라보며 남자를 기다렸다. 어머니가 눈이 빠지도록 기다리는 남자는 바다에서 돌아올 감포 아저씨였다. 그는 어머니에겐 죽고 없으면 못 살 사내였다. 한번은 조카애들이 '도대체 제석조석이나 제때에 챙겨 먹기나 하냐'고 궁금해서 한 재너머 하맹방 큰고모가 미심쩍어 찾아왔다. 입심이 걸어 인근에 욕쟁이라 소문난 큰고모는 바위에 올라앉은 채 넋 놓은 어머니 꼴을 보고 '헤픈 년'이라고 모진 욕사발을 퍼 안겼다. 언뜻 들으면 생선을 탐하려 짝을 바꾼 고양이에게나 내뱉을 소리였다. 목소리가 워낙 컸던 탓에 남매는 얼굴이 화끈 달아올랐다. 그러나 이웃들은 서로 눈짓하며 재미있다는 듯 키득거렸다. 이웃들 욕하는 소리를 이겨내지 못한 어머니는 남매를 버리고 감포 아저씨와 집에서 자취를 감췄다. 비록 제 형편에서는 정이라 이름했으나 남매 처지에서는 평생 못 잊을 몹쓸 선택이었다.
　양미자는 바위 앞에 우두커니 서 바다를 바라보면서 어머니를 생각했다. 어머니가 버린 땅으로 돌아왔다. 목마른 모정은 그 자리에서 더욱 갈증 났다. 받지도 주지도 못한 모정은 마음으로 고여 들지 않은 채 몸으로 거쳐 생채기만 남기고 사라졌다. 목숨을 걸 만큼 갈구했던 터, 아이를 품지 못한 슬치 몸으로 돌아왔다. 죽은 자에게

'사랑해요. 사랑해요'라는 말이 무망하듯 어머니에게 모정을 돌려달라는 요구도 이 자리에선 가당치 않았다. 후각에서 사라졌던 아버지 줄담배 냄새가 코끝으로 휙 스쳐갔다. 수염이 반쯤 덮인 아버지의 몸에 절었던 술내도 났다.

양미자는 무엇에 홀린 듯 빗물이 흐르는 비탈길을 따라 걸음을 내디뎠다. 이미 울음이 감정을 짓이겨댔다. 거세어진 비로 불어난 빗물이 비탈길을 벗어나 모래밭 갯메꽃 포기 옆 모래 밑으로 옛적 제 눈물처럼 숨어들었다. 바닷가 모래밭, 모진 환경에 견뎌온 염생식물인 갯메꽃이 살아온 내력을 이르듯 포기를 벌리고 있었다. 듬성듬성 선 통보리사초 사이로 땅줄기를 벋으며 거센 모래바람을 피하려 키는 낮추면서 잎을 도톰하고 반질반질 다듬어 빛 반사를 극대화해서 척박한 환경에서도 잘도 견뎌냈다.

그녀는 우산을 던져두고 우렛소리를 들으며 갯메꽃 포기 주위를 맨손으로 파헤치기 시작했다. 마땅히 받아야 할 수혜품인 아버지 사랑이 그 구덩이에 있듯 몸부림에 가까운 손놀림이었다. 모래 구덩이가 팔뚝이 묻힐 만큼 파질 무렵, 짐작했던 그것이 손가락 끝에 닿았다. 아버지와 어머니 부부애를 짜개서 파탄 냈던 사금파리가 그곳에서 드러났다. 양미자가 이웃들의 창피한 이목을 피해 울음과 같이 묻은 것들이었다. 그건 아버지 질투심이 어머니 마음을 하나하나 뚫고 나간 조각, 저승길에서도 화해조차 불가능한 좌증으로 보였다. 아버지 죽음을 하나하나 유인한 조각들을 그녀는 떨리는 손으로 움켜쥐었다. 오른손이 사금파리 날쌘 모서리에 베어져 붉게 물들었고

비가 그곳에서 얼룩덜룩 흘러내렸다. 그녀는 부부애를 갈라놓았던 사금파리가 나온 그 구덩이에다 메우려는 듯 울음을 후드득후드득 쏟아 넣었다. 건설 현장에서 무너진 거푸집 때문에 콘크리트 반죽을 뒤집어쓰고 죽은 남동생 부음을 받고 달려갔을 때도 이렇게 쉽게 울진 않았다.

양미자는 자정이 가까워서야 이동우가 기다리는 방으로 돌아왔다. 핏물 묻은 소맷자락은 물론 전신이 비에 흠뻑 젖었을 뿐만 아니라 몸도 술에 젖어 정신마저 놓고 왔다. 행색이 싸움터에서 죽자 사자 피해온 짐승 꼴이었다. 물어도 대꾸도 못 할 몸이라 옷만 갈아입히고 옆에다 눕혔다. 새벽 잠결에 인기척을 느꼈으나, 이동우는 내처 빠진 잠 구덩이에서 깨어나지 않았다.

아침, 이동우가 일어날 때 그녀는 아직 누워 있었다. 얼굴을 살펴봤다. 주근깨가 나타나기 시작한 얼굴, 눈은 뜬 채 숨을 멈췄다. 부은 듯한 와잠臥蠶 부위에 눈물이 허옇게 말라 있었다. 눈물이 모자라 핏물이 나올 것 같다고 했던 눈가였다. 노여움을 띤 눈동자마저 열린 눈꺼풀 안에 그대로 굳어 있었다. 그녀는 날개를 접은 나비 같았다. 물론 이동우 곁에서 도망치는 행위보다 나쁜 선택이었다. 옆에 유서를 남기듯 속을 털어낸 수면제 약병이 아가리를 벌린 채 나뒹굴었다. 어둑어둑해진 삶 위로 걸어나가는 그녀의 발걸음 소리조차 듣지 못했다. 자괴감을 느꼈다. 양미자는 더워서 가볍게 벗어던져진 비닐 우비처럼 곁으로 잠깐 왔다가 미치듯 서둘러갔다. 통제할 수 없는 격정, 휘몰아쳐간 광풍이거나 화약 폭발, 그런 찰나에 비견되는 불꽃처럼 재생 삶 위로 섬광처럼 스쳐 지나갔다. 느리게 사는 사람과 서둘러 사는 사람은 그렇게 거짓말하듯 저승길 시차를 달리했다.

  재로 변한 양미자 뼛가루를 삼척 앞바다에다 타인 이목을 피하려고 야밤을 틈타 몰래 풀어주었다. 거듭 들이친 파도에 시퍼렇게 멍들어 보이는 포구가 그녀 시린 마음을 보듬듯 유골을 말없이 품었다. 감당해온 여정을 낱낱 표정으로 드러내던 변검變脸 배우 같은 여자, 관계를 마친 암거미처럼 곁에다 새 삶을 살려고 버둥거렸던 욕망을 조개껍데기처럼 남기고 떠나갔다. 새 삶을 품어낼 텃밭이기를 포기한 그녀는 제 운명 덫에 걸려 불꽃처럼 졌다. 거슬러 가는 바람 탓에 이동우는 더 큰 슬픔을 느꼈다. 닥쳐드는 액운까지 바다에다 떨쳐버리고자 왔는데 재생하려는 삶마저 그리 쓸려버렸다. 반생 넌더리난다는 말도 못해보고 두 여자를 스치듯 한 인연으로 보냈다. 불행하게도 두 여자는 1986년산 쏘나타 부품처럼 낡아빠진 인체 조직 때문에 가족과 격리된 환경에서 의사 손끝에다 죽음을 의탁한 게 아니라 스스로 삶을 파괴하여 궤도에서 탈선했다. 그도 둘 다 잠든 남편 곁에서였다. 인위적 투병 없는 자연사는 소임을 다했기에 존엄을 넘어 아름다워 숭고한 죽음일 터. 양미자는 재생 불을 지피려는 이동우에게서 장작을 훔쳐간 도둑이었다. 그게 원인 제공자인 이동우를 무기력한 패배자로 만들 만큼 오히려 폭력이 되었다. 이젠 그에게 아끼고 거둘 게 남아 있지 않았다. 내용물을 축출해낸 치약 튜브처럼 깡그리 탈탈 털렸다. 염전에서 보듯 박공벽에 층층이 붙인

널빤지같이 거무데데해진 기분이라 삼척에 와서 앞으로 담당해낼 삶 길이 더욱 얽히고설켰다. 이제 백화 현상으로 서식지를 잃은 흑갈색 쥐치 신세와 다를 바 없었다.

"젠장! 기분이 왜 이래?"

버스 터미널로 가며 이동우는 침을 잇새로 찍 뱉었다. 족제비가 돌담을 빠져나오다 꼬리가 돌멩이에 눌린 꼴이었다. 새 삶을 살려고 팔다리가 아플 만큼 발버둥까지 쳤다. 그러나 끝내 또 한 여자와 짝했던 인연 땜에 또 한 번 죽음 끝을 지켜보면서 절망했다. 사람 사는 무리에 접착제를 발라 끈끈하게 달라붙으려 했으나 모래바람이 불어와 흡착력을 떨어뜨렸다. 다시 유리벽 너머로 유기당한 셈. 비 오는 날 소금 등짐을 진 게 아니라 솜 짐을 진 기분이었다. 이동우는 찜찜한 감정 찌꺼기를 몰아내듯 거듭 침을 찍 뱉어냈다.

'그래, 정말 미안타. 어쩌자고 나와 같은 놈을 만나서……. 너와 인연은 여기까지인겨. 좋은 놈을 만났다면 애까지 낳고 잘 살 건데 이 거지 같은 놈을 만나서…….'

이동우는 작심하고 뒤돌아보지 않았다. 그러면서 늦은 약속 장소로 가듯 횡허케 걸음을 재촉했다. 그는 이십여 미터 더 걸어 나가다가, 빗물 하수관 주물 덮개 사이 구멍에다 밤새 여러 조각으로 자른 주민등록증 조각들을 쑤셔 넣었다. 얼굴과 이름이 토막 난 조각이 마른 하수구 통로에 깔렸다. 그리고 몸에 품었던 칼마저 그곳에다 버렸다. 모진 결심으로 품었던 칼이었다. 이제 사회 구성원으로서 신분을 이탈해서 소외되는 위치에 선 터. 마지막 선택이라고 오래도록 따져 내린 결정이었다.

'이제 내가 나를 버렸다.'

이동우이면서 서성표라는 또 하나 이름으로 감당해온 그는 제 삶이 결코 행복했다는 생각은 들지 않았다. 삶 자리를 그렇게 지정받은 듯 일마다 실타래처럼 꼬였다. 그런데 아직도 그 액운은 줄기차게 이어진다고 여겼다.

'그래 서성표도 이동우도 개천을 타고 바다로 흘러가라. 퉤, 퉤ㅡ.'

출소에 앞서 윤대현과 나눈 마지막 대화가 머리에서 지워지지 않았다.

"내일이면 이곳에서 나가네요."

"예 목사님, 그런데 사회에 어떻게 적응할는지……."

"용기가 필요하겠지요. 그러면서 반드시 지켜야 할 일이 있지요."

"그게 뭔데유?"

"수형 생활을 마쳤다 해서 지은 죄가 용서된 건 아닙니다. 형량만큼 자유를 빼앗기고 신체를 구속당한 채 활동에 제약받은 건 오직 죄의 대가를 본인 처지에서 치른 것에 불과할 뿐이오. 그러니 죄를 지은 사람이 반드시 해야 할 하나는 그대로 남아 있어요."

"그 한 가지가 뭐지유?"

"동우 씨는 가족의 삶을 훼손하지 않았어요?"

"이를테면 그렇다고 봐야지유."

"맞아요. 그런 피해당한 사람은 어디서, 어떻게 누구에게 보상받아야 하나요? 가해자가 수형 생활을 마쳤다 해서 그것이 과연 피해자에게 보상되었다고 말할 수 있을까요?"

"그야 별개겠지유."

"그래요. 분명 손해를 입은 이상, 그와 대등한 보상을 타인에게서 받아야 공평하지 않겠어요?"

"그것이 마땅하지만, 지금은……."

"그렇지요? 이 세상에는 그렇게 피핼 보고도 아무런 보상받지 못하고 사는 사람들이 수두룩하지요. 죄를 저지른 사람들이 감방에서 죗값을 치르고 나왔다고 해서 피해자가 보상받았다고 말할 수 없으므로 이제부터라도 어려움에 부닥친 사람들에게 도움을 주는 일을 해야 한다는 생각을 잊어선 안 돼요."

"당사자가 세상에 생존하지 않는데, 그런 일이 가능하기나 해유?"

"제 생각에는 당사자에게 이루어지는 게 가장 합당하지만, 그게 불가능한 상황일 때는 세상살이하는 동안 자신도 알게 모르게 타인에게서 피해본 사람, 그런 사람 누구에게나 그런 베풂이 이루어져도 무방하다고 생각해요."

"그렇게 해서라도 마음의 짐을 내려놓을 수만 있다면 얼마나 좋겠시유? 목사님 그런데……."

"그런데요?"

"제가 살인범이라 밝혀진다면 사람들이 제 도움을 받고 싶어 할까유? 더구나 육체적인 도움이 아니라 정신적인 도움을 주려고 할 때도 호의적으로 선선히 받아들이겠시유?"

"진정성이 있다면 아무런 문제도 없지 않겠어요?"

"저도 목사님의 말씀을 듣고, 그런 길이 있다면 누구에게라도 도움을 주고 싶지만, 죄를 지었던 처지에서는 모든 사람 이목이 두렵기만 해유. 선의의 눈길이 저에게 어디 가당하기나 하겠시유?"

"뜻이 있다면 용기를 가져야 해요. 이 세상에는 분명 동우 씨 도움을 기다리는 사람이 있을 거요. 차제에 제가 하나 제안을 하지요."

"제안이라니유?"

"당신에게는 서성표란 이름이 저주스럽지요?"

"암유. 그러나 아직도 주민등록에는 이동우가 아닌 서성표라 되어 있잖유?"

"서성표로 산 세월이나, 이동우로 산 삶이 모두 고통스러웠지요?"

"예, 지긋지긋하기만 했시유. 이름을 바로 고치고 싶네유."

"그럴 거요. 그러니 이제부터 새로운 삶을 산다고 치부해서 그것을 모두 버리고 다른 사람처럼 산다는 기분으로 사는 것도 의미가 있지요."

"예, 바로 저도 그렇게 생각하고 이름을 고치려 하고 있시유."

"그렇담, 제가 그런 뜻을 담아 선물로 새로이 이름을 하날 제안하지요. 희구, 이희구 어때요? 앞으로 그렇게 소망을 품고 살아가야 하지 않겠어요? 또 그 이름에는 제 목숨이라 해서 멋대로 버려서는 안 된다는 의미도 있는 것이오."

몸부터 추슬러야 하는데 눈앞에는 세월이 흐르는 벽 달력만 보였다. 몇 며칠 그렇게 자고 새도 그날이 그날 같았다. 쥘 손에서 악력이 풀렸고 내디딜 발걸음에도 지향이 없었다. 티브이를 켜도 그곳에 그려지는 세상일들이 시들해 보였다. 눕고 싶을 때도 천장에 붙은 전구에서 빛이 내려와 짜증을 유발했다. 설혹 누웠다 일어나려 해도 뼈마디 어디에 힘을 주어야 일어날 수 있는지 확신도 못 해 넋 놓은 채 먼 산만 바라봤다. 반생 귓속으로 들어갔던 말이 머릿속을 울리며 기억벽에 부딪쳐 회오리치며 되돌아 나왔다. 이러다 사람이 망가지려니 자각은 하긴 했다. 안 되겠다는 생각이 들자 탈피동물처럼 서울을 벗어나 어디든 낯선 세상으로 휘적휘적 떠나야 할 성싶었다. 짧은 생각 끝에 시외버스 터미널을 언뜻 떠올렸다.

실마리를 찾으려는 듯 시외버스 터미널로 향했다. 머문 자리에서 어디든 떠나려는 사람이 모여드는 곳, 버스들이 들고나는 그곳에서 갈 길을 찾으려 했다. 강원권으로 가는 시외버스가 눈에 띄었다. 버스들이 남현숙과 양미자가 목숨을 던진 곳으로 마치 그녀들 영혼을 실어오려고 떠나는 듯 보였다. 아니 그곳에서 출발한 버스에서 사람이 내릴 때마다 남현숙이나 양미자 얼굴이 끼어 있지 않을까, 그런 기대도 했다. 두 여자의 육신은 떠났어도 정의 자취는 뚜렷이 마음에 남아 있었다.

이리저리 방황하던 눈길이 티브이 수상기에서 멎었다. 현지 르포로 방영되는 이미지가 화면에 흐르고 있었다. 산불 피해 당한 지 한 해가 지나도록 정부 고위관리가 방문할 때만 입발림하고 지금껏 꿩 구워 먹은 뒷자리라 부아를 드러내는 주민 뒤로 자료 이미지를 당시 피해 현장과 봄이 온 지금의 현장을 대비해 보여줬다. 현장 검은 땅 위에 겨우 돋아난 풀들의 강인한 생명이 기적처럼 다가들었다. 그건 죽음의 땅에서 돋아난 희망이었다. 비로소 갈 방향을 정하고 매표소로 걸음을 바삐 옮겼다.

14

너와 너의 교집합

　합죽할미는 이희구에 닿은 인연을 되짚어봤다.
　필연은 인연의 매듭일 터. 한 번 태어나 한 번은 반드시 만나야 할 운명이라면 비껴갈 자유마저 없을 거다. 혼망한 기억에도 그가 오던 날이 싹 트는 봄, 남새밭의 살 붙는 푸성귀 연둣빛 느낌처럼 새롭다. 그때를 떠올리곤 아련하게 웃었다. 웃음이 안개 낀 날 곰배령 홀아비바람꽃처럼 흔들렸다. 졸리듯 감긴 눈주름에 한 해, 한 해 삶을 밟고 지나간 세월 자취가 고스란히 몰박혀 있었다.
　산불이 번질 때 집안에 남정네 하나 없는 정황이 두려웠던 그녀였다. 화급한 그때, 불현듯 떠오른 얼굴이 필리핀 여자를 찾아 집 나간 막내였다. 탈저정脫疽疔 앓이 한 듯 막내가 떠난 뒤 가족이란 얼개가 해체되고 가정이란 틀마저 무너진 마당에, 모든 정황이 호호탕탕히 흘러간 강물처럼 되돌아올 리 없다고 체념한 지 오랜데, 위급한 사태가 막상 코앞에 닥치니 깨진 개밥그릇처럼 버렸던 핏줄이 새삼 눈앞에 밟혔다. 마음 깊은 곳에 잠자던 모성 본능이 뒤늦게 비로소 눈뜬 듯 열없어 입술 새로 웃음이 샜다.

그런 까닭으로 모정은 불길 지난 자리에 잡풀이 돋아난 여태껏 돋보기처럼 눈 끝에 걸려 있었다. 혹여 막내가 불쑥 마당으로 들어설지도 모른다는 설마가 그때부터 머릿속 한 녘을 독차지했다. 홀로 사는 늙은 여인네 처지라 마땅히 남정네 손길이 가야 할 때, 이를테면 못질이나 톱질, 또는 낯선 사내가 불쑥 찾아들 때, 유독 당혹스러움에 시달렸다. 사람과 이웃해 살 적엔 남정네 손길이 아쉬운지 미처 깨닫지도 못했다. 그런데 혼자 외따로 나진 처지에선 자연 재앙이 닥쳐들 땐 아녀자로서 써야 할 근력은 늘 부쳤다. 손발이 멀쩡하게 몸뚱이에 붙어 있은들 힘쓰는 일에선 의수족이나 다름없었다.

산불은 숲을 태워 서로 나뭇가지를 겯고 무리 지어 서 있던 나무들을 외롭게 했다. 그을어 가지조차 잃은 나무들은 전쟁터에서 양팔을 잃은 병사처럼 차렷 자세로 서 있었다. 나무들을 바라보면 아직도 가슴이 벌렁벌렁 뛰기도 하지만, 두려움도 외로움도 물결이 밀려오듯 물물이 다가듦을 느꼈다. 예전에는 일상 활기에 묻혀 생각지도 않은 것들이었다. 그렇게 마음조차 불안한 이맘때 이희구란 사내가 느닷없이 눈앞에 불쑥 나타났다. 막내와 상판 윤곽은 판이하지만 즐풍목우櫛風沐雨, 막내도 저리 신산한 행색으로 떠돌다 허기져서 아무 집이나 몰염치하게 찾아들지 않겠나 싶을 만큼 머리카락마저 얽히고설켜서 겉껍질만 사람이지 거친 숲을 헤쳐온 들짐승 몰골과 다름없었다. 요행 훌쩍 들어간 허리춤에서 바지가 흘러내리지 않은 게 기이하다면 기이했다.

동해안 봄철이면 으레 높새바람이 거칠게 불어온다. 그러나 끝물 지는 개복숭아꽃을 신호 삼아 해마다 그맘때면 태백산맥 서쪽에서 동쪽으로 하늬바람 모양새인 불바람이 불었다. 그곳 사람들은 불바람을 양양과 간성 골짜기를 탄다 해서 양간지풍襄杆之風이라 부르기도 했으나, 강릉 쪽 남으로 처져서 불 땐 양강지풍襄江之風이라 한자를 달리 조합해 부르며 유독 낯짝조차 알 수 없는 바람까지 제 고향 거라 내세웠다. 낮에는 바다에서 뭍으로 내치는 해풍이, 밤이면 뭍에서 바다로 내닫는 육풍에 이골 난 그곳 사람들은 봄이면 불어오는 불바람이 새댁처럼 치마꼬리마저 깐동하게 싸쥐고 지나가길 빌었다. 불바람 행티 사나움은 무관 출신 고을 원님도 막지 못했다고 선대들이 귀에서 귀로 전했기에, 속설로 때 되면 나이 많은 사람들 입에서 입으로 심심찮게 나돌았다.

내심 올핸 그냥 건너뛰려니 여겼다. 열린 대문 앞에서 조는 문지기처럼 맥 놓았을 때 연례행사나 치르듯 양간지풍을 타고 산불이 일었다. 밭두렁에서 잡초 씨와 해충 알집을 태우려 놓은 쥐불을 불바람이 낚아채 불덩일 키웠다. 처음 산 너머에서 바람결에도 쉬이 흩어질 가느다란 연기 자락이 머리를 보이며 구새통으로 새는 연기처럼 피어올랐을 땐 사람들은 눈길조차 주지 않았다. 눈 때를 벗은 땅은 명지바람에 질척한 속살을 보이며 배태를 소망했다. 소망을 배척하긴 농부로서 본분을 분명 저버리는 일로 치부되어 벌거벗은 몸으로 누운 땅에다 씨앗을 묻으려고 꿈적거리지 않을 수가 없었다. 그러니 봄 농살 준비하는 이른봄 이맘때면 흔히 들에 놓는 쥐불이거니 여겼다. 그런데 날쌘 바람이 불, 비, 파도, 구름, 눈 따위를 만나면 걷잡을 수 없는 욕정이 들끓는 선머슴처럼 반드시 소문날 만한 사달을 냈다.

그날 불길에도 날쌘 바람이 섞여 있었다. 해가 하늘 꼭대기에 걸렸으나 매캐한 불연기에 가려져 마을은 어둑어둑하기까지 했고, 눈과 코로 매캐한 매기가 허기를 메우듯 닥쳐들었다. 이내 불연기를 앞세운 불덩이가 산등성이를 타넘어 맹렬하게 마을 쪽으로 껑충껑충 달려 내려왔다. '어?! 이런, 이런' 소리 지를 새도 없이 마을 한 모서리를 훑는가 싶었는데, 삽시간에 나무 끝머리를 타넘은 불길이 바람에 쓸려 냇물마저 훌쩍 건너뛰었다. 옛사람들한테서 들어오긴 했지만, 불이 바람 타고 냇물마저 건너뛰는 정황을 합죽할미는 눈앞에서 첨 보았다. 마치 화적이 여기저기 불 지르는 형국처럼 보였다. 오랜 세월 풍상에 견뎌온 노송도 생솔가지부터 순식간 불길에 휩싸이는가 싶더니 관솔이 되다시피 한 옹이에 새로운 불씨가 옮겨붙어 이윽고 장중한 허리에다 불더미를 안은 채 중동을 꺾었다. 자욱한 불 연기로 뒤덮인 산허리에서 벌불은 바람길 따라 잡귀의 노잣돈을 챙긴 암무당처럼 불춤을 추었다.

기세 오른 산불에 맞선 뭐든 허술하기 짝 없었다. 불덩이 하나나가 돌떡처럼 집집이 배달되었다. 마을 어른인 최 장의 집뿐 아니라 서울 허 사장이 풍광 찾아 지어놓은 펜션까지 빠짐없이 찾아다녔다. 두려워서 주변을 두리번거렸으나 피신할 곳도 마뜩지 않았다. 오직 불길이 건너 뛰어갈 요행만 바랄 뿐이다. 내 집에 불붙으니 불붙은 이웃 사정이 보이잖았다. 소털 그을린 냄새와 된장 탄 냄새가 바람결 따라 흘렀다. 백여 년 된 한옥이 세월과 함께 타 주저앉은 자리에 시커멓게 그을린 주춧돌만 솟았다. 축사만 앗아간 게 아니라 두 뿔, 네 다리 큰 짐승 소들도 잡아 눕혔다.

불길에 그을린 산은 화형당한 나무들만 음음적막하게 서 있었다. 그곳이 창무한 삼림이라서 생명을 의탁했던 어린나무도, 길짐승과 날짐승도 일시에 숲에서 자취를 감췄다. 땅에서 불연기 냄새만 뿜어내니 죽음 땅임이 분명했다. 마치 강원도 산천에서 엄폐한 것들을 애써 찾겠다는 듯 계절과 무관하게 몰려오던 관광객들에게, '자, 보시오. 강원도 숲속에는 이젠 아무것도 없지 않소?' 그리 산속을 깊이 열어 참혹한 몰골과 불탄 속살을 가림 없이 드러내 보였다.

마을에서 부지런한 걸음새로 느른하도록 걸어가야 닿을 수 있는 곳, 합죽할미도 불길이 두려웠다. 화급하니 눈감고도 집고양이처럼 거침없이 다니던 집 안 조붓한 곳마저 방향조차 잡을 수 없었다. 처음 컴컴한 고방 깊은 곳에 숨어들었다가 갈참나무 숲에 불길이 닿는 정황을 보고 앗 뜨거워라 싶어 개울가로 황망히 허둥지둥 내려왔다. 낮은 물가를 찾아 바위틈에 숨어들었기에 욕됨만은 간신히 면했다. 남정네만 있었다면 도와서 지붕 위로 물을 뿌렸을 테다. 산불은 요행 외딴 헛간 하나만 태웠지만, 바깥 마을은 그을린 솥만 덩그렇게 남길 만큼 불길이 샅샅이 핥고 지나갔다. 동원된 인근 소방차들과 소방 헬기에서 뿌린 물로 땅이 질척거리도록 진화되었으나 골짜기마다 무더기로 고인 매캐한 불 연기 냄새가 바람이 스칠 때면 캑캑거릴 만큼 후각 깊숙이 후렸다. 마을 사람들은 이주민이나 다름없는 처지로 내몰려 검은 토양을 갈아엎으면서 다시 살아갈 터전을 마련해야 했다. 노쇠한 합죽할미도 삶 대열에서 예외일 수가 없었다. 사물을 깜장으로 칠하듯 모든 게 검게 사라진 땅, 냉엄한 현실에 무얼 어떻게 붙잡고 일어서야 할는지 그저 눈앞이 캄캄했다.

  재앙이 냉혹하게 내린 땅에도 봄은 어김없이 찾아왔다. 해마다 따지기때 미맹임에도 명지바람이 불면 지난가을에 땅거죽으로 스며든 씨앗들이 껍질을 터뜨려서 싹까지 틔웠던 땅은, 그곳에다 목숨 멘 사람들에게 울음 터전이 되었다. 합죽할미도 시커멓게 그을린 산들을 바라보면서 소생의 기대를 한동안 접었다. 뿌리와 줄기가 살아 있는 한 꽃 피고 열매 맺겠지, 그런 희망도 버렸다. 지표에 내려앉은 풀씨인들 불길에 연갈색으로 구워진 흙 속에 어떻게 남아 있을까 싶었다. 또 이랑을 캐서 씨앗을 넣어본들 이미 화상 입은 땅거죽이라 거친 땅에서 싹이나 제대로 틀 수 있겠느냐며 흐린 눈빛으로 고개를 모로 흔들었다.

  그런데 봄비에 이어 명지바람이 불어오자 어디서 날아온 씨앗들인지 시커먼 땅에서 다문다문 돋아나 떡잎을 벌렸다. 산불로 탄 땅거죽이 식어 캄캄하기만 해서 절망만 안기던 땅인데 봄을 맞아 서서히 죽음에서 깨어났다. 땅 내력은 거짓말이나 하듯 하나둘 초목 잎들을 가시덤불 속에서도 밀어 올렸다. 이것이 취나물이고 저것이 생강나무며 팥배나무임을 비로소 제 존재를 뚜렷이 했다. 푸르게 소생한 싹은 식물 생명이기에 앞서 땅을 터전 삼아 살아가야 할 사람들에겐 다시 삶을 이을 용기와 책무를 안기는 전령과 같았다.

　봄볕이 대지를 달구자 담장 아래서 움쑥 자라난 호박 넝쿨손이 지지대를 의지해 꽃 피워 호박을 키우러 허공을 더듬었다. 그러다가 치고 가는 바람결에 지면으로 털썩 떨어져 내렸다. 그러면서도 땅 위로 기는 궁리도 못한 채 애오라지 담장 위로만 기어오르려고 선머리를 끈질기게 치켜들었다. 그러다 바람결에 또 넝쿨손을 허공에다 뻗은 채 줄기마저 희뜩 뒤집히기까지 했다. 가긍한 성장 생명 집착이 그곳에서도 뒤척거렸다.
　불탄 땅을 바라보며 억장이 무너져 일손을 놓았던 합죽할미 눈길에도 호박 넝쿨손의 성장 욕망이 가긍스러워 보였다. 그러나 손댈 의욕마저 잃어서 모른 척 며칠 눈 밖에다 내버려두었다. 모든 일에 암담하기보다 식은 잿더미를 보듯 그저 시들했다. 어느 사람에게는 오늘이 어제와 다를 테지만, 합죽할미에게는 그날이 그날 같았다. 그녀는 며칠 머뭇머뭇, 호박순 주위를 서성이다 말 못 하는 그것의 열망이 안쓰러워 마른 옥수수 섶을 담벼락에 엇비슷하니 기대 놓았다. 농사일했던 처지라 손주기는 일상사지만 그날따라 끊임없이 불어오며 호박순을 뒤집는 바람결이 야속해서라도 그렇게나마 해주고 싶었다. 그러고도 혹여 바람길을 염려해서 뻗어나가야 할 방향으로 넝쿨손을 단단히 말아주기까지 했다. 뻗을 곳을 찾아 헤매던 호박순도 합죽할미 바람에 보답이라도 하려는 듯 이틀 사이인데도 성장 길을 찾아 한 뼘이나 기어올랐다.

'이제 제 갈 길 찾았으니 꽃 피워 열매 맺는 일까지 할 테지.'

호박순과 소통에도 주변은 허전할 만큼 적적했다. 산불 뒷자리라 담장 없는 집 마당에 벌거숭이로 선 듯 사방이 온통 휑해서 눈길만 휘둘리었다. 툇마루에 앉아 잡다한 생각을 뒤척거리는데 웬 사내가 마당 안으로 제집처럼 성큼 들어섰다. 인기척 없는 쓸쓸한 골짜기에 울리는 발소리를, 들짐승 숨기척이나 날짐승 날갯짓과 달리 합죽할미는 쉽게 판별해낼 수 있었다. 그러나 오늘은 딴생각에 골똘하다 다가오는 인기척을 놓쳤다. 외진 곳이라 인기척은 반갑기보다 두렵기에 긴장 끈을 놓을 수 없었다. 곡물과 채소류 산출이 풍성하던 예전에는 마늘밭을 휘젓고 곡식 단을 훔쳐가는 좀도둑도 더러 있긴 있었다. 그러나 혼자 살림 형세를 아는지 이즈음엔 그런 위인들은 찾아들지 않았다. 경작 면적도 예전보다 줄었고 그나마 거둬들이는 수확량이 보잘것없어 좀도둑마저 외면하는지 몰랐다. 이제 계곡에 낭연하니 흐르는 물소리로 인적을 대신했던 합죽할미에겐 낯선 사내가 들짐승보다 두려운 존재였다.

사내 눈에는 퇴색한 툇마루에서 누구를 기다리듯 망연한 자세로 앉아 있는 할머니가 어머니 부조물처럼 얼비쳤다. 가슴께에 싸안은 저물녘 햇볕이 천황색이라서 등 그늘이 유난스레 짙었다. 늙은이가 감당해내야 하는 눈길, 접고 참아가며 순응하려는 체념이 검버섯 핀 얼굴에 가득했다. 처음 합죽할미는 할 말을 잃고 관심도 없는 눈길로 사내를 물끄러미 쳐다만 보았다. 그 눈길이 초연하기까지 했다. 막내가 먼 세월을 뺑 휘둘러 오다 보니 세파에 저리 변모되었을 테

지. 몸에서 흐르는 피가 뜨겁기에 정이란 근원을 찾아서 이리로 왔
겠지. 아니 믿을라치면 절절한 바람과 오랜 기다림이 건너가 수구초
심을 부추겼으니 끝내 곁으로 돌아왔을 테지 — 환영이려니 여기려
는데 실체가 눈앞에 떡하니 서 있었다.
 "뉘시기에 뭔 일로 이리 온기요?"
 불길로 피폐한 곳으로 바람결에 날린 풀씨처럼 찾아든 인적에 합
죽할미는 고슴도치 가시처럼 목청을 곤추세워 반응했다. 기이한 일
이었다. 필시 잘못 찾아온 길손일 터. 보아하니 사내는 팔초하니 빠
른 하관으로 인상까지 메말랐다. 안색에서도 넉넉잖은 생활 한 듯
궁기에 찌들어 신산해 보이기까지 했고, 온 세상 무게를 짊어지고
온 듯 걸음걸이가 지쳐 보였다. 길짐승으로 비유할라치면 발톱이 빠
지도록 많이 걸어온 듯했고, 날짐승이라면 긴 날갯깃 몇 개는 빠지
고 남은 깃털조차 쥐 파먹은 듯 들쑥날쑥한 꼴이라 하늘로 청아하게
날아오르기는 이미 글러 먹었다. 비록 몰골이 그러해도 외딴 산골이
라 등골이 얼음벽에 닿듯 써늘했다.
 지금에서 기억하면 처음 사내 눈빛부터 살펴본 듯했다. 지친 빛이
그득 넘쳤다. 눈구석에서부터 퍼져나간 충혈로 살기마저 느낄 만큼
까칠했다. 눈동자를 들여다보면 감정을 읽을 수 있다는데 사내 눈은
넓게 퍼진 충혈 탓인지 속내를 도저히 바로 짚어볼 수 없었다. 합죽
할미는 사내 눈빛에 마음이 쓰였다. 설마하니 더러 떠도는 소문처럼
도시에서 고약한 짓을 저지르고 도망 온 사내가 아닐지. 아니 이곳
까지 흘러오느라 지쳐 피곤해서 보는 눈에만 피폐해 보이는가. 설마

몸뚱이 하나뿐인 늙은 몸까지야 해코지하진 않을 테지. 복잡한 조바심으로 사내 거동이 겁나고 두려워서 멀찍이 지켜보다간 일언반구도 없는 게 괘씸하다 싶어서 다시 집지킴이 누렁이처럼 무모한 용기를 내어 끝내 목소리 끝을 높였다.

"왜, 왔느냐고 물었는데 늙은 내가 그리 꺼주해 보이는 기요?"

묵언으로 맞서려는 듯 부지런한 눈길로 합죽할미 표정 변화를 좇던 사내가 입을 열었다.

"할머니유, 머물 자릴 찾아 여기까지 왔구만유."

사내는 초대받은 자처럼 첫마디부터 황당한 소릴 해댔다. 망설이지도 어려워하는 내색도 없이 마치 젖 뗄 아이나 할 그런 응석이었다. 마땅히 차려야 할 예의도, 갖추어야 할 격식이란 아예 없었다. 말투 또한 길 잃은 아이가 제집을 찾아와 울지 않고 집 찾은 일만도 어디냐는 듯 자랑하는 본새였다. 합죽할미는 감정을 맞부딪치지 않으려는 속가량으로 눈길마저 피한 채 문밖에서 밤새 죽은 날벌레들을 손끝으로 슬슬 쓸어내며 되받을 말을 찾고자 했다. 죽은 벌레무리에 먹부전나비도 도둑나방도 섞여 있었다. 이 사내도 바람에 날려온 날벌레 같은 골칫덩어리였다. 손끝에 쓸리는 데다가 짐짓 눈길을 준 채 다시 한번 목소리를 가다듬어 결기 섞인 속내를 드러냈다.

"그건 안 되지다. 저쪽 마을 어귀에 깨끗하고 너른 집도 하고 많은데 왜 해필 그곳을 그냥 스쳐 여기까지 와서 나 많은 사람 처지를 곤란하게 하시오? 아이고 참네 별일일세."

합죽할미는 기 차기도 하지만 뜬금없는 짓거리라고 퉁바리까지 없었다. 분명 언질은 얼른 다른 집으로 가라는 속내인데, 사내는 말귀조차 못 알아들은 듯 엉뚱한 소리를 들이댔다.

"할머니. 저기 보세유. 저렇게 모두 타버린 땅에서도 풀들이 퍼렇게 피어나고 있지유?"

"그래서요? 나무에 잎 뜨고 뜰에 풀 패는 기가 뭐가 그리 괴변이라고 그래쌌소? 내 참 괴덕스럽게 을파 떨긴……."

사내는 그을린 산에서 푸르게 돋아나는 숲을 보며, 또 그곳에서 밀려오는 청량한 대기를 들이마시려는 듯 눈을 아련히 뜬 채 대꾸했다.

"할머니는 저런 것이 살길을 찾아 막막하게 떠도는 사람에게 얼마나 힘이 되는지 아시기나 하세유? 할머니, 나는 저걸 희망이라 부르지유."

합죽할미는 되도록 감정을 중간쯤으로 유지하려 했다. 그러나 이내 평정심이 무너졌다.

"지금 희망이라 했소?! 몰라도 한참 모르는 소릴세. 아마도 내 속을 뒤집어보면 반은 저 땅보다 더 새카맣게 탔을 거구먼. 몽지리 탄 땅을 희망이라고? 참네, 망령 같은 소릴 하네."

녹수청산이라면 혹 모를까 비낀 석양빛으로 한껏 초라하기 짝없는 그을음 덩어리를 희망이라니, 새는 물독을 땜질하듯 아무리 끌어다 붙여 내뱉는 늘임새라도 사내 능청은 도를 넘어도 한참 넘었다.

"저걸 보면 나는 한없이 살고 싶구먼유. 그러니 제가 할머니에게 부탁 한 가지만 하겠시유."

"늙어 힘없는 이에게 부탁할 게 뭐가 있다고 이러시와?"

사내는 합죽할미 냉대에 절망한 표정으로 멈칫했다. 손잡아줄 성싶어 다가가던 몸이 박정하게 뿌리침을 당한 듯 억울하고 야속한 눈빛으로 쳐다봤다. 속까지 열어 보이고 싶었다.

"할머니, 할머니에게 부담 드리잖을 테니 여기에 머물도록 부디 허락해주세유. 마치 아들이나 손자처럼 여기시면서유. 그리고 저를 부를 때 이희구, 아니 그저 희구라 불러주세유. 제가 너무나 지쳐 있어 더 움직일 수 없시유. 머물다 기운 차리면 잡아도 뿌리치고 미련 없이 여기서 떠날 거유. 그때까지만……."

"질래끝내 떠날 사람인데 내가 뭘 덕 보겠다고 속절없이 잡긴 뭐하려 잡아요. 아이고, 내겐 당최 일없소."

이미 여기 오기까지 작심한 듯 넉살 좋게 지껄인 이희구는 합죽할미 말에는 대꾸도 않은 채 아랫방 안을 기웃거리더니 윗방 문을 거침없이 열어젖혔다. 그리고 수색이나 하듯 거리낌 없이 방 안을 휘휘 훑었다. 그녀는 '이런? 이런!' 입안소릴 했으나 미처 제어할 새가 없어 빈손만 내저었을 수밖에 없었다.

"아니 왜 이래쌌소? 무슨 유세로 남의 집 문은 함부로 열어젖뜨리고 이런 소동 피시요?"

합죽할미는 발등이 밟힌 듯 발끈했다. 사내의 뭇소리가 늙어 힘없다고 무시하는 성싶어 기분마저 상해서 분함이 솟구쳤다.

"할머니가 아랫방을 쓰시니 저는 윗방을 쓰면 되겠네유."

이희구는 합죽할미 반응쯤 아랑곳없이 들고 온 허름한 가방을 윗방 안으로 밀어 넣고 흙빛으로 터 갈라진 높은 문지방에 기대듯 엉덩이를 소리 나게 내려놓았다. 사냥개에 쫓겨 화급하게 달아나는 산토끼가 아무 토굴이나 마구잡이 뛰어든다더니 딱 그 모양새였다.

"이게 도대체 무슨 경원기요? 늙어서 힘이 없다고 날 업신여기는 기요?"

합죽할미는 싸늘한 눈빛을 내쏘며 또다시 발끈했다. 젊은 것한테 무시당했다는 느낌에 속이 들끓었다. 자식들이 논두렁처럼 밟아놓은 뒷자리가 그랬다. 한번 불꽃을 사르려고 만들어진 성냥개비처럼 아이들이 뿔뿔 떠난 뒤 남겨진 빈 성냥갑처럼 희망 없이 허술하게 남은 처지에 이 또한 무슨 봉변인가 싶었다. 집주인을 밀치고 거침없이 지껄이는 이희구 넉살 좋은 행위 짓거리가 사람 속을 여지없이 짓밟아댔다.

"할머니, 걱정하지 마세유. 전 할머니를 해칠 나쁜 사람이 아니어유."

"그걸 우째 사람 거죽만 보고 판단할 수 있는기요?"

"사람 거죽이유? 하하 참, 할머니두. 앞으로 속도 두고 보시면 알거유. 농사일을 거들어서 제 먹을 건 제가 장만할 테니 잠시 머물게만 해주세유. 절대 폐를 끼치지 않겠다고 약속하겠시유."

"나이 많은 여자 홀로 사는 집에 낯선 남정네가 들어와 살겠다니 원 망측하게시리. 남의 이목이 지레 무섭소. 내사 당최 일없으니 그리 좀 알아들으시오."

합죽할미는 애원하면서 매달리고 싶었다.

"하 참—. 할머니도……. 저도 열네 살에 절 버린 어머니가 있시유. 지금껏 계신다면 할머니와 나이가 엇비슷하겠네유. 제 어머니 같은 분이 저를 어찌 남정네로 취급해유."

합죽할미는 이제껏 들은 말은 고막 밖으로 금세 튕겨 나갔으나 자식을 버린 어머니 나이가 이맘때라는 얘기는 통째로 머릿속에 박혔다. 해서 생떼로만 들리지 않았다. 이때 해필 막내 얼굴이 사내에게 덧씌워져 보이는가. 딴은 사내 말을 못 믿더라도 행색에서는 오갈 데 없는 불쌍한 처지임이 명백해 보였다. 꽁했던 마음에 조그마한 틈서리가 생겨 반발심이 농번기를 끝낸 호미 끝처럼 무뎌졌다.

"남정네가 아니라면 그럼 뭔기요?"

많은 말을 해야 들을 사람인가. 반쯤 돌아앉아 딱한 눈길을 외면하고 싶었다.

"홀로 된 할머니나 모든 걸 버리고 혼자 이곳에 온 저나 신세는 도긴개긴 아니세유? 그러니 저는 할머니를 어머니같이, 할머니는 저를 아들 삼아 서로 의지하고 지내면 덜 외롭지 않겠시유?"

비위 좋게 매달리는 이희구 말소리는 나직했지만, 설득될 만큼 은근했다. 비록 억지스럽긴 하나 적어도 속이려는 눈빛은 아니었다. 외려 지친 모습에서 나오는 간절한 말투가 사람 마음을 측은하게 끌어당겼다. 빽빽하게 짜진 피륙이 가장자리 올부터 슬슬 풀리기 시작했다.

"누 된다고 생각지는 않소만, 늘 혼자 살던 몸이라 불편할 것 같아서 내가 하는 소리요."

늙은이 무릎 세우듯 합죽할미는 버틸 만큼 버텼다. 손잡이가 떨어져 나간 열 말들이 물독처럼 꿈쩍도 않은 그녀 자세에 이희구도 고집을 부릴 만큼 부렸다. 때리는 도리깨채나 맞는 콩 포기나 골병들긴 마찬가지일 터, 우기던 그녀가 먼저 지쳤다. 외모도 그만하면 순해 보였고 처지 또한 딱하게 여겨져 막무가내로 내칠 수만 없으니 딴은 답답하긴 했다. 그러나 싫든 좋든 언질은 주어야 할 그녀. 위협을 느끼면 새끼 고양이도 먹이 손을 문다는데, 박정하게 내치면 행티를 부릴지도 모른다는 불안감도 슬며시 고갤 치켜들었다. 어떻게 하든 달래서 얌전하게 보내야 하는데 박힌 돌부리처럼 움직일 기척조차 않으니 탈은 탈이었다. 하룻밤 재워주면 불편해서 돌아가겠지. 마음을 가라앉히면서도 사내를 곁눈질하며 한참 득실까지 속으로 따져봤다. 한발 물러나야 했다.

"오늘은 이미 늦어 하룻밤 재워줄 테니 날 밝자마자 바로 떠나시오."

"며칠이 아니라 기운 차릴 때까지 있을 거유."

그의 말속에는 '돌아가겠다'는 의지나 눈치가 아예 없었다.

"하 참, 고집 피우긴. 같이 있더라도 내가 불편하다면 언제라도 떠나달라는 말이오. 그렇게 약조할 수 있는기요?"

"할머니가 가라면 떠날 테니 불편하면 언제든 말하세유."

이희구 막무가내에 그녀는 손발을 들었다. 기어이 대충 치운 윗방에다 사람을 들이는 우스꽝스러운 정황을 맞았다. 외고집에 합죽할미는 눈빛과 퉁명스러운 말투로 거절했지만, 도저히 이겨낼 재간이 없었다. 억지로 쫓아내기엔 힘에 부쳤고 혹 행패를 부릴까 봐 두렵기도 했다. 개가 꼬리 치고 뛰어올라도 길짐승에 불과하고, 닭이 홰 치며 울어도 날짐승에 불과해서 그것들에 돌멩이 하날 던졌더라도 뒤끝이 없었다. 그러나 사람 꼬인 끝은 오래가기도 하지만 매섭다. 해코질 하지 않은 한 은결들진 않을 거다. 산불로 가뜩이나 혼겁을 먹은 터라 막내처럼 찾아든 인적이 귀하고 고맙긴 하지만 아직 믿을지 말지 판단할 수 없었다.

합죽할미는 엉겅퀴나물을 삼키는 심경으로 나중에 군말이 붙지 않게 다짐받으려 했다.

"이 늙은이에게는 줄 게 아무것도 없소. 그러니 내게서 뭐든 바라진 마시오."

"할머니 저도 필요한 게 없구먼유. 저 또한 어떤 것도 바라지 않어유."

딱히 현실에서 오고 건넬 게 없는 처지. 합죽할미와 이희구는 서로 결여를 확인했다. 어떤 책임도 감당할 수 없는 나이 때와 아무런 능력도 없는 때에 서로 그렇게 짝짝이 헌 고무신짝처럼 얼룩덜룩 때 오른 모양새도 다르고, 닳은 모서리도 다른 채 만났다. 합죽할미는 세월이 몸을 많이 축냈고 풋풋함이 달아난 얼굴에다 검버섯 핀 주름만 선명하게 남은 몸이었으며, 이희구는 바람이 빠져나간 풍선 쪼가리같이 몸 마음이 이미 나달나달 거덜 난 사내였다.

터진 쳇불 구멍으로 샌 무거리, 굵은 한 알갱이와 잔 한 알갱이. 그런 모양새로 만나 한 치 코앞 일도 예측 못한 채 어설프게 엮어가

415

는 생활은 불안키도 했으나, 눈앞에 있으면 있는 대로 안 보이면 또 그런 정황대로 둘러치나 메치나 불편하긴 매한가지였다. 나이에서야 한 사람은 내려오고 한 사람은 올라가면 될 듯했으나 다른 환경에서 몸에 밴 관습은 하루이틀 만에 융합될 관성은 아니어서 쉽사리 섞 삭이지 않았다. 어설픔과 조심성으로 생활이 벼 포기를 거두는 가을 논바닥 메뚜기 띔뛰듯 했다. 처음에는 같은 밥상머리에 앉았어도 내외하듯 맞보기 민망해서 주고받는 말 한마디 없이 꾸역꾸역 밥만 퍼먹다가 숟가락을 놓았다. 어떨 땐 마시고 씹는 소리까지 넉잠 누에 뽕잎 갉듯 청각 신경을 와삭와삭 긁어댔다.

무엇보다 함부로 할 수 없는 게 남녀 성별에 따른 처신 문제였다. 나이가 차하진다 해서 몸을 되는 대로 보이며 가볍게 처신할 수 없는 일. 혹 얄궂은 일이라도 벌어질까 봐 그녀는 허투루 보이지 않도록 몸을 단단히 간수하느라 긴장 끈을 바짝 조였다. 이희구보다 늦은 잠자리에도 이른 기상을 했고 밤새 방 안에다 불을 밝혀놓기도 했다. 걸친 옷매무새를 단속하고도 마음이 놓이잖아서 문고리를 걸어 잠그고 부엌칼까지 요때기 옆에다 묻은 채 잠을 청했지만 달게 잘 순 없었다. 또한 일상에서 몸을 허술히 보일까 봐 몸가짐을 각별하게 챙기고 빨랫감 가운데 속옷가지는 외진 곳에다 널어 말렸다. 언질을 주지 않았지만, 이희구도 덥다 해서 함부로 웃통을 드러내거나 보이지 않는 곳에서도 목물 소리를 높이지 않았다.

그러나 눈 조심, 행동 조심은 오래가지 않았다. 계단 모서리는 마치 끝이나 정 끝으로 마모되는 게 아니라 발걸음에 닳아 빠지기 마련일 터. 인간 내성에 잠재된 감수성이 상충하면 모서리가 깎이고 벽마저 허물어져 마음의 문은 스스럼없이 열렸다. 굵고 잘게 대비되었던 무거리도 이제 겉으론 고만고만한 차이로 줄어들었다. 비로소 이희구도 사람에게 다가가는 방법에 눈떴다. 날삯꾼처럼 꾸준히 사이에 낀 벽을 허물어댄 결과였다. 물독에 가득 담긴 물도 흔들어야 앞섶을 적시는 법. 합죽할미에게 어미 잃은 새끼 원숭이처럼 제 털과 제 체취가 묻을 때까지 개개며 비비적대다시피 했다. 어머니처럼 의지하고 아들처럼 철없이 구는 데 먹은 나이가 뭐에 소용되랴 싶었다. 농기구 하나하나 쓰임새를 묻고 부지런히 손에 익혔다. 땅을 갈아엎고 씨앗을 넣고 키워 열매를 맺게 할 공구들이니 여생 손아귀에서 떠나지 않을 거였다. 배관 일에 익은 손이라 농기구도 빠르게 습득되었다. 농사일을 하나씩 공유할 때마다 불편한 거리가 좁혀 들어 삐끗거림도 줄었다. 이희구는 낮이면 많잖은 농사일을 거드는가 하면 집을 건사하려고 매흙질도 가리지 않았다. 열의를 보이니 밭일도 나절 일거리가 반나절에 끝났다. 장정 일손이 늙은 아낙 품에 너덧 배나 빨랐다. '쇳대'를 잃은 듯했던 그녀 마음도 차차 이희구가 곁에 있는 게 막내로 여길 만큼 빗장이 헐거워지기 시작했다. 불어터진 판자 틈이야 물이 새지 않지만 감정이 불어터진 인간에겐 단속하려도 정이란 건 샜다. 외려 합죽할미 쪽에서 편해지려면 경계심마저 풀어내고 그를 받아들여야 할 정황으로 흘렀다.

　나날이 도둑질 당하듯 빠르게 지나가는 사이 해와 달이 번갈아 떴다 졌다. 농한기나 비 오는 날 이희구는 대오리로 다래끼를 부지런히 결었다. 겯는 방법을 합죽할미에게 배워 익혔는데 성정이 차분하고 손끝이 야물어 맵시도 웬만해서 수량이 많을 땐 내다팔아 가용에 보탰다. 다래끼를 겯다 보면 곧은 댓개비도 끝과 끝을 둥글게 이으면 토막을 잃은 하나의 원이 되듯 둘 마음도 그렇게 이어졌다. 그녀가 옆에서 대오리를 넘기면 그는 다래끼 높이를 높이면서, 웃음치미는 말끝에는 맞바라보며 눈물까지 찍어내며 실컷 웃었다. 오랜만에 돌아온 맞바라보는 웃음이었다. 이희구는 농사일이 바쁘지 않을 땐 약초를 캐러 산으로 갔고, 약재상에다 부탁해서 사온 약초 씨앗을 유휴지를 다시 일궈가며 파종해서 길러 팔았다. 그게 알곡보다 금새가 높아 가용에 큰 보탬이 되었다.

밤이면 이희구는 윗방에서 다래끼를 겯거나 약초를 손질했다. 그때면 저녁 설거지 때 물 묻은 손을 닦은 합죽할미가 잠들 때까지 곁에서 말동무하면서 일손을 거들었다. 밤마실 길마저 이미 잊고 살았던 합죽할미는 이젠 가까이 서 있는 갈참나무 숲이나 세간들을 보며 혼잣소리로 주절거리는 버릇도 버렸다. 응답할 사람이 옆에 있기 때문이다. 자식들이 비운 공간을 이희구가 서서히 메워줬다. 그런데 이젠 사내 몸이라 경계심까지 품고 여자로서 제 몸을 모질게 단속하며 없는 성질까지 돋아 튕겨내듯 데면데면 처신한 일이 부끄럽도록 무안하게 여겨졌다.

이희구도 이름을 바꾸고 여기 오길 잘했다고 여겼다. 눈뜬 앞엔 언제나 일거리가 있었다. 서툴더라도 몸을 지치도록 온종일 부지런히 꿈적거리니 옛일마저 묻혔다. 몸이 곤하니 밤잠도 달아 깊은 잠 속에선 잡스러운 꿈조차 없었다. 숙면하니 몸이 가볍고 정신도 맑아졌다. 잡념에서 벗어나는 방법은 육체의 힘을 소진하는 일인데 힘든 밭일이 그랬다. 합죽할미 눈에도 단비 맞은 푸성귀처럼 생기를 찾은 변모가 눈에 뚜렷해 내심 기뻤다. 이희구는 농사일하다가 서툴러서 실수하면 마음에 두지 않고 일부러라도 시원스럽게 크게 웃어 젖혀 그녀의 무안함을 덜어주었다. 아마 그때가 보리를 베 들인 오뉴월인가 싶었다. 보리 까끄라기를 피하려고 서투른 낫질을 서둘러댔던 이희구는 겉보리 자루를 충이다가 힘이 부쳐 마댓자루에 곤두박이고 말았다. 합죽할미는 무안해할까 봐 웃음을 이빨 끝으로 눌러 참으며 머릴 숙인 채 키질만 부지런히 하는 척하는데, 이희구는 마댓자루에 얼굴을 박은 채 허리를 꺾을 듯 낄낄거렸다. 그때면 장난질 치던 막내 생각나서 웃다가도 웃음을 멈춘 채 안쓰럽게 바라보며 측은지심을 느꼈다. 거짓으로나마 웃음을 만들려는 짓거리가 안쓰러워 보였던 게다. 또한 옆에 두고 보니 성정이 까탈스러워 보이지 않고 어련무던하기도 했다. 그냥 부뚜막이면 부뚜막에서, 서면 선 채로, 앉을 양이면 앉은 채로 끼니를 편리한 대로 때우려 했으나, 합죽할미는 쥐코밥상이라도 방 안으로 꼭 차려내서 남자 체면을 세워주었다. 엄연히 남정네인데 아낙처럼 편한 자리에 막 앉혀 수저를 들게 하긴 죄민스러웠다.

약초를 연이어 수확하던 어느 날, 쉬는 짬에 이희구 곁으로 합죽할미가 무릎걸음으로 미적미적 다가갔다. 며칠 살펴본 눈가늠에선 그랬다. 담뱃 피우는 성싶은데 틈틈이 눈여겨봐도 그런 모습이 눈에 띄지 않았다. 맞바로 묻기도 뭣해 주저주저 참던 참이다. 오늘은 기어이 혼자서 저지른 일을 드러내고 싶었다.

"담뱃 피우는 모양인데, 사지 못해서 그런가 싶어 내가 읍내 나가는 인편에다 이걸 한 보루 사오라 했네. 자, 고된 일 짬짬이 이걸 피우며 한숨 돌리시게."

그녀는 주저주저하면서 조심스레 담배 보루를 이희구 앞으로 슬쩍 밀어 보냈다. 곁눈질로 표정 변화도 세심하게 살폈다. 잘 구르는 수레바퀴에다 작대기를 끼워 넣듯 괜한 짓으로 마음 상하게 할까 봐 조바심하는 낌새가 역력했다.

"아니?! 할머니, 어떻게 이런 일까지······."

"내가 괜한 짓 하잖았는지도 모르것네. 크음 —."

외려 그녀가 무릎을 세웠다 눕혔다 안절부절못했다.

"할머니, 예전에는 저도 담배를 많이도 피웠시유. 그런데 지금은 전혀 피우지 않구먼유. 할머니가 괜한 수골 하셨네유."

"하이고 참 난 그런 줄도 모르고, 담뱃 사지 못해서 그런가 했지를······. 크게 걱정하지 마시게. 동네 사람에게 되팔면 되니까······."

합죽할미는 훔친 물건 챙기듯 밀어 보냈던 담배 보루를 얼른 집어다가 치마폭에다 감췄다. '꾀덕상이' 없이 속내를 덜컥 내보인 듯싶어 주름진 얼굴이 확 붉어졌다. 외려 쑥스럽고 무안해서 남우세스럽기까지 했다.

"할머니. 제가 잘못했슈. 피운다고 할 걸 그랬네유."

"엥이, 사람이 싱겁긴, 내 그 말뜻을 모를까 봐……. 그러니 이제 일없네. 끊었다니 지레 참 잘한 일이지. 안 그런가?"

합죽할미 내심은 그랬다. 이희구가 흡족해할 만큼 뭔가 챙겨주고 싶었다. 그게 뭔지 모르니 션찮아 마음 한 녘은 늘 찜찜했다. 먹은 마음 덩어리를 하나의 사물로 대체하기가 결코 쉬운 일만 아닐 터. 마음 크기를 담아낼 그릇이 있다면, 또 마음이 걸어 나간 자취를 보여줄 수만 있다면 안타까움이 덜할 거다. 딱히 사람 속 깊은 곳을 모르니 챙겨주는 데도 늘 헛다리 짚듯 해서 웃돈을 더 주고도 덜 채운 참기름병을 산 듯 미진하기만 했다. 그런데도 뭔가 해줄 생각만 해도, 또 그걸 찾으려 움직이는 자체가 즐거웠다. 그러다 보니 눈길뿐 아니라 몸짓도 부지런해졌다. 그런 일 또한 즐겁고 행복했다. 그러나 과한 친절과 자세함이 외려 잔소리와 간여로 그를 괴롭혀 이곳 생활이 불편할까 봐 조바심마저 들었다. 그래서 이는 궁금증까지 참아왔다. 지금까지 어디서 뭘 하다 왔으며, 식솔은 어찌했느냐. 고향은 어디며, 부모님은 어떻게 되었고, 무엇에 낙을 붙이려고 이곳으로 왔느냐. 그리고 내가 죽어도 이곳에서 살아갈 거냐고……. 당연한 물음도 답답하지만 눌러 참아왔다. 저도 지난 일이 자랑할 만한 거라면 말이 마려워서도 스스로 뱉어낼 테지. 굳이 캐물으면 입이야 열겠으나, 스스로 마음 내켜 풀어내기까지 기다려온 그녀였다. 그게 몇 달이든 몇 년 걸리든 상관없었다. 저도 답답하고, 또 상대방을 믿는다면 언젠가는 열어야 할 마음이겠지. 아니 무슨 기막힌 사연을 간직했기에 입으로 통하여 스스로 내뱉지 못하고 안 태우고 있는지도 모를 일이니, 그래서도 참고 참으리라 명심했다.

 낯선 곳으로 들어온 이희구보다 이곳에서 오래도록 붙박여 살아온 자신이 넉넉한 마음으로 편케 해주어야 하지 않겠느냐, 맘속으로 다짐했다. 같은 목욕간에서 금방 나올 때라도 체취가 다르다지만, 같은 음식을 먹으며 한 지붕 밑에 살다 보니 그에게서 낯선 냄새도 사라져갔다. 낯섦이 벗겨지면서 서서히 몸 냄새마저 후각에 익어졌기 때문이리라. 마치 마음을 고쳐먹고 돌아온 막내와 생활하듯 했다. 늘그막 삶에서 농포처럼 괴는 외로움을 덜어준 그가 아무리 생각해도 고맙기 그지없었다.

 '그래. 내가 조금 물러서야지. 그래도 내가 나이도 한낱 위고 주인인데 지를 탓하면 내가 옹춘마니로 못났다고 욕먹을 일이지. 내가 뭐든 먼저 속내를 풀어 보이면 지 또한 언제든 마음 밑바닥에 파묻힌 얘길 끄집어내겠지. 그게 피를 섞진 않았으나 한집에 사니 그렇게 가족이 되는 거지. 그래, 같이 살지 않은 건 가족이랄 수 없지. 먼 데선 죽어 자빠져도 모르는 시대니. 그래 이리 사는 것도 참으로 나쁘지 않지. 암 혼자 사는 것보다 백 배 더 낫고말고…….'

 합죽할미는 막았던 마음 통로를 열어 흐르는 정이 갈 곳으로 가게 두고자 작심했다. 판은 처음 맞닥뜨렸을 때 눈구석에 끼었던 충혈이 이제 말끔히 걷혔고 파랗게 갠 눈동자에 하늘과 산천이 축약돼서 담겼다. 누가 봐도 사람 덩어리가 맑아졌다. 불탄 땅으로 들어설 때의 참혹한 모습은 자취도 없었다. 본디 성향도 유순하고 부지런한 사람이었다. 그런 느낌을 받을 때마다 합죽할미는 배앓이로 낳은 자식처럼 구는 그에게 생사가 불명한 막내보다 더한 정을 느꼈다. 삶의 끝자리를 맡겨도 괜찮다는 확신마저 생겼다. 그래서 땀 많이 흘리는 날, 농사일로 새로이 생긴 근육 등판에다 등물도 끼얹어주고 싶기도 했다.

 명개에 점 찍듯 시작한 비가 소리치며 도랑을 건너왔다.
 이희구가 온 그해, 유지매미가 숲을 찢어놓듯 울던 늦여름. 그믐칠야에 태풍이 백두대간 끝자락을 넘어 큰 짐승처럼 내습했다. 하늘댐이 무너진 듯 비는 줄기로 내리부었다. 동해안 늦여름 태풍 위력은 이미 입소문 났지만, 이번 폭풍우는 상상을 뛰어넘을 기세로 스치는 곳곳 강우량마저 갱신하고 있었다. 예전에는 붉덩물이었으나 봄철 대형 산불로 불타 쌓였던 시커먼 나뭇재 더미가 고곡으로 거침없이 따 내렸다. 삽시간에 불어난 물마는 낮은 땅에 자리한 밭뙈기를 삼키고 인가와 헛간을 덮치려고 물머리를 뱀 대가리처럼 치켜 틀며 요동쳤다.
 어둠이 내리자 잦아진 빗살은 굵기까지 했다. 물줄기는 협곡을 타면서 빠르고 거친 물살로 변했다. 밤이라 수마는 물소리로 위협했다. 그믐칠야니 시계가 불분명해서 발걸음조차 내딛기 여의찮아 움직임마저 어둔했다. 여차하면 변고를 당하기가 십상이었다. 이희구가 집 주위 허드렛일을 간추리느라고 정신을 판 사이 눈앞에서 어정거리던 합죽할미가 졸지에 눈앞에서 사라졌다. 마당귀를 뜯어가는 물길을 살피러 나간 모양이었다.

이희구는 불길한 예감을 떨쳐내지 못하고 헛간 옆으로 애바삐 돌아들었다. 휘둘러가는 물길에 허우적대는 물체가 희끄무레하게 보였다. 합죽할미임이 분명했다. 거센 물줄기에 마치 검부저기같이 휘말려들고 있었다. 이희구는 망설이지 않고 물웅덩이에 뛰어들었다. 물줄기는 그마저 간단히 덮쳤다. 거침없이 타내리는 거센 물줄기에 떠밀려가다가 멈칫하는 물웅덩이에서 그녀 몸을 잡아챘다. 둘은 같이 쓸리던 물줄기에서 헤어나와 위급한 사태에서 간신히 벗어났다.

혼절한 합죽할미를 업어다 방 안에 눕혔다. 전봇대가 넘어져 불빛이 죽은 방 안, 초 동강을 찾아 불 밝히자 어둠이 벽에 들붙었다. 방 안 인적은 둘인데 그림자 하나만 벽면에 꺾인 채 박명으로 분주히 움직였다. 젖은 옷가지를 나뭇가지에 척 걸어놓은 듯 그녀의 몸은 양감이 없었다. 몸은 세상에 태어나 상관된 모든 걸 훌훌 털어내고 목숨만 건사할 최소 조직을 지닌 채 의식마저 놓은 채였다. 몸에서 젖은 옷가지를 한 꺼풀씩 벗겨냈다. 뜨거운 피도 힘찬 숨결도 느낄 수 없는 마른 몸이 미라처럼 눈앞에 드러났다. 몸은 소멸 과정에 든 듯 쇠약했으며 늘어진 젖가슴이 말라붙어 육체라고 부르긴 민망했다. 동물 가죽이나 사람 살갗이 살을 싸고, 살이 뼈를 감싸야 하는데 합죽할미 살갗은 서툰 도배장이가 벽지를 바른 듯 꾸겨진 채 뼈에 껍질처럼 붙어 있었다. 아마 장기마저 거즈처럼 접힌 듯 가슴 아랫배가 얄따랗게 꺼져 보였다. 서혜부에도 거느려야 살이 빠져서 메마른 습곡을 연상시켰다. 살 빠진 허리선으로 돌아간 속옷 고무줄 자리가 검붉게 선명해서 당시 버둥거리던 물속 고통이 눈앞에 보이듯 했다.

　죽음길로 가기에 앞서 자기를 부르는 늙은 정순임 모습이 눈앞에 가로누운 모양새였다. 영동 묘역에서 영혼마저 이별하고 온 어머니가 여기까지 따라와 누운 거다. 찾아오지 못할 아들을 기다리며 먹어가는 나이에 걸맞게 준비하듯 육체 한 토막, 한 토막 말려갔을 어머니가 빠짝 마른 몸으로 눈앞에 혼절해 있었다. 구원 자리에 있었음에도 이리된 정황이라 가슴 미어지도록 울음이 치밀었다. 요행 살점 없이 앙상한 몸엔 체온이 남아 있어 죽음은 면한 듯싶었다. 울음을 참으며 마른 수건으로 합죽할미 몸에 남은 물기를 샅샅이 닦아냈다. 젖어가는 수건 끝으로 구겨진 살갗이 파라핀 종이처럼 저항 없이 밀렸다. 물기를 말린 몸에다 반닫이에서 찾아낸 속옷가지부터 염이나 하듯 한 겹 한 겹, 벽 그림자가 부산해 보일 만큼 공들여 입혔다. 내처 겉옷마저 입히자 그제야 합죽할미는 본디 모습으로 돌아왔다. 그러나 일순 정신을 잃었을 뿐인 그녀 앞에서 들어오다 빠져나갈지도 모를 숨결을 잡아두려는 듯 옴짝하지 않고 곁을 지켰다. 합죽할미가 없는 이곳 생활은 상상도 할 수 없을 터, 떠날 목숨이라면 어떠하든 잡아둬야 했다.

　이희구가 서툰 나뭇짐을 지다가 넘어져 팔꿈치에 흙 묻은 적 있었다. 아침에 입고 나간 옷이라서 다시 빨기엔 내키지 않았던지 합죽할미는 흙 묻은 부분만 대얏물에다 지르잡았다. 어차피 농촌에서 일하다 보면 흙 묻을 이치인데 그녀는 어찌하든 깨끗한 옷가지를 입히려고 아니해도 될 궁상을 편 셈이다. 하도 농사일을 많이 했던 손바닥이라 굳은살이 박여서 발바닥 같았다. 지금 힘없이 놓인 손을 물끄러미 내려다보면서 어릴 때 어머니 손을 떠올렸다. 꿈에서나마 잡아 가슴에다 대고 문지르고 싶었던 손이었다. 흙 묻은 옷가지를 대야물에다 지르잡던 합죽할미의 주름진 손, 짧은 시간 동행했지만 뭔가를 베풀어주려고 쉼 없이 움직이던 손. 그 손아귀로 빠져나간 세월도 어렴풋이 짐작도 되었다. 그는 망설임 없이 손을 힘주어 잡아 감쌌다. 한번 태어나 반드시 만날 사람과 헛된 이별은 할 수 없다는 듯 대여섯 살짜리처럼 버럭 목놓았다.

"할머니 —."

허튼 부름처럼 맞대꾸가 없었다. 손바닥에 닿는 체온이 고드름조각을 쥔 듯 차기만 했다. 잡았던 손을 풀어 이불자락에다 파묻고 부엌으로 나가 방 안을 덥히려 군불을 땠다. 아궁이에서 환하게 열기가 달아올랐다. 방 안으로 황망히 되돌아와 마른 거미 다리 같은 합죽할미 손을 찾아 체온이나 넘겨주려는 듯 손바닥을 부지런히 문질러댔다. 물웅덩이에 휩쓸려가면서도 무엇을 검잡으려고 손을 갈퀴처럼 내저었을 거다. 잡힌 게 없는 정황에 얼마나 절망했을까. 연상하면 할수록 무거운 죄를 지은 듯 가슴속이 꽉 차게 메어 올랐다.

"할머니, 제가 제대로 지키지 못해 참말 미안해유. 앞으로 옆에 딱 붙어 있겠시유."

이희구는 합죽할미 손을 잡은 채 잠들었다가 새벽을 맞았다. 의식이 돌아오지 않는 한 곁에서 떠날 수가 없었다. 요행 그녀는 새벽녘에서야 죽음길에서 되돌아왔다. 먼저 눈을 뜬 그녀는 이희구가 옆에 있음을 확인한 뒤 한숨을 내쉬며 손을 더듬어 찾아 쥐었다. 크렁크렁한 눈으로 혼잣소릴 했다.

"그래 내 옆에 있어야지. 아직 나 혼자선 안 돼."

"할머니! 제가 보이세유?"

아래로 느리게 떨어지던 손이 빠르게 되올라와 이희구 손을 찾았다.

"자네야 내겐 눈 감고도 보여. 나 혼자였다면 이미 송장이 되었을 테지."

그녀는 그제야 몸에 걸쳐진 옷가지의 다름을 확인하고 당혹스럽다는 듯 황망히 눈을 되감았다. 한참 뒤 다시 눈을 떠 이희구 얼굴을 물끄러미 살핀 다음 또 눈을 감았는데, 감긴 사이로 눈물이 흘러나왔다. 시신으로 흙탕물에 떠밀리어 가다 가시덤불에 걸리는 험한 일에서 구해준 일도 고맙지만, 남에게 흉하게 보일 알몸을 옷가지로 알뜰하게 가려준 마음 씀씀이가 여자로서 더욱 부끄럽게 고마웠다. 그때쯤 그칠 줄 모르듯 쏟아지던 빗줄기가 가늘어지고 도랑물 소리도 잦아들었다. 합죽할미 얼굴에도 평온하게 보일 만큼 혈색이 발그레 돌아왔다.

"내가 괜한 짓 하다 자네 고생만 시켰네. 뭐하려 고생고생했누."

얼마쯤 지난 뒤, 샛눈을 한 합죽할미가 이희구를 탓했다.

"저는 어떻게 하고유?"

"어른이 철없는 애처럼 무슨······. 그만 나이면 내가 없어도 혼자 살지 왜 못 살아?"

"할머니가 없는 이곳에서 나 혼자유? 이젠 할머니 없으면 못 살지유. 겨우 살맛이 나는디."

 "그랴. 떠난 자식들이 품으로 돌아오지 않으니 이젠 자네가 내 마지막 사람이지. 넷이 비운 집을 자네 혼자서 이렇게 메우고 있으니 내가 뭐로 되갚을지······."

 합죽할미에게 이희구는 사내가 아니라 삶에 지친 하나의 생명이 측생 자리로 온 길동무였다. 그야 한 사람일 따름이지만 그녀에게는 곁에서 떠난 자식들 하나하나 자리를 메우는 씨 다르고 배다른 자식인 셈이다. 그런 까닭도 새삼 살아갈 이유 하나일 터. 이희구가 곁에 있는 한 아직 저세상으로 가려면 이르다는 생각이 들기도 그때부터였다.

 흙탕물에 잠겼던 풀들이 머리를 치켜들고 흔들었다. 풀들도 비로소 제 색깔을 되찾았고 거미줄에 걸린 빗방울에서도 햇빛이 빛났다. 눈시울이 시리도록 되돌아온 대지의 푸름. 태풍은 불탄 땅을 뒤흔들어 생명을 품게 했다. 죽음길에서 되돌아와 서로 사이 낯섦을 들어낸 합죽할미는 이희구 가슴에 파묻힌 얘기를 듣고 싶었다. 한진 삶이니 곡절은 오죽하랴 싶었다. 그에게서 과거사를 유도해낼 요량으로 틈틈이 지난날 제 얘기를 미끼 삼듯 툭툭 던졌다. 자식 넷이 외양간 진창처럼 짓밟은 삶을 실타래에서 실마리를 찾으려고 한참이나 더듬듯 마음이 내킬 때까지 기다려서 입을 열곤 했다. 그런데 입심이 달았다 하면 발림수작 없이도 이내 너름새가 터져 뒷얘기가 절로 이어졌지만, 더러 몇 도막에선 깜작깜작한 기억 속에서 솎아낼 때도 있었다. 또한, 얘기 속에다 속마음을 슬쩍슬쩍 끼워 넣어 걱정을 드러내기도 했다.

　산골바람에 몸피를 불린 늙은 참나무처럼 주변 환경에 이미 익숙해진 이희구가 어리숙하게 그 미끼를 덥석 물었다.

　"할머니. 제가 어떻게 살아왔는지 알고 싶었지유?"

　"오늘은 해가 서쪽에서 뜨려나? 사람이 살다 보니 이런 날도 오긴 오는갑네. 기왕 꺼낼 얘기라면 끝까지 하시게."

　"죽을 때까지 입 다물려고 했지유. 그런데 할머니를 만나니 이젠 가슴에서 털어버리고 싶네유. 이제 타인 일처럼 가마득하기까지 하니까유. 전 지금 이희구란 새 이름으로 바꾼 걸 백 번도 잘한 것 같네유."

　"지난 일을 들춰보면 세상살이가 다 허세 같은 거지. 살 때 잘 살펴 살아야지, 살고 나서야 잘 살았니 못 살았니 그렇게 찧고 빻은들 뭐에 소용 있담."

　이희구는 이곳까지 흘러온 내력을 미진해서 궁금증이 일지 않도록, 가는귀먹지 않은 합죽할미에게 소상히 들려주었다. 그녀는 일일이 되묻진 않았다. 그러나 옛날얘기에 넋을 놓은 아이처럼 총기 띤 눈빛으로 간간이 탄식하거나 소견을 달기도 했다.

　"박복도 하구먼. 징검다리를 걷듯 참으로 험한 길만 빠짐없이 골라가며 걸었네. 너무나도 딱하네. 쯧쯧ㅡ."

　"삶에 마가 헤살을 놓은 거쥬."

　서봉태 얘기 뒤끝에선 합죽할미는 심하게 혀까지 내찼다.

　"저런, 의붓아비란 사람이 사람 구실도 못했네그려. 어찌 어른값도 못하고 그랬을까?"

"털을 밀어버리고 신을 신겨놓은 짐승 같았쥬."
"지레 모친이 심지가 곧은 여자네. 내 생각에선 그래. 모친이 군복 쪼가리를 간직했던 걸 보면 자네 공부 아니었다면 평생 수절했을 여자네. 죽어서도 전남편 무덤 옆으로 가려고 작심한 일만 보더라도 사람 속내를 짚을 수 있지……. 좀 독하긴 해도 열녀네."
"그런데 제가 엄니를 평생 일 노예로 살게 했구먼유."
"어느 부모도 그런 생각은 않는 거지. 어떤 정황에서도 부몬 부모니까."
합죽할미는 부도를 맞아 도피하는 대목에선 눈가를 훔쳤다.
"듣자니 눈물이 다 나네. 어찌 그리 일마다 뒤꼬였을까? 한스럽게 그 갓난쟁이 딸내미까지 그렇게 잃었으니……."
"그땐 제정신이 아니였쥬. 살아갈 마음이 터럭 끝만큼도 없었으니까유. 둘이 죽은 뒤 딸애 혼자 남겨진다는 게 안쓰럽기만 했쥬. 부모 자격도 없었고 제 고달픔만 생각했으니까유."
합죽할미는 이희구가 교도소에서 나온 뒤 생활에도 관심을 보였다.
"험한 곳에서 나와 바로 여기로 온 건 아니구만?"
"예, 한참 막살이하다가 이곳으로 왔시유."
양미자 죽음 얘기를 듣곤 가차 없이 나무랐다.
"쯧쯧—. 아기 어미를 그렇게 보냈으면 무슨 염치로 또 여자를 선택해? 내 생각에선 그래. 그건 참 잘못한 기지. 상처를 입은 사람들이 만났으면 서로 아픈 곳을 보듬어야 하는데 소금만 뿌렸구먼. 사람이란 게 때론 그렇게 돌부처보다 더 미욱하기도 하지."

"처음에야 미주 엄마를 그렇게 보내고 다른 여자를 만나지 않으려고 했쥬. 그런데 교도소를 나온 뒤 살긴 살아야 하는데 혼자선 너무 힘들어 한번 다시 새사람으로 살아보자고 마지막으로 결심했는데 그마저 한 여자만 죽게 하고 새 출발엔 실패하고 말았쥬."

"사람 참 미련하긴, 사랑이니 정이란 게 그래. 입에 담는 순간 한계지. 그 여자에게 아이가 있게 했더라면 죽음에서 건졌을 게 아닌가? 그 여잔 아이를 가져 새로운 삶을 살려고 그만큼 버둥거렸는데 알곁는 암탉을 목 비튼 꼴이네. 아이를 얻고자 발버둥 친, 그 심정이 오죽했으면 제 자란 바닷가에서 어머니를 원망하며 죽었을까. 사람이 낸 상처는 사람이 아물려야지. 그 일로도 또 한 번 죄를 크게 지었네."

"할머니는 그런 저를 이곳에서 받아주었지유. 만약 할머니가 거절했다면 전 너무 지쳐 쓰러져 죽었을지도 모르지유."

"사람 목숨이란 때로는 제 맘대로 할 수 없는 기지. 나도 그걸 버리려고 한 적도 있지만, 목숨이란 모질기에 여기까지 떠밀리듯 험하게 살아왔잖은가. 그랬으니 늘그막에 자네 같은 사람 다시 만나 이렇게 흡족하게도 살 수 있잖아."

"저야 할머니 덕분으로 그루터기에서 돋아난 움이지유. 할머니와 여기서 오래 살고 싶구먼유. 저를 가라고 하지 않음유."

"자네가 처음 올 때 그랬지 않았는가? 기운 차리면 떠난다고. 그리고 보면 이젠 떠날 때도 된기여. 갈려면 지금이라도 날래 가. 정이 더 들기 전에 어서……."

"할머니는 제가 떠남 못 살긴데유."

그녀는 진수성찬 가운데 한 가지만 어렵게 고른 듯 짧게 대답했다.

"하긴……."

*

기다림을 사윌 수가 없었다.

늘그막에 병마나 외로움과 싸우려니 예견했지 기다림에 목맬 줄은 차마 몰랐다. 영감과 살 적에도 이러진 않았다. 시간이 흐를수록 기다림은 소멸은커녕 짙게 농축되었다. 밤늦도록 기다리다 겨우 눈 붙였는데 문살이 훤했다. 잠자리에서 일어나려던 합죽할미는 어지럼증을 느꼈다. 가라앉히면 되려니 되누웠다. 이희구가 돌아올 길에다 무리하게 눈독 들여 안질이 나려는 조짐인가. 한참 감았다가 괜찮은 성싶어 일어나 앉으니 명씨박인 듯 눈앞이 뿌연 채 흔들렸다. 눈곱이 끼었나 싶어 물로 씻어도 맑아지지 않았다. 평소 눈총기깨나 있던 눈이다. 이제 사물 윤곽조차 어긋나 두셋으로 겹쳐 보였다. 조짐으로 봐선 노안 들 징조였다.

합죽할미는 자리에서 일어나자마자 이희구가 머물던 윗방으로 통하는 문을 열었다. 마주쳐야 할 얼굴이 눈앞에 없어 휑뎅그렁하니 넓었다. 이희구는 지난 밤새도 길을 잃은 듯 돌아오지 않았다. 텅 빈 방 안에 몰려 있던 한기만 얼굴에 확 끼쳤다. 그 속 여릿한 체취가 후각을 건드렸다. 구부정한 몸을 더욱 꾸부려 내처 문을 여닫고

마루로 나왔다. 더듬어가는 눈길이 마당 건너 고갯길로 부지런히 향했다. 기다림에 응답하듯 뭔가 그곳에서 얼씬거려야 하는데 야속하게도 날짐승 날갯짓마저 없었다. 무엇에 할퀸 듯 아랫도리까지 허전했다.

"설마 산 목숨이 눈 속에 묻히기야 하려고……."

자욱이 일어나는 불안에 최면이라도 걸듯 이희구 양심을 믿자고 다짐했다. 눈길을 거두며 바삐 부엌으로 들어섰다. 이른 조반은 뜻에 없지만 밤새 식은 구들이라 방고래를 달궈놓아야 냉기 도는 방이 따뜻해질 거다. 이희구가 이른 나절에 돌아올지도 모를 일이다. 혹한 눈길을 헤쳐온 몸이니 반쯤은 숫제 동태처럼 얼음장일 거다. 그녀는 솥에다 물을 가득하게 쏟아붓고 불쏘시개에 불이 붙을 무렵, 불땀 좋은 참나무 장작을 아궁이에다 꽉 차게 밀어 넣었다. 이희구가 그녀 손아귀에 만만하도록 잘게 쪼갠 장작들이 정나미에 답하듯 금세 손으로 만질 수 없는, 환하게 찬란한 화염을 안았다.

"오늘은, 아니 오늘이 아니더라도 내일에는 설마하니 돌아오겠지……."

그녀는 이희구를 기다리는 일이 자기 여생에서 마지막이란 생각을 새삼스레 했다. 제 살아온 삶이나 그가 살아온 삶의 행적이 지지리도 닮아서 그림자 같았다. 참다 참아내다 늘그막에 자식보다 더한 정을 준 단 한 사람인데, 기다림은 목숨을 거두기까지 차마 놓을 수 없다는 판단까지 했다. 또한, 이 기다림은 이희구나 자신이나 저세상으로 가야 풀릴 필연의 매듭이라 여겼다. 노망들 운명이라면 혹 모를까.

15
빈손 사냥꾼의 귀환

 빈틈없이 흐린 하늘에서 눈이 쏟아졌다.
 하늘나라가 빙하기인지, 인간이 구석구석 어지른 땅을 덮어 감추려는지 눈은 부지런히 내리고 또 내렸다. 하늘이 가루처럼 부서져 내리듯 진눈깨비가 싸락눈으로 바뀌자 적설 속도가 빨랐다. 푸짐하게 내린 족족 곳곳에다 수북수북 쌓아서 눈앞 모든 게 두루뭉술하게 보였다. 당도할 산은 형상조차 가뭇없는데 강설이 금지 구역을 알리듯 나아가야 할 길을 막았다. 이희구는 태어난 여태껏 눈이 이리 대책 없이 쏟아지는 정황을 맞이하긴 첨이었다. 물론 밟을 테면 밟아 보란 듯 쌓이는 눈길을 걸어본 적도 없었다. 시야는 온통 뿌예서 산과 뜰이 맞물린 지경조차 구분되지 않았다. 지금 어림한 길 어디쯤 왔고, 또 얼마나 내처 걸어야 도착할는지 도무지 가늠마저 할 수 없는 정황이었다. 마치 그에게 얼마든 임의대로 새로운 생활을 설계해 보라고 펼쳐놓은 백지 위임장 같았다. 대지에 가득 터져나는 흰빛. 설광 때문에 눈을 크게 뜨려 해도 자연 뱁새눈이 되었다. 거침없이 차오르는 눈길을 걷다 보니 젖은 신발에 눈이 달라붙어 발바닥 감도가 요철조차 구분 못할 만큼 무뎠다. 발걸음이 힘들어 멈춰 서 짬짬이 쉬기까지 했다. 걷는 속도가 한없이 느려 처지고 지친 걸음을 옮기자니 등줄기에 진땀도 내뺐다. 어렵게 살아온 여정만큼 눈앞에 힘들게 헤쳐가야 할 생눈길이 가로누워 있었다.

'안 되겠다. 되돌아서야지.'

진작 멈출 생각은 했으나 여태 헤쳐온 고집 때문에 미련을 버리지 못했다. 정황은 이미 목적지에 당도할 수 없을뿐더러 설혹 도착하더라도 눈 덮인 산에서 겨우살이를 채취하는 일이 불가능함을 코흘리개도 알 일이었다. 산사냥약초 캐기을 접는 게 옳았다. 넋 나간 사람처럼 미련스러운 짓을 예사스럽게 하고도 헛짓임을 미처 깨닫지 못했다. 눈 쌓이기에 앞서 바삐 도착하려는 욕심에만 급급해서 처지가 이런 상황에 빠졌다. 맘먹은 김에 이쯤에서 돌아서려고 작정했다. 내친김에 되돌아 차도까지 부지런히 한참 걸었다. 용케 찻길에는 트럭이 지나다닌 바퀴 자국이 뚜렷하게 남아 있었다.

이희구는 길가에 서서 갈 방향을 이리저리 가늠했다. 트럭이라도 기다리려고 막연하게 눈 속에 말뚝처럼 서 있었다. 약초 채취를 포기한 터, 나선 김에 곧장 합죽할미가 기다리는 집이 아니라 읍내 약재상부터 들러서 가리라 지향을 바꿨다. 기왕 돌아가는 길, 약재상에 들러 밀린 약초 대금도 수금하고 생활용품은 물론 그녀에게 자질구레한 주전부리거리, 하다못해 달콤한 사탕 한 봉지라도 사들고 귀가하는 게 헛걸음을 면할까 싶었다. 폭설이 일정을 바꿔놓았다. 애당초 집에서 나설 땐 약초를 채취해서 집에서 손질한 다음 약재상에다 넘길 차제에 미뤄둔 약초 대금을 받아올 요량이었다. 그런데 빈손 걸음으로 돌아가는 길이니 들러가려는 판단도 괜찮다고 여겼다. 장부에 정산할 약초 대금을 정확하게 추측 못 하지만 미뤄둔 금액이 꽤 된다고 어림했다. 농한기엔 약초를 물건답게 손질해서 건넸지만, 일손이 모자랄 땐 다듬어놓으면 약재상이 눈앞에서 저울 눈금만 확인해주고 차로 실어갔다. 늦가을에는 산에서 캐온 약초와 텃밭에서 수확한 이런저런 약재들을 휘몰아 차로 실어 보냈는데, 지난가을엔 몇 년을 애쓴 보람을 느낄 만큼 그 양이 제법 많았다. 대금 수금을 가을걷이로 일손이 바쁘다 보니 늦여름 뒤 여태 미뤄두었다. 그만 약초 대금이라면 농산물을 내다 파는 돈보다 목돈이라서 두 사람 살림에 요긴하게 쓰일 생활비였다.

폭설임에도 운행에 나선 트럭은 있었다. 지상에 뿌리박은 산 사람의 삶은 하늘 뜻과 무관하게 이어지기 때문이리라. 갈 방향으로 다가오는 트럭이 눈에 띄자 이희구는 무턱대고 눈에 잘 띄도록 길 복판으로 나섰다. 청색 2003년식 현대 마이티 카고 트럭이 허수아비처럼 두 팔을 올린 이희구 앞에서 숨을 느리게 털털거리며 멈췄다. 트럭운전사가 귀찮은 내색 없이 상체를 기울여 차문을 밖으로 열어주었다.

"어쩌려고 이 험한 눈길을 나섰소?"

멀쩡하게 갠 날보다 폭설 지는 날, 외려 트럭을 얻어타기는 수월했다. 폭설이 내리는 도로변에다 사람을 거적때기처럼 버리고 갈 냉혹한 운전자는 없을 터. 트럭운전사는 길가에 떨어진 보퉁이를 주어 올리듯 조수석을 내주며 '날 궂은데 집구석에 처박혀 있지, 중뿔나게 혼자 뭐하려 그리 쌔물스럽게 꿰질러 다니느냐?' 귓전이 화끈거리도록 면박 투로 힐난하는 눈빛이었다. 그러나 통성명하잖아도 나이 때가 엇비슷할 듯싶으니 웃으면서 농조로 던진 말은 그런 짐작이 빗나갈 만큼 양순했다. 검댕이 눈썹 탓인지 오래도록 트럭을 운전한 내력을 일러주듯 눈썹 밑이나 손톱 밑이 쇳물 경유 빛깔로 거뭇거뭇 절어 보였다. 넉넉한 볼살로 외양만큼 사람이 푸석푸석 물러서 박덕해 보이지 않긴 했다. 요행 오랜 운전 생활에서 오는 피로감으로 대인 관계에서 쉽게 반응하는 까칠한 면도 없었다.

"산으로 가려다가 망할 눈 때문에 돌아섰네유."

이유 같잖은 이율 둘러댄 이희구는 민망해서 옷깃의 눈 녹은 물기를 털면서 머리를 주억거렸다. 트럭운전사가 얼핏 던졌던 눈길을 거둬 앞길을 살피며 웃는 얼굴로 나무라듯 눙쳤다.

"눈 쏟아지는 날 산도깨비한테 홀린 사람만 산에 가는 거요."

그 소리에 이희구는 긴장을 풀고 편안한 마음으로 되물었다.

"산에 홀린 건 맞네유. 그런데 지금 짐 실어주고 오는 길이우, 짐 실으러 가는 길이우?"

"화물차로 반생 짐 나르는 일로 밥 빌어먹는 처지니 늘 짐 실으러 가는 그런 기분으로 운전한 사람에게는 이리 따지나 저리 따지나 결국 그게 그거 아니겠소?"

트럭운전사의 느물거리는 말솜씨에 둘은 마주 보며 이번에는 환하게 웃었다. 웃음이 초면의 빗장을 벗기는 구실을 했다. 이희구는 적설로 완곡하게 누운 먼 들판까지 한눈에다 넣으며 말했다.

"엄청나게 오려는가 보네유."

트럭운전사가 오름길 산모롱이에서 기어를 변속하자, 낡은 카고 트럭은 반발하듯 푸르스름한 연소가스를 내뿜으며, 소릴 질러대며 앙탈을 부렸다. 트럭운전사는 '어이구 이놈의 똥차!' 그렇게 나무라곤 차창을 통하여 먼 하늘을 보며 천당 지킴이처럼 말대답했다.

"많이 온들 설마 하늘에 닿기나 하겠소."

낙천적인 얼굴엔 반생 그늘 그림자도 없이 맑게 산 듯 어떤 질시의 눈길마저 밟고 지나가지 않은 듯 태평한 빛이 돌았다.

"내가 속는 셈 치고 단김에 여기까지 데려다준 거요."

눈길 걸음걸이가 어려울 거라면서 트럭운전사는 약재상 앞까지 데려다주곤 그런 투로 까닭을 달았다. 직설적인 말을 피해 에둘러치는 말 습관을 보면 성격 급한 사람은 아닐 성싶었다. '비단 대단 곱다 해도 말같이 고운 게 세상에 없다'는 옛말을 증명이나 하듯 짧은 만남이지만, 선의는 받기 과분할 만큼 넉넉했다. 이희구는 고마움이 넘쳐 대꾸도 미처 못한 채 그의 손을 잡은 채 뒷다리가 잡힌 방아깨비처럼 상체만 꾸벅꾸벅 숙였다. 손 흔들어 트럭운전사를 배웅하고 눈 덮인 추녀 앞에서 눈길을 바로 치켜들었다. 그때 눈앞 광경에 불길한 예감이 머리 열기를 식힐 만큼 휘덮였다. 눈앞 유리창 미닫이를 열면 바로 가겟방인데 사람 하나가 드나들 만큼 허술하게 열려 있었다. 열린 틈으로 안을 힐끗 살펴보니 동굴 어귀를 들여다보듯 휑한 채 어두컴컴했다. 자세히 살피니 돌 맞은 유리창에서 부서져 떨어진 유리조각이 널렸고, 그 구멍으로 집어 던진 듯 광고지들이 바닥에 이리저리 깔렸으며 압정 하나가 빠져 모서리로 걸린 전화번호 기록지가 주인의 부재를 일러주고 있었다. 벽에 걸린 달력은 한 달 앞서 멈춰 있어 방문이 늦었음을 일러주었다. 서둘러 안으로 들어간 이희구는 흙먼지 쌓인 실내를 둘러보며 순식간에 몸이 굳어짐을 느꼈다.

'이리되도록 여태 몰랐구나!'

항상 예측도 못할 정황과 맞닥뜨려야 할 운명이라도 이건 가혹하다 싶었다. 벽에 걸 물건을 두 손 가득 들고 방 안으로 들어왔는데, 누가 벽 못을 깡그리 뽑아낸 정황이라 다리에서 힘이 빠져나갔다. 찬 기온임에도 곁땀까지 났다. 속았다는 느낌과 동시에 약초를 다듬던 합죽할미 갈퀴손이 눈앞에 밟혔다.

"할머니, 눈 아픈데 오늘은 제발 고만하고 쉬세유."

종종 입버릇 된 그 간곡한 말도 귓전에서 되살아났다. 숱하게 말리면서 눈앞에 놓인 약초더미를 이리저리 치워도 한사코 손으로 일궈낸 결과물이 다람쥐 굴속 도토리처럼 사라졌다. '산중 농사지어 고라니 턱밑에다 바친 격'이었다. 눈뿌리 손 뿌리 아프도록 다듬어서 모은 약초 대금. 그건 물건을 사들일 때 건네는 종이돈이 아니라 애성과 피땀으로 뭉쳐진 앳덩어리였다. 삼베속옷 사이로 새나가는 방귀처럼 실없이 사라져도 무방한, 그런 헛것이 아니었다. 약재상은 합죽할미와 이희구의 피땀 맺힌 노력과 정성을 야박하게 도절하여 달아났다. 두 사람에게 돌아올 대가를 덩어리째 등쳐간 셈이다. 있어선 안 되고 있을 수 없는 일이 눈앞에 벌어졌다.

황당한 기별을 받고 느릅나무에 기대 총 맞은 주검처럼 털버덕 주저앉는 합죽할미 모습이 눈앞에 보였다. 약초는 만병을 고치려고 열탕에 몸을 달인다는데, 약재상 영감은 고얀 짓을 저지르고 꽁무니를 감췄다. 세상살이가 굽힘과 폄의 영속이라지만, 이희구 반생은 애오라지 굽혀져 살아온 삶이었다. 몸에서 분기가 역류하면서 탱천했다. 어차피 경쟁 사회는 쫓는 자와 쫓기는 자의 구도일 터. 이희구는 반생에서 쫓기는 자의 자리에서만 살아왔다. 그러나 이번만은 굽히지 않고 당당하게 펴지고 싶었다. 구도자와 같은 묵종默從을 끝내고 쫓는 자의 자리에서 쫓아가야 할 지경이 되었다. 생전 타인에게 품지 않았던 적의가 솥물처럼 들끓어 올랐다. 예전에 느끼지 못했던 몸의 반응이었다. 밟힌 자국이 문신으로 남도록 짓이겨질 만큼 쫓겨온 처지라 이젠 여기가 반환점이라 지정하고 추적 길로 전환해야 할 처지에 들었다.

액자 속 사진에 이희구 눈길이 잠깐 멎었다. 약재상 영감네 가족사진인데 미처 챙기지 못했는지 벽면에 '화목한 가족'이란 제명을 달아도 무방할 만큼 화기애애함을 유감없이 드러내며 걸려 있었다. 액자 유리를 깨뜨려 사진을 손에 넣었다. 어른 손바닥 두 개 넓이인 '에이바이텐' 사이즈였다. 약재상 영감이 오른쪽에다 안경 낀 아내를 앉히고 성혼시킨 아들과 딸, 그들 짝, 여섯에 둘러싸인 채 옥토끼 같은 꼬맹이 셋을 앞에다 앉혔는데, 입꼬리가 귀에 걸릴 만큼 가족 대표답게 화사하게 웃고 있었다. 가족 중심에 자리한 아버지란 위치. 대인 관계에서 의로워야 하고 불의와 타협하지 말며 궁핍에서 벗어나고자 눈이 멀어 도둑질해선 안 됨을 일러주는 자리에 가장으로서 어른다운 모습으로 경건함, 책임감, 변별 능력까지 얼굴 주름에 박혀 있었다. 이희구는 사진에서 약재상 영감 얼굴을 건사하기 좋게 주변 인물들을 손끝으로 쳐냈다. 가족이란 구성원을 걷어내자 홀로 남은 약재상 영감 얼굴에서 웃음의 의미가 탈색되었다. 어른스러움이, 인자함이, 온유함이, 당당함이 사라지고 사기 근성을 감춘 허울 좋은 웃음으로 덮여 있었다. 그 얼굴이 침을 뱉어도 무방할 만큼 비루해 보였으나 그런 수고조차 아까울 듯싶어 참았다. 모르긴 하나 이희구 손끝으로 쳐내기에 앞서 가족도 영감에게 필시 그런 버림을 받았을지도 모를 일이었다. 가족에서 해체된 영감 조각 사진만 주머니에 쑤셔 넣었다. 추포에 용모파기容貌疤記로 삼기엔 크기가 딱 알맞았다.

　냉수를 동이째 들이켜고 싶도록 목이 탔다. 등골이 써느럴 만큼 시원한 해법은 없었다. 합죽할미에게 이런 정황을 어떻게 말로 옮길 수 있단 말인가. 있는 그대로가 사실이라도 듣고 싶은 말이 아닐 땐 누가 귀를 열겠는가. 오일장터에서 알바늘로 떼돈을 벌었다면, 말한 사람을 황당한 눈빛으로 미쳐도 단단히 미쳤다고 쳐다볼 거다. 소상하게 설명하지 않더라도 들을 만한 말은 따로 있는 법. 분명, 이 정황은 믿으란 말로 옮기긴 부적절했다. 신뢰를 얻자면 끝까지 추적해서라도 잡아끌고 와 합죽할미와 맞대면시켜야 비로소 설득 가능한 성질의 일이었다.
 '할머니, 생긴 겉모습이야 기생오라비처럼 이리 희번지르르해도 구렁이알 같은 약초 값 떼먹고 야반도주한 바로 그 소갈딱지 없는 영감태기니, 구차한 그 사정을 썩은 입으로 뭐라고 둘러대는지 한번 직접 들어나 보세유.'
 그러지 않고선 달리 해명 방법이 없었다. 합죽할미의 분함을 달래려면 약재상 행방을 끝까지 추적해 잡아내는 일이 다급했다. 우선 사진을 손에 들고 눈 녹은 물로 질척거리는 상가골목으로 훑으며 이웃들에게 약재상 행적을 탐문하기 시작했다. 돌아온 답변은 거기서 거기였다. 워낙 경황이 없어 말하는 입을 넋 놓고 쳐다보다가 속내를 깊이 있게 짚어보지 못하기도 했다. 작정하고 내뺀 자가 행방을 적어놓고 가겠는가. 우선 약삭빠르지 못함을 비웃듯 질책하는 눈빛으로 쳐다보며 늦었어도 한참 늦었다고 타박까지 했다.
 "그 영감이 깡그리 챙겨 야반도주한 지 언젠데 이제 와 찾으려고 그러시오? 그만 동안이면 애를 낳아 어린이집까지 보냈을 거요. 이미 두더지가 파고 지나간 땅 구멍이오. 빈 구덩이……."
 "가을걷이 때문에 그동안 왕래가 없었지유."
 "아예 작심하고 오랫동안 여럿 털어서 내뺐지. 이미 여기서도 그렇게 당한 사람이 한둘 아니라오. 시장 바닥이 온통 뒤집혔다니까."
 "어디로 갔다는 소린 듣지 못했남유?"
 "어디로 간지 알면 이곳 사람들이 두 손 놓고 멍청하게 있었겠소?

더러는 추측했던 대로 제천 약초 시장에서 얼핏 봤다는 사람이 있다고 하나, 전국 약재상이 꾀어드는 곳이니 그런 소문이 도는가 보다 할 뿐이지……."

"제천이라구유?"

"그곳 약초 시장도 전국에서 세 번째로 크다고 이름났으니까."

안쓰러워 귀동냥을 전해주는 사람이 있는가 하면, 멧돼지가 파 뒤지고 간 감자밭에 콧김을 몰아쉬며 당도한, 게으른 사냥꾼 같다고 비아냥거리는 사람도 더러 있었다. 가슴이 탁 막힌 이희구는 나만 몰랐다는 데에 생각이 미치자 분노가 다시 치밀었다. 이번만은 하늘이 무너져도 합죽할미 처지에서 참아낼 수 없다고 판단했다. 믿을 수 없는 사건을 현장 사정 모르는 그녀에게 설명하긴 불가능했다. 하다못해 쓰레기더미에 버릴지라도 약재상 영감의 때 오른 팬티 한 쪽이라도 증거품으로 벗겨가야 그녀 앞에 지금 정황을 자초지종 말할 수 있을 거다. 분명 그녀는 지금쯤 이희구가 돌아오길 눈이 빠지도록 기다리고 있지 않겠는가. 조금 늦겠거니 마음 졸이며 초조히 기다리고 있을 그녀에게 늦어진 까닭을 분명 밝혀야 하는데 이 정황을 어떻게 말로 옮길 수 있단 말인가. 다행히도 눈이 와서 바깥나들이가 어설퍼서 보나 안 보나 오직 방 안에서 갇혀 있을 테니 낙상과 같은 불상사는 일어나지 않을 터, 그리 상상하니 마음이 조금 놓이긴 했다. 약재상 영감을 잡아 대령만 한다면 지체된 사정에 고개를 끄덕일 뿐 아니라 잘했다고 추켜올려줄 테다.

'그래 가자. 까짓것, 제천이 아니라 무주까지라도 잡으러 가자. 죽든 살든 내가 찾을 건 약초 대금이 아니라 그에게 짓밟힌 할머니와 나의 애성이다. 이젠 더나 타인에게서 내 삶 자락이 밟혀선 안 된다.'

세상눈이 밝지 못해선가, 여태 밟혀온 일만도 남의 몫까지 넘치도록 감당했다. 귀가가 조금 지체되더라도 이번만은 쫓아가야 했다. 추적과 포기가 충돌하는 자리에서 한참 망설였다. 그러다 분연한 감정이 솟구쳐 앞뒤 재지 않고 산으로 가려고 짊어진 배낭을 약재상 이웃에게 맡기고 단신으로 제천행 시외버스에 올라타고 봤다. 채비고 뭐고 살필 겨를이 없었다. 제천 약초 시장 어디쯤에서 약재상 영감이 안경알같이 반짝이는 훤한 이마를 내민 채 기다리고 있을 듯했다. 합죽할미에게로 가기보다 그 길로 먼저 가는 일정이 순리에 맞는다고 결론을 내렸다. 뒷산이 무너지더라도 우선 떠나고 볼 일이었다.

버스로 38번 국도의 이백삼십 리 길, 충청북도 북동쪽 윗머리에 제천이 T자로 강원도에 매달려 있었다. 시간으로 가늠해보면 차편으로 하루 왕복하고도 남을 거리였다. 일이 제대로 풀린다면 따끈한 저녁밥은 합죽할미와 함께 겸상에 앉을 수 있을 만큼 왕복이 무난할 듯싶었다. 그러니 버스에 올라 거듭 따져봐도 제천행 결행이 현명한 판단이라 자신했다.

'그래, 세상일이란 잘 갈아 쑨 들깨죽 같은 맛만 아니지. 또 너무 잘 풀려서 두 톱니 사이처럼 딱딱 맞아가면 외려 싱겁기도 하겠지.'

백비탕처럼 들끓어 오르는 속을 당장 풀길 없으니 애써 느긋하니 처신하려고 스스로 달래기도 했다. 그러나 사북으로 관통하는 지장

산 고갯길이 적설로 운행 불가하다며 교통경찰이 불 컨 지시봉을 반딧불이처럼 흔들어댔다. 진입을 가로막는 교통경찰에게 해도 너무하다 항의하고 싶었다. 하늘이 구멍 난 듯 내리는 폭설로 제설도 버거울 터, 버스는 눈길이 두려워 고한 버스 정류장에서 아예 시동을 끄고 밤잠에 들 채비를 했다. 타이어에 불붙도록 달려가도 서둚에 미칠까 말까 한데 제설 장비마저 고장 났다는 소릴 운전기사가 전할 땐, 귓속으로 오토바이 소리가 휘돌아나간 듯 왱왱 울렸다. 앞다리가 부러진 말처럼 낯선 동네 마구간에 갇힌 몸. 제설이 끝날 때까지 헐수할수없이 탄광촌 허름한 여인숙에서 낯선 이불 땀 냄새를 맡으며 시침이 멈춰선 벽시계처럼 하루 반나절을 꼬박 썩혔다. 그럴수록 의기소침해 기가 꺾이긴커녕 지체될수록 화적에게 곳간이 털린 마름같이 부아가 치밀어 올랐다.

 제천에 도착했을 땐 몸은 물빨래 같았으나 탱천한 분기는 가라앉지 않은 채였다. 생각 같아선 금세 손아귀에 약재상 영감 목이 거머잡힐 듯했다. 내친김에 길을 물어 약초 시장으로 단걸음에 내달았다. 바로 간직해온 약재상 영감 사진을 수갑처럼 꺼내든 채였다. 그리고 질척하게 젖은 제천 약초 시장 인근을 이 잡듯 뒤져나가기 시작했다. '개인파산 회생안내' 따위의 광고지가 나달거리는 조붓한 골목길까지 샅샅이 훑었다. 말이 서툰 아이에게도 묻고 싶을 만큼 목이 탔다. 행방을 물으면 모른다고 고개를 내젓는 사람이 더 많았다. 답답해서 속이 퍽퍽 터져나갔다. 주저앉고 싶었지만 포기할 수 없어 헤맨 지 이틀 반 만에야 그를 얼추 안다는 노인을 만날 수 있었다. 거의 극한에 닿았을 무렵이었다. 약재상을 한다는 노인은 약재상 영감 사진을 보고 고개를 서너 번 갸우뚱거린 뒤 비로소 알은체했다.

"그 사람, 영월 엄가를 얼추 닮았기는 한데……."

"어떻게 이 사람을 알지유?"

이희구의 성마른 물음에 노인이 숱 적은 콧수염 몇 가닥을 엄지손가락과 둘째손가락으로 비비적거리며 머릿속에 남은 기억을 파 뒤졌다. 그의 아래턱은 코밑과 달리 돗바늘같이 듬성드뭇 돋은 턱수염 탓으로 서툴게 애벌 손질을 끝낸 돼지 껍데기 같았다.

"몇 번 거래가 있었지. 오래된 일이긴 하지만……."

"아직도 여기서 만날 수 있어유?"

"제천에서 눈에 띈 지 아마도 한참이나 된 지 싶은데, 내 기억에서도 희미할 정도니까."

"어딜 가면 만날 수 있나유?"

"마지막으로 기대할 데라곤 금산 약초 시장인데, 거기 가면 혹 만날 수 있으려나……."

넘겨짚을 나름이지만 새겨듣기엔 '잘만 하면 충분히 잡을 수 있다'는 어감으로 들렸다. 이희구는 어금니를 악문 채 거칠게 호흡을 들이삼켰다. 돌아가긴 너무 멀리 왔을뿐더러 여기서 끝나면 무너진 마음을 어떻게 추슬러야 할지 자신도 없었다. 오직 '잡아야지, 잡아야지' 그 집념만 머릿속에 시루 안 콩나물같이 빽빽이 박혀 있을 뿐이다. 그렇다면 추노처럼 금산까지 가야 하는가. 아닌 말로 열 걸음에도 부족할 수 있고 한 걸음에도 만족할 수 있다는데, 만족할 한 걸음의 기대를 놓치고 싶지 않았다. 제때에 풀어내지 못한 오기는 시간이 지나면 지날수록, 또 저항하는 힘이 존재할수록 더욱 모질게 견고해져 종래는 폭력으로 분출하려는 욕구마저 덩달아 커지는데, 지금 심경이 바로 그렇게 출렁거렸다. 생전 자신이 당할 땐 어떠하든 스스로 극복하려 했으나 합죽할미가 관여된 이번 일만은 끝까지 추적하고 싶었다. 천리만리를 추적해서 잡아와 그녀 앞에서 늦은 귀가를 설명해야 할 일이 제 일로 되었다. 힘없게 보여서, 어리숙하게 보여서 멸시를 이젠 당하고 싶지 않았다. 숱한 화살에 뚫린 과녁이라도 이젠 살 하나쯤은 튕겨내야 했다. 충남 금산이라면 울화가 치밀어 내친 김에 이백삼십 리 길을 이리저리 고생하며 왔는데, 다시 삼백이십 리 길을 쫓아가야 했다. 걸음 빠른 고라니를 쫓아가는 몰이포수 같은 심경이지만 포기할 순 없었다. 전기 코드를 뽑아도 가속이 붙은 선풍기 날개의 관성 운동, 그리 욱한 김에 내처 떠나야 했다.

그러나 얼결에 떠났던지라 주머니가 숙식이 어려울 만큼 바닥났다. 지금으로선 당장 금산으로도 합죽할미에게도 갈 여비조차 없었다. 지체되더라도 양방향 출행을 미룰 수밖에 도리 없었다. 움직일 여비가 없으니 오가도 못하고 제천 바닥에서 알거지가 되었다. 누구에게 추적을 부탁하거나 맥없이 주저앉아 말없는 하늘만 쳐다볼 일이 아니었다.

하루 동안 곰곰이 생각하다가 독한 마음을 품고 인력 시장부터 찾기로 작심했다. 암담했지만 목적지로 가려면 지체하면서도 움직여야 했다. 아니 오늘 당장 움직여야 내일 갈 곳으로 갈 수가 있는 형편이었다. 만사 뒤로 미루고 이튿날 이른 시간에 물어물어 인력사무소를 찾아갔다. 요행 설비공사판에서 인정받아 열흘을 십 년 보내듯 밤낮으로 일했다. 이희구 일솜씨를 눈여겨본 설비공사 사장이 현지에 잡아 앉히려고 밥도 사주고 잠자리도 마련해주었다. 붙잡으려는 간곡한 눈빛이 은근히 사람을 귀찮게 했다. 안절부절못할 합죽할미를 생각 안 했다면 그럴 맘도 없지 않아 있어 눌러앉았을지도 몰랐다. 그러나 합죽할미의 기다림보다 금산 길이 머릿속에서 더욱 지워지지 않았다. 이제 여비가 마련되었으니 두 길 가운데 어디든 떠나야 했다. 합죽할미에게 말할 명분을 찾으려면 금산행을 택함이 옳다고 여겼다. 그럴 수밖에 달리 방법이 없었다. 고깃배는 어항에 닿고 마차는 역두에 닫기 마련이라는데, 약재상 엄가는 약초시장에서 우수 맨홀 철망에 걸린 버즘나무 낙엽처럼 그를 기다리고 있을 성싶었다.

기대와 절망이 반반일 금산 땅이 눈앞으로 다가들었다. 금산이라면 금강을 끼고 68번 국도로 따라가다 19번 도로를 옮겨 타면 영동으로 가는 길이 열렸다. 차 안에서 바깥으로 흐르는 강을 보면 불현듯 어머니 무덤이 있는 영동이 눈앞에 밟혔다. 유년의 고향이면서도 향수와는 멀찍한 곳. 설혹 금산에서 약재상 엄가를 잡더라도 영동까지 들러서 갈 수 없을 테다. 그곳에 닿았다 하면 또 어떤 상황을 맞아 마음의 변화를 일으켜 일정이 바뀔지도 모른다는 생각도 했다. 지금에서는 자기를 기다리는 사람은 오직 합죽할미뿐이었다. 서둘러 해결해서 홀로 기다리고 있을 그녀에게로 애바삐 돌아가야 했다.

산속 외따로 떨어진 그 집은 합죽할미와 이희구가 서로 의지하며 여생을 꾸려갈 둥우리인데, 나무 기둥과 흙 외벽으로 버티는 집이라기보다 밀랍 구멍마다 정으로 채워진 벌통이라 함이 옳았다.

금산에서 날짜만 허비하고 빈손으로 돌아오는 길.
아랫도리가 손탄 듯 허했다. 잡아가야 할 사람의 낯짝도 못 본 심경. 포획물이 없는 추포. 세상에 '무위無爲로 그치다'는 말처럼 허황한 언사가 어디 또 있을까. 금산 땅에 와서 약재상 엄가의 행방마저 잃었다. 그저 분기만 앞세워 쫓기에 급급한 무계획이 실패의 근원일지도 몰랐다. 그 영감이라고 굴릴 잔머리가 없겠는가. 정권 뒤에 숨은 정치 모리배처럼 잡고기를 취하는 아귀는 더 너른 사냥터를 찾아 심해로 갔고, 닭장 주변을 맴돌던 살쾡이는 더 큰 먹이를 찾아 깊은 산중으로 사라지듯 약재상 엄가는 표적에서 사라졌다. 사냥은 포획물 없이 끝났다. 아니 실패한 사냥이었다. 결국, 쫓는 자리에서 내려와 합죽할미에게로 패잔병처럼 돌아가야 했다. 빈손이 이처럼 마음을 짓누를 줄은 생각도 못 했다. 한 번도 소유하지 못했던 만족함, 풍만함, 충일함, 벅참, 그런 영역에 발 디딘 적 없었던 이희구였다. 항상 멀리 있는 것, 낯선 것, 바라보기만 했던 것들의 테두리 바깥에서 서성거리기만 했다. 깊은 동굴 속 누기처럼 마음속 깊은 곳에 안개 이슬 같은 슬픔이 맺혔다. 반생 오기로 살아왔지만 끝내 뭐 하나 야무지게 이루지 못했던 이희구는 또다시 금산에서 쫓는 일마저 놓았다. 남을 쫓는 일은 태생적으로 맞지 않거나 침범조차 허락잖은 영역일지도 몰랐다. 반생을 보낸 지금, 끝내 그 영역은 이젠 단념해야 할 구역이었다.

비로소 지체된 시간이 코앞 현실로 다가들었다. 그런데 금산까지 가야 했던 일도, 늦은 까닭을 알리는 일도 어렵지만, 이러든 저러든 충격 받은 합죽할미는 분명 쓰러질 텐데 당장 설득할 일이 한걱정이었다. 충격적인 일과 지체한 날짜, 둘 가운데 하나는 거짓으로 꾸며야 할 성싶은데 둘을 분리해 설명할 방도가 없었다. 빈손으로 넘는 고갯길이 짐수레를 밀고 넘듯 힘들기만 했다. 고갯마루에 올라서자 장딴지에 모래주머니 하나가 달라붙은 듯 발걸음이 느려졌다. 새삼 합죽할미 안부가 걱정되었다. 할머니 앞에서 얼굴을 어찌 치켜들려는지, 그냥 달아나고 싶기도 했다. 억울하고 울컥해서 금산까지 미친 듯 달려갔지만, 기다리는 합죽할미에겐 위안될 뭐든 챙겨오지 못했다. 외려 흐른 시간이 길어 딴곳으로 떠났다고 단념했을지도 모른다는 그런 불안감도 이제야 머리 한 녘에서 튀어나왔다. 시간을 지체하여 기다리는 사람을 애타게 하는 짓은 사정이야 어떻든 고문이고 폭력일 수밖에 없었다. 딴은 금산까지 훑어오다 보니 너무 지체하긴 해서 눈 쌓인 곳이 외딴곳에 들어선 듯 서름서름했다. 집이 가까워질수록 되돌아서고 싶은 마음이 굴뚝같았다.

'에이고 정이란 뭔지, 분명 내일엔 저 재빼기를 넘어올 테지…….'
그 말뿐 아니라 무수한 말이 합죽할미 입 안에서 맴돌았다. 문틈으로 스미는 찬바람에 무릎 언저리가 시리도록 선뜻함을 느꼈다. 일상 결리던 데가 오늘따라 자근자근 쑤시기까지 했다. 파스 자국이 선명한 양쪽 무릎에다 새로이 신신파스를 한 조각씩 붙였다. 새것인데도 하도 붙이다 보니 이제 붙인 언저리에 시원한 느낌마저 없었다. 합죽할미는 아랫목에 접힌 낡은 꽃무늬 전기담요 자락을 끌어다 펴고 자리에 죽은 새우등처럼 구부정하게 드러누웠다. 방바닥은 붉고 노랑 꽃들이 푸지게 피어 잎조차 보이지 않았다. 꽃이 필 만한 가지 모두 꽃을 달고 그녀가 뒤챌 때마다 숨었다 나타나곤 했다. 눈에 파묻힌 바깥과 달리 엄동 방 안에 꽃이 화사하게 물결쳤다. 어느 나이 때건 꽃다운 젊음과 꿈같은 시절을 보낸 적 없는 몸이 꽃밭에 파묻혔다.

골짜기 산바람은 더러 젖몸살하는 여자처럼 징징 울기도 했다. 골이 깊어 울리는 산울음은 야밤중 외로움을 탈 때 더욱 선명하게 귀에 닿았다. 대지에 뿌리를 굳건히 박은 산도 바람에 울며 뜨는데, 움직이는 생물의 속 탐과 애끓음을 입으로 어찌 모두 엮어낼 수 있으랴 싶었다. 합죽할미는 곱아진 손가락을 펴 주름 깊은 바닥을 펴봤다. 손금이 그늘질 만큼 깊어지고 맞닿아 있는 속살은 더 야물어졌다. 물건을 잡은 자취니 살아온 내력이 첩첩 박힌 살이었다. 형체도 없는 목숨을 부지하려고 숱한 것을 움켜잡았던 손, 그 손금으로 빠져나간 사물에 갔던 애심을 어찌 다 헤아릴 수 있을까 싶었.

'이만 만에서 만족하고 놓아야지.'

딴생각으로 잦아들었던 기다림이 다시 밥물이 끓듯 한소끔, 한소끔 부글부글 끓어올랐다. 오늘도 또 이희구가 떠난 날짜를 헤아리는 노끈 매듭을 하날 보탰다. 매듭 두름 마디마디에 기다림이 유월 산천의 머루 알갱이처럼 알알이 맺혔다.

'성정이 차지 않고 메진 사람이 인사조차 없이 몰인정하게 떠날 사람은 절대 아니지. 내 눈이 까막까치에 쪼일 만큼 사람 보는 게 그리 멍청하진 않지.'

나뭇짐을 지고 비척거리며 마당으로 들어서던 이희구 모습이 아직도 눈에 밟혔다. 그는 체신이 왜소해서 지게 질빵이 어깨짬을 벗어나는데도 짐에는 욕심이 많아서 곱바 끝에다 매듭을 지을 만큼 지겟가지에다 짐을 가득 얹었다. 이곳으로 와 나른 등짐이 할머니가 일평생 머리로 이고 날랐던 임에야 비견할 수 없었지만, 농사철이면 수없이 지겟가지가 부러지도록 짐 져 날랐다. 이웃과 더불어 삶을 꾸렸던 관습에서는 홀로 살아도 도움을 받을 힘이 필요했다. 그래서 합죽할미 머리임이 그의 등짐으로 넘어갔다. 생활 무게까지 나누면서 하루하루를 살아 넘기는 동안 이젠 거둬들일 수 없는 정까지 피륙처럼 씨줄 날줄로 얽히며 짜졌다. 새삼 합죽할미는 잊고 있었던 듯 가운뎃손가락으로 머리꼭지를 더듬어 눌렀다. 한평생 이고 나른 임 때문에 머리카락 빠진 자리가 맨살로 말캉하게 만져졌다. 갑자기 두 눈에 눈물이 잡히는지 시야가 흐릿해왔다. 두 눈을 껌벅거리는 게 아니라 윗눈꺼풀을 힘주어 무겁게 들었다 놓았다.

잠은 혼쭐을 뽑아내고 거푸집인 몸뚱어리만 눕힌다는데, 오늘 밤엔 잘 여문 검정콩처럼 눈동자만 또랑또랑할 뿐 야속히도 잠조차 오지 않았다. 멀쩡했던 데가 가려워 긁었지만, 한 뼘 옆이 이내 스멀스멀 근지러워졌다. 기다림을 안은 채 그렇게 뒤척이다 하룻밤이 또 비몽사몽 지나갔다. 벽바람으로 유독 선뜻선뜻한 밤, 마음의 흐름이 준 정 때문에 외로웠다.

기다림이 있는 한, 밤이 와도 두렵지 않다는 믿음에도 자신을 잃었다. 정점에 올랐던 기다림이 거품처럼 풀썩 잦아져서 머리카락처럼 가느다래졌다. 숙성 내열로 터진 석류처럼 속 타 넘치는 기다림도 이제는 시효에 닿은 듯 단념할 이맘때도 된 듯싶었다. 기다림을 놓으려는 틈새로 외로움이 백지에 유색 물감 배듯 스며들었다. 인간은 뭉쳐 있으면 누군가를 따돌리려 작당하고 혼자 있으면 외로워 못살겠다고 발버둥질한다더니 지금 심기가 딱 그 모양새였다. 눈앞 기다림을 쓸어내듯 표표히 돌아올 이희구 모습이 환영으로 눈앞을 어지럽게 했다. 차제에 그렇게 질펀하게 어질러놓은 생각도 거둘 때도 되었다. 미련도 마음에서 풀어내고 눈앞에서 놓아야 했다. 혹 그런 집념도 노추라고 손가락질당할 수 있기에 자숙함이 옳을 듯싶었다. 날수를 따져도 여남은 번 더 돌아오고도 남을 시간이 흘렀으니 굳이 위안하자면 늘그막 처지에서 몸과 마음을 다해 기다릴 만큼 기다려준 셈이다.

'어떤 경우라도 그렇지. 사람이 사람을 버리는 건 젤 나쁘지……. 그러면서도 네가 버렸으니 나도 버렸다고 말속임을 할 테지…….'

궁싯거리듯 중얼거려도 속내는 그냥 남았다.

'혹 그랬을지도 모르지. 가다가 분명 한 번쯤은 돌아서려도 했을 거야. 저도 예서 정들었던 걸 되뇌며 오금이 저리기도 했겠지. 제 입으로도 할머니는 세상 태어난 뒤 누구보다도 나를 받아들인 사람이라 입바른 소리까지 제 입으로 했으니 눈 녹아 질척거리는 흙길을 걸으면서도 한 번쯤은 뒤돌아봤을 테지. 그 눈에도 발걸음을 옮길 때마다 흙덩이가 발길이만큼 뒤집혀 발자취를 남기는 걸 저도 사람인데 맨 마음으로 보진 않았겠지. 그래서 꼭뒤가 가려워 긁기도 했겠지. 그 길을 곧장 되돌아서면 바로 나에게로 오는 길임을 모르 리가 없지…… 암 모르 리가 없는 나이 때지…….'

목숨만 건사할 요량으로 아침 끼니로 닭 모이만큼 때운 합죽할미는 맘먹은 김에 샛문을 열고 윗방으로 들어서려다가 벽면 거울 속을 물끄러미 들여다봤다. 바보천치 같은 것, 속임수가 없는 게 거울이다. 지친 듯 퀭한 눈을 한 늙은 할미가 '이 할미야, 왜 그런 눈으로 나를 봐!' 묻고 있었다. 그 몰골이 겨울 들판에 서 있는 늙은 활엽수처럼 삭연했다. 눈가에 허옇게 눈물이 말라붙은 모습이 어미를 잃은 어린 송아지 '움머―' 하는 지저분한 눈가를 닮았다. 눈물자국은 그냥 두고 묽게 흐르는 콧물만 치마꼬리를 집어 올려 훔쳤다. 기다림 때문에 무시로 안팎으로 들락거리며 찬바람을 쐰 탓인지 닦아내기 무섭게 콧물이 코끝에 맺혔다. 늙음을 속일 수 없듯 탄력을 잃고 늘어진 근육 탓인지 열린 구멍마다 분비물이 새어나왔다. 입가, 눈가, 코끝은 물론 겨드랑이만 아니라 몸 곳곳이 그랬다. 꽉 쥐어짜 말려놓은 무말랭이처럼 보송보송한 몸으로 관 속에 들어가려고 몸간수를 게을리하지 않았는데 돼가는 모양새로 봐선 보송하니 깔끔하긴 글러 먹었다. 한창나이 땐 늘 보송보송해서 신경도 안 쓰던 몸이었다. 그녀는 뺨으로 흘러내린 허연 옆머리 한 오리를 야무지게 챙기려는 듯 귀 머리에다 우벼 끼웠다. 오늘은 맹물을 칠해서라도 빗질하여 이맛머리를 가지런히 다듬고 싶었다. 플라스틱 빗이 아니라 이빨이 빠졌어도 대나무 참빗이라야 머릿밑이 시원하고 머릿결이 매끈한 맛이 날 테다.

'진즉에 나이 이랑을 넘을 때마다 큰소리 한번 내지 않고 살았다면 행복했을 텐데……'

윗방으로 올라온 그녀는 큰일을 할 듯 허리를 펴 날숨을 크게 한번 내뱉곤 낡은 옷장 안과 서랍까지 열어 옷가지를 정리하기 시작했다. 헌것이든 새것이든 모두 버려야 한다면서도 움직이는 손길이 주춤주춤 한없이 느려 터졌다. 그 옷가지 하나하나가 둘이 함께 살아온 문양이 빽빽이 박혀 있었다. 이희구가 걸치고 다녔지만, 비누 거품 묻은 지문이 남을 만큼 손으로 알뜰히 문질러 빨았던 옷이었다. 둘의 체취가 공유된 물건이라서 들출 때마다 갈피마다 묻어 있는 지난 일이 생각되었다. 합죽할미는 옷가지를 정리하면서 자기도 모르게 손바닥으로 쓸다 간 코끝에다 대고 콧숨을 들이켰다. 내친김에 마당귀에 내다가 불사르려다 한마음 물러서 방구석에다 대책 없이 밀쳐놓았다. 오간 정을 냉정하게 계산해 떼어내자고 모진 맘먹었지만, 정이란 게 그쯤에서 감정을 멈추게 했다. 마음이 아려왔고 눈앞이 뿌예서 손질이 벗나갔다.

합죽할미는 이내 풀어지려는 마음을 독하게 단속하며, 곱아진 손끝을 입김으로 녹여가면서 안방으로 되돌아왔다. 감정 뒤끝도 고스란히 묻어왔다.

 '손에 쇳대를 움켜쥐고 멍청하게 또 쇳대를 찾는 노망들기 전에 이제 내 물건은 내 손으로 정리해 치워야지.'

 합죽할미는 옷가지가 들어 있는 이곳저곳을 드러내놓고 한참 그것들을 물끄러미 바라보았다. 일상 몸을 감쌌던 것들이지만 이제 그 쓰임은 끝났다고 여겼다. 연년이 벗어던진 뱀 허물 같은 것들, 앞으로 몸에 붙일 수 없을 테다. 값진 건 없지만, 얼마 남지 않은 나이에 비견해보면 너무 많이 남아 있어 입에 달았던 헐벗었다는 말도 엄살이었다. 합죽할미는 속내의부터 겉옷은 물론 양말까지 깨끗한 한 벌을 따로 골라냈다. 그것을 여느 옷가지에 섞이지 않도록 멀찍이 밀쳐두었다. 나들잇벌이 아니라 저승길에 마지막으로 갈아입을 옷, 육신을 담아갈 그릇인 수의를 손수 고른 셈이다. 허리를 펴 숨을 고른 다음, 먼 계절에 소용될 옷가지부터 더미를 만들기 시작했다. 손아귀에 힘이 빠져서가 아니라 기분이 찜찜해서 중간중간 멈칫멈칫 마음을 가라앉혔다.

 '살아가면서 얼마나 많은 것을 잃고 버렸는지도 모르지. 그러고 보면 살면서 얻은 것보다 잃은 게 암만해도 더 많을 수밖에……. 따져보면 잃은 게 얻었던 것보다 값어치 있고 소중하기도 했긴 했지.'

 뜬금없이 또 이희구를 생각했다. 기다림도 길어져서 늙은 쇠심줄처럼 질겨졌다. 그리 끈질기게 풀어지곤 다시 얽혀드니 사람 속을 이리 파 뒤집는지도 모른다. 종래 숨 거두는 자리에 있을 사람으로 기대한 건 자식들이 아니라 느지막하니 만난 이희구였다. 그러니 기다림도 턱없이 질겼다.

'그랴. 생각잖으면 기다리는 고통도 사라지겠지. 아마 내일은 더 많은 걸 마음에서 놓아야 하겠지……. 저승으로 가져가긴 힘에 부치니…….'

합죽할미는 생각도 없이 새댁처럼 부끄럽게 웃었다. 이틀을 받친 앞니 양옆 자리가 비어 입 안에 고인 어둠이 보였다. 어금니가 빠진 자리에 마른 고욤이 짝지어 물린 듯했다. 세월이 뽑아가기도 했고, 자식들이 일을 저질러서 뽑혀나가기도 했다. 소식조차 묘연한 이희구 때문에 늙은 몸을 의탁하려는 마음이 걱정으로 변했다. 그녀는 자주 끼는 눈곱을 닦아내며 눈길을 밝게 하려 애썼다. 합죽할미는 정리도 다 못한 채 옷가지만 윗방 아랫방 이리저리 어질러놓고 또 이희구 행방에 조바심이 나 바깥으로 나섰다. 먼 데 것보다 가까운 곳의 사물이 더 흐리멍덩하게 보였다.

혹 곡두가? 졸지에 명치 밑이 더부룩하니 메어왔다. 메니에르병 환자처럼 참아내기 힘든 어지럼과 오심을 느꼈다. 두 눈을 깊이 감고 어지럼증을 이겨내려 안간힘 썼다. 눈시울에 얼음 방울을 달듯 찬바람이 매섭게 닿았다. 마지막으로 기다리는 사람은 식은 밥 덩이를 토렴해 먹인 이희구뿐이었다. 이희구에게 따뜻한 밥을 마지막으로 지어 먹이고 싶은데 그걸 아는지 모르는지 오지 않는 사람이니 그도 희망으로 마무리될 듯했다. 목숨을 놓기까지 기다림을 끝내야 하는데 그게 뜻대로 되지 않았다. 이희구가 살아온 길이 지지리도 제 삶을 닮아 측은하여 살붙이나 다를 바 없었던 사람을 마지막으로 딱 한 번 손이라도 잡아보고 이승에서 떠나고 싶었다.

'아마, 이러다 내가 지레 죽지, 아니 몸을 조금 잔질루면 나아지려나.'

목숨이 붙어 있는 한 그냥 말뚝처럼 서 있을 수만 없었다. 다만 몇 발자국이라도 기다림에 가까이 다가가야 했다. 포기하지 않고 기다림을 줄이려면 시간을 줄이든가 거리를 줄여야 하는 게 상수일 터. 여태껏 시간을 줄였으니 이젠 줄여야 할 건 거리였다. 그렇게 멈칫멈칫 내딛는 걸음걸이가 마당에서 멀어지게 했다. 또 한참 내쳐 걸었는데 온 거리가 어림되지 않았다. 더 멀리 가려는 의지를 보이려는 듯 오금근을 힘주어 주물렀다.

'누구나 죽을 이맘에 한 번은 맑은 정신이 돌아온다던데 이게 바로 그런 징조겠지. 내 입으로 그리 내뱉으면 남이 콧살을 꾸기겠지. 늘그막에 으레 하는 그런 빈말을 또 한다고.'

저쯤에서 뿌옇게 보이는 물체가 이리로 향해서 느릿느릿 다가오고 있는지 뭔가 흐릿하니 어른거렸다. 그러면 그게 이희구가 아닌가. 지치도록 기다렸는데 그의 발 그림자도 보이지 않으니 포기한 채 눈꺼풀을 닫으려 작정했는데. 이승에서 미적미적 떠나는 길, 주섬주섬 챙겨갈 살림 세간은 없지만, 이희구 얼굴은 내리감는 눈꺼풀을 애써 막으면서도 딱 한 번 다시 볼 그 모습을 저승까지 오롯이 챙겨가고 싶었다.

'그래, 말이야 바로 하지만 죽음은 누구한테 부탁하고 의지할 일 아니지. 주변 눈치 안 보고 그냥 두 눈만 닫고 보이는 것들을 걷어내며 바로 죽는 거지.'

몇 걸음 내딛지 않았는데 머릿속이 휑했다. 내딛는 걸음걸이 촉감에 땅 깊이를 가늠할 수 없었다. 오르내리는 발걸음이 닿는 지면 높낮이가 걸음마다 크게 달랐다. 몸을 바로 세우자고 거듭 중심을 잡는데도 왼쪽으로 기울기만 해서 오른쪽에다 힘을 주려고 머리를 비스듬히 기울이며 버텼다. 또, 한차례 어지럼이 왔다. 그리고 몽롱한 눈 끝에서 모든 형상이 미적미적 사라져가고 있었다. 새삼 안달복달할 힘도 없지만, 눈앞에 이희구를 보지 못함이 못내 섭섭했다.

고개를 넘으면 합죽할미에게로 가는 길이 눈앞에 다가든다. 심부름 길에 한두 시간쯤 지체한 일 때문에 어른에게 꾸중 들을까 겁먹은 아이처럼 이희구는 빠른 걸음걸이를 새삼 재촉했다. 걸음보다 죄송함이 눈길에 앞서 달려가고 있었다. 아니 마음은 이미 방 안까지 들어가 합죽할미 앞에 꿇어앉았다. 오래 기다렸을 합죽할미가 야속함에 견디다 못해 마주 걸어오는 환영도 보였다. 너무 많은 날을 지체해서 그녀의 애성을 말렸다는 죄책감이 현실로 다가들었다. 더구나 설득해야 할 건더기도 쥐지 못한 빈손이 퇴화한 날갯죽지처럼 옆에 붙어 있었다.

집이 눈 안으로 들어왔다. 재촉하는 걸음 앞에 회색 누비옷 더미가 보였다. 날숨이 목 밑에 탁 걸리며 태양혈 자리가 파르르 떨려왔다. 발길이 돌부리에 걸리는 모양새로 앞으로 꼬꾸라지듯 무너지며 뜨거움을 울컥 뱉어냈다.

"할머니?!"

이희구는 합죽할미를 안아 일으켰다. 의식을 잃은 채 눈을 감고 있었다. 체온은 남아 있음을 보아 쓰러지며 정신을 잃은 듯했다. 귓바퀴 쪽으로 흐르다 마른 눈물 자국도 보였다. 한 번만 흐르지 않은 듯 여러 번에 걸쳐 내린 모양새로 소금버캐처럼 머뭇머뭇 얼룩져 있었다. 수축해진 얼굴이 가슴을 때렸다. 비로소 약초 대금보다 소중한 걸 소홀히 했음을 뒤늦게야 깨달았다. 집에서 이만 거리를 왔다면 누구를 찾으려 걸음 한 이유를 묻잖아도 자명했다.

"할머니 미안해유 —. 저 땜에……."

이희구는 연달아 치닫는 울음마저 목메 뱉어내지 못했다. 그는 축 늘어진 합죽할미를 혼자 힘으로 끙끙대며 들쳐 업기를 거듭했다. 옷 안이 텅 빈 듯 가벼운 몸을 업기 무섭게 바삐 집으로 향했다. 방 안은 군불을 땠는지 훈훈했다. 이불을 내려 그녀를 눈코만 남기고 파묻다시피 묻었다. 할 말이 많았으나 말문이 터지지 않는 자리였다. 빈손만 부들부들 떨렸다. 식은 손에다 추위에 얼어온 손을 얹었다. 남은 온기나마 깡그리 모아 전하고 싶은 바람에서였다.

"할머니, 한 번만 힘을 내 버텨보세유."

이희구는 들판에 쓰러진 어미 곁 짐승 새끼처럼 매달리듯 통사정했다. 목소리가 목에 걸려 토막이 났다. 합죽할미는 한지창 칸칸에 어둠이 찰 무렵에야 혼미하게나마 숨을 고르게 내쉬었다. 저승 문전에서 퇴짜를 맞은 모양이다.

"뉘인겨?"

내젓는 손에 이희구 몸이 잡히자 합죽할미는 어눌하게 반문했다. 그러나 말은 돌아왔으나 인식 감각은 아직 멀찍이 떠나 있었다. 말이 끊기지 않았으니 요행 소통의 문은 열린 채였다.

"할머니, 미안해유. 지가 희구네유, 희구여유—."

말을 잇는 게 아니라 숫제 울음토막을 잇댔다.

"자녠가? 내 거짓부렁 없이 말하자면 시방 내 눈에 자네가 보이지 않아. 자네가 떠난 뒤부터 눈이 그렇게 잘 안 보여. 사람이 사는 게 늘 그렇지. 상대 속마음을 모르니 항상 흐릿하게 보이는 거지. 하긴 너무 분명해선 짐이 될 때도 있것지. 너무 가까이 가서 보면 점점 흐릿해 보이는 게 사람 속이니 당연한 거지. 옛말대로 산과 사람은 멀리서 봐야 한다는 말도 괜한 소리가 아니여."

"할머니?"

"그런데도 난 자네 모습을 분명하게 짐작으로 보고 있지."

"제가 이렇게 앞에 있잖어유?

이희구는 멍자국 나도록 가슴팍을 치고 싶었다. 그러나 합죽할미 손을 잡아 가슴 복판에다 누른 채 울먹였다.

"할머니 죄송해유. 이럴 줄 몰랐네유."

제 목소리지만 타인 입에서 나오듯 귀에 설었다. 제천, 금산으로 약재상 엄가를 쫓아갈 때 죄송함과 다른 죄송함에 가슴이 메었다.

"사람 사는 게 늘 그렇게 한 걸음씩 모자라는 벱이여."

"할머니 제가 좀 늦더라도 안에서 기다리시지 않구유. 왜 나오셨 서유?"

"내가 서너 번 넘어질 뻔했어. 지팡이는 다릴 하나 보태는 셈인데 도 말 못하는 그건 믿을 게 못 돼. 자네가 곁에서 떠나서야 내가 넘 어지면 일으켜 세워줄 사람이 없다는 걸 알았지. 천치 같게도 미리 알아야 하는데 미련하게 늦게야 그걸 깨닫다니. 지정된 끝이 서로 달라 같이 저세상으로 갈 순 없지만, 이 순간만은 단 며칠이라도 옆 에 있어줘야 할 것 같아."

이희구는 다시 잠 속으로 빠져든 합죽할미 곁에서 벗어나 부엌으 로 향했다. 이제 정신을 차린 합죽할미가 잠에서 깨어나면 입 다실 거리를 찾아봐야 했다. 군불로 아직 식지 않는 솥을 열었다. 얕게 담 긴 밥솥 물 위로 나무 얼개가 걸쳐 있고 그 위로 양푼이 놓여 있었 다. 양푼 뚜껑을 열자 열기를 잃으며 식어가는 밥이 담겨 있었다. 돌 아올 이희구 때문에 남긴 끼니임을 금세 알아차렸다.

이희구는 냄비에다 급히 장국을 끓였다. 냄비에서 토장국이 굽이 쳐 끓어오르자 찬밥 그릇에다 부어 토렴했다. 그는 그릇과 수저를 챙겨 쥐코밥상에다 차려 들고 방 안으로 들어왔다. 그리고 놀라지 않을 만큼 합죽할미를 조심스럽게 흔들어 깨웠다.

"할머니! 정신을 차려보세유."

이희구는 간신히 정신을 차린 합죽할미에게 바투 다가갔다. 그리 고 상체를 일으켜 세워 왼쪽 팔에 기대게 했다. L문자에 &부호가 한 방향으로 바짝 붙은 모양새였다. 젖어미가 새끼를 보듬어 안듯.

그녀는 그제야 이희구 품에서 가까스로 두 눈을 밝게 떴다.
"이걸 드시고 정신 차리셔야 해유, 할머니 —."
숟가락으로 토렴한 음식을 천천히 떠먹이기 시작했다. 이웃에 온기를 건넬 수 없도록 마치 찬밥 덩이같이 식을 대로 식었던 두 사람이 뜨거운 정을 안은 채 이승과 저승에서, 한 사람은 눈 감고 다른 한 사람은 눈 뜨고 마주하지 않는 것만도 사람이 받을 지복이었다. 그게 하늘의 뜻일지도 몰랐다. 인간이 마지막으로 위탁한 곳이고, 그리 서원誓願해왔으므로…….

*

석 달 뒤 소리 소문 없이 봄비가 내렸다.
겨우내 마른 가지에서 연둣빛 잎도 피어났다. 꽃 필 나무순에도 꽃눈까지 맺혔다. 불어온 봄바람이 그 짓을 했다. 벚나무빗자루병이 아니면 꽃 필 꽃눈이 분명할 테다. 그로부터 봄이 더욱 깊어져서 비에 젖은 나뭇잎보다 개복숭아 꽃잎이 가슴을 더욱 때릴 듯 그리 화사한 날, 나뭇가지 사이로 합죽할미네 집 툇마루가 멀찍이 보였다. 등 굽은 그녀가 서툰 가위질로 낡은 재봉틀 의자에 앉은 이희구 웃자란 옆머리를 더듬더듬 치고 있었다. 목소리는 먼 곳까지 들리지 않지만, 무슨 얘기 뒤끝인지 둘은 마주 보고 엇비슷한 표정으로 끼득거렸다. 그 모습이 합죽할미와 막내아들 같기도 하고, 정순임과 이동우 같게 보이기도 했다.

평설

고독 사랑 생명 구원의 소설 미학

이명재(평론가, 중앙대 명예교수)

새로운 작가와의 만남

우리가 처음 겪는 2020년 코로나 사태 속에서 지루하게 방콕—집콕 하는 동안 필자는 김익하 작가와 새롭게 만났다. 정기구독하는 『창조문예』에서 눈여겨보던 작가의 연재소설을 평설해달라는 출판사의 요청을 받은 계기 때문이었다. 역시 독자 반응이 좋고 해서 단행본으로 펴낸다는 데 동의하며 다시 진지하게 통독하였다. 덕분에 필자는 팬데믹이라는 조심스럽고 답답한 몇 달을 소설 읽기 재미와 문학의 힘에 흐뭇한 시간을 함께할 수 있었다. 따라서 이미 불혹의 나이테가 넘도록 문학평론에 임해온 문학도로서 테리 이글턴이 지칭한 담론의 관리자 같은 평설자라기보다 성실한 독자로서 여러분과 대화하는 자리에 섰다.

김익하 작가의 『토렴』은 2019~2020년 사이 1년 남짓 월간 종합문

예지『창조문예』에 연재된 장편소설이다. 이 작품은 작가 자신 연재물로서는 처음인지라 작가 나름대로 마음먹고 공력을 들여서 쓴 역작이다. 이 작품을 통해서 숲속에 가려진 보석 못지않은 존재로 여겨졌다. 강원도 삼척 태생인 이 작가는 일찍이 오영수 선생 등으로부터 소설을 익히고 1980년에『현대문학』추천 작가로 등단한 중견 연륜이다. 이미 창작집『33년 만의 해후』밖에 최근에는 멀리 고려시대 큰선비의 삶을 다룬 장편 역사소설『소설 이승휴』로도 유명하여 그 저력을 가늠하고 남는다.

김익하 작가는 장편『토렴』을 통해서 이전의 단편들에 비해서는 물론 여느 소설가들과도 차별화된 작품 성향을 드러내서 주목된다. 무엇보다 요즘 소설가들 거의가 현대 시민사회의 일상처럼 도시인 중심의 인물 사건을 다루는 경우와 대조된다. 으레 외국 유학쯤을 다녀온 남녀 인물을 등장시켜 국내외 사업을 펴는 직장에서의 갈등과 회사 상호 간의 계략적인 경쟁이나 젊은이들의 사랑 이야기들과는 바탕이 다르다. 가난하고 궁핍하되 정겨운 옛 서민들이 임시방편으로 찬 음식을 데운 물로 헹궈서 끼니를 대신하던 방식을 지칭한 '토렴'이라는 제목부터 인상적이다. 그만큼 이 작품은 현대적이고 성공한 엘리트층의 화려한 삶보다는 가난하고 고단하게 살아온 서민층의 곡진한 삶을 정성 들여서 쓴 서사로서 빛나 보인다.

파란만장한 삶의 두 인물 중심 서사

현대소설 작품은 마땅히 독자들 스스로 작가와 대화하듯 속속들이 읽으며 감상해야지 옛이야기처럼 줄거리를 잡아 설명하기란 모순이다. 그럼에도 얼기설기 복잡하게 얽힌 내용을 간추려서 이해를 돕고 평설의 가닥도 잡을 겸 요약해보면 이렇다. 이 작품의 기본 서사적 얼개는 어릴 적부터 불우한 처지로 자라거나 힘겹게 살아가는 중에 시나브로 외로운 신세로 전락해버린 두 사람 삶을 살필 수 있다. 장편소설『토렴』의 중심인물은 어릴 때 홀어머니 곁을 떠나 고아 신세나 다를 바 없게 성장한 이동우이고, 부차적 인물은 남편과 사별한 후에 자식들마저 뿔뿔이 흩어진 채 외톨이 촌로 신세로 전락한 합죽할미이다.

　이동우는 전쟁고아로서 남의 집 정미소 기술자로 일하던 아버지 이종식가 정미기 피댓줄에 걸린 사고로 숨을 거두자 어린 나이로 홀어머니와 남겨진다. 졸지에 어린 아들의 양육 책임을 지닌 채 과부가 된 동우의 어머니정순임는 식당 주방 보조로 일하던 중에 아들을 고등학교까지 공부시켜준다는 서봉태의 꼬임에 넘어가 첩으로 가게 된다. 그러나 무식한 중농사꾼인 서봉태는 이동우를 서성표라고 개명 입적시킨 후 심한 주벽에다 폭군처럼 구타하고 농사일에 혹사시킨다. 결국 초등학교만 보내고 나서 중학 진학 약속을 어긴데다 모진 매질에 못 견딘 이동우서성표는 어머니와 약속한 다음 서봉태 집을 빠져나와 서울로 피신한다.

　집을 나온 동우는 어머니가 써준 주소대로 서울 영등포에 사는 유일한 혈육인 외삼촌을 만난 뒤 백상호의 도움으로 겨우 거처를 얻고 배관 기술을 익혀 한동안 아파트 공사업체 사원으로 일한다. 이런

중에 그의 착함과 외로운 모습에 끌린 고아 출신 남현숙이 다가오고 그녀를 길러낸 홍은희 권사 도움으로 결혼한다. 하지만 성실한 대신에 학력이 짧고 동료들과 잘 어울리지 않은 탓에 승진에서 누락된 뒤 분노와 절망에 휩싸인다. 그 무렵 접근해온 노조 측에 호응하여 회사를 공격한 데모에 앞장선 탓에 해고를 당한다. 그럼에도 잘못을 사죄하는 그를 용서한 회사의 간부인 백상호 도움으로 조그만 남현설비공사를 차려 자리를 잡아 귀여운 딸 미주를 낳고 한동안 행복감에 젖는다. 그동안 동우를 도와주던 백상호가 숨을 거둔 뒤 설비 사업을 도와주던 남준만도 부도를 내고 야반도주한 다음 동우 가족은 위기에 몰린다. 남준만이 발행한 부도수표에 이서한 빚을 못 갚으면 각서대로 장기를 내놓으라고 겁박한 추심원들에 시달린다.

그런 긴박한 처지에서 세 식구는 살림 도구 몇 가지만 챙긴 채 낡은 차로 밤길을 나선다. 우선 생모가 계실 영동의 옛집으로 찾아간다. 친어머니가 낳은 동생 내외로부터 어머니는 3년 전에 위암으로 별세해서 소원대로 본 남편 옆에 묻혔다는 사실을 확인한다. 거기서 어머니가 동우에게 전하라고 남긴 친아버지의 작업복 조각과 제 결혼 청첩장을 전해 받고 모정을 새삼 확인한다. 이 작품 전개 내내 어머니에 대한 이동우의 회상이 깔려 있는데, 평소 노후의 어머니를 꼭 모시려던 아들에게 무섭던 의붓아버지가 아닌 친아버지 곁에 잠든 어머니는 큰 감동을 준다. 그러나 며칠 쉬어가라는 동생 부부의 만류를 떨치고 집을 나선다. 그러곤 며칠 밤낮 공포 속에서 시달린데다가 공허한 마음에 동반 자살을 꾀하던 아내와 딸은 숨을 거두고 만다.

그 결과, 극한적인 심정 속에서 술까지 마신 처지에서 아내와 딸을 살해했다는 죄목으로 7년을 복역하게 된다. 수인번호는 2317번.

  문제는 오랜만에 형기를 마치고 나온 뒤 그를 반기는 곳 없는 사회에서 동우는 또 다른 고행을 치른다. 교도소에서 교정위원으로 봉사한 등대교회의 윤대현 목사님 권유대로 이희구라는 이름으로 새 출발 하려는 그를 사회에서는 반기지 않는 것이다. 그러던 중 뜨내기 일감을 찾아서 겨우겨우 살면서 힘겨우면 드나들던 간이주점에서 양미자의 청혼을 받는다. 주걱턱에 거친 말투인 그녀는 모정을 받지 못한 한으로 동거하면서 아이를 갖고 싶다며 목말라하는데도 이동우의 딸에 대한 죄의식으로 불가능함을 알자 고향인 삼척으로 여행을 가자며 앞장선다. 뱃일하던 아버지가 바다에서 숨지자 남매를 놔두고 감포 출신 배꾼 정부한테 가버린 어머니도 없고 남동생마저 죽었던 옛집을 찾는다. 그렇게 빗속에 젖은 채 고향에 돌아온 날 밤에 수면제를 먹고 숨진 그녀를 발견한 희구는 졸지에 양미자까지 화장시켜서 뼛가루를 바다에 뿌린 주인공이다.

  합죽할미의 경우, 이희구와는 상이하게 영감이 세상 떠나고 줄줄이 2남 2녀인 4남매 자식들이 뿔뿔이 곁을 떠나고 소식이 없는 외톨이 신세다. 그녀는 본디 시골의 후미진 굴우물 훈장집 3남매 중 맏딸인데 친정아버지가 여식이라고 공부시키지 않은 채 산골에 사는 안지상에게 시집가서 안이실집이라고 불렸다. 그런데 장남 경수는 일찍이 자동차 운전을 익혀서 활달하게 활동했으나 결혼 후에 가족과 함께 교통사고로 죽는다. 그리고 장녀 경순은 큰 후에 일찍 대처로 나갔다가 황금색 노랑머리로 배불러서 고향에 나타나더니 미군을 따라 나라를 떠나고는 소식이 없다. 게다가 작은딸 경미는 잘난 얼굴로 봉제 공장의 경리 일을 보다가 사장과 배가 맞아 교도소 밥을 먹고 그 남자랑 외딴섬으로 나간 다음 연락이 끊겼다. 끝으로 남은 막내아들은 몇 번 선을 보고도 퇴짜를 맞고 50쯤에야 필리핀 여성과 짝을 지었으나 반년 만에 집을 나가자 그녀를 찾아 혼낸다고 쫓아간 후 소식 두절이다.

그렇게 어이없는 자식들 꼴을 당한 합죽할미는 스스로 그 집터를 떠나서 이 산골로 나와 사는 터수이다. 그나마 옆을 지키던 누렁이 개마저 암캐를 찾아 나섰다가 암캐 주인에게 잡종이라고 맞아 죽고 닭이나 정 주던 고양이마저 죽어 혼자 외롭던 중 제 발로 걸어 들어온 사내이동우-희구, 이 작품에서 주인공 이름이 이동우, 서성표, 이동우, 이희구로 호칭이 번거롭게 오가지만, 상징적으로 시사하는 바가 흥미롭다가 외로움을 달래주었다. 그런데 산촌 구석에 함께 묶으며 약초를 캐고 지내던 그가 약초 캐러 다녀온다며 나가더니 소식이 없어 목마르게 기다리던 중이다. 더욱이 찬 새벽에 길을 나서는 그에게 제대로 아침을 해주지 못한 게 마음에 걸린 심정을 작품의 서두서부터 드러내고 있다.

작가가 소설 『토렴』에서 '기다림'과 '정'을 앞자리에 복선으로 배치한 건 이 소설 주제의 골간이 되는 힘을 가진 자들에 상처를 받은 사람끼리 서로 안유하면서 정으로 화합하는 세상을 서원誓願하며 그것에 대한 기다림을 상징적으로 드러내자는 의도가 분명해 보인다.

오늘따라 저녁나절 흐름은 속탈 만큼 빨랐다.
'에이고, 그놈 정이란 뭔지…….'
정이란 서로 퍼준 마음일 터.

(중략)

이희구가 떠나간 뒤로는 끼니도 예사로 건너뛰었다. 입맛도 예전과 다를뿐더러 혼자서 꾸역꾸역 배 채우려고 밥 푸고 반찬 내는 게 그저 성가셨다. 찬밥 덩이건 김치 쪽이건 그저 밥숟갈에 잡히는 대로 아궁이 앞에서 서서 먹거나, 부뚜막에 걸터앉아 한술 떠서 입 안으로 삼켰다. 그럴 때마다 이희구에게 끼니랍시고 밥 덩이를 토렴해 먹인 마지막 한 끼 식사가 마음 한 녘에서 체증처럼 얹혀 있었다. 그 감정 끝은 그저 아릿하기만 하는 게 아니라 죄지은 듯 쩝쩝했다. 그게 끝내 마지막으로 이희구에게 차려준 음식이나 다름없게 돼가므로 더더욱 마음에 얹혀 가슴께가 짠하게 저몄다.

가족 해체의 수난자를 구원한 손길

이 장편소설의 전개 구조는 사람 심성의 선과 악을 대착점에 놓고 갈등을 고조화하면서 사건을 굴절시켜 탄력을 얻는다. 이를테면 두 주인공인 합죽할미와 이동우는 산판 화물차 운전기사, 방호식, 최영감, 식당 안주인, 서재숙, 구두닦이, 백상호, 홍은희, 사출기사, 윤대현, 심영달 내외, 트럭운전사, 간이주점 쥔 여자, 양미자 등 가진 건 없으나 부지런히 사는 선한 인간들의 도움을 받지만, 암캐 주인, 민기준, 봉제 공장 사장, 서봉태, 외사촌 누이들, 양길구, 안보웅, 김광원, 남준만, 추심원, 감포 출신 배꾼, 약재상 영월 엄가 등 조그마한 이권이라도 쥔 자들이 휘두르는 폭력에 삶이 왜곡되고 상처를 받는 구조로 짜여 있다.

장편소설『토렴』에 등장하는 인물들은 거의가 사회에서 행복하고 성공한 사람들이 아니라 불우하게 살다가 실패한 루저의 군상들로 그려져 있다. 위에서 든 이동우=서성표=이희구를 흔히 크게 성공한 인물로 부르는 주인공이라 하지 않고 중심인물로, 합죽할미를 부차적인 인물로 지칭한 이유이다. 그들은 숙명처럼 주어진 열악한 환경에서 잘 견뎌온 선의의 피해자들이긴 해도 여느 양달에서 빛나는 존재이기보다 응달에 가려진 인간상이다. 그러기에 이렇게 인간 사회의 뒤안길에 가려 있는 여리되 따스하고 진실된 인간의 모습을 소설로 조명해낸 김익하 작가의 노고를 높이 산다. 이런 접근은 사회적 약자를 배려하는 자세가 아닐 수 없다.

이 작품에는 이동우처럼 불우한 고아 출신이 여럿 등장하고 있어 이채롭다. 우선 동우의 아버지도 전쟁고아 출신이었고 어머니와 하나뿐인 외삼촌 정영남도 고아원에서 자란 오누이이다. 동우와 결혼해서 딸을 키웠던 남현숙 역시 친부모를 모르던 사람이다. 그 밖에 동우랑 같은 공장에서 심부름하고 함께 지내던 양길구 또한 어머니조차 없던 고아였다. 고아란 6·25전쟁의 산물이기도 하지만, 현대에서는 인간 생명의 경시 상징으로 유비될 수도 있기 때문이다. 이들은 모두 결손가족으로서 가족 해체의 상처를 입은 사람들이다. 그럼에도 가장을 잃은 이동우 모자에게 아들을 교육시켜주겠다며 축첩

해서 속이고 학대한 서봉태나 남의 부도수표에 이서한 빚보증을 장기 적출로 대신하겠다고 겁박한 추심원들로부터 자유롭지 못했다.

그런가 하면, 여러모로 기가 꺾인 채 어려움에 처해 있는 이동우 등을 격려하며 구원의 손길을 내민 은인을 만난다. 오래전에 부활절 새벽 예배를 마치고 집으로 돌아가던 길에 포대기에 싸여 있던 채로 데려다 키운 업둥이 딸 남현숙미주 엄마을 자기 집에서 하숙하던 동병상련의 이동우와 결혼시켜준 홍은희 권사가 그 하나이다. 이어서 잊지 못할 또 하나의 은인은 7년 동안 수감생활을 하던 이동우서성표에게 교도소 교정위원으로 위촉되어 상담 봉사 활동 중에 만난 윤대현 목사이다. 등대교회에서 시무하던 목사는 특히 수감자서성표 본인의 일가족이 죽음에 이른 사정을 자서전 식으로 쓴 글로 최우수상을 받은 내용에 감동한 나머지 각별한 격려를 해주었다. 되도록 글쓰기 재능을 살려나갈 것과 앞으로 새 출발을 할 사회에서의 이름을 좀 더 밝음 지향적인 이희구라고 지어주기까지 했다.

김익하 작가의 『토렴』은 적어도 갸륵한 주제 의식이나 귀한 제재에다 다채로운 문체 면에서 한국 서사 미학에 바람직한 의미를 지녔다. 워낙 취약한 주동 인물들은 사무친 사회생활의 외로움 속에서도 나름대로 열심히 살려고 노력했다. 작가 또한 선의의 일부 작중 인물들과 더불어 사회의 약자층에 따스한 인정과 위안을 주는 휴머니티를 보여주었다. 어릴 적부터 너무나 외로운 결손가족 식구들의 불우한 삶에 사랑하는 마음으로 속 깊은 자기 추스르기를 통한 생명 중시의 메시지와 구원 의식을 곁들여서 따스한 인간의 정을 나눌 기회를 제공했다. 따라서 우리는 이 작품을 통해서 가뜩이나 여리고 어두운 고아와 결손 가족에 해를 입히는 비정한 인간들의 무관심과 횡포 처지를 역지사지易地思之로 헤아리고 약자를 배려하는 자세를 가다듬어야 할 것 같다.

모국어의 진진한 맛을 담아낸 문장

필자는 이 장편소설을 읽으면서 이 작가의 남다른 모국어 사용에 공감하고 문장력에 매력을 느꼈다. 후미진 농촌 아니면 퇴락한 산촌이나 어촌을 즐겨 취해서만이 아니다. 작가에게 개성적인 문장력이란 기본 조건인데 김익하에게는 나름의 저력을 지니고 있는 것으로 여겨진다. 가난 속에서도 따스한 인정을 실은데다, 이를테면 작은아들이 부질없이 나이 듦을 계수기에 비기며 유머 감각까지 곁들인 표현이 마음에 든다.

작품 전체나 이 글의 몇 군데에서 인용한 대문도 그렇지만 다음 문장의 보기가 참고 된다.

> 이제 막냇자식 하나만 '나도 얠 낳은 여자요' 그런 증거나 대듯 물증처럼 곁에 남았다. 그 자식이 아비 없는 집안의 기둥이고 안이 실집이 뒤를 기댈 유일한 벽이었다. 그런데 외양으로 보면 사내로 흠잡을 수 없이 멀쩡한데, 선본 여자마다 어김없이 퇴짜를 놓았다. 퇴짜 맞을 때마다 아들은 회전기기의 계수기 숫자처럼 덜컥덜컥 자동으로 나이가 올라갔다. 그러니 일에 찌든 얼굴이 나이보다 앞서

속절없이 늙을 수밖에 없었다. 며느리에게 수발을 받아야 할 처지에 아들 뒷바라지까지 하다 보니 안이실집도 중년에서 벗어나 마지막 섶에 오른 누에처럼 나이에 주저앉았다.

자식들 변고 때마다 이빨을 악물어서 그런지 큰어금니들이 뒤로부터 차례로 빠지고 뿌리가 깊은 작은어금니와 앞니만 남았다. 틀니를 박자니 비용도 만만찮아 그대로 두었더니 양 볼이 빠진 이 자리로 함몰하듯 오므라들어 원치도 않은데 이웃에서 합죽할미라 불렀다. 어릴 때 부르던 이름은 시집오며 잃었고, 가족 구성원이 해체되니 이젠 안이실집이란 택호마저 버렸다. 그도 자식들 때문에 폭삭 늙어 그리됐으니 늘그막 팔자에선 합죽할머니란 부름이 맞춘 옷을 입듯 합당한지도 모를 일이었다.

김익하 작가가 소설 작품 곳곳에서 구사한 문장에는 이처럼 그 적절한 비유부터 우리 일상에선 손쉽게 듣지 못하는 예스러운 어휘들을 통해서 글을 감칠맛 있게 빚음을 본다. 자식들 걱정 때문에 속을 끓인 나머지 치아가 빠지고 폭삭 늙어버린 것 같다는 하소연이 실감 나고 구수한 여운을 남긴다. 며느리에게 수발을 받아야 할 늘그막에 외려 아들 뒷바라지를 했다는 것이다. 그는 적어도 예전과 요즘에 걸쳐서 다채롭게 쓰이던 모국어에 적지 않은 조예를 가지고 천착해 온 듯싶다. 그러기에 이 장편소설의 곳곳에서 걸맞게 활용된 어휘들을 골라서 말미에 첨부하여 독자들께서 손쉽게 접근해보도록 한 것으로 안다.

그리고 이 작품에서 한 가지 첨가할 바는 이채롭게 서양 문자와 기호의 시각성을 들어서 후기 모더니즘식으로 구사한 실험적인 표현도 수긍이 간다는 점이다. 작품의 마무리 부분에서 기다리다 쓰러진 합죽할미가 정신을 차릴 무렵 이희구가 붙들어 앉힌 모습을 "L문자에 &부호가 한 방향으로 바짝 붙은 모양새였다"라고 표현한 대목들이다.

떠남과 돌아옴의 휴머니티

장편소설 『토렴』은 작품의 구성상 주인물인 이희구가 더 넓고 약초가 많은 곳을 찾아 합죽할미의 산골 집을 떠난 모티브로 시작해서 뒤늦게 돌아오는 이야기로 마무리되어 있다. 한창 젊은 시절에 배관 기술자로 바삐 살아온 그가 아내와 어린 딸을 여읜 죄로 7년의 수감 생활하고도 다시 한 여성을 죽음으로 몰아간 한참 후부터는 이 산 저 산을 찾아다니며 약초를 캐서 생활비를 마련하는 사람이 된 것이다. 이번 나들이에서는 폭설 때문에 약초 캐기를 포기하고 돌아오는 길에 약초값을 외상으로 맡겨둔 돈을 받으러 갔다가 낭패를 보고 돌아온 셈이다. 오랜만에 찾아간 약재 상회에서 이미 남의 돈을 챙겨서 야반도주한 영월 엄가를 찾아 제천, 금산을 거쳐서 허탕을 치고 늦게 돌아온 길이다. 그를 기다리다 길가에 쓰러진 합죽할미를 그가 구하게 된 일이다. 이희구는 작품의 마무리 부분에서 겨우 고비를 넘긴 그녀에게 외친다.

"할머니! 정신을 차려보세유."

이희구는 간신히 정신을 차린 합죽할미에게 바투 다가갔다. 그리고 상체를 일으켜 세워 왼쪽 팔에 기대게 했다. L문자에 &부호가 한 방향으로 바짝 붙은 모양새였다. 젖어미가 새끼를 보듬어 안 듯, 그녀는 그제야 이희구 품에서 가까스로 두 눈을 밝게 떴다.

"이걸 드시고 정신 차리셔야 해유, 할머니—."

숟가락으로 토렴한 음식을 천천히 떠먹이기 시작했다. 이웃에 온기를 건넬 수 없도록 마치 찬밥 덩이같이 식을 대로 식었던 두 사람이 뜨거운 정을 안은 채 이승과 저승에서, 한 사람은 눈 감고 다른 한 사람은 눈 뜨고 마주하지 않는 것만도 사람이 받을 지복이었다. 그게 하늘의 뜻일지도 몰랐다. 인간이 마지막으로 위탁한 곳이고, 그리 서원誓願해왔으므로……

*

석 달 뒤 소리 소문 없이 봄비가 내렸다.

겨우내 마른 가지에서 연둣빛 잎도 피어났다. 꽃 필 나무순에도 꽃눈까지 맺혔다. 불어온 봄바람이 그 짓을 했다. 벚나무빗자루병이 아니면 꽃 필 꽃눈이 분명할 테다. 그로부터 봄이 더욱 깊어져서 비에 젖은 나뭇잎보다 개복숭아 꽃잎이 가슴을 더욱 때릴 듯 그리 화사한 날, 나뭇가지 사이로 합죽할미네 집 툇마루가 멀찍이 보였다. 등 굽은 그녀가 서툰 가위질로 낡은 재봉틀 의자에 앉은 이희구 웃자란 옆머리를 더듬더듬 치고 있었다. 목소리는 먼 곳까지 들리지 않지만, 무슨 얘기 뒤끝인지 둘은 마주 보고 엇비슷한 표정으로 끼득거렸다. 그 모습이 합죽할미와 막내아들 같기도 하고, 정순임과 이동우 같게 보이기도 했다.

마무리 부분 가운데 마치 영화 화면처럼 전경화前景化된 장면은 흡사 이희구가 평생 타지를 떠돌며 고생하면서도 노후의 친어머니만은 모시려던 효도를 보는 듯하다. 이미 친부모를 여읜 이희구와 친자식 네 남매를 잃은 합죽할미의 조합은 그대로 서로가 고독한 결손가족의 바람직하고 새로운 모델로 여겨진다. 이제 중년인 이희구는 합죽할미를 양자처럼 봉양하다가 장례까지 치르고는 그 집에서 주인처럼 살리라 싶다. 그래서 독자로서 바라노니 중년 주인은 윤대현 목사가 희구한 약속대로 이희구는 문학가로 귀의하거나 기독교인으로 거듭나서 먼저 보낸 처자에 못다 한 사랑과 부모께 못한 효도를 함께 이뤄가길 기대한다.

간추린 낱말 사전(ㄱㄴㄷ 순)

가속家屬	한집안에 딸린 식구
가욋돈	정해진 기준이나 정도를 넘어서는 돈
간짓대	대나무로 된 긴 장대
강기剛氣	굳세고 용맹스러운 기운이나 기상
건몸달다	공연히 혼자서만 애쓰며 몸이 달다
검잡다	손으로 휘감아 움켜잡다
겨우살이	겨우살잇과科에 속한 상록 기생 관목常綠寄生灌木. 암수딴그루이며 참나무류, 물오리나무, 버들, 팽나무 등에 기생한다
겯다	씨와 날이 서로 어긋매끼게 짜다
결절結節	살갗 밑에서 비정상적인 조직이 생겨서, 주위와 비교적 뚜렷하게 구별될 수 있을 정도로 살갗 위로 볼록하게 두드러진 멍울
고샅	마을의 좁은 골목길
곡두	실제로는 눈앞에 없는 사람이나 물건이 마치 있는 것처럼 보이다가 사라져버리는 현상
괴덕스럽다	수선스럽고 믿음직하지 못한 데가 있다
구메혼인	널리 알리지 않고 하는 혼인
구새통	속이 저절로 썩어서 구멍이 뚫린 통나무. 굴뚝 대용으로 사용하기도 했다
군눈	쓸데없는 것이나 보지 않아도 좋을 것에 관심을 두는 눈
군식구	집안 식구 외에 덧붙어서 얻어먹고 있는 식구
귀울음	귀가 울리거나 윙윙거리는 소리가 나는 상태
근천	살림살이가 넉넉하지 못하여 어려운 상태
금새	세상의 형편이나 흥정에 의하여 결정되는 물건의 값
기시감旣視感	한 번도 경험한 적이 없는 일이나 처음 본 인물, 광경 등이 이전에 언젠가 경험하였거나 보았던 것처럼 여겨지는 느낌
기함하다	갑자기 몹시 놀라거나 아프거나 하여 소리를 지르면서 넋을

	잃거나 기겁하다
깜부기불	타고 남은 숯 따위에 겨우 붙어서, 불꽃이 없이 거의 꺼져가는 불
꺼주하다	'허름하다'의 방언
꼭두새벽	아주 이른 새벽
꼭뒤	머리 뒤통수의 한가운데
꾀덕상이	'꾀'를 속되게 이르는 말
나대다	얌전히 있지 못하고 철없이 촐랑거리다
나들잇벌	나들이할 때 갖추는 좋은 옷이나 신, 모자 따위를 통틀어 이르는 말
내남없이	나나 다른 사람이나 모두 마찬가지로
너름새	넉살 좋고 시원스럽게 말로 떠벌려 일을 주선하는 솜씨
노추老醜	늙고 추함
농포膿疱	곪아서 고름이 찬 부분
눈돋음	먼 곳에 물체를 볼 때 자세히 살피려는 시선
다래끼	아가리가 좁고 바닥이 넓은 작은 바구니
닭울녘	이른 새벽, 닭이 울 무렵
대오리	가늘게 쪼개놓은 댓개비
댓개비	대를 쪼개서 가늘게 깎은 개비
댓바람	어떤 일이나 때를 당하여 머뭇거리지 않는 것
덧정	더 끌리는 마음
덮그물	덮어씌워 고기를 잡는 그물
데삶기다	슬쩍 익을 정도로 약간 삶아지다
도떼기	많은 사람이 모여 여러 종류의 물건을 시끄럽고 어수선하게 사고파는 일
도래솔	무덤가에 죽 둘러선 소나무
독생각	혼자서 하는 생각
돗바늘	돗자리나 가죽, 이불 같은 것을 꿰매는 데 쓰이는 굵고 큰 바늘
두름길	빙 둘러서 멀리 돌아가게 된 길

뒤버무리다	마구 합쳐 한데 뒤섞이게 하다
등사습곡等斜褶曲	습곡 축면과 그 양쪽 지층의 기울기가 같은 방향이며, 동시에 같은 각도를 이루는 습곡
따지기때	이른 봄, 얼었던 흙이 풀리려고 하는 때
떠지껄이다	떠들썩하게 지껄이다
리강漓江	중국 남부를 흐르는 광시성의 리장강
마루타maruta	인체 실험의 대상자를 달리 이르는 말
마장魔障	귀신의 장난이라는 뜻으로, 일이 진행되는 과정에 나타나는 뜻밖의 방해나 헤살을 이르는 말
막살이	되는대로 아무렇게나 사는 살림살이
말버르장머리	'말버릇'을 속되게 이르는 말
말인심	말로 남의 처지를 헤아려주고 도와주는 마음
망해亡骸	죽은 사람의 뼈
매꾸러기	잘못을 많이 저질러 어른들에게 매를 자주 맞는 아이
명개	갯가나 흙탕물이 지나간 자리에 앉은 검고 보드라운 흙
명지바람	보드랍고 화창한 바람
명씨박이다	눈병으로 눈동자에 하얀 점이 생겨서 시력을 잃다
모걸음	옆으로 걷는 걸음
모춤	서너 움큼씩 묶은 볏모나 모종의 단
모탕	나무를 패거나 자를 때 밑에 받쳐놓는 나무토막
몰박히다	몰려서 촘촘히 박히다
몸피	몸통의 굵기
몽지리	'모조리'의 방언
무거리	곡식 따위를 빻아 체에 쳐서 가루를 내고 남은 찌꺼기. 변변하지 못한 사람을 비유적으로 이르는 말
무녀리	한 태에서 태어난 여러 마리의 새끼 가운데 맨 먼저 나온 새끼
무데뽀	일본어 むてっぽう無鐵砲에서 온 말. 신중함이나 대책이 없이 함부로 덤비는 사람이나 그러한 태도를 속되게 이르는 말

무릿매	잔돌을 짤막한 노끈에 걸고 두 끝을 한데 잡아 휘두르다가 한 끝을 놓으면서 멀리 던지는 팔매
무싯날	정기적으로 장이 서는 곳에서, 장이 서지 않는 날
묵종默從	말없이 남의 명령이나 요구를 그대로 따름
물마	비가 많이 와서 사람이 다니기 어려울 만큼 땅 위에 넘치는 물
미맹未萌	식물의 싹이 아직 트지 않음
밑돈	어떤 목적이나 사업, 행사 따위에 쓸 기본적인 자금
박공벽牔栱壁	박공지붕의 측면에 생기는 삼각형 모양의 벽
박바가지	고지박 바가지
발림수작	살살 비위를 맞추어 꾀거나 달래는 수작
밤느정이	밤나무의 꽃
밤잠 발치	밤에 잠을 잘 때, 누워 있거나 다리를 뻗는 곳
밭머리	밭이랑의 양쪽 끝부분
배착걸음	다리에 힘이 빠져 쓰러질 듯 힘겹게 걷는 걸음
백비탕白沸湯	아무것도 첨가하지 않고 끓인 물
백화 현상	엽록소를 만드는 데 필요한 빛이나 철, 마그네슘 등이 부족하여 식물체가 흰색으로 되거나 색이 엷어지는 현상
벚나무빗자루병	병원균은 자낭균인 곰팡이에 의한 벚나무에 빗자루 모양으로 발생하는 병충해
벌불	아궁이에 불을 땔 때, 아궁이 밖으로 뻗치는 불
변검變臉	중국의 전통극 중 하나. 연기자가 얼굴에 쓴 가면을 순식간에 바꾸는 마술과 비슷한 공연
보습	쟁기의 술바닥에 끼워 땅을 갈아 흙덩이를 일으키는 데에 쓰는 삽 모양의 쇳조각
부젓가락	화로에 꽂아두고 불덩이를 집거나 불을 헤치는 데 쓰는 쇠젓가락
빈 둥우리기	자녀를 모두 출가시킨 후 집에 부부만 남아 함께 지내는 기간
삭여朔餘	한 달 남짓함

삭연하다	외롭고 쓸쓸하다
산판꾼	전문으로 나무를 찍어내는 일을 하는 사람
살바람	좁은 틈으로 새어 들어오는 찬바람
삼신할미	아기를 점지하는 일과 출산 및 육아를 관장하는 신인 '삼신할머니'를 얕잡아 이르는 말
상대접	상대를 귀하게 대하는 대접
상엿집	상여와 그에 딸린 제구를 넣어두는 집
새되다	높고 날카롭다
샛눈	감은 듯하면서 살짝 뜨고 보는 눈
샛문	방과 방 사이에 만들어놓은 작은 문
생청	앞뒤가 맞지 않는데도 시치미를 떼고 억지를 쓰는 일
서그럽다	너그럽고 부드럽다
서원誓願	자기가 하고자 하는 일을 신불에게 맹세하고 그것이 이루어지기를 기원함. 부처나 보살이 중생을 제도하려는 소원이 이루어지도록 기원하는 일. 하나님께 어떤 선행을 하거나 헌물을 바치겠다고 맹세함
서혜부鼠蹊部	아랫배의 벽을 이루고 있는 근육층 사이에 남자에게는 정색, 여자에게는 자궁 원인대가 놓여 있는 길
석삭다	속으로 녹으며 삭아 없어지다
섶	누에가 고치를 짓도록 짚이나 잎나무 따위로 마련한 물건
선머리	일정한 순서가 있는 일의 맨 처음
설태舌苔	혓바닥에 끼는 이끼 모양의 물질
성마르다	도량이 좁고 느긋한 데가 없이 신경질적이다
성애술	흥정을 도와준 대가로 대접하는 술
소금버캐	소금기가 내돋아서 엉기어 말라붙은 것
속가량	마음속으로 대강 헤아려보는 셈
속다짐	어떤 의지나 뜻을 마음속으로 굳게 가다듬음
속생활	속된 생활
손주기	농사일 따위의 육체적인 노동을 하기 위한 일손이나 품
쇠모루	대장간에서 달군 쇠를 올려놓고 두드릴 때 받침으로 쓰는 쇳

	덩이
쇳대	'열쇠'의 방언
쉬슬다	여기저기에 알을 낳다
슬치	알을 낳아 버려 뱃속에 알이 없는 뱅어
시맥翅脈	곤충의 날개에서 볼 수 있는, 무늬처럼 갈라져 있는 맥
식인귀	사람을 잡아먹는다는 귀신
실쭝머룩하다	마음에 내키지 않아 덤덤하다
싱겅싱겅하다	차고 서늘하다
쌔물스럽다	어울리지 않고 따로 떨어진 듯하다
씻가시다	씻어서 더러운 것이 없게 하다
악력握力	손아귀로 사물을 쥐는 힘
안갚음	자식이 자라서 부모를 봉양함
안면실인증	대뇌 피질의 장애 때문에 시력 이상이 없는데도 얼굴을 인지하지 못하는 병증
안유	넉넉하고 편안함
알치	알을 밴 뱅어
얀정없다	남을 동정하는 마음이 조금도 없다
얄짤없다	봐줄 수 없다. 어쩔 수 없다
애살맞다	조금 유별나고 아기자기한 재미가 있다
애성	분하거나 성이 나서 몹시 안달하고 애가 타는 일
앵미	쌀에 섞여 있는, 빛깔이 붉고 질이 낮은 쌀
어련무던하다	별로 흠잡을 데가 없고 무던하다
어이딸	어머니와 딸을 아울러 이르는 말
얼마르다	얼어가며 차차 마르다
업둥이	자기 집 문 앞에 버려져 있었거나 우연히 얻거나 하여 기르는 아이
예수다	눈을 바로 뜨고 노려보다
예인로曳引路	배에 줄을 매어 다른 배를 끄는 길
오금근	오금 오목의 바닥에 있는 근육

오금드리	무릎이 구부러지는 오목한 안쪽 부분까지 이를 만큼 자란 풀이나 나무
옴나위없다	꼼짝을 할 여유가 없다
옹자배기	둥글넓적하고 아가리가 쩍 벌어진 아주 작은 질그릇
옹춘마니	생각이 얕고 마음이 좁은 사람을 속되게 이르는 말
와잠臥蠶	관상에서, 눈의 바로 아랫부분을 이르는 말
외쪽생각	상대방 속마음은 알지 못하고 한쪽에서만 하는 생각
욕감태기	남에게서 욕을 많이 얻어먹는 사람
용모파기容貌疤記	어떤 사람을 체포하기 위해 그 사람의 용모와 신체의 특징을 기록함
우지	걸핏하면 우는 아이를 이르는 말
으르다	겁을 먹도록 무서운 말이나 행동으로 위협하다
은결들다	상처가 내부에 생기다
을팍	'엄살'의 방언
음음적막陰陰寂寞	흐리고 어두우며 고요하고 쓸쓸함
응달	햇볕이 잘 들지 아니하는 그늘진 곳
응받다	응석을 받다
이세理勢	사리와 형세를 아울러 이르는 말
이안류離岸流	매우 빠른 속도로 한두 시간 정도의 짧은 기간에 해안에서 바다 쪽으로 흐르는 좁은 표면 해류
이침耳針	귀에 있는 혈 자리에 침을 놓아 질병을 치료하는 침술
일가붙이	성과 본이 같은 겨레붙이에 속하는 사람
입안소리	입 안에서 울려 나는 소리.
입정	'입버릇'을 속되게 이르는 말
잉걸불	활짝 피어 이글이글한 숯불
자가품	과로로 손목, 발목, 손아귀 등의 이음매가 마비되어 시리고 아픈 병증
자마노색	마노의 빛깔과 같이 광택이 있는 적갈색
잔질르다	'가라앉히다'의 방언

잔젊다	나이에 비해 젊어 보인다
잡도리	잘못되지 않도록 엄하게 다룸
장의掌議	성균관, 향교의 재임 가운데 으뜸 자리를 이르던 말
재빼기	재의 꼭대기
전죄前罪	전에 지은 죄
졸때기	변변하지 못한 낮은 지위에 있는 사람
좌증左證	참고가 될 만한 증거
죄민스럽다	죄스럽고 민망한 태도가 있다
쥐코밥상	밥 한 그릇과 반찬 한두 가지만으로 아주 간단히 차린 밥상
즐풍목우櫛風沐雨	바람으로 머리를 빗고 빗물로 목욕한다는 뜻으로, 객지를 방랑하며 온갖 고생을 겪음을 비유적으로 이르는 말
지도리	돌쩌귀, 문장부 따위를 통틀어 이르는 말
지레김치	김장을 하기 전에 조금만 담가서 먹는 김치
지르잡다	더러워진 부분만을 걷어 올려 잡아서 빨다
진걸레	물에 적셔 쓰는 걸레
진 빠지다	실망을 하거나 싫증이 나서 더 이상의 의욕을 상실하다. 또는 힘을 다 써서 기진맥진해지다
짚신감발	짚신을 신고 발감개를 함. 또는 그런 차림새
짬짜미	남이 모르게 자기들끼리만 짜고 하는 약속이나 수작
쭉정이	껍질만 있고 속에 알맹이가 들어 있지 않은 곡식이나 과실 따위의 열매
차하差下지다	서로 견주어보았을 때, 한쪽이 다른 쪽보다 못하여 층이 지다
창무하다	풀과 나무가 잘 자라서 무성하다
천황색淺黃色	옅게 누른 빛깔
천청만촉千請萬囑	어떤 일을 셀 수 없을 정도로 여러 번 부탁함
첨죄添罪	이미 죄가 있는 사람이 또 죄를 저지름
쳇불	체에서, 몸이 되는 쳇바퀴의 안쪽에 팽팽하게 메워 액체나 가루 등을 거르는 그물 모양의 물건
초츤齠齔	일곱이나 여덟 살의 어린 때를 이르는 말. 다박머리에 앞니를

	갈 무렵의 어린이라는 뜻이다
추깃물	송장이 썩어서 흐르는 물
추심원推尋員	어음, 수표, 배당금 따위의 대금을 받아내기 위해 회사에서 고용한 사람
추포追捕	뒤쫓아가서 잡음
춘투春鬪	매년 봄이 되면 각 노동조합이 보조를 맞춰 임금 인상 등을 요구하는 공동 투쟁
충이다	곡식을 담을 때 좌우로 흔들거나 아래위로 까불려서 곡식이 많이 들어가게 하다
측생側生	식물의 눈, 꽃, 뿌리 등이 줄기 또는 뿌리 주축의 옆쪽에서 남
탈저정脫疽疔	신체 조직의 한 부분이 사멸하여 기능을 잃게 되어 그 부분이 썩어 문드러지는 병
태무심殆無心	거의 아무 생각이나 감정이 없음
태시胎屎	갓난아이가 먹은 것 없이 맨 처음 싸는 똥
태피터taffeta	얇고 광택이 나는 평직 견직물. 여성들의 치마나 저고릿감 또는 남성들의 양복 안감이나 넥타이를 만드는 데에 쓰임
테트라포드tetrapod	중심에서 사방으로 원기둥 모양의 네 개의 발이 나와 있는 대형 콘크리트 블록. 방파제나 강바닥을 보호하는 데 쓰임
토렴	밥이나 국수 따위에 따뜻한 국물을 부었다 따랐다 하며 데움
톺아보다	샅샅이 훑어가며 살피다
퇴염退染	물들였던 물건의 빛깔을 도로 빨아서 뺌. '토렴'의 원래 말
태양혈太陽穴	사람의 몸에 침을 놓는 자리의 하나. 귀의 위, 눈의 옆쪽으로 무엇을 씹으면 움직이는 곳이다
튼살	살갗이 갈라져서 허옇게 된 살
파수派收	장날에서 장날까지의 동안
팔초하다	좁고 아래턱이 뾰족하다
퍼드러지다	아무렇게나 널브러져 앉거나 눕다
편폐偏嬖	어느 한 사람이나 한쪽만을 치우쳐 사랑함

포쇄曝曬	물기가 있는 것을 바람에 쐬고 볕에 말림
푸섶길	풀과 잡목이 우거진 길
풋인사	겨우 얼굴을 아는 정도의 사이에서 주고받는 인사
피댓줄	두 개의 기계 바퀴에 걸어 한 축의 동력을 다른 축에 전하는 띠 모양의 물건
피천	매우 적은 액수의 돈
피폐疲弊	정신이나 육체가 지치고 쇠약해짐. 삶이 쇠퇴하고 몰락함
하세월	매우 오랜 세월
함바집hanba-	일본식 조어. 건설 현장에 마련되어 있는 식당
행티	심술을 부려 남을 해롭게 하는 버릇
허섭스레기	좋은 것을 골라내고 남은 허름하고 하찮은 물건
허수하다	치밀하게 짜이지 않아서 튼튼하지 못하고 느슨하다
혼망昏忘	무엇을 잘 잊어버릴 정도로 흐리멍덩하다
홀림수	남의 실수를 유발하려는 짓
회음벽回音壁	벽면의 연속적인 굴절로 인해 상대방의 음성이 들리는 벽
흡착빨판	낙지, 오징어 따위의 발이나 거머리 따위의 입과 같이, 다른 동물이나 물체에 달라붙는 데 쓰는 기관
홍감 떨다	너스레를 떨며 실제보다 지나치게 과장하여 떠벌림

토렴

초판 발행일 2021년 3월 10일

지은이 김익하
펴낸이 임만호
펴낸곳 창조문예사
등 록 제16-2770호(2002. 7. 23)
주 소 서울 강남구 선릉로 112길 36(삼성동) 창조빌딩 3F (우 : 06097)
전 화 02) 544-3468~9
F A X 02) 511-3920
E-mail holybooks@naver.com

책임편집 장민혜, 김민영
디자인 이선애
제 작 임성암
관 리 양영주

ISBN 979-11-86545-93-5 03810
정 가 20,000원

※ 잘못된 책은 바꾸어 드립니다.